重讲红楼梦
——《红楼梦》整本书阅读的思辨与阐释

张庆善 詹丹 主编
李虹 石中琪 执行主编

国家社科基金社科学术社团主题学术活动资助课题"《红楼梦》整本书阅读系列研究"（批准号：20STA049）成果之一

文化艺术出版社
Culture and Art Publishing House

图书在版编目（CIP）数据

重讲红楼梦：《红楼梦》整本书阅读的思辨与阐释 /
张庆善，詹丹主编；李虹，石中琪执行主编. —北京：
文化艺术出版社，2023.12
ISBN 978-7-5039-7542-4

Ⅰ.①重… Ⅱ.①张… ②詹… ③李… ③石… Ⅲ.①《红楼
梦》研究 Ⅳ.①I207.411

中国国家版本馆CIP数据核字（2023）第243266号

重讲红楼梦
——《红楼梦》整本书阅读的思辨与阐释

主　　编	张庆善　詹　丹
执行主编	李　虹　石中琪
责任编辑	叶茹飞　李梦希
责任校对	董　斌
书籍设计	马夕雯
出版发行	文化藝術出版社
地　　址	北京市东城区东四八条52号（100700）
网　　址	www.caaph.com
电子邮箱	s@caaph.com
电　　话	（010）84057666（总编室）　84057667（办公室）
	84057696—84057699（发行部）
传　　真	（010）84057660（总编室）　84057670（办公室）
	84057690（发行部）
经　　销	新华书店
印　　刷	国英印务有限公司
版　　次	2024年9月第1版
印　　次	2024年9月第1次印刷
开　　本	710毫米×1000毫米　1/16
印　　张	28.75
字　　数	383千字
书　　号	ISBN 978-7-5039-7542-4
定　　价	98.00元

版权所有，侵权必究。如有印装错误，随时调换。

前　言

2020年，中国红楼梦学会向国家社科基金社科学术社团主题学术活动申请资助，把"《红楼梦》整本书阅读系列研究"作为申请的课题，有其特殊的意义。

虽然以胡适之发表《红楼梦考证》为标志的"新红学"确立至今已有百年，"红学"成果也可谓洋洋大观：举凡曹雪芹家世，《红楼梦》版本及思想艺术，《红楼梦》传播过程中的出版、评点、改编、插图、翻译等，都有学者投入精力进行了深入研究。但立足于现代教育制度，针对语文课堂把《红楼梦》整本书纳入阅读活动的研究，红学界关注得还比较少。

2017年，教育部发布《普通高中语文课程标准》，把"整本书阅读与研讨"作为"课程内容"的学习任务群，其中明确提出在指定范围内选择阅读一部长篇小说和一部学术著作，并在整体的课程结构中，给出了课时和学分安排。紧接着，教育部组织编写普通高中语文教科书，把《红楼梦》整本书作为一个阅读单元纳入必修教材的下册。随着部编教科书在全国的推开，即使不考虑小学和初中阶段的语文教科书中都有《红楼梦》节选，就以高中阶段来说，每年高中生将有百万、千万计的人必须阅读《红楼梦》整本书，同时也需要数十万高中语文教师进行有效、合理的阅读指导，应该说，无论是中学生还是语文教师，对于《红楼梦》整本书的阅读和教学，都是没有知识和心理准备的。有调查显示，在"死活读不下去排行榜"中，《红楼梦》名列榜首，而当前教学中让语文教师最感棘手的问题，则是"整本书阅读与研讨"的任务群，综合两种调查结果可以说明，当前《红楼梦》整本书阅读与教学要在中学课堂里落实有多难了。正是基于这样的认识，中国红楼梦学会以《红楼梦》整本书阅读作为研究课题，在首席专家张庆善的带领下，动员起相当一批红学家参与研究，让红学成果在语文课程的框架中得到转化、落地，成为经典普及的一个重要切入点，对于推进学术研究与文化普及的有机关联，加强专家学者和基础教育教师的合作，让大家为同一个目标走到一起来切磋讨论，会提供比较充分的参考案例。

关于阅读《红楼梦》特意加上"整本书"这样的后缀，是因为此前，《红楼梦》都是以节选的方式进入语文课堂，而中学生关于整本书阅读的活动，也主要放在课外来开展。这样，把一部90多万字的长篇小说放在课内来阅读，其描写的内容以及对内容的处理方式相对中学生来说又是比较陌生的，如何解决课堂时间不够和阅读兴趣不高的问题，是一线教师最感纠结的。收入本集中的一些文章和讲演录，从各自角度提出了不少建议和看法，虽然未必完善，但相信能给一线教师提供一定的参考。当然，也有学者从《红楼梦》本来意义的不完整，比如后四十回与前八十回并非同一个作者，来质疑"整本书"阅读这种名称的合理性。这样的质疑，其实是经不起推敲的。因为提出"整本书"这样的概念，固然是针对书本已然存在的一种样态，如果这种样态其中有断裂，正是需要我们引导学生去努力发现它、揭示它。同时我们也需要自觉意识到，"整本书"既是对象意义上的，也是观念和方法意义上的。具有类似的自觉，才使我们可以引导学生确立起一种观念，在整体把握阅读对象的同时，对自身进行一种整体思考问题的思维训练。所以，认为《红楼梦》不是原初意义上的整本书就因此失去了整本书阅读的可能，其实恰恰是说明了，提出这一看法的人并没有经过整体思考的训练，所以他们也只能从对象的整体中来机械、被动接受一种整体观念，只能被对象的所谓整体牵着鼻子走，而不能用主体自身的整体意识来积极地超越对象、克服对象，以一种整体的观念和方法来观照对象的可能残缺和断裂。

作为课题的系列研究，包括了立足于文本鉴赏的《红楼梦精读》（詹丹编著）、立足于学生学习体会的《悦读红楼》（俞晓红主编）和集纳了红学专家与一线教师教学研究成果的这本《重讲红楼梦》。

跟以往不同的是，收入此集中的文章作者大多是立足于中学语文教学的课堂来研究《红楼梦》，这样，有些文章就是讲演的实录，而有些文章，即使出自案头写作，心目中也有中学师生在，是预设了这样一个庞大的受众群体而进入写作状态的。从这一意义上说，这些文章是写出来的，更是直面读者"讲"出来的。也因为这样的受众群体比较特殊，为了更有针对性，许多作者对内容进行了相应的调整，是在自己已有研究的基础上加以了重新思考。这样，所有的文章，在"重讲"的题名中，不是说明了一种重复，一种老生常谈，而是有了重新思考、重新出发的意味，那么这种"重讲"，同样有着"温故而知新"的意味。而这样的"重讲"能否给读者带来真正的启发，相信读者自己会做出正确的判断。

"《红楼梦》整本书阅读系列研究"课题组

2023年12月

目　录

中学生如何整本书阅读《红楼梦》　张庆善 / 001

论《红楼梦》整本书阅读与教学的整体性问题　詹　丹 / 020

《红楼梦》整本书阅读与文学教育　俞晓红 / 038

中学语文教学的缺憾与《红楼梦》整本书阅读的提倡　苗怀明 / 056

让阅读真实发生，让学习真实发生　余党绪 / 065

也谈《红楼梦》整本书阅读　王　慧 / 080

《红楼梦》整本书阅读的选择性和策略问题　詹　丹 / 084

《红楼梦》"整本书阅读"的理念与实施　俞晓红 / 103

如何提升《红楼梦》整本书阅读的有效性　俞晓红 / 109

理解《红楼梦》整本书的五个要点　詹　丹 / 120

抓好五环节　教好整本书
　　——以《红楼梦》整本书阅读教学为例　余党绪 / 128

《红楼梦》的语体多样及其文化意蕴　詹　丹 / 142

《红楼梦》前五回之于全书的整体建构意义　俞晓红 / 156

《红楼梦》整本书阅读与事件关联性的建构
　　——以第七回为讨论中心　詹　丹　叶素华 / 166

从人物分析谈《红楼梦》整本书阅读的整体性
　　——以二进荣国府的刘姥姥为例　詹　丹 / 185

从"鸳鸯抗婚"看《红楼梦》的叙事逻辑　俞晓红 / 194

无可挽救的颓败，无处安放的青春

　　——整本书阅读之《红楼梦》　余党绪 / 204

《红楼梦》整本书阅读的学生视角　饶道庆　裘宁宁　魏青青 / 239

高中生《红楼梦》整本书阅读情况研究分析

　　——以上海市南洋模范中学为例　徐　晶 / 251

《红楼梦》"二尤之死"叙事逻辑谈略　朱　强 / 287

"凤姐泼醋"情节的叙事逻辑、叙事艺术及深层意蕴　朱　强 / 304

反思《红楼梦》重进中学40年

　　——以人教版《语文》必修教材及其他版选修教材为主要讨论对象　詹　丹 / 319

不是最好也没更好的《红楼梦》程乙本　詹　丹 / 334

中学语文《红楼梦》选文教学的现状、问题与建议　杨锦辉 / 339

当代《红楼梦》文本传播的经典化路径与反思

　　——以"整本书阅读"活动为考察对象　马思聪 / 355

历年高考语文卷《红楼梦》试题评析　俞晓红 / 368

2022年高考写作题与《红楼梦》　詹　丹 / 377

《红楼梦》是一本让人读不下去的书？　詹　丹 / 383

大家一起读红楼　苗怀明 / 389

"死活读不下去"《红楼梦》，怪孩子还是怪成人？　王　慧 / 400

2018—2021年度《红楼梦》整本书阅读教学与研究发展报告　叶素华　詹　丹 / 410

云间对话：共构经典阅读与传承的当代场域

　　——"2022全国《红楼梦》整本书阅读专题研讨会"综述　束　强 / 431

深化整本书阅读教学理念，助推中学生综合素养提升

　　——2021年全国《红楼梦》整本书阅读主题征文活动作品概况及启示　李　娜 / 443

后记　 / 448

中学生如何整本书阅读《红楼梦》

张庆善

2020年中国红楼梦学会申请了国家社科基金社科学术社团主题学术活动资助课题"《红楼梦》整本书阅读系列研究",我担任首席专家,其实我本人对中学生如何整本书阅读《红楼梦》研究得很不够,尤其是我对中学基础教育不熟悉,对中学生的学习和思想状况不了解,因此对中学生如何整本书阅读《红楼梦》没有多少发言权。在我们课题组中,上海师范大学人文学院詹丹教授、安徽师范大学文学院俞晓红教授研究得比较深入一些,也取得了很多成果,他们比我更有发言权。当然,对于中学生如何整本书阅读《红楼梦》的教学实践和研究,我一直是比较关注的,我之所以愿意担任课题的首席专家,就是想通过课题研究,进一步加深对《红楼梦》整本书阅读的认识。教育部提出中学生整本书阅读《红楼梦》,对于改进和丰富我们的中学基础教育,推动《红楼梦》的当代传播,乃至对于提升整个中华民族的人文素养,都具有重要的意义。

在发表我对中学生如何整本书阅读《红楼梦》的看法之前,我想提出一个问题——当下我们的中学生能做到"整本书"阅读《红楼梦》吗?我提出这个问题似乎与我们今天要讨论的话题不怎么合拍。你什么意思?你到底是赞同中学生整本书阅读《红楼梦》,还是反对中学生整本书阅读《红楼梦》呢?这里我要声明,我是举双手赞成提出中学生"《红楼梦》整本书阅读"的,我之所以提出这个问题,首先我认为这是一个问题;其次我想要强调的是,这是我们今天探讨中学生"《红楼梦》整本书阅读"不能回避的问题,或者说这是我们今天探讨中学生"《红楼梦》整本书阅读"的基础。我甚至认为,如果我们忽略了这个问题,我们就不可能真正引导好、辅导好中学生整本书阅读《红楼梦》。

前不久，由中国红楼梦学会、安徽师范大学文学院、安徽教育出版社、《安徽教育科研》杂志社、《学语文》杂志社联合举办了"2021全国《红楼梦》整本书阅读主题征文活动"，参加征文活动的大多是高校中文专业的老师、中学的语文老师、高校中文专业在读的博士研究生以及本科生、中学生，其中中学生参与的人数最多。这次征文活动的优秀文章结集出了一本书——《悦读红楼》，我在为这本书写的"序"中说这是一次关于《红楼梦》整本书阅读实实在在的"民调"，最能反映中学的语文老师是怎样看《红楼梦》整本书阅读的，尤其是他们在教学实践中如何引导和辅导学生整本书阅读《红楼梦》，中学生又是怎样阅读《红楼梦》的。

在获得优秀的文章中，天津市天津中学吴奇老师的文章引起我的关注，他的文章标题是《"整本书阅读"宜"简"不宜"繁"》，吴奇老师似乎对在中学生中推行《红楼梦》整本书阅读这一做法不是那么乐观，他在文章中谈到中学生整本书阅读《红楼梦》面临的种种困难和障碍，吴老师的文章一开头就说："从实际效果上看，进行'整本书阅读'并不是很理想，与设计者的预期效果有很大距离。学生参与不够热情，教师只好用'知识清单'和'训练题'代替整本书阅读指导。"他特别强调《红楼梦》整本书阅读，对成年人与中学生的要求应该是不同的，他认为："如果不认真考虑这个独特的对象——中学生，那么进行整本书阅读只能是走过场，一场大雨过后，只收获几滴雨滴。不仅是费时费力不讨好，还会败坏学生本就不很高的阅读兴趣。""事实上，网络时代的中学生对阅读《红楼梦》是不太感兴趣的。如果学校老师不强力推进的话，学生是不会读的。学生还是有喜欢读的作品的。"实际情况是不是这样的呢？根据我的一些了解，我认为吴奇老师所说的这些情况真是这样。吴奇老师文中强调"网络时代的中学生对阅读《红楼梦》是不太感兴趣的""学生还是有喜欢读的作品的"，这两句话是那样的醒目，又是那样的令人沮丧，我们在探讨中学生整本书阅读《红楼梦》时，一定要充分考虑这种情况，一切从实际出发，从中学生的学习情况包括学习时间、阅读兴趣等实际情况出发，探索出网络时代的中学生整本书阅读《红楼梦》的好思路、好方法。

在中学推动《红楼梦》整本书阅读，主体当然是中学生与他们的语文老师。前两年，北京有一所著名中学曾请我去讲《红楼梦》，我开始很犹豫，为什么？不是怕讲不好，准确地讲是我不知该怎样给中学生讲《红楼梦》。当我面对一群十几岁的孩子时，要讲作者曹雪芹及其家世吗？要讲作者曹雪芹及其家世与《红楼梦》的创作是什么关系吗？《红楼梦》是不是作者曹雪芹的自传？对《红楼梦》进行"索隐"对不对？刘心武那样讲《红楼梦》对不对？要讲《红楼梦》的版本吗？要讲《红楼梦》前八十回与后四十回的关系吗？高鹗是不是《红楼梦》的续作者？早期脂本好还是程乙本好？王熙凤的结局"一从二令三人木"是什么意思，要不要讲？还有《红楼梦》中那么多的诗词要不要讲？如果有一个孩子问我"秦可卿之死"的问题，我该怎么解答？还有许许多多这样那样的问题，我真不知该怎样对中学生说。我不熟悉现在的中学基础教育情况，也不知道现在的这些十几岁的孩子喜欢不喜欢读《红楼梦》，不知道他们是怎样认识曹雪芹与《红楼梦》的。我对这所中学的领导、老师说，最有资格给中学生讲《红楼梦》的是他们学校的语文老师，因为他们了解他们的学生，熟悉中学基础教育，当然中学语文老师首先要熟悉《红楼梦》，至少要对《红楼梦》及其研究有一定的了解，否则也讲不好《红楼梦》。

在《悦读红楼》一书中，中学生组的文章最多，内容十分丰富。但我注意到，与各位老师对《红楼梦》整本书阅读的思考不同，中学生的"阅读"更多在"兴趣""感受""欣赏"上，《相约红楼》《天地之间 蜉蝣之距》《宝黛爱情之我见》《我为何更喜欢林黛玉》《芳情只自遣，雅趣向谁言》《只道相思却成空》《红楼一曲最殇情》……篇篇无不表现出中学生的"喜欢"。他们的"着眼点"大都不在《红楼梦》"整本书"的阅读上，但这却是中学生阅读《红楼梦》真实情况的反映。我们在推动指导中学生整本书阅读《红楼梦》时，不能离开中学生阅读《红楼梦》的兴趣、特点、关注点。

《红楼梦》毫无疑问是中华民族最伟大的文学经典，著名红学家冯其庸先生曾提出这样一个观点，他说每一个有一定文化的中国人，都应该读一读《红楼梦》，应该把喜欢不喜欢《红楼梦》、熟悉不熟悉《红楼梦》作为衡量中国人人文素养的标志之一。对冯老的观点我是非常赞同的。当然，《红楼梦》也不是那么好读的书，尤其是正确地理解认识《红楼梦》思想艺术成就及其文化内涵，就更不容易。鲁迅说："《红楼梦》是中国许多人所知道，至少，是知道这名目的书。谁是作者和续者姑且勿论，单是命意，就因读者的眼光而有种种：经学家看见《易》，道学家看见淫，才子看见缠绵，革命家看见排满，流言家看见宫闱秘事……"（鲁迅《〈绛洞花主〉小引》）鲁迅近百年前批评的《红楼梦》研究状况，至今也还存在，关于《红楼梦》的"主旨"仍是众说纷纭，尤其是自传说、索隐派的种种说法影响很大，这些都给人们正确地认识《红楼梦》带来了许多误导和干扰。而《红楼梦》又不是一部以情节见长的小说，它不像《三国演义》那样有着波澜壮阔的战争描写，也不像《西游记》那样有趣生动、情节曲折。《红楼梦》主要是描写了一个贵族家族的衰落，以及伴随着家族的衰落深刻细腻地演绎出一群年轻人的爱情悲剧、婚姻悲剧、人生悲剧。虽然《红楼梦》文笔优美，人物形象栩栩如生，宝、黛爱情及其悲剧凄美而动人，成为爱情的千古绝唱，但这一切似乎都不会引起今天中学生的兴趣，他们读起来会有很多困难、障碍。正因为现在中学生还不能很好地整本书阅读《红楼梦》，以至于整本书阅读其他文学经典，我们才更要积极提倡中学生整本书阅读《红楼梦》，尤其是在当下中学生对中外文学经典整本书阅读的淡化、碎片化的情况下，其意义是不言而喻的。教育部《普通高中语文课程标准》（2017年版，2020年修订）指出："通过阅读整本书，拓展阅读视野，建构阅读整本书的经验，形成适合自己的读书方法，提升阅读鉴赏能力，养成良好的阅读习惯，促进学生对中华优秀传统文化、革命文化、社会主义先进文化的深入学习和思考，形成正确的世界观、人生观和价值观。""探索阅读整本书的门径，形成和积累自己阅读整本书的经验。重视学习前人的阅读经验，根据不同的阅读目的，综合运用精读、略读与浏览的方法阅读整本书，读懂文本，把握文本丰富的内涵和精髓。"这里说得非常明确，今天我们倡导中学生整本书阅读《红楼梦》，不是为了高考，也不是权宜之计，而是着眼于提高中学生的阅读鉴赏能力，着眼于培养良好的阅读习惯，着眼于提高中学生的人文素养，这是我们提倡整本书阅读《红楼梦》的根本目的和长远目标。

现在的问题是，我们如何做到辅导好、引导好中学生整本书阅读《红楼梦》呢？我认为，对中学生整本书阅读《红楼梦》，不要有什么硬性规定，要给学校、老师更多的自主权，要给学生一些自主权，要鼓励中学语文老师结合教学实践有不同的教学方案。

我认为中学语文老师如何针对中学生的特点、兴趣、思想、生活，乃至阅读文学经典的时间安排，设计好阅读、教学方案是关键，尤其是要通过老师的引导、辅导，激发中学生阅读《红楼梦》的兴趣，从被动阅读到主动阅读文学经典。对如何设计教学方案，如何引导中学生整本书阅读《红楼梦》，我没有什么发言权，说不出多少有价值的意见和建议，我想着重从《红楼梦》及其研究的角度谈谈中学生如何整本书阅读《红楼梦》。

从《红楼梦》及其研究的角度，中学生整本书阅读《红楼梦》要注意哪些问题呢？

第一，《红楼梦》整本书阅读要从了解作者曹雪芹开始。

《红楼梦》整本书阅读的"整本书"，当然是指现存的一百二十回本《红楼梦》，这是毫无疑问的。但如果把《红楼梦》整本书阅读仅仅限于《红楼梦》"文本"上，显然是不够的。在我看来，《红楼梦》整本书阅读要从了解作者曹雪芹开始。古人说"知人论世",当我们读一部文学经典的时候,了解它的作者有怎样的人生经历,他又是怎样创作这部作品的,无疑是很重要的。而就《红楼梦》而言,尤其重要。因为从某种意义上来说,《红楼梦》是一部带有一定自传性质的小说,《红楼梦》为什么从苏州说起?林黛玉为什么是从扬州"抛父进京都"?贾母为什么说要带贾宝玉回南京老家去?《红楼梦》中为什么有一个京城"贾(假)家"又有一个江南"甄(真)家"?《红楼梦》中为什么一再出现"假作真时真亦假,无为有处有还无"这样的对子?《红楼梦》中为什么浓墨重彩写元妃省亲?等等。这些都与作者曹雪芹的人生阅历及其家族兴衰有着密切的关系。而这些年来,关于《红楼梦》作者的问题被炒得沸沸扬扬,有些人乱给《红楼梦》找作者,又没有任何文献支持,全凭主观臆测。这种"乱象"对一般读者阅读《红楼梦》产生了很大的干扰,我们必须讲明真相,以正视听。《红楼梦》是曹雪芹人生体验的结晶、人生感悟的产物,"满纸荒唐言,一把辛酸泪。都云作者痴,谁解其中味"。你如果不了解作者曹雪芹的人生阅历及其家世,不了解曹雪芹的思想、性格和生活,你就不能够深刻理解曹雪芹为什么要写《红楼梦》,当然也就不可能真正读懂《红楼梦》。

第二,《红楼梦》的整本书阅读要重视版本问题,就是说我们要选择一个好的《红楼梦》本子。

中学生整本书阅读《红楼梦》,选择一个什么样的本子非常重要。或许有朋友会有些疑惑,难道这个出版社出版的《红楼梦》与那个出版社出版的《红楼梦》还能不一样吗?不都是《红楼梦》吗?怎么会有不一样的《红楼梦》呢?这里我要告诉各位朋友,《红楼梦》的版本情况非常复杂,确实有不一样的《红楼梦》。

这些年来,著名作家白先勇先生一直宣传程乙本是最好的本子,在社会上影响很大,对此红学界有很大的争议。在红学界,人们一般认为早期抄本即脂砚斋评本的文字更好,早期脂本更接近曹雪芹原著的面貌。

这些大多以《脂砚斋重评石头记》为名的早期抄本，它们的文字与程甲本、程乙本有许多不同，差异不小，尤其与程乙本的差异更大。差异有多大？我告诉你，几乎页页都有差异，这恐怕是一般读者很难想象的。这些差异的情况十分复杂，有的是一字一句的不同，有的是一段一段的不同，有的甚至是情节的不同。从整体上看，早期抄本即脂砚斋评本的文字更好，程甲本和程乙本虽然有自己的特色，但在文字的整体上不如早期抄本好。程甲本的前八十回基本还是依据脂本文字，而程乙本经过后人整理改动得较多，脂砚斋评本则较少地受到后人的删削篡改，较好地保留了曹雪芹原著的面貌。

新中国成立以后，出版的基本上都是程乙本，这自然是受到胡适观点的影响。但对程甲本与程乙本的优劣，学术界一直有很大的争议。一般认为程甲本与早期脂本（前八十回）的语言风格基本是一致的，比较接近曹雪芹原著的面貌，程乙本的语言风格看起来更通俗化了，但却缺少了曹雪芹原著典雅凝重的语言风格，与曹雪芹原著的面貌离得远了。

现在各出版社出版的各种《红楼梦》，据说有一二百种，但主要是三种本子，一是以脂评本为底本整理的本子，二是程甲本系统的本子，三是程乙本系统的本子。1982年人民文学出版社出版了中国艺术研究院红楼梦研究所校勘、整理、注释的本子，人们通常称之为新校本，学术界一般认为，这个新校本是目前比较好的一个通行本，也是目前发行量最大最权威最受读者欢迎的通行本。为什么它能被称为"最权威"的通行本？（1）它是以《脂砚斋重评石头记》庚辰本为底本的；（2）它是以红学大家冯其庸先生为首，聚集了来自全国的几十位著名的专家学者，历经七年时间，并参校了十一个早期抄本一字一句校勘出来的；（3）它的注释是许多位著名专家学者智慧和心血的结晶，参加注释的专家学者中，有著名的红学家，有著名的民俗学家，有著名的服饰专家，有著名的中医药专家，等等，而注释内容适中，繁简得宜，通俗易懂，严谨准确，是当下红学最高水平的反映；（4）自1982年3月初版以来，它又经历了三次修订,包括正文的修订,校记的修订,注释的修订,无论是标点分段,还是一字一词都经过严谨的审核,可谓精益求精;(5)设计精美,典雅大气,插图全部出自当代著名《红楼梦》人物画大家戴敦邦先生之手,既为图书增光添彩,又具有较大的收藏价值。尽管这个校注本也还存在一些不足,包括文字校勘、标点和注释的准确等方面有待进一步完善,但我认为,目前选择这个新校本是最好的,是适合中学生阅读的。

第三,《红楼梦》整本书阅读不能忽略前八十回与后四十回的关系。

《红楼梦》整本书当然是指一百二十回本的《红楼梦》,但我们要知道红学界的主流观点认为《红楼梦》的前八十回与后四十回不是一个人写的,前八十回的作者是曹雪芹,后四十回的作者是谁?过去说是高鹗,现在看来可以说高鹗不是《红楼梦》的续书作者,他和程伟元都是整理者。《红楼梦》后四十回作者是谁,目前我们还不知道。后四十回的文笔比起前八十回差了很多,而后四十回中的许多描写并不符合曹雪芹创作的原意。

当然,也有学者认为一百二十回都是曹雪芹写的,是一个完美的整体。如白先勇先生就说:"我一直认为后四十回不可能是另一位作者的续作。世界经典小说,还没有一本是由两位或两位以上作者合写而成的例子。《红楼梦》人物情节发展千头万绪,后四十回如果换一个作者,怎么可能把这些无数根长长短短的线索一一厘清接榫,前后成为一体。""后四十回本来就是曹雪芹的原稿,只是经过高鹗与程伟元整理过罢了。""后四十回的文字风采、艺术价值绝对不输前八十回,有几处可能还有过之。"白先勇是著名作家,他的阅读感受是不是符合《红楼梦》的实际呢?据我所知,绝大多数红学家并不认可白先勇对程乙本的评价,不认可白先勇先生对后四十回的评价。有趣的是,同样是著名作家的张爱玲却和白先勇的阅读感觉完全不同,她非常不喜欢《红楼梦》后四十回,所以才有"人生三恨"之说(其中一恨是"红楼梦未写完"),她还说:"小时候看《红楼梦》看到八十回后,一个个人物都语言无味,面目可憎起来，我只抱怨：'怎么后来不好看了？'……很久以后才听见说后四十回是有一个高鹗续的。怪不得！"张爱玲与白先勇都是著名作家，可他俩对后四十回的阅读感受竟有如此大的不同。我更相信张爱玲的阅读感受，在我看来，张爱玲是中国现代作家中受《红楼梦》影响最大，也是学《红楼梦》创作学得最好的作家，你看她的小说，看她笔下的人物和笔法，明显受到《红楼梦》的影响。

我认为《红楼梦》后四十回不可能是曹雪芹写的，后四十回中也不可能有曹雪芹的遗留文字。这样说有什么依据呢？我的依据是：

1. 脂批透露出的八十回以后的情节，续书中一条也没有，或完全不符合。我们知道脂批者是最早的《红楼梦》读者和评点者，他们都和曹雪芹关系密切，非常了解曹雪芹的创作情况。他们看到过许多八十回后的曹雪芹描写的故事情节，诸如狱神庙相逢、薛宝钗借词含讽谏、虎兔相逢大梦归、因麒麟伏白首双星、王熙凤知命强英雄、寒冬噎酸齑雪夜围破毡、卫若兰射圃、花袭人有始有终、贾宝玉悬崖撒手等重要情节，现存的后四十回中是一点也没有。如果说《红楼梦》后四十回有曹雪芹的笔墨，为什么脂批中透露出的这些故事没有一点踪影呢？只有一个解释，后四十回中没有曹雪芹的一点笔墨，才会出现这种情况。

2. 现存的后四十回主旨、创作观念与前八十回明显不同。曹雪芹的原稿，贾宝玉是"悬崖撒手"，今本后四十回虽然也写了宝玉出家，但是却"披着一领大红猩猩毡的斗篷"。再如，在曹雪芹的原作，贾家最后是"落了片白茫茫大地真干净"，而今本后四十回却让贾府"兰桂齐芳"。等等。

3. 后四十回扭曲了人物形象，如在前八十回，林黛玉从来不劝宝玉去读书，即从不说劝贾宝玉的"混账话"。可在现在的后四十回，林黛玉竟像薛宝钗一样，成了道学姑娘。又如"掉包计"，有人认为后四十回中"掉包计"揭露出封建统治者的残忍，而"黛死钗嫁"同时发生，情节很感人。但我要告诉各位，这看起来很感人的情节，其实是极不合理的。

因为在前八十回中最支持木石前盟的一个是王熙凤，一个是贾母，一个是紫鹃。王熙凤怎么会想出"掉包计"的馊主意呢？最爱宝玉黛玉的贾母怎么能忍心把自己的外孙女害死呢？而薛宝钗又怎么会在黛玉还没死时就会答应冒名顶替去跟贾宝玉结婚呢？黛玉临死时说"宝玉，宝玉，你……"，怎么能让黛玉怀着对宝玉的怨恨去死呢？这完全不符合曹雪芹原作中"还泪"的设计。

4. 前八十回与后四十回的文笔、语言有很大的不同，后四十回的文笔比起前八十回差得太远了。张爱玲说后四十回不好看了，许多人都有着这样的感觉。后四十回中还有不少描写明显地是重复、模仿前八十回情节，缺少创意和灵动。一位日本著名汉学家松枝茂夫先生，他一生两次翻译《红楼梦》，他对我说，翻译《红楼梦》前八十回就像读唐诗，翻到后四十回就感觉不好了，像喝白开水了。许多人阅读《红楼梦》前八十回与后四十回，都有这样的阅读感受。尽管有的专家推测后四十回中有曹雪芹的遗稿或散稿，有的专家甚至还找出一些篇章或内容说这都是曹雪芹原作的遗稿等，但当我们把这些篇章和描写与前八十回相关描写对比品味，就会感到这些描写与曹雪芹的笔墨相差甚远。也就是说，现在我们没有从后四十回中找到大家能够认可的曹雪芹笔墨。总而言之，现在的后四十回与曹雪芹无关。虽然令人遗憾，但却是一个不争的事实。

我们说后四十回不是曹雪芹的原作，不等于全盘否定后四十回，不能说后四十回一无是处。我们也应该实事求是、客观公正地评价后四十回的价值。首先要尊重一个重要的事实，二百多年来，广大读者看的就是这个一百二十回本。清代《红楼梦》有几十个续书，只有这个后四十回能接在八十回后流传，已经成为不可替代的了，这就是一个很重要的评价，广大读者接受了它，得到广大读者的认可，这是事实，是了不起的评价。

后四十回不是曹雪芹的笔墨，但其中的许多描写，也都达到了比较高的水平，胡适虽然认定后四十回是高鹗续书，但他并没有全盘否定后四十回的成就和功绩,他说:"我们平心而论,高鹗补的四十回,虽然比不上前八十回,也确然有不可埋没的好处。他写司棋之死,写鸳鸯之死,写妙玉的遭劫,写凤姐的死,写袭人的嫁,都是很有精彩的小品文字。最可注意的是这些人都写作悲剧的下场。还有那最重要的'木石前盟'一件公案,高鹗居然忍心害理的教黛玉病死,教宝玉出家,作一个大悲剧的结束,打破中国小说的团圆迷信。这一点悲剧的眼光,不能不令人佩服。"胡适的评价还是比较客观的。特别是后四十回总体上完成了悲剧的结局,是一个了不起的贡献。但从总体看后四十回与前八十回相比差异很大,水平相差很大。如果说《红楼梦》的前八十回是天才之作,那么后四十回只能说是高手之作,后四十回是不能与前八十回相提并论的。

鉴于《红楼梦》前八十回与后四十回的矛盾、不同、差异等情况,在辅导中学生整本书阅读《红楼梦》时,要以前八十回为主,后四十回为辅。阅读后四十回主要是阅读主要故事、主要人物的结局等,如宝玉与黛玉的故事及悲剧,王熙凤的故事及悲剧,贾母的故事及悲剧,还有薛宝钗与宝玉的故事及结局以及探春远嫁,等等。如果在阅读中感觉与前八十回有明显的矛盾,则需要通过老师的辅导予以解惑,但不必占用中学生太多的阅读时间。

第四,《红楼梦》整本书阅读要十分重视前五回的作用。

《红楼梦》前五回在全书的整体结构中,具有十分重要的作用。过去有一种说法,说《红楼梦》第四回是全书的总纲,这显然不符合《红楼梦》的实际,但如果说前五回是《红楼梦》的总纲,我倒觉得更符合实际。就整本书阅读《红楼梦》而言,前五回确实可以起到提纲挈领的作用。对中学生来说,把前五回看明白了,就会更好地认识和把握《红楼梦》全书。《红楼梦》前五回包含这样一些重要的内容:(1)两个神话故事(顽石的神话故事、神瑛侍者与绛珠仙草的神话故事)与全篇的关系;(2)甄士隐及英莲的小枯荣与贾府大悲剧的关系;(3)冷子兴演说荣国府与全篇的关系;(4)黛玉进府与全篇的关系;(5)宝钗进府、护官符与全篇的关系；（6）第五回中《红楼梦》判词、《红楼梦曲》与全篇的关系。可以说《红楼梦》前五回，回回都与《红楼梦》"整本书"有着千丝万缕的关系。但前五回中除黛玉进府和甄士隐丢女儿的情节故事性比较强以外，其他各回中基本没有多少"动人"的故事，这对中学生的阅读兴趣是一个考验。怎么办？我看读前五回主要靠老师的引导，要靠老师辅导时的"问题"来激发学生的兴趣。如顽石、神瑛侍者、通灵宝玉是一种什么关系？甄士隐（真事隐）与贾雨村（假语存）隐喻了什么？《红楼梦》中写了"四大家族"了吗？那些判词、《红楼梦曲》隐喻了什么？等等。

第五，《红楼梦》整本书阅读要重视《红楼梦》诗词的作用。

整本书阅读《红楼梦》，《红楼梦》中的大量诗词是无法回避的。阅读《红楼梦》诗词既是一个热点、亮点，又是一个难点，尤其是对中学生来说，大多数《红楼梦》诗词阅读起来是有一定难度的，也很难引起学生的兴趣。尽管如此，《红楼梦》诗词也还是要好好读一读的。

首先我们要清楚地了解《红楼梦》诗词的特点，以及在全书结构中的重要作用。《红楼梦》中的诗词曲赋，与其他古典小说不一样，不是可有可无的。在许多中国古代小说中，它们的诗词基本上与作品的故事、人物没有多大关系，你看不看对阅读作品影响不大。《红楼梦》中的诗词曲赋则不一样，因为这些诗词曲赋都是作品有机的组成部分，而且这些诗词曲赋最大的特点和功能是具有"谶语性"，即隐含着人物的命运结局，你如果不看或者是看不明白，就会影响你阅读和理解《红楼梦》的故事情节和人物命运等。

比如《红楼梦》第五回贾宝玉梦游太虚幻境时看到的那些"判词""曲子"，隐喻金陵十二钗的结局命运。除此之外，《红楼梦》还有许多诗词，包括酒令、谜语、灯谜等都有隐喻，比如林黛玉的《葬花吟》《代别离·秋窗风雨夕》等。其他人物的诗词也是这样。由于《红楼梦》八十回后曹雪芹的原稿已经遗失，现在的后四十回是他人续写的，许多描写并不符合曹雪芹创作的原意，特别是主要人物的命运结局，因此

《红楼梦》前八十回中的诗词隐喻的人物命运结局，对于我们了解曹雪芹原稿的内容就十分重要了。由此可见，不读懂《红楼梦》中的诗词，真是会影响我们理解和认识曹雪芹的《红楼梦》。

而且，《红楼梦》中的诗词都是按人戴帽，诗如其人，就是说每首诗词都能表现出那个人的性格特点，如"好风频借力，送我上青云"只能出自薛宝钗之口，"花谢花飞花满天，红消香断有谁怜"只有林妹妹才吟得出，"一夜北风紧"只能是属于没有多少文化的王熙凤，"一个蚊子哼哼哼，两个苍蝇嗡嗡嗡"那非薛蟠莫属。有人说，这算什么诗，这当然不算什么诗，但当它是薛蟠的"诗"的时候，就十分有趣了，一个流氓无赖薛大傻子的形象栩栩如生地出现在你的眼前。曹雪芹真是了不起，这样的风趣笔墨，却成为刻画人物形象的神来之笔。你如果让薛蟠吟出"两个黄鹂鸣翠柳，一行白鹭上青天"，那还是薛蟠吗？谁有这么大的本事，能替《红楼梦》中这么多人物写诗？曹雪芹就有这样的诗才，模拟逼真，恰如其分，惟妙惟肖，这正是《红楼梦》中诗词的特点，正是《红楼梦》中诗词的了不起之处。一首《葬花吟》在风格上仿效初唐歌行体，在艺术上似乎没有什么创新，但它的成功是与林黛玉这个艺术形象紧紧地联系在一起的，它淋漓尽致地表现出林黛玉的哀伤、不平和孤傲性格，表现出林黛玉对爱情的执着和忠贞不渝，正因为如此，《葬花吟》已经成为林黛玉命运的代名词，成为拨动人们情感心弦的千古绝唱。

中学生阅读《红楼梦》诗词可以分三种情况处理。第一种是重点阅读的诗词，一定要好好读，读懂它。重点阅读的诗词：金陵十二钗图册判词，红楼梦曲，第二十二回的春灯谜、咏白海棠、菊花诗、牙牌令、螃蟹咏，秋窗风雨夕，五美吟，葬花吟，题帕三绝，第六十三回的花名签酒令、柳絮词，等等。第二种是一般性地读一读，不必下太大的功夫，如大观园题咏等。第三种是可读可不读，不愿意读可以不读，如四时即事诗，第二十八回云儿的小曲和女儿的酒令，怀古绝句十首、芦雪广即景联句，姽婳词，芙蓉女儿诔，等等。后四十回中的诗词基本可以不读。

《红楼梦》中诗词的精彩篇章，最好能背下来，其他的老师简单地讲一讲就行了。

第六，《红楼梦》整本书阅读要抓住《红楼梦》主要情节线索。我们读《红楼梦》会发现，《红楼梦》的故事实际上是有两条线索在交织地发展，一是家族衰落的线索，二是年轻人的悲剧线索，这二者并不是截然分开的，而是有机地交织在一起。

说到家族的衰落，《红楼梦》一开始出现在我们面前的贾府，就已经是处于衰落的趋势，只不过是"百足之虫，死而不僵"，"外面的架子虽未甚倒，内囊却也尽上来了"。《红楼梦》中说有四大家族，即贾、史、王、薛，其实主要写了一大家族，这就是贾家，包括荣宁两府，其主要人物有贾母、贾赦、贾政、贾珍、贾琏、王熙凤等。它虽然仅写了一个贾府的困境、矛盾和衰落过程，却深刻地反映出封建社会、封建宗法家族的种种矛盾和危机，展示出封建贵族家庭不可避免地走向衰落的历史趋势。这个宗法家族的最高统治者——老祖宗贾母，一天到晚就是吃喝玩乐。她的子孙们，尤其是男人，几乎没有一个好人或有出息的人，一家子都是坐吃山空，一个贵族家庭硬是这样被子孙们糟蹋完了。《红楼梦》第二回冷子兴演说荣国府，他说："如今生齿日繁，事务日盛，主仆上下，安富尊荣者尽多，运筹谋画者无一；其日用排场费用，又不能将就省俭，如今外面的架子虽未甚倒，内囊却也尽上来了。这还是小事。更有一件大事：谁知这样钟鸣鼎食之家，翰墨诗书之族，如今的儿孙，竟一代不如一代了！"冷子兴在这里说的，正是一个贵族家庭衰亡的重要内因，归纳起来：一是经济上坐吃山空。二是子孙一代不如一代，后继无人。三是家族内部的矛盾，探春在抄检大观园的时候，就痛苦地说："可知这样大族人家，若从外头杀来，一时是杀不死的，这是古人曾说的'百足之虫，死而不僵'，必须先从家里自杀自灭起来，才能一败涂地！"又说贾家的人，一个个像乌眼鸡，恨不得"你吃了我，我吃了你"。四是教育的失败，这在第九回闹学堂中已描写得清清楚楚了。正是这些原因，导致了贵族家庭的败落。《红楼梦》在这方面的描写，形象而深刻。王熙凤的贪婪狠毒，贾政的迂腐，贾赦的色迷，贾母的安富尊荣、一味子享乐，等等，这样的贵族家庭还能不败吗?！腐败了，衰落了，贾府这样的贵族家庭已经进入末世，虽然作者曹雪芹仍流露出感伤，但他的如椽之笔，还是无情地写出了这样的贵族家庭、这样的社会，不配有更好的命运。

伴随着贵族家庭的衰落，《红楼梦》还为我们揭示了一批年轻人的悲剧，特别是年轻女儿的悲剧。这包括宝玉的人生悲剧、宝黛的爱情悲剧，以及其他女儿的人生悲剧、爱情悲剧、婚姻悲剧、生活悲剧等。比如，《红楼梦》中写了一个大观园，"天上人间诸景备，芳园应锡大观名"，这个大观园设计妙不可言，美不胜收，园子里还住着那么多漂亮的有才华的姐姐妹妹，令人神往。有人说，大观园是贾宝玉、林黛玉等青年男女的乐园，是众多女儿的理想世界。真的是众多女儿的理想世界吗？

《红楼梦》中的大观园，毫无疑问是曹雪芹伟大的艺术创造，是曹雪芹用文字和智慧建立起来的一座园林。它当然是专门为贾宝玉、林黛玉、薛宝钗等人物设计的，是《红楼梦》中主要人物的活动舞台，是一个前所未有的艺术环境。

说大观园是作者曹雪芹专门为贾宝玉、林黛玉、薛宝钗等人物设计的活动舞台，这自然是不错的。然而，当我们细细地阅读《红楼梦》，深深地琢磨《红楼梦》关于大观园的文字，又觉得曹雪芹设计一个大观园，又绝不仅仅是为贾宝玉与姐姐妹妹们提供一个舒适的生活环境，而是有着缜密的艺术构思，蕴藏着深刻的含义。

有什么深刻的含义呢？我以为至少有以下几点：（1）大观园是为元春省亲建造的，但《红楼梦》是明写省亲，暗写康熙南巡。如脂批所说，借省亲写南巡，出脱心中的忆昔感今。原来大观园的描写及其元春省亲隐含着曹雪芹家的一段历史，在《红楼梦》中写元春省亲，作者是深有寓意的。（2）大观园建造的豪华及省亲的奢费过度，既是作者的一把辛酸泪，又深刻地揭示了一个贵族之家衰败的内在原因。历史上的曹家就是因为接待康熙皇帝南巡，造成巨大的亏空，最后导致败落。《红楼梦》中的荣国府也是因为修建大观园，接待元春省亲，花光了家里的钱，为家族败落埋下了祸根。（3）借元春省亲之名建大观园，为贾宝玉及姐姐妹妹生活在这里找了一个非常合适的理由。否则贾宝玉和姐姐妹妹们怎么能住在那么大、那么豪华、那么漂亮的园子里呢？（4）大观园原本是省亲别墅，贾宝玉和姐姐妹妹们能住在这里，是元妃的恩赐，是借住。"金门玉户神仙府，桂殿兰宫妃子家"，大观园是"妃子家"，并不是贾宝玉和姐姐妹妹们真正的"家"。原来贾宝玉、林黛玉等青年人住在大观园里，他们是借住，作者这样写也深有寓意。（5）虽然一般的男人不能随便走进大观园，但大观园从来也没有脱离外面世界的管束和侵蚀。宝玉和女儿们的欢乐是短暂的，他们自由自在的生活基础是非常脆弱的，大观园不可能成为女儿们的理想国。（6）大观园里有一个栊翠庵，住着一个带发修行的尼姑妙玉，作为省亲别墅，自然有其存在的合适理由，但作为一个女儿国，栊翠庵的存在就是别有意蕴，也不吉祥。

结果我们发现富有同情心的曹雪芹，原本想为众多女儿建造一个世外桃源——大观园，让她们和宝玉一起过着无忧无虑的生活。然而，伴随着贵族家庭的衰落，伴随着诸多矛盾的爆发，伴随着大观园以外污浊气息的侵蚀，他精心建造的女儿国，也遭到了毁灭。在大观园也演绎出诸多女儿的悲剧。这既是贾宝玉的悲剧，也是女儿的悲剧，更是美的毁灭，是曹雪芹的期待和理想的毁灭。

在阅读《红楼梦》时，抓住了这两条主要线索，你就抓住了《红楼梦》"整体"。

第七，要重视《红楼梦》主要人物的性格、命运与整本书阅读的关系。主要是宝黛爱情及其悲剧，探春悲剧与结局，湘云的故事与悲剧，宝钗的为人与结局，元春的悲剧，王熙凤的命运，等等。

第八，《红楼梦》整本书阅读与"探佚"的关系如何处理？"探佚"要不要？实际上阅读《红楼梦》，"探佚"不可避免，比如读到《红楼梦》

第五回的判词和曲子，就涉及"探佚"的问题，王熙凤"一从二令三人木，哭向金陵事更哀"是什么意思？"玉带林中挂，金簪雪里埋"是什么意思？判词、曲子透露出的内容，与现有的后四十回的描写都不一样。对这些矛盾、疑惑，学生不必寻根问底，主要靠老师予以辅导，老师结合《红楼梦》前八十回的具体描写，以及红学家关于后四十回"探佚"的学术成果讲一讲就可以了，也不必占用中学生太多的阅读时间。

第九，《红楼梦》中不适宜中学生阅读的内容怎么办？如第十一回"庆寿辰宁府排家宴　见熙凤贾瑞起淫心"，第十二回"王熙凤毒设相思局　贾天祥正照风月鉴"，以及二尤的故事，等等。我认为中学生不必读。

第十，要重视《红楼梦》整本书阅读辅导资料的选择。

推动中学生整本书阅读《红楼梦》，主角是中学生与他们的语文老师，中学生的整本书阅读《红楼梦》，是由学生"读"与老师"导"共同来完成的。鉴于目前中学生整本书阅读《红楼梦》存在很多困难和障碍，阅读的热情不是很高，在这种情况下老师的引导、辅导就显得格外重要。老师要做好引导、辅导工作，他首先就要读好《红楼梦》，对《红楼梦》及其研究有所了解，因此如有一套辅导参考资料就非常必要了。这套辅导参考资料，不同于红学家的学术专著，而是针对中学生整本书阅读需要的普及性读物，无论是内容设计上还是写法上都要符合中学生整本书阅读《红楼梦》的需要，因此这套参考辅导资料既要全面又要有问题意识，既可以帮助老师有针对性地制订教学方案，又能激发中学生的阅读兴趣。

我注意到有人推荐《白先勇细说红楼梦》《蒋勋说红楼梦》等书，坦率地说，这些当下比较有热度的书，都不适合作为中学生整本书阅读《红楼梦》的辅导参考资料。在我看来，目前还没有很适合中学生整本书阅读的参考辅导资料。现在市面上各种名著导读的书很多，但对名著解读的误导更多，有的是过度阐释，有的是碎片化分析，有的属于心灵鸡汤式的解读，大都脱离文本内容借题发挥。许多导读，只有热度，没有深度，以庸俗的解读而消解了《红楼梦》的深刻和雅致，但因为它可以满足大众猎奇与短暂愉悦的心理，而受到大量粉丝的拥护。在这种情况下，最好由真正的红学家、教育专家推荐一些比较可靠的《红楼梦》研究著作，供中学的语文老师参考。当然，如果教育部或者教育部委托一个专业机构包括红学家和高校老师、中学的老师参加，针对中学生整本书阅读，搞出一套比较完整的、严谨的、科学的辅导参考资料，那是最好的了。

总而言之，对中学生整本书阅读《红楼梦》，我有几点期待。

第一，把《红楼梦》当作文学作品来读，不要刻意求深，不要钻牛角尖，不要受自传说、索隐派等奇谈怪论的影响。

第二，重要章节，重要的故事，要精读、细读。把精读、细读与整本书阅读结合起来。对中学生来讲，精读、细读《红楼梦》重要的篇章是主要的阅读要求。如"黛玉进府""刘姥姥一进荣国府""香菱学诗"，第十七回至第十八回的"大观园试才题对额"，第二十七回的"宝钗扑蝶"，第三十三回的"宝玉挨打"，第三十七回的"秋爽斋偶结海棠社"，第三十八回的"林潇湘魁夺菊花诗"，第四十九回的"琉璃世界白雪红梅"，第六十回的"大观园风波"，第七十回的"重建桃花社"，以及第七十四回的"抄检大观园"，等等。还有"晴雯撕扇""湘云醉卧""元妃省亲"的故事等，也要好好读一读。《红楼梦》中的大多数描写似乎是那样的平淡无奇和琐碎，因此一些年轻人似乎有点读不下去。不可否认，《红楼梦》由于叙述方式、表现内容等原因，对现在的年轻人来说，是有一些阅读的障碍。尽管如此，我认为对这样的伟大文学经典，我们一定要读一读，不是"死活读不下去"，而是"死活也要读下去"。

第三，重在欣赏、审美、感悟。好好欣赏《红楼梦》传神般的描写、生动鲜活的语言、栩栩如生的人物形象。特别是细细品味人物的性格特征，加深对生活、对人生、对人情世故的感悟，感受《红楼梦》的美妙和精彩。通过细细品味《红楼梦》，达到深入领会作品的内涵，体验人物的命运遭遇和内心世界，把握人物的性格特征，品味作品的语言魅力，提高审美能力的阅读目的。

　　第四，对于中学生来说，通过《红楼梦》的整本书阅读，不仅要了解全书的主要故事、主要人物的性格和命运，更要深刻认识作品的文化价值和意义。不仅要全面了解《红楼梦》写了什么，是一部什么样的小说，还要了解《红楼梦》"好"在哪里，它在中国文学史上和世界文学史上有怎样的地位，等等。

　　我们的中学生通过整本书阅读《红楼梦》，提高了人文素养，增长了人生阅历，开阔了视野，增强了阅读与鉴赏能力，甚至提高了写作水平。那么，整本书阅读《红楼梦》的目的就达到了。

（原文发表于《红楼梦学刊》2022年第1辑，
作者单位：中国艺术研究院）

论《红楼梦》整本书阅读与教学的整体性问题

詹 丹

一、问题的提出

2017年，教育部组织修订的《普通高中语文课程标准》正式发布，"整本书阅读与研讨"，纳入"语文课程标准"中设立的十八个教学任务之一。[①]2020年，教育部组织编写的《普通高中教科书 语文 必修 下册》正式出版，以《红楼梦》整本书阅读，构成该册教材第七单元，并且在全国部分省市先行试用。[②]有关《红楼梦》整本书阅读问题，迅即成为全国语文界的一大热点，并影响到学术界。中国红楼梦学会，在2020年组成以张庆善会长担任首席专家的研究团队，作为国家社科基金社科学术社团主题学术活动资助课题，就《红楼梦》整本书阅读与教学在全国范围内的实施，启动了系列研究，笔者也参与其间。

中学语文界的整本书阅读与《红楼梦》的关系，一直为笔者所关注。2013年，笔者就指导研究生撰写硕士学位论文《读整本的书、长篇小说节选与中学语文阅读教学研究——以沪教版中学语文教材为例》[③]，2019年以来，相继在《红楼梦学刊》《语文建设》《语文学习》等刊物发文讨

[①] 参见教育部基础教育课程教材专家工作委员会组织编写，王宁、巢宗祺主编《普通高中语文课程标准（2017年版）解读》，高等教育出版社2018年版，第96—105页。

[②] 参见过常宝、郑桂华主编《普通高中教科书 语文 必修 下册》，人民教育出版社2020年版，第137—142页。

[③] 参见刘思思《读整本的书、长篇小说节选与中学语文阅读教学研究——以沪教版中学语文教材为例》，硕士学位论文，上海师范大学，2013年。

论了《红楼梦》节选进语文教材及整本书阅读教学的相关问题。[1]这种讨论,既考虑了《红楼梦》文本的特点,也立足于教学的实际状况,对中学语文界的教学实施,提出了建议。但毋庸讳言的是,有关贯穿于整本书阅读教学背后的一个完整性或者说整体性的总问题,却没有进行过深入思考,而这又恰恰是当前实施整本书阅读教学无法回避的根本性问题。所以特撰文做初步探讨,以期引起学术界、教育界对这一根本性的总问题的重视。

二、《红楼梦》的整体性指向

也许对许多人而言,只要把《红楼梦》整本书代替以往的那种长篇节选进教材,对整本书阅读的整体性期待就一劳永逸地满足了。换言之,这本身不构成一个问题。这样的看法,其实只是一种皮相之见,并没有把《红楼梦》与整本书间的内在关联性,深刻揭示出来。

高中语文课程把《红楼梦》作为唯一的小说经典选入教材,当然有许多显而易见的理由,比如《红楼梦》在思想内容上既是传统文化的集大成,也具有相当的创新性,实现了深刻的突破(鲁迅称之为"传统的思想和写法都打破了"[2]),它塑造鲜活人物形象的丰富多彩,它展示传统社会风俗的广阔全面,它在文体实践的多样复杂(古人所谓的"文备众体"),它语言和结构艺术上的精湛出色,乃至许多学者参与《红楼梦》研究,延伸出的"红学"成为对《红楼梦》意义理解、发掘的共享平台,等等。

---

[1] 参见詹丹《反思〈红楼梦〉重进中学40年——以人教版〈语文〉必修教材及其他版选修教材为主要讨论对象》,《红楼梦学刊》2019年第3辑;《〈红楼梦〉整本书阅读的选择性问题》,《语文建设》2020年第1期;《〈红楼梦〉整本书的阅读策略》,《语文学习》2020年第4期。
[2] 《鲁迅全集》(第九卷),人民文学出版社1981年版,第338页。

但从整本书的角度说，阅读《红楼梦》体现出的整体性视野，会越过这些表面事实，引人进入一个更深广的语境。

(一)《红楼梦》结构的整体特点

梳理中国古典小说的发展脉络，会发现《红楼梦》是颇为特殊的一部。

民国时期，浦江清先生在《论小说》一文追溯宋人说话的源头后提出："后来的小说家从短篇演成长篇，在结构上采取了两种方式。一种是《水浒传》式的连串法，即是以一个人物故事引起另一人物故事而连为长本，以后的《儒林外史》《官场现形记》《海上花列传》都如此，在中国小说里是极普通的结构。另一种是《红楼梦》式的以许多个人物汇聚在一起，使各个故事同时进展，而以一个主要的故事为中心。后者的艺术更高，是毫无问题的。在这一点上《红楼梦》最近于长篇小说的理想，非《水浒传》可比。"[1] 浦江清提出的这种"各个故事同时进展"，后又被学术界称为"网状结构"。[2] 而这种结构，当然也并非在《红楼梦》中首次出现。清代张竹坡评点《金瓶梅》时说："(《金瓶梅》)一百回是一回，必须放开眼光作一回读，乃知其起尽处。"[3] 这种视一百回为一回，其实也是着眼于《金瓶梅》具有网状结构的一些特点。只不过这种结构在《金瓶梅》体现得尚不充分，所以，浦江清才把《红楼梦》视为长篇小说的理想状态，这一判断本身，还是符合事实的。

需要补充的是，小说的网状结构又不仅仅在于体现艺术结构的价值和意义，它更反映出作者对生活的全景和人物关系整体的理解。正是在这个意义上，它超越了短篇小说对生活横断面的截取或者如单线结构的

---

[1]《浦江清文录》，人民文学出版社1989年版，第191页。
[2] 参见孙逊、詹丹《金瓶梅概说》，上海古籍出版社1994年版，第94—95页。
[3] (明)兰陵笑笑生著，王汝梅、李昭恂、于凤树校点：《张竹坡批评金瓶梅》，齐鲁书社1991年版，第37页。

长篇小说对人物关系的简单抽象，而是把许多人物受社会关系互相制约的立体性全方位打开了。于是，追踪小说这种全面性、立体性，并力图从整体的意义上达成对小说的理解，才是实现小说整本书阅读的真正意义。而恰恰是《红楼梦》，为完成这一整体目标，提供了客观可能。

（二）指向整体的故事单元

《红楼梦》网状结构的整体性，最鲜明体现在前六回（红学界通常说的是前五回）设计时，对小说总体内容、人物命运所具有的纲要提示功能。从这方面看，因为小说开头的反复延宕、迂回，没有在情节冲突方面有实质性推进，似乎把它自身特点与其他小说鲜明区分开来。但对这六回内容，又不能仅仅从纲要角度来理解。如果这是《红楼梦》整体结构的形象体现，那么，整体性问题，首先落实在部分中，或者说，是以指向整体功能的部分，来推进情节发展的。

大家知道，《红楼梦》在结构上虽有整体化的网状特性，但在相当程度上也继承了传统章回小说的结构特点。不过，其整体化的结构特点，也渗透至组成基本单元的每一回内部，从而让小说呈现出更为复杂的整体与部分的新关系，这同样是整本书阅读中，不应忽视的整体性问题。

自明代《三国志通俗演义》合两则故事为一回起，以后的章回小说，大多以两个人物或者两则故事组合成一回，体现在回目中，有着两相对照的效果。这种对照，本来是为小说人物和事件形成空间上的拓展提供基础的，也是网状结构的组合因子。不过，线性结构的小说，在每回中构成的对照，基本是时间推进的流水对，如接力棒似的把枢关的人物和事件传递下去，缺少整体观照的深入意识。例如《水浒传》第二回"王教头私走延安府　九纹龙大闹史家村"、第三回"史大郎夜走华阴县　鲁提辖拳打镇关西"，每回中虽写了两件事，但把事件组合在一起，并不具有整体意义的对比关系，主要原因，就是王教头引出了史大郎，而史大郎又引出了鲁提辖，是单线联系的向后传递，虽然最终都会在逼上梁山的整体意义上得到理解，但这种整体性，并没有在事件发展的错综复杂、盘根错节中构成一种更为立体的功能。①

但《红楼梦》则不然。这里，我以其中的一回为例，简单梳理《红楼梦》的基本构成单位在整体方面所显示的意义。

如小说第六回"贾宝玉初试云雨情 刘姥姥一进荣国府"②，从这一回单元本身来看，贾宝玉的行为与刘姥姥此后的行为，并无联系，是多头线索的并列推进。但出于色心的宝玉对袭人的欲望，与出于温饱考虑的刘姥姥向荣府求财，还是把人的最基本的两种欲求，联系了起来。不过，这种同一回内部的对比，既有局部意义上建立起的整体关联，也有跃出这一回，在更为宏观层面的价值指向。一般认为，刘姥姥第一次进荣国府，与其后来的二进、三进等，形成一种来自外部视角的整体观照，并从这一视角勾勒出贾府的整体盛衰转折。也就是说，第六回内部与全书，构成微观和宏观两个层面的整体价值。但除此之外，在前六回构成总纲的中观层面，第六回刘姥姥进贾府与第三回林黛玉进贾府，同样构成了一种整体性对照。同是陌生化的视角，一种是底层人进贵族之家的好奇，另一种是贵族投亲的谨小慎微，所见所感，就有很大的区别。一位是物质上的打秋风，另一位是寻求感情寄托，所以进荣国府之于刘姥姥是一次性的出入和事件的迅速完成，之于林黛玉，却是进而不出的事件序幕的慢慢拉开。也因为刘姥姥一进荣国府，对照出林黛玉进贾府和贾宝玉初试云雨情两方面，这就把前六回中，贾宝玉与异性交往的情与欲的两面性丰富地表现了出来。

---

① 参见詹丹《〈红楼梦〉与中国古代小说研究》，东华大学出版社2003年版，第164—169页。
② （清）曹雪芹著，（清）无名氏续：《红楼梦》，人民文学出版社2008年版，第90—102页。凡引《红楼梦》文字，若非特别注明，皆出于此版本，下不一一注明。

（三）主体建构与文本整体的"它在性"

这里所指的"它在性"，借用了德国学者伽达默尔的一个说法，指不同于读者前理解的一种文本的客观属性。①

《红楼梦》作为整本书的整体性特点，还在于其成书过程中，整体性不单单是一个已然存在的事实，也是一个无法回避的问题，与小说一起向世人呈现的。

《红楼梦》成书过程相当复杂，不同版本错综交杂，对于早期脂抄本系统，如何把不同版本的内在关系理出一个清晰脉络，以及如何判断传抄过程中各种讹误异文的得失，都涉及对《红楼梦》文本客观的整体性理解。这种客观的整体性，可以视为是文本的"它在性"。即便如张爱玲、刘世德等研究《红楼梦》版本流变时，都主张，曹雪芹常常是从局部角度来修改其文字的，但整体性的视野，依然重要。因为，当我们从局部来判断问题时，我们更多的是依据自己生活经验的前理解或者说成见，来建构出小说的一种合理性，而未必利用了小说的整体视野。例如第七回，写午后周瑞家的送宫花，经过李纨住所的后窗时，看到李纨在炕上睡觉。庚辰本有的这段文字，甲戌本就只有一句"从后窗下过"，并没有写周瑞家的"隔着玻璃窗户，见李纨在炕上歪着睡觉"一句。张爱玲据此判断庚辰本有的这一句，是作者的败笔而后来有意删去的。因为她觉得大户人家的后窗，不应该可以让别屋的仆妇看到屋内情形。②这种按照生活常理的判断，虽有一定道理，但似乎忽略了周瑞家的送宫花这一事件的整体意义。她一路走来，先是去了贾府众姐妹处，见迎春、探春两人在下棋玩，而惜春找了上门的尼姑智能玩，后来到王熙凤处，王

---

① 参见［德］伽达默尔《论理解的循环》，载［德］伽达默尔《诠释学Ⅰ、Ⅱ：真理与方法》（修订译本），卷Ⅱ"准备"，洪汉鼎译，商务印书馆2007年版，第75页。
② 参见金宏达、于青编《张爱玲文集（增补卷）》(《红楼梦魇》)，安徽文艺出版社1994年版，第75页。

熙凤与贾琏在屋内过夫妻生活，最后到林黛玉处，林黛玉在和贾宝玉一起玩。似乎各人都有陪伴者，只有中间插入的李纨，是独自一人歪在炕上睡午觉。李纨青年守寡，本不需要头上插宫花来打扮。但作者特意写去王熙凤处的路上，从李纨窗下走过，添加的一句"歪着睡觉"，暗示的那种孤独无聊生活，还是呼之欲出的。而且，此后写王熙凤屋内传出的笑声，也跟李纨的行为构成了尖锐对比。

当然，涉及《红楼梦》整体性的一个更为重要的问题是，后四十回的评价问题。后四十回的出现，本身就是为了实现小说的整体性的。但是，其在多大意义上，保持了与前八十回的连贯性？又在多大程度上，完成了小说的整体性？或者在一定程度上加深了整体视野中的局部断裂，这里涉及诸多思想艺术问题，都是需要在整本书阅读的基本框架中，在整体性的视野中，得到充分研习的。至于有些人认为，既然脂抄本本身就不完整，那么以此为依据，提出《红楼梦》"整本书阅读"的说法就显得自相矛盾，这其实是不明白，整本书意义上的不完整与整体性阅读视野之间，其实是可以建构起深刻的辩证关系的。

《红楼梦》自带这样的整体性问题进入中学语文界，未必是教师普遍认识到的，或者虽有认识，又不能贯彻始终的，所以在教学过程中，教师的分析解读，有意无意间忽视了《红楼梦》的整体性，使《红楼梦》作为整本书阅读的整体性，并没有在教学中得到彰显，下面就来具体讨论。

三、阅读教学的整体性落实

曾有人认为，文学作品的整本书阅读，就是让学生自由、自主去读，或者教师仅仅提供示范性阅读，而所谓的教学，只是在学生遭遇理解困惑的地方，才需要教师来分析解读。比如吕叔湘在《中小学语文教学问题》一文，就转引了他人关于读一篇小说的感受，说是学生自己阅读，能感动得流泪，而经过教师分析，反不能打动人。①所以文学的阅读教学，就是放手让学生借助于自身的阅读获得感染。另外，俞平伯也从研究的角度，表达过类似的意思，认为："人人皆知红学出于《红楼梦》，然红学实是反《红楼梦》的，红学愈昌，红楼愈隐。真事隐去，必欲索之，此一反也。假语村言，必欲实之，此二反也。"②这当然是就误入歧途的某些索隐派"红学"而言的，但"红学愈昌，红楼愈隐"的警句，说明教学分析可能使文学作品失去感人的力量。凡此，提醒了我们，《红楼梦》的整本书阅读教学，如何通过文本分析，让学生更好地走近《红楼梦》而不是远离它，更好地引发共鸣而不是无动于衷。在我看来，确立整体意识，就是一条重要路径。这种整体意识，要有整体感悟的前提，但更不能缺乏理性分析的自觉。

由于高中语文教材中呈现的《红楼梦》整本书教学内容和教学任务相当简略，所以不少出版社组织了教师编写各类教学或者学习用书。如李天飞撰写的面向低年段学生的《为孩子解读〈红楼梦〉》③，邓彤编著的包括"阅读指导""文本研读""人物驱动"三部分的《〈红楼梦〉整本书阅读》④，钮小桦主编、北京二中语文组编的《红楼梦整本书阅读与研习手册》⑤，包括"作品概述""著作通读""专题研读""拓展阅读"的指导以及学生研读的小论文等；还有李煜晖主编的，把小说原文和点评、思考题结合起来的《〈红楼梦〉整本书阅读任务书》（上下册）⑥。另外，也有作为整本书任务设计，把《红楼梦》作为其中一章的，如陈兴才主编的《新

---

① 参见吕叔湘《中小学语文教学问题》，载《吕叔湘语文论集》，商务印书馆1983年版，第344页。
② 俞平伯：《乐知儿语说〈红楼〉》，载《俞平伯全集》（第六卷），花山文艺出版社1997年版，第412页。
③ 李天飞：《为孩子解读〈红楼梦〉》，天天出版社2020年版。
④ 邓彤编著：《〈红楼梦〉整本书阅读》，上海教育出版社2020年版。
⑤ 钮小桦主编：《红楼梦整本书阅读与研习手册》，中华书局2020年版。
⑥ 李煜晖主编：《〈红楼梦〉整本书阅读任务书》（上下册），重庆出版社2019年版。

课标整本书思辨读写任务设计》（高中卷）[1]，诸如此类，林林总总。虽然各教学用书侧重点不一，但都对教师的教和学生的学，能起到一定的辅助作用，也是给了笔者不少启发。[2] 而存在的一些不足，特别是引导学生对小说的整体理解，不尽到位，倒是具有一定的普遍性，这是需要特别加以分析的。

目前借助教学用书体现的阅读教学，都涉及文本解读问题，而解读，往往又是对小说整体的一种拆分。虽然拆分是必然的，它是借助思维工具对混沌现象的归类、区分或者某个方面的概括等，但是，基于对《红楼梦》的整体性理解，又必须让这种拆分，重新回到作品本身，在整体视野中，得到综合理解。李天飞《为孩子解读〈红楼梦〉》一书，给出最多篇幅讨论的，是《为什么贾府里有那么多家庭礼节？》一篇，不妨说，提出"家庭礼节"等这样的专题，就已经对小说整体进行了拆解。不过，他在这篇中，把家庭礼节又进一步细分为"尊卑有法""长幼有序""男女有别""主客有体"等规则，并逐一加以形象解释。比如作为父亲的贾政跪见已是贵妃的女儿元春，贾兰在奔跑中见到叔叔宝玉而站定，迎春比宝玉大，所以坐着见宝玉，与其她妹妹行为明显不同，男性外人回避贾府的女眷，等等。当然，由于人的复杂社会关系，使得与人交往时，常常会在多重规则叠加时，发生孰轻孰重的权衡。对此，李天飞又举"尊卑""长幼"标准发生冲突的事例，来加以斟酌取舍的说明，这样的解析，是在分析中，加以拆解和综合双重考虑的有益尝试。[3] 不过，略觉遗憾的是，也许作者太想强调礼仪文化的积极作用，如维护社会和谐、尊重自己和他人等，或者是考虑到小读者接受知识的基本定位，

---

[1] 陈兴才主编：《新课标整本书思辨读写任务设计》（高中卷），江苏凤凰文艺出版社 2019 年版。
[2] 参见陈兴才主编《新课标整本书思辨读写任务设计》（高中卷），江苏凤凰文艺出版社 2019 年版，第 19—37 页。
[3] 参见李天飞《为孩子解读〈红楼梦〉》，天天出版社 2020 年版，第 66—80 页。

所以，只在结尾处提及了一些礼节对现代社会的不适用，却没有从小说的整体性着眼，从作品的"大旨谈情"角度，来揭示情文化与礼仪文化在不同人物身上发生的那种根本性的相克与相生、冲突与顺应。即以李天飞举出的元妃见贾政这一幕来说，在尊卑有法的礼仪中，不仅有他揭示的违背人性的一面，而且在礼仪盛典中，有元春的真情流露与贾政似乎是"深明大义"的尖锐对比。这种情与礼的冲突或者自我克制，才是《红楼梦》贯穿始末的整体性的总问题。

如同我在前文提出的，有关《红楼梦》的整体视野既有宏观考虑，也渗透至中观、微观的层面。教师在课堂中展开相应的教学内容，如果不在这些层面多加留意，同样是让人感到缺憾的。

《红楼梦整本书阅读与研习手册》（以下简称"研习手册"）是基于中学教师多年教学实践的总结，虽然提供了不少可资操作的教学策略，但整体性视野的运用，在有些专题方面还留有改进的余地。比如，该"研习手册"用了颇多篇幅，把香菱这一人物作为"人物形象梳理"的示范，设计表格归纳了人物交往的三个圈子，概括出社会交往和形象特点的关联性。从其个人形象特点，到亲人圈以及朋友圈，依次往外拓展。在亲人圈，列出了甄士隐、薛姨妈、薛蟠、薛宝钗、夏金桂；在朋友圈，又列有林黛玉、史湘云、袭人、众姐妹等，看似归类很清晰[1]，但问题也不小。且不说把黛玉和袭人等同放在朋友圈是否合适，即以袭人论，其把自己的石榴裙换给香菱，主要是宝玉的提议，越过宝玉对香菱的关心以及香菱感受的情意，单单提出袭人与香菱这一段交往故事，似乎弄错了人物关系的主次。但这还不是关键，关键仍然涉及《红楼梦》的一个整体性问题，这是第四十六回的庚辰本夹批点出的，"通部情案，皆必从石兄挂号"[2]。换言之，让大观园中的诸多情感故事，或直接，或迂回地与贾

---

[1] 参见钮小桦主编《红楼梦整本书阅读与研习手册》，中华书局2020年版，第59—67页。
[2] 吴铭恩汇校：《红楼梦脂评汇校本》，万卷出版公司2013年版，第556—557页。

宝玉发生某种关联，以凸显贾宝玉的特殊情种地位和人物的多层次关系，是我们考虑《红楼梦》教学不该忽视的。此外，像"研习手册"那样，梳理香菱的不同社会关系来解析人物，有时候也未必能理出头绪。如果划分香菱主要的空间活动圈，比如随薛家进入贾府后，以出入大观园划分出她不同的人生阶段，并在两个环境里整合相应的人物关系，也许才能获得对人物形象特点更具整体性的把握。

而有些教学用书，抓住小说的只言片语，来判断或者要求学生对一些看似无关宏旨的枝节下判断，反映出的或许是教师整体把握小说的意识尚不够自觉。比如《〈红楼梦〉整本书阅读》"探究与积累"部分，为学生设计了研习题，开头第一题就是："黛玉进贾府时'步步留心，时时在意，不肯轻易多说一句话，多行一步路，惟恐被人耻笑了他去'。由此看出黛玉是个怎样的人？"[①]教学设计者似乎没有意识到，这是黛玉刚进贾府时告诫自己的话，未必完全落实到行动，把黛玉的内心独白完全等同于她的行为，并进一步要判断出她是怎样一个人，难免有断章取义的嫌疑。而事实上，从小说第七回起，林黛玉说话就不再顾忌，违背了内心里的自我承诺。如果教师能把类似的前后描写串联起来加以整体的、动态的把握，再来要求判断黛玉是怎样的人，也许会更为准确。

引导学生把前后文联系起来，这是整体把握小说的基础。但有时候，恰恰是通过前后文的联系，让我们发现了前后文的可能断裂，这样，对文本的整体性理解，其实也是读者自身基于对文本的完满性期待。这样，理解的过程，就可以逐步纠正对小说内容的判断，来弥合或者说修补开始以为的文本断裂。伽达默尔的相关论述就是这样来提醒我们的。[②]而《红楼梦》又恰恰能够满足我们对整体性的期待以及对相关问题的探索。这里，我想以《〈红楼梦〉整本书阅读任务书》（以下简称"阅读任务书"）

---

① 邓彤编著：《〈红楼梦〉整本书阅读》，上海教育出版社2020年版，第223页。
② 参见[德]伽达默尔《论理解的循环》，载[德]伽达默尔《诠释学Ⅰ、Ⅱ：真理与方法》（修订译本），卷Ⅱ"准备"，洪汉鼎译，商务印书馆2007年版，第76页。

对第五十四回王熙凤两次笑的解读,来说明这一问题。①

第五十四回写贾府过元宵,宝玉要来一壶热酒,给老祖宗等众长辈敬酒,老祖宗带头先干了,再让宝玉也给众姐妹斟酒,让大家一起干。想不到黛玉偏不,还把酒杯放到宝玉唇边,宝玉一气饮干,黛玉笑说:"多谢。"接下来写凤姐也笑说:"宝玉,别喝冷酒,仔细手颤,明儿写不得字,拉不得弓。"宝玉忙道:"没有吃冷酒。"凤姐笑道:"我知道没有,不过白嘱咐你。"

对此,"阅读任务书"在点评中比较了黛玉和凤姐的笑,认为"黛玉对宝玉的'笑'是知心,一个动作,对方就心知肚明。王熙凤对宝玉的'笑'是关爱,姐弟深情"。说黛玉对宝玉的笑里有知心的因素,不会有太大的问题。虽然清代的姚燮认为:"当大庭广众之间偏作此形景,其卖弄自己耶,抑示傲他人耶?"②对黛玉此举颇有微词,而洪秋蕃则将黛玉与宝钗比,认为黛玉:"大庭广众之中,独抗贾母之命,且举杯送放宝玉唇边,如此脱略,宝钗决不肯为。"③但当代红学家蔡义江则认为"宝玉已知其体质不宜酒,故代饮。两心默契,写来出色"④,后一说法,似乎也给"阅读任务书"有关黛玉的点评,提供了支撑。但说凤姐之笑出于关爱,是体现"姐弟深情",就未必合理。因为不可忘记的是,前文已经交代,宝玉是拿热酒敬大家,他代黛玉喝下的,正是同一壶中的酒。凤姐居然叮嘱他别喝冷酒,还把喝冷酒的后果带着夸张的口吻说出来。更离奇的在于,当贾宝玉声明自己并没喝冷酒时,凤姐又马上说她已知道,不过

---

① 参见李煜晖主编《〈红楼梦〉整本书阅读任务书》(上册),重庆出版社 2019 年版,第 360—363 页。
② 冯其庸纂校订定,陈其欣助纂:《八家评批红楼梦》(中),文化艺术出版社 1991 年版,第 1309 页。
③ 冯其庸纂校订定,陈其欣助纂:《八家评批红楼梦》(中),文化艺术出版社 1991 年版,第 1326 页。
④ (清)曹雪芹原著,蔡义江评著:《蔡义江新评红楼梦》(下册),龙门书局 2010 年版,第 611 页。

是想嘱咐他一下，这里，白嘱咐的"白"，有着"只、只是"的意思，就像第三十四回写的："王夫人道：'也没甚话，白问问他这会子疼的怎么样。'"那么，在这样的语境中，凤姐说了一句无的放矢的废话，似乎与她为人的一贯聪明并不协调，这是为什么？认为这是体现"姐弟情深"，其实只会加强一种前后文的断裂意味。

如果换一种角度看，当大家都在顺着老祖宗的要求喝完宝玉斟上的酒时，只有黛玉例外，反要宝玉替自己喝，虽然就宝黛他们两人自身言，当然可理解为是关系融洽，但对于在场的众人，未必会认同这一幕，更何况这是在跟老祖宗唱反调。所以，清代的王雪香认为"凤姐说莫吃冷酒，尖刺殊妙"①，姚燮说"凤姐冷眼，遂有冷言，故曰别吃冷酒"②，判断都是较为精当的。这样，让宝玉别吃冷酒，指向的并不是酒，因为酒确实不冷。倒是容易让人产生一种联想，就是黛玉与宝玉间看似亲热的行为，不经意间营造了一种与他人隔绝开来的冷的氛围。或者也可以说，凤姐的言说恰是在针对宝玉的表面热切关心的无意义中，才显示了转向黛玉的冷嘲意义。

也是在这一回中，老祖宗讲了某媳妇吃了孙猴子的尿，才变得说话乖巧起来。接下来又写到了凤姐的笑："凤姐儿笑道：'好的，幸而我们都笨嘴笨腮的，不然也就吃了猴儿尿了。'尤氏娄氏都笑向李纨道：'咱们这里谁是吃过猴儿尿的，别装没事人儿。'薛姨妈笑道：'笑话儿不在好歹，只要对景就发笑。'""阅读任务书"又在点评中比较了三个人的笑。说是同一个"笑"字，却有不同的内涵。"凤姐是苦笑，懂装不懂；尤氏娄氏是嘲笑，看熙凤被人编排，出乖露丑；薛姨妈是赞叹，点出贾母的智慧幽默。"

---

① 冯其庸纂校订定，陈其欣助纂：《八家评批红楼梦》（中），文化艺术出版社 1991 年版，第 1323 页。
② 冯其庸纂校订定，陈其欣助纂：《八家评批红楼梦》（中），文化艺术出版社 1991 年版，第 1309 页。

这里，评点者认为凤姐之笑是苦笑，其判断，又发生了问题。

老祖宗的笑话嘲笑嘴乖巧的媳妇吃了尿，虽然有可能是嘲笑凤姐，但只有当凤姐以此地无银三百两的方式先站出来声明，才把这种嘲笑坐实了。凤姐的声明固然可以理解为"懂装不懂"，要急于洗刷自己被嘲笑的嫌疑，但实际上，这种装，倒未必是为了逃脱嘲笑，更可能是让大家觉得她耍小聪明想躲避却反而直接撞到了枪口上。这样，老祖宗的笑话，才更添加了一层喜剧色彩。从这个意义上说，她是以表面急于躲闪的姿态，帮助老祖宗完成了笑话所能嘲人效果的最大化，也成为她迂回地哄老太太开心的高招，以此显示她真正的聪明处。所以，点评她的笑是一种"苦笑"，倒是真被她的聪明骗过了。

如果把这一回有关凤姐两次笑的评点联系起来看，我们会惊讶地发现，这两次笑，似乎都显示了凤姐的傻，前一次居然嘱咐喝了热酒的宝玉别喝冷酒，后一次在大家都还没说老祖宗是不是在讽刺她时，她自己先站出来说明不是"我"。而这种表面显示的傻，都跟小说建立起的凤姐绝顶聪明的整体感发生了断裂，才推动着读者从更深层次来发现其整体的意义。而教师，应该成为这种整体发现的引路人，而不是相反，或者把这种断裂有意无意地遮蔽起来，或者满足于解释一种表面的、松懈的其实又是经不起推敲的联系。

当然，我这样说，也不意味着，要把整体感抽象出来，加以概念化，比如用"聪明"一词来简单套用、解释凤姐所处的各种场合。而是应该引导学生去感受、去发现，这种聪明在不同语境中的具体表现，或者某些"例外"、某些特定语境中现出的蠢所具有的真正意义。

需要指出的是，当小说的整体性问题存在疑问时，教师应该以一种更开放而不是独断的方式，来引导学生去理解。如前所述，关于《红楼梦》阅读一个经常面临的问题是，关于后四十回描写的评价问题。这里有是依据程高本建立起整体理解，还是依据脂抄本的整体感加以衡量的问题。比如第八十二回写黛玉梦魇，宝玉为证明自己的爱心，居然用刀把自己胸内的心挖出来给黛玉看,把黛玉吓得魂飞魄散。这虽然写的是黛玉因焦虑做噩梦,但写得如此惊心,如此刺激,其追求外在的戏剧化程度甚至超过了尤三姐自杀,显然已经背离了《红楼梦》在前八十回建立起的整体诗性,是把宝黛爱情一种内在的诗意简单地外显为戏剧性了。而这种外显的戏剧性,倒成了程高本一以贯之的风格,也构成了某种意义上的整体感。那么,如何评价这样的"整体感"与前八十回的内在差异或者断裂,或即便不认为两者有内部的差异,都可以让学生自己来讨论,而不必把结论预设给学生。就此而论,如《〈红楼梦〉整本书阅读》"探究与赏析"的第27题,其设计的题干是:"第82回'病潇湘痴魂惊恶梦',黛玉这场梦是《红楼梦》后40回中写得最惊心动魄的场景之一。请从语言表现力的角度分析此场景的妙处。"[①]这样的表述就需要再斟酌。因为恰恰是从整体来理解,这里描写的惊心动魄未必构成一种"妙处"。其实,"妙"与"不妙",都是应该再讨论的。所以把题干表述修改为从整体角度考虑描写的作用,让学生自己通过分析得出结论,就更为合理。

余 论

在美国学者撰写的《如何阅读一本书》中,对于一部以讲故事为主的长篇小说,提出的建议是快速阅读全书,使得阅读过程始终在头脑中保持前后连贯,以获得一种整体性的理解。[②]但《红楼梦》的整体性,恰恰又不能够在快速阅读中获得整体把握。因为,表现日常生活中缺少戏剧化的故事,表现发生在心灵的冲突和变化,通过透视人物琐琐碎碎的

[①] 邓彤编著:《〈红楼梦〉整本书阅读》,上海教育出版社2020年版,第225—226页。
[②] 参见[美]艾德勒、[美]范多伦《如何阅读一本书》,郝明义、朱衣译,商务印书馆2004年版,第230页。

交往，建立起对当时社会人物关系和形象的深刻理解，也跟理解整体的网状结构紧密相关，这才是对《红楼梦》别具一格的整体的把握。而这种把握，就需要放慢阅读的节奏，需要细细地品味和反复阅读。并且也正是在这种细细品味中，在读出味道中，来解决部分中学生对《红楼梦》阅读不够兴趣的问题（一些教师通过设计趣味学习活动，比如写调查报告来整理抄检大观园，写会议纪要来熟悉探春发起成立的诗社，虽然为提高学生的兴趣采取一定策略无可厚非，但从本质上说，是和文学阅读活动本身，是和《红楼梦》诗意本质相抵触的，所以，引入这种活动设计的同时，还需要充分认识到这种活动的局限性）。于是，一个最为现实的问题摆到师生面前，如何保证足够的时间来细读《红楼梦》？

从"高中语文课程标准"来看，它是从一般意义上提出整本书阅读要求的，既泛泛提及了阅读的策略，诸如"综合运用精读、略读与浏览的方法阅读整本书"，也对长篇小说阅读，提出了基本要求，首先是"通读全书，整体把握其思想内容和艺术特点"，这看似笼统，但"通读"的要求却很重要，在此前提下，才进一步提出"从最使自己感动的故事、人物、场景、语言等方面入手，反复阅读品味，深入探究"，等等。同时，要求学生"用自己的语言撰写全书梗概或提要、读书笔记与作品评价，通过口头、书面形式或其他媒介与他人分享"。这里，包括从整体阅读到局部的深入（这又往往是可以多次循环、不断深入的），再结合自己的思考和写作，形成整本书阅读的完整经验。设想虽然不错，但未必能得到落实。这里的关键是，从课程标准设计的高中课程结构看，给高中一学年的整本书阅读，只有 1 个学分，包括学术著作和长篇小说各 1 种，实际能给《红楼梦》的，也就 0.5 学分。[①]

因此，《普通高中教科书 语文 必修 下册》共计八单元，《红楼梦》

---

① 参见教育部基础教育课程教材专家工作委员会组织编写，王宁、巢宗祺主编《普通高中语文课程标准（2017 年版）解读》，高等教育出版社 2018 年版，第 96—105 页。

只占第七单元一个单元。每个单元实际的教学执行时间，基本在一周半至两周，涉及的语文课时，除开2课时写作，用于阅读教学的，也就8—10课时，这也是留给《红楼梦》单元的整本书阅读时间。这样的时间明显不够。一般认为，如果让学生课外去读，平均每天读10回的7万—8万字，这样，两周读完120回，近100万字，通读一遍的时间就能得到保证，也能做到与课堂教学同步进行，而不必把学生的阅读隔离在遥远的假期。而课堂时间，则可以用来进行精读，深入片段或者某条线索、某个侧面。课堂精讲片段，课外通读全书，这样的《红楼梦》整本书阅读也可以，但这跟以前选"林黛玉进贾府"等片段进教材，又有何本质区别？因为以前课堂内精读"林黛玉进贾府"，同时也要求学生课外读整本书。由课内向课外延伸的做法，一如既往。

或许可以说，以往选入教材的是片段，是碎片，不涉及整本书。但是，当高中必修教材把有关《红楼梦》阅读分为结构、情节、人物、主题等六个方面以及相应的六个任务时，只不过以纵向方式，同样切割了《红楼梦》整体，这跟以往教材的片段选用，横向切割但因此保留了这一段落的整体内容厚度，并没有本质的区别。于是，问题依然是，即便像当下教材那样，有六个方面的学习内容和相应的任务要求，但这还是一种局部，是一种纵向意义的局部，最终还是需要回到反复通读全书，来完成整体到局部然后再从局部到整体的过程。就这一点来说，如当下教材那样，让《红楼梦》只占其中一个单元也许并非合理。更合理的做法是，在保留现有第七单元的前提下，用撤下三至四单元的其他文章，来把《红楼梦》重要段落替换进教材，形成横向部分和纵向部分的结合，以便就在课堂中而不是课外，达成整本书阅读的整体理解。

1942年，当叶圣陶在《论中学国文课程的改订》一文中，提出以整本书代替单篇文章做教材时，原因之一，就是不能挤占学生的课外时间，课外时间应该留给学生根据自己兴趣来自主阅读，更重要的是，当时中学生的课余时间恰恰是不够的，一个学生如果认真用功的话，非把每天休息睡眠的时间减少到不足以维持健康的程度不可。[①]而今天，在高考激烈竞争的情况下，留给学生学语文的课余时间，更是少得可怜。所以，应该通过对高中课标中学分和课程结构中学时的调整，在教材相应的变化中，让中学生在课内就基本完成《红楼梦》整本书的阅读任务，课余时间则还给学生，根据学生兴趣自己去拓展阅读，而不是像现在这样，整本书进教材、进课堂成为一种无论是在内容学习还是在时间保证方面都是严重缩水的状态，使得本应是精读的内容有可能变成连泛读还不如的草草了事，其实未必能达成语文阅读教革的真正目的。

最后需要说明的是，我就《红楼梦》整本书阅读教学的整体性举出的各类"教学用书"相关问题，仅仅是在此专题下的局部讨论，并不代表着对涉及的各种"教学用书"的整体讨论。也就是说，从"教学用书"中选个别例子来讨论《红楼梦》的整体理解，不等于讨论针对各类"教学用书"自身的整体理解，更不是对各类"教学用书"的整体否定，读者诸君切勿误会。判断失误之处，也欢迎指正。

[原文发表于《上海师范大学学报（哲学社会科学版）》2021年第4期，作者单位：上海师范大学人文学院]

---

① 参见叶圣陶《论中学国文课程的改订》，载中央教育科学研究所编《叶圣陶语文教育论集》（上册），教育科学出版社1980年版，第74—85页。

《红楼梦》整本书阅读与文学教育

俞晓红

"《红楼梦》整本书阅读"是近几年语文教育界讨论的热门话题之一。关于"整本书阅读"的理念内涵,笔者曾提出这样的观点:"'整'者,完整、整体之谓也;'书'者,书籍,装订成册的著作。'整本书'阅读,自然是要完整地阅读一本书,并作整体性的理解接受。""'整本书'的'整',突出的是阅读的完整性和整体性,否定的是阅读的片段性和片面性。""'阅读'的对象是'书',而不是影视剧或其他。"[①]这么说,不是要否定影视剧或其他形式的再创作文本,而是针对基于《普通高中语文课程标准》18个学习任务群之首设置的"整本书阅读与研讨"这一特定目标所做的概念梳理与界定。作为古代文学经典之作的《红楼梦》,成为高中语文教材"整本书阅读与研讨"的对象和载体,取代了以往以《葫芦僧判断葫芦案》《林黛玉进贾府》《诉肺腑》《香菱学诗》《宝玉挨打》《抄检大观园》等选文为标志的"片段性"阅读模式,既是语文教育的进步,也是历史的必然选择。

毫无疑问,"《红楼梦》整本书阅读"是经典的"文学阅读",其本质是"文学教育"。文学阅读是一种文学教育,经典的文学阅读是最好的文学教育,这本来是不言而喻的事实。然而,在学术分科愈来愈细致严密,学科定位制约其学科特性的今天,却似乎有了再思考的必要。

---

① 俞晓红:《〈红楼梦〉"整本书阅读"的理念与实施》,《学语文》2020年第1期。

一

当《红楼梦》作为"文学阅读"的文本时，它天然地属于"文学"这一学科门类；而若将《红楼梦》视作"文学教育"的选本，"教育学"的学科特性与功能必定限制了它身为"文学"经典的审美特性和化育功能。那么，"《红楼梦》整本书阅读"的过程与目的，究竟是文学本位的文学感知与审美接受，还是教育学本位的知识获得与思政渗透？换言之，文学教育是文学的，还是教育的？在它前面的问题是：文学是教育的吗？

就中国古代文学传统而言，诗歌是其最早的代表性样式。《论语》记录孔子的话说："诗，可以兴，可以观，可以群，可以怨。迩之事父，远之事君；多识于鸟兽草木之名。"这就在三个层面上确定了诗歌的教育功能：一是可以"兴观群怨"，通过读诗，进而懂得如何感发情志，如何博观天地风俗，如何合群相处，如何批评社会、抒发怨情；二是近可以孝，远可以忠，从悟诗中学会做人与从政的道理；三是可以获取知识，掌握各类自然物的名称及其功用。孔子要求他的儿子伯鱼要读《诗》，如果"不学《诗》，无以言"，不读《诗经》中的《周南》《召南》，"其犹正墙面而立也与"。① "南"是周公、召公的采邑，地处雍州岐山之阳（今陕西岐山以南），称为"南国"。周公、召公将文王教化施行到南国，是以在"南"之二地所采的诗，分别名之《周南》《召南》。孔子认为《诗经》是最好的教育文本，《周南》《召南》又是其中经典的篇章，不读这些文学名篇，就无法表达自我，甚至如面墙而立，无所知觉。《论语》不仅确立了儒家的诗教观，它本身也是孔子教育思想的载体。后世文学家将"文章"亦列为教育文本，强调读文和作文有修身、理家、治国的大

---

① 参见《论语》之《季氏》《阳货》诸篇，载杨伯峻译注《论语译注》，中华书局1980年版，第178、185页。

功用。曹丕《典论·论文》将文章提到建功立业的高度："盖文章，经国之大业，不朽之盛事。"①刘勰究文道关系，韩柳倡"文以明道"，宋时"文以载道"与"诗以言志"并举，成为中国古代"文学教育"的核心内容。桐城派作为古代历时最长的文派，以古文而雄踞文坛二百余年，培养出千余名作家，乃是因为桐城派诸多重要作家长期从事教育活动，他们以书院讲学或是私授弟子的方式，实施文派的传承。对中国古代文学做历时性的纵向考察，可以约略知道：文学教育是"文学的"，也是"教育的"，因为"文学"本身即是"教育的"。

　　小说进入教育领域，则是 20 世纪的事。先是戊戌变法前后，一些有志之士开始译介西方及日本的小说，严复、梁启超、梁启勋、王钟麒等人强调小说的政治功用与社会功用，陈独秀发布"文学革命"宣言，钱玄同公开表示小说与戏曲是近代文学之正宗。②1904 年春夏之际，王国维撰写长篇论文《红楼梦评论》，专注古代小说的哲学美学内涵，分 5 次刊载于上海《教育世界》杂志第 8、9、10、12、13 期，后收入《静庵文集》于 1905 年 11 月出版。"其见地之高，为自来评《红楼梦》者所未曾有。"③胡适无疑是推动古代白话小说进入中小学教育的领军人物。1917 年 1 月，胡适发表《文学改良刍议》④，以施耐庵、曹雪芹、吴趼人为文学正宗。1918 年 4 月，胡适发表《建设的文学革命论》⑤，宗旨是"国语的文学，文学的国语"，主张"有了国语的文学，方才可有文学的国语。有了文学的国语，我们的国语才可算得真正国语。国语没有文学，

---

① （魏）曹丕：《典论·论文》，载黄霖、蒋凡主编《中国历代文论选新编：精选本》，上海教育出版社 2008 年版，第 34 页。
② 参见俞晓红《胡适与〈红楼梦〉百年阅读》，《红楼梦学刊》2021 年第 4 辑。
③ 涛每：《读王国维先生〈红楼梦评论〉之后》，原载《清华文艺》1925 年第 1 卷第 2 期，收录于吕启祥、林东海主编《红楼梦研究稀见资料汇编》，人民文学出版社 2001 年版，第 148 页。
④ 胡适：《文学改良刍议》，《新青年》1917 年第 2 卷第 5 号。
⑤ 胡适：《建设的文学革命论》，《新青年》1918 年第 4 卷第 4 号。

便没有生命,便没有价值,便不能成立,便不能发达"。他认为《红楼梦》等小说正因为是一种"活文学",才会有这样的生命、这样的价值,"真正有功效有势力的国语教科书,便是国语的文学,便是国语的小说、诗文、戏本",在尚无"标准国语"之时,"可尽量采用《水浒》《西游》《儒林外史》《红楼梦》的白话",而要实施这个主张,首先须"多读模范的白话文学"。如何让国人"多读"白话小说?唯有借助教育政策,进入学校教育的渠道,方能广泛实施。经过一年多的思考,胡适的观点逐渐成熟。1920年2月2日,教育部颁布《通令采用新式标点符号文》;几乎同时,胡适的同乡兼好友汪原放跟随着胡适思想的脚步,开始为标点分段出版《水浒传》《红楼梦》《儒林外史》《西游记》4部白话小说做准备。3月24日,胡适做了一次题为"中学国文的教授"的演讲,提出要将小说、白话的戏剧、长篇的议论文与学术文这三类文本纳入中学"国语文"课程的教材,其中要"看二十部以上,五十部以下的白话小说。例如《水浒》《红楼梦》《西游记》《儒林外史》……此外有好的短篇白话小说,也可以选读"[①]。8月中旬,新标点分段的亚东版《水浒传》出版。11月,亚东版《儒林外史》问世。1921年5月,亚东版《红楼梦》与读者见面。1922年8月17日,胡适在题为"中学的国文教学"的演讲中强调,要让白话文学作品进入中学国文教材:"白话文非少数人提倡来的,乃是千余年演化的结果。我们溯追上去,自现在以至于古代,各个时代都有各个时代很好的白话文,都可供我们的选择。有许多作品,如宋人的白话小词,元人的白话小令,明清人的白话小说,都是绝好的文学读物。"[②]这段话透露出胡适已然在斟酌哪些文学作品可以用作中学国文教学的选文。这为他不久后的实施奠定了思想基础。

[①] 胡适:《中学国文的教授》,《新青年》1920年第8卷第1号。
[②] 演讲稿经整理收入文集,题目改为"再论中学的国文教学",参见胡适《再论中学的国文教学》,载胡适著,季羡林主编《胡适全集》(第2卷),安徽教育出版社2003年版,第788页。

1923 年，全国教育联合会刊布《新学制课程标准纲要》。其中《初级中学国语课程纲要》乃由叶绍钧（圣陶）主要起草，《高级中学公共必修的国语课程纲要》即是由胡适起草，分别设定了"引起学生研究中国文学的兴趣"和"培养欣赏中国文学名著的能力"的课程目标。后一份课纲列出应读书目 28 项，其中纳入了《水浒传》《儒林外史》《镜花缘》3 部章回小说，要求均须使用标点、分段、校勘、整理过的版本。《红楼梦》不在这份课纲中，甚至也没有在 20 世纪 20 年代的其他课纲中出现，这表明胡适在考虑选目时尚有顾虑，在推崇《红楼梦》为"模范"教育文本的观念和实施行为之间存在着一定的罅隙。但事实上，在 1924 年至 1936 年间，至少有 16 套国语文教材节选了《红楼梦》文本作为教学篇目[1]，这还没有把各地中学自选《红楼梦》为课外补充阅读书目的情况计算在内。另外，以胡适身为文化名人的社会影响力和亚东版《红楼梦》的发行力度，《红楼梦》是否在教材选目之内，并不影响各地中小学生以极大的热情阅读这部"绝好的文学读物"。当时有人不满意于胡适倡导的白话文运动及其对《红楼梦》的推举，曾撰文讽刺那些"新式的人物""时髦的少年"，"扛了一个文学革命的大旗"，以胡适之、陈独秀为"祖师"，以《红楼梦》《水浒传》为"利器"，其实对文学并没有"彻底的觉悟"和"真正的了解"。[2] 这段话反过来证明了当时的中学生对《红楼梦》《水浒传》的阅读与追捧到了何等狂热的地步。20 世纪很多著名作家都曾说过，是在中学时代就阅读了《红楼梦》并深受其教育和影响。《红楼梦》对丁玲（1904—1986）小说创作的影响是很明显的，她在 1919 年至 1921 年之间进入长沙周南女子中学读书，1921 年她到了上海，进入陈独秀等人创办的平民女子学校学习。巴金（1904—2005）曾读过《红楼梦》百遍，1923 年至 1925 年间在南京东南大学附中学习，

---

[1] 参见张心科《〈红楼梦〉在清末民国语文教育中的接受》，《红楼梦学刊》2011 年第 5 辑。

[2] 参见薛竞《中学校国文教授的我见》，《中华教育界》1921 年第 11 卷第 5 期。

而这所大学在它还是南高（南京高等师范学校）的1920年夏天，就接受了胡适关于标点版白话小说的课堂宣传和亚东版《水浒传》的校园销售。吴组缃（1908—1994）小学时读过石印本的《金玉缘》，1921年刚一进入安徽省立八中（宣城），就读到了亚东版《红楼梦》，"行款舒朗，字体清楚"，"阅读中不知不觉用心钻研，仔细琢磨"。《红楼梦》等白话经典不仅教会了当时的中学生如何分段、空行、提格、标点，而且教会了他们"在日常生活中体察人们说话的神态、语气和意味"[①]，教会了他们如何写作。出生于1920年的张爱玲，甚至在8岁时就开始阅读《红楼梦》，1931年12岁进入上海女子教会中学圣玛利亚女校（St.Mary's Hall）时，她已经读出了《红楼梦》前八十回和后四十回的文本差异；这不仅对她的小说写作影响颇深，而且也为她后来写出那部颇具版本学意味的《红楼梦魇》铺垫了基础。

概而言之，作为小说的《红楼梦》，因其带有"模范的白话文学"的标签，以标点、分段的全新阅读界面，借助相关教育政策，从20世纪20年代起，陆续进入中小学校的国语文课程，成为当时中小学生课堂内外的阅读书目，助力了一代中国人的精神成长。《红楼梦》是文学的范本，也是教育的读本。显而易见，在中国古代，文学作品一身而二任，兼顾文学与教育的双重职责。在20世纪20年代，培养教育学专门人才的学科和专业已开始在高校中设置，以经典白话文学作品为教育读本进入中小学课程的做法，实际上也体现了文学与教育的合体前行。只是到了学科分工愈加精细化的今天，人们才会生出一丝困惑：文学是文学的，还是教育的？

[①] 吴组缃：《胡适文萃·序》，载杨犁编《胡适文萃》，作家出版社1991年版，第2页。

二

假如文学不是"教育"的,那又是什么的?

文学可以是娱乐的,它使人在生活中生发兴味和快乐;可以是休闲的,如同园林漫步那样轻松;可以是审美的,给人带来精神的愉悦和享受;当然可以是也必然是教育的,因为它使人获得知识与成长。读诗和写诗之于《红楼梦》中的林黛玉,不是休闲的,也不是娱乐的,是缓解焦虑的,是宣泄意绪的,也是抒发情感和意志的;当然,读诗也是教育的,如同她指导香菱学诗的步骤一样,林黛玉在对诗歌文本的大量阅读中,认知了作诗的规则和方法,在不断的实践中成长为大观园优秀的闺阁诗人。与此相仿,戏曲的文本阅读和舞台演出之于林黛玉,则同时是审美的和教育的。她读完《西厢记》,会援引曲词来讽喻贾宝玉,或是充作抢答题的答案;她听到《牡丹亭》曲,立刻惊艳于【皂罗袍】的文辞之美,赞叹戏上也有好文章;她边观看《荆钗记》,同时就可以借王十朋绕道祭妻的关目,批评贾宝玉城外祭钏行为的不通透。经典戏曲文学在不知不觉之时,开启了林黛玉的自我教育模式。读剧令她的应对更加机敏蕴藉;听曲警醒了她的芳心,情感经历剧烈疼痛后蓦然成长;观戏使她悟知生命的况味,启导她可以用一种冷静的态度用情。由此可知,文学之于林黛玉,更是教育的。这是文学的一种更具精神张力的功用。可知"文学阅读"必然是一种"文学教育",文学既是"文学"的,也是"教育"的。

这会延伸出一个新的思考:文学"何以"教育?这里"何以"是"以什么""用什么"的意思。文学以什么教育人?换言之,文学的育人功用主要体现在哪些方面?

仍以《红楼梦》为例,何以生活在相同或相似的成长空间,年龄相仿的年轻人在心智、情感、人格诸方面的表现有各种差异?除了基因、原生家庭的差异之外,教育文本和教育持续性的差异应是一个重要的原因。因为不是所有的闺阁女子都能像林黛玉这样，不断获得经文学教育而成长的时间与空间。《红楼梦》中的贵族少女或多或少蒙受过家庭的文化教育，会写诗，会品诗，会论诗，也懂观剧和评戏，然而她们对诸多戏剧文本，则往往没有太多的阅读。博识多闻的薛宝钗曾坦言，《西厢记》《琵琶记》《元人百种曲》小时候都是读过的，但大人知道后使用暴力手段，逼使她不得不放弃文学阅读，就此隔断了她接受文学教育的渠道，封闭了她精神成长的空间。从今天的眼光来看，这无疑是一种反教育、反文化的行为，但在当时却是一种顺应时代要求的教育行动，它使得这位被隔断者滋生与那个时代比较合拍的认知，后者会潜在地引导她主动去阻断他人经由文学阅读而获得的自我教育、自我成长的机会。

前节所谓"文学"的概念，除了诗、文、小说、戏曲等文学作品之外，还包含"文章经籍"在内。由于阅读文章经籍以求仕进原本就是古代士子常规的人生道路和价值追求，因此对这一类文本的阅读不但不在禁止之列，反而成为时代积极倡导和鼓励的对象。所以薛宝钗所叙被"打的打，骂的骂，烧的烧"后"丢开"的阅读文本，是诗、词、戏曲一类纯文学文本而不是文章经籍文本；暴力手段隔断文学阅读的对象不仅是女孩，也包括那些以求取仕进为目标的男孩。逼使他们放弃纯文学阅读的理由和目的，在男子是促使他们"读书明理，辅国治民"，在女子是阻止她们因阅读"杂书"而"移了性情"。由此可知，《西厢记》《琵琶记》及《元人百种曲》，都在这"杂书"的范围内；不厌说茗烟悄悄带进园子给贾宝玉阅读的"外传野史"之类的专供品，自然更在禁止之列。然而恰恰是这一类文学文本，提供给大观园中大多数少年居民以精神成长所必需的良性营养；那些在诗词写作的才智上有所欠缺的青年女子，也恰好是较多地阅读其他类型的读本如女经类或宗教类文本，对诗词、小说、戏曲类的纯文学文本所读甚少，甚或是对任何文学读本都没有阅读量的女子。这些文学阅读量稀薄的女子，不仅诗作没有光彩，猜谜猜得不对，行酒令一开口就错了韵，而且情商也比较低，在相伴多年的贴身大丫鬟被撵的时候，没有表现出一点温情。这说明不是所有的阅读都能令人获得健康的成长。而当文学的阅读量为零或接近零时，当事人的语言表达会变得粗俗不堪（例如王熙凤），即使是出身富贵之家的男子（例如薛蟠）也不能幸免。《红楼梦》对文学阅读之于人的教育作用的情节表现，与孔子所强调的"不学诗，无以言"和"不学礼，无以立"的教育思想一脉相承。

因为文学是"人学"，是表现人和教育人的载体。在现代，国内学界最早提出"文学是人学"这个理论命题的是钱谷融。1957年2月，钱谷融写了一篇题为《论"文学是人学"》的文章发表对这个问题的看法，文中还引用车尔尼雪夫斯基的话说："诗人指导人们趋向于高尚的生活概念和情感的高贵形象：我们读诗人的作品，就会厌恶那庸俗的和恶劣的事物，就会看出所有美和善的迷人的地方，爱好所有高贵的东西；他们会使我们变得更好，更善良，更高贵。"[1]这里谈的是诗歌对读者人性成长的教育作用。23年以后，钱谷融以更为简洁的方式再次表达了这一观点："文学的任务，主要应该是影响人，教育人。"文学以什么影响人、教育人？他继续阐发道："文学既以人为对象，既以影响人、教育人为目的，就应该发扬人性、提高人性。"[2]时隔36年，钱谷融再次申说"真正的文学艺术创造活动务必是建立在'尊重人的自然天性''珍惜人间一切真情'的基础之上的"，因为"文学艺术与人类的生命存在于同一个层面上"。[3]人的天性和人间真情是生命价值的体现，因而也是文学最值得表现的价值层面。《红楼梦》叙及的男女主人公所阅读的文学作品，诗是

---

[1] 钱谷融：《论"文学是人学"》，原载《文艺月报》1957年5月号，收录于《论"文学是人学"——钱谷融文艺论文选》，山东文艺出版社2021年版，第3—4页。
[2] 钱谷融：《〈论"文学是人学"〉一文的自我批判提纲》，《文艺研究》1980年第3期。
[3] 参见钱谷融《文学是人学，艺术也是人生——序鲁枢元新版〈创作心理研究〉》，《文汇报》2016年7月18日。

杰作，文是佳篇，戏曲是蕴含民主性精华的经典文本，无不闪耀着"真情"的温暖和"人性"的光辉，正适宜作为成长中的少年男女的教育读本。林黛玉父母双亡，是她可以不受正统教育束缚的现实条件，这使她能够从容地进行文学阅读与诗词写作，接受来自经典戏曲文本的情感教育，自由地伸展少女的天性，从而焕发人性的光彩。作为对比描写，薛宝钗因为原生家庭的干预而阻断了文学阅读的正常开展，文学教育中途搁置，人性遭致挤压，真情受到压制，结果就显得率真不足而淡漠有余。小说写她每每用"冷香丸"来克服先天的"热毒"，正是从寓意层面来表达这一过程。

以《红楼梦》所描写的世界为例，也许还不足以回答"文学以什么教育人"的问题。如果我们回溯百年以前，作为优秀教育读本的《红楼梦》，影响那一时代国人精神成长的种种情形之后，就可以从另一个层面更好地理解这个问题。除前节所叙之外，我们还可再举典型案例做进一步说明。

曾有一种说法，认为冰心（1900—1999）不喜欢《红楼梦》。这可能是一种误解。1963年，冰心从作家的角度写了一篇专文来谈《红楼梦》的写作技巧。文中郑重提及："《红楼梦》这部书，在老一辈的知识分子中间，几乎人人熟悉。"[①]冰心1914年至1918年在北京教会学校贝满女中读书，1919年开始发表文学作品，1920年随协和女子大学并入燕京大学学习。冰心所言"老一辈的知识分子"，自然是和她同辈、出生于20世纪初、接受过新文化运动洗礼的那一代人。冰心又说她自己是"一个喜爱《红楼梦》的读者"，一个"从事写作、希望从祖国的古典名著里得到教益的人"，平日和朋友在一起的时候，会就这部小说的某个具体情节"兴高采烈地谈个没完"。显然，冰心受到来自《红楼梦》这部"绝好的文学读物"的影响，能够获得有益于写作和人生的教育，乃与她

---

① 冰心：《〈红楼梦〉写作技巧一斑》，《人民文学》1963年11月号。

那一辈人一样，源于她中学和大学时的时代氛围和文化感召。

另一个例子是历史文献学家和教育家姜亮夫（1902—1995），这样一位在楚辞学、敦煌学等多个学术领域卓有成就的著名学者，中学时代（1918—1921）是在云南省立第二中学度过的。他曾在1935年写过一篇题为《红楼梦送我出青年时代》[①]的文章，提到自己爱读的小说很多，但偶然间在书架上发现一部《红楼梦》后，"不料竟成了整个中学生时代的好伴侣。差不多一个中学时代，不曾离过他"。他还为贾府画了世系图，为钗、探、湘、黛画了四张特别大的画像；《葬花词》读得烂熟；"也陪过黛玉落泪，也陪过宝玉想思，无所不为，只要想得到"，以至于连《红楼梦》的续书和评论都找了来看，王国维的《红楼梦评论》是促使他"学问兴趣转变的一个大关键"。文学阅读让他明白世事，令他知悟人生哲理，使他的青春期成为他一生中的"黄金时代"。

百年以前的中学生能以极大的热情沉浸于《红楼梦》的阅读，肆意地想象、落泪，纵声地谈论、争辩，痴迷地背诵诗词、撰写心得，从中获得成长的体验和人生的感悟；百年过去，今天的中学生要完整地阅读《红楼梦》整本书，何以竟成为一件难事？因为40年来的应试教育影响了青少年的阅读思维，与考试无关的人文艺术类书籍几乎全然被摒弃于阅读范围之外，经典文学作品所能给予的关于生命、人性、真情等教育资源被搁置已久，即便是身为"主课"的语文在高中阶段不受重视的情况也比较普遍，刷题积习甚重，高考语文的阅读材料题不一定需要深厚的阅读积累和良好的阅读感觉就能做出。文学阅读的缺席必定导致文学教育的缺憾，长此以往，将不利于一代青少年的人格精神与生命情感的

---

① 姜亮夫：《红楼梦送我出青年时代》，原载《青年界》1935年第8卷第1号，收录于吕启祥、林东海主编《红楼梦研究稀见资料汇编》，人民文学出版社2001年版，第585—586页。

健康养成。陈平原曾言:"语文学习与人生经验密不可分。"[1]这句话也可以这样理解:经典文学的阅读能提供丰富的人生经验。"所谓'精英式的阅读',正是指这些一时没有实际用途,但对养成人生经验、文化品位和精神境界有意义的作品。"[2]教育部《普通高中语文课程标准》明确指出,通过对经典文学名著的整本书阅读,不仅能拓宽阅读视野,提高阅读鉴赏能力,而且更重要的是能传承中华优秀传统文化、促进中学生正确"三观"的形成。这是"新时代"提炼出来的,与"立德树人"的育人目标高度吻合的文学教育思想,比起一百年来以文学阅读促进生命教育的文学观,更具时代文化的高度和价值内涵的深度。

三

从另一个视角来看,纪念"新红学"一百年,其意义不仅仅止于对一种研究范式所给出的文学史学层面的价值判断。教育部《普通高中语文课程标准》(2017年版,2020年修订)明确要求让"整本书阅读"进课程、进教材,"拓展阅读视野,建构阅读整本书的经验,形成适合自己的读书方法,提升阅读鉴赏能力,养成良好的阅读习惯"数句,可视为整本书阅读的课程目标;"促进学生对中华优秀传统文化、革命文化、社会主义先进文化的深入学习和思考,形成正确的世界观、人生观和价值观"数句,理当视为高中学生的培养目标。"新课标"目标导向性如此明确,必将对全国中学语文教育起到深度警醒、积极推动和全面促进的历史性作用。这与百年前亚东版《红楼梦》《水浒传》等名著借助教育部"通令"和胡适"课纲",以"席卷"的态势进入中学课程的局况相似,

---

[1] 陈平原:《语文之美与教育之责》,载陈平原《六说文学教育》,东方出版社2016年版,第138页。
[2] 陈平原:《语文之美与教育之责》,载陈平原《六说文学教育》,东方出版社2016年版,第139页。

昭示当代的"文学教育"会经由经典"文学阅读"而达成人格塑造、"三观"养育的目标的最大可能。两个"课纲"遥隔百年：这一场跨越时空的对望，揭明百年前"新红学"及亚东版《红楼梦》所深藏的文学史和教育史的双重价值。

以文学名著《红楼梦》为当代青少年精神成长的教育读本，当在两个层面上思考实现其教育价值的可能性。一方面，在应试教育意识浸润人心已久的今天，面向高中生的文学教育"何以"可能？高中生阅读群体有时间、有勇气去阅读整本书，并获得正面的感悟和心灵的成长吗？

最近一次全国性的"《红楼梦》整本书阅读"主题征文活动成果表明：这个受众群体不仅能读懂《红楼梦》的主题内涵，更能从中领悟什么是真情，什么是人性，什么是做人的风骨，什么是做事的境界。他们在小学时就知道了《红楼梦》的存在，初中开始阅读整本书，与它相遇、相知、相识、相感，"不断体味人心的复杂与美好，得到一份心灵的宁静与清明"；他们从宝黛追求向往的自由的过程中，体悟出"即使没有炬火，也敢于做那唯一的光"的道理；男生敢于直率地表达为什么喜欢林黛玉，因为"'否定'的美更动人""'率真'的美更可贵"；女生敢于自我反思，"是否保留有黛玉的那种率真与朴实"；他们感叹王熙凤"掌贾府大权只是为了满足贪婪的欲望，而从未想过要重振贾府"；他们赞赏探春理家所显示的"小女子，大魄力，心有规矩不偏私，秉公执事行大义"；他们从晴雯的握手、撕扇、补裘中读到了晴雯"自我意识的极致彰显"，又从晴雯的断甲中读出了晴雯对现实世界的"割离、放弃、诀别"，悟得晴雯因没有"读书受教育"而导致的自我意识的局限性；他们从"真"与"假"的对立中认知探求真假的"过程"的重要性，从而自我勉励："现在做个深呼吸，备好你名为初心的行囊，开始你伟大的历险，去追逐你心中的'真'。当然不要忘记，过程，才是真正值得你永远铭记的

'真'。"① 这次征文活动，中学生应征作品 2976 篇，涉及作品主题、人物、情节、意象、语言等多个层面，其中对人物形象的评析作品占比最大，达到 54.2%，说明中学生受众更关注小说的故事，对处于故事中心的人物产生了浓厚的兴趣，生发出自己独到的见解。② 获奖学生的年龄多在 15—17 岁，其中出生于 2005 年的最多，占到 71.88%，正是二八芳华。作为同龄人，他们的青春生命与小说中的少男少女一起脉动，相对于其他受众群体，因而更具备解读这些文学人物个性的年龄和心理优势。因此，宝、黛、探、晴率真的品质与有趣的灵魂会深深地感染这些年轻读者的精神世界，在他们心灵成长的过程中烙下不可磨灭的教育印记。

另一方面，作为实施"整本书阅读"这一学习任务的教育行为主体，中学老师已经做好准备了吗？通过调研发现，不仅"微时代"碎片化、浅表化阅读导致整本书阅读在中学的大面积缺席，功利化应试思维挤压众多中学生整本书阅读的时间与空间，而且作为他们的语文老师，多半也是经过应试教育的训练走出来的，有不少人已形成一种模式化的思维定式，一提到命题制卷就成竹在胸，一涉及指导学生阅读整本书就茫然失措。因此又滋生一个新的问题：文学教育"如何"可能？

这个命题给了大学教师介入中学语文教学研究的途径。大学中文系从事古代文学教学与研究的教师，有很多是在阅读《红楼梦》方面有深

---

① 参见歙县中学高二（6）班鲍枝俏《相约红楼》，太湖中学高二（1）班汪寅澜《涸辙鲋小，莫嘲禹门浪高》，安徽师范大学附属中学高二（18）班项铮《我为何更喜欢林黛玉》，合肥市第十中学高三（2）班程羽晗《只道相思却成空》，安徽师范大学附属中学高二（16）班陈唐娜《问西风》，淮北师范大学附属实验中学高二（3）班刘婉婷《说说探春的"大"与"小"》，上海市建平中学高三（9）班刘梦申《〈红楼梦〉中晴雯的自我意识》，北京市八一学校高二（9）班王兆宇《论〈红楼梦〉中的真与假》，载俞晓红主编《悦读红楼》，安徽教育出版社 2021 年版，第 77、84、94—95、97、108、120、132、81 页。
② 参见李娜《深化整本书阅读教学理念，助推中学生综合素养提升——2021 年全国〈红楼梦〉整本书阅读主题征文活动作品概况及启示》，《安徽教育科研》2021 年第 32 期。

入体悟和独到见解的；尤其是中文师范专业教师，要教会师范生如何指导将来的中学生阅读整本书，以促进师范生的使命传承和职后发展，自己必须承担起正确解读古典名著的责任。循此出发，中文系的教师需要思考以下三个问题。一是文学研究与文学教育如何结合？传统的中文专业课程教学以文学文本解读和文学史研究为主，很少涉及文学教育；确立《红楼梦》整本书阅读的理念并推动其成功实施，可以为促进文学研究向文学教育转化提供样本。二是高等教育与基础教育如何衔接？专业课程设置对接基础教育需求，是教育部师范专业认证的标准之一；设置"《红楼梦》整本书阅读与研讨"课程，重构研讨式、探究式的课堂教学流程，可以为师范生职后发展提供可复制的教学范本。三是研究方案与教育实践如何实施？整本书阅读方案如何进入基础教育一线实施，本身是一项艰难的工程；为基础一线语文教师提供切实可行的策略和方案，可以促进整本书阅读"培养目标"的有效达成。[①]

　　陈平原曾提及，民国时期，历史学家钱穆、吕思勉，文学家朱自清和美学家朱光潜，都是以中学教师进大学教书；但20世纪50年代以降，大学与中学之间存在的不仅是裂缝，而且是不可逾越的鸿沟。这自然与学科分工愈来愈细密、大学评价制度愈来愈体系化有因果关联，语文教育成了教育学科的事儿，而大学中文教师更专注于专业研究成果的获得，因为"人的精力有限，大力介入中小学教育，多少会影响专业著述的深度"；就连大学的中文专业课是否具有文学教育的功能目标都是一个困惑，"大学里的'文学教育'，又在'专业'与'趣味'、'知识'与'技能'之间苦苦挣扎，始终没能找到正确的位置"。[②]要回答前面的问题，

[①] 参见俞晓红《如何提升〈红楼梦〉整本书阅读的有效性》，原载《学语文》2021年第3期，收录于俞晓红主编《悦读红楼》，安徽教育出版社2021年版，第168—176页。

[②] 参见陈平原《语文教学的魅力与陷阱》《校园里的诗性——以北京大学为中心》，载陈平原《六说文学教育》，东方出版社2016年版，第148—149、22页。

需要从高等教育和基础教育两个层面进行研究并推动实施。

大学中文系的专业教师,首先,需要拓展红学研究的领域,寻找学科交叉的学术视野与有效方法,改变以往红学研究重理论探讨而轻现实需求、多静态思考而少动态观照的现状,将原本纯文学层面的《红楼梦》研究转向而为文学教育层面的"《红楼梦》整本书阅读"教学研究,文学研究与教育学研究相结合,在显性的文学教育中渗透隐性的价值引导,以跨界的路径为红学领域的拓展提供新的学术范式。其次,应重视文学教育的价值,推进高等教育与基础教育的紧密衔接,将高等教育《红楼梦》研究的学术思维与高中语文阅读教育的应用思维相结合,突破单一的高校文学学术研究或基础教育教学研究的模式,以跨类的多元视野及方法观照并解决当下基础教育亟待解决的现实课题,将主题征文活动、讲座授课、教育实习指导等作为衔接高等教育与基础教育的桥梁,以适应新时代我国基础教育的发展趋势,满足中学一线语文教师的当下需求,以高等教育的学术优势加强对基础教育的支持和服务。最后,应以经典文化浸润基础教育过程的方式,指导激励中学生以整体观阅读《红楼梦》,养成阅读经典名著的正确方法与良好习惯,提升对母语的审美鉴赏、创造与建构水平,发展其思维能力,生发理解传承中华优秀传统文化的自觉力,为全国高中语文"《红楼梦》整本书阅读"的实施提供可资借鉴的文化教育资源。"《红楼梦》整本书阅读"是一个具有经典样本意义的时代文化命题,完成这份答卷需要"呼唤那些压在重床叠屋的'学问'底下的'温情''诗意'与'想象力'"[1]。这在当前全面复兴优秀传统文化的时代背景下,尤有积极的现实意义。

基础一线的语文教师,当主动肩负起新时代所赋予的文学教育使命,首先,从自己做起,不仅需要重新打开名著阅读整本书,还要在阅读中

---

[1] 陈平原:《校园里的诗性》,载陈平原《六说文学教育》,东方出版社2016年版,第21页。

形成指导意识、提升指导能力，对阅读指导方案做整体性思考和深层次研究。其次，应设计问题单，要求学生课外阅读、堂上研讨，"指定分量——自何处起，至何处止——由学生自己阅看。课堂上止有讨论，不用讲解"，"指定分量之法，须用一件事的始末起结作一次的教材"，"注入式的教授，自不容于当代的新潮流，教员在讲堂上，除了补充和讨论以外，实在没有讲解的必要"。①最后，需要学生提交成果、给予评价，以验证阅读成效，成果的形式可以是赏析、评价文章，也可以是二度创作，"若是出题目做的文章，应注意几点：（一）最好是令学生自己出题目；（二）千万不可出空泛或抽象的题目；（三）题目的要件是：第一要能引起学生的兴味，第二要能引学生去收集材料，第三要能使学生运用已有的经验学识"。在百年以前的演讲中，胡适就已经倡导用"整本书阅读与研讨"的方式，在国语文的课程中实施进行白话小说与戏剧的教学。针对听众的质疑，胡适坚定地说："深信我对于中学生的国文程度的希望，并不算太高。从国民学校到中学毕业是整整的十一年。十一年的国文教育，若不能做到我所期望的程度，那便是中国教育的大失败！"②百年以后的今天，中学生进行《红楼梦》以及其他经典名著的整本书阅读，从理论上说，自然不会高于百年前中学生的阅读难度，而课程目标和教育目标的设定，却又高于百年前胡适所设想的水平。我们也可以相信，以今天高校教师的介入、中学教师的投入和中学生的浸入，"《红楼梦》整本书阅读与研讨"这一任务，应能很好地推进和完成，也应能达成教育部"新课标"所示的促进优秀传统文化传承和形成中学生正确三观的育人目标。

  阅读整本书主要在"课外"进行，但文学阅读并不是闲适、随意的

---

① 参见胡适《中学国文的教授》，《新青年》1920年第8卷第1号；胡适《再论中学的国文教学》，载胡适著，季羡林主编《胡适全集》（第2卷），安徽教育出版社2003年版，第788页。
② 胡适：《中学国文的教授》，《新青年》1920年第8卷第1号。

课外兴趣活动。这是一种隐性的文学教育，经典作品的人生体验、文化品质和精神内涵，会以"春风化雨"的方式，在潜移默化中发挥重塑青少年价值观、促进人格与心灵健康成长的教育功能。为什么中学语文老师比其他学科老师更容易被毕业许久的学生追怀？是牢固地传授给学生系统的语文知识，还是因为他把学生带入了文学的殿堂，并在文学审美的过程中使学生获得了超前的人生体验和精神价值，而学生们又用了十年、二十年甚至更长的生命时间验证了那些体验和价值？比知识传授更重要的是价值引领，基础一线教师在文学教育与应试教育之间，需要保持必要的张力，腾挪身手，将温情与诗意灌注于教育进程。同样，大学中文专业的毕业生，十年、二十年后铭记于心的，是那些曾灌满诗意的课堂、挥洒激情的场面和使学生理想飞扬的老师。时至今日，作为高等师范院校的中文教师，理当更多一些文学教育的情怀，立足经典文学文本，着力开展研讨式、探究式教学，以促进师范生整本书"阅读与研讨"意识与能力的养成。唯有如此，才能有效达成用经典文学阅读实施人文教育、培育正确"三观"的目标。

（原文发表于《红楼梦学刊》2022年第1辑，
作者单位：安徽师范大学文学院）

中学语文教学的缺憾与《红楼梦》整本书阅读的提倡

苗怀明

就中学阶段中国古代小说教学的实际情况而言，受课程体制、教学时间、师生精力等多种因素的限制，短篇小说更适合中学语文的教学需要，而长篇小说只能以短篇小说的形式进入语文教学。所谓短篇小说的形式，就是采取选段即通常是选取长篇小说中那些写得最为精彩、最为经典的部分，将其剪裁成短篇小说纳入中学语文教学。

就目前正在使用的中学语文教材来看，其所选中国古代小说方面的篇目如下：

《世说新语》(《咏雪》《陈太丘与友期》)

《搜神后记》(《桃花源记》)

《聊斋志异》(《狼》《促织》)

《阅微草堂笔记》(《河中石兽》)

《三国演义》(《三顾茅庐》)

《水浒传》(《智取生辰纲》《林教头风雪山神庙》)

《红楼梦》(《刘姥姥进大观园》)

《儒林外史》(《范进中举》)

其中《世说新语》《搜神后记》《聊斋志异》和《阅微草堂笔记》四部作品为短篇小说集，所选六篇皆为篇幅很短的短篇小说，而另外四部《三国演义》《水浒传》《红楼梦》《儒林外史》则为长篇小说，即便是篇幅最小的《儒林外史》也有五十六回，近四十万字，教材则选取这四部长篇小说中的五个片段。这种裁长篇为短篇的教学和学习模式已经在中学中持续了很多年，大家也多习以为常。但无论是从良好阅读习惯的培养还是从阅读和欣赏能力的掌握这些角度来看，我们必须认识到，这种教学、学习方式是存在问题的，必须想办法予以纠正。

众所周知，长篇小说与短篇小说的区别并不仅仅体现在篇幅上，两类体裁的作品对人物、情节、时空、结构等方面的安排处理乃至创作手法都有明显的不同。仅就人物形象的塑造而言，限于篇幅，短篇小说只能从特定角度截取其人生的一个片段，突出其某一个方面的特点。而长篇小说则可以较为完整详细地描写其人生的各个时期、多个方面。同样，短篇小说只能展现人物性格中的某一个方面，而长篇小说则可以充分展示其性格的各个层面，展现其性格的形成过程，写出人物形象的多元性、丰富性和复杂性。总的来说，短篇小说中的人物通常是扁平的，而长篇小说中的主要人物则多为立体的。

将长篇小说剪裁为短篇小说进入中学语文教学，往好处说，是尝鼎一脔，通过精彩片段的学习领略全书之一斑，但其缺憾也是很明显的，那就是挂一漏万，只能领略作品的部分佳处，把握作品的部分特点。人们过去经常将以偏概全的方法说成盲人摸象，但实际上这种裁长篇为短篇的方式正是盲人摸象。以刘姥姥进大观园为例，这是刘姥姥第二次去贾府，也是《红楼梦》中的重要情节，曹雪芹整整用了三回多的篇幅，在作品中能占到如此多篇幅的故事并不多，只有秦可卿之死、元妃省亲、宝玉挨打和尤二姐及尤三姐之死等。但教材并没有完整收录这个故事，而是节选了第四十回中的部分内容，即刘姥姥吃饭逗众人发笑的这个片段，连一回的篇幅都不到，就《红楼梦》全书来看，不到作品的八十分之一。

教材所选刘姥姥吃饭的这个片段固然写得非常精彩，但无论如何不能替代对《红楼梦》全书的阅读，即便是其中的核心人物刘姥姥，在这个选段里也只能展示其部分特点，根据这个片段产生的刘姥姥印象，与读过全书之后对刘姥姥的印象会有较大的差别。毫无疑问，必须将全书有关刘姥姥的描写汇总起来，才能完整、准确地理解这个人物形象。而且这个片段富有戏剧色彩,这样的场面描写在全书中并不多见。如果学生的阅读止于刘姥姥进大观园,其对《红楼梦》这部小说的印象肯定是存在偏差的,甚至可以说是被误导的。

再以以往被选入教材的"林黛玉进贾府"这个片段来说,这虽然也是全书最为精彩的段落之一,表现了林黛玉知书达理、谨慎小心的这一面,但作品在此后呈现出的林黛玉形象与此有着很大的反差,比如她的多愁善感、幽默机智等,在这个选段里是看不到的。林黛玉进贾府这个片段对林黛玉这个人物形象的展示是不完整的,也是缺少深度的,自然无法替代全书的阅读。

从上述两个例子可以看出,将长篇小说剪裁成短篇小说的选段式阅读固然便于教学,省时省力,但付出的代价也是很大的,那就是人为隔断了所选片段与前后文、与全书的有机关联,将其孤立起来,遮蔽了长篇小说内容丰富复杂的一面,不管是人物的思想、性格还是人物之间的关系。这种方式甚至还不如选取独立的短篇小说,毕竟这些小说本来就是作为短篇小说创作的。用选段方式替代长篇小说的阅读,这只能说是一种无奈之举,也是一种存在严重缺憾的阅读方式。

在现行的中学语文教学体系中,戏曲、话剧中篇幅稍长的文学作品如《窦娥冤》《牡丹亭》《雷雨》《哈姆雷特》《茶馆》等也是以选取片段的方式。以诗歌、散文而言,中学语文教材也是侧重选收篇幅较短者,连史铁生的《我与地坛》都是节选。这样也导致另外一个问题,那就是中学语文教材各类文体的分布不够平衡,诗歌、散文偏多,小说、戏剧则偏少。

这种剪裁长篇小说为短篇小说的方式产生的弊端是很明显的,那就是造成学生在中学阶段的阅读基本停留在浅层次,难以进入深度阅读,而且阅读量也存在严重不足,无论是初中阶段还是高中阶段皆是如此。这种阅读很像当下人们使用手机进行的阅读,即那种碎片式的浅层阅读。

这种片段式浅层阅读的弊端越来越明显，但目前中学语文教学、学习的实际情况，既不可能对现有的课程体制进行根本的变革，学生又没有时间和条件去阅读那么多书籍，在此情况下，整本书阅读观念的提出就很有针对性。其实，整本书阅读并不是什么新观念，此前就有人提出过，正是因为中学语文教学存在这种弊端，因而有专门提倡的必要。

对整本书阅读，在教育部颁布的《普通高中语文课程标准》（2017年版，2020年修订）中说得很明确："引导学生通过阅读整本书，拓展阅读视野，建构阅读整本书的经验，形成适合自己的读书方法，提升阅读鉴赏能力，养成良好的阅读习惯。"言下之意，就是要通过整本书的阅读来开阔眼界，保证足够的阅读量，找到不同于片段式阅读的整本书阅读方法，从而养成良好的阅读习惯。

明白这个背景，也就可以理解《红楼梦》整本书阅读的必要性。当然，限于中学语文教学的实际，也只能选一两部作品作为范例。作为中国古代文学成就最高、影响最大的小说经典之一，《红楼梦》被选作中学语文整本书阅读的样本，也是顺理成章的事情。需要强调的是，《红楼梦》的整本书阅读固然必要，但更重要的是通过这本书的阅读举一反三，让学生掌握长篇小说的阅读能力，培养良好的阅读习惯，并将这些方法应用到《三国演义》《水浒传》《西游记》《儒林外史》等其他长篇小说的阅读中。

遗憾的是，有关部门虽然将《红楼梦》作为范例，纳入中学阶段的整本书阅读，但并没有提供相应的配套措施，比如提供学术支撑和指导，提出具体要求，各个学校只能摸着石头过河，根据自身的条件寻找适合的教学方法。目前中学语文《红楼梦》整本书的教学和学习还处在各自为政的摸索阶段。

《红楼梦》前八十回加上后四十回，有九十余万字，篇幅还是相当大的，相当于初中、高中语文教材中的所有课文之和，这对学生和教师来说，无疑是一个挑战。采用整本书阅读，与以前的选段式阅读有何不同？有哪些需要重点把握的地方？怎么阅读才能体现出整本书阅读的特点？这些都是需要考虑并给出答案的。

对《红楼梦》这类篇幅巨大的长篇小说来讲，既然是整本书阅读，除了对细节的把握外，就需要特别关注一些全局性的问题，通过繁杂的故事情节、众多的人物形象，完整、准确地理解整部作品，欣赏其精妙之处。根据笔者的理解，如下一些方面是需要特别引起注意的。

一、把握全书的思想及情感

曹雪芹在《红楼梦》开篇就明确介绍自己的创作动机，那就是忏悔和纪念。忏悔主要指向家族，纪念则指向女性，可见该书是一种追忆似水流年的"忏悔录"。因此对《红楼梦》思想、情感的把握应当尊重作者本人的意见，通过认真阅读文本获得。作者隐在故事情节和人物形象背后，不动声色地通过具体场景和对话特别是贾宝玉、林黛玉等人的言行表达了对社会人生等许多问题的态度和看法，比如排斥科举制度、反对文死谏武死战、不喜欢女儿出嫁、喜欢女儿不喜欢男人等，这些观念与当时的主流思想是格格不入的，具有明显的叛逆色彩。从情感上来看，全书始终带有一种感伤色彩，具有较强的抒情性。从第五回的描写来看，书中的人物特别是列入金陵十二钗正册、副册、又副册的那些女性，她们的命运乃至贾府的悲剧命运早已注定，无可更改，作者在《红楼梦曲》中抒发了那种难以抑制的忧伤。

二、了解人物性格、思想的完整性、丰富性和复杂性

《红楼梦》中的主要人物如贾宝玉、林黛玉、薛宝钗、王熙凤等，他们的思想、性格往往是丰富、复杂的，很难用一个词来概括。比如林黛

玉，她既有比较清高、刻薄的一面，也有随和、幽默的一面，读者很容易注意前一个方面，而忽视了后一个方面。比如贾宝玉，他一方面持女尊男卑思想，觉得女儿高贵，但另一方面又无情地将茜雪赶走，晴雯也差一点被他赶出去；他一方面希望选择自己的人生道路和爱情，但另一方面则具有很强的寄生性。再如王熙凤，读者多注意她的精明强干、心狠手辣，但从作品的实际描写来看，她也有开明宽厚的一面，她对贾母的孝顺并不仅仅是做个样子，她对刘姥姥也有真诚的成分。如果只强调其中一个方面，对人物形象的了解就存在偏差，因而应该全面了解，正是因为这些人物有丰富、复杂的思想、性格，才显得逼真，具有立体感。前面提到了林黛玉、贾宝玉、王熙凤，作品中的其他人物如贾母、贾政、妙玉、袭人、晴雯等也是如此。

三、了解人物之间的复杂关系及其丰富性

《红楼梦》的故事场景主要发生在贾府特别是荣国府内，重点展示了家族人伦及社会关系的各个方面。在作品中，每个人都处在与其他人的关系中，扮演多种角色。比如贾宝玉，他既是林黛玉的表哥，又是林黛玉的情侣；他既是贾政的儿子、贾母的孙子，又是元春的弟弟、探春的哥哥；他既是袭人的丈夫，又是袭人的主子、秦钟的好朋友。其他人物如薛宝钗、王熙凤等也是如此，每个人都处在一个复杂的家庭社会关系网上，连接着社会人生的各个方面，这种关系是互动的。这种以家族为纽带的关系带有鲜明的民族色彩，因而对小说人物的考察不仅要看其个性，也要看其在家族及社会关系网上的位置。

四、厘清《红楼梦》的主线及情节发展的脉络

从作品的实际描写来看，《红楼梦》有两条线索：一是家族从盛到衰

的演变过程，另一是贾宝玉、林黛玉的爱情。前者是主线，后者是副线，且在前者的基础上展开。不少读者阅读《红楼梦》只关注其中的爱情描写，从全书的内容来看，写宝黛爱情的篇幅并不太多，全书大部分篇幅在写家族中的其他人物，如果《红楼梦》只是一部爱情小说的话，这些内容就没有存在的必要了。从全书的内容来看，作者更多的是展现整个家族的变迁，不管是高高在上的主子，还是身份卑微的奴仆，都是家族叙事的一部分，不管他们的身份有多大的差别，他们都是贾府命运共同体中的一员，家族破败，每个人都无法幸免，包括宝、黛。

宝、黛爱情是在家族从盛到衰的背景下展开的，作品描写了两人从初识到了解，从了解到默契的全过程，这也是读者最为关注的一条线索，但往往会忽略其与家族主线之间的关联。

五、了解《红楼梦》的结构方式及特点

《红楼梦》的结构颇为复杂、精致。从故事讲述的角度来看，可以分三个层次，贾府从盛到衰的故事是石头讲述的，这是主故事层。整个故事采取了一个大倒叙，因为这是石头下凡历劫之后追述而成。在这个故事下，还有一些次故事层，比如冷子兴演说荣国府、贾宝玉讲耗子精的故事等，讲述人分别为冷子兴、贾宝玉等。在主故事层之上，还有一个超故事层，讲述《红楼梦》创作的由来以及石头下凡历劫的故事，讲述者是一位说书艺人。

从故事内容的安排来看，全书呈线性网状结构，主线是家族从盛到衰的变迁，宝、黛爱情的发展等构成副线，在各个时间点上有着复杂的人物关系，这些都是通过具体的场景和对话呈现出来的。整个作品如同一张蜘蛛网，牵一发而动全身，非常精密。如果不了解《红楼梦》的结构方式及其特点，在阅读《红楼梦》时就会觉得眼花缭乱，无从把握。

六、厘清《红楼梦》情节之间的关系

前面说过,《红楼梦》的结构呈网状展开,纵横交叉,因而各情节并非互不相干,彼此之间有着紧密的联系,或为时间上的先后关系,如刘姥姥的一进贾府、二进贾府;或为逻辑上的因果关系,如傻大姐的误拾绣春囊和抄检大观园,没有傻大姐的误拾,就没有后者,就不会有探春和晴雯的激烈反应。再如《红楼梦》中多次写到主要人物的生日,如薛宝钗、林黛玉、贾宝玉等人的生日,这些描写分散在各回中,它们并非互不相干,彼此不仅存在前后、因果关系,而且还形成鲜明对比,将这些生日描写对照来看,可以欣赏作者犯而不犯的高超艺术手法,也可以了解作者对人物的评价。

七、厘清《红楼梦》的伏笔

《红楼梦》全书是一个艺术整体,不仅各个人物之间形成一个复杂的关系网,而且各个情节之间前后呼应,彼此勾连,形成紧密的联系。为了强化人物、事件之间的关系,曹雪芹还使用了大量的伏笔,使全书各个部分有机关联,形成一个完整的艺术整体。该书第五回中金陵十二钗的判词和《红楼梦曲》都或明或暗揭示了作品主要人物的结局,与后面的情节形成呼应。此外,作者还利用诗词、梦境、酒令、剧目等设置伏笔,这些或在数回后呼应,或千里伏线,在结尾处呼应。因后四十回并非出自曹雪芹的手笔,有的伏笔已无法看到呼应的文字,比如茜雪和小红的描写,明显带有伏笔的性质,在前八十回中没有看到呼应文字,但是据脂砚斋批语交代,八十回后,贾府抄家,贾宝玉落难时,有茜雪和小红出场的描写。因而读《红楼梦》时,不仅要深入了解每一个情节及细节的内涵,还要注意其与此前此后人物、情节之间的关联。

如何在现有中学语文教学体制下进行整本书的阅读,这是一个正在探索中的问题。《红楼梦》内涵丰富，博大精深，从整本书阅读的角度来看，还有很多值得注意的地方，笔者这里只是列举了其中一些方面，希望能对中学生的阅读有所帮助。

（原文发表于《古典文学知识》2023年第1期，
作者单位：南京大学文学院）

让阅读真实发生，让学习真实发生

余党绪

一

随着"新课标"的颁布以及新教材的推出，《红楼梦》成为教材的一个学习单元。这样，《红楼梦》就不再只是红迷或精英们聚讼的对象，而成了全体教师面向全体学生的教学内容。新教材带来的震撼是前所未有的，随之而起的各种异议或非议自然也多了。为什么要读《红楼梦》？为什么偏偏是《红楼梦》？《红楼梦》还要教吗？要教到什么程度？如此等等。这些议论，我们20年前做"经典精读"时其实也都遇到过，而且理由也没什么本质的不同。这些问题本身是开放的，你想说服别人，很难。当时自己还年轻，也曾试图去"统一思想"，结果就不用说了。我想，重要的不是说服别人，而在于说服自己。说服了自己，才能心无旁骛、扎扎实实、持续地去探索。

师大附中的语文学科正是在经典精读、长文阅读等系列探索中迎来了发展的一个高峰。那几年，就算是高考成绩，也让人刮目相看。这里面，有没有经典精读的功劳？我没法实证，但我一直相信规律。符合规律的事情，总不会太糟糕。在短暂的人生中，我们应该选择的，应该是规律而非功利。长远看，合乎规律的才是功利的。孔子说："人之生也直，罔之生也幸而免。"遗憾的是，很多人似乎相反，投机的念头太多，总想靠"罔"而生。在语文教学中，不愿意在读书上下苦功夫，下慢功夫，下细功夫，总希望多快好省，总想找到某种一通百通的灵丹妙药。这样的想法早晚都会受到规律的惩罚。

《红楼梦》这样的文学与文化经典，最需要我们下苦功夫、慢功夫和细功夫。

　　没人否定经典的阅读价值，但为什么教材上将它做成一个教学单元，就引起了那么多人的质疑乃至反对？想来想去，大概还有一个原因，就是对当下的语文教学不信任，担心不合理的课程与教学介入反而破坏了学生的阅读兴味。几十年来，关于语文教学的非议一直不断，每隔几年就能掀起一波嘲弄语文教学的高潮，这也算当代教育的一个奇观吧。从"少慢差费"的批评，到"误尽天下苍生"的否定，再到"一怕文言文，二怕周树人，三怕写作文"之类的民间戏谑，语文学科就像体育界的男足，扮演着引爆全民狂欢的喜剧角色。但是，这些议论与指责在多大意义上切中了语文学科的真相与本质呢？作为一线教师，我拒绝加入这样的全民狂欢。我珍惜自己的每一节课，欣赏同事们的每一个探索，我不认为语文教学一定会构成经典阅读的障碍。

　　找几个极端的例子来否定一切，这样的思维方式本身就是错误的。经典教学也一定会出现各种错误与笑话，但我们不能因噎废食。而且，教学中出现的各种不合理现象，也只能在不断的探索中去解决，而不是干脆放弃教学的探索。在这个问题上，王本华老师的观点更值得听取："要把名著阅读作为语文课程的一部分，有规划，有指导，给时间，出成果，而不是把它当作可有可无的点缀，也不能在教学中放任自流，随意而为。""有规划，有指导，给时间，出成果"，这应该是从事整本书阅读教学的基本共识。

　　在我看来，将整本书阅读纳入语文课程，这是2017年版"新课标"的重大贡献，它给语文学科带来的影响远未显示出来。可以断言，像任务群、大单元、大概念、情境、项目学习这些理论或概念，恐怕多数都会是过眼云烟，热闹几天也就凉了；而整本书阅读不仅会长久存在，还会显示出越来越强大的生机与活力。道理很简单，它关注的是经典，是名著，是人类文化的精华，是文学世界的明珠。只要语文学科在，只要语言文学教育还有价值，经典名著的光辉就不会褪色。

除了经典本身不可替代的永恒价值，以整本书阅读的方式来读经典，也给传统的语文教学带来了全方位的与深层次的冲击。我在《整本书阅读或可成语文教改的发动机》一文中，从教学价值的确定、教学内容的选择、教学资源的组织及教学方式的革新四个角度进行了论证。这篇5年前的文章，今天再读，依然不觉得有什么夸大其词的地方。

我之所以热情洋溢地从事整本书阅读的教学，也有前车之鉴的考虑。从事语文教学30余年，遭遇了一轮又一轮的改革，做的时候轰轰烈烈，事后看看，能够转化为积极成果的还是有限。回顾历次语文学科改革，真正撼动了语文教学格局的，大概也只有世纪之交的那场围绕"人文性"与"工具性"而展开的大讨论了，因为它触及学科的根子问题，性质是事物的根本。相比之下，以往的多数改革都限于教学方式的革新，这样的改进思路近乎舍本逐末，缘木求鱼。一般来说，波及全局的改进，如果着眼的仅仅是技术，是细节，是形式，基本上都会落空，甚至可能陷入形式主义或技术主义的泥潭。

整本书阅读不是这样。它着眼的是教学内容，教学上的形式革新或技术变革都源于对新的内容的响应。我研究了大量项目式学习、大单元的教学案例，我的感觉，基于整本书阅读的教学探索总体上更合理、更可信、更贴切。原因倒也不难理解，整本书阅读的高阶性与复杂性，为这些深度学习提供了更切实的实践空间。有些人习惯于螺蛳壳里做道场。尽管螺蛳壳里也能雕琢出精美的、精致的"道场"，但毕竟缺乏大格局，缺乏大思维，结果多半是精致的小气，精美的肤浅。

那么，整本书阅读为什么一定要读《红楼梦》？换个思路也许更容易理解。如果只挑一本古典文学名著让高中生阅读，除了《红楼梦》，还有哪一本更合适呢？似乎也难有更好的选择。所以，我觉得问题不在于该不该选择《红楼梦》，而在于为什么只有这么一个选择。可否在整本书阅读的单元里多安排几部著作？比如再推荐一本《三国演义》，或者加上

《桃花扇》，等等。让师生们有更多选择，情况会不会好一些？无论如何，让所有学生在同一时间读同一本书，至少不是一个最佳选择。

可以罗列无数条选择《红楼梦》的理由，我比较看重的，还是它在思想与文化观念上的超越性。《水浒传》《三国演义》这些古典小说，总是摆不脱片面的忠君观念、嗜血的暴力倾向、陈腐的女性观，还有践踏道德伦理底线的破坏情结，当然也永远少不了肮脏的政治交易与宫廷阴谋，这些因素也许能在艺术上得到某些合理的解释（事实上，很多学者正是借助艺术表现这个理由，为《三国》《水浒》等做了太多的转圜与辩护），但在教育的意义上，它至少会带来一些纠结、疑虑与混乱。而《红楼梦》则如一缕清风，一洗古典小说中世纪的陈腐格调，表现出全然不同的另外一番面貌。在曹雪芹的文字里，我们分明看到了他与他的时代的距离以及他的审思。我们不能对一个三百多年前的写作者寄予过高的希望，但事实上，曹雪芹给予我们的，往往比我们预期的还要多。对封建礼教所造成的生命悲剧，对等级秩序的冷血，对"文死谏，武死战"的愚忠与迂腐，对男尊女卑的残酷，对道德溃败所带来的社会崩塌，小说都有深刻的思考。当然，这些思考都是借助栩栩如生的形象塑造所完成的，是在艺术空间的创造中达成的。

要走进这样的思想与观念体系，我们需要穿过艺术这个沼泽。有的人终将淹没在沼泽里，而更多的人则会横跨泥淖，抵达某个值得我们向往的境地。摆渡我们的，就是那致命的审美与思辨。

二

《红楼梦》该教什么？

我的观点比较明确，立足于宏观与总体的把握，聚焦核心；关注通识性与共识性的理解，重在基础。

前一句主要针对"整本书"而言，后一句则主要针对《红楼梦》"这本书"而言。

　　教师中有很多红迷曹粉，通读小说一二十遍的也不在少数。但读得熟，不等于理解得深；读得多，也不等于理解得透。关键是，熟悉文本的，不一定就能教好《红楼梦》。就像某些"民科"红学家，对《红楼梦》如数家珍，却被各种眼花缭乱的信息迷惑，终究不能跳出文本，更遑论以教学者的眼光审视文本并在其中发现教学的内容与资源。

　　有两个准备工作是必要的，一是对《红楼梦》的学术研究做必要梳理，以此作为教学的学术担保；二是充分考查学生的实际水平和现实需求，以此作为教学的学情担保。

　　《红楼梦》的研究史是一部你死我活的吵架史，堪称定论的少之又少。封面上印刷的作者明明是曹雪芹，但依然有学者不认账，红学史家陈维昭先生似乎就认为还有一位"原始作者"，而曹雪芹只是小说的"写定者"。至于版本的差异、小说的主题、人物的命运结局等，更是众说纷纭。在语文教学中，很多老师将"言之成理""自圆其说"奉为圭臬；若以此论，则红学研究注定是一本众说纷纭的糊涂账。

　　中学教学对学术性的要求虽然有限，但在文本梳理与分析中，还是要秉持兼听则明的原则，不仅要广采博收，更要比较辨析，因为我们面对的，是尚未成年的中学生；我们传达给学生的，应该是相对客观、理性与公正的判断，是那些有共识基础的知识与观点。哪些算是有共识的呢？这就要关注红学研究的相关成果。我以前对 20 世纪五六十年代的红学研究不感兴趣，在阅读了李希凡、何其芳、王朝闻、蒋和森、舒芜等人的著作后，才发现，虽然他们难以超越阶级斗争理论的时代影响，在主旨的理解与人物的分析上多有生硬僵化之弊；但他们分析问题的开阔与缜密，文本挖掘的细致与深度，却是很多时尚的红学家难以企及的。若能对那些不恰切的或者过度的阶级分析予以澄清与扬弃，则启发性很强。而且，这些人的文字总体上平实凝练，不故弄玄虚，也不搬弄理论，与当代的一些红学研究者大相异趣。

在《红楼梦》整本书阅读教学中，最该谨慎对待的，还是那些颠覆性的文章，那些惊听回视的言论。前些年刘心武先生关于秦可卿的研究，近些年走红大陆的台湾教授欧丽娟老师的观点，都让我们眼前一亮。刘心武是知名作家，他的文学感觉与艺术想象其实也值得红楼爱好者尊重；欧老师是专业的红楼研究者，她的学术造诣非我辈门外汉所能置喙。而且，她面对的是大学生，在开放而多元的课堂上，卓尔不群的态度和与众不同的观点本身就是教学的宝贵资源，更能引发学生们的思辨。不过，面对中学生，在中学课堂上教授《红楼梦》，我们就不能简单照搬他们的思路以及分析了。

以欧丽娟老师为例。欧老师拨乱反正的姿态与论断让人耳目一新，她对林黛玉、晴雯、薛宝钗、袭人、贾宝玉、探春、王熙凤、王夫人等都做了新的评价。对某一个人物做出新的评价，并不新鲜；但像欧老师那样，基于为礼教更名与辩护的立场，基于她极力倡导的客观与理性，对众多人物做出了系统性、革命性的评价，却是罕见的。这大概也是她网络走红的重要原因吧。

应该看到，欧老师的很多论述都充满见解与新意，给人以强烈的冲击感。她讲贾探春，讲赵姨娘对探春的"血缘勒索"，就发人深省。再如关于"晴雯之勇"的分析，也很有见地。应该看到，"晴雯之勇"确实包含了不逊、粗暴和霸凌的色彩，欧老师的论述有助于我们全面地看待晴雯。不能不承认，在过去很长一段时间里，晴雯因其阶级出身的卑微，或因与宝玉的亲密关系，或因"晴为黛影"的说法，我们对她做了有意无意的美化，似乎要刻意地塑造一个完美的底层少女形象。欧老师的分析至少对我有着显著的点醒作用，促使我反思我先前的理解是否带有个人的偏见。不过我也看到，欧老师大概对晴雯的印象实在太坏，如同她对黛玉一样，未能看到作者寄寓在晴雯身上的理想色彩，对晴雯因卑贱的出身与地位而表现出来的某些精神创伤与性格弱点，也缺乏必要的体谅与宽容，这就有点偏激了。

欧老师见解独到且立意颠覆，这让她有时候就像一个斗士。在她的课堂上，我经常能听出她因为心爱的《红楼梦》被人误解或曲解所带来的悲愤和无奈。但这种斗士的心态也在一定程度上影响了她的正面立论。比如林黛玉，欧老师经常提醒读者注意她的贵族出身、宝二奶奶不二人选的地位以及在贾府的优渥待遇，似乎要以此证明黛玉的伤感是自作自受。但事实上，大家闺秀，贵族小姐，老太太的掌上明珠，养尊处优，这是大家公认的；争议只在于，有了这些因素，黛玉在贾府就一定是快乐和幸福的吗？不快乐就是"作"吗？对于林黛玉寄居贾府的处境，大家都习惯上用"寄人篱下"这个词来形容。欧老师对此也持质疑态度。但事实上，"寄人篱下"在词典上的解释是"像鸟雀似的寄居在人家的篱笆下，比喻依附别人生活"。于林黛玉而言，这既是客观现状，也是她的主观感受啊。

　　"大旨谈情"是关于《红楼梦》主旨的主流看法。欧老师另辟蹊径，极力地渲染"礼教"的积极价值。客观看，礼教之于社会的积极价值是不可否认的，在晚近以来批判纲常礼教与家族罪恶的思潮下，对《红楼梦》中与家族、礼教相关内容的批判确有偏激之处。其实，曹雪芹也并无否认礼教之意，即使在贾宝玉身上，遵从礼教与对抗礼教也是并存的，宝玉的叛逆并不表现在对礼教的全然无视与公然践踏上。相反，他在礼仪规范上的乖巧与周到，还让老太太引以为傲。欧老师看到了这一点，她的解读确有纠偏之功用。但问题是，她似乎要从一个极端走到另一个极端，将"理"推向价值的极致，将薛宝钗、王夫人等"完美化"，为王熙凤"脱罪化"。我读欧老师的分析，感觉不是王熙凤设计害死了尤二姐，倒像是尤二姐把王熙凤给害惨了。在"弄权铁槛寺"一节，她否认王熙凤收受贿赂、中饱私囊的动机，她的理由是王熙凤讲过"我也不等银子使，也不做这样的事"。可问题是，小说在第十六回明明白白地写着："这里凤姐却坐享了三千两，王夫人等连一点消息也不知道。自此凤姐胆识愈壮，以后有了这样的事，便恣意的作为起来，也不消多记。"这样为王熙凤"洗白",显然有违文本提供的事实。

欧老师意欲为薛宝钗平反。几百年来,"拥钗"与"拥黛"两派尖锐对立,言论都有走向极端的偏差。比如陈其泰说"宝钗之为小人,则无一人知之者",季新斥责她的谋婚之举为"娼妓行为",这些理解把人物脸谱化了。欧老师发现了薛宝钗的诸多美德,比如她极力践行儒家道德,自觉锻造自己的人格,在我看来这些分析都是实事求是的。但是欧老师似乎不能容忍薛宝钗身上有任何缺点,要把薛宝钗的所有"污点"都洗刷得干干净净。于是,她的论述似乎也出现了前后矛盾的逻辑缺陷。比如第二十七回"滴翠亭杨妃戏彩蝶 埋香冢飞燕泣残红",薛宝钗有没有"嫁祸"?下面将欧老师为薛宝钗的辩护列表呈现,与此对照的是笔者的质疑。

宝钗扑蝶事件的辩护与质疑

问题	欧的辩护	我的质疑
有没有嫁祸动机?	薛宝钗就是不想惹麻烦,出于一个"但求无碍的消极避祸心理",找个借口把事情遮掩过去	宝钗急于摆脱困境,避祸是首选;但有没有借机宣泄对黛玉的怨气,需进一步分析
黛玉可不可嫁祸?	林黛玉在贾府是宝二奶奶的"不二人选",没人敢跟她过不去,想嫁祸也嫁祸不了	"黛玉可不可嫁祸"与"宝钗想不想嫁祸",是两码事。何况,别人无法嫁祸,不等于宝钗也没法嫁祸
有没有"祸"?	小红和坠儿是"丫头中的丫头",根本构不成对包括林黛玉在内的贵族小姐们的威胁和伤害,原本就没有什么"祸"	既然无"祸"可言,宝钗还"急中生智"地遮掩什么呢
嫁祸有没有结果?	此事再无下文,再无人提起,黛玉"毫发无伤"	没有发生后果,不能反证没有"嫁祸"的动机

续表

问题	欧的辩护	我的质疑
为什么宝钗偏偏拿黛玉当挡箭牌？	心理的惯性作用。戏蝶前宝钗去找黛玉，见宝玉进了潇湘馆，为避嫌半途抽身出来。情急之下，最先浮现出来的记忆就是黛玉。这正显示了宝钗的敏捷与智慧	其实，最近的记忆是"扑蝶"。若以"扑蝶"为借口来遮掩此事，不仅人畜无害，而且自然而然，更能显示宝钗的敏捷与智慧

欧老师的意思是，薛宝钗既没有嫁祸动机，也没有嫁祸行为，更没有带来什么恶果，一切都像田园牧歌一样，优雅，风轻云淡，诗意盎然。

事实究竟是怎样的呢？其实原文讲得很清楚：

宝钗在外面听见这话，心中吃惊，想道："怪道从古至今那些奸淫狗盗的人，心机都不错。这一开了，见我在这里，他们岂不臊了。况才说话的语音，大似宝玉房里的红儿的言语。他素昔眼空心大，是个头等刁钻古怪东西。今儿我听了他的短儿，一时人急造反，狗急跳墙，不但生事，而且我还没趣。

文本自己会说话。宝钗不仅瞬间听出了小红的声音，而且深知小红本来就是个"眼空心大""头等刁钻古怪"的人。同时，正如欧老师所强调的那样，宝钗偷听到的内容，事涉小红与贾芸的隐私，伤风败俗，性质恶劣，弄不好是要出大事的。"人急造反，狗急跳墙"，宝钗难道不明白这个理儿？正是预感到了小红有"生事"的可能，宝钗才灵机一动，表演了这一出金蝉脱壳之"戏"。真的像欧老师说的那样"无祸可嫁"吗？显然不是，宝钗分明感到了危险的真实性。那么，明知小红可能"狗急跳墙"，还将黛玉做挡箭牌，这样的行为到底是高尚呢，还是不太厚道？

欧老师对宝钗急中生智的谎言，予以极高的评价，说它不仅"纯粹是出于游戏好玩之故"，而且表现了宝钗"巧于应变的急智、灵活、聪明与慧黠"——你看，连"狡黠"这个常用词，欧老师都不忍心用！宝钗的谎言真的完美无缺吗？就是按照欧老师"心理惯性"的说法，她最近的记忆应该是"宝钗扑蝶"啊。为此，笔者戏拟一个金蝉脱壳之计，也许这才算是完美的计策：

"……如今便赶着躲了，料也躲不及，少不得要使个'金蝉脱壳'的法子。"犹未想完，只听"咯吱"一声，宝钗便故意放重了脚步，笑着叫道："蝴蝶飞呀蝴蝶飞呀，我看你往哪里飞！"一面说，一面故意往前赶……

小说浓墨重彩地渲染"宝钗扑蝶"，宝钗的心理记忆一定很深刻，急切中这只蝴蝶必定最先浮出记忆。借这只蝴蝶来撒谎，既保全了自己，又不伤及任何人，这恐怕才算完美的"好玩"的"游戏"！

宝钗有没有嫁祸林黛玉？其动机确实难以坐实，但看她的行为，我们至少可以说，此等言行不大光明，尤其是将这种行为与她自我标榜的闺阁风范和贵族教养比较一下，就更能看出宝钗言行间的矛盾了。

《红楼梦》是一部宏大的作品，宏大到能容纳一切真知灼见，也能容纳一切奇思妙想。黛玉有黛玉的优点，宝钗有宝钗的缺点，我更偏爱黛玉，你更喜欢宝钗，这本身都是正常的。重要的是，正如欧老师所说，不要放任自己的感觉，不要放任自己的情绪，不要放任自己的观点，这样就把辨析变成了辩护，把论证变成了印证。喜欢薛宝钗，不能接受薛宝钗的任何缺点；厌恶林黛玉，不能欣赏林黛玉的任何优点，说到底这还是没有摆脱自我的情绪与感觉。

杰出的学者一定有其杰出之处。研读学者们的著述，是为了做出我们自己的判断与选择。

三

教师自己读懂文本，再辅以学术研究的可靠成果，这是开展《红楼梦》教学的前提与基础。除此之外，还得分析学情，把准学生的认知水平与现实需求。

在整本书阅读教学中，让阅读真实发生，这是一个极有诱惑力的命题。无论是连滚带爬，还是精研细读，总之要真实地读书，这是大家的共识。但怎样的阅读才算是真实发生了呢？阅读因人而异，因书而异，阅读的真实性恰恰是最难判断的。因此，我觉得还应加上一句话：让学习真实发生。学习意味着理解、构建、转化乃至运用，学习的结果是可测评可判断的。归根到底，强化阅读中的学习因素，赋予阅读以学习的意义，才能让阅读真实发生。

即使在课堂教学中，伪阅读也大量存在。伪，意味着理解的缺乏，反思的匮乏，构建的缺失。整本书阅读所面临的最大难题，恰恰是学生不读书，这恰恰给伪阅读提供了泛滥的土壤。当"不读书"成为最大难题的时候，人们对读书这个"行为"的需要，远远超过了对读书的"实质"需要。只要读书的行为发生了，目的好像就达到了，至于这个行为能否给学生带来实质性的效益，我们似乎无暇顾及。

赋予阅读以学习的意义，阅读才能体现自己的教育价值。在阅读中学习，意味着通过阅读，我们的价值观念、思维方式与知识结构都得以更新与完善。这是一个从小我走向大我的过程，也是一个从自然、自在的我，走向自觉、自主的我的过程。

在阅读中学习，离不开教师的课程设计与教学引导，这一点毋庸置疑。"新课标"已经将整本书阅读作为学习任务群，教材已经将整本书阅读作为一个单元的内容，再去讨论该不该课程化，这是个没有意义的问题。"课程化"不是一线教师的主动选择，这是课标与教材设计整本书阅读的前提。纳入"新课标"，意味着它就是语文课程的一部分；进入教学单元，意味着我们要按照教学的规律处理相关内容。

要不要课程化不是问题，课程化是不是合理才是真实的问题。

课程化的关键是转化。

经典是公共的、全民的财富，它的价值是普泛的、抽象的，如何才能将它转化为学生的、学习的资源尤其是语文学习的资源，让经典的价值体现在每一个具体的人身上？这是课程设计的核心问题。

阅读是一个因人而异、可深可浅的行为，有的人出于兴趣，止于感觉；有的人为了娱乐，止于动心。读是读了，结果不过是读读而已。那么，如何才能将阅读的过程转化为理解、反思与构建的过程？这是教学设计的核心问题。

基于多年的思考与大量的教学观察，还有对学界研究的参考与借鉴，笔者将《红楼梦》的课程教学设计分为三个层次，由体到线，由线到点。三个层次对应的是课程设计、学习设计及教学设计，图示如下：

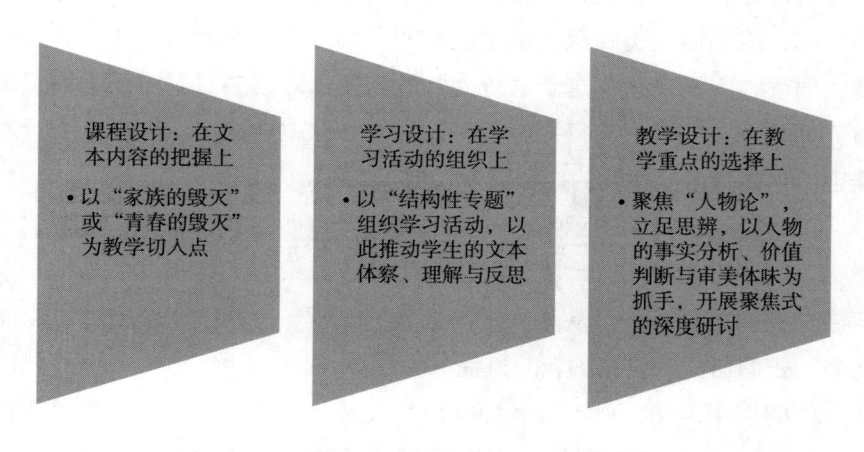

课程设计：在文本内容的把握上	学习设计：在学习活动的组织上	教学设计：在教学重点的选择上
• 以"家族的毁灭"或"青春的毁灭"为教学切入点	• 以"结构性专题"组织学习活动，以此推动学生的文本体察、理解与反思	• 聚焦"人物论"，立足思辨，以人物的事实分析、价值判断与审美体味为抓手，开展聚焦式的深度研讨

《红楼梦》课程设计的三个层次

《红楼梦》的课程与教学设计，要有"保底"意识。当《红楼梦》进入了教材，且在必修范围，这意味着它不再是红粉们独享的爱好，也不是可以随意拒绝的对象，因为它是公共教学的对象。因此，不能再用红迷曹粉的标准看待学生，也不能假设每个学生都会迷恋到废寝忘食，更不能人为地拔高教学要求，似乎要培养红学家似的。

教学的前提假设应该是：没人喜欢《红楼梦》，没人读过《红楼梦》，没人要做红学家。

教学的预设目标应该是：有些人喜欢了，多数人通读了，红学家也是可以期待的。

在教学视野中，《红楼梦》仅仅是学生学习的一个部分，它不是膜拜的偶像，而是学习的资源。

"底"在哪里？我概括为三句话：充分的原生态阅读，精要的专题性研讨，必要的聚焦式教学。按照课标精神，这三者缺一不可。在教学的意义上，仅有原生态阅读是不够的，有些人鼓吹学生能把书读完就算大功告成了，这是不合课标精神与教材要求的。当然，过高的专题学习要求，也只适合在资优生中开展，没必要全面铺开。

《红楼梦》的阅读教学，个性的、随性的、任性的铺开都是容易的，而基于"精要"与"必要"的教学才是困难的。在这个意义上，确立这个"精要"与"必要"，就是最关键的任务了。这方面，有很多资源可以利用。比如学者们的探索。上海师大的詹丹教授除了在《红楼梦》的文本细读上卓有建树，对《红楼梦》教学中的通识与共识的梳理也值得关注；安徽师大的俞晓红教授站在文学教育的高度定位《红楼梦》阅读，她对《红楼梦》整本书阅读教学的系统思考，很切近中学课程建设的宝贵资源；南京大学的苗怀明教授在语文教育史的大视野中理解整本书阅读的意义，他在大学推进的那些"花式"学习，对中学教学也极有启发；咸阳师范学院的李祝喜教授深度介入中学《红楼梦》课程开发，他对《红楼梦》生命情怀的索解也切中了青少年的阅读心理。

四

《红楼梦》的整本书阅读教学是一件新生事物，成功的课程开发与教学经验还很稀缺。物以稀为贵，先行者的实践值得关注。先行者的可贵，不仅在于他们蹚出来的成功路径，更在于他们经历过的挫折，比如踩过的雷，摔过的跤，掉过的坑，走过的弯路，做过的无用功。詹丹老师曾批评说，某些老师谈教学，写文章，缺乏历史意识与文献意识，好像一切都是从零开始的，是从他开始的，这话也适用于整本书阅读教学。总有一些不甘寂寞的人，在某个时段，在某个领域，在不为人所知的地方，或者还顶着我们所不知道的压力，默默地探索与耕耘。他们的经验让我们的起点不再是零。

作为一线教师，我深知，课例可能是一线教师最乐于接受的经验传播方式，它的优势在于聚焦与浓缩：聚焦的是《红楼梦》的具体问题，浓缩的是教学者的整体素质。

就《红楼梦》而言，情况略有不同。我一直认为，《红楼梦》是整本书阅读教学的典型标本，整本书阅读教学中的所有要素与问题，在《红楼梦》教学中都会出现。在《红楼梦》的教学中，严格遵照"五环节"并不会产生叠床架屋的累赘感。原因在于，《红楼梦》的体量之大、内容之复杂、结构之系统、表达之精湛，远非一般名著所能比拟，或许一个精致的课程与教学设计更能让我们切近《红楼梦》的核心，更能发挥整本书阅读之于语文素养培育的积极作用。

《红楼梦》的总体梳理，不妨根据小说的"三要素"展开，重点放在人物关系与情节线索的梳理上。从贾宝玉的社会关系以及这些社会关系给他带来的影响，从"金钏儿之死""抄检大观园"事件中不同人物的言行的梳理，引导学生体会人物的不同性格与精神状态，进而理解她们殊途同归的悲剧命运，从梳理"手帕"这一物件看人物表现上的不同作用。归类、比较与整合，体现的正是梳理的学习规律。

需要说明的是,"人物论"的核心是思辨,思辨的核心是达成对人物的公正的理解与评价。笔者在阅读这些课例的过程中,经常有因共鸣而激起的开怀,也不乏由抵牾所带来的沉思。我想,《红楼梦》人物评价上存有分歧是必然的,只要能够尊重文本的事实,秉持客观、理性与公正的态度,断言就是值得尊重的。也有个别课例,在人物评价上存有明显的偏激与片面,经过反复的对话与辨析,我们达成了基本共识。正如我反复强调的,教学当然需要个性,但我们给学生的,最好是那些具有通识性、共识性的知识与理解。

2022 年 12 月 31 日

(原文为《〈红楼梦〉整本书阅读课例研究·后记》,收入本书时略有删改,作者单位:上海师范大学附属中学)

也谈《红楼梦》整本书阅读

王 慧

"整本书阅读"的概念其实提出得很早,1923年叶圣陶和胡适起草的《新学制课程标准纲要·初级中学国语课程纲要》就在"读书"的"内容和方法"中提出"略读整部的名著,(由教师指定数种)参用笔记,求得其大意;大半由学生自修,一部分在上课时讨论"。此后,叶圣陶一直提倡要阅读"整本的书",他在1942年发表的《论中学国文课程的改订》中指出"现在的精读教材全是单篇短章",这不利于培养学生的阅读习惯,"该把整本的书作主体,把单篇短章作辅佐"。1949年8月,叶圣陶在《中学语文科课程标准(草稿)》中再次强调"中学语文教材除单篇的文字而外,兼采书本的一章一节,高中阶段兼采现代语的整本的书"。此后关于"整本的书"的阅读一直都有人讨论。

"整本书阅读"真正得到重视是2017年《普通高中语文课程标准(征求意见稿)》中,作为课内教学任务列入大纲,并在2020年修订版内将其列为18个学习任务群之首。正式将有"整本书阅读"内容的统编教材应用于北京、上海、山东等6个省(市)则是在2019年。其中被选定作为阅读书目的一本是学术著作《乡土中国》,一本是章回小说《红楼梦》。这样的选择,符合"整本书阅读"的最终目的,即学习不同类型书籍的阅读方法,积累阅读整本书的经验,养成良好的阅读习惯,不断拓宽阅读视野,我们将终身受益。尤其是几乎家喻户晓的《红楼梦》,作为"百科全书式"的中国古典小说高峰,在经历了2013年登上"死活读不下去"排行榜榜首的尴尬后,又以新的方式进入全民视野。经典阅读永远不会过时,红学成果也越来越普及。我们的红学研究者、大学教师、中学一线教师、教育专家都在为如何更好地进行"整本书阅读"献计献策。仅以中国知网为例，截至2022年11月15日，在主题处输入"整本书阅读"，共有记录2067条，以"红楼梦"在结果中搜索，有158条，"整本书阅读"之热可见一斑。

皇皇巨著《红楼梦》，文备众体、人物纷繁、关系多变、主题复杂、文化多样，以高中生有限的时间与精力怎样才能真正获得"整本书阅读"的精髓，养成良好的阅读习惯呢？这确实需要我们的专家、老师有相应的教学计划与方法，毕竟各个省市的教育环境与情况都不一样，只有适合自己的才是最好的。但无论如何，学生需要认真阅读原著，养成阅读习惯，感受《红楼梦》的语言、情节之美，这是不二法门。

"悲凉之雾，遍被华林。"《红楼梦》中四大家族的衰落，宝、黛、钗的爱情婚姻悲剧，青春少女"千红一哭""万艳同悲"的哀歌，只有在文本细读中才能让人感受到意蕴丰富，令人回味悠长。如果将之寄希望于通过看几部影视剧、读一读节编本、背一背内容简介，恐怕很难达到对文学作品的理解与鉴赏，更别说阅读习惯的养成了。这些并非阅读本身，最多是通向引领《红楼梦》阅读的桥梁。这种浅表层的理解不仅与"整本书阅读"的初衷相违背，也损害了中学生的阅读能力与素养培养。

以"宝玉挨打"为例，这是大观园"花柳繁华"中颇有分水岭意味的巨大风波，也是众人搬入大观园不久后发生的最严重的事件，而且直接开启了《红楼梦》的悲剧之门：父权制失去了权威，贾府最被看好的继承人在"旁门左道"上越走越远；宝玉派晴雯送来的两条旧帕子让黛玉五味杂陈，不由得题诗三首，还要往下写时，"觉得浑身火热，面上作烧，走至镜台揭起锦袱一照，只见腮上通红，自羡压倒桃花，却不知病由此萌"，宝、黛爱情最终以黛玉病死而宣告结束；而袭人向王夫人建议把宝玉搬出园外来住以免将来不才之事，更是引发了"花招绣带，柳拂香风"的大观园后来的风流云散。

而越剧电影《红楼梦》则将其直接改编为蒋玉菡不愿受人欺侮，决定不再唱戏，从忠顺王府逃出来，临行前与宝玉告别。宝玉挨打的最直接原因是王府长史官前来要人，贾政又怒又气，"新仇旧恨"一起涌上心头，"你不能光灿灿胸悬金印，你不能威赫赫爵禄高登，却和那丫鬟戏子交朋友，做出了玷辱门楣丑事情"，恨不能打死这个"不忠不孝的逆子"。电影如此改编，固然是因为容量有限，要在 2 小时 40 分钟的时间内完成对《红楼梦》的宏大叙事的反映，只能"立主脑""减头绪"，集中矛盾冲突，快速推进情节。但若只以此来了解《红楼梦》，则与原著大相径庭，无法感受到文本中诸多情绪，更别说语言文字的审美愉悦了。

我们知道，宝玉被打是在五月初六下午，这半天从第三十一回下半回写起，直至第三十四回结束，整整用了三回半的篇幅。从宝玉挨打事件中我们可以明显地看到曹雪芹对叙事时间井井有条的安排以及叙事节奏回环往复的调节。短短的半天内，有暗流，有前奏，有余波，还有时空的自如转换，真令人眼花缭乱、应接不暇。这是电影中无法感受到的。

再如《红楼梦》中最让人印象深刻的"黛玉葬花"一段，黛玉感花伤己、边葬花边哭诉的悲情以及宝玉听完《葬花辞》之后"杳无所知，逃大造，出尘网"的感悟也让我们不由得沉浸在同一时空中。可在许多节编本中，不仅原著中优美的文字变得枯燥乏味，那本应让青少年吟咏、欣赏的《葬花辞》也不见了，即使有也仅剩下所谓有代表性的几句。几句总结性的话语如"宝玉想到黛玉的花容月貌终有一天也会老去，而自己那时又在哪里呢？于是伤心起来，也失声痛哭"，或者"招惹得宝玉也边听边呜咽起来""不禁伤心地痛哭起来"等一笔带过。此种节编本，有何韵味在其中？

有趣的是，著名教育家夏丏尊非常赞同叶圣陶读"整本的书"的观念，他在 1931 年发表的《关于国文的学习》中就详细谈到过"整册的书的阅读"的方法，尤其是还举了《红楼梦》来加以说明。一处是用秦可卿房间奢靡的描述表明曹雪芹"把房中陈设写得如此天花乱坠，作者的本意，只是想表出贾家的富丽与秦氏的轻艳而已"，读书要注重概括要旨及真意，这是阅读的第一个方法，即理解；还有一处则是对宝黛初会的赞赏，指出这段文字的妙处是自己读了数遍才感受到的，"是玩味的结果，并不是初读时就知道的"，因此读书要多读几遍，要耐心地看。这是阅读的第二个方法即鉴赏。夏丏尊认为读书不但要理解，还要会鉴赏，知道其好处所在，而鉴赏有两条路：一是"把'我'放入所鉴赏的对象中去，两相比较"；二则是上面提到的要反复多次"玩味"，要冷静，每一次读总会有不同的感受。作者最后指出至今值得我们学习的一点："须注意前人的诗话词话文评小说评，是前人鉴赏的结果。用以帮助自己的鉴赏能力则可；自己须由此出发，更用了自己的眼识去鉴赏，切不可为所拘执。"

在满屏碎片化、娱乐化阅读，随便点开某一视频网站就可以"三分钟读完《百年孤独》""两分钟读书系列""一分钟一本书"的时代，无论专家、老师如何指导，读书毕竟还是个人化的事情，每个人都是一个阅读主体，有不同的审美期待与阅读视野，只有自己真正沉下心去好好理解、鉴赏原著，才能养成自己的阅读习惯与能力。

2022年4月，中国新闻出版研究院发布了第十九次全国国民阅读调查结果。其中14—17周岁青少年图书阅读率为90.1%，课外图书的人均阅读量为13.10本，平均每天的阅读时长为51.90分钟，都比往年有所增加。此外，14—17周岁青少年的数字化阅读方式接触率为74.8%，听书率为32.6%。想起了脱口秀演员庞博对自己在微信读书上的调侃，"你喜欢的一定是《红楼梦》的第一页，因为你看了15次都没舍得翻过去"。尽管从这个调查中我们无法得知青少年阅读的是哪一类的书籍，但我们相信，阅读时间变长，爱上阅读，会让我们终身受益。

（原文发表于《中国文化报》2022年12月2日，作者单位：中国艺术研究院）

《红楼梦》整本书阅读的选择性和策略问题

詹 丹

一、文本选择性问题

把整本书阅读纳入语文课堂，是针对此前的语文教材往往以单篇文章或者中长篇片段组合而成做出的一种补救。之所以说是补救，是因为那些以单篇、片段组合成的教材，无论是对生活场景的展示，对人际交往的丰富性、人的复杂性的呈现，还是对人的想象世界的开拓或者对问题思考的讨论等，往往都缺乏一种全景性、深入性的特点。而就目前推出的文章大单元组合或者群文阅读方式来看，建立起的单元结构，大多是以编者基于某些概念或者范畴而构拟的框架式理解（尽管这是不可避免的），从文章自身发展出的个性化问题的联系还较少。这样，文章互相间可能的一种有机联系，没有得到充分体现，而借助于他人的理解所构拟的框架，在教学的实际展开中，也有可能带来泛化，甚至可能是贴标签的、削足适履的后果。整本书阅读正是基于这种认识，才逐渐成为语文界关注的重点。一些得风气之先的学校，已经进行了初步实践。有的语文教师，结合自身经验，写出了关于整本书阅读的教学设计。阅读《红楼梦》列入统编教材高一必修教材的单元要求后，出现了一些相关的专论或者专著，服务于教学一线的整本书阅读，凡此，对于语文教师开展课堂教学，都能起到一定的参考作用。读整本书，也许都要回答"读什么"和"怎么读"两个基本问题。限于篇幅，这里仅就"读什么"问题，也即选择性问题，提出一些个人看法，不当之处，欢迎批评。

（一）脂本与程本

新中国成立后的七十年中，人民文学出版社主要出版了两个整理校注本，前三十年是以清代程伟元印刷的程乙本为底本整理的[①]，后四十年主要以脂砚斋抄本庚辰本为底本（缺失的八十回后内容用了程甲本）[②]。如果作为对照阅读，两个版本可以同时用。如果以阅读一个版本为主或者只读一个本子，当然是以庚辰本为底本的整理本为首选。为什么？

程本因为乾隆五十六年（1791）和乾隆五十七年（1792）的两次印刷而分程甲和程乙两种。程印本虽然纠正了脂抄本上的一些脱漏、别字等抄写上的技术性错误，但也因编撰者不理解文意或者自作聪明的改动，增加了不少新的错误，尤其是大大降低了原作的思想艺术性。特别是程乙本，在程甲本的基础上，单单前八十回又改动了一万字左右，导致了越改越坏的结果。有些改错的例子是程印本共有的，或者是从后期脂抄本中延续下来的，有的则是程乙本独有的。我对作家白先勇力推程乙本曾有过较深入的反驳，相关论文发表在《文艺研究》上，有兴趣的读者可以参考。这里简单举几个例子来说明。

第四回的庚辰本回目是"薄命女偏逢薄命郎 葫芦僧乱判葫芦案"，在程本的回目中，成了"薄命女偏逢薄命郎 葫芦僧判断葫芦案"。虽然只改动了一字，但批判的力量被削弱了，而且从句子对仗艺术来说，让"判断"这样的联合式结构来对"偏逢"这样的偏正式，也是不工稳的。

第二十八回，写到了贾宝玉唱了"抛红豆"的曲子。其中咏叹恋人深陷相思苦恼中的感觉，是"咽不下玉粒金莼噎满喉"。"玉粒"指米饭，"金莼"指莼菜，这是江南的特产。米饭和莼菜搭配，暗示了一位江南恋人的生活习惯。而以金玉形容珍贵的米饭和莼菜难以下咽，也强

[①] （清）曹雪芹、（清）高鹗：《红楼梦》，人民文学出版社1964年版。关于程乙本的引文均出于此版本，下不一一注明。

[②] （清）曹雪芹、（清）高鹗著，中国艺术研究院红楼梦研究所校注：《红楼梦》，人民文学出版社1982年版。关于庚辰本的引文均出于此版本，下不一一注明。

调了愁绪之强烈。令人惊讶的是，程乙本的编印者不理解"金莼"之与江南地域关联的特殊性，把"金莼"改为"金波"，让液体的饮料也能噎住喉咙，不但违背了生活常识，而且也失去了特定的文化内涵。更何况"莼鲈之思"是著名的典故，晋代的张季鹰为江南美食莼菜羹、鲈鱼脍而辞官洛阳，历来成为美谈。这里的一字之改，把程乙本的没文化暴露了出来。

遗憾的是，九年义务制统编教材九年级上册选入"刘姥姥进大观园"片段，还是用程乙本为底本的整理本，对照庚辰本，就能发现一些描写失误的地方。

比如老祖宗带刘姥姥坐船去探春住所时，正赶上开早饭时间，王夫人问在哪里摆放早饭，老祖宗说："你三妹妹那里就好。"但是在程乙本，删除"就"字，改为"你三妹妹那里好"。把本来是基于去探春屋里的前提而需要的一个"就"字抹去了，这样，选择在探春屋里开早饭，成为一个泛泛的"好"的判断，显然失去了老祖宗说话应有的那种稳重和妥帖。

再如，在探春屋里开早饭时，先交代了薛姨妈在自己住处吃了早饭，因为薛姨妈一家是常住在贾府，日常生活是自家负责的，她进大观园凑热闹，已是用过早饭，只坐在旁边喝茶。所以当刘姥姥说话引得众人大笑时，只有薛姨妈是把茶喷到了探春裙子上，而史湘云则喷出的是饭，探春也是把饭碗扣到了迎春身上。但在程乙本中，一概改为茶和茶碗，这一改动，不但没有了层次感，也没有体现出薛姨妈日常生活的特殊性。

总之，有关《红楼梦》整本书阅读，选什么版本来读，应该是首先需要认真对待的。

（二）文本与副文本

《红楼梦》文本的主体部分是散文式叙事，但在情节展开中，也插入诗、词、曲、赋、诔、酒令等各种文体的作品，有人因此而把《红楼梦》

视为是"文备众体"的集大成之作,也有人把插入其中的这些以韵文为主的文类,视为小说散文式叙事的副文本。那么如何看待这些副文本,在阅读中把这些文类放在怎样的位置,也成了"选什么读"中需要考量的重要问题。

还记得我少年时代读《红楼梦》,因为理解起来有困难,这些韵文一概略过不读,后来买到蔡义江的《红楼梦诗词曲赋评注》,结合着故事一起读,觉得对人物的理解就深入了一步。即便如此,我仍然觉得《红楼梦》真正具有魅力的地方,是其用散文化的语言对人物的言语动作和心理进行的白描。这才是我们阅读内容取向的重点,而诗词曲赋如果值得重视,也应是作为人物描写的一部分,对散文化描写未能涉及的,起到一定的补充作用。所以,如果像有些老师提出的,把《红楼梦》中的这些诗词曲赋抽取出来,抛开小说特定情境,如同读唐诗宋词那样来单独一首首读和背,这样的做法其实并不可取。

散文化的整体叙事中之所以插入若干韵文,一方面,是当时人们的生活习惯,是他们的文化娱乐方式;另一方面,当小说中的人物把他们散文化的言语方式转换成韵文时,就有了一种间离效果,即人物可以从特定情境中抽身出来,完成散文难以完成的某些功能。比如,让一个人在日常言谈中发表宏论会显得迂腐可笑,但在小说中穿插诗词,遵循"诗言志"惯例,以曲折迂回的诗词艺术方式抒发一下自己的志向,便可使得蕴含的宏论变得可以接受了。这样,薛宝钗才会在她的《临江仙》中借咏叹柳絮,来抒写"好风频借力,送我上青云"的志趣。此外,传统社会里,坠入爱河之人当面向对象表达爱意总有点羞涩,但把这种爱意放在韵文体中来表达就不至于那么难堪。不妨说,诗歌承载情感时,诗歌也就成为双方的媒介,并从日常散文化语言中独立出来,人物也就不需要直接面对对方,这时,诗歌既是情感交流表达,也是保护彼此之间直接面对面的一道屏障。林黛玉的诗以情感表达居多,有时当着贾宝玉的面不便言说时,就借助诗歌来表达了。比如,林黛玉在贾宝玉的旧帕上题下三首绝句，表达她对贾宝玉的全部之爱，但如果当着贾宝玉的面，林黛玉绝不会当面用散文化言语来表达，似乎只有用韵文的方式才能恰到好处地承载这份情感。而如果把她这三首绝句抽取出来单独品味，其情感艺术的感染力就会大打折扣了。

也正由于这样的道理，当初《语文》教材选入"香菱学诗"片段时，有些教师置情节内容于不顾，单挑出香菱创作的三首诗，来品味她的学诗经过，从中引发对写作经验的思考；或者如教材那样，要求学生从林黛玉的教诗、香菱的品诗以及其写诗经历中，来思考对自身阅读与写作的启发[①]，其实都不是阅读《红楼梦》这部作品中的副文本的正途。

韵文式的副文本既应该和散文化的人物描写结合在一起来理解，同时，副文本互相间，也可以构成一种互文式的对照阅读。

在第三十七回，既全文转引了探春发起成立诗社的帖子，又在同一回，转引了贾芸给贾宝玉送海棠花时附上的一封书信。从语言形式看，前者语言的典雅和后者语言的通俗适成对比。但是，更重要的是，探春的发起帖中，作为一个女子流露的巾帼不让须眉的英气与追慕古代的雅致，与那种在贾芸的书信中，我们读到他在宝玉面前自认儿子的那种自我矮化，内容和语言形式，有着奇妙的对应性。同样，在第七十八回，当贾宝玉咏叹的《姽婳将军词》与《芙蓉女儿诔》先后相继时，一方面，面对姽婳将军，是男人的无地自容；另一方面，作为无力保护晴雯的宝玉，只能以把去世的晴雯想象为女仙，来让自己获得稍稍的心安。其互文足义的内容主旨，也有助于深刻揭示贾宝玉的内心世界。

在提及小说的副文本时，我们需要把叙事层面的带有谶纬意味的那些诗词曲和花签等，与人物自己创作的作品区别开来。那些谶纬意味浓郁的诗词曲赋主要集中在《红楼梦》第五回贾宝玉神游太虚幻境那一段

[①] 参见课程教材研究所中学语文课程教材研究开发中心编著《义务教育课程标准实验教科书 语文 九年级 上册》，人民教育出版社2003年版，第175页。

落，群芳开夜宴时也涉及一些。在宝玉神游太虚幻境时，通过他翻阅《金陵十二册》，通过警幻仙子安排曲演《红楼梦》，把贾府中主要女性的未来命运都若隐若现地加以了暗示。我们固然可以把这视为一种艺术伏笔，但也不可否认，其中有相当的宿命论色彩。这些诗词曲不但语言的艺术性并不高明，还把读者引导到对人物的猜谜式理解中，有不少红学家为了得到精准的答案费时费力加以研究，我觉得其实并不值得。所以，如果我们有意识地要把这些判词纳入阅读的视野，当我们从小说的整体观着眼，发现情节的实际走向与人物判词的暗示出现不一致时，这未必是在说明作品艺术构思得不严谨，反而有可能说明，这是因为作者忠实了艺术自身发展规律以及基于对现实世界多种制约因素的深刻理解。只有具备了这样的辩证眼光，我们才有可能摆脱阅读的教条主义的桎梏，也才能对判词的谶纬式作用，有一个接近客观的正确理解。总之，对这样一类副文本，我认为不要去高估它的阅读价值，也不要把它作为阅读的重点内容，尽管第五回本身，在全书中有其特殊的功能。

（三）段落与肌理

也许，从整本书阅读角度来讨论，不应该提出段落的问题，我们只要让学生认认真真从头往下读就是了。而且，我在大学开设"《红楼梦》精读"选修课时，是通过让学生写内容提要和每回出现的人物来落实阅读任务的。不过，段落的问题却又是一个无法回避的问题。这倒不是因为中学生不同于专业大学生，他们的语文课时间有限，无法把这样一部百万字的小说从头读到底（尽管这也是一个非常现实的问题）。特别是无法对全书进行深度阅读。如果要进入一定深度的反复阅读，我们不得不为学生挑出一些最精彩的段落，让他们得以窥一斑而见全豹。比如何满子、李时人主编的《明清小说鉴赏辞典》就选出《红楼梦》的 35 个片段来加以欣赏。①而不少《红楼梦》选修教材，也基本采用的是片段阅读法。至于哪些段落足够精彩不应该被遗漏，也是见仁见智，各有说法，这里不拟展开。

从小说内部来看，"读什么"的段落选择，首先需要面对最基本的三大段落。第一是开头的段落，第二是续作的段落，第三是原作的主体部分。

开头段落大家一般认为是前五回，20世纪80年代初，刘梦溪就撰写了《论〈红楼梦〉前五回在全书结构上的意义》。②把前五回归入小说整体结构的开头意义当然是没问题的，但这里的问题是，如果第五回已经开头，那么为什么第六回还要借助于刘姥姥进荣国府来开一次头呢？或者说，第三回写林黛玉进贾府，借助于这样的一个陌生化视角来看贾府确实相当重要，那么近似的是，更为陌生的刘姥姥进贾府，是不是在结构上有着近似的功能呢？从这个意义上说，前五回加上第六回，在全书结构上都具有特别的意义（第六回的结构功能，也许还可以加上第七回开头周瑞家的送宫花，因为刘姥姥无法一看究竟的众姐妹日常生活，借助于周瑞家的一一送宫花，才在各姐妹的住所走了个遍）。相比于前六回特别重要，程印本的八十回后内容，就显得不太重要，除了黛玉之死、司棋殉情、贾府被抄、袭人改嫁等少数段落比较精彩外，大部分内容在思想艺术上远不如前八十回。虽然仍有一些学者坚持认为后四十回与前八十回是同一个作者，而后四十回整体上保持的悲剧性收尾，也和前八十回的基本思想倾向接近，但艺术感觉相差甚远，对于这部分，则可以选择少读或者大致浏览一下的方式。

对于主体部分的七十多回，这里提出段落式材料和肌理式材料的两

---

① 参见何满子、李时人主编《明清小说鉴赏辞典》，浙江古籍出版社1992年版，第671—757页。
② 刘梦溪：《论〈红楼梦〉前五回在全书结构上的意义》，载刘梦溪《红楼梦新论》，中国社会科学出版社1982年版，第82—108页。

种选择方式。

段落式材料又分两种，一种处于事件的枢纽点，如宝玉挨打、如抄检大观园，事件是许多线索、许多矛盾的聚焦，又借助于这一聚焦，延伸出进一步的矛盾和线索。还有一种具有相对独立性的插曲式段落，如香菱学诗、如二尤之死。这两类性质的段落材料，可以根据阅读要求，各有所取，此不赘言。

那么肌理式材料呢？大致来说，就是从语言描写、从细节刻画、从物件呈现等中梳理出前后贯通的线索，然后"竭泽而渔"地加以组合。比如小说在人物言语描写时，多次出现有人不把话说完的断裂现象，又如其中提到的手帕，在不同场合有种种的功能和作用，还有出现的各种镜子，在铺叙情节、描写人物时体现的价值。笔者曾经从小说涉及的各种香味（体香、花香、药香等），梳理出相关内容，在仔细阅读分析中，撰写成《闻香识得红楼人》一文。当然，这种选材阅读，作为一种深度阅读，是建立在完整阅读基础上的。有了这个基础，再从特定肌理中深入下去，是比较符合中学生学情的。如果完整性阅读的落实可以通过写每回出现的人名和内容提要来落实，那么有关的肌理式材料，就需要列出全书相关内容的完整清单，如我们一位研究生在许多年前电脑还不曾普及的情况下，通过逐回阅读，统计出小说写手帕（包括手绢、绢子等）共有89处，在此基础上，撰写出她的小论文。

总之，不管读什么，最终是为了加深对小说具体情节的印象，加深对人物的理解，从而进一步丰富我们的人生体验，加深我们对人生的思考，这样的阅读教学，是值得我们去努力落实的。

二、阅读策略问题

继阅读的选择性问题，即讨论"读什么"后，还留下"怎么读"的问题，属于阅读策略，在此加以讨论。

（一）长篇小说阅读的一般策略

阅读策略可从泛泛角度切入，就像小说家纳博科夫曾经说的，阅读长篇小说，应该有起码4个条件，有记性，有想象力，有文学感觉（艺术感），最后，手头要有一本词典，可以随时查阅。[①]这四点，对《红楼梦》的阅读都适用，我就借用过来开始讨论。

除查词典具有一定操作性，其他都好像不是我要你怎么做或者我要我怎么做，就能做到的。

首先，是记性。《红楼梦》人物多、事件杂、社会关系复杂。作者为了让读者对人物有渐渐的适应过程，在整体构思上煞费苦心。通过各种设计，把贾府里的各色人等慢慢推上小说舞台。记住这些人名，记住彼此的关系以及相关的情节线索，记住发生在不同人身上的一些细节，都需要读者具备一定的记忆力。好记性可以帮助读者建立文本的有机关联性。比如第五十七回，庚辰本的回目上句是"慧紫鹃情辞试忙玉"，程甲本和程乙本的"忙玉"作"莽玉"，戚序本作"宝玉"。"宝玉"两字太平常，可不考虑。那么"忙玉"好还是"莽玉"好呢？从常理说，用鲁莽的莽，没问题，宝玉未经仔细思考或者查询，就把紫鹃的谎言当真了，确实鲁莽。但是，第三十七回成立诗社时，宝钗就给宝玉起过两个别号，"富贵闲人""无事忙"，所以，回目称他为"忙玉"，有意把平日的瞎忙活与此时的虚惊一场联系起来，使这回目有了特殊的意味。[②]

其次，是想象力。小说写到一些内容的同时，也留下了许多空白；或者只写到了表面，留下深层的潜台词，需要通过读者的想象力去加以合理展开，充实、点燃没有色彩的冰冷文字。

第七回的周瑞家的送宫花例子：

[①] 参见［美］纳博科夫《文学讲稿》，申慧辉等译，生活·读书·新知三联书店1991年版，第22页。
[②] 参见（清）曹雪芹著，俞平伯校订，王惜时参校《红楼梦八十回校字记》，人民文学出版社1993年版，第403页。

黛玉只就宝玉手中看了一看，便问道："还是单送我一人的，还是别的姑娘们都有呢？"周瑞家的道："各位都有了，这两枝是姑娘的了。"黛玉冷笑道："我就知道，别人不挑剩下的也不给我。"周瑞家的听了，一声儿不言语。宝玉便问道："周姐姐，你作什么到那边去了。"①

读者如果不调动自己的想象力，单看这段描写，最多也就觉得黛玉太小心眼儿。这里能够挑战读者想象力的，是周瑞家的之回答：两句话都用"了"来强调，有让黛玉放心，一切都安排妥妥的意思。于是，她说话的潜台词，恰恰是跟黛玉的理解成逆向发展的。就是她以为黛玉这么问，是担心只有她有，别人都没有，她会不好意思收下来。为了让黛玉彻底放心，周瑞家的才这么说。于是，等到黛玉说出她真实想法时，在周瑞家的内心，产生了戏剧性逆转，让她尴尬得不知道说什么好，只有一声不吭了。这时，由贾宝玉引起新话头，才让她稍稍摆脱了心理的困扰。当然，在这里，黛玉就着宝玉的手中看一眼，根本不去接过来，也可以看出其心思的端倪。

再次，是文学感觉。这有点玄虚，似乎道不清说不明。比如《红楼梦》后四十回的内容，其中也有写得不错的段落，特别是关于司棋和表弟殉情、黛玉之死、贾府被抄、袭人改嫁，宝玉与贾政雪中相逢，乃至夏金桂诱惑薛蝌等，都是比较生动的。在家族发展趋势方面，也遵循了原作的基本思路，但总体的艺术感觉，还是赶不上前八十回的大部分描写，不仅诗意荡然无存，更主要的是，那种文笔曾经留下的很大想象空间，也一并消失了。虽然有一些学者坚持后四十回和前八十回是同一个作者，但在我看来，如果不是想说明，作者进入八十一回创作，他有了

---

① （清）曹雪芹、（清）高鹗著，中国艺术研究院红楼梦研究所校注：《红楼梦》，人民文学出版社1982年版，第113页。

江郎才尽般的遭遇，水平发生了断崖式下滑，那么有这类主张的人的艺术感觉实在太差。

最后，读小说也需要经常查阅词典。就《红楼梦》来说，小说在雅词的运用和方言俗语的运用中，涉及的语域都比较宽广，即使是一些看似普通的词语，因为用在特殊场合，也产生了不寻常的意义，我们还是需要查相关的学者研究，才能得到正确解释。比如宝玉去栊翠庵喝茶，妙玉给他使用自己的茶具绿玉斗，小说用了一个"仍旧"的"仍"，我们通常理解为是不止一次，但北京大学的陈熙中老师认为这词解释为"就"或者"则"，并用相似的例子来佐证，我觉得是有说服力的。[①]当然，这样来理解，并不否认，宝玉和妙玉有着非比寻常的关系。但在确认这种关系的前提下，仍然持实事求是的态度，把支持性的证据放在一个恰如其分的位置，这是我们阅读时不容易做到的。

（二）《红楼梦》阅读的特殊策略

下面，我就《红楼梦》自身的特殊性，来讨论相应的阅读策略。

这里提三点，应该是大家都认同的。一是版本的交错复杂性，二是材料的百科全书性，三是结构的对比、类比性。由此形成相应的三种阅读策略，其实都是对这一总原则的具体运用。下面依次讨论。

1.版本的校对式阅读

因为版本的交错复杂，所以从普通读者角度考虑，不必去直接阅读各种抄本或者清代活字印刷本的影印本。而只需把人民文学出版社整理的以庚辰本为底本（后四十回为程甲本）的整理本和程乙本的整理本进行对照阅读，前一种思想艺术更高的作为基本读本，后一种可以根据自己兴趣，来对照阅读一整回或者更多。其目的，是借助于优劣对比，培

[①] 参见陈熙中《"仍"字释疑》，载陈熙中《红楼求真录》，北京大学出版社2016年版，第118页。

养自己的文学感觉。

　　需要先说明的是，白先勇有一个观点，说庚辰本是给小众研究用的，程乙本是给大众阅读用的，大陆个别学者对此观点有认同。这观点粗听有道理，其实是在偷换概念，混淆视听。因为当我和白先勇争论庚辰本和程乙本哪一个版本更好时，我不是指清代流传的、原始意义上的脂抄本和程印本，白先勇当然也不是。我们都是指经过现当代专家整理的两个普及本，哪一个更少瑕疵、思想艺术更高明、更值得向读者推荐。

　　此外，关于这两个整理本的优劣比较，梳理程乙本不同于庚辰本的文字表述，主要分为三种情况。

　　第一，有些庚辰本技术上笔误或者艺术上不合理的描写，在程乙本甚至更早的程甲本中得到了纠正。有些则是属于见仁见智的问题，还有待进一步讨论。比如关于龄官在蔷薇花架下画"蔷"字，到底是几千还是几十；黛玉和湘云在凹晶馆联句，到底是说"冷月葬花魂"还是"冷月葬诗魂"；等等。

　　第二，程乙本改动的文字明显不如庚辰本，但又是不得不修改的。这样的改动，我们表示理解。比如第五回有关咏叹迎春嫁给孙绍祖的曲子〔喜冤家〕，其中一句写孙绍祖，庚辰本是"一味的骄奢淫荡贪还构"[①]，程甲本和程乙本都是"一味的、骄奢淫荡贪欢媾"[②]，其中，"贪欢媾"重复了"淫荡"，不及庚辰本的言简意赅。但程本这样改，又是合理的。因为孙绍祖"构陷"贾家，是作者原来的构思，但在程本的续作中，并没有呈现这方面内容，小说主要写了他的淫荡和对迎春的欺凌。这样，修改曲词，其实也是为了照顾到后文，前后保持一致。这样的改动，虽然掩盖了曹雪芹原来的构思，但从情节整体角度考虑，有其存在的合理

[①] （清）曹雪芹、（清）高鹗著，中国艺术研究院红楼梦研究所校注：《红楼梦》，人民文学出版社1982年版，第87页。
[②] 冯其庸纂校订定，陈其欣助纂：《八家评批红楼梦》，文化艺术出版社1991年版，第127页。

性，对此改动，就没必要苛责。

第三，程乙本（有时候也包括程甲本等）与庚辰本不同的文字处理，明显拙劣。这样的例子是大量的，占了大多数。因为之前有过专题讨论，限于篇幅，这里不展开了。

2. 文献的参照式阅读

这是基于小说材料具有百科全书的丰富性而提出的一种阅读策略。

我们当然可以从物质和精神生活的多样性来阅读相关文献，深入理解《红楼梦》涉及的许多描写，比如单是西洋物品，方豪梳理历史资料，分析其中提到的外国物品，周绍良从西洋钟表特点考证刘姥姥一进荣国府时，听到的敲钟声到底是几点。还有商伟研究小说中的西洋镜，孟晖研究小说中的西洋玻璃，相关文献，都值得参考，我们不是做研究，也未必需要去阅读小说外的一手资料。这样，参考一些学者的研究成果，还是有帮助的。限于篇幅，我这里举诗歌方面两个例子来说明。

第四十回，林黛玉说："我最不喜欢李义山的诗，只喜他这一句：'留得残荷听雨声。'偏你们又不留着残荷了。"虽然我们可视为她当时在跟宝玉、宝钗等闹别扭，因为是他们主张要人来收拾残荷的，但林黛玉真喜欢这句诗也是可能的。而究竟是怎样一种喜欢，就需要把这句诗放到李商隐诗的具体语境中进一步理解。

其诗《宿骆氏亭寄怀崔雍崔衮》写对人的怀念："竹坞无尘水槛清，相思迢递隔重城。秋阴不散霜飞晚，留得枯荷听雨声。"与曹雪芹几乎同时代的纪晓岚对结句的点评是"不言雨夜无眠，只言枯荷聒耳，意味乃深，直说则尽于言下矣"，又说"'相思'二字，微露端倪，寄怀之意，全在言外"。[①] 这一点评，颇为精准。联想到林黛玉平日常有失眠的习惯，那么，这一写雨夜无眠的诗句，能得到黛玉的喜爱，未必是一种引发愉悦的审美

---

① 参见陈伯海主编《唐诗汇评》（五），上海世纪出版股份有限公司、上海古籍出版社2015年版，第3665页。

欣赏，或许仅仅是因生动形象地表达出抒情主体的特殊心境而引起的共鸣。

从林黛玉性格和生活习性看，她喜欢这样的诗句，容易对这样的诗句产生共鸣是可以理解的，但要把诗中的意境在现实中复制出来保留下去，让自己沉浸其中流连低回，就不免让人觉得她有自虐的心态。而缺少夜晚无眠体验的宝玉，当他积极配合，有意在现实中保留这一意境的物质条件，是真理解了黛玉的心思，还是在句子层面品味了"果然好句"，进而唤醒了他欣赏雨打荷叶的别样乐趣？或者仅仅出于对黛玉的表面迎合（如同他常常这样做的）？

类似的思考，就把阅读带向了深入。

第七十回，大观园重开诗社，咏叹柳絮。林黛玉作《唐多令》，哀怨悱恻一如既往，说什么"漂泊亦如人命薄"，是"嫁与东风春不管，凭尔去，忍淹留"。而薛宝钗写了一首让人刮目相看的《临江仙》：

> 白玉堂前春解舞，东风卷得均匀。蜂团蝶阵乱纷纷。几曾随逝水，岂必委芳尘。
>
> 万缕千丝终不改，任他随聚随分。韶华休笑本无根。好风频借力，送我上青云。①

从小说本身看，薛宝钗的咏柳絮当然是林黛玉等人创作的翻案文章，但不少学者认为，这首词作，是受宋人洪迈《夷坚甲志》卷四中记录的一则《侯元功词》故事影响的。该故事云：

> 侯中书元功（蒙），密州人。自少游场屋，年三十有一，始得乡贡。人以其年长貌侻，不加敬。有轻薄子画其形于纸鸢上，

---

① （清）曹雪芹、（清）高鹗著，中国艺术研究院红楼梦研究所校注：《红楼梦》，人民文学出版社1982年版，第997页。

引线放之。蒙见而大笑,作《临江仙》词题其上曰:"未遇行藏谁肯信,如今方表名踪。无端良匠画形容,当风轻借力,一举入高空。才得吹嘘身渐稳,只疑远赴蟾宫。雨余时候夕阳红,几人平地上,看我碧霄中。"蒙一举登第,年五十余,遂为执政。[①]

　　这里写男主人公侯蒙考场受挫又长相难看(貌侻),但他心态极好,虽被人嘲弄,肖像晒到了天上,他居然能趁机作翻案词,所题咏的"当风轻借力,一举入高空"具有明确的双关性,"一举"之"举",也可以落实为侯蒙自况的应举。不过,薛宝钗在词中借用此句时,以柳絮替换风筝,其关于柳絮和人的命运的双关性就被泛化了。更重要的是,因为原词的人物形象与风筝重合,作为一种潜在文本影响到情节叙述中。这样,隐藏于《红楼梦》书本背后的历史故事,如同一条暗线牵连起柳絮、风筝和人物三者的紧密关系。

　　事实上,当小说写大观园众人吟咏柳絮时,最先出示的是才写了半首的探春的《南柯子》,道是"空挂纤纤缕,徒垂络络丝,也难绾系也难羁,一任东西南北各分离"。探春题咏柳絮只有半首所留下的残缺,虽然也有宝玉来续写,但这并不是关键。关键是,探春在放飞风筝活动中,依托凤凰和喜庆的关联,把自己未来的人生走向,如断线风筝的远嫁行为暗示出来时,才完成了"咏柳絮"的下片。这是以具体活动的暗示对上片文字的接续,是对词作"也难绾系也难羁""一任东西南北各分离"主题的呼应。而中间插入薛宝钗的咏絮词,其对侯蒙词中的意象挪用,既有它自身相对独立的意义,除此之外,也是在与作品内部及外部的互文关系中,加固了人与柳絮、与放飞风筝的关联性。

　　3. 文本的对比、类比阅读

　　应该说,阅读回归文本,这是最基本的阅读策略,而《红楼梦》文

[①] (宋)洪迈撰,何卓点校:《夷坚志》(第一册),中华书局2006年版,第33页。

本在整体构思上的对比、类比性体现得如此全面，使得对比和类比的阅读策略，更应该得到深入贯彻。

从文本的大处着眼，有情节设计、人物塑造、主题概括三方面，由此也引导读者要从这些方面来确定阅读策略。

从情节看，整体意义上的家族的盛衰构成整体对比，连同家族中人物命运，都有了趋同性对比。而甄家小荣枯与贾家大荣枯，则有缩影般的类比。

局部意义上，例如第十九回袭人的花解语和黛玉的玉生香，两人各自与宝玉间发生的似乎相近的儿女温情，却有了进一步的道德教诲和情趣相投的对比性差异。而宝玉挨打后，宝钗和黛玉探视宝玉的不同表现，还有上文提到的咏絮词，黛玉的《唐多令》与宝钗的《临江仙》主题的悲观和乐观对比。诸如此类，不一而足，许多红学家写过专题讨论的论文。

从人物塑造看，金陵十二钗正册的排列规律，就有明显的两两对比性，不少学者，正是从这方面，来展开比较分析的。如王昆仑在人物论中谈到的黛玉做人，宝钗做人，这种鲜明对比，给人深刻印象。而他在把民国时期写成的"人物论"在中华人民共和国成立后加以修改时，对对比和类比策略的运用，也就越发自觉，视野更加开阔。这里举一例，可以给读者阅读起一定示范性。他的《红楼梦人物论》在第一篇的"花袭人论"中，国际文化服务社1948年的版本是这样的文字：

> 他（笔者按：指曹雪芹）以十分郑重的态度写宝钗，以十分艰苦的心理写黛玉，以十分生动的情调写凤姐。对于宝钗和黛玉觉得还写得不够，便再加上宝玉身边两个重要的丫鬟：以极细腻的笔法写袭人，以极明朗的调子写晴雯。[1]

---

[1]　太愚（王昆仑）：《红楼梦人物论》，上海书店1990年影印本，第2页。

中华人民共和国成立后由生活·读书·新知三联书店出版的修改版中，这段文字改成：

> 他以艰苦沉重的心情写黛玉，以郑重深曲的笔墨写宝钗，以酣畅活泼的情调写凤姐。作者又根据社会真实看出处于高贵地位、富于文化教养的小姐中，有黛玉宝钗两种对立性格，在出身下层、受人奴役的丫鬟中，也存在着晴雯和袭人两种立场、两种性格的代表人物。[①]

我们发现，在第一版文中，没有提出的晴雯和袭人究竟与黛玉、宝钗间构成怎样的结构关系，在修改版中被清晰地揭示了：这是在不同社会阶层的两种立场、两种性格的代表性人物的对比和各自的类比关系。至于晴雯、袭人两人的性格在修改版中没有被提及，也许是因为作者认为，相比于对人物的性格呈现，揭示社会的结构关系，更为重要，而且这种结构揭示已把性格呈现通过类比而暗含其中（通常所谓的"钗影黛副"，已经为人所熟知），更何况在其他段落，这些性格特征也有更全面的揭示和剖析。

从主题概括看，读者一般都习惯用命运、无常来概括《红楼梦》，最近作家闫红在一个讲座中也详细谈了她对《红楼梦》"无常"的感受，她提出一个有意思的观点是，薛宝钗对赵姨娘客气，给她送礼物，未必说明她做人圆滑。也许这里有一种无常观在起作用，保不定自己将来就成了别人眼中的赵姨娘，所以善待赵姨娘，其实是对无常保持敬畏，让人生变得安全的一种策略。当然从对比策略思考，我觉得小说实际上是把无常的主题具体化为两种，一种是香菱的"有命无运"，还有一种是秦可

[①] 王昆仑：《红楼梦人物论》，生活·读书·新知三联书店1983年版，第14页。

卿的"有运无命"。这里的命，是指生命，不是天命。有命无命，主要是指长短。这种生命和运气的分离，就是命运无常，而能够命运两济的，如同小说开头写到的娇杏，谐音"侥幸"，只是一种偶然。这样的主题理解，对读者来说有一定的真切性，但也蕴含着一个重要局限。因为无常虽可能反映了作者创作的自觉观念，但又不能全然等同于小说本身，因为小说在展开家族盛衰和人物悲剧结局时，也把人的性格局限特别是社会制度的问题一并呈现了。所以把命运无常作为对比性的展开方式，仅仅是问题的一方面。我们还需要把作者的自觉意识和他在小说客观呈现的事实加以对比性理解，从而使我们的理解有可能超越作者所处时代的意识局限，发现作品正视现实、批判现实的力量。只有这样，才不至于使无常观念，成为对不合理社会和制度的无意中的一种辩护。

余　论

当我们展开文学阅读而自觉运用一种策略时，我们的阅读可能会减少感性的乐趣，我们变得更理性，更像艰苦的工作者而不是一个乐在其中的人。我当然不怀疑思考本身能获得乐趣，文学阅读不能纯粹跟着感觉走，必要的理性还是需要的，但如何努力让感性和理性得到平衡，这也是需要我们思考的。这里我举纳博科夫关于《包法利夫人》的思考题，来说明理性和感性融合的一种途径，他曾经出过这样的思考题，让读者来想象下自己所理解的女主人公爱玛：她会喜欢布满废墟和牛群的景色，还是与人群不产生任何联想的景色；她喜欢她所处的山间湖泊有一条孤零零的轻舟，还是没有轻舟？[①]

是的，这似乎呼应了我们此前论述的对比策略的运用。但还需要看

---

① 参见［美］纳博科夫《文学讲稿》，申慧辉等译，生活·读书·新知三联书店1991年版，第517—518页。

到，这里有理性和感性、思辨和想象的一种平衡。我们阅读《红楼梦》，也应该有这样的尝试。

（原文为两篇，分别发表于《语文建设》2020年第1期和
《语文学习》2020年第4期，现合为一篇，
作者单位：上海师范大学人文学院）

《红楼梦》"整本书阅读"的理念与实施

俞晓红

作为高中语文"新课标"所设 18 个学习任务群之首,"整本书阅读"问题在近两年的讨论中显示出较高的关注度,尤其是《红楼梦》整本书阅读,更成为诸家语文刊物的热点话题。不少论者自己还没有来得及全面通读并深刻理解《红楼梦》文本,就已经公开发表对这一问题的整套看法或指导意见,诸如版本选择、人物理解、语言鉴赏等,各有各说,各成其理。然而通览之后,读者不免会产生很多困惑:程乙本是适合中学生阅读的最佳版本吗?以影视剧片段导入小说文本的阅读,真的可以提升阅读本身的质量和层次吗?开展"知识竞赛"能够促进名著的"整本"阅读吗?通过细读某个片段文本去推动对其他部分文本的理解的"以点带面"法,是科学的而且是合适的吗?"读写结合"是必须进行的学习任务吗?最关键的问题是,带有指导意向的诸多文章,本身是否具有"整本书阅读"意识,或曰意见本身是否有过整体的构建?

显而易见,就笔者目前所见的文章看,其中的大多数对《红楼梦》"整本书阅读"的讨论,都缺乏"整本书阅读"的理念和高屋建瓴的视野,也很少尝试阅读体系的构建及实施方案的规划。很多来自基础教育一线的读者企盼红学家发声,出一本能够帮助师生进行并完成所有学习任务的阅读指导书,或系统性地主讲一次信息量丰富到能够包揽和解决所有问题的专题讲座,可以祛除心中的魅惑。然而遗憾的是,多数红学家很少关注基础教育的现状,无暇顾及"新课标"的内涵有什么新的变化,或者讶异于"整本书阅读"概念的提出。因为名著的阅读本来就应该是"整本"的。

一

　　让我们首先解读一下：什么是"整本书阅读"？"整本书阅读"为何要选择《红楼梦》？

　　"整本书阅读"一语中，"阅读"是中心词，"整本书"是它的定语。"整"者，完整、整体之谓也；"书"者，书籍，装订成册的著作。"整本书"阅读，自然是要完整地阅读一本书，并做整体性的理解接受。"整本书"的"书"，理应选择古今中外具有典范性、权威性的经久不衰的传世名作，那些经由历史选择出来的"最有价值的"、最能代表一个时代的文学经典。读书就要读经典，读名著。毫无疑问，《红楼梦》作为中国古代章回小说的集大成之作，代表了古代小说艺术的高峰。这样一部近百万字的古典名著，需要的是完整的阅读和有深度的阅读，而不是只言片语就鉴赏了它的语言之美，一回两回就了解了它的情节之好，浮光掠影就通晓了它的主题之深。

　　"整本书"的"整"，突出的是阅读的完整性和整体性，否定的是阅读的片段性和片面性。后者是针对应试教育背景下长期的片段阅读、片面阅读而致的支离破碎的"语文"体验，所提出的一种弥合缝隙、纠偏正误的补救（挽救）办法。这对于弘扬我们的母语文化、提升学生的核心素养，价值十分显明。更可怕的是"微时代"带来的微文、微信息，每天都在冲击、充斥我们的视界，我们的阅读能力在方寸视屏中渐趋退化，我们的肢体功用在手指的快速点击和滑动中日渐消减。各种碎片化、浅表化的快餐式阅读，带来的是暂时的愉悦与虚假的成就感，实无助于养成完整阅读、纵深思考的良好习惯。

　　"阅读"的对象是"书"，而不是影视剧或其他。那些以影视剧指导阅读的做法是本末倒置，混淆概念，而且还极有可能误导中学生，影响其正确接受，以致形成某种终身错误的认知。我校每年新生入学后，申请转入汉语言文学专业的学生，当被问到何以有此选择时，多数同学都会归功于他高中语文老师富有魅力的引导。由此可知，一个好的高中语文老师对学生精神生命的影响力之大。以《红楼梦》影视剧导入《红楼梦》阅读研讨课的做法，在当今的高中语文教师中并不少见，讨论影视剧表演艺术高低并让学生身体力行模仿或创新表演的文章也随处可见。但，这并不是对"整本书"的阅读，对影视剧内容的熟稔、对剧作质量和演技水平的评判，也并不能代替对整本书的"阅读"。至于相关史料，那是教师应该事先阅读并消化、吸收，变成自己精神生命的血肉细胞之后，在指导、参与学生研讨过程中随时给出指导说明或渗透于其中的灵动的生命体。

"阅读"就是要读原著。触摸纸质书，翻页阅读，感受那些文字，读懂整个的故事情节，认识故事中鲜活生动的人物，想象他们的举止言谈，体会他们的喜怒哀乐，进而认识当时的社会人生，思考名著的主题，对名著的语言文字做多元化的审美鉴赏。

二

其次，我们要思考一下：《红楼梦》"整本书阅读"的阅读目标是什么？

版本选择、前言通读、回目研读，自然都是必要的。20世纪70年代末，中国艺术研究院红楼梦研究所集合了全国多所高校的学术力量，前八十回以庚辰本为底，后四十回以程甲本为据，对《红楼梦》详加校注，交由人民文学出版社出版。2008年出到第三版，书上明确标注前八十回曹雪芹著，后四十回无名氏续，程伟元、高鹗整理。这是校注成果最为丰富的一个版本，也是多数红学研究者习用的本子。通读前言有助于了解名著创作的时代背景、作家生平和作品内容，研读回目可以概览式接触作品的整体框架。但这是远远不够的，前言只是一个概说，代替不了对文本本身的阅读；回目的诗意化和概括性，亦不足以让中学生通盘把握作品的具体情节和人物形象。"整本书阅读"应建构阅读的体系与框架。这对于一部近百万字的古典名著而言，虽然是艰难的，却并不是不可行的。这又需要把握住文本的重点所在。

一是要解读前五回的纲领作用。《红楼梦》的具体故事，是从"千里之外，芥荳之微，小小一个人家"刘姥姥开始叙述的，这是小说的第六回。前五回乃是从不同方面交代故事发生的时空背景，展示贾府复杂的人事关系档案，预示小说主要女子的命运遭际。第六回起始的各种大小故事，都是建立在前五回的基础之上的。正确解读前五回，有益于理解整本书的主体内容和情节走向。

二是要抓牢整本书的主线主题。与一般的小说只有一条主线不同，《红楼梦》有两条情节主线，一条是以凤姐治家为主体构架，牵连起府内府外、主子奴婢、朝廷村野等社会关系的方方面面，描述了贾府由盛到衰的过程；另一条是以宝、黛、钗婚恋故事为主体内容，描述了贾府内部主要人物的性格与命运。两条主线关联起小说的网状结构，所表达的主题也是"多义性"的，有多维的向度，而不是单义的或单向的。

三是要聚焦小说文本的关键情节。《红楼梦》中一些"大过节、大关键"的重要情节，诸如可卿出殡、元妃省亲、宝玉挨打、黛玉葬花、探春结社、抄检大观园等，对整本书的故事进程和主题表达起到决定性的作用。没有这些情节，整本书的故事可能无以展开和推进，社会关系、生活习俗可能无法纵深涉及，日常生活的细节可能得不到鲜活的呈现，人物形象也可能没有了血肉支撑。

四是要解读人物形象的性格表现。全书人物众多，有名字的有四五百人，作者精心刻画描写的人物形象也有数十个。确定核心圈中的主要人物为中学生"整本书阅读"的重点理解对象，是十分必要的。这些人物须是能关联情节主线和重大情节，能在表达小说主题、呈现清时贵族生活场景中发挥作用的重要人物，形象本身有丰富复杂的性格特征和精神世界，对中学生的精神成长有很好的启示作用。

五是要鉴赏名著文本的语言表达。《红楼梦》的语言是古代小说的典范，它的叙述语言朴素淡雅，肖像、景物、心理描写的语言细腻优美，人物对话语言又非常鲜明生动，符合每个人的身份、地位、文化教养和性格特质，即便是作者代书中人拟的诗词作品，也各具个性化的特征。细致品味名著的语言，深入体会人物内心世界，可以培养我们好的语感，也可以借此锻炼我们的书面表达能力。

三

最后，我们需要明确一下：如何进行《红楼梦》的"整本书阅读"？

在确定了阅读的内容和重点之后，不需要设置阅读任务吗？这是必需的。既然阅读重点已经确定，那么任务与其相适应，应该是不难做到的了。"新课标"在"整本书阅读与研讨"的任务群下，要求必修阶段完成一部长篇小说、一部学术著作的阅读，共18课时，集中在两个学期内完成。那么安排给《红楼梦》整本书阅读9个课时，是可以施行的。但从上述阅读目标看，课上9个学时不足以确保完成任务。一种科学而合理的做法是，课外阅读与课上指导相结合。这一道理非常浅显，但在应试教育体制的压力下，实行起来可能有一定困难。这需要一线教师运智慧于实施进程。

任务的构成也是清晰明白的：正确地选择了版本之后，通读前言和回目；重点阅读小说的前五回，勾画主要人物关系图表；以两条情节主线为核心，通读相关情节并归类，认识小说的主题；深度阅读关键情节，理解它们在全书中的不同作用；体会主要人物形象，理解他们的性格特征和命运遭际，试做点评；品赏小说的语言，撰写评析短文，或练习仿写。

当然，仅有"阅读"和小写作也还是不够的。不要忘了"新课标"该项学习任务的全名是"整本书阅读与研讨"。"研讨"也是任务的核心元素。研讨是增加中学生主体参与和体验难度的重要渠道。什么样的研讨才是有效的？一种好的研讨需要教师课前设计，指导学生课外自主阅读思考，要求学生小组开展互助式学习、讨论，推举小组代表课堂汇报交流；教师应善于从交流中发现闪光之处，给予充分肯定；同时对那些奇思怪想需要纠偏指误，不能因为学生观点新异，就一概视为"创新思维"予以认同，那显然是更为有害的误导。当然，这对教师的阅读能力和指导站位提出了更高的要求。一个能够指导高中生进行名著的"整本书阅读与研讨"的教师，自己首先要懂名著，了解红学研究的整个状貌，知道何为正，何为偏，何为误，何为"民科"，才能比较正确地、有高度地指导中学生开展阅读与研讨。文学研究也是科学的研究，不能因为文学作品的虚构特质，就可以在研究中随意发挥，任凭想象，随心所欲得出某些结论。

任务进程中或完成后，"评价"也是必需的环节。可以生生互评、教师点评，也可以当面评价、书面评析。好的阅读可以带动中学生对母语的审美鉴赏、创造和建构，好的评价可以促进中学生的整体思考，可以发展其思维向度，提升其思维高度，进而生发出理解、传承中华优秀传统文化的自觉力。这一环节的重要性自不待言。

"整本书阅读"其实并不是一个新的概念。早在20世纪30年代，夏丏尊就提出，阅读教学应该是对"整册的书的阅读"。1995年，联合国教科文组织将每年4月23日确定为"世界读书日"。教育部将"整本书阅读与研讨"写进中学语文课标，并且将《红楼梦》列进阅读书目，足见经典名著的整体阅读与研讨是何等重要。对于有志于传承优秀母语文化并提升国家的文化实力的当代人而言，读整本的书，读经典的书，读懂经典，传承文化，是一个时代课题，也是我们的责任和使命。而中学生如何以正确的方式更好地阅读经典名著，并进一步开展名著研讨，基础教育一线的语文教师应负起正面指导作用。

（原文发表于《学语文》2020年第1期，作者单位：安徽师范大学文学院）

如何提升《红楼梦》整本书阅读的有效性

俞晓红

"《红楼梦》整本书阅读"已经真真切切进入中学语文教育界的视野,并成为基础一线语文教师不得不重视的目标任务之一。笔者近期对长江中下游区域8所市县高中做了调研,发现不少一线教师对下列问题仍感困惑:第一,对《红楼梦》这部长篇巨著,在有限的教学时间和紧张的学习空间里,学生应该怎样阅读?教师应该如何指导?第二,在目前一切围绕高考而动的功利化的学习大语境中,应如何有效地激发中学生阅读长篇小说的兴趣?第三,该如何设计阅读任务去驱动中学生阅读?设计什么样的问题可以作为学生阅读的抓手?第四,学生阅读成果一般都是个性化的,如何评价中学生的阅读目标已经达成?第五,以读、写、讲的形式呈现的阅读成果该如何事先设计?

以中国知网所见与"《红楼梦》整本书阅读"直接相关的研究文章,自2016年至2021年4月,累计215篇,其中从2020年以来16个月时间,即有133篇,占全部文章的61.8%。有这样的积累,中语界应当对"整本书阅读"有个基本的共识。但浏览近期研究发现,诸多文章仍然沉迷于画家族树、列世系表,停滞于第三回林黛玉的眉眼、王熙凤的笑语,习惯于影视剧激趣、与原著做比,或是立足青春和诗意,倡导关注小说的青春之美和诗意之美。比照部编本教材该单元的"阅读指导"可知,一方面,以上诸多切入阅读的角度,并不能有效地指导中学生从阅读中理解"前五回的纲领作用"与"情节主线"的具体内涵,体会"人物形象的塑造"和"生活细节的刻画"的艺术胜境,完成"了解社会关系"和"鉴赏语言"的阅读任务。另一方面,相关研究文章也不足以为一线语文教师提供切实可行的策略和方案，解决上述来自一线教师的诸多困惑与难题。甚至可以说，它们在理解和解读《红楼梦》文本时，显示出作者思维不够圆融、视野不够宏阔的缺陷。一些论者试图用个人的片段感悟和浅层认知解决"整本书阅读"的难题，或远离文本，或蜷缩一隅，或剑走偏锋，或指向单一，多缺乏对文本高屋建瓴的整体感知，因此也难以抵达原著思想与情感内涵的深处，更难促进整本书阅读目标任务的达成。

为了适应新时代基础教育的发展趋势，满足中学一线语文教师的当下需求，加强对基础教育的支持和服务，促进高等教育与基础教育的密切衔接，笔者愿以个人阅读与思考所得，奉于"《红楼梦》整本书阅读"备课者的案前。

一

"新课标"为"整本书阅读"设了18课时，如果平分给《乡土中国》和《红楼梦》，则各有9个课时。以9课时的堂上时间来实施《红楼梦》整本书阅读指导，是比较困难的。这就需要提升"《红楼梦》整本书阅读"的有效性。所谓"有效性"，指的是完成策划的活动和达到策划结果的程度。因此要提升阅读的有效性，需要事先设计方案，做好整本书阅读活动的策划，并有序推进方案的逐步实施。

《红楼梦》的整本书阅读从哪些角度切入比较科学合理？其实这个问题并不难回答。部编版教材该单元的"阅读指导"已经给出了明确的阅读方向，我们自应以它为纲，以情节为主体，以人物为核心，以目标任务驱动阅读，设计出具体可行的有效方案。

一是"把握前五回的纲领作用"。阅读《红楼梦》，不可绕过这五回。第一回青埂峰下顽石所记的故事是"石头"下凡历劫的故事，"按那石上书云"引出的故事，是木石前盟、甄家荣枯原因及其过程。因此第一回乃是为主人公贾宝玉人生道路悲剧、宝黛爱情悲剧奠基,并以甄家小荣枯隐喻贾氏大荣枯。第二回以"冷眼"叙述宁、荣二府由兴而盛脉络和家族血亲源流,是以旁观者身份向读者简介贾府主要人事关系。第三回则以林黛玉之目为摄像机,让主要人物登场亮相。第四回借助葫芦一案,展示贾府荣损攸关的社会关系,并使薛宝钗进贾府,早早与宝、黛相会。第五回借少年宝玉之午梦、太虚幻境之图册,预写正、副、又副共十五金钗的命运。除了葫芦案有点故事的意味之外,前五回没有多少"故事"内容,发生于现实生活的主体故事是从第六回开始的。

  前五回的阅读难点在于两个神话之间的关系。它们的"结构性"意义超出了"故事性"的意义。这个结构有似于"从前有座山,山上有座庙,庙里有个老和尚和小和尚。有一天,老和尚对小和尚说:从前有座山……"这种故事中套故事的方式,只不过作者换了叙事的话语:"从前有座大荒山,山上有个青埂峰,峰下有块大顽石。那顽石上记了一个故事:从前有个姑苏城,城中有个阊门,阊门外有十里街,街内有个仁清巷,巷内有座葫芦庙,庙旁住着甄士隐。甄士隐有一天做了一个梦,梦见一僧一道讲了个木石前盟的故事。"甄士隐资助贾雨村、冷子兴演说荣国府、葫芦僧乱判葫芦案,承接甄士隐故事一线而至;宝黛钗相会荣国府、游幻境指迷十二钗、饮仙醪曲演红楼梦,则承接木石前盟一脉而来。至第六回开头收束住,开启小说的实体故事。就此而言,《红楼梦》有三个开头。

  二是"抓住情节主线"。《红楼梦》的情节主线有两条:一条是宝、黛、钗婚恋故事,另一条是王熙凤理家故事。如果没有宝、黛、钗的故事,很难想象《红楼梦》会是一种什么样的状貌;但如果没有王熙凤治理家政的故事,《红楼梦》可能会趋同于一部言情小说,不能承担起反映封建贵族世家由盛而衰的历史悲剧的重任。就此而言,抓住主线的同时,需要深入小说的主题层面做解读,那就是:贾宝玉不走仕途经济道路的人生悲剧,以钗、黛为代表的青年女子普遍的命运悲剧,以贾府为代表的封建贵族走向衰败的历史悲剧。这对于中学生而言是有难度的,一线教师在阅读指导中，不妨结合前五回和小说关键情节的具体解读过程，来指导中学生在阅读中逐步理解《红楼梦》的悲剧主题。

三是"关注人物形象的塑造"。作为小说三要素之一，人物始终是作品表现的中心。没有人物形象，小说就没有了核心和灵魂。作为章回小说的代表作，关注《红楼梦》的人物形象塑造，更是"整本书阅读"的重心所在。但这部小说所涉人物七八百人，有名有姓的人物就有四百多人，如果要求中学生去全面关注，是难以实现的，也是没有必要的。有不少中学语文老师将画出详尽的《红楼梦》人物关系图，作为阅读任务要求学生完成；一些文章也以列举人物姓名作为认识小说人物关系的途径。在笔者看来，即使将小说所有人物姓名都背下来，所有人物关系图都画得正确，也并不就是关注和理解了人物形象的塑造，更不等于实行了"整本书阅读"过程。能够说全贾氏家族中水、代、文、玉、草五代人的姓名，就可以抓住贾宝玉、贾政、贾珍、贾琏等人物形象的特点了吗？能够背诵十二金钗及其所有丫鬟的姓名，就可以理解钗、黛、湘、探等人的个性与情感了吗？答案显然是否定的。从教材"阅读指导"的立意来说，整本书阅读需要关注的是人物形象的动态"塑造"，而不是静态的人物关系图谱，更不是半死的贾氏一族世系树表。后二者对推进整本书阅读没有任何实际的意义。

事实上，高中生读者所应该关注的，是小说最重要的二十几个人物形象及其性格塑造。那就是第一回中出现的现实中人，第二回冷子兴提及的还活在小说故事中的人，第三回林黛玉进贾府所见到的贾家人，第四回葫芦案涉及的薛家人，第五回太虚幻境簿册上出现的薄命人，第六回作为现实生活的开篇所涉的、小说写作所必具的线性人，以及可卿出殡、元妃省亲、宝玉挨打、黛玉葬花、宝钗扑蝶、湘云醉眠、探春结社、抄检大观园、黛死钗嫁这九大关键情节的主角。一方面，这些人物占据了小说全体人物的核心圈，理解他们的性格塑造，也就基本把握了《红楼梦》的形象塑造艺术。另一方面，人物形象总是依托故事情节而存在的，没有故事情节，就没有形象的立体与鲜活。前五回所涉人物不再赘言，小说中贯穿情节主线、能充分表达主题且能体现形象塑造意图的这九大关键情节，也就是脂砚斋批语所说的"大过节、大关键"情节。除了黛死钗嫁发生在后四十回，其他都完整地呈现在前八十回原著中，为我们深度阅读小说文本提供了最直接而直观的文本材料。

这九大情节包含了更多的相关故事，通过对它们的阅读，可以进一步把握全书的主要故事脉络。可卿出殡包含茗烟闹学、可卿托梦、可卿之死、贾珍理丧、熙凤协理宁国府、贾瑞之死、秦钟之死；元妃省亲包含甄家接驾、贾氏兴土木、试才题对额、姊妹首次赛诗、姊妹择居、家班建设等；宝玉挨打包含雨村来访、道士赠物、元妃赠物、晴雯撕扇、龄官划蔷、金钏之死、宝琪交好、湘云拾麟、宝玉诉肺腑、贾环进逸、贾政施虐、宝钗送药、黛玉题诗、袭人晋级、玉钏晋级等；黛玉葬花包含共读西厢、独聆牡丹、哭吟《葬花辞》；宝钗扑蝶涉及芸红故事、金蝉脱壳；湘云醉眠涉及魏晋风度、生吃鹿肉、湘黛联吟；探春结社包含香菱学诗、黛玉教诗及诗社所有活动；抄检大观园涉及长房二房矛盾、婆媳矛盾、妯娌矛盾、夫妻矛盾、主仆矛盾等，展示了贾府内部政治生态环境和经济颓败趋势；黛死钗嫁关联黛玉焚稿、宝玉中举、宝玉出家等。以九大情节为全书故事核心内容，关联其周边诸多小故事，以少领多，纲举目张，可以更有效地带动对全书故事的整体把握。

解决了以上三个问题，教材"阅读指导"中另外三个问题便能得到很好的解决。"品味日常生活细节的刻画"和"了解社会关系与生活习俗"，自然也是要依托一个又一个故事来进行的，它们本身不能脱离具体的人物和故事而存在，所以读故事情节的同时，也就读到了细节描写和习俗表现，认知了人物间的各类关系；"鉴赏语言"本当在叙述语言，肖像、景物、心理描写语言，人物对话等层面进行，在指导中学生阅读故事情节的进程中，稍微注意引导一下对文本各类语言特点的关注和评析，就能达成鉴赏的目标。

二

面对9课时现实，如果将九大情节全部铺开做阅读计划，还要考虑到阅读前的导读、前五回阅读以及课程评价，实施起来是比较困难的。因此还需要对阅读单元和课时分配做一定的整合。据此思路，《红楼梦》整本书阅读的单元主题可以做如下设计。

第一单元为教师导读课，侧重于了解章回小说的基本知识，小说鉴赏要素，整本书阅读的理念与实施方案。第二单元侧重于《红楼梦》题名的含义和前五回的作用。第三单元借助可卿出殡了解小说关键情节的设置艺术。第四单元通过宝玉挨打解读小说讲故事的艺术。第五单元可以通过阅读黛玉葬花、宝钗扑蝶、湘云醉眠等情节，关注小说人物形象的塑造艺术。第六单元专门阅读大观园诗社的成立原因与过程、诗社所有活动及其思想艺术价值。第七单元集中阅读抄检大观园情节，探析归纳《红楼梦》的主线和主题。第八单元聚焦于小说的语言艺术。第九单元用于整本书阅读的总结与评价。除了第一单元和第九单元外，中间七个单元均采用"专题研读"课型，每个单元提前一周布置相关思考讨论题，让学生带着问题在课前阅读，堂上研讨、交流，教师评价；第二单元关涉第一至第六回内容，其他六个单元则各关联十个章回情节，共计七十六回，其余章回根据内容的关联性做泛读处理。这样基本就可以抓住《红楼梦》的主体框架、核心故事和主题表达了。

课前思考题的设计和布置，其本质是一种"任务驱动"。具体而言，是在"《红楼梦》整本书阅读"的过程中，学生在教师的指导和帮助下，围绕每个单元阅读主体，以"问题"为驱动，课外对小说原著进行积极而主动的阅读，通过个人自主学习或小组互助学习，在规定的时间内完成既定阅读任务。这又需要教师对即将阅读的单元做出符合高中生阅读理解的问题设置。以上列单元主体为阅读目标，思考题大略设置如下。

第一单元：（1）章回小说的阅读目标和鉴赏重点是什么？（2）什么

是整本书阅读?(3)整本书阅读为何选择《红楼梦》?(4)我们该如何进行《红楼梦》的整本书阅读?

第二单元:(1)《红楼梦》曾经有过几个题名?哪一个最好?(2)《红楼梦》开篇的两个神话故事都说了些什么?其中最令你感动的是什么内容?(3)贾雨村、甄士隐两个名字有什么寓意?甄家败落故事有什么意义?贾雨村与冷子兴的对话涉及哪些内容?重点是什么?(4)林黛玉初进贾府,依序拜见贾府中各路人物,起什么作用?贾府表现最突出的人物是谁?有什么样的性格特点?(5)"葫芦僧乱判葫芦案"故事反映了什么样的社会现实?对整本书故事的展开起什么作用?对薛宝钗进贾府起什么作用?(6)太虚幻境是贾宝玉真实的梦境吗?警幻仙姑橱中的簿册都有些什么内容?《红楼梦曲》共有多少支?与判词的数量对应吗?为什么?

第三单元:(1)秦钟和贾宝玉交谊如何?茗烟闹学的原因和结果是什么样的?(2)贾瑞之死和可卿之死有什么关系?作者为何连续写了这两个人之死?(3)"可卿托梦"为什么要托给王熙凤?"托梦"的主要内容是哪两件事情?这对小说主题有什么作用?可卿还透露了一件即将来临的"烈火烹油、鲜花着锦"之事是什么?(4)可卿死后,引出的贾府中人的反应有哪些?他们为什么有这些反应?(5)宁国府有丧事为何请荣国府的当家少奶奶协理?凤姐理丧过程中反映了贾府哪方面的现象?与小说主题有什么关系?可卿出殡过程是什么样的景象?到场路祭的王爷是谁?说明了什么?(6)可卿死后,为何又写了秦钟之死?

第四单元:(1)元妃省亲对体现小说主题有什么作用?大观园题对额是一件严肃庄重的事,贾政为什么竟然真的用了贾宝玉的题名?(2)大观园中各处园景,都是为元妃省亲准备的,为什么后来宝玉、黛玉、宝钗等一批人搬进去住,那些园景、居处都和居住的主人很匹配?(3)宝玉挨打的导火线有哪些?这些导火线分别是从第几回开始埋下伏笔的?(4)宝玉挨打过程中,谁最先到场救人?谁的救场最有效果?最后谁来善后的？（5）宝玉挨打之后，袭人有什么行动？她的态度说明了什么？薛宝钗和林黛玉分别有什么反应？能从中看出钗、黛两个人的性格和情绪吗？（6）贾宝玉要送手帕给林黛玉，为什么叫晴雯送而不叫袭人送？林黛玉的《题帕三绝句》写得好不好？内涵是什么？

第五单元：（1）"葬花"情节在哪几回出现？"葬花"的人都有谁？《红楼梦》为什么这么浓笔重墨写"葬花"？（2）作为联句"寒塘渡鹤影"的下句，是"冷月葬诗魂"工整，还是"冷月葬花魂"工整？（3）"扑蝶"画面美在何处？对表现薛宝钗形象有什么作用？"金蝉脱壳"是怎么回事？如果林红玉与坠儿的悄悄话暴露出来，对谁不利？（4）"湘云醉眠"画面美在哪里？"醉眠"是史湘云这个贵族少女失态的表现吗？（5）与钗、黛相比，史湘云的外貌、性格、情感有什么特别的地方？（6）十二钗判词和《红楼梦曲》是怎样预写钗、黛、湘三个人的命运结局的？如何对钗、黛、湘三个形象做整体性的评价？

第六单元：（1）大观园诗社由谁提议成立的？起因和目的各是什么？大观园诗社第一批成员是哪些人？后来补入诗社的有几拨？（2）大观园诗社一共有几次集体性的赛诗活动？都有哪些人夺冠？都谁殿后？诗社活动之外最爱写诗的是谁？（3）诗社赛诗活动写得最多的诗歌体裁是什么？诗社活动之外的诗作有哪些体裁？说明了什么？（4）香菱学诗一共经历了哪几个步骤？她的三首咏月诗各有什么特点？哪一首最好？为什么？（5）有人说《红楼梦》"诗如其人"，对此你怎么看？（6）古代文人结社是常见的现象，女子结社呢？对此你了解多少？

第七单元：（1）"抄检"事件一共发生了几次？都由谁下令的？原因和结果都一样吗？哪一次最严重？（2）邢夫人为何要派陪房娘子将封了的绣春囊送给王夫人？王夫人为什么判断绣春囊是王熙凤的？王熙凤是如何自辩的？（3）王夫人和王熙凤商议整饬丫鬟队伍，目的是什么？最后达到了没有？（4）抄检过程中哪些人物表现比较突出？作者是怎样描写她们的说话和性格的？（5）你怎么看待抄检行动中王熙凤的态度？哪些描写不太一般？（6）抄检大观园情节从什么角度揭示了小说的主题？《红楼梦》的主线在这十回故事中是如何体现的？

第八单元：（1）《红楼梦》描写景物时语言特征如何？人物肖像描写有什么样的风格？（2）小说最成功的心理活动描写出现在哪几回？好在哪里？（3）《咏白海棠诗》是如何表现"诗如其人"的？请举钗、黛两人诗作说明。（4）宝玉挨打情节中，贾母、王夫人、王熙凤的话语各有什么特点？（5）在黛玉葬花、宝钗扑蝶、湘云醉眠三段故事中，黛玉、宝钗、湘云各有什么样的性格特征？（6）探春、晴雯在抄检大观园事件中的言行，表现出什么样的个性特点？反映了其什么样的心理活动？

这样的题目，难度不大，又能引导中学生去阅读文本，堂上讨论时又有话说，就克服了学生阅读名著的畏难心理，能在紧张的教学时限内达到阅读质量与效益的最大化。

三

当然，仅做这样的方案还是不够的。方案是否真正有效，需要实践检验。换言之，需要对中学生的阅读成果进行适当的评价，以检验整本书阅读目标是否达成。笔者认为有两种基本的检验方式。第一种检验的方式，是在实施方案前做一次课前测试，实施中做一次阶段性成果交流，实施后再做一次成果展示和结课测试。课前测试目的在于检验计划实施前学生的实际阅读状貌，属于诊断性评价；成果交流与展示是过程性评价；结课测试则为结果性评价。将结课测试成绩与课前测试成绩做对比，可以看出学生阅读的成就，验证方法是否科学合理。预期效果，一是学生在通读原著基础上，能记得主要回目文字，把握重点情节，分析主要人物，了解主题与主线，懂得鉴赏小说的语言艺术，形成关于整本书阅读的经验，掌握基本的阅读方法；二是学生根据教师给出的问题，通过阅读，能在堂上发言研讨，课后积极思考与写作，最后有文字成果展示交流。

　　另一种检验的方式，就是通过相关学校实施方案产生的证据，对样本做详细的整理分析，以验证"整本书阅读"的"有效性"。本学期开始，安徽师范大学文学院联合芜湖市、铜陵市、太湖县等地的 8 所中学，借助汉语言文学专业师范生到相关学校实习这一契机，根据本方案开展试点运行。高等师范院校参与基础教育教学行动的目的，在于指导激励中学生以整体观阅读《红楼梦》，养成阅读经典名著的正确方法与良好习惯，提升对母语的审美鉴赏、创造与建构水平，发展其思维能力，生发理解传承中华优秀传统文化的自觉力。我们希图通过这一过程，总结一套行之有效的实施策略，为"整本书阅读与研讨"提供可以复制的经验和方法，积极推广到全省乃至省外相关高中，为传承优秀母语文化、提升本省文化实力做出应有贡献；同时借助学生评价、实习生评价、教师评价等多元评价渠道，采取量化评价和质性评价相结合的方式，就《红楼梦》整本书阅读方案实施过程、价值、意义、效果等，分别做出诊断性评价、形成性评价和总结性评价，及时发现存在的问题和不足，形成书面材料，继续完善方案以利于后续实施。参与课题运行的教师、师范专业实习生、高中生，均可以形成研究、教学、阅读的成果，课题组将对不同层次的研读成果择优结集，并在实施和评估基础上进一步研究相关规律，深入探讨整本书阅读的价值和阅读方法的可复制性，形成文章公开发表。

附：《红楼梦》整本书阅读方案一览表

周次	课时	课型	阅读任务	阅读章回	教学目标
1	课外	课前测试		前言和回目	基础调研
2	1	导读激趣	读什么、为何读、怎么读	布置1—6回阅读	激发阅读兴趣
3	1	专题研读	题名含义和前五回的作用	1—6	设置问题，指导学生课外阅读，堂上交流评价
4	1	专题研读	可卿出殡与关键情节设置	7—16	
5	1	专题研读	宝玉挨打与讲故事的艺术	17—18、28—36	
6	课外	成果展示			阶段性成果交流
7	1	专题研读	葬花、扑蝶、醉眠与钗黛湘形象	23、26—27、62—63、96—98、119—120	设置问题，指导学生课外阅读，堂上交流评价
8	1	专题研读	大观园诗社的成立、活动与意义	37—38、48、51、64、70、75—76	
9	1	专题研读	抄检大观园与小说的主题、主线	71—80	
10	1	专题研读	《红楼梦》语言鉴赏方法	以上列章回为重点	
11	1	成果展示	整本书阅读总结与评价		成果交流总结
12	课外	结课测试			阅读效果检验

（原文发表于《学语文》2021年第3期，作者单位：安徽师范大学文学院）

理解《红楼梦》整本书的五个要点

詹 丹

《红楼梦》一书人多事杂、意蕴丰富,对初读者来说,是不小的挑战。这里据我个人理解,并斟酌学者的共识,梳理一些要点,供大家参考。为便于记忆,我把这些要点归纳为"一二三四五"五点,既作为排序编号的功能,又力图深入小说肌理,所以笔者这篇文章,可以直接称为"五点文",是否合理,请大家批评指正。

一、一组概念

《红楼梦》最核心的一组概念,是"真""假",这是小说开宗明义交代的。并通过甄士隐和贾雨村两个人物称呼的谐音,进一步延伸到小说前台的贾府和背景江南甄家,把复杂的意蕴暗示出来。

就小说本身看,"真""假"起码涉及了三层意蕴,作为叙事层面的真事与虚拟,作为宗教哲学层面的本真和假象,作为道德层面的真诚与虚伪。由于《红楼梦》是一部"大旨谈情"之书,而主要描写的又是贵族礼仪之家,这样,"真""假"概念问题,又往往跟上述最后一层的情感与礼仪的问题紧密关联。或者说,《红楼梦》是通过小说方式,回应了中国传统礼仪文化的一个危机,当维系人与人之间的礼仪日渐虚假时,怎样通过真情的充实或者重构,把适宜的人际关系重新建立起来。在《红楼梦》展开的女性群像中,李纨和秦可卿似乎成了礼与情的具体化身。李谐音"礼",秦谐音"情",也许在作者的原来构思中,李纨年轻守寡恪守礼仪,秦可卿纵情越礼(秦可卿的形象后来有所删改),似乎是在礼与情之间，各取一端的人物。由此涉及"真""假"思考，就特别意味深长。

需要说明的是，谈到"一"，之所以不是选"一个"概念（例如"真"）而是"一组"概念，是因为在小说中，这两个概念如影随形，很难完全拆解开来。这一方面是，比如在叙事层面，我们固然可以把它做真事和虚拟的区分，但虚拟中的求真精神，创作的写实主义倾向，鲁迅所谓的"如实描写，并无讳饰"，在《红楼梦》中有明显体现。另一方面是，作者又有意强调了"真""假"的内在转化性，强调了"假作真时真亦假"，更兼以作者的反讽笔法，使得"真""假"判断，越发扑朔迷离，也很难截然分开了。

二、两条线索

小说有两条基本的情节线索。尽管早年有家族衰败史和爱情悲剧史何者为主的争议，后来又有人提出女性悲剧命运史的说法来补充，但中学语文教科书中，采用两条主线构成的网状结构说，认为："一条是以贾府为中心，叙述四大家族由鼎盛走向衰败的过程；另一条是以宝黛钗爱情悲剧为中心，叙述大观园中人物的命运。"[1]是目前大多数人认同的概括。

据第二回冷子兴演说荣国府的介绍，从宁国公贾演、荣国公贾源"水辈"算起，经过"代"字的"人辈"，"敬""赦""政"的"文字辈"以及"珍""琏""宝玉"的"玉字辈"，再到贾蓉、贾兰、贾蔷等的"草字辈"，正所谓"君子之泽，五世而斩"，大概也该是气数尽了的时候。冷子兴谈及家族衰败的两点，一是费用亏空，二是后继乏人。钱财和人才两大问题中，人才的问题尤为重要，可以视为是普遍性的共识。人才

---

[1] 教育部组织编写：《普通高中教科书 语文 必修 下册》，人民教育出版社2019年版，第138页。

问题不单单是出了如贾宝玉这样的叛逆者,更有大量的腐败者,才最终无力支撑起家族的大厦。

爱情悲剧史,是以宝、黛爱情为中心线索的,这固然是宝、黛爱情的展开,从他们相见时的"一见钟情"到其中的波折直至深深默契及最终悲剧,在所有小说人物的类似关系中,占有最大篇幅。但更重要的是,只是在宝、黛彼此交往中,才真正展现出来自共同志趣的两人的心灵激荡,展现出那种苦闷、那种甜蜜、那种燃烧、那种神魂颠倒。相比之下,龄官的痴情,小红的发呆,藕官的假戏真做,尤三姐的情感执着和刚烈,以及司棋的敢作敢当,等等,似乎都没能得到(或至少没见到)另一位的相应回报。何其芳当年在《论红楼梦》中,提出了宝、黛两人"在恋爱上是叛逆者"和"一对叛逆者地恋爱"的双重性。[①] 也许,更为直接地说,因为他们是在真正地恋爱,所以注定了他们悲剧的必然性。在传统社会,可以允许有男女之间传宗接代、满足动物欲望的生理关系,可以允许有政治联姻、巩固家族力量的伦理关系,但就是不接受、不认同情感激荡的心理关系。费孝通在《乡土中国》"男女有别"一章中,认为传统社会要维持固定的社会关系,所以"就得避免感情的激动"。[②] 而对一个等级森严的礼仪家族来说,男女之间的强烈恋情,容易导致破坏男女的尊卑秩序。这样,在《红楼梦》中,恋爱的冲动,就成了一种不被家长允许的"下流痴病",是万万不可有的"心病"。爱情悲剧,也就成了让现代人匪夷所思的仅仅因为爱情就可以导致的悲剧。

三、三个空间

《红楼梦》故事发生的核心环境,是大观园。清代二知道人曾把大观

[①] 参见叶朗、刘勇强、顾春芳主编,董志新整理校订《百年红学经典论著辑要·第一辑·何其芳卷》,安徽教育出版社 2020 年版,第 20 页。
[②] 参见费孝通《乡土中国》,人民出版社 2008 年版,第 52 页。

园视作陶渊明笔下的桃花源,以后,一些红学家进一步强调了大观园的理想性,特别是余英时提出把大观园作为理想世界与大观园以外的现实世界区分出来,产生了较大影响。[①] 不过,在余英时之前,深刻影响了余英时观点的宋琪《论大观园》,虽然也承认园子本身具有理想性,但主要是把它作为未充分成长起来的女儿世界来看待。这样,大观园的青春女儿世界与大观园以外的成年男人化世界形成的空间划分,似乎更贴近男主人公贾宝玉的思路。此外,小说设置的大荒山、太虚幻境等空间,以一种悠远、恒常乃至有点神秘的背景世界,让不论是大观园的青春女儿世界还是大观园以外的成年男人化世界,都显示了共通的无常性,这也是两条线索带动的衰败或者蜕变,显示了小说舞台前景的整体动态性。

当然,对作为前景舞台的两个空间,区分出理想和现实,只具有相对意义。

一方面,理想抑或现实,既是因人而异的,比如从贾府外进入大观园的尤二姐,其实就是从相对自由的天地进入了无法挣脱的牢笼。另一方面,理想世界和现实世界,也是动态发展的,所以当大观园越发萧条时,走出大观园、走出贾府,来到农村,在一个似乎更现实的世界里,在新的生活方式中,获得生命活力的可能,这是曹雪芹本来为巧姐的成长规划好的轨迹,只可惜并没能在程高本得到落实。

四、四季时间

小说是时间的艺术,《红楼梦》叙事主体内容跨越的流动时间(不同于大荒山、太虚幻境等恒久的时间),依据程本一百二十回本,大约近二十年。因为贾宝玉出生为小说主体内容开始的第一年,那么到第

---

① 参见余英时《〈红楼梦〉的两个世界》,载胡文彬、周雷编《海外红学论集》,上海古籍出版社1982年版,第31—55页。

一百二十回他跟一僧一道出家，是贾政所谓的"竟哄了老太太十九年"。但是在这十九、二十年中，主要人物在大观园等空间活动时，园林的四季变化，以及相应的节令活动，在小说中有鲜明的体现，大有"虽无纪历志，四时自成岁"的特征。

也是二知道人，提出了《红楼梦》的四季特征问题。他说：

> 《红楼梦》有四时气象：前数卷铺叙王谢门庭，安常处顺，梦之春也。省亲一事，备极奢华，如树之秀而繁阴葱茏可悦，梦之夏也。及通灵玉失，两府查抄，如一夜严霜，万木摧落，秋之为梦，岂不悲哉！贾媪终养，宝玉逃禅，其家之瑟缩愁惨，直如冬暮光景，是《红楼》之残梦耳。①

后来有学者结合西方学者弗莱的四季叙事，提出了《红楼梦》的情节推移有四季叙事的明显脉络。

笔者这里提出《红楼梦》四季时间的理解要点，是从几方面着眼的。

其一，从宏观看，全书可以把第二十三回，贾宝玉与众姐妹一起在春天的二月二十二日（农历）入住大观园作为一个起点，然后是把以宝黛共读《西厢》、黛玉葬花、宝钗扑蝶作为春天的主要活动；再以宝玉挨打形成的激烈冲突和紧随其后的宝黛默契带来的情感燃烧，以及在群芳开夜宴中达到夏日狂欢的顶峰；然后是从第七十一回起，真正开启了秋天的肃杀，直接的如抄检大观园、晴雯之死等，间接的如夏金桂进入贾府摧残香菱的阴影笼罩；最后在黛玉之死、宝玉雪地里离去，呈现大地冬日的寂灭悲凉感。

其二，从中观看，《红楼梦》从第十八回以后，叙事节奏才缓慢下来，在第十八回之前，几乎叙述了贾宝玉经历的十二年时间，而在第

---

① 一粟编：《古典文学研究资料汇编·红楼梦卷》，中华书局1963年版，第84页。

十八回元妃省亲以后的一年里，叙事内容特别细致，一直到第五十三回，才开始写下一个元宵，即近三十回的篇幅才过去一年时间，然后是下一年时间，从第五十五回到第六十九回，而从第七十回到第八十回，则是又一年时间。也就是说，从第十八回到第八十回。尽管篇幅内容超过全书的一半，但时间跨度只有三年。而在这三年里，尤其是前两年，四时气候变化的特征非常明显，并和时令节庆活动结合在一起，构成推动情节发展的重要因子。而在第三年，春夏季的活动压缩在第七十回的一回中完成，然后从第七十一回开始就进入漫长的秋天萧索中，其透射的一种整体氛围，是跟小说情节基调相统一的。

其三，从微观看，我们可以借助人物刚入住大观园的第一年，也就是四时最分明的一年，看人物的主要活动和节令的关系，这里列举出一些，见下表：

《红楼梦》人物活动与节令关系

回目	季节	节庆	事件
第二十三回—第二十七回	春天	春天结束的芒种节	入住大观园（二月二十二）、共读《西厢》（三月中旬）、宝玉凤姐中蛊、黛玉葬花、宝钗扑蝶
第二十八回—第三十六回	夏天	端午节（夏天开始）、五月初三薛蟠生日	宝玉初会蒋玉菡、贾府清虚观打醮、晴雯撕扇（端午正日）、金钏投井、龄官划蔷、宝玉挨打、黛钗探视、宝玉梦兆绛芸轩 情悟梨香院
第三十七回—第四十六回	秋天	九月初二凤姐生日（与金钏同日）	探春发起诗社（秋天）、刘姥姥游大观园、凤姐泼醋、鸳鸯拒婚
第四十七回—第五十二回	冬天		薛蟠挨打外出经商（十月十四日）、香菱学诗、众人芦雪庵联诗、晴雯补裘

五、五层人物

《红楼梦》人物众多，在《〈红楼梦〉何以伟大》一文中，我把"人物最多样"作为一个主要特点标举出来。如果以《红楼梦》的青春女性来聚焦，那么参照"金陵十二钗"册子，可以大致划分五个层级。即第五回提到的正册、副册和又副册，以及层次更低，在太虚幻境中略而不提的可以考虑放入的三副、四副。正册中十二位女性都是出身贵族，也是主要人物形象，并根据与贾宝玉的情感亲疏，以及两人一组或对比或类比的关系，依次排列为黛玉、宝钗、元春、探春、湘云、妙玉、迎春、探春、凤姐、巧姐、李纨、可卿。副册第一位是香菱，余下的人书中没有提及。这一层人物应该是或者出身富贵人家而地位有所下降，或者虽是自由民但未必富贵，或者在小说中处于边缘位置的，如薛宝琴、邢岫烟、尤二姐、尤三姐、李琦、李纹等。又副册除开小说列出的晴雯、袭人两人，还应该有各房的大丫鬟，如鸳鸯、平儿、莺儿、翠缕、金钏、紫鹃以及四位小姐身边的"琴""棋""诗""画"。如果下面还可以列两个层次，那么一个是小丫鬟层次，另一个是社会最底层的十二戏官。

从理解方便角度说，也许我们可以把五层的第一列全部跟黛玉关联起来，那么小丫鬟的第一位就是五儿，戏官的第一位就是龄官了，以对应于正册的黛玉、副册的香菱和又副册的晴雯。

提出这样的横向十二位，纵向五层的人物名录，一方面是要说明其跟男主人公贾宝玉的错综复杂关系，另一方面，也要大家注意，《红楼梦》所描写的礼仪之家在人物相处关系上所体现的严格的等级制度。这里列出的人物关系，虽然基本围绕着年轻女性，但贾府内外的其他人物，也大致可以用此作为一个参照系，来确立他们各自应有的地位。

最后以几句说明做结语。

概括出的五点，即使有上位的普遍性抽象，但仍可能是挂一漏万的，是停留在局部的。比如以"金陵十二钗"册子来梳理小说人物，就是如此。那么，这样的概况，是否一定具有参考价值，笔者心里也不敢有把握。但想特别强调的是，不仅仅让这五点成为进入《红楼梦》这部伟大小说的路径，也力求让这五点彼此间建立起一种内在关联，是笔者所希望的。比如两条线索只有在和空间、时间以及人物分层的交织中，才有网状结构的具体体现。再如，就青春女性在大观园来说，她们跟贾宝玉的社会关系，在很大程度上又落实到了空间关系里，即使同在大观园，她们所处的不同院落，如黛玉、宝钗、湘云、妙玉，以及在同一个院落中大丫鬟和小丫鬟在怡红院的不同站位（内室与外间），又可以大致分出三个空间来。而核心概念的"真""假"问题，在四时季节中，在春天对人的自然天性感发中，也有了黛玉葬花和宝钗扑蝶的真性情的流露，只不过在那样的场合，黛玉一贯到底的真情和宝钗在遭遇事件中突然变得伪饰的言行，让两人见出了差异。

总之，对全书概括和区分出的"一二三四五"要点，最终都需要在全书的阅读中，得到整合理解。

（原文发表于《语文学习》2022年第4期，
作者单位：上海师范大学光启语文研究院）

抓好五环节　教好整本书
——以《红楼梦》整本书阅读教学为例

余党绪

整本书阅读如何开展教学？《普通高中语文课程标准》（2017年版，2020年修订）这样表述：

> 阅读整本书，应以学生利用课内外时间自主阅读、撰写笔记、交流讨论为主，不以教师的讲解代替或限制学生的阅读与思考。教师的主要任务是提出专题学习目标，组织学习活动，引导学生深入思考、讨论与交流。教师应以自己的阅读经验，平等地参与交流讨论，解答学生的疑惑。

"新课标"的精神很明确：在整本书阅读中，应以学生的阅读与思考为主，教师的作用主要是"组织"与"引导"，为学生的阅读与思考提供必要的条件与资源。基于这个精神，我将整本书阅读的要点概括为"读书为本，思辨为要"。考虑到中学教学的实际状况，我再加上四个字：注重转化。

这是整本书阅读教学设计的出发点与落脚点。以《红楼梦》为例。《红楼梦》的难点首先是难读，体量大，篇幅长，人物多，情节密集且千头万绪，时不时还有些藏头露尾的谶纬叙事。平心而论，一个高中生能完成"原生态阅读"已属不易。纳博科夫说读长篇小说需要四个条件：有记性，有想象力，有文学感觉（艺术感），最后，手头要有一本词典。《红楼梦》对"记性"的挑战是显而易见的，对知识积累的挑战也是毋庸置疑的,更不要说"想象力"与所谓的"文学感觉"了。[①]其次,从内涵与主旨的把握看,《红楼梦》也难懂。这一点,200余年红学研究史上的各种纷争就足以为证了。

既难读,又难懂,教材的内容又不能不面对,怎么办?只有借助课程与教学的专业介入,用教学引导学生的阅读与思考,进而达成对文本的基本理解,并通过转化运用进一步深化这种理解。

如何引导学生的阅读、思考与运用呢?

一、通读指导

第一个环节,便是通读指导,包括阅读前的引导和阅读过程中的指导。阅读《红楼梦》这样的巨著,单靠一时的兴趣与一时的感觉是不够的,必要的志趣激励、方法指导和进程干预不可缺少,而这三点正是阅读指导的价值之所在。

让学生保持源源不断的好奇心与求知欲,对于《红楼梦》的阅读至关重要。在具体做法上,可介绍《红楼梦》的价值与意义,介绍其传播与影响的状况,可介绍作者、评点者(如脂砚斋)的信息,也可介绍"红学"研究中聚讼不已的疑难问题,还可分析它与当代生活的内在关联,等等。《红楼梦》阅读是长时段阅读,是持续性阅读,也是挑战性阅读,有了必要的思想准备与心理准备,学生才不会半途而废,或者敷衍塞责。

方法指导也缺之不得。《红楼梦》阅读涉及太多因素,作者与评点者的争议,不同版本的差异,不同红学流派的分歧,还有众多民间"红迷"的娱乐性研究……诸多复杂因素都会影响《红楼梦》的阅读教学。如果

---

① 参见詹丹《重读〈红楼梦〉》,上海教育出版社2020年版,"寻论"第10—11页。

不能坚守整本书阅读的语文课程属性，不能坚守《红楼梦》阅读的学术性底线，不能聚焦中学生这个特定群体，《红楼梦》的整本书阅读就会迷失方向。

有鉴于此，在《红楼梦》的教学上，笔者有下列建议：

选择公认版本教学，可参看其他版本，但不必在版本问题上纠结；

本着知人论世原则，适当关注作者的家世以及创作背景，但不必纠缠；

把《红楼梦》当小说读，而不要当传统文化的百科全书来读；

把《红楼梦》当作人物生命史、命运史来读，而不要陷入猜谜的迷魂阵；

读书的时候可随手带一张人物关系表；

《红楼梦》中多数诗词并无专门的鉴赏价值，其理解应服务于情节的把握，服务于人物性格与命运；

《红楼梦》"大旨谈情"，其他内蕴与旨意暂且存而不论；

切忌贪多求全，切忌面面俱到，聚焦核心内容，不妨抓大放小；

从人物形象的理解入手，由浅入深，放弃"毕其功于一役"的妄念……

阅读方法的指导也可渗透在阅读进程的安排上。比如重点阅读前八十回，后四十回则以重点章节的阅读为主。这既是进程安排，其实也是《红楼梦》通行的阅读方法。

如何做好学生的阅读管理？关键是做好阅读计划，做好进程跟踪。在整本书阅读教学中，片面鼓吹学生自主和快乐地阅读，否定"阅读打卡"这样的管理方式，恐怕还是高估了学生的阅读状况。《红楼梦》是不打折扣的"海量"阅读，需要强大的意志力，也需要一定的心理耐受力，阅读管理的作用不可小觑。

阅读开始前，教师要有一个总体规划，分阶段推进，并引导学生做好相应的记录。阅读进程，可按作品的自然顺序，也可划分为相对独立的几个部分，一部分一部分地读。就后者而言，《红楼梦》多线并进，情节绵密，划分难度大。笔者参看了多个方案[①]，略作改动，权充阅读管理的一个框架（下表）。这个划分主要考虑的是宝、黛爱情悲剧的进程。当然，《红楼梦》并非纯粹的爱情小说，这样的分法自然也有可商榷之处。

《红楼梦》阅读管理框架表

阅读进程	主要内容	学习任务 （教师设计）	疑难问题 （学生填写）
第一回至第五回	序幕		
第六回至第十八回	初始		
第十九回至第四十一回	试探		
第四十二回至第七十回	默契		
第七十一回至第八十回	衰败		
第八十回至第一百二十回	结局		

在阅读过程中，还要引导学生做好"读书笔记"，做好圈、点、画。教师可设计一些引导性任务，让学生的阅读笔记更有潜在的指向性，为将来的教学做准备。譬如第三十三回的"宝玉挨打"，这是小说的关键情节，在前汇聚了贾府上下各方的各种矛盾，往后则蕴含了各种矛盾的发展方向与逻辑，乃小说之"大关节"，不可不关注。可引导学生在这里停一停，将贾政、贾宝玉的父子冲突过程，按照图示顺手做个梳理（如下图）。图的左边是贾政的情绪变化，右边是发生在宝玉身上的各种糗事。有了这个梳理，事情的前因后果就一目了然了。

[①] 参见何永康主编《红楼梦研究》，苏州大学出版社2002年版，第79页。

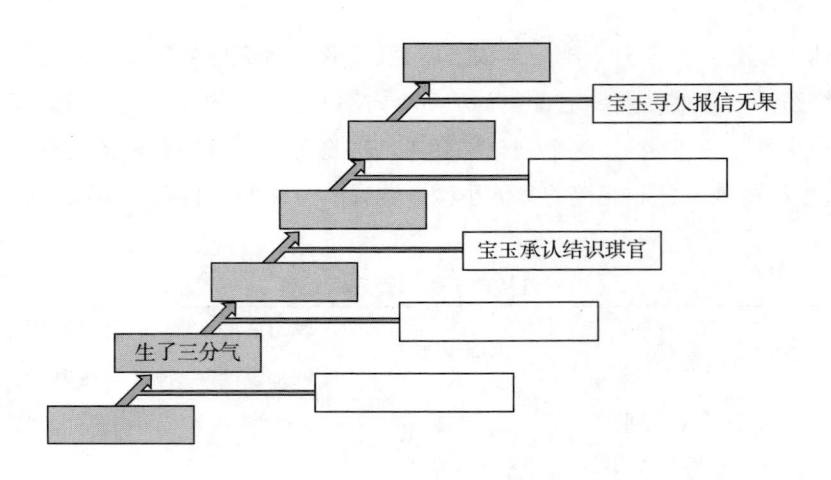

[图：含"宝玉寻人报信无果""宝玉承认结识琪官""生了三分气"等方框的阶梯状示意图]

"宝玉挨打"父子冲突过程梳理图

需要强调的是，这样的任务设计一定要简便易行，笔者强调"顺手"，用意即在于此。有些老师要求学生熟记大观园的格局，熟悉人物的"判词"，这样的学习任务，只会让学生反感。

阅读的进程管理，以激励学生的阅读与思考为指归，万不能喧宾夺主，搞成了烦琐的信息筛选，让学生烦不胜烦，或者专拣冷僻刁钻的问题为难学生，让学生心生厌恶。

二、总体梳理

晚清解盦居士说："此书才识宏博，诗画琴棋、骈体词曲、制艺尺牍、灯谜联额、酒令爱书、医卜参禅测字，无所不通，迥非寻常稗官所能道。其地则上而廊庙宫闱，下而田野荒寺；其人则王公侯伯、贵妃宫监、文臣武将、公子闺秀、儒师医生、清客庄农、工匠商贾、婢仆胥役、僧道女冠、尼姑道婆倡优、醉汉无赖、盗贼拐子，无所不备，惟妙惟肖；其事则忠孝节烈、奸盗邪淫，甚至诸般横死，如投井投缳自戕、吞金服毒、撞头裂脑、误服金丹、斗殴至毙，无所不有，形容尽致，可谓才大如海。"①

　　这一段让人眼花缭乱的话正好道出了《红楼梦》的复杂乃至琐碎。对于多数学生而言，阅读《红楼梦》一定是一种崭新的体验，他们肯定也有感悟，有思考，但恐怕多处在混沌而芜杂的状态。倘若阅读就是为了消遣，或仅为满足个体的好奇或趣味，那么，到此为止也算是乐事一桩。但《红楼梦》整本书阅读显然不是为了纯粹的消遣或趣味，而是为了学生的文化成长与精神成长。显然，合理的理解与构建必不可少，尽管高中生的理解与构建是有限的。

　　这就要将一般意义上的阅读，引向以反思和建构为主的学习，让阅读从感性走向理性，从混沌走向清明。其中的关键环节，就是总体梳理。所谓总体梳理，就是根据理解与认知的需要，对分布在小说中的各类信息所进行的关联与整合。可从小说的人物、情节和环境等维度进行梳理，也可对小说的叙事、结构、语言技巧等进行梳理，还可围绕某个"肌理"材料进行梳理。詹丹举例说，手帕这个小物件，在不同的地方出现有着不同的功能与意义，能否进行"竭泽而渔"式的组合？②"组合"即是梳理。

　　总体梳理是基于"整本书"的，不能局限于某个或部分章节，詹丹教授所谓"竭泽而渔"，强调的似乎也是这个意思。"总体"这个词，呼应的就是整本书阅读中的"整"字。整本书阅读不同于片段阅读，一个重要的区别就在于有没有"整本书"的概念。总体梳理要求学生全面而详尽地占有信息，这就必须下一番爬梳与鉴别的功夫，这样的梳理其实已经暗含了研究的成分。

　　总体梳理的内容取决于认知的需求。为了开发"红楼菜品"所进行的梳理，肯定不同于为人物研究所进行的梳理。要准确把握王熙凤，就

---

① 转引自刘梦溪《曹雪芹》，载吕慧鹃、刘波、卢达编《中国历代著名文学家评传》（第五卷），山东教育出版社2009年版，第304页。
② 参见詹丹《重读〈红楼梦〉》，上海教育出版社2020年版，"导论"第10页。

要将"整本书"中王熙凤的所有作为检索出来进行全面的检视与审查，还要将与王熙凤相关的人和事进行全面的梳理，这样才能在环境关系与社会结构中理解王熙凤的行为背景与动机，才可能达成对王熙凤全面而公正的理解。

　　总体梳理看起来烦琐和庸常，但却是走进专题研究与深度思考的必由之路，目前看来也是最容易入手的经典学习之道。当然，也要认识到，中学整本书阅读的体验性多于学术性，总体梳理的学习要因材施教，适可而止，万不可陷入烦琐复杂的误区。

　　再谈谈总体梳理与专题学习的关系。首先，专题学习离不开总体梳理。要研究"黛玉的小性儿"这个专题，就得查找黛玉的"小性儿"事件，看看她的每一次"小性儿"因何而起，最终又如何消解；梳理并甄别每次"小性儿"事件的主客观原因，从中窥探林黛玉的微妙处境与个性心理；当然，还有必要对所谓的"小性儿"做进一步辨析：到底是林黛玉耍"小性儿"，还是读者的刻板印象。实际上，林黛玉向有"小性儿"之名，很多读者一见黛玉生气，便不假思索地认为她又使"小性儿"了。显然，这样的理解陷入了贴标签式的简单化与概念化。

　　其次，在总体梳理中也可发现专题。专题学习是"新课标"的规定动作，专题怎么来？除了教师的"设计"，也可鼓励学生设计，总体梳理就是发现专题的重要路径。梳理《红楼梦》中的各种死亡事件，梳理贾府男子们的生存与道德状况，梳理十二钗的命运与结局，梳理王熙凤手里的人命案子，梳理刘姥姥三次进贾府的情况，梳理贾府的节庆仪式和活动，梳理大观园里的几次诗社活动……便可能发现一些有价值有意义的问题，这便是专题的雏形。所谓研究，所谓发现，源头都在这里。

　　考虑到中学生的阅读与学习状况，笔者建议，总体梳理应该与专题学习结合起来。如下所述，《红楼梦》的总体梳理应以主要人物的梳理为主。

三、专题研讨

通过阅读与梳理，学生对《红楼梦》的整体风貌与内在肌理已经有了一定把握。在此基础上开展的专题学习，其指向应该是文本理解中的疑难问题或关键问题。高中的专题学习是有限的，但其意义却不可低估，它的指向，就是批判性思维与创造性思维等高阶能力，是我国学生普遍欠缺的研究能力与学术能力。

目前，专题学习存在的偏差，主要是价值定位不明确，不聚焦，导致专题设计很随意，似乎随便选几个话题，引导学生讨论讨论，就算开展了专题学习。有的老师借《红楼梦》的阅读来研究中国封建社会的衰落，或者讨论儒道释的关系，严重脱离了学生的认知实际。还有一种较为普遍的现象，我称之为"百科全书式教学"。《红楼梦》一直被誉为传统文化的"百科全书"，小说中有大量的诗词、园林、饮食、器物、服饰等传统文化因素，在复兴传统文化的热潮中，有些老师更将《红楼梦》当作了传统文化读本，比如借大观园讲园林知识或做园林鉴赏。再如，如何对待小说中反复出现的诗谶和物谶？处理得不好，《红楼梦》阅读就会变成可笑的猜谜式的阅读。显然，这样的阅读偏离了《红楼梦》的文本核心价值。

偏离了文本的核心，专题学习就贬值了；脱离了学生的实际，反而会造成学生对经典的疏离与厌恶。有鉴于此，一方面我们要问"文本有什么"，另一方面我们要问"学生要什么"，前者考验的是教师的文本解读能力，后者考验的则是教师的教育理念和眼光。好钢用在刀刃上，在有限的学习时间里，专题学习应该聚焦最有价值的问题。

《红楼梦》的疑难问题特别多。作者似乎有意与读者捉迷藏，不断挑战读者的智力与耐心。一方面他反复强调"真事隐去""假语村言"，另一方面又说"至若离合悲欢，兴衰际遇，则又追踪蹑迹，不敢稍加穿凿""不过实录其事，又非假拟妄称"，这种藏头露尾、欲盖弥彰式的构思,已经预示着文本的隐秘与微妙。《红楼梦》的"公案"特别多,大的如第二十七回"滴翠亭杨妃戏彩蝶",宝钗有没有"嫁祸"林黛玉?第七十四回"惑奸谗抄检大观园",袭人有没有进谗言?小的纷争更是多如牛毛,数不胜数。正如鲁迅所说,《红楼梦》出来后,传统的思想与写法都被打破了。它的人物不再是"恶则无往不恶,美则无一不美",它的情节因果也不再是那种机械的、直线的关联。因此,阅读中的事实剖释、因果厘定、价值判断都需要全面、综合、系统的分析。没有思辨的介入,我们对《红楼梦》的理解就很难摆脱惯性与惰性的纠缠。可以说,《红楼梦》蕴含了专题学习的丰富资源,关键是如何发现和界定这些专题。

《红楼梦》的可圈可点处甚多,最值得称道的,恐莫过于栩栩如生的人物塑造。无论是其深刻的思想内涵,还是空前绝后的艺术高度,都离不开宝玉、黛玉、宝钗、湘云、探春以及王熙凤、贾母这些人物的塑造。在特定的意义上,理解了红楼人物,也就理解了《红楼梦》;要走进《红楼梦》,"人物论"是最便捷的阶梯;要了解《红楼梦》的种种纷争,"人物论"也是个不错的通道。对于高中生而言,"人物论"才是《红楼梦》中最有活力、最有思辨空间的领域。

笔者梳理过马瑞芳(简称"马")与欧丽娟(简称"欧")两位女性研究者的"人物论",她们对人物的评价几乎截然相对。在马的笔下,袭人是恶毒的、有心机的、谄媚的、虚伪的,而在欧的眼里,袭人温柔知心,善解人意,走得直,行得正;马认为晴雯爱憎分明,道德高尚,情趣高雅,自尊自爱,没有丝毫奴颜媚骨,而欧则认为晴雯勇而无礼,粗鄙,自大,奴性又重;马认为薛宝钗心术不正,残酷无情,世故圆滑,处心积虑,欧则认为她是宽厚中正的君子人格的代表……[①]这样的差别与研究者的价值观、思维方式与学术取向有密切的关系,需要比较与辨析。

---

① 主要参见马瑞芳《书里书外话经典·马瑞芳话〈红楼梦〉》,山东教育出版社2019年版;马瑞芳《红楼梦风情谭》,商务印书馆2013年版;欧丽娟《大观红楼:欧丽娟讲红楼梦》,北京大学出版社2017年版。

很显然，马主要立足于"大旨谈情"来理解，对林黛玉的爱怜跃然纸上，欧则立足于礼教与秩序来分析，对宝钗的偏爱不言而喻；马主要是平民视角，偏爱有民主色彩的贾宝玉与林黛玉，欧主要是贵族视角，更倾向知书达理的薛宝钗与"母教"践行者王夫人；马更看重文本的文学特质，注重人物内心的细腻分析，欧更看重文本的文化内涵，更多旁征博引的文化阐释。总体看，欧丽娟以拨乱反正的姿态进入《红楼梦》，却留下了更多需要拨乱反正的结论；马、欧二人的强烈差异，恰恰说明了思辨的价值与对话的意义，这正是专题研讨的好资源。

从教学角度看，以"人物论"来组织《红楼梦》的专题学习，也可删繁就简，发挥以小博大之功效。人物是小说的核心，抓住了人物分析，情节梳理与环境分析就有了旨归，阅读教学才不至于空洞与抽象；以人物分析为纲，纲举目张，文本分析才可能免于零碎和凌乱。

从教学实际看，人物论可能也是学生最感兴趣的领域，最能唤起学生的代入感与自我反思。以"人物论"切入《红楼梦》的研读，或可在一定程度上避免长时段学习带来的疲惫与厌倦。

四、主旨整合

在阅读教学中，整体与部分的关系一直备受关注。但是，只有在整本书这样的大文本阅读中，这才是个真实的问题；而在《红楼梦》的阅读中，它更是个不能不直面的坚硬的问题。就以贾宝玉论，脂评说他"说不得贤，说不得愚，说不得不肖，说不得善，说不得恶，说不得正大光明，说不得混账恶赖，说不得聪明才俊，说不得庸俗平凡，说不得好色好淫，说不得情痴情种"[①]。如果着眼于宝玉的某个部分，譬如某个人

[①]（清）曹雪芹著，（清）脂砚斋评，吴铭恩汇校：《红楼梦脂评汇校本》，清华大学出版社2019年版，第258页。

生时段、某个特定境遇或某个特定的人际关系，每一个"说不得"其实都是说得的；但问题在于，当你确定了一个"说得"时，你会发现其他"说不得"就冒了出来。若拘泥于某个部分，或者满足于部分与部分之间的简单综合，我们的理解必然顾此失彼，漏洞百出，所谓按下个葫芦起来个瓢，顾了这头顾不了那头。但问题在于，贾宝玉就是由这一连串的"说得"与"说不得"构成的，这个复杂的聚合体才是贾宝玉的"整体"。整本书阅读，就得在这矛盾百出的"宝玉"中，构建出一个合理而清晰的"宝玉"来。

不独人物的理解需要这样的整合，小说的叙述方式、结构图式、人物风貌、语言风格等都需要整合。最重要的，还是小说主旨的整合与提炼。所谓主旨阐释课，就是希望借助主要内容的整合、主题思想的归纳、作家创作意图的推断等总体性任务，引导学生养成整体把握的意识与能力。《红楼梦》的主旨向来众说纷纭，这也是很多老师避而不谈的一个原因。其实，中学生阅读不必一味求深，更不必求新，通识性理解即可，譬如"大旨谈情"，就是一个很好的题旨聚焦点。

值得注意的是，当前的整本书阅读存在着明显的"去主题""去中心"倾向。这或许与人们对长久以来垄断阅读教学的"主题思想"的厌恶相关，但走到另一个极端，无视创作意图、文本内核与总体意义，就等于泼脏水的时候把孩子也给泼掉了。《红楼梦》是一本可以从任何地方进入的书，但在全书面前，我们却常有一种门都摸不到的迷惘。坦率地说，探寻《红楼梦》的"整"，是一件吃力不讨好的事情，远不如领着学生玩味具体的人物或情节来得开心。但问题在于，如果没有"整"的意识与眼光，局部的咀嚼与分析又有什么意义呢？整本书阅读的价值又在哪里？最坏的可能是，细部的咀嚼越透，离开《红楼梦》就越远。

五、转化运用

在长期的语文教学中，我们习惯了以篇章教学来落实语文学科的教学目标，而整本书阅读基本处在课外状态，其价值定位也多是涵养人文、陶冶情操等偏"虚"的一面。强调经典的人文熏陶作用当然不错，但容易造成一个错觉，似乎整本书阅读在思辨读写等语文核心能力的培养上无所作为。这样的理解不利于整本书阅读教学的推进。整本书阅读与篇章教学是并存互补的，在语文核心素养的培育上，各有其优势，也各有其短板，重要的是扬长避短，共同发力。

《红楼梦》整本书阅读教学是语文教学的一部分，应与其他学习内容对接与融通，相互借力，追求语文学习的综合效益。《红楼梦》与生活有着高度的"同构性"，蕴含着丰富的思想文化资源和艺术表达资源，值得我们在转化运用上下功夫。转化运用的路径主要有三种。

第一，以《红楼梦》为基础资源的读写转化。比如第四十回"史太君两宴大观园 金鸳鸯三宣牙牌令"，刘姥姥一句"老刘，老刘，食量大似牛，吃一个老母猪，不抬头"，逗笑了贾府主子仆从各色人等。这个描写堪称经典，以此为基础设计场景描写的写作训练，可收四两拨千斤之功效。再如，将《红楼梦》作为写作的思想、内容与表达的资源，也是转化运用的一种。

第二，以《红楼梦》为关联文本的群文阅读。通过与基础文本的比较与辨析，完成特定的学习任务。如将《红楼梦》引入《乡土中国》的教学，这是典型的群文阅读。《红楼梦》表现的是封建贵族的日常生活，但内核还是乡土社会的生产方式和生活方式，在温情脉脉的人情世故下面，潜藏着礼教秩序、等级制度、横暴权力、长老统治的激流与风暴。请看下面的设计：

阅读《红楼梦》中王熙凤与探春的相关章回，完成任务。

（1）下图是以王熙凤为中心的差序格局圈层。请根据你的理解，完善下图，并说明理由。

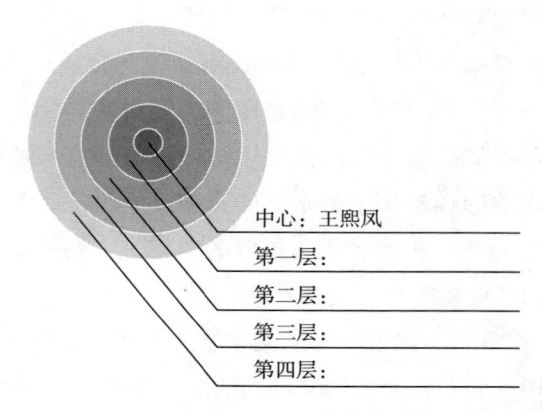

中心：王熙凤
第一层：
第二层：
第三层：
第四层：

（2）有人说，探春理家不同于熙凤理家，探春的管理思维更接近于"团体格局"。但也有人认为，探春与王熙凤都生活在贾府，都生活在以差序格局为基础的传统社会，二人本质上是一样的。你认为呢？

很显然，这个设计旨在引导学生准确理解《乡土中国》的核心概念"差序格局"与"团体格局"，防止概念理解的简单化与标签化，而这正是《乡土中国》教学中较为普遍的问题。凭借王熙凤与贾探春两个栩栩如生、内涵丰富的人物形象，讨论与辨析就有了张力与空间。

第三，基于《红楼梦》文本特质设计的其他学习活动，比如补写、续写、改写。众所周知，通行的一百二十回本，前八十回与后四十回之间存在着诸多扞格之处；且不同版本之间多有分歧。这给学习活动的设计提供了巨大空间。

通读指导，总体梳理，专题研讨，主旨整合，转化运用，这是整本书阅读教学的五个环节。当然，这是一个理想的教学框架。在具体的实践中，还是要根据不同的书，针对不同的学生，择其相宜者推行。

一切课程设计与教学安排,目的都在于促进和引导学生的阅读与思考。归根到底,读书为本,思辨为要,这才是教学设计的出发点和落脚点。

(原文发表于《中学语文教学》2021年第10期,
作者单位:上海师范大学附属中学)

《红楼梦》的语体多样及其文化意蕴

詹 丹

引 论

小说这一文体在中国古代很长一段时期是被边缘化的。

即便唐代文人开始自觉从事小说创作，但很大程度上是带着"征奇话异"的趣味和游戏心态，对文体的纯粹性，所谓得体问题，似乎并不在意。唐代韩愈创作《毛颖传》等传奇小说，就曾招致"驳杂无实"[①]的讥讽，"无实"是虚构，而"驳杂"则可以理解为文体或者语体的杂糅。不过，至宋代，关于小说的"驳杂无实"，获得了正面评价。有人是从行卷、温卷角度，重新理解了这一特点，以"文备众体"这一颇具积极意义的正面评价，替换了带有贬义的"驳杂无实"之概括。这就是宋人赵彦卫在《云麓漫抄》中的一段话，为研究小说史的人所熟知，即：

> 唐之举人，先藉当世显人，以姓名达之主司，然后以所业投献，逾数日又投，谓之"温卷"，如《幽怪录》、《传奇》等皆是也。盖此等文备众体，可见史才、诗笔、议论……[②]

时至今日，较多学者认为，赵彦卫所说的"温卷"，乃至现代学者所

[①] 黄霖、韩同文选注：《中国历代小说论著选》（上），江西人民出版社1982年版，第43页。

[②] 黄霖、韩同文选注：《中国历代小说论著选》（上），江西人民出版社1982年版，第65页。

推断的古文运动,与唐传奇可能关系并不密切。然而,我认为,赵彦卫论断的真正意义,在于"文备众体"是宋人对唐传奇文体特征的一种概括,这种概括即便只具有局部的意义,不能体现在唐传奇的所有篇章中,但它却是以宋人自身更发展了小说文体特征的总趋势乃至有意识的追求来加以总结的。马克思说,人体解剖为猴体解剖提供了钥匙,因为尚处在动物萌芽状态的一些特征,只有在充分发展的高等动物身上才能得到清楚认识,这样的一些论断,也可以借用来看待中国古代小说发展的总体性特征。

就文言小说而言,其经过宋明期代小说家的持续努力,终于在"文备众体"方面产生了如《聊斋志异》《阅微草堂笔记》这样基于史才而在抒情或议论上各有侧重的杰作。其实,就宋代而言,文言传奇的"文备众体"现象已经令人瞩目。鲁迅辑录《唐宋传奇集》[①],其中宋代传奇14篇(分上下的合算1篇),除《开河记》《赵飞燕别传》《李师师外传》等三四篇没有穿插诗词歌赋外,其他都有诗歌或者辞赋的穿插,像《隋炀帝海山记》呈现了组曲,《流红记》《谭意歌传》中都有密集的诗歌穿插,而《王榭传》则更是从诗歌化出的故事,类似种种,不一而足。其诗歌比例之高,超过了他所选的唐代传奇。

再看白话小说,宋人说话的起始,正是以"文备众体"为努力目标的。这种努力,首先落实于对说话人多方面才能的训练。在罗烨的《醉翁谈录·舌耕叙引》中,其提到"说话"意义上的小说家时,文曰:

> 夫小说者,虽为末学,尤务多闻。非庸常浅识之流,有博览该通之理。幼习《太平广记》,长攻历代史书。烟粉奇传,素蕴胸次之间;风月须知,只在唇吻之上。《夷坚志》无有不览,《琇莹集》所载皆通。……论才词有欧、苏、黄、陈佳句;说古诗是

---

① 鲁迅辑录:《鲁迅辑录古籍丛编》(第二卷),人民文学出版社1999年版。

李、杜、韩、柳篇章。举断模按，师表规模，靠敷演令看官清耳。只凭三寸舌，褒贬是非；略咽万余言，讲论古今。①

其列举出的小说家需要熟知的名家辞章以及讲论古今、褒贬是非的才能，笼统一点说，都属于史才、诗笔和议论等表达方面的。现在留存的一些话本或者拟话本小说，形诸文字时，大致能够看出包容了多种文体的初步规模，这种规模发展到清代，在曹雪芹笔下，在《红楼梦》中才达到了登峰造极的地步。犹如宋人总结唐人小说特点时凸显了宋人小说的自身发展趋势一样，从清代更发展了的古代小说顶峰之作《红楼梦》来总结，对小说"文备众体"的特点，也许有更清楚的认识。

以往讨论"文备众体"，较多关注到文类问题，偶有涉及语体的，也要集中于骈散或者韵散语言交错这一点，总体来看，对语体问题讨论得并不充分，令人略有缺憾之感。

文学是语言的艺术，而小说文体最终也要落实在语体。"文备众体"特点在很大程度上表现为语体的多样性。这种多样性，一方面是因为小说创作开始定位的"驳杂"，不纯粹，延伸出相当宽广的语域，形成了语体纷繁复杂的面貌；另一方面，当小说拓展出生活的无限世界时，当多层次、多类型的人物聚集在小说时，语体的丰富性和多样性被大大拓展开来。当然，这种丰富性和多样性在小说中的表现并不是均等的，如果用较为简单的二元对立模式分析，那么二元中总有一元构成其基本语体，而与之相对应的另一元成为变体以表现特殊效果。这种二元的参差对立展开在小说，形成了小说语体多姿多彩的面貌，从而深刻地表现出社会文化的多样性。

本文从语体这一特定角度切入"文备众体"问题，注重分析《红楼

---

① 黄霖、韩同文选注：《中国历代小说论著选》，江西人民出版社1982年版，第88页。

梦》在语体意义上的韵散交错，文白对峙和雅俗杂糅等特点，探究其蕴含的社会文化内容，力图将"文备众体"问题的讨论引向深入。

一、韵散交错中的事件和情志

《红楼梦》鲜明的"文备众体"特征，一个重要表现就是叙事与抒情的统一，是史与诗两大传统的合流，落实在语体中，就是韵散交错。其在散文化的叙事过程中，夹杂了不少诗词曲韵文创作，给读者留下了深刻印象。

历史地看，古代的诗词韵文都应该是在实际生活的语境中产生的，但当后人接触到这些诗词时，其原初语境已经从诗歌背后脱落，隐没在历史的黑暗中了。我们所读到的那一本本诗集，大多是从诗人的生活中、实际中抽象出来的，是缺乏生活土壤来提供理解支撑的。

诗词作品在脱离历史语境中流传的现象其实古人已经注意。唐人曾尝试建立一种将诗放回生活语境来接受的方式。唐代的《本事诗》就是通过一种新的编排方式，把诗与生活事件结合起来，将每一首诗放回生活语境中，揭示其产生的缘由，方便读者以一种具体的而不是抽象的、整体的而不是片段的方式来理解诗歌。

到宋代，延续本事诗传统的是欧阳修，唐代或者唐以前，有"诗格""诗式"或"诗品"等，还未见有"诗话"这一说法。"诗话"名称最早由欧阳修提出，而他的《六一诗话》也成了中国文学史上的第一部诗话。之所以取"诗话"名，司马光的《温公续诗话》开头一段说明可以借用来解释。司马光称自己的名声才能不及欧阳修，之所以敢作《续诗话》来呼应欧阳修，是因为自己的诗话和欧阳修的《六一诗话》有相同处，都在于"记事"。[①]据此，我们理解了所谓"诗话"的"话"，特指

---

① 参见（清）何文焕辑《历代诗话》（上册），中华书局1981年版，第274页。

"叙事",而"诗话",则是"关于诗歌的事件"。

　　清代章学诚在编撰《文史通义》时,将小说这一文体归于诗话这一门类中,在诗话的类别里谈到了中国小说的发展。[①]也许在他看来,小说在某种意义上就是将诗歌和事件统一起来的方式,尽管他竭力批评了小说的发展每况愈下,但他认为小说是整合了叙事和诗歌的一种文体形式,却是符合小说实际的,也在很大程度上呼应了"文备众体"的语体特点。

　　从语体的韵散交错来分析《红楼梦》,可以展开为几个方面。

　　首先,从人物言语交流看,红楼人物在日常生活中互相沟通的言说方式,主要是散文化的(这当然不是像一部讽刺喜剧里说的,人物所有的开口说话都是散文)。当散文化的言语方式转换而成韵文时,就有了一种间离效果,使得他们能够从原来的情景中稍稍抽身出来,把自己置于一个客观的立场上来看待自己和他人的交流,也使得韵文完成了散文较难完成的某些功能。让一个人在日常言谈中轻易发表宏论谈自己的远大志向是可笑的,但是把这些内容写进诗词里,遵循"诗言志"的惯例,特别是加上诗词艺术表达的曲折迂回,使得蕴含的宏论变得可以接受了。这样,薛宝钗才会在她的《临江仙》中,借咏叹柳絮,来写出"好风频借力,送我上青云"的志趣。特别是,日常生活中,坠入爱河的人当着对方的面来表达自己的爱意总有点害羞,但是把这种爱意放在韵文体的一首诗里写出来或者传给对方就不至于那么难堪。这不但是言语方式的改变,让自己摆脱了一种惯有的面对面状态,而且,当借助诗歌这种形式来承载自己情感的时候,诗歌也成了自己和对方的一个中间物、一个媒介,并从日常的散文化语言中独立出来,使得人物自己不需要直接地、当面地投入进去,这时,诗歌既是情感交流的一种媒介,同时也是一道保护的屏障。林黛玉写诗,诗中表达的意蕴固然以情感居多,但有些当

---

① 参见(清)章学诚著,叶瑛校注《文史通义校注》,中华书局1985年版,第560—561页。

着贾宝玉的面不便说出口的话，都是借诗歌创作将它们表达出来的。同样，诗歌这种文体的特性也使得林黛玉能够让自己跟现实暂时有一定间离性，从而更方便更顺畅地来承载自己的情感。比如，林黛玉在贾宝玉送来的旧帕子上题下的三首绝句，有着浓烈的情意，承载着她对贾宝玉的全部的爱，但这些意思，林黛玉是绝不会当着宝玉的面用散文化的言语说出来的，似乎只有韵文的方式，才恰到好处地承载了这份情感。可以说，韵散交错的语体方式，达成了人物不同情感或者情感不同层次的个性化交流。

  其次，从叙事整体结构看，韵散交错不仅仅意味着小说人物的交流方式发生的改变，也是事件与情志的互为生成、影响或者解释性的展开。《红楼梦》的特殊性在于其散文中夹杂的诗词韵文大致可以分为两部分。一部分固然成为人物间的交流方式，另一部分停留在整体化的叙述层面，通过叙事性插入，在小说人物接受与阅读中，成为小说情节的组成部分。比如第五回贾宝玉神游太虚幻境中提到的"金陵十二钗"判词、由警幻仙子安排的曲演红楼梦等，都构成对人物未来命运的暗示和解释。有人是从结构功能角度来解释这些韵文作用的，但我觉得也不能忽视其折射的谶纬式的宿命论文化思想。其功能的实现，在一定程度上会削弱小说的社会批判价值，是具有消极一面的。不过，散文化的叙事与韵文带来的更深刻关系，在于它的积极性，在于互相间的生成关系，叙事为韵文提供了充分的语境，而韵文又把叙事的境界提升了。且不说林黛玉的《葬花辞》与她身世的密切关系，跟她学诗的香菱，同样体现了韵文抒情与散文化叙事的结合所反映的社会深刻性。

  "香菱学诗"是《红楼梦》中的著名片段，香菱可能是小说中最痴迷于学诗的人。她的不管不顾的投入和创作，不是简单地为小说的散文化叙事贡献了几篇诗歌，而是这种写作的动力，来自其在苦难命运中的挣扎，她是以写诗的投入来慰藉她的不幸。而小说的深刻之处在于，尽管好色又粗俗的薛蟠并没有资格来做她的依靠，但是，正是由于薛蟠外出经商，才使香菱得空进大观园学诗，她写出的最好一首诗，仍然是借咏月写出了一个渴慕团圆的思妇形象。其蕴含的自居心理，加深了香菱无法改变的命运悲剧性。

当然，《红楼梦》小说中尽管诗词韵文数量不少，但插入小说散文化叙事中的韵文毕竟不是小说叙事的常态。讨论语体多样化问题，还该从日常的散文化叙事本身着眼。

二、文白对峙与礼仪等级问题

《红楼梦》作为一部经典白话小说，人物的日常交往当然主要是口语的、白话的，但在某些特殊场合，根据实际需要，有意设计了在对话中出现白话和文言对峙的情况，非常耐人寻味。

第十八回元妃省亲的时候，众人与元妃见面，元妃的言语，以口语、白话居多，但其他人的言语，几乎都是文言的、书面化的。比如元妃说："当日既送我到那不得见人的去处，好容易今日回家娘儿们一会，不说说笑笑，反倒哭起来。一会子我去了，又不知多早晚才来！"因问："薛姨妈、宝钗、黛玉因何不见？"王夫人的回答是："外眷无职，未敢擅入。"后来再问："宝玉为何不进见？"贾母回答是："无谕，外男不敢擅入。"在这里，母亲对女儿、祖母对孙女居然是说这样书面化的语言，也太刻板僵化了。但这里的情境是，贾母和王夫人面对的不仅仅是自己的孙女、女儿，更是一位皇家的贵妃，所以需要用一种非常严肃而书面化的口吻对答。相形之下，贵妃说的话都是最日常的大白话，而贾母和王夫人不但说了冠冕堂皇的书面语，而且说话态度是那么小心谨慎。也许从表面看，我们能够发现元妃说话的情真意切，而王夫人、贾母的书面化回答似乎在很大程度控制了情感的表达，但深入一步看，这种语体的差异又暗含着礼仪性的等级差异。贵妃对自己的祖母和母亲可以用放松随便的大白话来进行交谈，体现出她的亲切，而她的祖母和母亲却不可以用大白话来回答她，为的是要体现出对皇家尊严的尊重。一般而言，高层贵族可以说大白话，他身份和语体的差异反而能够显示出体体恤下情，而下层则不能说大白话，要用合乎上层身份的语体来应答，以此显示出对上层充分的尊重。于是，语体的文白差异中就暗含着礼仪文化的等级制问题。在这种等级制中，也蕴含着情与礼、忠与孝的冲突。

当然，这样的表现也不是一成不变的。与之形成微妙对照的是元妃和其父亲的一段对话描写，原文写道：

> 又有贾政至帘外问安，贾妃垂帘行参等事。又隔帘含泪谓其父曰："田舍之家，虽斋盐布帛，终能聚天伦之乐；今虽富贵已极，骨肉各方，然终无意趣！"贾政亦含泪启道："臣，草莽寒门，鸠群鸦属之中，岂意得征凤鸾之瑞。今贵人上锡天恩，下昭祖德，此皆山川日月之精奇、祖宗之远德钟于一人，幸及政夫妇。且今上启天地生物之大德，垂古今未有之旷恩，虽肝脑涂地，臣子岂能得报于万一！惟朝乾夕惕，忠于厥职外，愿我君万寿千秋，乃天下苍生之同幸也。贵妃切勿以政夫妇残犁为念，懑愤金怀，更祈自加珍爱。惟业业兢兢，勤慎恭肃以侍上，庶不负上体眷爱如此之隆恩也。"[1]

这里，元妃与父亲说话的主题，与其对母亲说的并无大差别，并不觉得成为贵妃是一种幸福，但其说话的语体，却完全是用文言，而不是像和母亲说的那样大白话。关键是，父亲毕竟是朝廷命官，所以当她在向父亲表达作为贵妃骨肉分离的不满时，其语体还是遵循着皇家官府中对答口吻所应有的礼仪。于是，内容和形式间，产生了一种分裂。而这

---

[1] （清）曹雪芹著，（清）无名氏续：《红楼梦》，人民文学出版社2008年版，第240—241页。

种分裂，在其父的冠冕堂皇的回答中，被小心翼翼地弥合起来了。我们发现，在这里，贾政除了表现对皇上的感恩戴德，除了自己表决心，也劝慰元妃，不必考虑自己的父母，而要一心以侍候皇帝为念，在尽忠的绝对要求中，父女之情已经没有了存在的余地，而文言表达形式的整肃，达到了和忠君这类礼仪主题内容的高度统一。

除开在叙事过程中，红楼人物的言语有时候出现了文白对峙的状况，就是在书面文字表达时，在情节推进中引入的其他文类中，文白对比的情况也同样存在，最典型的例子，在第三十七回。

当时探春发起成立诗社，向贾宝玉发出帖子，是用典雅的文言写成，还用了较多典故，并基本以骈偶句式贯穿下来。结尾是：

> 孰谓莲社之雄才，独许须眉；直以东山之雅会，让馀脂粉。若蒙棹雪而来，娣则扫花以待。[①]

其中提到慧远在庐山结莲社、谢安的东山雅会，以及王子猷雪夜访戴和杜甫的扫花以待等典故，都为文人所熟知。关键是其作为女性的身份意识，有意要与男性争锋，不但要须眉让脂粉，而且在结尾自称时，有意对宝玉自称为"娣"而不是妹，力图模糊性别界限，使得文章主旨透出的英气，和骈偶词句的铿锵有力很好地协调了起来。也是在这一回，同宗的贾芸想攀高枝，尽管比宝玉大了四五岁，在一时的戏言后，居然煞有介事认真起来，以宝玉儿子自许，设法给宝玉送两盆海棠花来献殷勤，自己不便进大观园，就随花送上一封帖子，基本用大白话写成，其中有句道：

---

① （清）曹雪芹著，（清）无名氏续：《红楼梦》，人民文学出版社2008年版，第486页。

前因买办花草，上托大人金福，竟认得许多花儿匠，并认得许多名园。因忽见有白海棠一种，不可多得。故变尽方法，只弄得两盆。大人若视男是亲男一般，便留下赏玩。[①]

考虑到贾芸和宝玉各自的身份，再看这样的大白话以及贫乏的用词，比如重复使用"认得许多"，当然也会让人忍俊不禁。但这封帖子与探春发起诗社的帖对照看，才更有意味。前者是文言，后者基本以白话为主。本来，文言容易给人一种距离感，而白话相对来说更贴近生活，但当探春用骈偶句式的信笺来谈成立诗社之事时，一方面诗社之事确实有远离日常生活之一面，体现出诗与远方的一种追求，用文言书写，正合适。但另一方面探春借此想跳出自身生而为女性的狭隘圈子，这样的意图，也是明显的。如果说，探春使用的文言给了她飞扬起来的助力，那么贾芸使用的白话，恰恰是让他自己更低矮下去，让一个成年人在小孩子面前当儿子（虽然贾芸属草字辈，但辈分确实要比宝玉低），非得要把自己低到尘埃里才罢休。就此而论，文言的距离感和白话的贴近感，在各自的作者手里都得到了比较充分的发挥。进一步说，男女有别和长幼有序的人伦问题，在两封不同的信笺里通过不同的语言方式，都得到了新的处理，正因为这种较具新意的处理，又把我们对语体的思考，再次带向了社会文化方面。

三、雅俗杂糅中的审美和权力

通常认为，文言是雅，白话是俗，但这只是问题的一个方面，在《红楼梦》中有用同样的言语方式，比如都用白话，却表现出人与人的雅

[①] （清）曹雪芹著，（清）无名氏续：《红楼梦》，人民文学出版社 2008 年版，第 487 页。

俗区别的。在老祖宗领着刘姥姥游大观园时,老祖宗虽然也是在说大白话,但其解释做帐子、糊窗屉的软烟罗四样颜色时,言语间透出的一股子高雅气,而刘姥姥的大白话,则无时不透着乡野间人的粗俗气。这些已为大家所熟悉,无须赘言。我这里要讨论的是,雅俗语体在不同人或者同一人言语中的那种似乎是反常规的复杂体现。

这里先举香菱和夏金桂有关"香菱"名字的一段对话。

夏金桂嫁给薛蟠后,对先于自己在薛蟠身边的侍妾香菱万分嫉妒、百般挑剔,认为宝钗给香菱起的名字甚为不通。小说写道:

> 话说金桂听了,将脖项一扭,嘴唇一撇,鼻孔里哧哧两声,拍着掌冷笑道:"菱角花谁闻见香来着?若说菱角香了,正经那些香花放在那里?可是不通之极!"香菱道:"不独菱花,就连荷叶莲蓬,都是有一股清香的。但他那原不是花香可比,若静日静夜或清早半夜细领略了去,那一股清香比是花儿都好闻呢。就连菱角、鸡头、苇叶、芦根得了风露,那一股清香,就令人心神爽快的。"①

在这里,与描写金桂丰富的表情和动作不同,作者没有给出有关香菱说话时的任何神情,她只是在静静地陈述,但这种静,这种由静而来的细致描述,似乎让我们看到她收敛起了自己的一切动作,让自己彻底放松下来,让自己的感官打开,陶醉在淡淡的清香氛围里。相反,金桂的一切动作,那种丰富表情,让自己处在一种躁动中,既遮蔽了自己对一个幽深的世界的理解,也让凸显出来的近乎小丑样的丰富动作,把一个外在于自己的美好世界给掩盖了。也许,像"鼻孔里哧哧两声"这种

---

① (清)曹雪芹著,(清)无名氏续:《红楼梦》,人民文学出版社2008年版,第1127页。

大白话，可以用一种更精致、更凝练的语言比如"嗤之以鼻"来呈现，但作者没有这样做，是因为用大白话来呈现出白描的笔法，才让金桂的形象当然也是一种丑态获得了动态感，这种动态白描造成的丑态效果，与其不容置疑式的连续反问言语方式，是互相协调的。

言语的雅俗，在许多场合固然是跟人的雅俗不可剥离的，但值得注意的是，香菱富有雅趣的解释和陈述并没有打动金桂，她反而立马要求香菱把名字更改为"秋菱"，从而将香菱陈述的那种"清香"一下子剔除了。也许，这里的关键不在于审美趣味的差异，更重要的是，夏金桂借此由头要树立自己作为薛蟠正室的地位，在至关重要的权力和地位斗争前面，审美问题让出了自己的位置。而描述夏金桂动作化的丑态，成了其行动的力量，香菱富有诗意的静静陈述，反而成了其软弱的征兆。

从夏金桂为人的粗俗看，其跟薛蟠倒是臭味相投的。小说多处写到了薛蟠的各种粗俗言行和举止。特别是，当雅与俗的言语杂糅在一起，在薛蟠同一个人身上表现出来时，其情形也就更耐人寻味了。

第二十八回，宝玉、薛蟠、蒋玉菡等一帮人在妓女云儿处喝酒，行酒令时，薛蟠开始说的两句，都相当粗俗，所谓"女儿悲，嫁了个男人是乌龟；女儿愁，绣房蹿出个大马猴"，不但内容粗俗，而且都把人降低到动物，似乎符合薛蟠本人没文化的做派。只是到第三句时，突然说出"女儿喜，洞房花烛朝慵起"时，才让周围人万分惊讶，觉得他何以说出了如此文雅的一句。其实，小说描写的巧妙在于，粗俗之人偶尔也有附庸风雅的冲动。在这粗俗中杂糅进这样一句，而不是把粗俗贯彻到底，才使得粗俗以一种不伦不类的方式表现出来，显示了粗俗的另一种变相，改变了读者对粗俗的教条式理解。但即便如此粗俗不堪，因为有金钱权力做支撑，薛蟠依然可以在众人面前表现得毫无顾忌，毫无忸怩之态。

当然，小说中也有对雅俗的杂糅加以创造性利用的例子。第四十六回，好色的贾赦想讨鸳鸯为妾，鸳鸯的嫂子把这视为天大的好事，兴冲冲叫鸳鸯到一边,说是有好话要告诉她,又说这是天大的喜事。结果被鸳鸯啐一口道:"什么'好话'!宋徽宗的鹰,赵子昂的马,都是好画儿。什么'喜事'!状元痘儿灌的浆儿——又满是喜事。"在这里,以宋徽宗的鹰、赵子昂的马等"好画"来谐音"好话",是何其高雅;而以出天花时,痘疹发出灌浆饱满说明危险期已过的"喜事",又是何等凡俗。在鸳鸯的嫂子嘴里,本来是把好话与喜事指向同一件当小妾的事,却引出了鸳鸯言语如此雅俗不同的内在张力。从表面逻辑看,鸳鸯似乎以高端的雅到低端的俗涵盖了一切所谓的好话和喜事,从而排斥当小妾根本不在其列,但更重要的是,这种杂糅,其实也说明了鸳鸯内心世界中,愤懑是多么强烈,所以才需要以如此大开大合的雅俗杂糅的尺度,来充分宣泄其内在的情感。至于其嫂子是否听得明白,已经不重要了。在这里,雅俗的语体杂糅,最终是在人物的内心世界,在情感的充分宣泄中,毫无违和地统一起来了。但这样的痛骂也只能面对她的嫂子来发泄,一个残酷的事实是,既然这种怒火发泄是有意回避了直接想霸占她的主子贾赦,所以其情感宣泄越激烈,越发说明她陷于奴婢困境不得自由之无奈。

余 论

值得注意的是,上述讨论把语体问题分为三个方面和角度只是一种权宜之计,在许多场合,这几个方面和角度又是交融在一起,是很难加以切割的。而且,语言作为一种形式,其与本身传递的社会文化内容,也是一张纸之两面,无法加以剥离。也因此,谈语体问题,必然会涉及人的心灵世界,涉及社会文化等复杂的问题。换言之,在向人的内部心灵世界和社会文化的外部世界同步拓展时,语体的多样化提供了有力的伸展触角。这是文学研究,也是文化研究所具有的整体视野带来的必然结果。不过,忽视这种整体视野,以割裂的、碎片化的方式来接受语体的表达,可能也是人们留恋不去的阅读习惯,是一种机械思维或者说趣味主义的陋习，从这一角度说，《红楼梦》似乎也为这种接受的陋习，提供了反讽式理解的案例。

在《红楼梦》第七十八回，贾政要求贾宝玉创作《姽婳将军词》供众人欣赏，宝玉作品蕴含的激越而又悲剧性的主题，所谓"何事文武立朝纲，不及闺中林四娘"，所谓"我为四娘长太息，歌成馀意尚傍徨"，并没有得到贾政以及周边清客的太多理会。在宝玉创作的展开过程中，周边人始终以对他用词的精妙加以喝彩，什么"古朴老健""流利飘荡"。这当然可以理解为是清客的奉承，但我们可以想象贾宝玉在创作《姽婳将军词》时的内心悲愤。也是在这同一回，他还写下了痛哭晴雯去世的《芙蓉女儿诔》，历史题材与现实题材之间，构成了情感和思想上的互文性，但这种互文性，却只能停留在语言层面，因为就贾宝玉来说，他只能在语言层面来宣泄自己的情感，来表达对当时社会的不满，不能把他的不满落实到具体的行动。而周边的人，走得更远，除了赏玩下语言形式，干脆把语言表现的内容都一概忽略了。在这里，诗词韵文与叙事内容的交替呈现，在表面的结合中，却反映出一种内在理解的深刻断裂。

这样的结果，是不能不引起我们警惕的。

（原文标题为《从〈红楼梦〉语体问题切入"文备众体"研究》，发表于《河北学刊》2020年第1期，有增补删改，作者单位：上海师范大学人文学院）

《红楼梦》前五回之于全书的整体建构意义

俞晓红

《红楼梦》整本书阅读第一步，是要细读小说前五回。前五回本身是一个彼此勾连、相辅相成的整体，同时也是这部名著的序曲，是全书故事情节的纲领性开端。第六回"从千里之外，芥荳之微，小小一个人家"说起，作为全书的"头绪"，表明这部小说的故事是从第六回开启的。然而第六回起始的各种大小故事，都建立在前五回的基础之上。所以，对前五回做出正确解读，把握前五回之于全书的整体建构意义，有益于深入理解名著的主体内容和情节走向。

一

以庚辰本为底本的新校注本《红楼梦》，第一回回目是"甄士隐梦幻识通灵 贾雨村风尘怀闺秀"。甄士隐和贾雨村在书中是两个带有符号性质的人物，他们姓名谐音"真事隐""假语存"，表明书中所写故事是有真实依据的，只是作者借助虚构手法，隐去了本事。然而这一回却并不是从这两个人物开始的。

《红楼梦》以一段神话作为起点：女娲炼石补天，多出一块石头未用，弃置在大荒山无稽崖青埂峰下。这就为全书故事的展开铺垫了一个悲凉的底蕴。"大荒"暗喻故事的缘起"大抵荒唐"；"无稽"是说故事发生之地"失落无考"，故事与人物均为虚构，"无从查考"；"青埂"谐音"情根"，隐喻书中悲剧故事源于人物的"情根"。大荒山无稽崖青埂峰就成了一个富有象征意味的地理空间：它既从神话空间延展而来，又是通灵弃石依傍之地。一僧一道一名"茫茫"、一名"渺渺",既有遥远渺茫、幽微渺小的梦幻感,又有警醒凡人的启悟感。茫茫大士变幻灵石为美玉,携至凡尘历劫。待空空道人经过青埂峰时,顽石已回归原处,遂将它幻形入世的一段故事抄录传世。"空空"者,一切皆空之谓也,也即二仙所言"到头一梦,万境皆空"之意。小说曾名《石头记》,意味着这部书来自顽石下凡历劫记下的一番遭遇,它既是石头所历的故事,又是石头记录的故事。空空道人与石头的一段对话,表明了这块顽石(也即灵石)与美玉(也即通灵宝玉)与书中人贾宝玉"三位一体"的关系。至此,《红楼梦》主人公的出身就天然地带上了神秘超凡的色彩,书中故事虽说是"真事隐"而"假语存"焉,却有顽石经历在内,所写女子均其"半世亲睹亲闻",所有的悲欢离合故事均其"追踪蹑迹"而来,因此也就具备真实可信的性质。

由茫茫大士、渺渺真人峰下高谈,至空空道人与石对话,本已构成一个闭环,小说却借甄士隐的午梦,又带出了"木石前盟"的神话故事。西方灵河岸边三生石畔,赤瑕宫神瑛侍者每日以甘露灌溉绛珠仙草,使之得以修成人形,听闻神瑛侍者"意欲下凡造历幻缘",便也欲下凡为人,愿以一生的眼泪偿还灌溉之恩。中国古代诗文中,"灵河"多指银河,如隋萧琮《奉和月夜观星》:"灵河隔神女,仙槎动星牛。""三生石"的故实源于唐袁郊《甘泽谣·圆观》,说的是唐时李源与僧圆观相与三十年,圆观转世时,约李源十二年后中秋月夜相会于杭州天竺寺外,十二年后两人如约逢面。神瑛侍者与绛珠仙子在三生石畔结成的前盟宿缘,为整本书所叙述的宝、黛爱情故事铺垫了奇幻曼妙而又缠绵悲戚的情感基调。"瑕"字本义指的是玉上的斑点或裂痕,"赤瑕"也即"红玉有痕",这自然是小说主人公贾宝玉的意象化指代。"瑛"者美玉也,"神瑛"也即通灵宝玉。脂砚斋在此批注曰:"按瑕字,本注玉小赤也,又玉有病也。以此命名恰极。"就此而言,赤瑕宫主人也就是神瑛侍者,也就是衔玉而生的贾宝玉。因此,赤瑕宫主人和神瑛侍者与贾宝玉,又构成了三位一体的关系。程甲本此处作"那仙子知他有些来历，因留他在赤霞宫居住，就名他为赤霞宫神瑛侍者"，在神话思维和审美层次上，都较庚辰本差了不少距离。程甲本让前一个神话中的顽石到处行走而被仙子留住做了自己的侍者，意在贯通两个神话故事，然而却去除了赤瑕宫主人的英爽神异气质，留下了补续的痕迹。反观庚辰本可知，一个是顽石下凡历劫，一个是神瑛侍者下凡造缘，木石前盟神话中并没有顽石的身影，对接两个神话的是一僧一道；所不同的是，前一个神话是顽石自见僧道，后一个神话是甄士隐梦见僧道。后者同样也构成了一个闭环。

两个神话在形制上似成两个开端，应是作者有意为之。前一神话绾结之际，作书人用"且看石上是何故事""按那石上书云"领起下文，可知甄士隐梦中所闻的木石神话，是"石头"所"记"故事的开头；仙僧既携"石头"这蠢物而来，披露木石盟约下凡、一干孽鬼陪行的秘密之后，又携这蠢物"美玉"去警幻仙子宫中交割，亦表明这是两个神话故事。这种双层组合结构，其实在唐时小说中较为常见。顽石下凡是外结构层，木石下凡是内结构层，前者是外围叙事，有似"讲故事者"，所引出的后者是内层叙事，是作品要表现的主体。相较而言，前一个神话体现出叙事时空的辽远宏阔，后一个神话则更聚焦于木石盟约。无论贾宝玉是从渺渺茫茫的远古神话中幻形而来，还是从缠缠绵绵的三生石畔衔玉而降，他所亲睹的人、亲历的事，都记在了这本书里，其中最让他刻骨铭心的，是前世已结、今生难了的木石姻缘。显然，这里已经预埋了作品的两重悲剧：顽石美玉和神瑛侍者的下凡历劫故事，喻示贾宝玉人生道路的悲剧；神瑛侍者下凡造缘、绛珠仙子下凡偿债的故事，喻示贾宝玉、林黛玉的爱情悲剧。这就为整本书奠定了一个叙事的高起点。

回目中镶嵌的甄士隐和贾雨村，在第一回中也不仅仅是个符号化的存在。作者以甄士隐入梦衔接两个神话，以他的出梦从幻境过渡到实境，以他的交往带出寄居寺庙的贾雨村，以其女儿"英莲"之名隐喻书中女子"真应怜"，以其丫鬟"娇杏"之名之运写尽世间诸多"侥幸"之事，以其岳父"封肃"之名、"大如"之籍讽刺世间"风俗"大概如是。甄士隐先是独女丢失,又受葫芦庙失火之殃,家道败落,再遭岳丈嫌弃,贫病交加,命将不久。正在此时,跛足道人出现,念诵《好了歌》,甄士隐彻悟,顿作《好了歌解》。一歌一解,韵散配合,喻示了作品的又一重悲剧主题:一个赫赫扬扬已历百年的诗礼簪缨之族,在子孙不肖、后继无人的背景下,遭遇天灾人祸的侵袭、政治倾轧的打击后,迅疾没落衰败。跛足道人与空空道人形虽两个,质归一体,"空空"者,一切皆空、一无所有也,也即"好了"本意。

然而甄士隐的存在,还有一个重要使命,是要引出贾雨村的出场。

二

贾雨村在第一回中是一个过客。第二回"贾夫人仙逝扬州城 冷子兴演说荣国府",以贾雨村的官场沉浮,暂时撇开甄家事,顺便带出林家事,重点带出贾家事。

贾雨村偶遇冷子兴,两人叙谈中,熟知贾府家事的冷子兴,向贾雨村(也是向读者)粗线条勾勒了贾府的人事关系图。宁国公演而至代化,再至敷、敬,再至珍,又至蓉;荣国公源而至代善,带出史太君,再至赦、政,带出王夫人,再至珠、琏、宝玉、环,再带出元、迎、探、惜四春,兼及黛玉及其母贾敏,又带出熙凤。这一番关系介绍是比较简略的,自然没有涵括贾府全部的人事档案,但却是贾府最核心的人事关系图标。这一"演说"的作用有三。其一,初步梳理了宁荣两府五世传代脉络,从家族兴盛之"源","演"(水长流;传,延)而为"代"君王"善"世"化"民,再到以"文"守业、以"玉"成人,都体现了兴家旺族的良好愿望,然而第五代以"草"字命名,却昭示了贾府这个贵族之家由兴而衰的必然趋势,正所谓"君子之泽,五世而斩"。其二,借冷子兴的冷笑嘲谑和贾雨村的罕然厉色,重点推送衔玉而生的贾公子的个性状貌，其聪俊灵秀之气、乖僻邪谬之态在万万人之间，又恰生于公侯富贵之家，可定位为"情痴情种"。其三，通过贾雨村对女性名字的疑惑和冷子兴的解释，点染所带女学生之言语举止与众不同，这女生，就是林黛玉。这三个层面恰是对第一回喻示的三重悲剧内涵的呼应。

贾雨村毕竟也还是一个线性人物。第三回"贾雨村夤缘复旧职 林黛玉抛父进京都"中，贾雨村将女学生送到贾府，谋补了应天府缺，便暂时隐去幕后，舞台正中留给了林黛玉。纵然是书中第一女主角，林黛玉出场后也半是亮相，半是"导视"。进城，进街，进府，下轿，经垂花门、穿堂，转过插屏，穿厅，进正房大院，上台矶，入房，拜见亲人，林黛玉空间移动的整个过程有顺序，有方向，有目标，读者也随之对荣府空间环境信息有了具体可感的认知。不仅如此，荣府女性出场，也是由林黛玉的视界导出的。先拜见外祖母，后拜见两位舅母，再拜见大嫂李纨，这都是程序式的见面；迎、探、惜三春齐整出场，同中显异；一番烘云托月之后，重点推出王熙凤，先闻其娇声笑语，再绘其华服美饰、体格相貌，继而描写她颇具表演意味的对黛玉的赞美、怜惜、关爱，以及管家的才能。随后林黛玉乘车又去拜见两位舅舅，人皆未见着，两房空间环境又游览一遭，复返贾母屋内用晚饭。终于等到宝玉出场，作者浓墨重彩书写宝黛相见：宝玉的装束与相貌，黛玉的眉眼与心性，宝玉的痴狂，黛玉的乖巧，一时间全部捧出，堆放在读者的眼底与心头。

以往中学课堂，多关注熙凤的笑与哭，宝玉的任性摔玉，黛玉的伤心自责，逐一细细分析开去。当然这些也是重要的读写训练材料，但从"整本书阅读"的角度看，这是远远不够的，甚或有舍本逐末之嫌。"整本书阅读"教学，应有阅读的整体观，从结构角度去审视具体章回之于全书整体构建的功能和意义。第三回的意义，更重要的在于它将第二回中冷子兴"演说"的贾府人事概貌，通过林黛玉的目之所视、心之所感，具体可观地展示在读者的眼前。前一回是从冷子兴口中听到概念化、符号化的名字，这一回是从林黛玉眼中看到具象化、立体化的形象。这是整本书情节的基础性铺垫，主体故事并没有真正展开，第三回仍然显示其"结构性"的功能，而不是"故事性"的功能。说前五回都是"纲领性"的章回，正是这个意思。进一步说，宝黛相见更重要的意义在于，他们从第一回的遥远渺茫时空中落地，从灵河岸边三生石畔走来，当他们先后步入读者的视域时，灌溉的深情与还泪的缠绵刹那间涌上读者的眼，让你怦然心动，让你若有所思，恍悟之际，潜滋欢欣。从这个角度而言，贾宝玉的摔玉，是以他人为坐标寻求自身价值认同而不得，在行是乖张，在心为情痴；林黛玉的哭，却是她尘世间的第一次"还泪"。

宝黛爱情悲剧少不了第三个重要人物薛宝钗。以贾宝玉的所在荣国府为聚集中心，第三回让林黛玉从姑苏来至，第四回自然要让薛宝钗从金陵来至。林黛玉因失恃而依外祖家，薛宝钗自然不能有相同的理由。作者宕开一笔，接续第三回贾雨村谋官，顺便让他来审理葫芦一案。案件的受害人英莲，正是第一回中资助贾雨村赴试盘缠的甄士隐的独女；那个诡秘道出案件委曲、主动提供判案计谋的衙役，正是第一回中贾雨村寄居之所、甄士隐隔壁的葫芦庙里的小沙弥；那个命案的主犯薛蟠，正是第二回冷子兴所演说的荣国府二老爷，也是第三回帮助贾雨村谋得官职的贾政的妻甥。

葫芦案本身并不复杂，其发生与审理、断案过程自带戏剧性色彩，但借一个衙役之口补叙出来，却使案件的故事性质淡化，叙事功能得到加强。功能之一，将第四回与前三回人事关联，形成一个有机的人际关系网。功能之二，通过门子对案件底里的介绍，推出四大家族"连络有亲"、荣损攸关的政治背景，将贾府放置在一个较大的社会框架内，从外部视点勾勒贾氏家族近围坐标系，与前回林黛玉从内部视点扫描贾府人事核心圈，形成互补。功能之三，借助薛蟠人命案，点燃导火线，使得薛家进京成了必然选择，而进京后的各种原因，又使得薛宝钗自自然然、合乎情理地聚入贾府，与贾宝玉、林黛玉风云际会，从此逶迤展开了宝、黛、钗婚恋悲剧故事的进程。《红楼梦》最早的读者脂砚斋就曾指出,判案一段"只借雨村一人,穿插出阿呆兄人命一事","但其意实欲出宝钗",可谓深得其中三昧。

钗、黛既至,顽石下凡后亲睹亲闻的一拨"异样女子",也便呼之欲出了。

三

因宝钗之至,宝黛之间开始有了嫌隙。然而些许琐事不过是个小引,目的在于过渡到第五回"游幻境指迷十二钗 饮仙醪曲演红楼梦"。

从情节看,第五回的主体和重点是宝玉梦游太虚幻境。毫无疑问,宁府赏梅,宴罢午觉,秦氏带入卧室,诸般都是闲笔,目的是为宝玉入梦搭建引桥,没有太多深究的必要。那些从室内摆设去推演小说之外秦氏出身本事的路数,不过是一种意淫于内、宣泄于外的流言家做派。此回先以少年宝玉"游幻境"为引,营构了一个梦中之梦,借助宝玉与警幻仙子的对话,引出"痴情""结怨""朝啼""夜怨""春感""秋悲"各司之名,却以"薄命"之司为指归,其"紧要"之处,在于拉开那收藏着金陵十二钗命运簿册的橱门;继而以"饮仙醪"为名,点明"群芳碎"后"千红一哭""万艳同悲"的悲凄结局。梦游幻境,梦遇仙子,梦览图册,梦聆警示,梦饮茶酒,梦观歌舞,梦结仙缘,最后从梦中惊醒,建构了完整的游历时空。这个虚拟的时空是借宝玉的"梦之眼"打开给读者看的,册上的诗画,座前的歌曲,浓缩了以钗黛为代表的天下青春女子愁怨悲凉的一生遭际。它成功地将《红楼梦》的第三重悲剧也即以钗黛为代表的青春女性命运悲剧,作了浓郁伤感的预演。

从形式看,第五回更为集中地表现出韵散相间的叙事节奏。其韵文部分带有明显的预言性质,判词与曲词是群芳命运的高度概括,它们将数十个"紧要"女子的结局提到故事开始之前,是预告,也是预警。这种以诗词预言人物命运和故事结局的方式,是《红楼梦》的一种"谶语式"的表现方法。其散文部分重在演进时间历程，以宝玉的游踪和见闻串联韵文；嵌入散文的诸多诗意化词语，尤见凝练而鲜活，成为韵文内涵的提醒和点染。有别于其他古典小说，《红楼梦》中的诗词曲赋乃是这部小说的一个个有机构件，它们与散文叙事相融为一，不可或缺。尤其是第五回中的判词与曲词，如果不细加品读，甚或跳过不读，就无法真正懂得这一回的内涵是什么，也许只是觉得贾宝玉做了一个青春的梦而已。如果这样，我们就不能领略《红楼梦》独特的叙事艺术，那我们也就辜负了曹雪芹的良苦用心。

  从整体构建来说，第五回不仅与前四回内在联系紧密，而且也对全书情节走向起到一种"钳制"的作用。警幻仙姑所居之离恨天、灌愁海，正是第一回中绛珠仙草修身之所。离恨者，因别离而产生的相思愁恨："便好道三十三天离恨天最高，四百四病相思病最苦。"（元吴昌龄杂剧《张天师断风花雪月》第二折）灌愁者，灌注、流注愁恨之谓也。离恨天高居三十三天之上，灌愁海注满朝朝暮暮之愁，虚拟空间的深愁高恨，奠定了全书愁苦憾恨的基调。与此相关，少年宝玉随警幻仙姑游历的太虚幻境，正是第一回中甄士隐欲跟那一僧一道过去的太虚幻境，石坊上对联一字不差，恰是"假作真时真亦假，无为有处有还无"。此其一。相对于第一回的石头下凡缘由、第二回的贾府人事关系概说、第三回的贾府主要形象概览、第四回的贾府姻亲关系概举，第五回是小说主要女子命运遭际的图示与曲演，那些图册也可以说是她们的人事档案。前五回在故事开始之前，以多元组合、起伏共振的姿态，向读者"剧透"整本书故事主体及其情节走向。石头历劫后会回归青埂峰下，贾氏家族最终会败落，以钗黛为首的群芳终究走向"一哭"与"同悲"——它们钳制了全书故事发展的基本脉络，构成了《红楼梦》一书的三重悲剧主题。此其二。第五回韵散相间的叙事体式，第一回就已有突出显示，第二、三、四回也巧加穿插，此后的章回中更是时时浮现。那种谶语式的表达方法，不仅用于作书人以诗词曲赋形式叙事之时，在后面的情节进展里，它们还用于作书人替书中人代拟的诗词作品中。读书人不断更新的阅读进程，同时也是不断验证谶语寓意的过程，在全书终了之时，再回头看前五回的布局，顿悟作书人用心之深远。此其三。

综而言之，前五回既是一个不可分割的有机整体，又对全书有整体建构的作用。第一回以现时的甄家小荣枯隐喻未至的贾家大荣枯；第二回以"冷"眼旁观人指破贾氏家族衰败根由，也即子孙不肖、后继无人；第三回渲染贾氏诗礼簪缨之族的旧时荣光与今日气象；第四回以贾氏姻族当下的一荣俱荣，伏笔后来的一损俱损；第五回则预告贾氏败亡、群芳离散，空余茫茫白地的最终局况，且以《红楼梦曲》呼应《好了歌解》，令太虚幻境对联再度出现，关合第一回。前五回作为一个独立而完整的叙事单元，总括了整本书的情节走向、人物命运和主题层次，对全书的整体建构起到设计、导引、钳制、掌控的作用。它既是起点，又是终点；既是全书情节展开的铺垫，又占据了整本书构思的制高点。它的语言表达是内敛的，它的意义指向是开放的；它既涵括了过去与未来，又洞察现实，真实不虚。

强调前五回的整体建构意义，当然不是说，关注贾雨村的贪与酷、王熙凤的哭与笑就不重要；也不是说，贾母的慈爱、探春的不俗、黛玉的心思、宝玉的行止，不需要去解读分析。但仅关注这些内容，并不是"整本书阅读"思维，也不能提升整本书阅读的效用。如果从整本书阅读的角度切入，则应将这些涉及人物品质与个性的情节描写，与后文中密相关涉的叙事内容联系起来，做整体的考察剖析，才会具备整本书阅读的意义。至于石头与空空道人对答时所述作书缘由目的，"护官符"和判案的政治内容，《西江月》词、十二钗判词、《红楼梦曲》的具体寓意等，详论甚多，各家珠玉在前，此处不再赘言。

最后推荐与解读前五回密切相关的三种资料，供备课者阅读参考：刘梦溪《论〈红楼梦〉前五回在全书结构上的意义》，《红楼梦学刊》1979 年第 1 辑创刊号；蔡义江《红楼梦诗词曲赋鉴赏》，中华书局 2004

年修订版；俞晓红《从〈红楼梦〉题名的变迁看作品的主题倾向》，《学语文》2003年第3期。

(原文发表于《学语文》2020年第2期，
作者单位：安徽师范大学文学院)

《红楼梦》整本书阅读与事件关联性的建构
——以第七回为讨论中心

詹 丹 叶素华

一

小说"整本书阅读"所获得的整体感，跟小说所叙述的事件关联性有很大关系。在讨论前，先对题目中事件关联性的"建构"一词稍做解释。

虽然作者叙事，必然会对事件的各种关联，不论内部还是外部，表面还是深层，乃至逻辑意义的递进还是并列，有自己的构想和设计，并借助艺术手段，让关联以一种极为"自然"的方式呈现出来，但读者通过阅读来发现、梳理事件的关联性，在多大程度上贴近了作者的思路，还真不好说。所以，这里的"建构"，主要是从阅读角度对文本理解做出的判断，这种判断，并非说明作者必然如此"建构"，或者对此"建构"有自觉的意识。而只是说，当阅读过程中把这种关联性建构起来时，在一定程度上，是为发现作者构思，提供了一种可能。此外，提出关联性问题，针对的往往是小说叙述过程中，事件的整体发生了变化和转折，或者事件前后出现了明显的断裂，或者事件的展开并不能和环境形成有机协调，再不然，就是事件涉及的细节貌似松散和碎片化，等等。这些都对整本书理解的整体性问题，产生了妨碍，才有待于我们去思考、建构这种关联。

二

我们的讨论将以第七回为中心。

之所以选择这一回，是因为该回所涉及的事件即前半部分写周瑞家的送宫花，后半部分写凤姐和宝玉做客宁国府遇见秦可卿的弟弟秦钟等，都是极为细小、极为琐碎的，而恰恰在这种貌似碎片化的叙述中，给读者对关联性的建构提出了想象力的挑战，并通过应对这一挑战，可以隐约揣摩到作者的一点玄思妙想。以往，研究者（包括笔者本人）比较关注《红楼梦》中宝玉挨打、抄检大观园等枢纽性事件，并从中梳理出前因后果、揭示其对各种事件的统摄作用，而对一些碎片化事件，则关注不够。当然，第七回即使从碎片化事件的角度看，也有其特殊性。这一回如同事件的开头，对下文的诸多内容，有重要的开启作用。就像甲戌本对该回前半部分写"送宫花"事件的夹批道："一人不落，一事不忽，伏下多少后文，岂真为送花哉！"[1] 20 世纪 80 年代初，舒芜在《说梦录》中，以"送宫花"为题，讨论了这部分内容，但他更多是把送宫花作为一条线索，来列举出贯穿的几个有意义情节，至于这几个情节之间有没有关联，如果有关联，又是在怎样的意义中关联起来，却未及讨论。[2] 这既为本文的分析提供了引导，也留下了笔者发挥的余地。

一个有意思的现象是，关于该回的回目，异文较多，似乎在一定程度显示了对涉及内容碎片化的难以概括、难以总结。己卯、庚辰本回目是"送宫花贾琏戏熙凤，宴宁府宝玉会秦钟"，甲戌本回目是"送宫花周瑞叹英莲，谈肆业秦钟结宝玉"，还有戚序本、蒙府本等题为"尤氏女独请王熙凤，贾宝玉初会秦鲸卿"。[3]

---

[1] 吴铭恩汇校：《红楼梦脂评汇校本》，万卷出版公司 2013 年版，第 96 页。
[2] 参见舒芜《舒芜集》（第 6 卷），河北人民出版社 2001 年版，第 333 页。
[3] 转引自（清）曹雪芹原著，蔡义江评著《蔡义江新评红楼梦》，商务印书馆 2022 年版，第 81 页。

从这些异文看，关于前半部分送宫花事件引发的意义，分歧最大。或者把它定位在贾琏和王熙凤白天的床戏，或者定位在周瑞家的感叹香菱身世，让之前提及的英莲以新的身份、新的名字进入薛家生活后，重新得到关注。也许，送宫花引出的事件杂多而琐碎，所以像戚序本、蒙府本等回目，干脆把这部分内容略过不提，直接从后半部分中拆解出两组人物事件，以建构起小说章回的对照关系。

虽然蔡义江先生认为庚辰本把贾琏和凤姐过夫妻生活的内容凸显在送宫花过程中，有点主次不分，所以觉得甲戌本更为可取一点（尽管他也指出了，用周瑞指代"周瑞家的"不够准确）[1]，但笔者认为，相对而言，从这一章回内部结构看，庚辰本的回目还是最可取。

从章回小说文体的结构特征说，《三国志通俗演义》在每回中把两个事件组合起来，开启了章回单元结构的一种模式[2]，即便后来有所变通，或者如《红楼梦》那样，未必开始就有意设计每一章回的内部结构，而是在整体篇幅大致完成基础上，再来"纂成目录，分出章回"，但从阅读角度看，用回目方式把贾琏夫妇的床戏与宝玉、秦钟的关系对应起来，其作为事件的关联性体现出段落的结构意义，其实是有合理性的。

具体说，周瑞家的"送宫花"，和尤氏在宁国府宴请，其实都是一种过渡，而贾琏和凤姐白天床戏，虽被蔡义江视为作者用侧笔顺便带出的细节，没有必要在回目中提及，但其实是值得我们读者对其价值重新审视的。贾琏戏熙凤与宝玉会秦钟，虽然可以被视为个人私生活与进入家塾带来的学业事业发展的两类不同事件的对比，但对前一事件细节的描写，与后文也发生了主题意义上的也是描写肌理上的类似性关联。因为从贾琏夫妇的行为中，多少让读者联想到，宝玉和秦钟相约去家塾读书，绝不仅仅是为了进步，需要一二知己相伴切磋学问那么简单，其实是带

---

[1] 参见（清）曹雪芹原著，蔡义江评著《蔡义江新评红楼梦》，商务印书馆 2022 年版，第 85 页。
[2] 参见宁宗一主编《中国小说学通论》，安徽教育出版社 1995 年版，第 442 页。

有同性恋的暗示的。而床戏暂时告一段落后，又有平儿吩咐彩明从送来的宫花中分出两支给秦可卿送去，后半部分又特意交代平儿自作主张代凤姐给秦钟送见面礼，还有周瑞家的遇到已经改名为香菱的英莲，让她和金钏感赞其模样有秦可卿的品格，这也为下文凤姐见秦可卿及秦可卿弟弟秦钟，赞叹其模样预设伏笔，诸如此类的细节描写，加固了前后事件的肌理性呼应。

当然，凸显贾琏和凤姐的床戏意义，不仅仅是为了让读者建构起宝玉会秦钟的那种亲热关系的联想，在笔者看来，其主要意义是在送宫花过程中与周瑞家的串联起的有关李纨的行为对比出来的。因为李纨年轻守寡，薛姨妈在分摊宫花时，并没有考虑到李纨。不过小说写周瑞家的行走路线时，在她到王熙凤住所前，特意提到从李纨屋子的后窗下经过。对这一笔描写，甲戌本批语道：

> 细极！李纨虽无花，岂可失而不写者？故用此顺笔便墨，间三带四，使观者不忽。[①]

蔡义江、张俊和沈治钧的评批，都认为把不戴花的李纨也写上一笔，是以十二支宫花来照应十二钗。[②] 但这样的解释，好像还比较勉强，因为添上李纨一人，离十二钗还差得远。在笔者看来，其意义恰在于说明独有李纨一人与花的世界隔离开来。而己卯、庚辰本等接下来有的一个细节，更强化了这一点：

[①] 吴铭恩汇校：《红楼梦脂评汇校本》，万卷出版公司2013年版，第96页。
[②] 参见（清）曹雪芹原著，蔡义江评著《蔡义江新评红楼梦》，商务印书馆2022年版，第85页；（清）曹雪芹原著，（清）程伟元、（清）高鹗整理，张俊、沈治钧评批《新批校注红楼梦》，商务印书馆2013年版，第166页。

隔着玻璃窗户，见李纨在炕上歪着睡觉呢。①

把这个细节与随后周瑞家的听到贾琏夫妇床戏对照看，带来的是一种年轻守寡的孤寂和夫妻生活的欢腾的强烈对比感，虽然有人认为，作者通过回目提出贾琏夫妇的床戏，对他们的行为是略带讥讽意味的。②但描写李纨这种生活状态与之对照，似乎也很难说这才是作者作为正面价值来予以认同的。如果把这一细节顺着周瑞家的送宫花过程拓展开来看，那么，读者是在更大的范围中看到的一种对比效果。即，周瑞家的从薛宝钗那儿拿到宫花而前往送花的每一处所，遇到的都不是单独一人，都有自己的玩伴或者丫鬟在旁，而只有写到李纨时，才提了她一人在无聊地睡觉，也没有在旁伺候的丫鬟。这样，周瑞家的串联，看似散漫，却在一个似乎是与戴花无缘的女性身上，构成了一个虚位以待的焦点，让散开去的描写意义，聚拢在了她的身上。总之，贾琏戏凤姐也好，宝玉会秦钟也好，不在回目中出现的李纨，反可以成为隐含在小说章回深处的参照点，并把戴花的美丽和宴会的热闹，聚拢在与她无缘的统一的世界里。

三

讨论事件的关联，还可以从每一章回外部的上下回关系来着眼。

在一个章回段落中，两件事的前后组合，一般总是前一件事对前回内容转折中的衔接，后一件事则在章回分割中，把事件过渡到下一回，第七回的情况大致如此，但也稍有不同。

与有些小说用悬念式分割章回结尾和开头不同的是，第六回结尾

---

① （清）曹雪芹著，（清）无名氏续：《红楼梦》，人民文学出版社2008年版，第107页。
② 参见舒芜《舒芜集》（第6卷），河北人民出版社2001年版，第107页。

时，周瑞家的把刘姥姥送出荣国府，已经绾结了事件的叙述，小说转到第七回，让周瑞家的向王夫人回话送走刘姥姥的结果，其实是没有任何悬念的。这样的分割，跟传统白话小说用"欲知后事如何，且听下回分解"的卖关子方式已经完全不是一个概念，这正是《红楼梦》主要不从章回的段落角度来设计，而着眼于整体事件的构架而造成的结果。事实上，《红楼梦》许多章回之间的分割与转接，也大多以这种似乎是并无悬念的"事完文足"的方式来呈现。那么，章回间的关联，《红楼梦》还如何体现？

其实，我们固然可以把第六回结尾时，周瑞家的送走刘姥姥称为"事完文足"，但这只是从通常意义来理解的。刘姥姥一进荣国府打秋风，本来投奔的是王夫人，只是因为凤姐一直代理了王夫人的管家事务，周瑞家的才把刘姥姥直接带到了王熙凤处。但刘姥姥此行突然，未必是按常规就能处理的，凤姐心里没底，还是让周瑞家的去王夫人那边讨说法，等王夫人给出了指导意见，王熙凤斟酌办完后，需要周瑞家的再去向王夫人回复一声。所以，虽然整个事件是王熙凤直接跟刘姥姥打交道，但幕后仍有王夫人在掌控。周瑞家的把事情处理结果向王夫人汇报一声，也是整个事件不可或缺的一环。不过，一方面王夫人在幕后没出场，另一方面，处理这一"突发事件"实在很小，把结果向王夫人回话，更是小之又小，极易被读者忽视。但恰是这种事事有交代，才显示了礼仪之家办事的严谨。就这样，小说通过转到下一回来补写一笔，反而提醒了读者的可能疏忽，让人重新审视了第六回的所谓"事完文足"可能的"不完整"。

也因为向王夫人的事后汇报，其程序上的意义远大于实质内容，所以小说写周瑞家的见到王夫人，只用一句"回了刘姥姥之事"来一笔带过。倒是她为了见王夫人而跟踪到薛姨妈处，被薛姨妈正巧逮着派了她送宫花的差事，才使得这一回话的旁逸斜出具有了真正的价值。也就是说，由刘姥姥引出的小说"开头"的结构功能，在间接延伸至周瑞家的一路送宫花后，才算得到真正的实现。

刘姥姥一进荣国府的"开头"意义，曾让有些读者把第三回的林黛玉进贾府联系起来比较。

因为，两人都是以一个陌生者的视角进入贾府，对所见到的一切，都有新鲜感，也保持着近似的好奇心，并以这样的新鲜感和好奇心，引导读者对贾府的居所环境和涉及的各色人等有了初步印象。不过，林黛玉的贵族小姐身份和刘姥姥底层角色所不同的认知结构和趣味，一个受众人有准备欢迎，另一个受到意外接待，一个投亲的长住，一个短暂的出入，诸如此类，都使得她俩进入贾府初次体验和观察，在笼统的新鲜感中，更有具体差异的互补。但这种互补，并不能充分弥补他们对于贾府的初次观察和体验的共通局限性。

林黛玉作为相对重要的远客进荣国府，主客相见有一定的仪式感，大家基本是集聚在老祖宗那里和黛玉相见，并且停下了各自手头要做的事。所以林黛玉见到的众人，就有了他们非日常性的一面。尽管深入一步分析，这种送往迎来，也是贾府日常生活的一部分，但毕竟众人为同一个目标集聚到同样的环境里，导致人物本应在各自环境里呈现的丰富多彩，就会有所弱化（在这过程中，只有迟到的王熙凤和贾宝玉，才得以凸显了自己的特殊性）。而既然一起到老祖宗这里跟黛玉见面，黛玉自也不必再挨门挨户去拜访，也因此让黛玉少了"移步换景"来观察贾府各色人等的意趣。而对刘姥姥来说，她的底层身份和打秋风的目的，是直奔管家王熙凤那里，她是没机会，也不可能让周瑞家的带着她到处逛的。这样，林黛玉和刘姥姥虽然都进了荣国府，她们也睁大了她们的好奇眼睛来观察着、体验着周边的一切，但贾府中一些重要人物的日常生活状态，似乎并没有通过她们两人的感知，得到具体而又周全的初步呈现。这一缺憾，恰恰是通过周瑞家的送宫花来弥补的。

因为需要把宫花分送给每人，所以周瑞家的必须挨门挨户走过去。也因为只是分送宫花的小事，对各人的日常生活是不构成影响或干扰的一种点缀，这样，周瑞家的分送过程，才完成了对贾府中人的"移步换景"式观察。在一定意义上,也是情节开头所需要的对主要人物进行具体化的一次总览。在这一过程中,依次接触到的香菱、宝钗、迎春、探春、智能、惜春、李纨,还有宝玉和黛玉,乃至只闻其声的贾琏、凤姐等,以及各主人身边的大丫鬟金钏、莺儿、司棋、侍书、平儿等,大多在他们"原生态"的意义上一一亮相,而这种"原生态",所彰显的人物个性或者暗示出的人物命运,其意蕴是极为丰富的。也是在这个意义上,周瑞家的引领刘姥姥进荣国府开启了贾府叙事的序幕,让刘姥姥也获得了局部的印象,但在刘姥姥退场后,由周瑞家的如接力棒似的继续游走,借着她那双眼睛,才能让读者较为彻底地第一次就看个够。也是从这个意义上说,刘姥姥进贾府在小说整体叙事上的开头,是通过这一事件的收尾,过渡到周瑞家的送宫花,才把这开头深入到了有关荣国府叙事的细节肌理。总之,薛宝钗自己不爱戴宫花而让周瑞家的送人,这一事件本身当然体现了宝钗的为人特点,但其整体结构功能,远大于对宝钗形象的刻画作用。

　　同时,这一回对林黛玉形象的刻画,和初进贾府比,有特殊的意义。

　　初进贾府,她是"步步留心,时时在意,不肯轻意多说一句话,多行一步路,惟恐被人耻笑了他去"。但是在第七回,尽管小说有意交代了周瑞家的是顺路去送花,到林黛玉处是最后一家并非有意选择,而且,给三姐妹送过去时,她们也都让丫鬟收下,并没有自己来挑选,但林黛玉就因为别人已经都有了,就认定给自己的是挑剩下的,而且对着周瑞家的说出她的武断,似乎已经大大违背了她开始时做人自我约束,成了她进入人生的尖酸刻薄阶段的一个起点。这个起点,与第七回开始,写薛宝钗见到周瑞家的满面堆笑让座,形成尖锐对比。

四

　　第七回后,既有第八回的主要内容与之衔接,比如宝玉去宝钗处探病，黛玉紧跟其后；也涉及第九回的内容，比如相约上家塾引发的顽童大闹学堂等。但其细节肌理上的前后勾连，内容相当丰富，这里仅举初见薛宝钗的例子来分析。

第七回周瑞家的去薛姨妈处找王夫人，看他们聊天正酣，不便打搅，就进到里间看薛宝钗，小说写道：

> 周瑞家的不敢惊动，遂进里间来。只见薛宝钗穿着家常衣服，头上只散挽着鬓儿，坐在炕里边，伏在小炕桌上同丫鬟莺儿正描花样子呢。①

而第八回，宝玉去看望宝钗，也是进到了里间，除了描写更细致一些外，几乎完成着相似的套路：

> 宝玉掀帘一迈步进去，先就看见薛宝钗坐在炕上作针线，头上挽着漆黑油光的鬓儿，蜜合色棉袄，玫瑰紫二色金银鼠比肩褂，葱黄绫棉裙，一色半新不旧，看来不觉奢华。唇不点而红，眉不画而翠，脸若银盆，眼如水杏。罕言寡语，人谓藏愚；安分随时，自云守拙。②

一样的坐在炕上，一样的家常衣服，一样在做女红。而从周瑞家的眼中看出来相对简略粗疏，毕竟她是下人，盯着小姐看有失礼节，这对于宝玉来说，倒恰是他的兴趣所在，所以不妨看仔细点。当然，小说也随后交代了，他是一面看，一面问候宝钗的，也不会太让彼此尴尬。不

---

① （清）曹雪芹著，（清）无名氏续：《红楼梦》，人民文学出版社2008年版，第103页。
② （清）曹雪芹著，（清）无名氏续：《红楼梦》，人民文学出版社2008年版，第119页。

管怎么说，这两次一略一详的肖像描写，确实具有深入肌理的呼应关系。有意思的是，甲戌本对于周瑞家的看到的薛宝钗形象，有一条眉批特意点出："自入梨香院，至此方写。"① 对脂批点出的这一现象，我们如何理解？

相比于宝玉初见黛玉就有仔细的肖像描写，对于宝钗的描写，确实是大大滞后了，这还不是关键。关键是，薛宝钗被看的第一次，不是从宝玉眼中而是从周瑞家的眼中看出来的。这样，虽然随后就有宝玉视角的跟进，也看得更仔细，但那种初见时仔细打量的仪式感，却没有了。其原因是，哪怕薛宝钗也让宝玉心动，但不会是让他情感世界发生裂变的人，所以，相见时的仔细看，就没有了作为事件的起点意义，或者说，这个起点被一个无关紧要的仆妇剥夺了。

与这一细节相关联的，还有对冷香丸的描写。

第七回，围绕着冷香丸的制作过程，其时机凑巧要求的苛刻性，薛宝钗给出一个详细说明，让周瑞家的听得目瞪口呆，说薛宝钗为人和气说话有耐心固然可以，但周瑞家的感叹说等十年也未必有这样的巧事，薛宝钗偏说一二年的时间，就制作完成，这样的巧事让薛宝钗赶上了，多少是有点小得意的。这样浓墨重彩写下的内容，作者自然不会放过描写其后续的影响。第八回，写宝玉探望宝钗时就写了这么一段：

> 宝玉此时与宝钗就近，只闻一阵阵凉森森甜丝丝的幽香，竟不知系何香气，遂问："姐姐熏的是什么香？我竟从未闻见过这味儿。"宝钗笑道："我最怕熏香，好好的衣服，熏的烟燎火气的。"宝玉道："既如此，这是什么香？"宝钗想了一想，笑道："是了，是我早起吃了丸药的香气。"②

---

① 吴铭恩汇校：《红楼梦脂评汇校本》，万卷出版公司 2013 年版，第 92 页。
② （清）曹雪芹著，（清）无名氏续：《红楼梦》，人民文学出版社 2008 年版，第 122 页。

之前，薛宝钗跟周瑞家的介绍是长篇大论，不能说不详尽，但都是停留在言语层面的描述，并没有从冷香丸这一物质本身给人的感觉来写，只是当宝玉前来，才有了机会。这一方面可能是周瑞家的感觉比较粗糙，嗅觉不够敏锐，也可能她没有很靠近薛宝钗，另一方面，这里写冷香丸香气对宝玉产生的感觉，照应薛宝钗与周瑞家的说明倒还是其次的，更重要的是跟后来写到林黛玉的体香，形成一种对照，并因此区分了两位女性形象更具本质，同时也是更加感觉化的特点，这正是情节关联性必须从更宏观视野中的考虑。

五

第七回写到的许多情节细节，成为以后情节发展的重要起点。这种种伏笔和情节宏观的关联性，是在小说情节充分展开后，为读者的回头分析或者说回溯提供了可能。马克思的名言说："人体解剖对于猴体解剖是一把钥匙。反过来说，低等动物身上表露的高等动物的征兆，只有在高等动物本身已被认识之后才能理解。"[①]也适用于对情节整体关联性的认识。

就以上述的香气来说，第十九回写宝玉和黛玉挨着聊天时，写他也闻到了黛玉身上的香气，书中写：

> 只闻得一股幽香，却是从黛玉袖中发出，闻之令人醉魂酥骨。宝玉一把便将黛玉的袖子拉住，要瞧笼着何物。黛玉笑道："冬寒十月，谁带什么香呢。"宝玉笑道："既然如此，这香是那里来的？"黛玉道："连我也不知道。想必是柜子里头的香气，衣服上熏染的也未可知。"宝玉摇头道："未必。这香的气味奇

[①]《马克思恩格斯选集》(第二卷)，人民出版社1995年版，第23页。

怪,不是那些香饼子、香毬子、香袋子的香。"黛玉冷笑道:"难道我也有什么'罗汉''真人'给我些香不成?便是得了奇香,也没有亲哥哥亲兄弟弄了花儿、朵儿、霜儿、雪儿替我炮制。我有的是那些俗香罢了!"①

宝玉的第一反应,是要看外在于黛玉身体的物品。而黛玉的反驳,虽然是借机嘲讽宝钗,嘲讽了制作时取材的复杂,但接下来宝玉编造了一个"香芋"(谐音香玉)的故事来打趣黛玉,却是相当深刻的。因为,宝玉开始寻求外物的冲动和黛玉的断然否定,到后来宝玉编出故事黛玉成为香芋的化身,其实表明了香味和黛玉是一体化的,而不像宝钗,需要通过服用丸药,来制造出香气,尽管其冷香丸的配料,也取自自然,但要求的自然条件那么苛刻,比如一定要雨水这天的雨水、小雪这日下的雪等,那种人工的刻意性,让宝钗在形象与气质上,与黛玉有了本质的区别。

第七回作为情节开头的意义,无论是初次提及已经改名为香菱的英莲,还是把香菱和秦可卿联系起来,或者似乎隔开在两个空间里的智能与秦钟,还有贾琏第一次出现就强调其床戏中传来的笑声以及焦大的醉骂等,都是开启无数下文的内容。但这里笔者要特别提出来的是,在周瑞家的给贾府三姐妹送宫花时,惜春说了一些似乎是除开抄检大观园那段时间外最多的话。

抄检大观园后,惜春决定赶走身边的大丫鬟入画、与宁国府断绝来往乃至决定出家,其行为,似乎在第二十二回她出的佛门海灯谜语中,已经有所暗示。但所有这些后续情节,其意义还在于让我们回溯第七回似乎是东拉西扯的两段话时,隐约感觉到了潜在联系:

惜春笑道:"我这里正和智能儿说,我明儿也剃了头同他作

---

① (清)曹雪芹著,(清)无名氏续:《红楼梦》,人民文学出版社2008年版,第265页。

姑子去呢，可巧又送了花儿来；若剃了头，可把这花儿戴在那里呢？"说着，大家取笑一回，惜春命丫鬟入画来收了。

周瑞家的又道："十五的月例香供银子可曾得了没有？"智能儿摇头儿说："我不知道。"惜春听了，便问周瑞家的："如今各庙月例银子是谁管着？"周瑞家的道："是余信管着。"惜春听了笑道："这就是了。他师父一来，余信家的就赶上来，和他师父咕唧了半日，想是就为这事了。"[①]

这两段话，前一段是给自己开了个玩笑，但有意无意中，成了暗示自己命运的一句谶言，而后一句似乎确证了她的一个猜测，所以不禁莞尔。但这两段话有关联吗？有的。当一个小孩子这么早就看穿大人间的把戏时，她是很容易看破红尘的。所以王国维会说，《红楼梦》中有根据自己的人生体验而解脱的，也有从观察别人的苦痛中而求解脱的，惜春大概就属于后者。[②]她是从旁观者立场来看破而出家的。晚近时期，李希凡先生在他的《〈红楼梦〉人物论》讨论到惜春形象时，也表达过近似的意思。[③]这样，两段看似即兴的随口一说，在更长时段的视野中，建构出了那种内在的、深层的关联。

也是从情节发展的长时段视野看，前文提及的有关李纨在炕上睡午觉和凤姐床戏的对比，有了新的建构性理解。

第十七回，贾政带宝玉等游览刚落成的大观园，走到"稻香村"处，

[①] （清）曹雪芹著，（清）无名氏续：《红楼梦》，人民文学出版社2008年版，第106、107页。
[②] 参见王国维《〈红楼梦〉评论》，载叶朗、刘勇强、顾春芳主编《百年红学经典论著辑要·第一辑·王国维、蔡元培、胡适、鲁迅卷》，安徽教育出版社2020年版，第11页。
[③] 参见李希凡、李萌《李希凡文集》第二卷《〈红楼梦〉人物论》，东方出版中心2014年版，第311页。

虽然贾政盛赞此处，但却被宝玉批驳了一通，道是：

> 此处置一田庄，分明见得人力穿凿扭捏而成。远无邻村，近不负郭，背山山无脉，临水水无源，高无隐寺之塔，下无通市之桥，峭然孤出，似非大观。争似先处有自然之理，得自然之气，虽种竹引泉，亦不伤于穿凿。古人云"天然图画"四字，正畏非其地而强为地，非其山而强为山，虽百般精而终不相宜……①

宝玉提出这一评价，好像显得他存心要跟贾政顶牛，但如果考虑到这一住处后来是安排给李纨的，就变得特别耐人寻味。

不少学者认为，大观园的主要院落，其环境格调跟人物的趣味、性格乃至命运有或多或少的联系。那么，让李纨住进一个被宝玉批评为不自然的"伪"田庄，是否在暗示，像李纨这样恪守礼节、青年寡居的生活，同样是不自然的？不管怎么说，当薛姨妈没有盼咐给李纨送宫花，而小说又特意写周瑞家的经过其住所，已经构成自然的区别对待，而其跟其他人颇具生活乐趣形成的整体对比性（哪怕是惜春要出家的玩笑话），在后来发展的长时段情节视野中，在小说有意把她置于宝玉眼中的不自然的环境中时，是留给了读者深入思考空间的。而这种深入思考，又是与其他相关问题联系在一起的。

六

关于周瑞家的经过李纨住所，不同版本的文字是有差异的。己卯、庚辰本中"隔着玻璃窗户，见李纨在炕上歪着睡觉呢"，在甲戌本中是没

---

① （清）曹雪芹著，（清）无名氏续：《红楼梦》，人民文学出版社 2008 年版，第 225 页。

有的。

张爱玲认为:"别房的仆妇在窗外走过,可以看见李纨在炕上睡觉,似乎有失尊严,尤其不合寡妇大奶奶的身份,而且也显得房屋浅陋,尽管玻璃窗在当时是珍品。"[①] 据此张爱玲判断,这是作者后来删除的败笔。而蔡义江也认为这样的描写使得私密居所过于"开放",显然欠妥。并认为这并非作者删除的文字,而是抄写者对过于简略的描写加以添加。

单就这两种观点论,笔者更倾向认同张爱玲的观点,但这里想提出,是不是有第三种可能,即异文在不同版本的事实,也许就是一个共时的存在。换言之,这可能是作者自己在写与不写或者删与不删间产生的摇摆,从而成为流传在不同版本的异文。如果这样的意见可以成立,那么从事件描写的关联性角度看,也许并不要求读者来急于肯定一种而否定另一种,而是让人看到了隐含的两种价值取向,给作者带来了怎样的写作困境。即,如果小说通过情节的前后关联可以暗示出李纨遵守礼仪生活的不恰当和不自然,那么,就她所处的特定社会空间而言,她依然需要以一种合乎礼仪的方式借助小说人物的观察而让读者所感知。不然,这样的描写就难以躲开读者的质疑。虽然对这一问题,笔者并没有更具说服力的看法。但由这一具体的特定描写出发,也许可以让我们对情节关联性建构的讨论,有两种思考的维度。这里把视野再拓宽一下,从后四十回与第七回的关联性来分析。

后四十回与前八十回是否同一作者,在红学界争议甚大,其中就涉及如何评价前后两部分相似事件的关联性问题,学者们或称之为照应,或称之为重复,其实有明显的褒贬色彩。但关键是,情节线索的关联构建,既有纵向的、线索式的联系,也要深入每一事件具体情境中进行横向分析。这在一定程度上,也成为区分前八十回与后四十回情节设计在

[①] 金宏达、于青编:《张爱玲文集(增补卷)》《红楼梦魇》,安徽文艺出版社1994年版,第75页。

怎样的意义上关联起来的两个评价维度。

仍以第七回为例，宝玉会见秦钟，相约上家塾，到第八十一回以后，上学问题成了一项重要内容被贾政重新提出来，甚至连老祖宗、林黛玉也支持了宝玉用功读书，让宝玉无所逃避，而上学后，当初与秦钟的相约，又成了回忆的内容得到照应，如：

> 回身坐下时，不免四面一看。见昔时金荣辈不见了几个，又添了几个小学生，都是些粗俗异常的。忽然想起秦钟来，如今没有一个做得伴说句知心话儿的，心上凄然不乐。①

这样的细节照应，虽然也可能是主人公的自然反应，但写得太多，把与前八十回中出现过的人以"不见""没有"之类的感觉反复提起，如就在同一回中，还写到了"一时走到沁芳亭，但见萧疏景象，人去房空。又来至蘅芜院，更是香草依然，门窗掩闭"。让"不见"成为描写的一种套路，却显示了作者在描写方面创造力的薄弱。也是以同样的思路，还写到了雀金裘，来与晴雯补裘关联起来，在第八十九回，写天气转冷，小厮给在学堂上学的宝玉拿来衣服：

> 只见焙茗拿进一件衣服来，宝玉不看则已，看了时神已痴了。那些小学生都巴着眼瞧，却原是晴雯所补的那件雀金裘。②

对此，何其芳读《红楼梦》的眉批是："上学何至拿雀金裘。"③这样

---

① （清）曹雪芹著，（清）无名氏续：《红楼梦》，人民文学出版社2008年版，第1149—1150页。
② （清）曹雪芹著，（清）无名氏续：《红楼梦》，人民文学出版社2008年版，第1242页。
③ 叶朗、刘勇强、顾春芳主编，董志新整理校订：《百年红学经典论著辑要·第一辑·何其芳卷》，安徽教育出版社2020年版，第351页。

的描写，虽然照顾了小说前后的关联，让宝玉在学堂的心理世界不至于显得单调，也让雀金裘这样贵重的物品能够在后四十回重新发挥其塑造人物的功能，但续写者正是忽视了学堂这一日常普通场合与贵重服饰雀金裘的无法协调，才使得关联的纵横两个维度无法得到平衡。

也许，第七回与后四十回关联最重要的情节，是焦大醉骂的形象，在第一百〇五回贾府被抄家时，又以向贾政哭诉的面貌出现：

> 贾政出外看时，见是焦大，便说："怎么跑到这里来？"焦大见问，便号天蹈地的哭道："我天天劝，这些不长进的爷们，倒拿我当作冤家！连爷还不知道焦大跟着太爷受的苦！今朝弄到这个田地！珍大爷蓉哥儿都叫什么王爷拿了去了，里头女主儿们都被什么府里衙役抢得披头散发搁在一处空房里，那些不成材料的狗男女却像猪狗似的拦起来了。所有的都抄出来搁着，木器钉得破烂，磁器打得粉碎。他们还要把我拴起来。我活了八九十岁，只有跟着太爷捆人的，那里倒叫人捆起来！我便说我是西府里，就跑出来。那些人不依，押到这里，不想这里也是那么着。我如今也不要命了，和那些人拼了罢！"[1]

对此，张俊、沈治钧的评批本在这段文字后夹批道："珍蓉父子同遭拘押、尤氏等女眷'披头散发'、仆婢竟同'猪狗'、木器'破烂'、瓷器'粉碎'，一片狼藉，景象如在眼前。"[2] 而回后总评又提及是"宁府查抄情况从焦大口中叫骂出来，使行文简净省力"[3]。这都是从肯定方面来评价，

---

[1]（清）曹雪芹著，（清）无名氏续：《红楼梦》，人民文学出版社 2008 年版，第 1427 页。
[2]（清）曹雪芹原著，（清）程伟元、（清）高鹗整理，张俊、沈治钧评批：《新批校注红楼梦》，商务印书馆 2013 年版，第 1885 页。
[3]（清）曹雪芹原著，（清）程伟元、（清）高鹗整理，张俊、沈治钧评批：《新批校注红楼梦》，商务印书馆 2013 年版，第 1888 页。

说得也在理。因为查抄情况从焦大口中说出，一方面是行文简省的问题，另一方面，从对前文的呼应来看，焦大停留在言语的表现，使得其要求于特定环境的制约条件还是比较少的，所以跟周边氛围尚能自洽。但由此又带来了另外的问题是，小说整个查抄场面的描写，基本都停留在人物的口头言说或者列举查抄的清单，虽可以视为一种简洁省力的艺术策略，但从辩证角度看，焉知不是缺乏直面描写的魄力所导致的结果？同样是查抄，前八十回写抄检大观园，规模当然小得多，但描写一笔不苟，步步道来，从查物到逐人，层次渐渐推进，描写所经过的每一院落，与院落每一拨人的遭遇，可谓跌宕起伏，扣人心弦。相比之下，后四十回写锦衣卫对贾府的查抄，虽然也体现了其艺术匠心，但实在是过于简净省力了。因为简净省力，对整个过程描写得过于抽象，哪怕类似焦大的哭诉是生动形象的，但这种转述的生动形象却是以牺牲直面描写的魄力为代价的，也使得特定语境的具体制约性，变得脆弱。这样，焦大的哭诉，与第七回的醉闹，成了一种无须过渡的衔接，这样的整体意义上的关联，究竟说明了艺术的高明还是艺术力的衰退，明眼人是应该知道答案的吧？

七

总之，以第七回为案例，讨论小说情节的整体关联，既要看到章回小说的一般特点，也要注意《红楼梦》作为网状情节结构的特殊性，更要把前八十回和后四十回的关联问题，纳入我们的视野。在这充分展开的讨论中，第七回的碎片化的事件描写特征，在很大程度上也是小说《红楼梦》的叙事特征，才有可能得以彰显。不过，无论是讨论点对点的照应，还是多点串联的线索，单单从情节本身来看，仍然是一种抽象的、概括性的解读，特别需要把这些关联点置于小说具体的语境中，形成纵向贯通和横向拓展的复杂互动关系。在这种情况下，关联提供给读者的，就不仅仅是简单的相似性、重复性问题，而是在小说呈现的相似的事件中，发现其在不同的语境中发生的裂变，或者是，在一个看似对立、平行而没有交集的一组乃至几组事件中，依然能够把握到潜在的可以贯通事件的脉动。而这种动态的纵横关系的梳理和建构，其实也主要是就小说情节而言的。让小说情节回到小说的整体，让小说整体回到文学史、文化史乃至更大的历史社会整体中，而绝不是局限于整本书的边界，这才是我们需要不断去做、去实践的。从这个意义上说，尝试对情节关联性加以建构，本身就是一种权宜之计，是一种过渡性的抽象，或者说，当抽象成为一种认识的手段不可避免时，我们也只有经过多角度的无数次的抽象，才能逐渐接近《红楼梦》这部伟大作品的具体真实。回到一个整体化视野的具体作品，这才是我们整本书阅读的重要之路。

（原文发表于《红楼梦学刊》2022年第1辑，
作者单位：上海师范大学人文学院、
上海第二工业大学附属龚路中学）

从人物分析谈《红楼梦》整本书阅读的整体性
——以二进荣国府的刘姥姥为例

詹 丹

整体性问题，其实不单单是整本书阅读中才有，中短篇的单篇作品理解，或者长篇的片段理解，都存在一个整体性问题，都存在着局部与整体的关系问题。即使我们读一部长篇，我们必然是从一字、一句、一段，从局部开始慢慢走向全部，并且在全部读完后，再回头来读局部段落时，可能对局部的理解也就有了一种整体的视野。所以，就像有些学者说的，理解，就是从局部走向整体又回到局部然后再到整体的多次循环。而《红楼梦》的博大精深，也确实需要我们经过多次这样的循环，才能有比较深入和全面的领悟。

一

既然对局部和整体的关系需要有一种辩证的理解，那我这里不妨先从人物描写的一个片段切入讨论。

高中教材是把《红楼梦》整本书列入阅读单元的，而在九年义务制阶段，小学阶段五年级下册，以"红楼春趣"为题，选了《红楼梦》第七十回的宝玉、黛玉等放风筝的段落，在九年级上册，选了《红楼梦》第四十回中的"刘姥姥进大观园"片段。因为她在鸳鸯、凤姐等安排下，在饭桌前装疯卖傻，让众人彻底笑翻，这成了小说中最令人难忘的段落之一。

初中教材选入刘姥姥片段，是把这段落作为自读课文来处理的。一一般来说，自读课文不需要教师课堂上组织教学，主要让学生依据教材中的"阅读提示"和课文旁边的批注来自读。而恰恰是这提示和批注，从局部与整体的辩证关系来衡量，还是有进一步斟酌余地的。或者换一种思路说，如果从对高中的整本书阅读要求来说，对于这样的小说片段，我们应该从哪个方向来对人物分析加以提升？这也可以理解为，是对"新课标"关于不同学段学习衔接要求的有意尝试。

教材中的批注一共有6处，即：

1. 从刘姥姥的视角来看，贾府具有什么特点？
2. 此处设置悬念：她们会如何拿刘姥姥"取个笑儿"呢？
3. 猜一猜，鸳鸯跟刘姥姥说了什么悄悄话？
4. 此处写众人的笑，绘声绘色，各具情态，体会其中的妙处。
5. 刘姥姥的话体现了她怎样的特点？（按：是针对刘姥姥说的"一两银子也没听见个响声儿就没了"话的批注）
6. 刘姥姥明知道是拿她"取笑儿"，为什么还积极配合？[①]

这6处批注，除开批注1是让学生注意从刘姥姥视角写贾府的特点，其余5处，都是围绕着鸳鸯等设计的"喜剧"而展开，似乎也顾及了整个段落的整体关联性。比如"喜剧"预谋的悬念性，引导学生对这预谋的猜测，"喜剧"的实际效果，"喜剧"主角刘姥姥的话语特色以及她行为的内在动机分析，都涉及前后的连贯性，最后落实到对刘姥姥心理动机的分析（为何积极配合），有着由浅入深的思考发展。那么，这里的批注，问题到底出在哪里？

在我看来，问题就在于批注者太顾及了情节的连贯，这其实是一种

[①] 教育部组织编写，温儒敏总主编：《义务教育教科书 语文 九年级 上册》，人民教育出版社2018年版，第131—134页。

相对表面的逻辑同一性的追求,把情节发展中,人物言行呈现出的那种可能的异质性、差异性,同时也是全面理解人物连同理解小说艺术的特殊性,给忽视了。

批注6要求学生探究刘姥姥行为的隐秘动机"为什么还积极配合",以此深入一步分析,带有一点对这出"喜剧"总结的意味,但从小说本身看,带有总结意味的恰恰不是刘姥姥解释的那种"积极配合",而是前一句的感叹,而鸳鸯、凤姐的道歉以及刘姥姥后来的解释,其实都是那句感叹引发的连锁反应,也呼应了"喜剧"开始前的鸳鸯叮嘱的话。

这段话是这样的:

> 一时吃毕,贾母等都往探春卧室中去闲话。这里收拾残桌,又放了一桌。刘姥姥看着李纨与凤姐儿对坐着吃饭,叹道:"别的罢了,我只爱你们家这行事!怪道说,'礼出大家'。"凤姐儿忙笑道:"你可别多心,才刚不过大家取乐儿。"一言未了,鸳鸯也进来笑道:"姥姥别恼,我给你老人家赔个不是儿罢。"刘姥姥忙笑道:"姑娘说哪里的话?咱们哄着老太太开个心儿,有什么恼的!你先嘱咐我,我就明白了,不过大家取笑儿。我要恼,也就不说了。"[①]

这里,作为媳妇的李纨和凤姐不跟老祖宗、贾府小姐以及客人刘姥姥共同进餐,只是在她们用完餐之后才放桌吃饭,似乎正体现了大家族进餐的礼仪规矩,所以引发了刘姥姥"礼出大家"的感叹。

耐人寻味的是,刘姥姥的感叹,究竟仅仅就这个进餐的程序所发,还是她也借机旁敲侧击,在曲折表达她的抗议?在婉转揭示对方的自相

---

① 教育部组织编写,温儒敏总主编:《义务教育教科书 语文 九年级 上册》,人民教育出版社2018年版,第134页。

矛盾？因为安排刘姥姥在用餐前扮演一个小丑角色逗大家乐，似乎已经违背了待客之道。更何况刘姥姥第二次到荣国府，目的不是打秋风，而是来报答凤姐对她的曾经接济，也是老祖宗招待她住下，带她游玩大观园的。那么一方面不客气地嘲弄了刘姥姥，另一方面在用餐的程序上又恪守礼仪规矩，这不是陷自己于可笑吗？但由于这里的描写没有触及刘姥姥的内心，所以也不排除这里其实并不含有其他意思，只是在真诚感叹他们当下用餐程序符合礼仪规矩。只是鸳鸯、凤姐连忙进来道歉，才让读者发现刘姥姥可能的言外之意。或许，也正是这场"喜剧"由鸳鸯和凤姐导演，她们心中有愧，才发生说者无意、听者有心的效果。谁知道呢？

也因为此，刘姥姥接下来的解释或者说声明，也可以做另外的理解。

她对鸳鸯说的是"你先嘱咐我，我就明白了，不过大家取笑儿"。关于鸳鸯嘱咐刘姥姥的话，小说没有交代全部内容，这当然是为了悬念设置的需要，但其中对刘姥姥叮嘱的话，又写了出来，小说是这样写的：

> 鸳鸯便拉了刘姥姥出去，悄悄的嘱咐了刘姥姥一席话，又说："这是我们家的规矩，若错了我们就笑话呢。"①

此处教材批注3，是让学生猜测鸳鸯对刘姥姥说了什么悄悄话。这从引发学生好奇心，丰富他们的想象力来说，是有意义的。但如果把前后文对照起来看，鸳鸯特别叮嘱的话，被作者摆在明面的话，才有整体分析的意义。

因为鸳鸯把吩咐刘姥姥的"出丑"言行强调为是贾府的规矩，而刘姥姥恰恰又是从礼仪规矩角度来感叹他们家行事的。鸳鸯又说"若错"，

---

① （清）曹雪芹、（清）高鹗著，中国艺术研究院红楼梦研究所校注：《红楼梦》，人民文学出版社1982年版，第550页。

会惹人笑话。但事实是，刘姥姥应该是没错才惹得大家笑翻的。那么，虽然刘姥姥后来解释说她明白这是大家取笑儿，但至少，在鸳鸯嘱咐刘姥姥时，并没有告诉她这是在"演戏"，也许在"导演"看来，不告诉本人这是演戏，容易出喜剧效果，但这也容易造成对当事人的伤害。这样，刘姥姥后来解释，事先嘱咐过她，是"大家取笑儿"，同样也有了不同的理解。这到底是在暗示鸳鸯开始没把话说清楚，让人演戏却不告诉实情，还是在暗示自己聪明人装糊涂，同样可以有不同理解。

二

在刘姥姥扮演丑角的那瞬间，众人笑翻的场面，那种各具特色的生动形象，得到许多人激赏。教材批注4，也有意识引导学生去体会其中描写的妙处。而与之配套的《义务教育教科书教师教学用书 语文》（以下简称《教师教学用书》）给出了相关的分析。但这样的分析，又没能把前后的深刻性加以有机联系。也就是说，当刘姥姥在赞叹贾府用餐程序的合乎礼仪时，她们被刘姥姥引发的大笑，又恰恰是失态兼失礼的。只不过，当刘姥姥的搞笑让她们彻底打开自己紧绷的礼仪约束，她们由此获得了彻底放松乃至近乎癫狂的快乐，并且也让身处其中的刘姥姥遭受了精神伤害时，礼仪到底应该是让她"爱"还是不让她"爱"呢？或者说，她所感叹的"礼出大家"，也含有对自己在之前的笑剧中没有得到礼遇的些微遗憾或者不满吗？

与此相关的，还有关于作者对在场两位重要人物的省略交代。一位是李纨，另一位是宝钗。

从小说描写众人笑的场面看，作者以"独有凤姐鸳鸯二人撑着"来归结，似乎暗示了其他人都在笑。那么为何避而不写呢？《教师教学用书》关于宝钗给出的一个理由，是"在不写中写出了她的工于心计、故作端庄的大家风范，使人窥见了她未来女主人的面影"①。这样的解释，流于穿凿（当然，也有人认为不写就是说明这两人没笑，也没有判断的依据）。也许，因为这两人都是恪守礼仪的，所以如何来处理她们两人，如何在整体笑翻的场面中来让她们的存在没有违和感，让作者感到了困难，所以，他是换一种方式做了侧面补充。对于李纨，让她事先劝阻他们不要捉弄人，所谓："你们一点好事儿不做！又不是个小孩儿，还这么淘气。仔细老太太说！"而让薛宝钗在事后的林黛玉说笑中加以比较说，"所以昨儿那些笑话儿虽然可笑，回想是没味的。你们细想颦儿这几句话虽是淡的，回想却有滋味。我倒笑的动不得了"。也就是说，让两位最恪守礼仪的人，在围观这场喜剧中，也表明了自己的独特态度，使得这场捉弄人的整体喜剧效果，也就不再是铁板一块了，而是有内在的可能差异性的态度和立场。

但从教材的批注看，似乎并没有给学生留出多少别样理解的空间。当批注用刘姥姥的"积极配合"来跟她的言行做总结时，其实也是在呼应该教材的"阅读提示"，这段阅读提示是这样的：

> 社会底层的一个农家老妇，来到京城贵族之家，与上流社会的贾母、王熙凤等人一起进餐，闹出了很多笑话。这场"笑"剧，凤姐和鸳鸯是导演，有意策划，精心设计；刘姥姥是主角，积极配合，卖力"表演"，滑稽搞笑；贾母等人则是配角兼观众。作者通过雅与俗、庄与谐的对比，营造出强烈的喜剧效果。②

---

① 人民教育出版社课程教材研究所中学语文课程教材研究开发中心编著：《义务教育教科书教师教学用书 语文 九年级 上册》，人民教育出版社 2018 年版，第 328 页。
② 教育部组织编写，温儒敏总主编：《义务教育教科书 语文 九年级 上册》，人民教育出版社 2018 年版，第 135 页。

"积极配合",这是分析刘姥姥的基本定位,但这里已发生了概述的一个细节错误。刘姥姥其实并没有跟"王熙凤等人一起进餐",也许从泛泛的表述说,"阅读提示"的说法是没问题的。但当进餐的"一起"或者"不一起"恰恰成为小说中一个重要细节,并被刘姥姥拿来说事,其整体的意义就凸显出来。因为这个细节存在,说明整体性的分析其实是需要充分照顾到内部的差异性的,这是对大而化之的同一性的克服,这是获得的相似和相异协调起来的一种整体性,由此让我们对刘姥姥这一形象、对作品的基本定位或者艺术风格,有了新的认识。

三

在与教材配套的《教师教学用书》中,把刘姥姥"积极配合"的动机,解释为"为自己多争取点实质利益",认为贾府"将一个年过七旬的老人当作取笑的对象。而更令人可悲的是,这个老人却非常乐意配合"。[①]类似的分析,都是把刘姥姥理解得简单化的。虽然我们可以把一进荣国府和二进加以比较,来体会这一人物的丰富和复杂,理解其在具体情节结构中具有的意义,但对刘姥姥全面性的理解,也涉及对作者基本创作思想和风格的理解。这种理解,从整体性而言,更为关键,更具本质特性。

从作者的创作思想看,礼仪问题表面是刘姥姥进大观园的有关特定事件的感叹,其实也涉及作者对《红楼梦》全书的基本定位,即外在礼仪与内在情感的那种张力,并与"真""假"概念紧密结合起来。或者说,作者思考的是,"真"情与"假"礼关系的重构性。如果这是对"诗礼之家"必须思考的基本问题,作者又通过独特构思,提出了走出这种

---

① 参见人民教育出版社课程教材研究所中学语文课程教材研究开发中心编著《义务教育教科书教师教学用书 语文 九年级 上册》,人民教育出版社2018年版,第326—327页。

二元纠结的全新思路。他原打算是把刘姥姥和贾府最年轻的女性、王熙凤女儿巧姐联系在一起的，巧姐最后跟着刘姥姥来到农村，开始全新的生活。所以，来自底层的刘姥姥固然为生活所迫，可以忍受羞耻，但又不是毫无底线、没有一点尊严意识的。否则，把巧姐托付给刘姥姥，也许是会让人不放心的。但作者在这个问题上的处理，又相当艺术化。他没有描写刘姥姥的内心，只是通过鸳鸯和凤姐的反应来暗示读者，刘姥姥可能有话外之音，这样，也让刘姥姥的解释和鸳鸯的叮嘱的不自洽暴露出来，从而构成描写的一种反讽性。

反讽不是讽刺，也不是反话。反讽的话语可以让人在不同立场下，对人物整体有了不一样的理解，从而为全面深入理解小说，打开了更大的空间。但教材批注或者《教师教学用书》，似乎又把理解的空间狭窄化了。以"积极配合"来评价刘姥姥的言行，把整个过程视为一种不言而喻的客观事实，其实也就遮蔽了刘姥姥言行的复杂性。

不过当我们将巧姐的人生走向跟刘姥姥关联起来分析时，依据的主要是第五回的内容或者一些脂砚斋批语，在实际程印本的小说中，巧姐只是跟刘姥姥去了一趟乡下，躲开可能被拐卖的祸害，顺带跟一位大财主的儿子攀上亲后，又重返到贾府。这种结尾的不一致，似乎给我们整体理解人物带来了障碍。不少人曾以带点嘲笑的口吻说，当人们在主张《红楼梦》整本书阅读时，却没有意识到，《红楼梦》本身就是不完整的。

当然，我前面也提及，局部与整体的问题可以有辩证的思考。而对《红楼梦》来说，也有其特殊性。一方面，《红楼梦》的原作确实不完整，即使有人认为后四十回还是原作者所作，但也基本承认，只是一个残稿或者最初的草稿。另一方面，毕竟续作的程印本完整流传，已经二百多年，这种情形，可以让我们获得整体性的多重思考，即作为原著对人物命运安排设想中的整体性与程印本留给我们的实际整体性是有差异的。把这两重整体性加以对照，可以说，在小说重要女性命运的安排中，有两位女性的人生走向，是发生了根本改变的。其一是由刘姥姥引出的巧姐，从一条走向农村新世界的道路，折返回贾府了。其二是香菱，本来是悲剧的人生，翻转成了喜剧。

讨论后四十回与前八十回人物描写的整体性差异，当然可以有许多维度。但因为我们已经无法看到，与第五回判词或者脂砚斋评语等暗示的人物归宿一致的具体描写究竟如何，而只能从整体结构、从人物命运的本质特征来下判断。最近，也有人提出，可以从辩证思维来判断后四十回作者问题，即一些细节和前八十回预设一致的未必是作者原稿（因为续作者的拘束），不一致的反而有可能是作者手稿（作者对自己作品的处理相对比较自由）。这当然有一定道理，但涉及人物的价值观等原则问题，涉及作品思想的基本定位，这样的分析思路也许并不适用。

巧姐和香菱的结局处理，不但改变了作者的基本价值观，也让这种改变，用近乎儿戏的方式表现出来，让人实在难以接受。或许这正是说明了，在文学创作中，思想的平庸与艺术的拙劣往往是互为表里的。

最后需要说明的是，把"刘姥姥进大观园"放在高中《红楼梦》整本书阅读视野中来提升文本的整体分析，当然可以以此段落为聚焦，把第六回刘姥姥第一次进荣国府等相关内容全部梳理出来，或者通读全书，依托全部内容在小说整体中的跨度，来拓宽阅读分析的视野。但暂时立足于局部，意识到因为局部而带来的必然局限，在参透局部与整体的辩证关系中，获得一种深刻理解，这也未尝不是阅读长篇的一种路径。

（原文发表于《学语文》2022年第4期，
作者单位：上海师范大学人文学院）

从"鸳鸯抗婚"看《红楼梦》的叙事逻辑

俞晓红

"叙事逻辑"的概念出自法国学者克洛德·布雷蒙。布雷蒙认为,故事的基本序列有三个功能:一是"以将要采取的行动或将要发生的事件为形式表示可能发生变化",二是"以进行中的行动或事件为形式使这种潜在的变化可能变为现实",三是"以取得结果为形式结束变化过程"。根据布雷蒙的说法,"这些功能在序列中并不要求前一个功能发生以后,后一个功能一定要跟随发生",叙述者可以将它实现,"也可以将它保持在可能阶段"。[①] 既然三个"功能"的组合是和任何变化过程的三个"必然阶段"相适应的,那么我们也可以将故事进程中的三个必然阶段作为这三个功能的载体予以关联,也即可以直接理解为"可能—过程—结果"。以这样的逻辑为起点来阅读和分析文学作品,可以发现,那些经典的长篇小说,总是在不经意之间彰显它强韧的叙事逻辑,字里行间充溢着值得令人探究与沉迷的审美张力,让人读了又读,常读常新。《红楼梦》就是这样一部读之历久、悟之弥新的经典作品。本篇仅以"鸳鸯抗婚"情节为例作一阐析说明。

一

"鸳鸯抗婚"故事的主体发生在《红楼梦》第四十六回"尴尬人难免

---

① 参见[法]克洛德·布雷蒙《叙述可能之逻辑》,张寅德译,载张寅德编选《叙述学研究》,中国社会科学出版社1989年版,第154页。

尴尬事 鸳鸯女誓绝鸳鸯偶"，第四十七回又有半个章回的篇幅叙写了故事余波，因此可谓情节集中。

鸳鸯是一个"家生子儿"。所谓"家生子儿"，是对古时奴婢在主家所生子女的一种称呼。父母为奴，本身没有人身自由，其子女一落地便是天然的奴婢，终身依附主家，没有人的权利和自由，没有独立人格。小说第十九回，袭人声称明年家人将赎自己出府回家，因为她不是贾府的"家生子儿"；第四十二回平儿为鸳鸯是"家生女儿"而痛惜。偏偏这个家生的女奴，却有出色的容貌和轻盈的体态：细柔的腰身、瘦削的脊背，身段既袅娜又挺拔；鸭蛋脸儿高鼻梁，既是符合古代审美标准的脸型，五官又很有立体感；乌黑油亮的头发昭示她健康良好的体魄；腮上略有几点雀斑，是她美得真实、美得生动的证明，正如脂批所言"真正美人方有一陋处"[①]。

鸳鸯是贾府老太君身边的一等大丫鬟。她伺候贾母生活起居，管理贾母的钱财物品，敢于驳老太太的回，处事公平，在老太太眼中比小姐还强，是老太太的一把"总钥匙"（第三十九回）；她第一时间传达贾母的吩咐要求，来传贾母话，领宝玉请大老爷安（第二十四回），领话送果子给宝玉（第三十回），代替贾母送刘姥姥出府门（第四十二回），听命找出压箱的孔雀裘赏给宝玉（第五十二回），等等，可谓是贾母最忠实的传令官和执行者；她关注府中发生的重要事件，当邢夫人当众训斥王熙凤致其暗泣时，她能敏锐感知并暗中索因，晚间无人时汇报给贾母知晓，借此平衡邢凤之间的婆媳矛盾；她常常和熙凤搭档唱对手戏，高兴时与熙凤恣意调笑，螃蟹宴上要拿腥手抹凤姐儿的脸（第三十八回），又和熙凤共同主持短小的园内娱乐节目，联手戏耍刘姥姥，引发大观园"众笑图"（第四十回）；她也会助力琏凤管理荣国府，在当家的少爷奶奶资金短缺时，会应贾琏诉求，悄悄将贾母暂时用不着的金银器皿运出，押个

[①] 朱一玄编：《〈红楼梦〉资料汇编》，南开大学出版社2001年版，第334页。

数千两银子以维护荣府财政的正常运转（第七十二回）。因此，鸳鸯不独貌美出挑，且为人忠诚可靠，行事周密稳妥，是贾府首席大丫鬟，贾母的得力助手。

故事发生很突然。小说第四十六回用两句话结束林黛玉秋窗风雨之夜的凄凉与孤独之后，迅即转入"邢凤会谈"场面。这是贾赦逼娶鸳鸯事件的第一个阶段。邢夫人名义上是商议，实际是要借助凤姐的势，能够让贾母首肯此事。王熙凤直接拒绝，说出三个理由：一是老太太根本离不开鸳鸯伺候；二是老太太反对上年纪的长子贾赦娶一屋小妾，不仅误了他人、伤了己身，而且耽误做官；三是自己不敢去触碰老太太的忌讳。但邢夫人一向贪啬懦弱、刚愎自用，听不得逆耳之言；又自以为是，认为要先说动鸳鸯，不怕老太太不肯。这一场婆媳对话，反映出荣府内部的多重矛盾：贾赦渔色无度与贾母极端不满的母子失和境况，贾赦贪婪逼娶与邢夫人顺承自保的夫妻相处模式，邢夫人愚钝自是与王熙凤狡黠圆滑的婆媳交锋情状，以及心机玲珑的王熙凤对心气高傲的鸳鸯有可能恼羞成怒、迁怒于己的预判与预防，等等，无不描写得淋漓而细密。

经过一个小小的过渡，故事就进入"贾赦逼娶"的第二个阶段：邢夫人甘言利诱。邢夫人出了贾母处，径直来找鸳鸯。她拉着鸳鸯的手，笑容满面，从模样、性格、干净、温柔、可靠等多方面将鸳鸯满满地称赞了一番，将"老爷看重"、收作婢妾视为赐予鸳鸯的莫大恩典，并许诺一去就封为姨娘。婢妾制度作为封建贵族特权的一个组成部分，在清代是被国家法律认定因而是被允许和鼓励的，其本质仍是基于掠夺的奴隶制度的残存。在贾府这个贵族之家，婢妾称名并不复杂、级数也不算多，然而等级分明：最低等的是普通丫头，她们或买来（如晴雯），或家生（如鸳鸯），从最初的三等丫头做起，如今做到一等大丫头；普通丫头被主子看中，收而升为男性主子的通房丫头（俗称"屋里人"），她们或是男性主子的贴身丫鬟（如袭人），或是女性主子的陪嫁丫头（如平儿）；生下子女后的通房丫头会被主子升作姨娘（如赵姨娘）。在通房丫头和姨娘之间，有一个特例是"准姨娘"：王夫人让王熙凤按周姨娘、赵姨娘的待遇给袭人，但熙凤提议让袭人开了脸做屋里人，王夫人却没有同意。这是以普通丫头身份领着姨娘的薪资，虽未公开却是越级提拔，自是主子不寻常的恩典，因此黛玉、湘云要来道喜，袭人要去叩头谢恩。邢夫人告诉鸳鸯，鸳鸯一进门就封姨娘，给予越级提拔；并承诺过一年半载，生下一男半女，就再提拔一级，和自己"并肩"。"并肩"就是"同等"的意思，当然，这不是要让出嫡妻之位，也不是要抬鸳鸯当"平妻"，而是许给她高于赵姨娘、周姨娘一级，掌握实权的"姨太太"身份。邢夫人宣示：这是鸳鸯翻身当"主子奶奶"的绝好"机会"，一旦错过终生后悔；而若应允，则保管她"遂心如意"。

面对邢夫人的利诱，鸳鸯不予回应。于是逼娶故事进入第三个阶段：兄嫂劝嫁。先是邢夫人令鸳鸯的嫂子来说，继而贾赦又命鸳鸯的哥哥金文翔来劝。这一对夫妻也是贾府的家生子儿，既缺乏鸳鸯判断人品高低的眼光，也没有鸳鸯挺起脊梁做人的骨气，只以奉承贾赦、邢夫人为要，把贾赦逼娶鸳鸯一事视为"天大的喜事"，直言"当家作姨娘"何等"体面"。在贾赦的逼迫下，鸳鸯兄嫂轮番劝说轰炸，其行径无异于卖妹求荣，本质上暴露出家生奴婢与生俱来的人身依附特性和不能自主的悲哀。

金文翔夫妇无功而返，"逼娶"情节随即转入第四个阶段：贾赦躬亲逼凌。此前逼娶计划多由邢夫人出面执行，屡遭失败后，贾赦恼羞成怒，从幕后走到台前，露出狰狞面孔，威逼金文翔再去逼婚。他认定鸳鸯抗婚原因有二：一是恋着少年嫌弃自己年老，二是念着贾母疼爱，有朝一日外聘为正头夫妻。他因此大放狠话：如果贾赦大老爷要娶而不得，以后谁敢再要？即使将来外嫁为人正妻，又怎能逃脱得了自己的手心？除非鸳鸯死了，或是终身不嫁，否则一定要猎捕到手。鸳鸯由此陷入了绝境。

二

贾赦如此霸道，一定要娶鸳鸯为妾，表现出不达目的誓不罢休的残忍心性与狠绝手段，原因究竟何在？当然，首先是因为鸳鸯貌美。在贾府众多丫鬟中，鸳紫平袭齐肩，但可以充作人选的貌美丫鬟多而又多，为何贾赦盯住鸳鸯不肯放手？这是因为在貌美之外，鸳鸯还有两个独到的优势条件，是其他丫鬟所不具备的：一是鸳鸯能干，贾母的朝夕调教，与熙凤的日常交往，养成了她治家的资质和才干，而这一点又恰恰是邢夫人的弱项，一旦娶鸳鸯为妾，恰好能弥补正室理家的不足及其智能的缺憾；二是鸳鸯虽然地位卑下但位置特殊，全面掌管贾母的钱财物品，一旦娶做妾室，相当于握住了贾母财产的一把"钥匙"，为自己能够开箱取宝提供极大的便利，这才是贾赦试图娶鸳鸯为妾的根本原因。

这三个原因可以视为"贾赦逼娶"事件的三个目标，而以第三个目标为最重要的终极目标。由此可知，逼娶事件其实是一个阴谋、一个圈套。贾赦嗾使邢夫人、金文翔媳妇、金文翔先后出动，以模样好、性格温柔、办事可靠等为名，以"当家作姨娘"为饵来诱说鸳鸯，显然是贾赦为了欺骗的目的而行使的伪装，他所要掩盖的真相，是要借鸳鸯的渠道打着谋夺贾母私房的算盘，并终将打击二房势力，夺得治家权力。贾赦不惟好色，而且贪财，为了达成一己之私可以不择手段，他为了谋取石呆子的十几把扇子而致对方家破人亡，就是一个很好的例证。因此贾赦逼娶鸳鸯事件，是一桩显而易见的"恶行"，而且随着贾赦的步步紧逼，事件在不断"恶化"。贾赦声称，除非鸳鸯死了，否则逃不出他的手掌心：事件虽然还没有到恶的极致地步，但恶化的极端结果却已经可以预见。

鸳鸯面临的困境和所要解决的问题，是要在"逼娶"事件的恶化阶段，阻止它继续恶化，使事件得到改善。但鸳鸯的障碍有三：其一，鸳鸯以女奴而且是家生子儿的微贱身份试图对抗贵族权势之家的男性主子，对抗的权利与自由先天性缺失，这是一重障碍；其二，"嫁人"是女奴人生道路的必由之路，现在主子提供给鸳鸯一旦嫁人便翻身成为人上人的绝佳机遇，看起来是鸳鸯拒绝逼娶的一个不可越过的障碍；其三，鸳鸯生命中最大可能的倚仗是贾母，但在面对长子和女奴的对抗时，贾母也可能成为鸳鸯的障碍。

鸳鸯予以反击的"过程"有四个环节。第一个环节是低头不语。作为贾赦"逼娶鸳鸯"的同谋和助手，邢夫人先是甘言利诱，道喜、称赞之后，许以姨娘位置，并承诺不久后与自己并肩，又要告知鸳鸯的老子娘。因为事出突然，鸳鸯还没想好对抗办法的时候，她的策略就是始终不语，不表态。第二个环节是问策姐妹。鸳鸯在园中遇到平儿和袭人，此时她心意已决，不管贾赦给出什么诱惑，哪怕是"大老婆"的位置她也坚决不从。当平、袭二人出策，假说老太太已给了贾琏和宝玉，以此来搪塞贾赦时，被她断然否决。了解贾赦为人的平儿，担心老太太一旦西去，鸳鸯就会落到贾赦手中。此时鸳鸯"对抗"策略的思路逐渐清晰起来：守孝三年势必不能逼娶，"至急为难"时就剪发出家，终不然还有"一死"。第三个环节是叱嫂拒兄。因鸳鸯的嫂子是受邢夫人之命前来劝诱，所以她也是贾赦逼娶的帮凶。鸳鸯叱骂嫂子，是鸳鸯心志趋于明朗、决意抗婚到底的表现。贾赦再度派出鸳鸯之兄金文翔逼迫，鸳鸯"咬定牙不愿意"。贾赦获悉，恼羞成怒，推究鸳鸯抗拒的原因，并将她的去路全部堵死。

贾赦将"利诱"变为"威胁"，鸳鸯陷入绝境。于是对抗进入第四个环节：当众哭诉，铰发明志。鸳鸯听闻王夫人、薛姨妈等一众太太奶奶姑娘和几个大管家媳妇都在，认定这是一个能够抵御贾赦威胁、对抗可能成功的良机，故而"喜之不尽"。由于消除障碍的过程就是反击敌手的过程，鸳鸯要维护自我的人格尊严，就得舍得一身剐，主动控诉贾赦"逼娶"恶行的各种手段，并且宣布：不嫁人；侍奉老太太归西；寻死；当姑子去。这些悖逆常道的人生选择，桩桩都针对贾赦逼凌时的猜忌和威胁，没有一条可以为自己留下后路。为确保反击效果，鸳鸯发下毒誓，并且掏出藏在袖里的剪刀，打开头发就剪。

这是一种很具风险的方法，但却是极具成效的方法。一方面，鸳鸯将一桩正在实施的恶行，暴露在荣府太太奶奶小姐和有头脸的大管家媳妇们面前，令她们猝不及防，惊诧莫名，这为鸳鸯赢得了良好的舆论氛围；尤其是那位权位至高的老太太，本来就对胡子花白的大儿子成日家和小老婆喝酒十分不满，现在对他算盘打到自己头上更是无法容忍，况且鸳鸯的当众揭露使她没有任何转圜的余地。另一方面，平日里以老太太一等大丫鬟身份，与在场诸位太太奶奶小姐和大管家媳妇们周旋，办事稳妥、为人温和的鸳鸯，此际偏以被霸凌、被欺辱的弱者角色大放悲声，赢得了众人的怜悯；而鸳鸯又发誓赌咒，堵住了自己的所有退路，让贾赦所有的逼凌手段都失去了重量。显然，鸳鸯抓住机会，采用"置之死地而后生"的方法，"反击"获得成功，障碍暂时消除，处境得到改善，"恶化"没能完成。鸳鸯因此避免了一个"错误"的发生。

三

众人对此事的反应延长了"结束变化过程"的时间，使得故事的讲述从情绪紧张期进入了情绪舒缓期，场面仍然热闹，情节还有跌宕，情绪则由张到弛。这一阶段又有六个环节。

其一是贾母揭底。鸳鸯反击见效，最主要的原因是成功争取到贾母的支持。贾母一听鸳鸯的哭诉，立刻知道长子长媳逼娶鸳鸯行动的目标是自己的钱财，所以气得浑身乱战，痛斥这种"弄开了他，好摆弄我"[1]的算计，并迁怒到次媳身上。贾母点破儿子媳妇表面恭顺、背地盘算的

---

[1] （清）曹雪芹著，（清）无名氏续：《红楼梦》，人民文学出版社2008年版，第624页。

虚伪和欺骗，公开承认自己对鸳鸯好，并将这种信任置于长子长媳之上，等于宣告了自己的价值立场。老太太的迁怒，也可以视为一种超越打击对象范围的警告，昭示了荣府最高权威地位的不可动摇性。

其二是探春辩冤。老太太错怪了人，其他人或不便辩解，或不敢辩解，唯有探春走出来，赔着笑，用两个反问句、一个让步句向贾母进言，轻轻巧巧解脱了王夫人的冤屈，将场面尴尬化为乌有，贾母立刻笑转过来，以在薛姨妈面前称赞王夫人的方式，为自己怪错人当众道歉；见薛姨妈有保留的话语、王夫人又不吭声，老太太又以让孙子下跪方式逼二儿媳表态。这就是叙事高手对"场面"的掌控艺术，他调动了在场的大多数人来应和故事主角，从而不至于让鸳鸯用以把握反击时机的场面冷淡无趣。

其三是熙凤调侃。荣府什么事情是能够落下王熙凤的呢？当贾母话锋转向熙凤时，熙凤以老太太会调理人，将丫鬟调教得如此优秀，怨不得男主子要娶为妾为由，"曲线逢迎"，进一步化解了贾母的怨怒；当贾母故意让熙凤带去给贾琏做妾时，熙凤直接拒绝，说贾琏只配焦面黑颜的自己和平儿与他混，不配娶样样出色的鸳鸯为屋里人，在抬高鸳鸯地位的同时，终令贾母心花怒放。熙凤轻松运揶揄于自贬，化风险于无形，彻底改善了场面的尴尬，一场酝酿于暗夜中的罪恶在阳光下消融殆尽。

其四是贾母责媳。好巧不巧，邢夫人偏在这时来请安，众人皆找借口避退了。贾母开口便批评长媳贤惠过度，由着子孙满眼的丈夫闹小性子；继而摆列鸳鸯的种种好处：体贴周到，能将自己的生活安排得妥帖恰当，不用长媳次媳操心，值得信任，不能放离；最后退一步，让长媳转告贾赦，一万八千地花钱另外买妾去，只不许打鸳鸯的主意。说完，也不等邢夫人有什么反应，直接叫人请回薛姨妈和众小姐回场斗牌。贾母的精明在此又一次体现：面对邢夫人，斥责的确是斥责，却丝毫不提贾赦夫妇逼娶鸳鸯的动机与目的，给他们留一点体面，不去扒他们的画皮，避免婆媳矛盾面对面爆发，也将长子的"恶行"轻轻揭过。

其五是众人斗牌。玩牌前的一段对话非常有意味。薛姨妈笑着递话："就是咱们娘儿四个斗呢，还是再添个呢？"她这是提醒老太太要叫鸳鸯上场，却不明说。王夫人秒懂其意，配合薛姨妈说："可不只四个。"凤姐儿火上加柴，说："再添一个人热闹些。"三次铺垫后，贾母果然顺话发令："叫鸳鸯来，叫他在这下手里坐着。"[①]品读作者讲述故事、写人心理的艺术，读者完全可以说一句：此处应该有掌声！鸳鸯上场后的表现，再次证明：贾母须臾离不开鸳鸯！没有鸳鸯伙同熙凤作弊，贾母赢钱的快乐从何而来？而整个斗牌过程中，邢夫人宛如透明人，作书人对她不置一词，这就更加凸显了贾母等人对"逼娶"行动的态度立场，鲜明地表达出作者的价值指向。

其六是贾赦买妾。在知道鸳鸯的反击强度和贾母的否决力度之后，贾赦羞愧难当，推病不见贾母，花了八百两银子另买了一个丫头做屋里人。第十九回袭人与宝玉对话表明，不仅袭人自小卖到贾府是几两银子的身价，她那两位表姐妹已经17岁，如今想要，也不过花几两银子就能买来；而贾赦买妾，竟要付出近百倍的银两。在这个贵族之家已经入不敷出、内囊尽倒的境况中，荣府大老爷为了遮人耳目、满足私欲而大肆挥霍，生活奢侈糜烂一至于此，其他男性主子也多是斗鸡走狗、荒淫无耻之徒，贾府焉得不败？因此这一情节，也为小说所表达的封建贵族之家由盛而衰的悲剧主题做了最好的注脚。

阐析"鸳鸯抗婚"情节，意义有三。一是可以领略小说叙事逻辑的完整性和有效性。纵览"鸳鸯抗婚"事件的整个过程可知，《红楼梦》正是遵循"可能—过程—结果"的逻辑来展开叙事的。作者以"邢凤会谈"为前奏，向读者展示了一桩欺骗恶行"可能"发生的态势；从邢夫人甘言利诱开始，欺骗行动持续恶化，又因鸳鸯的反击而得以改善，故事展

---

① （清）曹雪芹著，（清）无名氏续：《红楼梦》，人民文学出版社2008年版，第628—629页。

开了一个逶迤曲折的"过程",其中鸳鸯"当众哭诉"是情节的高潮;随后进入故事收束阶段,这一阶段也延缓了情节节奏,至贾赦"买妾",行动截止,故事才告终结。读者自可由近及远,由局部而知全体,懂得如何从叙事逻辑视角观照《红楼梦》的整本书阅读。

二是可以体悟小说悲剧主题的实然性和潜隐性。贾赦年过半百,渔色无度,对少女鸳鸯威逼利诱,不达猎捕目的誓不罢休,贪鄙无耻之至,是荣府后来事败抄家的主要原因。昏聩懦弱、自私狭隘的邢夫人助纣为虐,也助力了荣府的落败进程。从这一点上看,有如"二尤之死"证成了贾珍、贾琏的荒淫无耻一样,"鸳鸯抗婚"证成了贾赦、邢夫人的膨胀私欲,而男性主子的这些堕落与腐朽,都是这个钟鸣鼎食之家、诗礼簪缨之族走向没落的助跑器。读者自可以小见大,以一斑而窥全豹,感知全书其他相类似情节之于主题表达的共振作用。

三是可以品味小说语言艺术的生活化和个性化。这一情节用短短一回半的篇幅,叙述了一个完整故事,其肖像描写简笔勾勒,纯净朴素,出神入化,对话描写则个性鲜明,自然传神,如在目前。鸳鸯的自尊自爱、机智刚烈,熙凤的机变诡谲、转圜周旋,探春的敏捷机灵、敢说会辩,贾母的明抚暗防、精明老到,以及平儿的心思细密、袭人的虑事周到、薛姨妈的世故机巧等,都在小说的叙事进程中得到或深或浅的体现。读者也可以少总多,见片段而覆全书,赏析《红楼梦》整本书的语言魅力。

(原文发表于《学语文》2022 年第 5 期,作者单位:安徽师范大学文学院)

无可挽救的颓败，无处安放的青春
——整本书阅读之《红楼梦》[①]

余党绪

一、死活读不下去，该怎么办？

2013年6月，广西师范大学出版社发布过一个"死活读不下去排行榜"，排在第一的就是《红楼梦》。此外，四大名著的其他三部也榜上有名。对这个榜单，我一直存有疑虑。从可读性看，四大名著应该不至于"死活读不下去"，尤其是后三部，以我青少年时代的阅读经验，似乎说"死活不想放下"才确切。至于《红楼梦》，理解难度确实很大，但可读性还是很强的。笔者在给詹丹教授《重读〈红楼梦〉》的书评中这样写道：

> 《红楼梦》是一本可以从任何地方进入的书，但在全书面前，我们却常有一种门都摸不到的迷惘。坦率地说，探寻《红楼梦》的"整"，是一件吃力不讨好的事情，远不如领着学生玩味具体的人物或情节来得开心。但问题在于，如果没有"整"的意识与眼光，局部的咀嚼与分析又有什么意义呢？整本书阅读的价值又在哪里？最坏的可能是，细部的咀嚼越透，离开《红楼梦》越远。[②]

[①] 本文所涉《红楼梦》原文，均引自中国艺术研究院红楼梦研究所校注，（清）曹雪芹著，（清）无名氏续《红楼梦》，人民文学出版社2008年版；所有分析都基于这个版本，而不局限于前八十回。敬请理解。
[②] 余党绪：《整本书阅读还得在"整"字上下功夫——詹丹〈重读《红楼梦》〉读后有感》，《中华读书报》2020年9月16日。

"可以从任何地方进入",正说明了《红楼梦》的可读性。在我看来,《红楼梦》的问题,主要不在于"读不下去",而在于"读不进去";更难的,是"读不出来",达成对"整本书"的把握与理解。整本书阅读,其要恰在一个"整"字。

　　不过,即使学生真的"死活读不下去",我们也还是要想方设法引导他们读下去。首先,这自然是因为《红楼梦》的整本书阅读已是新教材中的一个单元,是学生必须面对的学习任务。尽管对此争议颇多,但作为一线老师,还是应该尊重和落实教材的安排。其次,这里也涉及一个教育的观念问题。几十年来,在知识相对主义和学生绝对主体的思潮影响之下,我们特别强调学生天然的、感性的、个体意义上的兴趣,而对于社会发展与知识进步所召唤的理性意义上的志趣,我们的重视程度远远不够。从兴趣到志趣,需要教师的引导、开发与培养。整本书阅读推行三四年了,还有些老师以"学生不感兴趣"为由抵制这个任务群,或者消极怠工,这与落后的教育观念密切相关。兴趣有不同层次,感性意义上的兴趣固然可贵,而理性意义上的志趣更能持久,社会意义上的志趣或更有价值。学生对《红楼梦》感兴趣固然可喜,但《红楼梦》的整本书阅读不能建立在学生天然的兴趣之上。《红楼梦》成为教学的内容,取决于这部伟大经典所蕴含的文化价值及其教育价值,而不取决于某个专家或某些学生的兴趣。听任学生的兴趣,这恰恰是教育者的失职;培养学生的志趣,才是教育者的天职。在整本书阅读上,或许我们该换个思路,不要片面地强调和依赖学生的兴趣,而是通过有效的引导和开发,让学生"读出兴趣来"。如果通过教学,学生能够通读全书,并达成一定程度的理解,甚至还能培养出一些《红楼梦》乃至传统文化的热爱者,整本书阅读教学的目标也就达成了。最后,这里还涉及一个阅读的观念问题。"死活读不下去",这可能是一个事实判断,但绝非价值判断。一本书的价值,与它好不好读并无必然关联。读不下去的,甚至一读就厌的,未必不是好书;相反,读得酣畅淋漓的,也未必就是好书。我们对一本经典不感兴趣,除了受个体的心理与性格特点影响外,更主要的恐怕还在于我们缺乏与经典相匹配的价值诉求、知识储备和思维素养,更需要的是自我反思与自我完善。

在这个意义上,我要说,《红楼梦》是一本死活都该读下去的书。

为什么要读《红楼梦》呢?讨论《红楼梦》价值的著作可谓车载斗量,争议也大。詹丹教授用五个"最"来表达,断语比较中肯,也容易理解:人物最多样、情节最独特、思想最深刻、情感最饱满、文体最丰富。[①]五个"最"都是站在小说艺术的角度来界定的,这一点,也与《红楼梦》的整本书阅读要求相合。《红楼梦》终究是一部文学经典,在古典小说这个领域,它的价值不仅是独一无二的,也是登峰造极的。以文学研读为核心,再延及《红楼梦》的文化价值与社会意义的探索,当为恰当与可行之路。

于高中生而言,《红楼梦》的阅读大可不必求细求深,追究所谓的"微言大义",或者沉溺于玄虚的"色空""好了""虚无"之谈。主要任务有两项:一是通读全书,读原著,读整本,最好还能在相对集中的时段内通读,以形成完整的阅读初感;二是在此基础上,达成一些总体性、通识性、共识性的理解。《红楼梦》的文本之复杂,远非一般阅读所能透视,而红学研究的学派之多、学说之杂、观点之多与争论之巨,也不是一般读者所能把握。对于《红楼梦》与学生认知水平之间的距离,我们应有足够的认识与理性的评估。因此,有必要研读一些公认的红学研究成果,梳理出《红楼梦》研究中的那些通识性与共识性的内容,以此作为教学的基本内容。同时,重点放在全书的总体把握上,至于文本的细读与深度研究,要服从于通识与共识的达成,不宜随意扩张,万不可陷入烦琐解读的汪洋大海之中。

---

① 参见詹丹编著,查清华主编《红楼梦精读》,上海教育出版社2021年版,"导言"第2—15页。

《红楼梦》阅读，一方面需要加压，但同时也要给学生减压。除了学业负担上的压力，还有阅读心理上的压力。即便是终身致力于红学研究的人，面对《红楼梦》这个迷宫似的文本，也常有"吾生也有涯"之叹。俞平伯先生晚年感慨《红楼梦》"越研究越糊涂"[①]，大概也不是谦虚之辞。高中生中自然也不乏红楼爱好者，甚至也不乏个别人读得熟读得深，但万不可将这些特例作为教学的参照；教师中更不乏"红"迷"红"粉乃至红学专家，但不要忘了我们的教学对象是中学生。自己读得深，只是教好学生的前提；能不能教好学生，还要看我们能否在宏观上准确把握《红楼梦》的内容与意义，同时在具体的课程与教学设计中能否删繁就简，深入浅出。

在具体的阅读过程中，教师还要做好阅读管理与指导工作，包括兴趣的激励，进程的管理，效果的反馈，以及必要的方法指导。为了保证阅读与理解的效果，可以设置一些任务，提出一些问题，安排一些有利于阅读与思考的情境。当然，也可提供一些辅助性的阅读工具，比如主要人物关系表、贾府地理空间图等。

总之，读书是起点，读书是基础。不读书，整本书阅读就是一个伪命题。

二、小说内容多，重点是什么（上）

《红楼梦》并不难读，读完了像一团乱麻，却是很多人的共同感受。这就需要我们对《红楼梦》的核心内容有一个总体把握。有了总体把握，就像有了一个导航仪，阅读与学习就有了明确的方向。需要说明的是，这个核心内容的确定，主要是为了中学的整本书阅读教学，为了避免教

[①] 转引自何其芳《没有批评就不能前进》，载董志新整理校订《何其芳论〈红楼梦〉》，白山出版社2009年版，第116页。

学中的混沌与芜杂。事实上,《红楼梦》的阅读绝不可能一网打尽,也不可能毕其功于一役。界定它的核心内容,不是为了把阅读的大门关上,而是为学生反复的、不断的阅读提供一个相对合理的基础框架。

我把《红楼梦》的核心内容界定为"无可挽救的颓败"和"无处安放的青春"。

"无可挽救的颓败",首先是针对贵族大家族而言的。贾府,是《红楼梦》叙事的主要空间,其中从第十七至十八回"大观园试才题对额 荣国府归省庆元宵"开始,很多情节都发生在大观园,大观园也是贾府的一部分。其次,"无可挽救的颓败",也是针对"康乾盛世"乃至整个封建社会而言的。从《红楼梦》的宏观架构看,不能不说,曹雪芹有一个野心,那就是以个人的命运来透视家族的命运,以家族的命运来透视时代的命运和社会的命运。

贾府算得上标准的豪门大族。政治上,贾家本是功臣勋旧,又因元春封妃而跃升为皇亲国戚。而且,贾家通过与史、王、薛等王公贵族的结交和联姻,编织了一张神通广大的权贵关系网,可谓煊赫一时。经济上,府第华贵,生活奢侈,田产遍地,逢年过节还有皇家的恩赏。文化上,簪缨世家,讲究尊卑贵贱,重视人伦秩序。贾府的规矩特别多,特别大,特别细。吃有吃相,坐有坐相,连林黛玉这样的贵族小姐都要谨小慎微;贺吊往还,晨昏定省,节庆礼仪都有讲究。看贾府男人众生相,虽然乌七八糟,但他们都讲究"孝悌"。对老祖宗,低眉顺眼;长辈说话,说一不二。代儒揍贾瑞,贾政打宝玉,贾珍啐贾蓉,贾赦揍贾琏,谁敢皱个眉头?贾环是个坏小子,可宝玉说话,他不得不屏声静气地听;见了宝玉,也不得不低眉顺眼地肃立。这就是封建社会的人伦关系,这就是礼教所信奉的理与恪守的礼。

《红楼梦》叙写的,就是这样一个显赫家族的颓败过程。鲁迅先生说到他的家庭变故时有一段很有影响的话:"有谁从小康人家而坠入困顿的么,我以为在这途路中,大概可以看见世人的真面目……"相比之下,贾家的衰败落差更大，败得也更为彻底。贾府的起点很高，荣、宁二公大概属于"打江山"的那一拨功臣，"自国朝定鼎以来，功名奕世，富贵传流"（第五回），挂在"贾氏宗祠"的那个匾额，衍圣公书写的"肝脑涂地，兆姓赖保育之恩；功名贯天，百代仰蒸尝之盛"（第五十三回），也渲染出了这个家族非凡的背景。不过，这样的煊赫，只是我们理解贾府衰败的远景；此时的贾府今非昔比，经过了近百年的销蚀与耗损，表面的繁华虽能勉强维持，而内囊却已日渐空虚，早已失去了昔日的气象与活力。但是，"百足之虫，死而不僵"，元春封妃又一次将贾府带到了"烈火烹油、鲜花着锦"的巅峰，不由得让贾府的权贵们燃起了"中兴"的希望。但悲哀的是，这样的繁荣不过是回光返照而已，贾府积重难返，病入膏肓，其颓败之势，无人能够扭转，终至于"树倒猢狲散""落了片白茫茫大地真干净"。这是贾府的命运走势图，也是小说主要情节的走势图。

贾府何以衰败？这就是《红楼梦》整本书阅读必须思考的第一个大问题。这个问题似乎不难，但凡读过小说的人，凭常识就能发现一些显而易见的原因，比如贾府的奢华与铺张，贾家子弟们的放荡与堕落，王熙凤等人的中饱私囊和操纵官府，等等。其实，曹雪芹也不卖关子，第二回就借冷子兴的嘴巴，直截了当地陈述了贾府面临的两大危机：财务危机与接班人危机。小说写道：

> 如今生齿日繁，事务日盛，主仆上下，安富尊荣者尽多，运筹谋画者无一；其日用排场费用，又不能将就省俭，如今外面的架子虽未甚倒，内囊却也尽上来了。这还是小事，更有一件大事：谁知这样钟鸣鼎食之家，翰墨诗书之族，如今的儿孙，竟一代不如一代了！

但是，阅读的价值，绝不仅止于接收作家告诉你的那些信息，重要的是挖掘文本所隐含的信息，推断作家没有直接告诉你的那些信息。有时候，那些没说出来的，才是作家真正想说的。一个真正的阅读者，绝不会被表面的信息遮蔽，他会穿越语言的迷雾，发掘文本的言外之意，弦外之音。这也是海明威的"冰山理论"的精髓之所在吧。曹雪芹是叙事艺术的高手，他显然也承认上述因素在贾府衰败过程中的作用，但他的理解和寓意绝非仅止于此。如果将贾府的衰败简单归结为贾家的享乐挥霍与道德污点，《红楼梦》与"三言两拍"又有什么不同呢？

　　曹雪芹将思考的目光投向了更为深远的社会与文化。他当然看到了人的性格与道德的局限性，但可贵的，是他看到了人与制度、人与文化的互动与纠缠，由此他也看到了煊赫的贾府在制度与文化的巨大力量面前，其实是多么渺小和虚弱，而那些挥霍和透支生命的没落的公子王孙们，其实是多么可怜与可悲。

　　贾府的衰败是无可挽救的，因为它所面临的矛盾是自身无法克服和解决的，它无法超越社会所设定的游戏规则，也无法离开文化对人的设置。与其说贾府葬送了自己，不如说它也是这个制度与文化的祭品而已。

　　我将导致贾府衰败的原因归结为"五个一"。我们可一一分析每个原因的不可抗性。

　　一个制度。贾府的衰败之所以必然，首先是因为一个制度的存在，它将贾家推向顶峰的同时又暗藏下灭亡的种子。这就是所谓的"降等世袭制度"，所谓"君子之泽，五世而斩"。小说介绍贾家与林如海时，都提到了这些信息。小说第二回写道：

　　　　……原来这林如海之祖，曾袭过列侯，今到如海，业经五世。起初时，只封袭三世，因当今隆恩盛德，远迈前代，额外加恩，至如海之父，又袭了一代；至如海，便从科第出身。

　　林家也面临接班人的问题，好在林如海通过科考，以"科第出身"

续上了家族的富贵。后来因病早亡，且膝下无子，终致林家彻底败落，该另当别论。贾府也是如此。且看荣国府，自贾源、贾代善到贾赦，一路递减，到了贾赦，其爵位仅为"一等将军"。清朝世袭制度非常复杂，但核心有两点：一是给予功臣以世袭的特权；二是逐代降等继承，以至于平民。理解这一点，对于理解贾府的衰败非常重要。封建统治者视天下为私产，要"打天下"，要独霸江山，就要笼络一帮人为他卖命。那么，他靠什么来激励这些人？当然是封官许愿，许以特权。但同时，特权阶层的长久存在，又会给专制统治带来威胁。像《水浒传》里的柴进，手握丹书铁券，动辄"为非作歹"，而官府竟拿他没办法。因此，帝王们一定会想方设法收回那些恩赐给功臣的特权。这就决定了"降等"的必要性。"降等世袭制度"的内在逻辑，是由专制统治的性质所决定的。在贾府的衰败过程中，这是一种隐性的、缓慢的但却持续不断发挥作用的力量，它在根本上决定了贾府不断颓败的命运走势，即使偶然跃升为皇亲国戚，即使幸运地出现一两个"中兴之主"，也挽救不了其衰败的命运。当我们在考察其他衰败的因素时，万不可忽略了这个隐性因素的无所不在的作用。

一个靠山。贾府看起来是有"中兴"机会的，进而摆脱"百足之虫，死而不僵"的状态，这就是元春封妃。但是，当元妃把荣国府的荣光推到极点之时，祸根也随之埋下了。秦可卿说"登高必跌重"，可谓有先见之明。元春贵为皇妃，风光无限，但其实也不过是皇帝众多女人中的一个，不过是宫廷政治中的小棋子。有很多专家推断，曹雪芹笔下的元春可能死于宫廷斗争。其实，即使元春不是死于非命，她的青春，她的美貌，她得到的恩宠，又能持续多久呢？可见，元春受宠是偶然的，是短暂的，是不可控的，而推动贾府颓败的力量，则是源源不断和不可抗拒的。

一个窟窿。贾府的经济状况总体上是入不敷出，捉襟见肘。以前我们更多将这个"窟窿"归因于贾府的排场与浪费，但这并不能完全解释贾府的经济短缺问题。作为贵族，他们有权不事生产，有权挥霍享乐，在降等世袭制度下，其结果必然是坐吃山空。他是贵族，必须有贵族的排场，必须有大家族的体面。秦可卿之死、元妃省亲、清虚观打醮，贾府祭宗祠，与其说是讲排场摆阔气，还不如说他们只是按照贵族该有的样子行事而已。秦可卿丧礼是小说浓墨重彩描写的第一场丧礼，其奢华铺张的确让人叹为观止。一个贾府的重孙媳妇，丧礼何以如此风光？贾珍与她的特殊关系固然是一个不可忽略的因素，但并非全都因此。说到底，其奢华也还在当时的社会风俗与文化观念的限度之内。贾珍对秦氏再有感情，也不至于完全无视礼仪之界限，肆意妄为，给人留下话柄。礼教的一个虚伪之处正在于，你可以在实质上违背它，但表面上还得恭恭敬敬。

贾府要省吃俭用，不仅他们的价值观念不允许，现实的社会处境也不允许，这就是贾府面临的尴尬与无奈。下面是当家人王熙凤的话，虽然不乏虚矫和夸饰，但还是可以揣摩出她的苦衷和无奈：

> 你知道，我这几年生了多少省俭的法子，一家子大约也没个不背地里恨我的。我如今也是骑上老虎了。虽然看破些，无奈一时也难宽放；二则家里出去的多，进来的少。凡百大小事仍是照着老祖宗手里的规矩，却一年进的产业又不及先时。多省俭了，外人又笑话，老太太、太太也受委屈，家下人也抱怨刻薄。若不趁早儿料理省俭之计，再几年就都赔尽了。（第五十五回）

王熙凤也尝试节省开支，结果不仅招致家人的忌恨，让老太太、太太受委屈，还让外人笑话。她说骑虎难下，基本是真情。贾府的经济窘窘，靠王熙凤管家是解决不了的，靠贾探春的兴利除弊是无能为力的。她们既不能阻止贾府的奢华与铺张，也无法让贾府上下开源节流，创造财富。

  一群废物。冷子兴说贾府"安富尊荣者尽多，运筹谋画者无一"，指的主要是贾府的男人们。从贾敬、贾赦这一辈，到贾珍、贾琏这一辈，再到贾蓉、贾蔷这一辈，总体来看，这个群体又堕落又无能，一代不如一代，真可谓一群废物。但其实，废物何止贾府的男人们？小说还塑造了一个呆霸王薛蟠的形象，吃喝嫖赌，为非作歹，打死人就当没事儿一样。可见贵族男子群体也不过如此。这个群体不仅享有一般意义上的社会特权，还享有世袭的贵族特权。作为男人，男尊女卑是自然的，三妻四妾也是明目张胆的；作为贵族，四体不勤，五谷不分，还享乐成性，仆从成群。看看怡红院，香粉腻脂，依红偎翠，对于一个青春期的男性来说，这样的生活环境是多么荒唐！此外，贾府的特权还表现在权贵一体，互相勾结，营私舞弊。小说屡屡写到王熙凤、贾赦、贾琏等人操纵官府的行为。有个细节，颇有意味：

  察院坐堂看状，见是告贾琏的事，上面有家人旺儿一人，只得遣人去贾府传旺儿来对词。青衣不敢擅入，只命人带信。那旺儿正等着此事，不用人带信，早在这条街上等候。见了青衣，反迎上去笑道："起动众位兄弟，必是兄弟的事犯了。说不得，快来套上。"众青衣不敢，只说："你老去罢，别闹了。"于是来至堂前跪了。（第六十八回）

  旺儿不过是贾府的一个仆从，差役们竟然逡巡而不敢过府捉拿，足见贾府的威势是何等煊赫。特权必然导致人的腐败与堕落，这既是人所共知的常识，也是个颠扑不破的真理。我们不能指望贾府的人自觉地拒绝特权，自觉地抵制特权，我们当然也不能指望他们幡然自新，重振家业。生活在一个造就废物的土壤里，怎能指望贾府的子弟们闻鸡起舞，击楫中流？

在世俗的意义上，贾宝玉其实也是个废物，小说说他"潦倒不通世务""富贵不知乐业，贫穷难耐凄凉""于国于家无望"并非虚言。小说第六十二回写宝玉对探春"新政"的评价，可见出其"废物"的底色。连黛玉都看到了贾府的"出的多进的少，如今若不省俭，必致后手不接"，而贾宝玉却笑称："凭他怎么后手不接，也短不了咱们两个人的。"这样的无知、麻木与糊涂，连林黛玉听了都不以为然，"转身就往厅上寻宝钗说笑去了"。

一个窟窿，窟窿只会越来越大，越来越多，而填补窟窿的人却越来越少。

一堆矛盾。《红楼梦》的情节集中在这一堆矛盾之上。单就贾府的内部关系看，这里有父子矛盾、妻妾矛盾、嫡庶矛盾、主奴矛盾等，这些错综复杂的矛盾推动着小说的情节发展。在小说中，不乏寡廉鲜耻的丑恶，如贾珍贾蓉父子聚麀；也有惨无人道的罪过，如王熙凤害死尤二姐；还有阴暗毒辣的计谋，如赵姨娘勾结马道婆施魔法毒害王熙凤贾宝玉；等等。但总体来看，小说写的大多还是生活琐事，是大家族的日常生活，即便有很多龌龊，也多是茶杯里的风波。毕竟贾府向以"慈善宽厚"誉世，那父慈子孝、惜老怜贫、恩多威少、礼出大家等赞语，也不都是白说的。贾政打宝玉，贾赦讨鸳鸯，贾琏勾搭鲍二家的、偷娶尤二姐，王夫人逼死金钏儿、抄检大观园……诸如此类，现代读者读这些情节，禁不住感慨贾政之残暴、贾赦之无耻、贾琏之淫邪、王夫人之狠毒。但你仔细想想，他们的言行僭越了各自的身份了吗？他们滥用了他们的权力了吗？答案是没有。贾政希望儿子走正道，考科举，承家业，有错吗？忍无可忍揍他一顿，那是父亲无可置疑的权力。贾赦讨鸳鸯，虽然冒犯了老祖宗，但正如邢夫人所说："大家子三房四妾的也多，偏咱们就使不得？"（第四十六回）三妻四妾，这是贾赦天然的权力，不过讨要的对象不太妥当罢了。贾琏好色贪淫，在老太太看来却也平常："什么要紧的事！小孩子们年轻，馋嘴猫儿似的，那里保得住不这么着。从小儿世人都打这么过的。"(第四十四回)真要追究起来,贾琏没大错,错倒在王熙凤吃醋上。王夫人对金钏儿、晴雯、芳官、四儿等一众丫鬟大发淫威,行使的也不过是主子的权力。她有权这样做,虽不免严苛,但也事出有因。

一方面是荒淫无耻,另一方面却是道貌岸然;一方面是赶尽杀绝,另一方面则是温情脉脉。我们不禁要问:曹雪芹塑造这些多面的人物,编织这么复杂的故事,他意欲何为?他到底想寄托和表达什么?

赵姨娘的形象或有助于我们理解曹雪芹的创作意图。曹雪芹应该也是厌恶赵姨娘的,无意为她辩护。正因如此,那些隐藏在文本中的秘密才值得我们挖掘和揣摩。且看小说中的两个细节:

(王熙凤:)……环兄弟小孩子家,一半点儿错了,你只教导他,说这些淡话作什么!凭他怎么去,还有太太老爷管他呢,就大口啐他!他现是主子,不好了,横竖有教导他的人,与你什么相干!环兄弟,出来,跟我顽去。(第二十回)

(王熙凤:)老三还是这么慌脚鸡似的,我说你上不得高台盘。赵姨娘时常也该教导教导他。……(王夫人:)养出这样黑心不知道理下流种子来,也不管管!几番几次我都不理论,你们得了意了,越发上来了!(第二十五回)

对照一下王熙凤与王夫人的话,也许就不难理解赵姨娘的处境了。对于亲生儿子贾环,赵姨娘该不该管教呢?王熙凤一会儿说她不该管,一会儿又怪她不管教;而王夫人直接开骂,骂的是她未尽管教之责。可谓管也不是,不管也不是,无所措其手足。说到底,这个卑微而不安守本分的女人,不过是王夫人、王熙凤的出气筒罢了。归根到底,她不过是贾府的一个奴才而已。

无论赵姨娘天性中有多少"阴微鄙贱"的因素，归根到底她都是一个被礼教与环境扭曲的人物。赵姨娘的尴尬在于她的"半主半奴""又母又奴"的身份。在礼教秩序下，赵姨娘跟贾环、探春之间的母子关系是生物意义上的，在社会意义上他们依然是主奴关系。对于贾府而言，她就是一个传宗接代的"子宫"。王熙凤虽然刻薄，但她的话并没错，赵姨娘原本无权管教贾环。探春眼里只有"姨娘"，没有母亲，更没有赵国基这个舅舅，也没什么错。在这里，我们能否看出文化与生命、礼教与天性的矛盾呢？这不就是"存天理，灭人欲"吗？为了恪守礼教，就必须牺牲母子间天然的不可分割的联系。这究竟是个人的道德缺陷，还是文化礼制的罪过？在小说中，赵姨娘的确是个令人生厌的角色，从头到尾，没说过一句体面话，没干过一件体面事；但作为一个有血有肉的人，她有没有自己的苦衷呢？我们可以厌弃她，却不能不思考曹雪芹塑造这个形象的用心，不能因为道德和审美上的洁癖而放弃我们的追问。

父子之间、妻妾之间、嫡庶之间、主奴之间，封建礼教都给予了一套严格的说辞与规制，旨在建设一个尊卑有序、贵贱分明、内外有别的社会。但是，这些人际关系的矛盾却不是礼教所能消弭的，因为礼教所强调的等级与名分，所追求的贵贱与秩序，都是以牺牲人的本性与天性为前提的。除非奴才们都有袭人那样的美德，除非老婆们都有邢夫人那样的大度，除非所有的人都像鲍二那样完全失去了个人的自由意志，否则贾府就不会有太平的一天。

在赵姨娘身上，我们看到了曹雪芹的道德偏向，更看到了他的大悲悯。在世俗的层面上，赵姨娘是不值得同情的；但在"众生平等"的宇宙观层面，赵姨娘不也是个悲剧吗？

曹雪芹是有贵族大家族生活阅历的人。他曾经与他笔下的这些人物生活在一起，经历了许多无可奈何的悲欢离合，他对这个家族有批判，有反思，有悔悟，也有怜悯。正如小说开端所言："自欲将已往所赖天恩祖德，锦衣纨袴之时，饫甘餍肥之日，背父兄教育之恩，负师友规训之德，以致今日一技无成、半生潦倒之罪，编述一集，以告天下人。"（第一回）这样的人生阅历与生命反省，让他有可能摆脱简单而粗暴的道德审判，让他在表现人物的道德瑕疵和性格缺陷的时候不至于走得太远，而更注重社会制度与文化根源的发掘与表达。在这一点上，曹雪芹超越了绝大多数古典作家。

鲁迅先生评价说《红楼梦》，说它"敢于如实描写，并无讳饰，和从前的小说叙好人完全是好，坏人完全是坏的，大不相同，所以其中所叙的人物，都是真的人物。"[①]《红楼梦》的这个艺术格调，正折射出了曹雪芹的社会价值观念。贾府的衰败非常复杂，与贾府的道德堕落相关，与他们的肆意挥霍相关，但还有更多他们无法改变的深层原因。"眼见他起高楼，眼见他宴宾客，眼见他楼塌了"，回天无力，也只能眼看着它一步一步地毁灭了。

贾府的颓败是无可挽救的，因为深植其肌体的内在矛盾，是它自身无法克服和摆脱的。它自我挣扎，它自暴自弃，它最后一击，最终它还是一个"了"字。

三、小说内容多，重点是什么（下）

无可挽救的颓败，这是曹雪芹着力正面表现的内容。这样写的意义还在于，贾府的颓败正好折射出了"康乾盛世"的危机，也反映了封建社会的危机和衰败。尽管关于曹雪芹的家世与生平还存有诸多争议，但基础性的共识还是有的，那就是曹家的兴衰伴随着"康乾盛世"的起落。小说写贾府"鲜花着锦""烈火烹油"，适足以形容那个让某些史学家血

---

① 鲁迅：《中国小说的历史的变迁》，载《鲁迅全集》（第9卷），人民文学出版社2005年版，第348页。

脉偾张的所谓盛世。传统社会是家国同构的社会，一个家族的衰败，正是一个国家和一个时代的写照。而且，贾府所面临的矛盾与危机也不仅仅属于"康乾盛世"，它反映的正是延续了几千年的封建社会的危机与颓败。众所周知，上文所阐释的文化、礼教与生命之间的内在悖谬，并非自康乾始。

当然，需要特别说明的是，曹雪芹不可能像今人那样来审视他的时代，比如五四运动提出的"妇女解放、儿童本位、劳工神圣"，这些观念曹雪芹是不可能有的。在宝玉看来，三妻四妾、奴仆成群是理所当然的，想必曹雪芹也不过如此。评价曹雪芹，我们只能借用现代的话语体系和价值观念，却不能苛求曹雪芹300多年前就能穿越到今天。在阅读中，我们经常强调回到历史，进入人物的内心世界，那只是为了更好地体验人物的生活；事实上，无论我们怎样超脱，我们都还是生活在今天，我们无法摆脱我们自己，我们也只能在历史演进的链条上审视过去的是与非。要理解曹雪芹，就要贴近曹雪芹；而要评价曹雪芹，却只能站在今天。曹雪芹的伟大，在于他比他的时代更早地感受到了社会生活中的种种矛盾与危机，并把它表达了出来。有些专家说曹雪芹并不反礼教，专家也许是对的；但无论如何，曹雪芹通过他的作品表现出了礼教的内在悖谬，尤其是与生命之间的不可消弭的矛盾，这却是不可否认的。作为一个文学写作者，这就够了。

描写贾府的另一个重大意义，还在于为大观园的描写提供了依托与背景。

大观园是《红楼梦》情节的焦点，故事的内核，叙述的指归。要理解《红楼梦》与曹雪芹，大观园是我们不可不着力和用心的地方。下面是《红楼梦》描写的社会空间层次图。

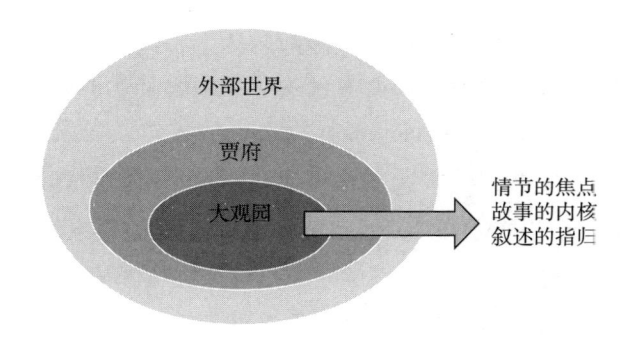

《红楼梦》社会空间层次图

贾府正在无可挽救地走向衰败，社会也是无可挽回地走向衰败，在这样的时代与背景下，大观园的存在真是一个奇迹。余英时写道：

> 曹雪芹在《红楼梦》里创造了两个鲜明而对比的世界。这两个世界，我想分别叫它们作"乌托邦的世界"和"现实的世界"。这两个世界，落实到《红楼梦》这部书中，便是大观园的世界和大观园以外的世界。作者曾用各种不同的象征，告诉我们这两个世界的分别何在。譬如说，"清"与"浊"，"情"与"淫"，"假"与"真"，以及风月宝鉴的反面与正面。①

大观园是一个乌托邦，是一个世外桃源。在地理上，大观园是相对独立的，一道围墙将外部的污浊暂且隔绝开去；在文化上，大观园也是相对独立的，这里有自由，有平等，有欢乐。"寿怡红群芳开夜宴"，哪里还有什么男女、主奴、嫡庶之别？大观园里也有肮脏，尤其是第五十三回之后，那些被宝玉斥骂为"死鱼眼睛"的老婆子（包括赵姨娘）

---

① ［美］余英时：《红楼梦的两个世界》，载［美］余英时《红楼梦的两个世界》，上海社会科学院出版社2002年版，第36页。

兴风作浪，把大观园搞得乌烟瘴气。但总体上，大观园是一个青春的乐园。为什么在污浊的贾府，偏偏有这么一个青春的乐园？为什么在罪恶的土壤里，盛开出了如此鲜艳的青春之花？

秘密还在大观园。为了这个乌托邦，曹雪芹可算是费尽心机。曹雪芹首先是一个现实主义作家，他严格地遵循现实逻辑来编织故事情节，设计人物关系。他写大观园，不像陶渊明写《桃花源记》，那是一个纯粹的寓言故事，不用考虑逻辑，一个打鱼人莫名其妙地就到了另一个世界。《红楼梦》也不是像《爱丽丝漫游仙境》那样的童话：爱丽丝跟着兔子先生进了洞，转眼间就来到了"仙境"。

大观园的"构建"不是这样。曹雪芹为这个"桃花源"找到了两个强而有力的支撑，让这个虚幻的青春世界得以在这个污浊的现实世界出现并存活。第一，元妃省亲，必须盖一个大园子，这个园子要足够大，足够繁华，足够有文化气息，无此则难与元春的身份、气质相匹配。省亲之后，小说写道：

> 如今且说贾元春，因在宫中自编大观园题咏之后，忽想起那大观园中景致，自己幸过之后，贾政必定敬谨封锁，不敢使人进去骚扰，岂不寥落。况家中现有几个能诗会赋的姊妹，何不命他们进去居住，也不使佳人落魄，花柳无颜。却又想到宝玉自幼在姊妹丛中长大，不比别的兄弟，若不命他进去，只怕他冷清了，一时不大畅快，未免贾母王夫人愁虑，须得也命他进园居住方妙。想毕，遂命太监夏守忠到荣国府来下一道谕，命宝钗等只管在园中居住，不可禁约封锢，命宝玉仍随进去读书。（第二十三回）

因为元春这个最高权力的庇护，大观园得以成为青春的乐园；也因为元春的恩赐，贾宝玉才得以"混"进这个"女儿国"。

但县官不如现管，大观园的"自由与快乐"还有一个更为直接的因素，那就是老祖宗的存在，我称之为"最高家长的屏障"。宝玉挨打之后，小说写道：

> 话说贾母自王夫人处回来，见宝玉一日好似一日，心中自是欢喜。因怕将来贾政又叫他，遂命人将贾政的亲随小厮头儿唤来，吩咐他"以后倘有会人待客诸样的事，你老爷要叫宝玉，你不用上来传话，就回他说我说了：一则打重了，得着实将养几个月才走得；二则他的星宿不利，祭了星不见外人，过了八月才许出二门。"那小厮头儿听了，领命而去。贾母又命李嬷嬷袭人等来，将此话说与宝玉，使他放心。（第三十六回）

老祖母成了宝玉与外界之间的一道屏障。小说写道："那宝玉本就懒与士大夫诸男人接谈，又最厌峨冠礼服贺吊往还等事，今日得了这句话，越发得了意，不但将亲戚朋友一概杜绝了，而且连家庭中晨昏定省亦发都随他的便了。"此后只在大观园"游卧"，"为诸丫鬟充役"，让"绛洞花主"之美誉变得名副其实。如果说来自元春的最高权力的庇护为大观园提供了合法性的担保；那么，来自老祖母的最高家长的"屏障"，则为宝玉在女儿国的自由提供了足够的空间。这就是曹雪芹的现实主义逻辑，他虚构了一个大观园，却要为它的存在找到现实的理由与根据。

但是，作为现实主义者的曹雪芹更明白，合理的虚构终究敌不过现实的冷酷，大观园归根到底只能是一个梦幻，大观园只能是一个短暂的事实。道理明摆着，元春的庇护是暂时的，老祖母的屏障也是有限的，而外界的渗透与腐蚀总会穿透那脆弱的"庇护"与"屏障"。就像流经大观园的那条"沁芳溪"，它从外而来，又往外而去，怎样才能保证它不被污染呢？沁芳溪，这是个极有意味的象征。从情节发展脉络看，"抄检大观园"有其必然性，王夫人不抄，贾政也要抄；贾政不抄，老太太没准也会抄。"千红一哭""万艳同悲"的结局是注定的。

无处安放的青春,这就是《红楼梦》阅读中要思考的第二个大问题。曹雪芹创作《红楼梦》,可看作一个社会实验:他明知这个社会容不下青春,容不下才情与梦想,容不下爱情与友谊,他还是虚拟了一个大观园,他要看看在一个污浊的社会里,这个桃花源究竟能够抵抗多久,看看青春究竟能走多远。在他的笔下,青春是极致的,容颜惊艳,爱情骇俗,才华惊世,梦想惊人;毁灭也是极致的,所谓"落了片白茫茫大地真干净",群芳皆"碎",一切皆"了",万物皆"空"。

　　青春的毁灭最集中体现在生命的寂灭与消亡。综合多位学者的研究,前八十回的故事发生在十一二年之间,对于金钗们来说,可谓豆蔻年华,含苞待放。可在本该做梦的年龄,她们的生命已走到终点。年轻守寡的李纨心如死灰;二小姐迎春与《太上感应篇》为伴,被称为"二木头";而最小的惜春早就看穿了贾府的肮脏,进而看破了红尘。可以设想,这样的结局,也会一个一个地落到其他姐妹们身上。在贾府,死亡是一件很日常的事情,秦可卿、金钏儿、尤二姐、尤三姐、晴雯、司棋、黛玉……贾府始终弥漫着死亡的味道,弥散着一种浓浓的腐朽的气息。

　　还有那绚烂的才华像枯枝败叶一样委顿在地。与贾府的那"一群废物"相比,女儿们的才华实在光彩刺目。王熙凤、探春的理家之才,真可谓"金紫万千谁治国,裙钗一二可齐家"。王熙凤杀伐决断,何止"脂粉队里的英雄",须眉男儿也无地自容;敏探春"兴利除宿弊",其心思之缜密,其处事之理性,其待人之公道,境界又在王熙凤之上。再如林黛玉、薛宝钗、史湘云和妙玉的诗才,贾环之流固不可及,即使贾宝玉也难望其项背。还有薛宝钗那百科全书一般的渊博与通达,秦可卿的忧患意识和远见卓识,更对比出了贾府男人的猥琐与无能。宝玉感慨说:"老天,老天,你有多少精华灵秀,生出这些人上之人来!"(第四十九回)。在世界文学中,以美丽无比、才华绝伦的女子群像为主角的,除了《红楼梦》,似乎找不到第二部作品。可是,在"女子无才便是德"的时代,才华又有什么意义呢?

更有那美丽的爱情像罪恶一样被唾弃。大观园的爱情，无论主奴，无论尊卑，都显示出生命最绚烂的光彩。宝玉与黛玉的爱情固然耀眼，龄官划"蔷"的缠绵，小红借帕传情的勇敢，司棋对爱情的热烈与坚贞，都让人肃然起敬。只是这些美好的爱情，似乎天生罪恶，见不得阳光；又像那风雨飘摇的风筝，一阵风过，便化为乌有。相形之下，贾珍、贾琏、贾蓉这些"须眉浊物"，个个沉溺于"皮肤滥淫"，污浊不堪却如野火春风。

鲁迅说，悲剧将人生的有价值的东西毁灭给人看。在所有的悲剧中，最触目惊心的还是宝、黛、钗的爱情与婚姻悲剧。所谓"玉带林中挂，金簪雪里埋"，都是悲剧，他们将青春的"美好"与"毁灭"演绎得最有冲击力。宝玉与黛玉的爱情"悲而伤"，宝玉与宝钗的婚姻"悲而哀"。

宝、黛的爱情，打破了传统的才子佳人式的俗滥模式，具有了一定的"现代性"，这种"现代性"，指的就是他们的爱情建立在心灵契合的基础之上。有些读者将宝、黛作为"反礼教"的斗士，以"志同道合"来解释他们的爱情，这显然是先入为主所造成的误读。宝玉的反叛是旗帜鲜明的，尽管在家族生活中他不得不维持表面上的孝悌之道，但精神上却已走到礼教的对立面。他痛斥"文死谏，武死战"的忠君观念，憎恶与官场来往，拒绝家族责任，厌弃科举八股，与其贵族公子的身份完全不符；在社会交往中，无视主奴尊卑，无视男女大防，重情重义，甚至结交戏子浪子，可谓大逆不道。宝玉未必有"反礼教"的主观动机，但客观上，其言行让他成了礼教的逆子叛臣，这一点却无可置疑。但黛玉显然并不具有宝玉一样鲜明的反礼教意义，黛玉的主要特点还是她的钟情、专情与任情，是她的"情情"。小说也写了宝黛共读《西厢》，也写了黛玉从来不说"仕途经济"之类的混账话，但这只能说明黛玉的精神世界只有一个"情"字，她在乎的是贾宝玉这个人，是这个人的感情，至于俗世所在乎的为官作宰，她完全不在乎。这与她"绛珠仙子"的前生"人设"也是相符的。当然，即使黛玉无意去触犯礼教，她对情感的执着也足够惊世骇俗了。

宝、黛爱情不具有现实性，因为其内容和形式都是违背礼教的。在那样一个不谈爱情、忌讳爱情、惧怕爱情的时代，像贾琏那样寻花问柳无伤大雅，像宝玉这样寻找精神上的知己却犯了大忌。而且，黛玉与宝玉闹得轰轰烈烈，一会儿寻死一会儿觅活，也让笃信"父母之命，媒妁之言"的贾府当权者颇为忌惮，难怪王夫人对黛玉越来越不待见。就是作为她的嫡亲外祖母，老太太的心思也是值得揣摩的。小说第九十七回，林黛玉已经进入生命的倒计时阶段，老太太在看望了黛玉之后说：

……我方才看他（林黛玉）却还不至糊涂，这个理我就不明白了。咱们这种人家，别的事自然没有的，这心病也是断断有不得的。林丫头若不是这个病呢，我凭着花多少钱都使得。若是这个病，不但治不好，我也没心肠了。（第九十七回）

红学家们因为前八十回与后四十回的优劣一直争议不休。在一些学者看来，这段话适足以证明后四十回的失败，理由就是血浓于水，老太太断不会如此无情地对待黛玉。确实，老太太的这番话很生硬，很冷漠，迥异于前八十回中的那个一直宠爱黛玉的外祖母，这尤其让现代读者很难接受。但是，如果我们贴近历史现场，将老太太的身份地位诸因素考虑进去，也许可以说，她的开明、通达与爱，恐怕也不是无条件的。作为朝廷恩封的诰命夫人，曾经的荣国府当家人，亲历了贾府盛衰荣枯的当事人，在她的心里，贾府的体统与规矩，贾府的荣耀与兴盛，贾府继承人贾宝玉的利益与未来，恐怕才是她考虑问题的根本立足点。老祖母最后抛弃林黛玉，也不能说绝无可能。这看起来不合情理，恰恰才符合那个时代的情理，这样的矛盾正好揭示出礼教对人性的扭曲。

宝、黛之爱注定无疾而终。这样的结局让人伤感，却也在情理之中。让人惊诧与悲哀的，则是宝钗与宝玉的婚姻。宝钗是大家闺秀，也是礼教中人，堪称以理抑情、以理灭欲的典范，她的"无情"恰与黛玉的"情情"构成鲜明对比。小说第九十五回宝玉"失通灵"之后，薛姨妈有点后悔"二宝"的婚约：

> 薛姨妈还说："虽是你姨妈说了，我还没有应准，说等你哥哥回来再定。你愿意不愿意？"宝钗反正色的对母亲道："妈妈这话说错了。女孩儿家的事情是父母做主的。如今我父亲没了，妈妈应该做主的，再不然问哥哥。怎么问起我来？"

这段话算得上续书的神来之笔，精准地搭上了前八十回宝钗的精神脉络。宝玉失玉，人越来越"糊涂"，而薛宝钗之践行女德，依然坚如磐石，算得上儒家所称道的"知其不可而为之"的弘毅君子。但是，这位恪守礼教的模范，最终的命运却让人唏嘘。宝钗深信礼教，以礼教为人生的圭臬，而礼教并未给她一个正向的回报。如果说黛玉的遭遇让人感伤，那么，宝钗的悲剧则让人悲哀，其悲剧更有冲击力。礼教吃人，宝钗就是一个自觉自愿的祭品。

王国维说，《红楼梦》是"彻头彻尾的悲剧"。它是个体的悲剧，是青春的悲剧，是家族的悲剧，是社会的悲剧，也是生命的悲剧。在个体的角度，黛玉是悲剧，宝钗也是悲剧。曹雪芹对林黛玉、薛宝钗都充满了悲悯；但黛玉的"小性儿"往往让人生怜，而宝钗的"随分从时"则不免让人生畏，曹雪芹的情感偏向也可见一斑。曹雪芹看到了礼教戕害生命的罪恶与理学精致到极端的荒谬，将自己的创作定位于"大旨谈情"，这是我们理解《红楼梦》的基点；弘扬情感，弘扬真情，是《红楼梦》的主旋律。理解了这一点，也就不难明白为什么曹雪芹在薛宝钗的形象塑造上总体上保持着疏离和理性。

《红楼梦》的悲剧是多层次的，但家族悲剧毫无疑问是表现的中心，而青春的悲剧则是表现的焦点。无可挽回的家族颓败，加剧了青春毁灭的速度与烈度；而青春的彷徨与沦落，正反映出这个华丽家族无法直面的危机与无法改变的命运。

四、学习任务重，教学怎么办？

《红楼梦》以整本书阅读的面目进入语文教材，既是语文教学的一件大事，也是《红楼梦》阅读与传播的大事。从教材安排看，可用要求高、任务多、课时少来概括教学之难。如何通过一个单元的教学，完成《红楼梦》整本书阅读的教学任务？

关于整本书阅读，《普通高中语文课程标准》（2017年版，2020年修订）这样表述：

> 阅读整本书，应以学生利用课内外时间自主阅读、撰写笔记、交流讨论为主，不以教师的讲解代替或限制学生的阅读与思考。教师的主要任务是提出专题学习目标，组织学习活动，引导学生深入思考、讨论与交流。教师应以自己的阅读经验，平等地参与交流讨论，解答学生的疑惑。

"新课标"的精神很明确：在整本书阅读中，应以学生的阅读与思考为主，教师的作用主要是"组织"与"引导"，为学生的阅读与思考提供必要的条件与资源。基于这个精神，我将整本书阅读的要点概括为"读书为本，思辨为要"，在阅读中思考，以思考推动阅读。好钢用在刀刃上，有限的教学应该聚焦阅读中的关键问题与疑难问题。具体的教学思路如下：

> 选择"最佳"切入角度，以聚焦小说的主体与核心，避免大而化之与笼而统之；

设计合理议题，以聚焦文本的重点与难点，避免散漫的遐想与泛泛的漫议；

围绕议题，开展有效的思辨读写，以聚焦语文核心素养的培育，避免经典阅读中的非学科化倾向。

具体到《红楼梦》，我将其归纳为"三个聚焦"：聚焦大观园，聚焦人物论，聚焦思辨性。三个"聚焦"，由表及里，逐层深入，旨在引导学生走进文本的核心，触摸文本的个性。中学生读红楼，不必求全求深，但须入得"正"，见得"大"，不要一开始就落入猎奇式阅读、猜谜式阅读、索隐式阅读等"小"道。

（一）聚焦大观园

要读懂《红楼梦》，就得读懂贾府；要读懂贾府，就得读懂大观园。聚焦大观园，不是将贾府撇开，而是以"青春与毁灭"的视角切入贾府，探寻贾府颓败的无可挽救及其背后复杂的原因。大观园是贾府的焦点，贾府所有的矛盾都会在大观园引起风吹草动。像贾雨村、刘姥姥、柳湘莲、蒋玉菡、北静王这些人，原本与大观园没什么关联，但他们的一举一动，都会在大观园引起阵阵涟漪甚至轩然大波。以孔窥天，见之则明；以锥入地，插之则深。理解了大观园的运行，也就理解了贾府乃至整个社会的运行。

选择一个切入口来把握"整本书"，这是有风险的，因为它可能带来理解的片面与偏颇。但《红楼梦》的立体网络结构在很大程度上使我们有可能避免这种偏差。《红楼梦》是一个全息性的社会生活空间，它的人物关系错综复杂，一个人物总能关涉到另一个人物；它的事件因果好似根枝藤蔓，一个事件总能牵扯到另一个事件。所谓牵一发而动全身，在四大名著中，似乎只有《红楼梦》才能达到这种看似混沌实则清明的叙事境界。

（二）聚焦人物论

关注大观园，并不意味着要关注大观园的方方面面，关注重点还是大观园里的人物，尤其是贾宝玉与金陵十二钗正册、副册、又副册的人物。

当然，作为青春生活的地理环境与文化空间，我们对大观园的地理布局、社会结构与文化意义还是要有所了解的，如此才能将青春生活还原到一个立体的、真实的社会环境中去。但这里有个本末与主次的关系问题，不能本末倒置，不能喧宾夺主。有些老师热衷挖掘《红楼梦》作为"传统文化百科全书"的那些内容，将《红楼梦》上成古典园林、服饰、诗词甚至中医药的普及课，这显然有违于小说阅读的根本要求。《红楼梦》最大的艺术成就，在于它塑造了一系列栩栩如生的人物形象。理解人物，是进入《红楼梦》的捷径；而《红楼梦》的研究，无论从何处切入，最后都会聚焦到人物论。可以说，人物论是红学研究这个皇冠上的明珠。

将青春人物作为研究对象，其他人物就成了背景性的存在。像贾政、老太太、王夫人、邢夫人这些人，正面研究固然可行，但若将他们与宝、黛、钗、晴、探、袭等人的命运关联在一起，则他们的形象内涵反而能得到更深刻的挖掘。比如老太太这个角色，一副慈祥善良、雍容华贵的贵妇人气派。对于孙辈，她是百般呵护与万般怜爱；清虚观打醮，一个"十二三岁的小道士儿"冒犯了小姐们，王熙凤伸手就是一耳光，老太太却是那般的亲切和慈爱（第二十九回）。但是，这只是老太太的一个方面。若将她作为宝、黛、钗关系的背景人物，将她在其中的作用做一个总体梳理，也许我们能有更多、更深刻的发现。在事关嫡亲外孙女的性命安危与人生幸福的大事上，老太太最终舍弃黛玉而选择宝钗，这个选择或许更能显示国公夫人的内心世界。

从文体的角度看，人物是小说的核心。关注人物，是小说阅读的不二法门。要理解人物，必然要关注相关的情节与环境，因为人物的性格塑造与精神表现都是在情节推进与环境刻画中完成的。可以说，关注人物，必然会关注到文本的所有因素，即"整本书"。

（三）聚焦思辨性

笔者用"思辨性"一词，强调的是红楼人物本身就具有强烈的"思辨性"，是进行思辨读写训练的绝佳资源。聚焦人物，说到底，就是围绕贾府的颓败与青春的毁灭，对重要人物进行聚焦式的分析与论证。比如王熙凤，在贾府的颓败中，她有着不可推卸的责任，她的毁灭算是咎由自取。那么，王熙凤到底是个怎样的人？她有哪些或贪或酷的行为？她的这些行为背后的动机何在？这个人物形象何以有如此的艺术张力（王昆仑先生说"爱凤姐，恨凤姐，不见凤姐想凤姐"）？等等。这就需要我们澄清相关事实，厘清事实的背景与动因，对相关事实做出合理的判断，对人物形象进行艺术上的辩证分析。这就是思辨。

《红楼梦》包含着丰富的人物思辨的资源。如前所述，红楼人物都是复杂的"真实"的人物，往往仁智纷呈，只有深入的分析才能逼近真相；同时，曹雪芹也喜欢在人物的品评上做文章，留下了诸多疑案与悬念。比如"时宝钗""贤袭人""冷郎君""呆香菱""酸凤姐""勇晴雯"，这所谓的"一字评"，本身就值得推敲和辨析。譬如晴雯之"勇"，有人说她是"不逊之勇"，是鲁莽，是无知，而更多的学者则褒扬晴雯的天真与纯洁。那么，两种看法谁更接近文本的真实呢？这就需要下一番思辨的功夫。

再如林黛玉的"小性儿"。黛玉给读者最突出的印象就是"小性儿"，作者也不忌讳这一点，通过不同人的嘴，反复说她"你这个多心的"（第八回）、"素习猜忌，好弄小性儿的"（第二十七回）……"小性儿"是贾府上下主奴仆从对黛玉的"共识"。其实，黛玉自己也承认说"我最是个多心的人"（第四十五回）。那么，如何理解林黛玉的"小性儿"呢？

首先，大体梳理文本便可发现，黛玉一般并不小性儿。姊妹们相处，游戏也好，赛诗也罢，黛玉总体上是个活泼和开朗的人。几次起社，看她对宝钗、湘云的由衷赞美，可见她是个单纯而真诚的人；妙玉嘲弄她"竟是大俗人"（第四十一回），黛玉反觉妙玉"天性怪僻，不好多话，亦不好多坐"，便不去计较。黛玉爱开玩笑，譬如嘲笑湘云"爱哥哥"，都是少女之间的顽皮，无伤大雅，不必大做文章。至于她戏谑刘姥姥是"母蝗虫"，确实"尖酸刻薄"，这与其性格相关，与其贵族身份相关；从审美角度看，林黛玉与刘姥姥，其趣味与格调，实在是迥然不同，有天壤之别。

其次，黛玉的有些小性儿，应该算是正常的情绪反应，不应做过多道德比附。比如第二十二回在王熙凤打趣诱导下，湘云直说黛玉长相酷似龄官，黛玉确实生气了。但这里有两个因素不可不注意，一是戏子是个敏感的身份，连赵姨娘这等上不得台面的奴才都能骂芳官："你是我银子钱买来学戏的，不过娼妇粉头之流！我家里下三等奴才也比你高贵些的。"（第六十回）戏子生不能入祠堂，死不能进祖坟，与今日的明星不可同日而语。说一个贵族小姐酷似戏子，必须承认是不够尊重的。

还有一个不可忽视的因素，那就是在场人的反应，也是黛玉恼羞成怒的重要原因。小说是这样写道：

> 凤姐笑道："这个孩子扮上活像一个人，你们再看不出来。"宝钗心里也知道，便只一笑不肯说。宝玉也猜着了，亦不敢说。史湘云接着笑道："倒像林妹妹的模样儿。"宝玉听了，忙把湘云瞅了一眼，使个眼色。众人却都听了这话，留神细看，都笑起来了，说果然不错。一时散了。（第二十二回）

在明知答案的情况下，宝玉、宝钗、湘云等人出于各自微妙的心理，挤眉弄眼，欲言又止，闪烁其词，黛玉成了一个被"围观"、被"指点"的对象，确也构成了对她的冒犯。

再次，有些小性儿与其微妙的处境相关。林黛玉虽然锦衣玉食，在贾府也不过是个寄人篱下的外人，老太太、宝玉对她自然是真感情，其他人的态度却很微妙。且孤苦伶仃，无父无兄，更加剧了她悲苦自怜的身世之感。像第七回，周瑞家的送宫花，黛玉刻薄地说："我就知道，别人不挑剩下的也不给我。"黛玉的反应确实有点过激，但也暴露出她内心极度的不安全感和孤身一人的自卑情结。这样的黛玉与其说让人生厌，还不如说让人生怜。

当然，黛玉的小性儿，更是恋爱中的少女的正常心理与精神状态，不必做过多的道德阐释。试探、吃醋、嫉妒、失落、伤感、愤怒、悔恨……这都是正常的恋爱心理。何况她爱得那么深，那么专，而且恋爱对象贾宝玉又是一个"情不情"的贵族公子，身边还有薛宝钗、史湘云这样的潜在竞争者！要让黛玉不动声色，镇定自若，也太难为她了。事实上，宝玉挨打之后，黛玉的小性儿越来越少了，一个重要的原因，就在于她终于明白了宝玉的真心。

当然，所有这些因素，都离不开时代文化与社会风俗的影响。宝、黛的冲突大多不因感情本身，而是缘于情感的不敢表达与不能表达。就像第二十九回所描写的那样："因你也将真心真意瞒了起来，只用假意，我也将真心真意瞒了起来，只用假意。如此两假相逢，终有一真。其间琐琐碎碎，难保不有口角之争。"这恰好说明了那个时代对爱情的恐惧，对青春的恐惧。

思辨，不是为了塑造一个完美的林黛玉，而在于公正地理解林黛玉，公正地理解黛玉的小性儿。最糟糕的就是带着对黛玉的刻板印象，无论她说什么话，做什么事，都不假思索地贴上"小性儿"的标签。如果阅读的结果，就是印证了一个众所周知的"小性儿"的说法，整本书阅读的意义何在？文学阅读是成本最低的生活训练与人生教育，这一点在我们的文学教育中并没得到更多的理解与认同。理解林黛玉或者误解林黛玉，都不会给读者带来实质性的后果；但在这样的无关现实功利的审美训练中，我们对生活与人生的判断却得到了有力的训练。

　　顺便说，思辨绝不可能是抽象与空洞的，它必须以文本的梳理与细读为前提。在文学阅读中，所有的思考都基于文本的语言与形式，而非凭空的想象与无端的揣测。在这个意义上，阅读能力就是思辨能力，观念的思辨即是语言的思辨，对语言内容的思辨就是对语言形式的思辨。有人担心思辨将会架空文本，导致语文教学的落空，这或因缺乏语言学常识，或因对思辨有误解。语文学科的"人文性"与"工具性"本来就是统一的，这种"统一性"在思辨的过程中恰恰能得到最集中的体现。

　　聚焦"大观园"，可以不兜圈子，直击文本核心；聚焦"人物论"，可以直击阅读中的焦点与难点；聚焦"思辨性"，可以将阅读、思考与表达融为一体，整体提升语文核心素养。

五、高考或涉及，怎样考才合适？

　　《红楼梦》要不要进入高考？答案是肯定的，既然整本书阅读进入了"新课标"且作为第一个学习任务群，既然《红楼梦》进入了高中语文教材且自成一个单元，那么，考查学生的阅读与理解状况，就是一件不必争论的事情。很多人，包括语文教材总主编温儒敏先生，对整本书阅读的测评都持谨慎态度。我的理解，他们并非反对考查，而是对于当下的测评发挥对整本书阅读乃至语文教学的积极引导与促进作用，还缺乏足够的信心。

　　笔者一直主张"按照整本书的规律教，教出这本书的个性来"。就《红楼梦》的测评，我觉得应该是"按照整本书的规律测，测出《红楼梦》的个性来"，重要的是还要测出学生真实的阅读与理解水平。

　　整本书阅读教学重在一个"整"字，应该以"通读原著"与"总体理解"为核心，培养学生阅读大文本和复杂文本的意志与能力，发展学生的宏观思维、系统思维、批判性思维等高阶思维能力，进而涵养学生的人文精神与综合素养。整本书阅读的考查，关键也在一个"整"字，万不可陷入碎片化、片面化和表面化的误区。要知道，在应试教育的狂潮之下，任何一丝考查上的偏差都会被无限放大，带来严重后果。事实上，将《红楼梦》拆分成几百个考点和得分点的读物已经招摇过市了。

《红楼梦》考查还有一个绕不开的难题，就是它本身还存有诸多争议与分歧，连文本系统都因版本的不同而存在着从语言到内容甚至价值观的诸多差异。如果不能梳理出《红楼梦》阅读中的通识与共识，而过分强调阅读的个性与开放性，那么，测评的公正性与学术风险将难以避免。

近些年来，有些省份将《红楼梦》纳入高考，给我们留下了宝贵的经验和教训。2004年福建省将《红楼梦》的阅读引入作文，题目要求以人物为"话题"写作，涉及的人物包括孔子、苏轼、鲁迅等历史人物和曹操、宋江、薛宝钗等文学形象。这个题目涉及薛宝钗的形象理解，分量不可谓不重。不过，"话题型作文"的写作比较开放，且考生有多项选择，大概不会给考生带来过多压力。这个题目有两点值得肯定：其一，引导学生关注人物特别是主要人物，至少在《红楼梦》的阅读导向上是正确的；其二，话题作文的开放性，与《红楼梦》的文本开放性是一致的。

近几年，北京卷的微写作也多次涉及《红楼梦》，多围绕"人物"设题。2021年的微写作是这样的：

> 文学名著中常有一些让人心生遗憾又给人启迪的人物。请从《红楼梦》《呐喊》《边城》《红岩》《平凡的世界》《老人与海》中选择一个人物，谈谈他（或她）为何令你感到遗憾，又带给你怎样的启发。

它不是专考《红楼梦》，但红楼人物多半符合让人心生遗憾又给人启迪这个要素。至于"遗憾"在哪里,"启迪"是什么,则因人物形象而异,因考生而异。此题写好不易,但门槛不高,保持着鲜明的开放性。

江苏卷多年考查《红楼梦》。梳理可发现,题目多以"人物论"为命题点,前后涉及薛宝钗、贾母、刘姥姥、晴雯等。可见,关注人物形象,是小说阅读的共识。2013年题目是这样的:

> 抄检大观园时,在入画的箱子里寻出一大包金银锞子、一副玉带板子和一包男人的靴袜等物,在司棋的箱子里发现一双男子的锦带袜、一双缎鞋和一个小包袱,包袱里有一个同心如意和她表弟潘又安写的大红双喜笺。入画和司棋分别是谁的丫鬟?在处置入画和赶走司棋时,她们的主子各是什么态度?

题目考查学生对迎春与惜春的理解。但凡通读过《红楼梦》的人,对迎春的善良与懦弱,惜春的孤僻冷漠、耿介孤直应该会有印象。她们的性格在"抄检大观园"这个大事件中得到了鲜明的表现,在命题者的诸多提示下,考生应能做出判断。这个题目重在考查学生的"通读状况"以及对人物的"基本理解",方向值得肯定;它将人物置于具体的社会关系与具体情节中,旨在唤醒学生的阅读印象与记忆,其导向是理解而非死记,命题方式也值得肯定。相比之下,现在有太多命题,沿袭传统测评的思维惯性,考查学生能否记住金钗们及其丫鬟的名字,能否记住小姐们所居馆舍的美名,甚至要求学生一字不错地默写通灵宝玉上的八个字"莫失莫忘,仙寿恒昌",宝钗金锁上的八个字"不离不弃,芳龄永继"。若是专业阅读,这样的要求自有其道理;但对于中学生而言,这不是要把学生逼进信息的汪洋大海吗?

江苏卷聚焦《红楼梦》的文本值得学习,但过分黏滞于文本,则难度可能脱离学生实际,有些命题的学理依据也显不足。2017年的题目是这样的:

《红楼梦》第四十五回"金兰契互剖金兰语，风雨夕闷制风雨词"中，黛玉对宝钗说："我最是个多心的人，只当你心里藏奸……往日竟是我错了，实在误到如今。"请说明黛玉对宝钗的认识发生变化的原因。

黛玉对宝钗的认识变化，实在是一个非常复杂的问题。笔者甚至认为，林黛玉之所以改变了（是主动改变）自己对宝钗的态度，不仅在于她发现了宝钗的大度与正直（并不"心里藏奸"），更在于她明确意识到了自己的弱小无助。在"互剖金兰语"的过程中，黛玉感慨说：

……你看这里这些人，因见老太太多疼了宝玉和凤丫头两个，他们尚虎视眈眈，背地里言三语四的，何况于我？况我又不是他们这里正经主子，原是无依无靠投奔了来的，他们已经多嫌着我了。如今我还不知进退，何苦叫他们咒我？

"宝玉和凤丫头"受宠于老太太，尚且叫人"虎视眈眈""言三语四"，何况自己一个外姓孤女？越是深入了解贾府的人情世故，黛玉就越明白自己的真实处境；越是明白自己的孤苦，越要寻找慰藉和依靠。以黛玉的聪明灵秀，她应该能判断出宝钗总体上是正派和可靠的。她对宝钗的倾诉，也是她的生存策略吧。人总是要活下去的，只要还有一丝希望。这也算是黛玉的成长与成熟吧。笔者读第四十五回"金兰契互剖金兰语 风雨夕闷制风雨词"和第五十七回"慧紫鹃情辞试忙玉 慈姨妈爱语慰痴颦"，分明读出了一个孤独与脆弱的少女，在极度缺乏安全与温暖的情况下，急于寻找慰藉与依靠的焦虑与悲哀。黛玉不乏撒娇地喊薛姨妈为"妈"，正好反映了这个缺"妈"的孤儿的悲苦，还有她那飘萍一样的命运。黛玉对宝钗的态度变化，也许并不是那么简单。

再看 2020 年的题目：

《红楼梦》第五十回"芦雪庵争联即景诗,暖香坞雅制春灯谜"中,众人联句,起句为王熙凤所作,她说,"你们别笑话我,我只有一句粗话","就是'一夜北风紧'"。请结合这句诗简析王熙凤的形象。

　　这个命题可用"轻率"来批评。单凭王熙凤的一句"诗",就能"简析王熙凤的形象"？放在《红楼梦》整个文本系统中,这句诗确实能引发诸多联想;但孤零零的一句话,要分析人物形象,大概只能牵强附会,或者生拉硬扯贴标签了。对照其参考答案,也可发现命题的疏漏:"诗句浅白,表明其学识浅薄;诗句能领起全篇,表明其聪明颖悟,有一定领导才能;诗句意境肃杀,表明其心怀忧惧。"俞晓红教授就此分析说:

　　　　第一句尤可;第二句分开看也不错,"诗句能领起全篇"和"聪明颖悟,有一定的领导才能"都是客观存在的事实,但这两者之间并不存在必然的因果逻辑关系……第三句就更离谱,如果王熙凤真的"心怀忧惧",而且还能出于个人意志、借助吟诗表达给众人听,那她就不是这样一个不识字、中饱私囊为务的王熙凤,而是一个才富志高、贾探春式的形象了。[①]

　　确乎如此。笔者认为,答案的第一句话也有问题。王熙凤不识字,"学识浅薄",但这与"诗句浅白"之间没什么必然关联。学识渊博的人未必能吟出好诗,而好诗也未必一定要有深厚的学问。何况,"诗句浅白"也不见得不是好诗。艺术创作与学问之间的微妙关系,凭常识也能知道并非一一对应。说王熙凤"学识浅薄"没错,但这是整个文本系统告诉我们的,"一夜北风紧"这句话却不足为凭。单就这句诗讲,我可不

[①] 俞晓红主编:《悦读红楼》,安徽教育出版社2021年版,第180页。

可说，王熙凤真是个天才啊，她虽然不识字，这句诗却是真的妙极！这样的题目既架空了文本，也架空了思维。想必学生要做的，就是将记忆中的"标签"贴在此处而已。

"人物论"命题不易，《红楼梦》其他内容的测评也须慎之又慎。俞晓红教授在同一篇文章中提到了另一个题目，即要求学生"从小说情节和主题两个方面，分别说明'葬花魂'与'葬诗魂'的依据"。俞教授写道：

> 众所周知，"花魂"和"诗魂"孰正孰误是红学界一个比较古老的话题，存在版本层面的是字形讹变还是字音讹变的争执，也就是究竟是由"花"字误抄为"死"再误抄为"诗"，还是由"诗"字误抄为"死"再误抄为"花"的问题。中学生阅读小说名著，本不必涉及文学以外的层面，而版本学的话题竟然用于高考测试题，这是令人惊讶的。[①]

确乎如此。版本问题也是《红楼梦》测评必须关注的问题。若要测评，最好由相关权威部门推荐一个较为通行的本子，让大家在同一平台上对话与讨论，毕竟是中学教学，红学研究中的疑案与公案还是少涉及为好。当然，即使撇开版本之误不谈，让考生做这个题目，也显得大而无当，空洞无物。笔者曾经说过，这类玄虚的命题，只会榨干人的诚实与深刻，将答题变成了一种油滑的文字游戏。这不仅是《红楼梦》命题应该警惕的，也是所有的阅读命题都应避免的问题。

《红楼梦》测评，还是应该回到通识与共识的考查上，重点在主要人物、典型情节以及小说的总体思想上。这样做，既符合中学生的阅读实际，符合中学的教学实际，同时也可规避学术上的分歧，规避测评的社

---

① 俞晓红主编：《悦读红楼》，安徽教育出版社2021年版，第179页。

会风险。

　　在测评方式上，信息的死记硬背必须杜绝，单一的知识识记尽量避免，纯粹的问题解释与阐发应该谨慎，而测评的开放性与学术的合理性应保持一致。基于这些看法，笔者认为北京卷的思路更值得借鉴。它将《红楼梦》的阅读测评融入相关的任务与情境中，关注重点是阅读成果的转化与运用，这样既考了学生对主要人物、关键情节和总体思想的理解状况，又避免了对小说内容的过分纠缠。当然，北京卷还有很大的改进空间。比如，如何让任务、情境与《红楼梦》的文本关联更紧密，让测评能更加真切地反映学生的阅读与思考状况，这恐怕是需要反思和改进的。目前看到的题目，考查的重点似乎更在"写作"，而《红楼梦》本体因素的体现还有不小的改进空间。

　　归根到底，测评的内容和方式都服从于测评目的。笔者将整本书阅读分为四个层次：通读，即读"整本书"；理解，读懂故事与主旨，强调个人的体验；思辨，合理的辨析与判断，追求学术的公正；创新，在前述基础上读出个性，读出新意。中学生读《红楼梦》重在"阅读"与"理解"两个层次。第三个层次，有条件的学生可针对主要人物与关键情节，做一些体验性的思辨研究。对于创新，保持开放的期待即可，不必刻意追求。与这四个层次相对应，我们在命制测评题时，也不妨问问测评所关注的阅读境界：1. 读了吗？ 2. 读懂了吗？ 3. 读对了吗？ 4. 读出新意了吗？[①]

（原文分五部分发表于《中学语文教学参考》
2022 年第 16、19、22、25、28 期，
作者单位：上海师范大学附属中学）

[①] 参见余党绪《整本书阅读四境界及其测评》，《中学语文教学》2020 年第 12 期。

《红楼梦》整本书阅读的学生视角

饶道庆　裘宁宁　魏青青

《红楼梦》整本书阅读教学的主体是学生，了解学生的"所思所想"，估测学生的"能思能想"，须以此设计学生向"应思应想"前行的路径。

对于"《红楼梦》整本书阅读的学生视角"这个课题的研究，笔者预先做了两项相关的工作。其一，在2021年全国"《红楼梦》整本书阅读"主题征文活动中，笔者作为评审委员，主要参与了中学生组的征文评审，阅读了92篇高中生的文章。这是一次比较集中地阅读全国各地高中生评论《红楼梦》的文章的经历，算是一次与高中生的直接接触。其二，在两所中学的高一学生（合计有1500多位）中做了一次问卷调查，并做了初步的统计分析。本文就以这两项预备工作为基础，再结合长期在中小学课堂上讲授《红楼梦》课的教学实践，来探讨"《红楼梦》整本书阅读的学生视角"这个问题。

一、调查问卷概况

（一）调查目的

通过问卷调查，获得学生对《红楼梦》整本书阅读前的多方面信息（基础认知、阅读期待），为了解《红楼梦》整本书阅读中的学生视角做参考。

（二）问卷设计

全卷22题，有几题借鉴了杭州高级中学有关《红楼梦》阅读学情的问题设计。

（三）数据的收集

赣州一中的调查基于"问卷星"网站进行，义乌六中主要采用传统的纸质方式，印发然后回卷。赣州一中高一全体学生共 18 个班，800 名参加了这次调查；义乌六中高一全体学生共 16 个班，743 名参加了此次调查。

二、学生"所思所想"

（一）学生对《红楼梦》的阅读兴趣两极化明显：喜爱者有之，被迫阅读者亦有之

通过调查问卷，发现对《红楼梦》很有兴趣的学生早已阅读《红楼梦》两遍及以上，能根据《红楼梦》的回目，复述出该章回的大致内容，对《红楼梦》中的诗词也能背五首以上；而对《红楼梦》没什么兴趣的也有一小部分学生，大约 5%，他们还未曾读过小说，也就更别提其他的了。

（二）学生阅读期待多样

对于《红楼梦》的学习专题，从两所学校（赣州一中和义乌六中）的学生对问卷中第 20 题的回答来看（图 1、图 2），学生对《红楼梦》的兴趣点并不单一，不是只关注一点，关注和感兴趣的点很多，其中最感兴趣的是宝黛钗的情感，这也是符合青春期这一年龄阶段孩子对纯美"爱情"的渴求的。

E、《红楼梦》中的诗词
F、《红楼梦》中的教育
G、其他 _____

班级	1班	2班	3班	4班	5班	6班	7班	8班	9班	10班	11班	12班	13班	14班	15班	16班	总数
A	10	7	46	28	33	14	24	23	28	25	40	43	28	27	25	25	
B	5	5	0	4	3	8	6	13	4	7	2	0	4	7	6	7	
C	5	9	0	4	4	2	6	1	6	4	2	2	8	7	5	7	
D	5	3	0	0	3	5	2	2	4	2	2	1	6	5	2	5	
E	10	7	1	4	4	3	2	4	3	2	0	0	3	4	5	2	
F	1	5	0	5	1	1	2	2	4	1	0	0	6	1	1	1	
G	10	0	0	0	0	0	1	2	3	3	0	0	3	2	1	1	

20. 选A人数　（　　）人
　　 选B人数　（　　）人
　　 选C人数　（　　）人
　　 选D人数　（　　）人
　　 选E人数　（　　）人
　　 选F人数　（　　）人
　　 选G人数　（　　）人
　　 选H人数　（　　）人

A. 宝黛钗的情感探究
B. 女性意识的唤醒(如不附庸丈夫的王熙凤)
C. 给小人物立传(如刘姥姥)
D. 人物比较分析(如黛玉和晴雯)
E. 中国的家族文化(如长幼的相处礼仪)
F. 家庭教育观(如贾母、贾政对宝玉的教育)
G. 宗法制度(如军权、父权)
H. 文学解读(如诗词曲灯谜酒令等)
I. 饮食文化

班级	1班	2班	3班	4班	5班	6班	7班	8班	9班	10班	11班	12班	13班	14班	15班	16班	总数
A	7	0	47	25	27	18	23	29	23	34	46	47	23	29	32	30	440
B	6	0	45	21	10	22	23	19	30	45	45	19	18	29	1	25	358
C	22	15	41	15	9	4	12	11	9	28	4	42	0	14	21	14	0	240
D	34	1	47	27	14	10	11	16	20	32	37	26	7	20	16	12	256
E	12	3	28	11	6	11	12	10	8	28	40	15	8	8	11	4	209
F	5	2	5	11	2	6	10	11	8	29	7	0	8	7	10	16	139
G	7	20	2	9	3	4	6	5	2	24	10	0	2	1	7	0	102
H	6	13	47	13	10	10	10	6	28	40	7	7	16	6	266		
I	3	2	47	11	5	8	1	10	15	27	39	47	15	16	21	0	267

21. 选A人数　（　　）人
　　 选B人数　（　　）人
　　 选C人数　（　　）人
　　 选D人数　（　　）人
　　 选E人数　（　　）人

图1　浙江省义乌市第六中学高一学生《红楼梦》整本书阅读调查表截图

| 其他 | 16.57% |

19.如果让你给同学们做一个《红楼梦》讲座或讲一节《红楼梦》的课,你最想讲的内容是( )(说明填写具体内容) [单选题]

选项	比例
《红楼梦》的人物	46.15%
《红楼梦》的主题思想	17.75%
《红楼梦》的艺术成就	7.1%
《红楼梦》中的文化	15.38%
《红楼梦》中的诗词	7.1%
《红楼梦》中的教育	4.73%
其他	1.78%

20.以下关于《红楼梦》的学习专题,你对哪些感兴趣? [多选题]

选项	比例
宝黛钗的情感探究	39.64%
女性意识的唤醒(如不附庸丈夫的王熙凤)	37.87%
给小人物立传(如刘姥姥)	37.28%
人物比较分析(如黛玉和晴雯)	39.05%
中国的家族文化(如长幼的相处礼仪)	38.46%
家庭教育观(如贾母、贾政对宝玉的教育)	31.95%
宗法制度(如军权、父权)	24.26%
文学解读(如诗词曲灯谜酒令等)	38.46%
饮食文化	30.77%

21.你倾向于以下哪些阅读成果汇报形式? [多选题]

选项	比例
小组讨论发言	44.97%
剧本表演	50.3%
个人读书笔记展	15.98%
经典诗文诵读解说	21.3%
续写、改写故事	17.75%
议论文写作	16.57%
其他	16.57%

22.你在阅读《红楼梦》的时候最想获得的东西是哪一个?( )(说明:如果选择E,请在后面填写具

选项	比例
人生哲理	43.79%
审美享受	18.34%
做人道理	23.67%
写作方法	11.83%
其他	2.37%

图2　江西省赣州市第一中学高一学生《红楼梦》整本书阅读情况调查统计汇总

无独有偶，在《红楼梦》的征文比赛中，笔者也发现中学生作者比较热衷从宝、黛、钗的爱情悲剧这一角度来阐释《红楼梦》的主题，有的同学已经能从多个角度探究宝、黛爱情悲剧的深层原因，认为宝、黛爱情悲剧是命运的悲剧、性格的悲剧，同时也是家族和社会的悲剧，分析很有见地而且有一定的深度。

（三）了解《红楼梦》的途径过于单一

超过一半的同学在课外主要是通过观看影视剧的方式来了解《红楼梦》的，没有看过相关解读《红楼梦》节目，比如"蒋勋细说《红楼梦》""百家讲坛——刘心武揭秘《红楼梦》""老梁故事汇《红楼梦》系列""白先勇细说《红楼梦》"等。

（四）阅读采用的方式多样

与了解《红楼梦》的途径单一相比，超过一半的学生在阅读《红楼梦》时采用的阅读方式很多样，他们会根据著作内容和自身需要，综合运用精读、略读和浏览等方式。

（五）感兴趣红楼人物中，黛玉高居榜首

在单写黛玉的文章中有的认为黛玉虽然尖酸刻薄、多愁善感但同时也才华横溢，有的是将黛玉和宝钗进行对比阅读，还有的则是以黛玉为中心展开想象进行分析。

（六）有部分学生已经由关注作者"写什么"到关注作者"怎么写"

问卷第 16 题大部分同学关注人物、情节的同时，也有七分之一的同学开始关注小说的叙事手法。这一点也体现在《红楼梦》的征文中，合肥三中的丁韵涵在《聚"蕉"红楼——〈红楼梦〉中的芭蕉意象》中写道："曹公写红楼是字斟句酌、精益求精的，芭蕉的出现必有其独到的深

意。……借物喻人，以物达意，自古就是诗文中惯用的手法。红楼的花草不止芭蕉，芙蓉、牡丹、斑竹、海棠都在书中恰到好处地传递着作者的情感。"合肥市滨湖寿春中学高二（4）班的孔思凡同学在《〈红楼梦〉中的色彩密码——以"怡红快绿"为例》一文中写道："当我用色彩作为切入点去看《红楼梦》，不得不感叹曹公的高明。原来并不只是为人处世才能看出书中人物的性格，从简单的服饰和寓所，也可以以小见大。"

三、学生的"应思应想"

统编教材本身设计了6大任务（把握人物关系、体会人物性格、品味文化内涵、欣赏诗词、设想人物命运、体会小说主题），但这些任务是可选择、可增删的。"新课标"提出，应"从最使自己感动的故事、人物、场景、语言等方面入手，反复阅读品味"，获得审美感悟，丰富自己的精神世界。

事实上，"新课标"要求的很多方面如故事、人物、场景和语言也是大部分同学感兴趣的，除了《红楼梦》中的诗词。因为不太好懂，不好理解，它成了一部分同学阅读《红楼梦》的困难之一。

怎样才能让不感兴趣的学生对《红楼梦》产生兴趣，怎样解决《红楼梦》诗词的难题，还有怎样让阅读存在巨大差异的学生阅读各有所获。教师在引导学生阅读《红楼梦》的过程中，也可以根据学生的个体差异，精心安排一些学生喜欢的活动，比如剧本表演，小说部分情节、人物改写或改编，还有小组讨论发言，等等，让《红楼梦》的阅读成为美好的旅程。

同时在具体的教学中，根据班情定制不同的任务菜单，也是一种不错的选择。

四、《红楼梦》整本书阅读教学

（一）学生提出来的问题五花八门

在整本书阅读过程中，学生提出来的很多问题是老师难以想象的，比如读完第三十回，有学生问"宝玉是不是爱上金钏了"，虽然这样的问题不是很好回答，但也应该做出回应。学生的认知水平相对有限，再加上现在影视剧以及其他改编作品的误导，会让高中生以为语言的挑逗就是表达爱情，把问题简单化，针对学生的这种现状，可以把这个问题交由对《红楼梦》理解比较深入到位的学生来解答，也可以适当进行课堂讨论。

当然也有学生提出了一些比较好的问题，比如当贾母坐在炕或榻上，姐妹们坐在椅子上，或者吃饭的时候大家按位子坐，为什么经常站着伺候他们的，一个是王熙凤，一个是尤氏，还有李纨，甚至包括王夫人，这些问题就需要我们老师出面来回答了，其实这反映了当时清朝旗人的风俗。有一个清末民初的学者徐珂，他整理了一部《清稗类钞》，里面有很多珍贵的记录，其中提到了旗人的风俗："旗俗，家庭之间，礼节最繁重，而未字之小姑，其尊亚于姑。宴居会食，翁姑上坐，小姑侧坐，媳妇则侍立于旁。"满族以未婚女儿为尊。现代学者杨英杰先生在《清代满族风俗史》里也有相关描述，这是一个很特别的风俗。可以向同学们推荐一本书——金寄水、周沙尘的《王府生活实录》，对了解清代世家大族的礼仪生活很有帮助。

（二）课堂教学案例展示：从"滴翠亭"公案重评宝钗其人

很多学生读"滴翠亭"这一章回，认为宝钗有故意陷害黛玉的嫌疑，那事实是不是如此呢？我们设置了以下投学生所好的情境，来重新认识、评价宝钗这一人物。

1. 导入

却说某年某月某时，在十里街的仁清巷里，几个街坊正聚在告示栏前"吃瓜"。（请两个同学分角色朗读PPT上呈现的路人甲、路人乙的对话，读出"吃瓜"的激动）

原来那告示栏上登载着当地名人对"滴翠亭"公案的评价。

（1）张爱玲：又有批语盛赞宝钗机变贞洁，但是此处她实在有嫁祸黛玉的嫌疑，为黛玉结怨。

（2）太平闲人（张新之）：卿卿即蛇，终必被咬。

那么在座的各位又是什么身份？是拾遗律师事务所的律师，拾遗律师事务所打官司胜率很高，在当地确实有点名气。花开两朵，各表一枝，一位意料之外的贵客来到了咱们的律师事务所。（教师模仿薛姨妈的言语，读出求告无门的无奈和爱女遭劫的痛苦）

为了不把事务所的招牌砸了，咱们要细细推敲本案案情，从"动机"和"结果"两方面研究一下，假如去为薛宝钗辩护，有没有较高的可能性辩护成功呢？

2. 议程一：还原"事发经过"

请各位律师在仔细研读"案发现场"记录的前提下，从薛宝钗的视角，总结概括"滴翠亭"公案的起因、经过、结果。

分析完"案发现场"的书面记录，你感觉宝钗这人如何？（有学生会回答"阴险""有心计""陷害"，但教师此时要明确这几个词并不可混为一谈。此处就可强化不要简单二分法的意识）"有心计"就等于"陷害"吗？"有心计"在不同的语境中可以往不同的方向解释。诸葛亮是否有心计？但我们更愿意称其为足智多谋。残害忠良的魏忠贤也很有心计，但我们称其为阴险狡诈。可见"有心计"的评价是有双面性的。

接下来，我们要讲证据，深入研究：宝钗此处，到底是否在用心计陷害黛玉呢？（教师将板书分成两部分，左边写负面证据，右边写正面证据，一点负面证据计扣一分，一点正面证据计加一分，在议程二、议程

三后进行核算）

3.议程二：侦查"作案动机"

宝钗是否有陷害黛玉的原因或根据？请各位律师以小组为单位，依据文本，找到准确直接地指向原因的细节。时间四分钟。（因导学案已事先发放并做好，此处讨论时间较短。PPT出示提示作为研究支架：宝钗的性格？宝钗和黛玉的关系？"滴翠亭"公案的起因？"金蝉脱壳"后的反应？……）

（1）性格：

①纯真；

②为他人考虑、事事求周全（结合全书得知）；

③城府深、明哲保身（结合全书得知）。

（2）关系：

①情敌；

②和黛玉关系实际不错（结合全书得知）。

（3）起因：

突发事件之下的应激反应。可举《三国演义》"青梅煮酒"的例子。

（4）反应：

①小红生疑；

②宝钗真实的心理描写；

③"谁知"。

4.议程三：推测"犯罪结果"

假设"滴翠亭"公案的宝钗是"陷害"和"栽赃"黛玉，那么后来可能会对黛玉施行报复的毫无疑问就是小红。这就牵涉两个问题：小红能否有那么大的能量危害到黛玉？黛玉会不会轻易被动摇地位？

（1）小红在贾府的地位：

①为尊者讳；

②主、仆等级森严：Ⅰ.仆人之间地位差别：出示本回晴雯和小红的

交谈作为材料。Ⅱ. 主子和贴身丫鬟的地位差别：出示第五十五回平儿与凤姐一同吃饭时的"屈一膝于炕沿之上，半身犹立于炕下"的动作作为材料。（小红在贾府中的地位仍然属于"正面证据"，在论证完毕之后需要板书进"正面证据"一栏）

（2）林黛玉在贾府的地位：

出示第五回黛玉来府后贾母的态度作为材料，得出"宝、黛地位崇高给他们带来一定特权"的结论。

出示第六十、六十一回宝玉将王夫人房中失窃的事揽到自己身上作为材料，得出"特权在于能将大事化小、小事化了，事情不会再被追究下去"的结论。

出示第五十八回宝玉为了开脱藕官，行使自己和黛玉的特权制止婆子作为材料，婆子为了不让凤姐继续追究，借口藕官被"林姑娘叫了去了"，而宝玉"想一想"仍然同意，可见贾府上下都有请出林黛玉即可让大风波化为无形的共识。

教师提示：分析到这里，我们能否摆脱起初阅读案发现场文字记录时，对宝钗产生的"陷害""阴险"的固有成见，推测一下宝钗在"滴翠亭"公案中为何要以黛玉为借口？学生能够得出结论——为了使"大家无事"，这也能与她事事求周全、为他人考虑的性格相照应。

（3）事件后续：

自"滴翠亭"公案所在的第二十七回到第八十回，并没有进一步描写小红与黛玉两人之间的互动，此事确实不了了之。（黛玉在贾府中的地位和事件后续同属"正面证据"一栏）

从还原"事发经过"到侦查"作案动机"，再到推测"犯罪结果"，我们通过细致的分析，将这桩公案一步步抽丝剥茧。紧张的会议结束后，推开门，薛姨妈仍在等待回复。

（教师核算黑板左右两边的证据）可以看到，经过大家群策群力的讨论，对宝钗不利的证据较少，对宝钗有利的证据较多，薛家还有重谢，这个辩护案子，咱们拾遗律师事务所接不接？学生齐答：接。

5. 总结

我们在阅读《红楼梦》时，往往会因为太过喜爱宝黛爱情的明媚，又太过惋惜宝黛爱情的夭折，会不由自主地将宝钗看得绵里藏针、笑里藏刀。当这样的观点汇成大势，成为洪流，赞美黛玉而厌恶宝钗就成了人之常情（对应本课开头的"仁清巷"），为了和大多数读者保持立场上的一致，我们只能变得势利（对应本课开头的"十里街"）。但是，作为一个合格的读者，我们千万不要忘记"拾遗"，不要忘记捡起并研究那些旁人所遗漏的事物。

《红楼梦》塑造人物的成功之处，在于曹雪芹塑造出了一群丰满、生动、逼真的圆形人物，薛宝钗就是其中一位。通过本节课的学习，你感悟到，我们应当采用怎样的态度去分析这些复杂的人物形象呢？（时间允许可小组讨论）

——客观（立足于文本放下成见）、辩证（避免简单二分法）、多面（多角度分析）。（其他言之有理亦可）

6. 学习成果

（1）本课作业：

（前提：在粗读人物时已经为探春建立了"人物档案册"）有人认为，第五十五回探春对生母赵姨娘的态度过于刻薄冷淡，表现探春对王夫人的阿谀谄媚、趋炎附势。你同意这个观点吗？请客观、辩证、多面地分析探春如此对待赵姨娘的原因。

（2）成果展示：

学生基本都能立足文本，答出赵姨娘的性格和探春的性格不合，以及探春理家不得不要拿恰巧过来的赵姨娘"杀鸡儆猴"这两点。图3这张展示作业答得更为全面。

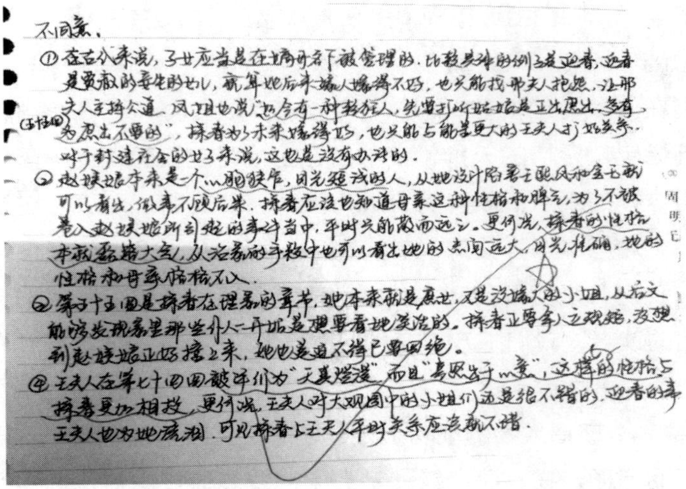

不同意。
①在古代来说，子女应当是在嫡母名下被管理的。比较典型的例子是迎春，迎春是贾赦的妾生的女儿，就算她后来嫁人嫁得不好，也只能找邢夫人抱怨，让邢夫人主持公道。凤姐也说"如今有一种轻狂人，先要打听姑娘是正出庶出，多有为庶出不要的"（五十五回），探春为了未来嫁得好，也只能与能量更大的王夫人打好关系。对于封建社会的女子来说，这也是没有办法的。
②赵姨娘本来是一个心胸狭窄，目光短浅的人，从她设计陷害王熙凤和宝玉就可以看出，做事不顾后果。探春应该也知道母亲这种性格和脾气，为了不被卷入赵姨娘所引起的事件当中，平时只能敬而远之。更何况，探春的性格本就豁达大气，从治家的手段中也可以看出她的志向远大，目光准确，她的性格和母亲性格不似。
③第五十五回是探春在理家的章节，她本来就是庶出，又是没嫁人的小姐，从后文能够发现家里那些仆人一开始是想要看她笑话的。探春正要树立威信，没想到赵姨娘正好撞上来，她也是迫不得已要回绝。
④王夫人在第七十四回被评价为"天真烂漫"而且"喜怒出于心意"，这样的性格与探春更加相投。更何况，王夫人对大观园中的小姐们还是很不错的，迎春的事王夫人也为她流泪。可见探春与王夫人平时关系应该就不错。

图 3　浙江省义乌市第六中学高一朱晴同学《红楼梦》整本书阅读课后作业截图

《红楼梦》整本书阅读教学的学生视角体现了"以学生为中心"的观念，我们既要重视，又要注意陷入观念的误区，放弃教师的主导责任，教师的引导、设计和把控仍然是不可或缺的。

（作者单位：温州大学人文学院、义乌市第六中学、赣州市第一中学）

高中生《红楼梦》整本书阅读情况研究分析
——以上海市南洋模范中学为例

徐 晶

一、研究背景

统编教材高中语文必修下册第七单元设置为《红楼梦》整本书阅读已经几年了,《普通高中语文课程标准》(2017年版,2020年修订)在"整本书阅读与研讨"的学习任务群中指出:"本任务群旨在引导学生通过阅读整本书,拓展阅读视野,建构阅读整本书的经验,形成适合自己的读书方法,提升阅读鉴赏能力,养成良好的阅读习惯,促进学生对中华优秀传统文化、革命文化、社会主义先进文化的深入学习和思考,形成正确的世界观、人生观和价值观。"并具体指出了学习目标:"在阅读过程中,探索阅读整本书的门径,形成和积累自己阅读整本书的经验。重视学习前人的阅读经验,根据不同的阅读目的,综合运用精读、略读与浏览的方法阅读整本书,读懂文本,把握文本丰富的内涵和精髓。"但是学生是否真的完成了整本书阅读,是否能够掌握整本书的阅读方法,积累整本书的阅读经验?教师在教学过程中遇到哪些问题?教、学、评是否保持一致性?这些问题始终存有疑问,需要通过问卷调查了解实际的学情。

自2019年部编语文教材在上海试推行第一轮后,笔者经历了首轮教学过程。今年笔者再次回到高一执教,也是第二轮执教《红楼梦》的整本书阅读。在教学之前,笔者试图了解学生在整本书阅读中所面临的问题。对于学生来说,他们的学习成果往往与老师的教学方法直接相关,因此了解高二和高三学生的学习情况对于笔者更好地制定高一阶段学习策略和方法具有重要意义。通过分析学生的学情和反馈，笔者可以针对不同学生群体的需求进行个性化的指导，以提高他们的阅读理解能力和文学素养。

二、研究方法与对象

为了全面了解学生对《红楼梦》整本书阅读的实际情况，笔者使用"问卷星"和 SPSSAU 软件，制定了一个包含四方面的调查问卷（图表1），涵盖了阅读情况、兴趣与障碍、教学情况、综述撰写等内容，共计 20 个小题。此外，笔者还进行了年级、性别、初中经历等个人信息的调查，旨在通过比较关联度，深入探究这些因素对学生学情的影响，以便能够更加准确地制定切实有效的教学策略。

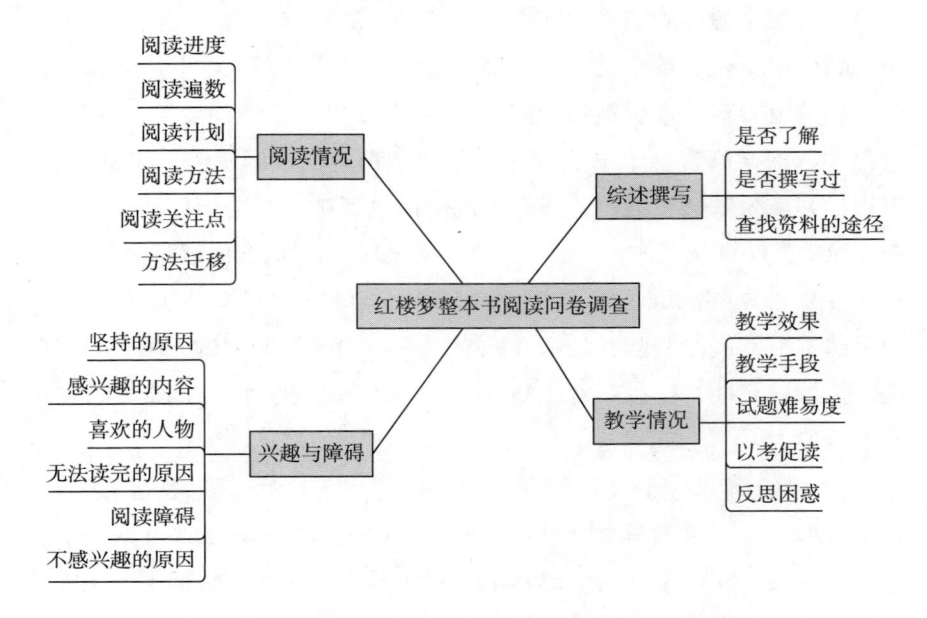

图表1 《红楼梦》整本书阅读问卷调查思维导图

问卷调查的对象为南模中学高一、高二、高三三个年级的学生，共收集了692份有效问卷，具体而言，其中高一年级的问卷数量为337份，占总人数的48.70%；高二年级的问卷数量为166份，占总人数的23.99%；高三年级的问卷数量为189份，占总人数的27.31%。

（一）信度分析

笔者随机抽取了问卷中四道题目做信度分析，可得到图表2、图表3：

Cronbach信度分析

名称	校正项总计相关性（CITC）	项已删除的α系数	Cronbach α系数
4.《红楼梦》的阅读进度	0.863	0.967	0.959
6.读了几遍	0.969	0.926	
10.是否会将整本书的阅读方法迁移运用到其他长篇小说阅读中	0.940	0.948	
11.对《红楼梦》中哪些内容感兴趣（宝黛爱情）	0.960	0.939	

标准化Cronbach α系数：0.972

图表2 信度分析

从图表2可知：信度系数值为0.959，超过了0.9的标准，因而说明本问卷研究数据信度质量非常高。通过对各项分析的CITC值进行分析，发现所有分析项的CITC值均大于0.4，说明分析项之间具有良好的相关关系，同时也说明信度水平良好。综上所述，研究数据信度系数值高于0.9，说明数据信度质量高，可用于进一步分析。

（二）效度分析

效度分析结果

名称	因子载荷系数	共同度（公因子方差）
	因子1	
4.《红楼梦》的阅读进度	0.920	0.847
5.是否有阅读计划	0.953	0.908
6.读了几遍	0.977	0.954
9.在《红楼梦》整本书阅读过程中是否还会关注以下内容（作者生平）	0.971	0.942
特征根值（旋转前）	3.652	—
方差解释率%（旋转前）	91.297%	—
累积方差解释率%（旋转前）	91.297%	—
特征根值（旋转后）	3.652	—
方差解释率%（旋转后）	91.297%	—
累积方差解释率%（旋转后）	91.297%	—
KMO值	0.850	—
巴特球形值	553.246	—
df	6	—
p 值	0.000	—

备注：表格中数字若有颜色：蓝色表示载荷系数绝对值大于0.4，红色表示共同度（公因子方差）小于0.4。

图表3 效度分析

从图表3的数据可知：所有研究项对应的共同度值均高于0.4，说明研究项信息可以被有效地提取。此外，评估问卷的效度时，KMO值为0.850，超过了0.6的标准，表明数据可以被有效地提取出有用的信息。另外，通过因子分析，发现一个因子的方差解释率达到了91.297%，而旋转后的累积方差解释率也超过了50%。

综合以上结果可以得出结论，本问卷调查的效度非常高，说明研究项的信息量可以有效地被提取出来。

三、问卷调查数据分析

（一）阅读情况

1. 阅读进度

（1）阅读进度线性回归分析

将年级、性别、来自初中作为自变量，而将《红楼梦》的阅读进度作为因变量进行线性回归分析，可得到图表 4。

线性回归分析结果 (n=692)

	非标准化系数		标准化系数	t	p	共线性诊断	
	B	标准误	Beta			VIF	容忍度
常数	2.580	0.255	—	10.114	0.000**	—	—
1.年级	0.045	0.076	0.022	0.587	0.557	1.002	0.998
2.性别	0.602	0.129	0.175	4.683	0.000**	1.003	0.997
3.来自初中	−0.094	0.054	−0.065	−1.744	0.082	1.001	0.999
R^2	\multicolumn{7}{c}{0.036}
调整R^2	\multicolumn{7}{c}{0.032}
F	\multicolumn{7}{c}{F（3,688）=8.685, p=0.000}
D-W值	\multicolumn{7}{c}{2.015}

因变量：4.《红楼梦》的阅读进度
*p<0.05, ** p<0.01

图表 4 阅读进度线性回归分析

可以看出，模型公式为：《红楼梦》的阅读进度 =2.580 + 0.045*1.年级 + 0.602*2.性别 −0.094*3.来自初中，模型 R 方值为 0.036，意味着年级、性别、来自初中可以解释《红楼梦》的阅读进度的 3.6% 变化原因。对模型进行 F 检验时发现模型通过 F 检验（F=8.685, p=0.000<0.05），也即说明年级、性别、来自初中至少一项会对《红楼梦》的阅读进度产生影响关系。另外，针对模型的多重共线性进行检验

发现，模型中VIF值全部均小于5，意味着不存在着共线性问题；并且$D-W$值在数字2附近，因而说明模型不存在自相关性，样本数据之间并没有关联关系，模型较好。最终具体分析可知：

年级的回归系数值为0.045(t=0.587，p=0.557>0.05)，意味着年级并不会对《红楼梦》的阅读进度产生影响关系。

性别的回归系数值为0.602(t=4.683，p=0.000<0.01)，意味着性别会对《红楼梦》的阅读进度产生显著的正向影响关系。

来自初中的回归系数值为−0.094(t=−1.744，p=0.082>0.05)，意味着来自初中并不会对《红楼梦》的阅读进度产生影响关系。

通过总结分析可知：性别会对《红楼梦》的阅读进度产生显著的正向影响关系。然而，年级、来自初中并不会对阅读进度产生影响关系。

（2）阅读进度交叉分析

将阅读进度按年级、性别进行统计，可得到图表5、图表6。

年级	基本未读	读完前五回	前八十回读了一半	前八十回读了三分之二	前八十回读完	一百二十回读完	小计
高一	8.01%	35.31%	19.29%	11.57%	9.79%	16.02%	337
高二	10.84%	18.07%	22.29%	10.84%	19.28%	18.67%	166
高三	25.40%	16.93%	14.29%	5.82%	15.87%	21.69%	189

高中生《红楼梦》整本书阅读情况研究分析

高一：
- 基本未读：16.02
- 读完前五回：9.79
- 前八十回读了一半：11.57
- 前八十回读了三分之二：19.29
- 前八十回读完：35.31
- 一百二十回读完：8.01

高二：
- 基本未读：18.67
- 读完前五回：19.28
- 前八十回读了一半：10.84
- 前八十回读了三分之二：22.29
- 前八十回读完：18.07
- 一百二十回读完：10.84

高三：
- 基本未读：21.69
- 读完前五回：15.87
- 前八十回读了一半：5.82
- 前八十回读了三分之二：14.29
- 前八十回读完：16.93
- 一百二十回读完：25.40

● 基本未读　● 读完前五回　● 前八十回读了一半　● 前八十回读了三分之二
● 前八十回读完　● 一百二十回读完

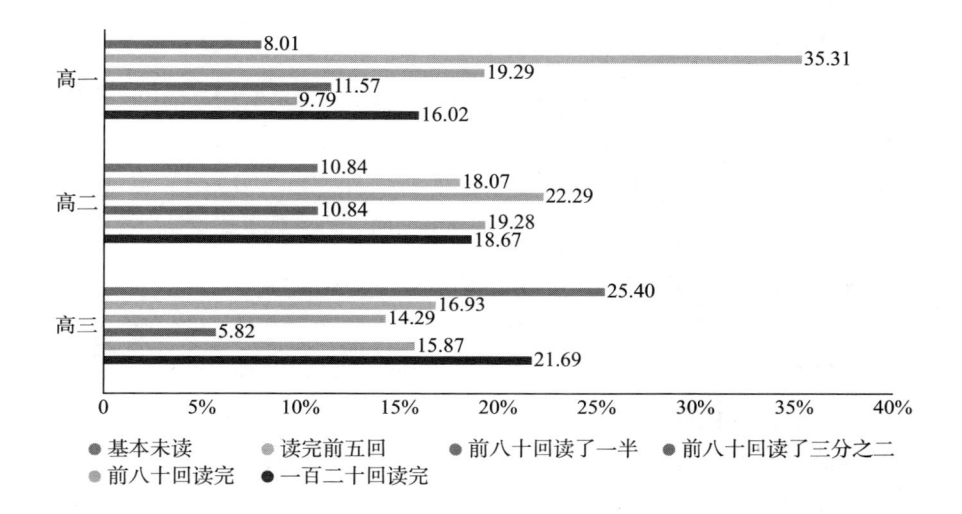

图表 5　阅读进度年级交叉分析

性别	基本未读	读完前五回	前八十回读了一半	前八十回读了三分之二	前八十回读完	一百二十回读完	小计
男	67（18.41%）	108（29.67%）	58（15.93%）	38（10.44%）	39（10.71%）	54（14.84%）	364
女	26（7.93%）	73（22.26%）	71（21.65%）	30（9.15%）	56（17.07%）	72（21.95%）	328

男：
- 基本未读：18.41
- 读完前五回：29.67
- 前八十回读了一半：15.93
- 前八十回读了三分之二：10.44
- 前八十回读完：10.71
- 一百二十回读完：14.84

女：
- 基本未读：7.93
- 读完前五回：22.26
- 前八十回读了一半：21.65
- 前八十回读了三分之二：9.15
- 前八十回读完：17.07
- 一百二十回读完：21.95

● 基本未读　● 读完前五回　● 前八十回读了一半
● 前八十回读了三分之二　● 前八十回读完　● 一百二十回读完

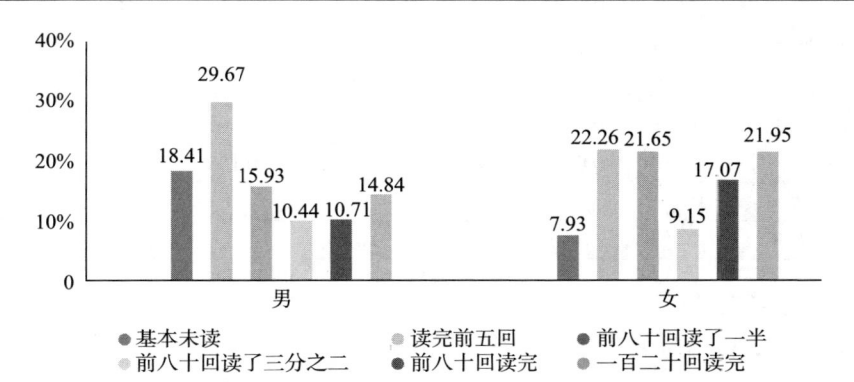

图表 6　阅读进度性别交叉分析

（3）结论分析

根据图表5，在高三年级的整本书阅读中，出现了明显的两极分化现象。一方面，有一部分学生能够完成《红楼梦》前八十回甚至是一百二十回的阅读，占比最高。然而另一方面也有相当比例的学生基本未读过整本书。相较之下，高一和高二年级的学生相对更多地完成了部分内容的阅读。因此，为了确保高三年级的大部分学生能够达到前八十回的阅读进度，整本书的阅读任务应该在高一和高二年级持续推行。

根据图表6，从性别差异上看，女生明显表现出优势。女生未读或仅读前五回的比例明显低于男生，而读完前八十回和一百二十回的比例也显著高于男生。由此说明女生对于《红楼梦》的兴趣远要高于男生。这一性别差异可能受到多种因素的影响。

2.阅读遍数

（1）阅读遍数线性回归分析

将年级、性别、来自初中作为自变量，而将读了几遍作为因变量进行线性回归分析，可得到图表7。

线性回归分析结果（n=692）

	非标准化系数		标准化系数	t	p	共线性诊断	
	B	标准误	Beta			VIF	容忍度
常数	−2.169	0.338	—	−6.424	0.000**	—	—
1.年级	0.158	0.100	0.059	1.577	0.115	1.002	0.998
2.性别	0.625	0.170	0.138	3.675	0.000**	1.003	0.997
3.来自初中	−0.101	0.071	−0.053	−1.415	0.158	1.001	0.999
R^2	\multicolumn{7}{c}{0.027}
调整R^2	\multicolumn{7}{c}{0.022}
F	\multicolumn{7}{c}{F（3,688）=6.271, p=0.000}
D-W值	\multicolumn{7}{c}{2.111}

因变量：6.读了几遍
* p<0.05 ** p<0.01

图表7　阅读遍数线性回归分析

可以看出，模型公式为：读了几遍 =−2.169 + 0.158*1.年级 + 0.625*2.性别 −0.101*3.来自初中，模型 R 方值为 0.027，意味着年级、性别、来自初中可以解释读了几遍的 2.7% 变化原因。对模型进行 F 检验时发现模型通过 F 检验（F=6.271，p=0.000<0.05），也即说明年级、性别、来自初中至少一项会对读了几遍产生影响关系。另外，针对模型的多重共线性进行检验发现，模型中 VIF 值全部均小于 5，意味着不存在着共线性问题；并且 $D-W$ 值在数字 2 附近，因而说明模型不存在自相关性，样本数据之间并没有关联关系，模型较好。最终具体分析可知：

年级的回归系数值为 0.158（t=1.577，p=0.115>0.05），意味着年级并不会对读了几遍产生影响关系。

性别的回归系数值为 0.625（t=3.675，p=0.000<0.01），意味着性别会对读了几遍产生显著的正向影响关系。

来自初中的回归系数值为 −0.101（t=−1.415，p=0.158>0.05），意味着来自初中并不会对读了几遍产生影响关系。

由此可见，性别会对阅读遍数产生显著的正向影响关系。但是年级、来自初中并不会对阅读遍数产生影响关系。

（2）阅读遍数交叉分析

将阅读遍数按性别进行统计，可得到图表 8。

性别	读了一遍	读了两遍	两遍以上	小计
男	101（77.10%）	16（12.21%）	14（10.69%）	131
女	98（62.03%）	29（18.35%）	31（19.62%）	158

[图表：阅读遍数性别交叉分析]

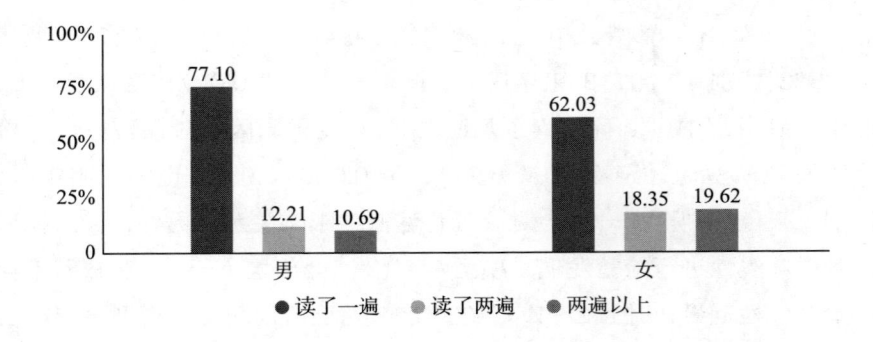

男：读了一遍 77.10，读了两遍 12.21，两遍以上 10.69
女：读了一遍 62.03，读了两遍 18.35，两遍以上 19.62

图表8　阅读遍数性别交叉分析

（3）结论分析

性别对于《红楼梦》的阅读遍数产生显著影响，女生相对于男生而言，读两遍或两遍以上的比例明显更高。这表明性别在阅读习惯和兴趣上存在显著差异。然而，年级和来自初中对于阅读遍数并没有明显的影响，这意味着在整本书的教学过程中，更需要关注性别差异，并选择合适的教学方式来激发男生的阅读兴趣。

3.是否有阅读计划

从图表9中可以发现，近一半的学生在阅读《红楼梦》时没有明确的阅读计划，他们倾向于以一种较为随性的方式进行阅读。对这部作品的阅读被视为一种休闲的活动，或是延续了他们以往读小说的习惯，形成了一种信手翻阅的模式。

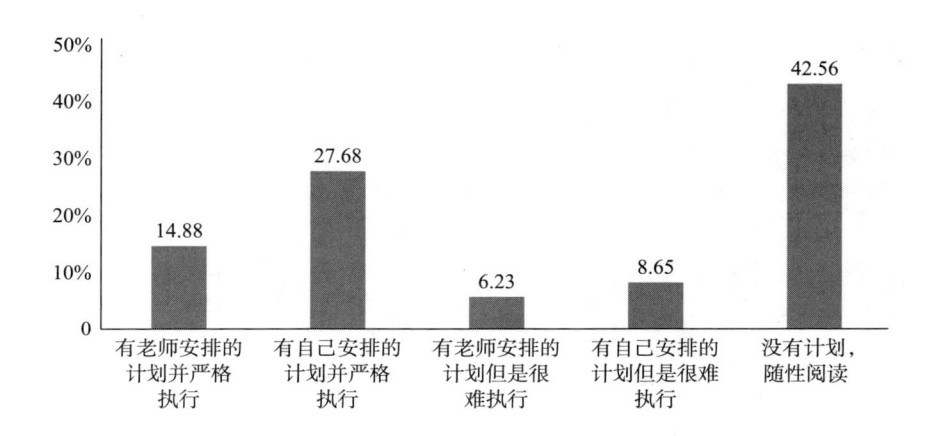

```
50%
40%                                                        42.56
30%        27.68
20%
    14.88
10%                        6.23        8.65
 0%
  有老师安排的  有自己安排的  有老师安排的  有自己安排的  没有计划,
   计划并严格    计划并严格    计划但是很    计划但是很难   随性阅读
     执行         执行        难执行        执行
```

图表 9　是否有阅读计划

4. 采用怎样的方法阅读《红楼梦》

从图表 10 中可以发现，学生对《红楼梦》的阅读方式较为随性，因此高比例的学生选择了"不动笔仅翻阅"，超过了半数的学生采用了这种阅读方式。另外，近一半的学生表示在阅读过程中进行了人物关系的梳理，考虑到《红楼梦》中众多的人物角色，这种梳理对于理解文本内容确实具有帮助。值得注意的是，随文旁批和撰写阅读心得的比例相对较低，然而这两种方法实际上是非常有效的阅读方式，但学生运用得较少。除此以外，学生还补充了其他的阅读方法，例如有学生提到了"看红学家点评"，还有一些学生采用更专业的方法，如考据、阅读红学相关的大量书籍、论文，进行诗词分析和仿写，进行不同版本的《红楼梦》对照阅读，查阅相关前人的评价（如富察明义《绿烟琐窗集》等），并了解曹雪芹的生平和脂批等内容。还有一些学生提到他们通过收听喜马拉雅或在 B 站上观看名家的解读来深入学习。这一些学生的补充回答，也让笔者欣喜地看到有一些学生还是对《红楼梦》表现出浓厚的兴趣的，不仅仅是为了完成高考的考题，而是具备了研究的潜质。

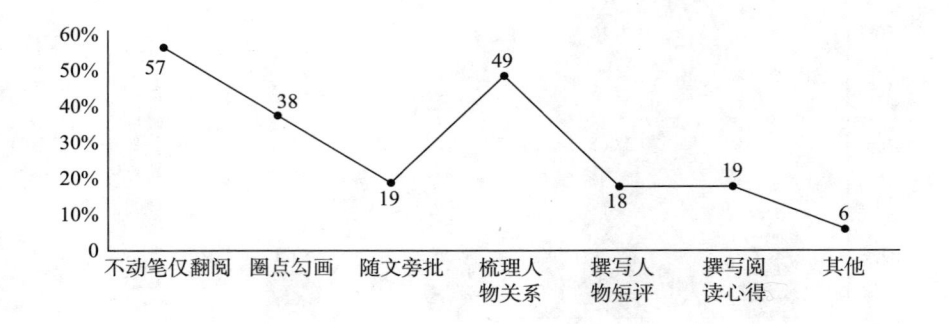

图表10　阅读方式

5. 在《红楼梦》整本书阅读过程中是否会关注到以下内容

从图表11中可以发现，学生更多关注的是时代背景，固然理解时代背景是小说阅读的常规手法，但我们也应该认识到曹雪芹构建的小说环境是虚构的，"假作真时真亦假"。所以如果在教学过程中过多地引导学生关注时代背景，反而束缚了对小说多元主题的理解。值得注意的是，学生对于小说中的"序""跋"关注度较低。在小说中，第一回楔子起到了一个"序"的作用，但是恰恰由于楔子的内容涉及儒道思想，在表述的过程中又带有较强的隐喻色彩，这给学生带来了很大的阅读困扰，因此学生对此很少关注。

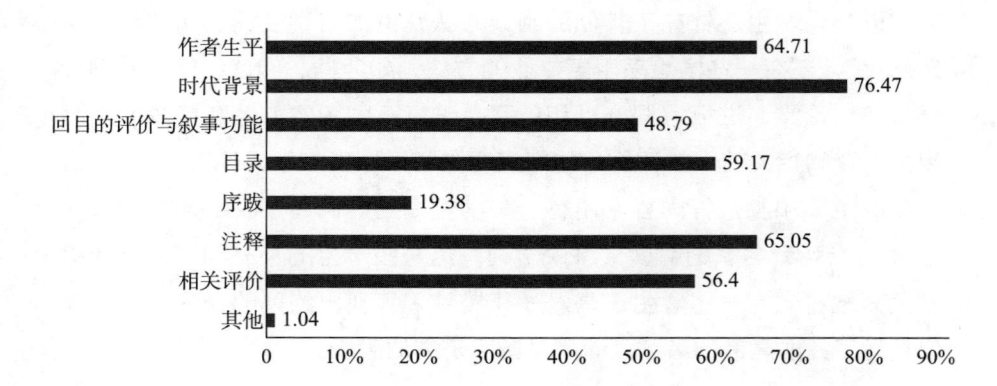

图表11　关注书本以外的内容

6. 是否会将整本书的阅读方法迁移运用到其他长篇小说阅读中

从图表12中可以发现，学生在整本书阅读中选择了"会"和"可能会"的选项，这一比例相当高。这表明学生通过阅读不仅仅是为了了解文本内容，而更重要的是通过阅读来掌握相关的阅读方法，并学会将这些方法迁移到其他阅读任务中。因此，可以说整本书阅读的核心在于培养学生的阅读能力和迁移能力。

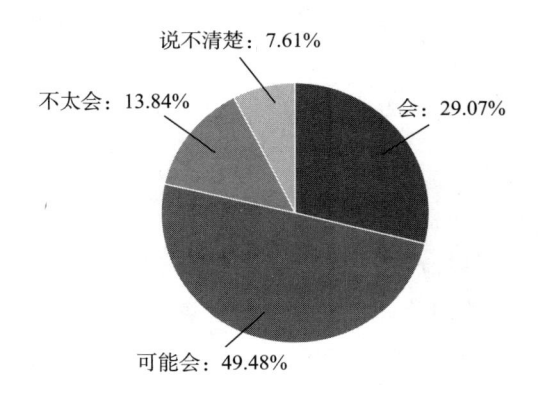

说不清楚：7.61%
不太会：13.84%
会：29.07%
可能会：49.48%

图表12　阅读方法迁移

（二）兴趣与障碍

1. 为何能够坚持阅读

从图表13中可以发现，78.55%的学生选择完成课堂要求，应对高考的要求。高考作为一项重要的考试，对学生的知识掌握和综合能力提出了高要求，因此学生不得不完成相应的阅读任务以迎接高考的挑战。然而，令人鼓舞的是，也有65.40%的学生是出于自我兴趣阅读整本书，这种出于兴趣的阅读方式通常会带来更有效的阅读效果。

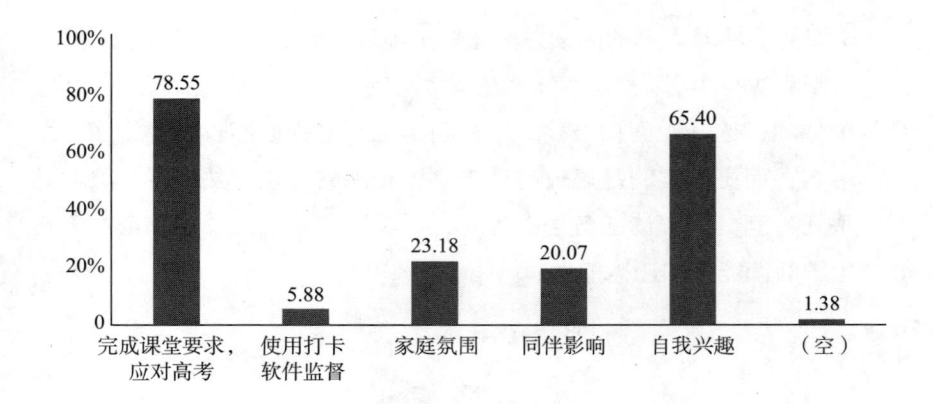

图表数据：
- 完成课堂要求，应对高考：78.55
- 使用打卡软件监督：5.88
- 家庭氛围：23.18
- 同伴影响：20.07
- 自我兴趣：65.40
- （空）：1.38

图表 13　坚持阅读

2. 对《红楼梦》中哪些内容感兴趣

从图表 14 中可以发现，学生对于人物的性格、命运都比较感兴趣，特别关注宝黛的爱情情节、小说的情节发展以及小说中古代生活场景的描写。这种关注重点与小说阅读的三要素相一致，即人物、情节和环境。同时也有小部分学生选择了诗词、主题等内容，这部分学生对自身要求更高，愿意去探索小说更为深刻的内涵。《红楼梦》的语言极富魅力，人物的语言风格各有不同，人物的对话对情节有推动作用，对人物形象的塑造同样起到至关重要的作用。然而，令人遗憾的是，学生对于这方面的关注度较低。因此，在日常的教学中，我们可以进行适当的引导，提高学生对小说语言魅力的关注度。

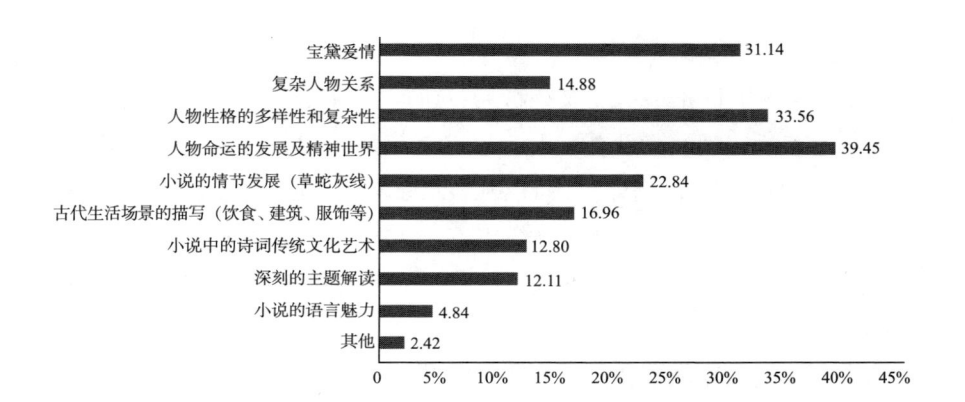

兴趣点	比例
宝黛爱情	31.14
复杂人物关系	14.88
人物性格的多样性和复杂性	33.56
人物命运的发展及精神世界	39.45
小说的情节发展（草蛇灰线）	22.84
古代生活场景的描写（饮食、建筑、服饰等）	16.96
小说中的诗词传统文化艺术	12.80
深刻的主题解读	12.11
小说的语言魅力	4.84
其他	2.42

图表 14 对小说内容的兴趣点

3. 最喜欢《红楼梦》中哪一个人物形象

从图表 15 中可以发现，林黛玉的比重最高，紧随其后的是薛宝钗，这符合《红楼梦》双女主的人物身份安排，贾宝玉作为男主角也占有一定比例，在其他人物中还有学生选择史湘云、妙玉等。

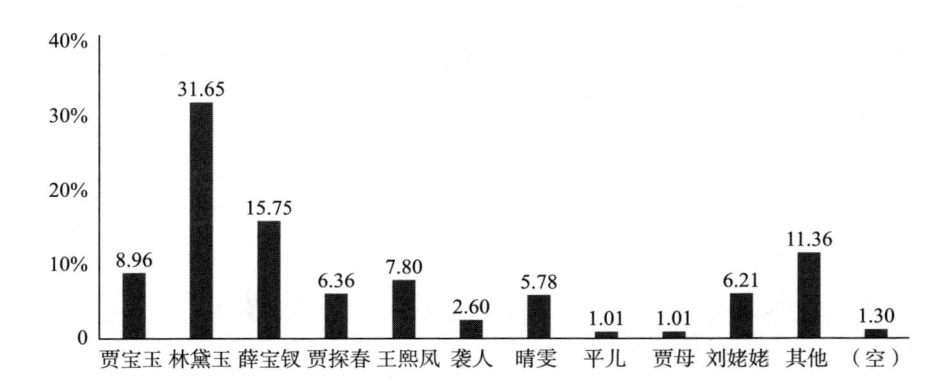

人物	比例
贾宝玉	8.96
林黛玉	31.65
薛宝钗	15.75
贾探春	6.36
王熙凤	7.80
袭人	2.60
晴雯	5.78
平儿	1.01
贾母	1.01
刘姥姥	6.21
其他	11.36
（空）	1.30

图表 15 喜欢的人物形象

4.为什么没有读完前八十回《红楼梦》

在对学生的性别进行交叉分析后,可得到图表16,我们发现时间不足是最主要的障碍,学业负担沉重以及学习压力过大导致学生难以完成整本书的阅读任务。此外,还有39.48%的男生表示对《红楼梦》缺乏兴趣,这是一个主观因素的影响。另外,小说的篇幅过长和内容过于深奥也是客观原因,导致学生难以完成前八十回的阅读。

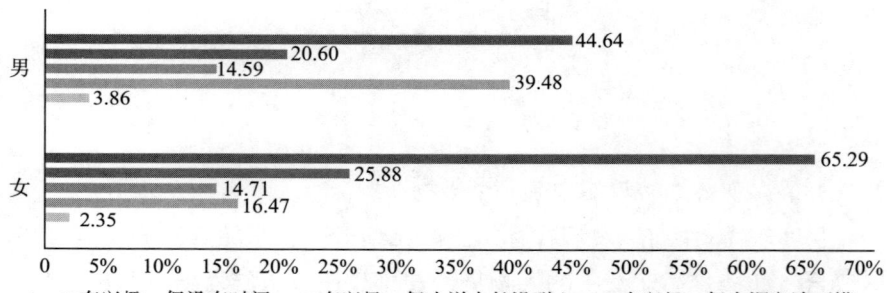

男:44.64 20.60 14.59 39.48 3.86
女:65.29 25.88 14.71 16.47 2.35

● 有兴趣,但没有时间　● 有兴趣,但小说太长没耐心　● 有兴趣,但太深奥读不懂
● 没有兴趣,不想读　● 其他

图表16　未读完的原因

5.觉得什么地方有阅读障碍

从图表17中可以发现,小说的篇幅、文字表述、人物关系都给学生的阅读造成了很大的障碍。学生们表示在理解诗词、前五回的内容和传统文化方面也存在一定的阅读困难。这些阅读障碍成为我们今后教学工作的关注重点,我们将努力提供解答和指导,帮助学生克服这些阅读障碍。

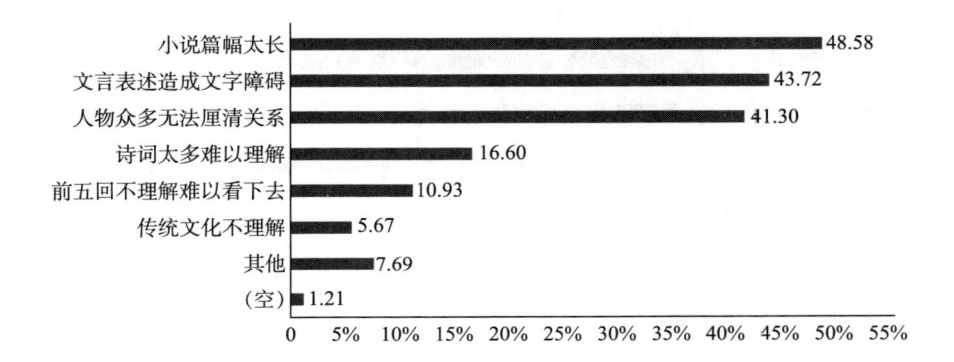

阅读障碍	百分比
小说篇幅太长	48.58
文言表述造成文字障碍	43.72
人物众多无法厘清关系	41.30
诗词太多难以理解	16.60
前五回不理解难以看下去	10.93
传统文化不理解	5.67
其他	7.69
（空）	1.21

图表 17　阅读障碍

6. 为何对阅读提不起兴趣

从图表 18 中可以发现，由小说本身的角度来看，学生对于传统礼节文化的兴趣较低，这可能是由于他们在传统文化方面的积累不足所致。同时，一些学生对缺乏波澜起伏的情节感到不满意。此外，学生在补充的信息中提到不喜欢爱情故事以及过于悲剧的主题。这些因素都影响了学生对《红楼梦》的兴趣和阅读体验。

从客观因素来看，高考的要求也会导致学生产生逆反情绪，可能认为阅读《红楼梦》只是为了应对考试而不是出于自身的兴趣。这种心态会影响学生对小说的投入程度和阅读效果。因此，教师们需要进一步思考如何创设有趣且符合学生认知和情感需求的学习任务，以激发学生对《红楼梦》的兴趣并提高阅读效果。

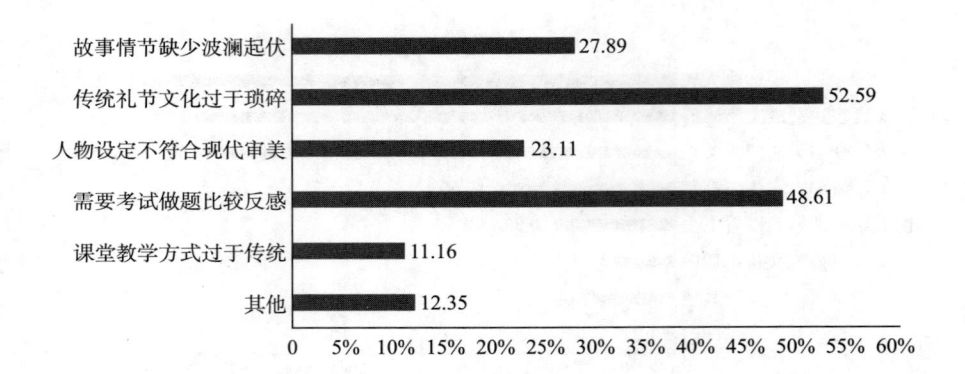

不感兴趣的原因	百分比
故事情节缺少波澜起伏	27.89
传统礼节文化过于琐碎	52.59
人物设定不符合现代审美	23.11
需要考试做题比较反感	48.61
课堂教学方式过于传统	11.16
其他	12.35

图表18 不感兴趣的原因

（三）写作任务

《红楼梦》整本书阅读的单元写作任务是学写综述，笔者通过问卷调查，了解了学生对于综述写作的了解和掌握程度。

1. 是否了解综述

从图表19中可以发现，对于综述了解的学生占比为33.53%，绝大部分学生是听说过，但是对于综述的具体情况并不了解。另外，有22.11%的学生完全没有听说过综述。在对年级进行交叉分析时，发现高二年级的学生相对较好地掌握了综述的情况。相比之下，高一年级的学生正在学习如何撰写综述，因此对综述的了解程度相对较低。而在三个年级中，高三学生对综述的了解情况并不理想。这可能是因为在高一阶段，学生没有很好地完成综述写作任务，或者到了高三阶段已经遗忘了之前的学习经历。

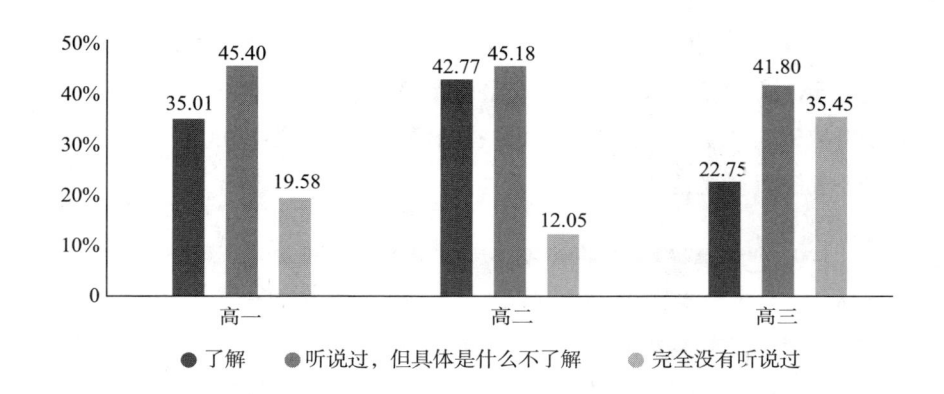

图表 19 对综述的了解

2. 是否写过《红楼梦》的综述

从图表 20 的交叉分析中也可以看到，高二年级相对而言写过综述的比例要比高一、高三高，但是总体上看只有 10.84% 的学生写过综述，说明这个单元写作任务还是需要具体落实。

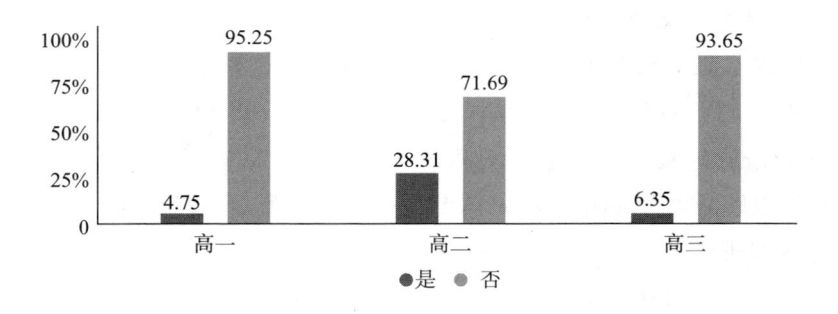

图表 20 《红楼梦》综述撰写经历

3. 查找资料的途径

从图表 21 可以发现，尽管大部分学生尚未撰写过《红楼梦》的综述，然而高中三年级的学生需要完成综评的论文，因此在问卷调查中也就学生是否熟悉查找资料的途径进行了询问。观察到的数据显示，学生对于知网等论文搜索网站相对较为熟悉，他们也会阅读名家解读的书籍。相比之下，关于 Z-library 和全国图书馆参考咨询联盟的了解程度较低，超过半数的学生甚至从未听说过这些资源。通过问卷调查，可以提高学生对于查找资料途径的了解。

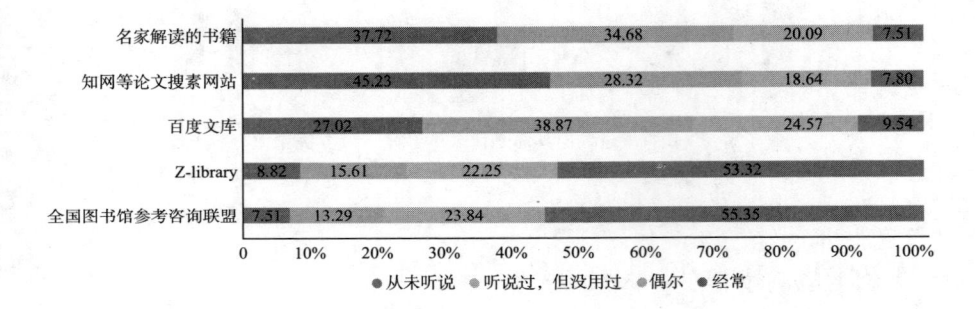

途径	从未听说	听说过，但没用过	偶尔	经常
名家解读的书籍	37.72	34.68	20.09	7.51
知网等论文搜索网站	45.23	28.32	18.64	7.80
百度文库	27.02	38.87	24.57	9.54
Z-library	8.82	15.61	22.25	53.32
全国图书馆参考咨询联盟	7.51	13.29	23.84	55.35

图表 21　查找资料的途径

（四）教学效果

1. 课堂教学是否能够解决《红楼梦》阅读中遇到的障碍

本题的分数区间，为 0—4 分，经统计后，得到图表 22，均分为 2.97 分，从分值上看，选择 2—3 分的同学比例比较高，说明在课堂教学中可以解决部分障碍，另外选择 1—2 分的学生也不在少数，因此教学内容的安排还是需要了解学生的实际情况，既能够解惑释疑，同样也要引导学生尝试自己去探究未知的问题。

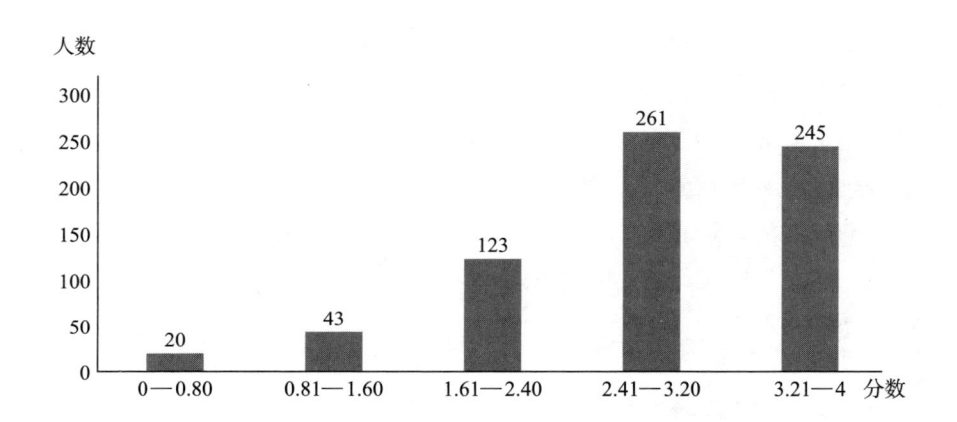

图表 22 课堂的教学效果

2. 课堂教学是否能够提高阅读兴趣

本题的分数区间同样是 0—4 分，经统计后，得到图表 23，该题的均分为 2.65 分，从分数段中可以发现 3 分以上的比例相对比较低。

结合之前题干的分析可以理解到学生觉得教学方式比较传统，高考考题占据主导地位、以做题讲题作为教学手段的话，自己的阅读兴趣会受到一定的影响。

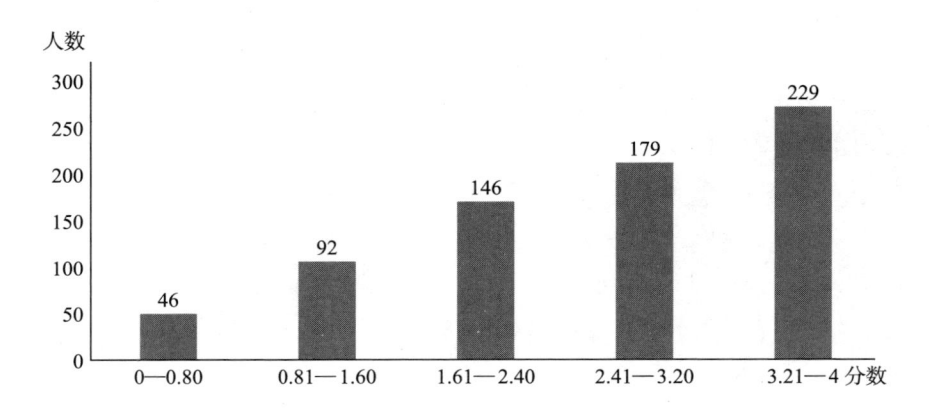

图表 23 课堂提升兴趣

3.《红楼梦》考题的难易度

通过观察图表 24 的数据,我们可以发现学生在选择题中更倾向于选择那些难度较高的选项。这表明由于阅读障碍的存在,学生在答题过程中遇到了很大的困难。尽管 2023 年春季考试和秋季考试注重的是整本书的阅读方法和迁移能力,但在日常的测验和练习中,学生普遍感到有一定的困难。因此,在教学过程中,我们需要思考应该更加关注文本内容还是阅读方法。

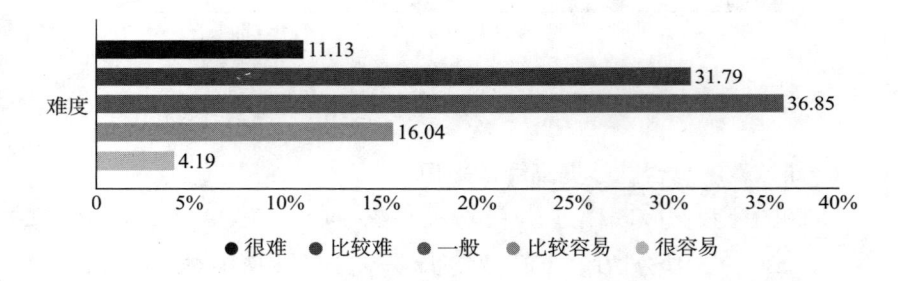

难度
- 很难:11.13
- 比较难:31.79
- 一般:36.85
- 比较容易:16.04
- 很容易:4.19

图表 24 考题的难易度

4. 通过考试促进阅读

从图表 25 可以发现,在面对较难的考题时,学生重新阅读《红楼梦》的比例相对较低,仅有少数学生表示完全不会或基本不会重新阅读。相反,大部分学生在遇到困难时会选择回归到文本中,重新阅读。这一结果提醒着教师,尽管考试中的题目可能让学生感到厌烦,但它在一定程度上检验了学生的学习水平,并促进了学生对《红楼梦》的阅读。因此,教师需要思考如何优化评价方式,以在激发学生的兴趣和进行客观评价之间找到一个平衡点。

高中生《红楼梦》整本书阅读情况研究分析

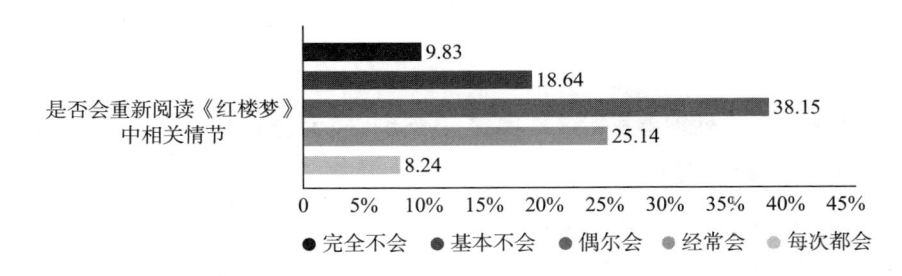

是否会重新阅读《红楼梦》中相关情节
- 完全不会：9.83
- 基本不会：18.64
- 偶尔会：38.15
- 经常会：25.14
- 每次都会：8.24

图表 25　通过考试促进阅读

5. 学生的反思和困惑

通过对高频词汇的分析，制作了词云图（图表 26），我们可以清晰地看到学生在阅读《红楼梦》时对人物和情节的关注较为集中。然而，词云图中也反映出了学生所面临的困惑和挑战，诸如"读不完""记不住""看不懂""没时间"等词汇，直接折射出学生内心深处的焦虑和困惑，提醒着教师们应该关注并思索如何采用更好的教学策略来缓解学生的内心焦虑和困惑。

图表 26　高频词云图

四、结论

（一）学生性别差异对《红楼梦》阅读有较大的影响

根据数据分析结果显示，年级和来自初中对于阅读的进度和遍数并没有明显的影响。无论是哪个年级，都存在未完成阅读的学生，同时也有已经完成前八十回甚至一百二十回阅读的学生。在三个年级中，高二年级的完成度相对较高，而由于疫情的原因，高三年级中未完成整本书阅读的情况较为普遍。另外，由于高一年级刚刚接触整本书阅读，因此未完成阅读的比例也较高。值得注意的是，尽管高一年级存在名额分配的学生，但初中的学习经历对学生的阅读进度和遍数完全没有影响。

然而，性别对于完成《红楼梦》整本书阅读的进度和遍数具有显著的影响。数据显示女生明显比男生更对《红楼梦》感兴趣，并且完成阅读的程度也更高。这表明女生在阅读《红楼梦》方面表现出更高的投入和积极性。

（二）学生缺少整本书阅读的良好习惯和方法

学生普遍缺乏阅读计划，也未形成良好的阅读习惯和方法，他们通常随手翻阅、将整本书阅读当成了茶余饭后的消遣之作，缺乏系统性和深度性的阅读体验。

在常规的阅读方法方面，学生对于随文旁批、撰写人物短评、撰写阅读心得等传统阅读方法使用情况不佳，没有充分发挥出其应有的作用。同时，对于长篇小说阅读方法中的序跋和回目的评价与叙事功能等方面，学生的关注度也较低。

然而，学生普遍认为整本书的阅读方法和经验可以迁移到以后的长篇阅读中，这也是整本书阅读教学的重要目标之一。学生意识到通过整本书的阅读，他们可以培养出批判性思维、阅读理解和文学鉴赏能力，从而更好地应用于未来的长篇阅读中。

（三）学生存在阅读障碍

客观而言，学生面临着沉重的学业负担和紧张的学习环境，这使得他们无法静心投入阅读。同时，文本本身也存在一些阅读障碍，例如篇幅过长、文字难度较高以及众多复杂的人物关系，这使学生感到《红楼梦》的阅读充满了困难和挑战。

从学生自身的角度来看，一些因素也导致了阅读的障碍。学生对传统文化的理解不深，诗词鉴赏能力较弱，以及自身阅读能力相对较弱，都对阅读造成了困难。此外，由于高考的要求，一些学生产生了逆反心理，他们觉得完成练习和考试默写增加了负担，从而导致了厌倦情绪的产生。

综上所述，学生面临的学业压力、阅读障碍以及个人能力限制等因素都对《红楼梦》的阅读造成了一定的困难。这些问题需要教育者和学校共同努力，提供适当的支持和引导，以帮助学生克服阅读障碍，培养对传统文化的理解和鉴赏能力，并调动他们对阅读的兴趣与动力。

（四）学生感兴趣的内容较为集中

大多数学生之所以选择阅读《红楼梦》是因为高中阶段学习的要求，而并非出于对这部小说本身的兴趣。然而，也有一部分学生对《红楼梦》本身抱有兴趣，他们更加关注小说中的人物形象和情节发展，认为这是小说的吸引点。然而，对于小说的语言魅力，学生的兴趣度相对较低。

这种情况可能与学生的阅读经验和文化背景有关。对于大部分学生来说，阅读《红楼梦》是一种挑战，因为它的语言风格和叙事方式与他们平时接触的文本有所不同。而对于那些对传统文学和经典作品有较少接触的学生来说，理解和欣赏《红楼梦》的语言魅力可能需要更多指导和培养。

（五）学生单元写作任务完成度不高

学会撰写综述是整本书阅读的单元写作任务，但是学生在进行这一写作任务时常常面临诸多困难。例如，他们可能将个人研究误以为是研究论题，缺乏寻找学术资源的技巧，或者缺乏对内容进行梳理和概括的能力。与此同时，教师在推动这个单元写作任务的实施方面也面临各种各样的挑战和障碍。

（六）教师教学效果有待提升

教师面临《红楼梦》整本书的教学难题，而学生也在课堂上感受到对此书的学习收获有限。因此，提供解疑释惑和激发学生兴趣的任务都需要教师不断提升自身的教学能力，夯实基本教学功底。同时，教学与评价是相互关联的，教师需要在二者之间找到平衡点。如何通过评价的方式推动学生阅读水平的提升，并激发他们对学习的兴趣，是高中语文教师需要进一步思考和探索的问题。

五、建议策略

（一）关注性别差异持续阅读

学生们普遍认为《红楼梦》的篇幅较长，而学业压力也让他们感到紧张。因此，我们可以关注高一和高二年级的学习进度，有意识地在高二的教学中继续推进《红楼梦》的整本书阅读。为了激发学生对《红楼梦》的兴趣，我们可以设计一些学习活动，如考察青浦大观园、举办综述答辩会、进行情景剧表演、开展辩论赛等。这些活动将进一步加强学生对《红楼梦》的关注，并在高三之前完成整本书的阅读。

另外，我们也可以考虑性别差异，针对性别进行分层教学。例如，在综述撰写环节，我们可以允许学生选择自己感兴趣的角度进行学习和写作，这样有助于提升男同学对阅读的兴趣。通过充分考虑性别差异，我们可以更好地满足学生的需求，提高他们的学习积极性和参与度。

（二）关注整本书的阅读方法

阅读序跋和目录作为整本书阅读中重要的组成部分，具有重要的阅读方法功能。值得注意的是，2023年的春季考试和秋季考试都涉及考查阅读方法。因此，在完成教科书中的六个教学任务的同时，我们应有意识地对阅读方法进行指导和点拨，而不仅仅关注于文本内容的解读和人物关系的梳理等记忆类知识。在教学过程中，我们应引导学生不仅仅注重文本内容本身，更加重要的是培养他们掌握有效的阅读方法，从而提升他们的综合语文素养。

（三）关注多维度多视角

在教学内容中，教师可以巧妙引导学生深入品读《红楼梦》的语言魅力，通过对小说语言的鉴赏，让学生深入了解人物性格的塑造、情节发展的推进以及主题的挖掘等关键内容。

同时对于前五回的阅读，可以结合中国传统文化进行深入解读，例如儒释道思想在小说中的体现、楔子的作用、草蛇灰线的情节安排等。教师可设计情境活动，激发学生积极性，让学生自己通过查阅相关资料来深化理解。

针对学生反映的篇幅过长等问题，教师可以采用多种辅助手段来提升学生的阅读效果。例如，可以观看《红楼梦》的连续剧，这样学生可以通过视听的方式更好地了解情节，加深对小说的印象，进而推动阅读进度。此外，还可以借助现代科技手段，例如听喜马拉雅等平台上名家对《红楼梦》进行的解读，从专业角度得到指导和解说，帮助学生更好地理解小说的内涵和深层意义。

（四）深入小说内容，激发学生兴趣

在教育教学中，除了满足学习要求外，我们也应该通过激发学生对小说内容的兴趣，引导他们从更多维度去理解和欣赏《红楼梦》。通过多样化的教学方法和活动，可以帮助学生更好地体验小说中的人物形象和情节，并逐渐培养对小说语言魅力的欣赏和理解能力。

这部小说涵盖了丰富的主题和意象，如家族衰落、财富与荣华、人性与命运等。通过深入探讨这些主题，学生可以拓展对小说的理解，并培养批判性思维和文学鉴赏能力。

同时，我们也应该注意到学生对于小说中的序跋关注度较低的现象。尽管楔子在小说中具有序的作用，但由于其内容涉及儒释道思想，并且使用了隐喻手法，给学生带来了阅读上的困扰。在教学中，我们可以通过提供适当的背景知识和解读，帮助学生理解楔子的意义，并引导他们深入思考其中的文化内涵和作者的用意。

（五）关注单元写作任务

基于高中生的认知水平和学情，我们可以将《红楼梦》的文献综述简化为三个阶段：论题确立、资料梳理、综述撰写（图表27）。第一、第二阶段属于作前指导，第三阶段属于作后指导，通过分阶段的撰写逐步提升《红楼梦》整本书阅读的自觉性，增加兴趣点，通过梳理比较整合不同学术作品的观点，并进而提出自己的思考，将读、思、写融为一体，全面发展语文素养。

第一阶段	第二阶段	第三阶段
论题确立	资料梳理	综述撰写

图表27 《红楼梦》文献综述阶段

（六）关注多元评价体系

整本书的阅读是一个持续的过程，每一个学习环节都应该有相应的评价方式，可以是学生自评、互评，老师的评分和评价。

例如，在单元写作任务中，三个阶段的评价标准就所有不同（图表28、图表29、图表30）。

评价标准	好（9—10分）	较好（7—8分）	中（5分以下）
内容表述	内容表述具体 视角选择聚焦	内容表述较具体 有视角的选择	内容分散 没有视角选择
语言表达	精准完整，符合议论文要求	完整，但不够精准 符合议论文要求	不符合议论文要求

图表28　论题确立评价标准

	评分标准		
素材搜集（10分）	内容全面完整（3分）	与论题关系密切（3分）	代表性、科学性、系统性、创新性（4分）
书目整理（15分）	要点概括紧要（5分）	论点论据不混淆（5分）	出处页码清晰（5分）
提纲撰写（15分）	观点明确客观（5分）	逻辑清晰严密（5分）	论据使用得当（5分）

图表29　资料梳理评价标准

	评分标准		
结构完整（10分）	论点客观严谨（5分）	结构逻辑清晰（5分）	
论据概括（10分）	概括简明扼要（5分）	判断公允客观（5分）	
总结观点（30分）	总结研究规律（10分）	把握以往不足（10分）	展望发展空间（10分）

图表30　综述撰写评价标准

后　记

本次针对《红楼梦》整本书的问卷调查分析仅限于本校的样本量，因此所得出的结果可能存在局限性，无法代表普遍情况。然而，这些结果仍然能够反映出教学中存在的一些问题以及学生真实面临的困境。所提出的教学策略仅代表本人在教学过程中的初步尝试和探索，并可能存在不成熟之处，有待进一步验证和完善。在解读和应用研究结果时，应综合考虑其他研究和数据，并持有审慎的态度。同时，笔者对于学术界和教育实践者的反馈和指导非常重视，希望促进研究的深入发展和教学策略的不断改进。

附：

高中生《红楼梦》整本书阅读情况调查问卷

本调查仅作为《红楼梦》整本书阅读教学的辅助，请如实回答，不需要有任何心理负担。谢谢配合！

1. 年级？[单选题]*
○高一
○高二
○高三

2. 性别？[单选题]*
○男
○女

3. 来自初中？[单选题]
○徐汇区公办
○徐汇区民办
○外区公办
○外区民办

4.《红楼梦》的阅读进度？[单选题] *

○ 基本未读（请跳至第 12 题）

○ 读完前五回（请跳至第 12 题）

○ 前八十回读了一半（请跳至第 12 题）

○ 前八十回读了三分之二

○ 前八十回读完

○ 一百二十回读完

5. 是否有阅读计划？[单选题] *

○ 有老师安排的计划并严格执行

○ 有自己安排的计划并严格执行

○ 有老师安排的计划但是很难执行

○ 有自己安排的计划但是很难执行

○ 没有计划，随性阅读

6. 读了几遍？[单选题] *

○ 读了一遍

○ 读了两遍

○ 两遍以上

7. 为何能够坚持阅读《红楼梦》？[多选题]

○ 完成课堂要求，应对高考

○ 使用打卡软件监督

○ 家庭氛围

○ 同伴影响

○ 自我兴趣

8. 采用怎样的方法阅读《红楼梦》？[多选题] *

○ 不动笔仅翻阅

○ 圈点勾画

○ 随文旁批

○ 梳理人物关系

○ 撰写人物短评

○ 撰写阅读心得

○ 其他 _____ *

9. 在《红楼梦》整本书阅读过程中是否还会关注以下内容？［多选题］*

○ 作者生平

○ 时代背景

○ 回目的评价与叙事功能

○ 目录

○ 序跋

○ 注释

○ 相关评价

○ 其他 _____ *

10. 是否会将整本书的阅读方法迁移运用到其他长篇小说阅读中？
［单选题］*

○ 会

○ 可能会

○ 不太会

○ 说不清楚

11. 对《红楼梦》中哪些内容感兴趣？［多选题］*

○ 宝、黛爱情

○ 复杂人物关系

○ 人物性格的多样性和复杂性

○ 人物命运的发展及精神世界

○ 小说的情节发展（草蛇灰线）

○ 古代生活场景的描写（饮食、建筑、服饰等）

○ 小说中的诗词传统文化艺术

○ 深刻的主题解读

○ 小说的语言魅力

○ 其他 _____ **

填写完该题，请跳至第 15 题。

12. 为什么没有读完前八十回《红楼梦》？[多选题] *

○ 有兴趣，但没有时间

○ 有兴趣，但小说太长没耐心

○ 有兴趣，但太深奥读不懂

○ 没有兴趣，不想读

○ 其他 _____

依赖于第 4 题第 1、2、3 个选项。

13. 觉得什么地方有阅读障碍？[多选题]

○ 小说篇幅太长

○ 文言表述造成文字障碍

○ 人物众多无法厘清关系

○ 诗词太多难以理解

○ 前五回不理解难以看下去

○ 传统文化不理解

○ 其他 _____ *

依赖于第 12 题第 2、3、4 个选项。

14. 为何对阅读提不起兴趣？[多选题] *

○ 故事情节缺少波澜起伏

○ 传统礼节文化过于琐碎

○ 人物设定不符合现代审美

○ 需要考试做题比较反感

○ 课堂教学方式过于传统

○ 其他 _____ *

依赖于第 12 题第 2、3、4、5 个选项。

15. 通过老师的课堂讲解，是否能够使你_____？［矩阵文本题］［输入 0 到 4 的数字］*

0 完全不符合；1 比较不符合；2 一般；3 比较符合；4 非常符合。

| 解决《红楼梦》阅读中遇到的障碍 | _____ |
| 提高兴趣，促进完成《红楼梦》整本书阅读 | _____ |

16. 除了阅读小说，听老师课堂讲解以外还会有什么辅助的手段帮助理解小说？［多选题］*

○影视剧

○空中课堂

○B 站的解读

○喜马拉雅

○名家解读的书籍

○百度文库、知网等网站

17. 最喜欢《红楼梦》中哪一个主要角色？［单选题］

○贾宝玉

○林黛玉

○薛宝钗

○贾探春

○王熙凤

○袭人

○晴雯

○平儿

○贾母

○刘姥姥

○ 其他

18. 是否了解综述？[单选题] *

○ 了解

○ 听说过，但具体是什么不了解

○ 完全没有听说过

19. 是否写过《红楼梦》的综述？[单选题] *

○ 是

○ 否

20. 如果现在需要完成《红楼梦》的综述，你会从哪些途径查找资料？[矩阵单选题] *

	从未听说	听说过，但没用过	偶尔	经常
名家解读的书籍	○	○	○	○
知网等论文搜索网站	○	○	○	○
百度文库	○	○	○	○
Z-Library	○	○	○	○
全国图书馆参考咨询联盟	○	○	○	○

21. 在平时测验考试中遇到《红楼梦》相关题目，你会觉得_____？[矩阵单选题] *

	很难	比较难	一般	比较容易	很容易
难度	○	○	○	○	○

22. 当遇到不了解的内容时，是否会重新阅读《红楼梦》中相关情节？［矩阵单选题］*

	完全不会	基本不会	偶尔会	经常会	每次都会
是否会重新阅读《红楼梦》中相关情节	○	○	○	○	○

23. 关于《红楼梦》整本书阅读还有哪些反思和困惑？［填空题］

（作者单位：上海市南洋模范中学）

《红楼梦》"二尤之死"叙事逻辑谈略

束 强

法国叙事学家布雷蒙在《叙述可能之逻辑》一文中,指出叙事的基本单位是由行动和事件组成的叙事序列。叙事序列包括三个功能项:可能(情况形成)、过程(采取行动)和结果(达到目的)。三个功能项下,又都存在着改善或恶化两种可能,叙事序列由此分出两个基本类型:(1)要得到的改善→改善过程→得到改善或未得到改善;(2)可以预见的恶化→恶化过程→产生恶化或恶化得到避免。在改善或恶化过程中,为了任务的完成,施动者出于消除对敌的目的,可能采取和平或对抗的形式,前者即通过协商达成和解,将对敌转变成同盟;后者即通过打击消灭对敌,重要的策略之一是设立圈套,对受骗人进行欺骗。受动者做出防卫,采取可能的方法来消除面临的障碍,以求得改善局况。[①]

"二尤之死"故事在《红楼梦》中具有相对独立性,情节较为集中,叙事线索较为清晰,充满戏剧化元素,故事本身存在着较大的阐释空间。本文依据布雷蒙的叙事理论,探讨"二尤之死"情节的叙事逻辑,以之为《红楼梦》整本书阅读的经典案例。

一、吞金自逝:尤二姐故事的叙事逻辑

以布雷蒙的叙事逻辑理论来看尤二姐故事,可以发现,尤二姐始终

---

① 参见[法]克洛德·布雷蒙《叙述可能之逻辑》,张寅德译,载张寅德编选《叙述学研究》,中国社会科学出版社1989年版,第153—176页。

扮演着受动方的角色，面临着来自施动方的各种威胁，经历了一个恶化过程，最终未能避免恶化的结局。具体来说，尤二姐故事的叙事序列有以下环节。

第一个环节：贾琏偷娶，尤二姐沉沦情欲，故事存在恶化的可能。从"二尤"入宁府始，到熙凤讯家仆止，是尤二姐悲剧故事的开端。时值贾敬暴毙，宁国府治丧，人手缺少，尤氏接继母及其二女来宁府协助看家，"二尤"由是进入贾府。贾珍、贾蓉父子早先已与"二尤"之间存在非道德性行为，借丧事之机与"二尤"厮混，贾琏得以参与其间；随后贾珍父子牵线，助尤二姐退亲，贾琏偷娶成功，并安排尤二姐与尤三姐、尤老娘居住在花枝巷。尤二姐因此有机会接触到贾琏的心腹小厮兴儿，从而对贾府众人尤其是王熙凤和平儿的基本情况有了初步了解。后来，王熙凤也正是通过讯问兴儿，掌握了偷娶事件的来龙去脉，暗中谋划对策，尤二姐此时便有了走向恶化的危险。

从故事发展的可能看，尤二姐一开始就陷入了贾珍、贾琏等人的圈套，"二尤"系普通市民阶层出身，注定不能让贾府权贵子弟们高看，而仅被视为他们的玩物和禁脔。贾珍、贾蓉看似为尤二姐婚姻大事着想，实际上是利用尤二姐婚后在外居住的机会，方便自己去厮混；贾琏对尤二姐的爱更多是建立在性冲动上，他的滥情可以对任何一个女性（如多姑娘、鲍二家的等）展开。贾琏许诺只等王熙凤一死，便接尤二姐进去做正室，这在现实中是很难实现的，无疑是一种赤裸裸的欺骗。贾琏"身上有服，并停妻再娶"[①]，其行为本身有违封建礼法，一开始便意味着贾琏、尤二姐婚姻的不合法性。尤二姐作为贾琏的偷娶之妾，又出身平民阶层，不可能会成为封建世家的正妻，故而偷娶行为一开始就是欺骗；尤二姐自以为终身有靠的念头，也不过是异想天开。这为后来尤二姐之

---

① 凡引《红楼梦》原文均出自（清）曹雪芹著，（清）无名氏续《红楼梦》，人民文学出版社 2008 年版。后不另注。

死埋下了祸根。尤二姐在兴儿口中了解到王熙凤"嘴甜心苦,两面三刀;上头一脸笑,脚下使绊子;明是一盆火,暗是一把刀"的特点后,仍然企图通过以礼相待的方式来换取王熙凤的容忍,这种愚暗懦弱的性格也注定了她的悲剧结局。

贾琏偷娶事件的暴露在所难免,家仆泄密进一步加速了事件的恶化进程。小说第六十七回中,小丫鬟在听到二门里头两个小厮以及旺儿关于"新二奶奶"的对话后,随即告知平儿,平儿报告给王熙凤。王熙凤讯问家仆时,采取了步步紧逼、层层递进的手段。她先是讯问旺儿,旺儿推托不知,于是引出兴儿;她并未单刀直入地讯问兴儿,而是旁敲侧击,不点明具体何事,在兴儿装糊涂的情况下,王熙凤才进一步挑明:"你二爷外头娶了什么新奶奶旧奶奶的事,你大概不知道啊。"这种明知故问的语言策略,致使兴儿顿时慌神,遂将贾琏偷娶始末和盘托出。王熙凤的态度影响着整个事件的最终走向,使得事件存在着改善或恶化两种可能。小说在回末做了这样的描写:"凤姐越想越气,歪在枕上只是出神,忽然眉头一皱,计上心来……"叙事进程开始继续向前推进,故事似乎潜藏着一种未知的发展态势,但显然已经笼罩在一种不祥的氛围之中。

第二个环节:熙凤计赚,尤二姐深陷围城,故事展开恶化进程。从王熙凤讯仆始到王熙凤成功骗取尤二姐入府,这一部分是尤二姐悲剧故事的发展阶段。贾琏因公在外,王熙凤令人收拾厢房妥当,借寺庙进香之名,暗中去往花枝巷,见到尤二姐后一番长篇大论,"哭诉"衷肠,随即又命人献上拜礼,再度"自怨自错",尤二姐信以为真,"二人携手上车,又同坐一处",共同进入大观园。尤二姐自此陷入虎狼窝,故事进一步恶化。

从故事发展的过程上看,为了消灭对敌(尤二姐),施动者(王熙凤)一直设法挫伤对敌,她最先运用的是欺骗机制,使得尤二姐落入圈套。"欺骗活动分成两种互相联系的行动:一种是掩盖,另一种是伪装。"[1]王熙凤一方面掩盖自己的恶行，另一方面伪装成良善来接近尤二姐，最终欺骗得逞。王熙凤利用得到的优势让对敌（尤二姐）解除武装，并使其缺乏防卫行动而束手待命。按照布雷蒙叙事逻辑理论，具体来说，欺骗人与受骗人之间的叙事逻辑如图1[2]所示。

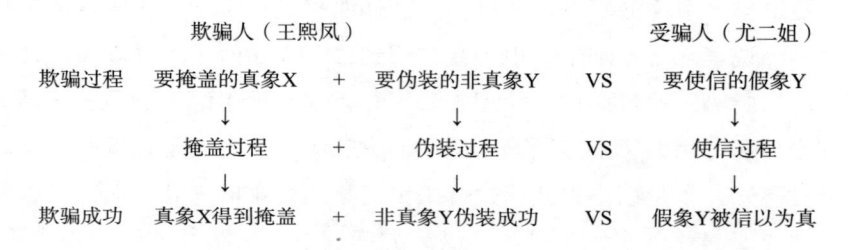

	欺骗人（王熙凤）			受骗人（尤二姐）
欺骗过程	要掩盖的真象X ＋ 要伪装的非真象Y	VS	要使信的假象Y
	↓ ↓		↓
	掩盖过程 ＋ 伪装过程	VS	使信过程
	↓ ↓		↓
欺骗成功	真象X得到掩盖 ＋ 非真象Y伪装成功	VS	假象Y被信以为真

图1　欺骗人与受骗人之间的叙事逻辑

在欺骗过程中，欺骗人王熙凤试图完成两项行动：掩盖与伪装。王熙凤努力要掩盖的"真象X"是她平时的恶行以及她妒忌狠毒的真实性格，她要伪装的"非真象Y"是她良善可亲的模样，这也是要使受骗人尤二姐相信的"假象Y"。平常打扮得光彩夺目的王熙凤，此时一改常态，她身穿青白两色衣裙主动前往花枝巷探访，"只见头上皆是素白银器，身上月白缎袄，青缎披风，白绫素裙"，这其实也是伪装手段之一，一方面凸显自己清素淡雅，与人无争；另一方面表示自己遵守礼法，严于律己。在国孝家孝面前，王熙凤以自己的守礼来暗中谴责尤二姐的不守礼，一开始就给了尤二姐一种精神威慑。为了获取尤二姐的信任，王熙凤发表了一番真情独白，表面示好亦示弱，实则假情又假意。她先是肯定贾琏娶尤二姐的行为，又称自己"曾劝二爷早行此礼，以备生育"，这无疑是以正妻的身份来抚慰尤二姐，从而消除后者的名分顾虑；随即，

---

[1]　[法]克洛德·布雷蒙:《叙述可能之逻辑》，张寅德译，载张寅德编选《叙述学研究》，中国社会科学出版社1989年版，第165页。

[2]　参见[法]克洛德·布雷蒙《叙述可能之逻辑》，张寅德译，载张寅德编选《叙述学研究》，中国社会科学出版社1989年版，第166页。

王熙凤顺势要求尤二姐搬至家中，以便共同服侍贾琏，以免外人见笑，进一步以礼数的名义节制二姐；然后，王熙凤开始努力将身上的恶名归之于府中下人的中伤，试图摆脱狠毒与善妒之标签；最后，王熙凤恳求尤二姐随其回府，"情似亲妹，和比骨肉"，甚至愿意做小，每日服侍尤二姐梳洗，以求洗刷身上不实之恶名，并且"呜呜咽咽哭将起来"，这种示弱的表现极具迷惑性。

可以说，王熙凤这套表演十分成功，尤二姐深以为然，"便认作他是个极好的人"，将王熙凤背负的恶名简单归结为小人诽谤主子的常理，一来二去，"竟把凤姐认为知己"。在王熙凤掩盖和伪装的过程中，"真象X"得到掩盖，"非真象Y"伪装成功，尤二姐最终信以为真，误认为王熙凤是个贤良之人，能够容纳她的存在，再也没有想到自己会在进入大观园后，成为一只任人宰割的羔羊。入园后，欺骗过程仍然在持续。尤二姐意外流产，王熙凤假惺惺烧香礼拜，情愿吃斋念佛，以求二姐身体痊愈、怀胎生子。这种有意的伪装瞒过了大家，"贾琏众人见了，无不称赞"，受骗群体已经扩大到了贾府一众人等。

第三个环节：熙凤逼凌，尤二姐吞金自逝，故事终成恶化结局。从尤二姐入园到吞金自杀，这一部分是尤二姐悲剧故事的结局阶段。王熙凤安排尤二姐住下，服侍的丫鬟也换成自己的人。不过几日，丫鬟善姐便开始不服管教，处处与尤二姐作对；尤二姐深知自身处境，不敢张扬。王熙凤又命人暗中找到张华，令其向官府告状，同时用三百两银子上下打点。随后借机大闹宁国府，将尤氏、贾蓉母子一顿痛骂，撒泼打滚，企图以此方式逼迫宁府带走尤二姐。最终虽然未果，她却能以此要挟尤氏母子拿出五百两白银来解决问题，尤氏母子与尤二姐居然都对她感激不尽。王熙凤又故意带尤二姐拜见贾母，尤二姐由此得见天日。不料贾琏因办公事给力，贾赦将丫鬟秋桐赏他为妾；贾琏喜新厌旧，与秋桐如胶似漆，将尤二姐抛闪在一边。在王熙凤的一再唆使下，秋桐视尤二姐为眼中钉，屡屡欺辱尤二姐。就这样，在贾府"虎狼"的折磨下，尤二姐本已病侵肌骨，又被庸医胡君荣下错药，导致流产。她失去了最后的希望，最终选择吞金自杀。尤二姐故事走向了完全恶化的结局。

有学者提出，王熙凤"力图成为贾府最有实权的当家人构成了全书的一个重要叙事序列"，这意味着她不择手段地想要达到这一目的，"不惜一切代价巩固自己琏二奶奶的地位"。[①]尤二姐的介入，在很大程度上对王熙凤的地位形成威胁，两人之间的矛盾不可调和，尤二姐成为她亟待消除的对敌。就叙事逻辑而言，施动者采取打击方式的目的在于消灭对敌，"就被打击者而言，这一过程的开始构成一种危险；为了避免这一危险，一般要求作出防卫行动"[②]。从打击者（王熙凤）来说，消除对敌的过程主要包括：需要做出的打击（除掉尤二姐）→打击过程（安排善姐、指使张华、挑唆秋桐）→打击成功（逼死尤二姐）。对于被打击者（尤二姐）来说，相应地也存在一个抵抗过程：需要避免的危险（遭受王熙凤迫害）→防卫过程（忍气吞声）→防卫失败（吞金自杀）。但很显然，从故事发展及其结果看，打击者（王熙凤）完成了消除对敌的任务，被打击者（尤二姐）并未进行有效的防卫行动，最终处境恶化直至"牺牲"。

王熙凤对尤二姐的打击过程是循序渐进的，同时又是多线路的。换丫鬟是打击的第一步，王熙凤不仅通过善姐这一耳目掌握尤二姐的动向，而且以此方式断绝尤二姐与外界的联系。不过三日，丫鬟善姐便充分发挥欺辱尤二姐的作用，尤二姐却一言不敢发，听之任之。打击的第二步，是指使张华告状，形成舆论攻势，结果居然换来尤氏、尤二姐和贾蓉的感激，可见王熙凤欺骗手段之高明。打击的第三步是借刀杀人，用秋桐对付尤二姐。面对贾琏和贾母的询问，尤二姐仍然选择忍气吞声，此后日渐消瘦，身染疾病。王熙凤一再欺辱尤二姐，尤二姐却一再懦弱退让，在整个打击过程中没有做出任何抗争，至死都没有看清王熙凤的本质。

---

① 参见王平《〈红楼梦〉的角色模式与叙事逻辑》，《红楼梦学刊》1997年第4辑。
② [法]克洛德·布雷蒙：《叙述可能之逻辑》，张寅德译，载张寅德编选《叙述学研究》，中国社会科学出版社1989年版，第165页。

最后，胡庸医一剂虎狼药，让尤二姐"母凭子贵"的幻想彻底破灭，尤二姐也在贾府"虎"逼"狼"逐的境地中丧失所有希望，只好选择结束生命。

综上所述可知，尤二姐故事进程呈现了叙事序列的三个阶段：一是尤二姐陷入欺辱的"可能"，二是尤二姐被骗入府而至深陷"虎狼窝"的"恶化过程"，三是尤二姐被逼吞金自逝的"恶化结果"。贾琏和王熙凤分别从自身利益出发，先后对尤二姐进行了欺骗与欺辱。这是一桩显而易见的恶行，而且恶行不断恶化，"对于受打击者来说，由此产生的恶化状态可以标志故事结束"①，尤二姐被逼凌致死，意味着这个故事的结束。

二、横剑自刎：尤三姐故事的叙事逻辑

尤三姐之死的叙事序列，与尤二姐的被动"牺牲"过程有所不同。尤三姐最终走向死亡之路，是其主动抗争而做出的选择。根据布雷蒙的叙事理论，叙事过程存在恶化的可能，也存在改善的可能，同时"一个改善的过程，中间可能镶嵌着某种恶化，一个恶化的过程，中间包孕着某一阶段的改善"，这就构成了一种"叙事循环"。②尤三姐之死的叙事逻辑正是建立在这种叙事循环的基础之上，它经历了以下三个环节。

第一个环节：尤三姐不甘于被侮辱与被损害的境遇，不断抵抗玩偶命运，具有"改善"的可能。从尤三姐入宁府，到搬入花枝巷、作践珍琏以取乐，是尤三姐悲剧故事的第一个阶段。尤三姐前期故事与尤二姐相同，又和尤老娘随着尤二姐迁居花枝巷。但尤三姐头脑清晰，看破贾府男子的丑恶嘴脸，力劝尤二姐不要被白白玷污。尤三姐并不甘心成为贵族男性的玩物，面对贾珍、贾琏的调情和玩弄，她显得既无耻又老辣，

---

① ［法］克洛德·布雷蒙：《叙述可能之逻辑》，张寅德译，载张寅德编选《叙述学研究》，中国社会科学出版社1989年版，第172页。
② 参见罗钢《叙事学导论》，云南人民出版社1994年版，第99页。

既风情又刚烈，甚至要叫上尤二姐一起取乐，反而将贾珍二人唬住。尤三姐对贾府的丑恶有清晰的认知与理智的判断，她将贾珍等人痛斥为"现世宝"，敏锐地察觉到一旦事件泄露，王熙凤必然会大闹一场，因此主张借此机会作践取乐，于是天天挑拣吃穿，戏耍贾珍贾琏等。尤三姐虽暂时抵挡住了贾珍等人的骚扰，却亟须改善自身处境，获取自由平等的人身属性。

不同于尤二姐的愚弱，尤三姐深知自身的危险处境和不幸命运，试图改变个人的生命走向，争取改善命运的可能。她以一种泼辣潇洒的作风"哄的男子们垂涎落魄，欲近不能，欲远不舍，迷离颠倒"，她却以此为乐，这在男权为中心的封建时代，无疑是一种反抗贵族男性欺辱的独特方式，是以争取主动来摆脱被动。此外，尤三姐更是直接要求爱情自由和婚姻自主，她提出要找"一个素日可心如意的人"，若是"心里进不去，也白过了一世"。这一大胆直白的宣言，闪烁着女性自我解放的微弱光辉。

第二个环节：尤三姐寻找助手以实现自主婚姻，开启了自身命运的"改善"进程。从尤三姐表露心意，到柳、尤缔结婚约，是尤三姐悲剧故事的发展阶段。尤三姐故意作弄贾珍、贾琏兄弟，以求挣脱魔爪，暂时性地抵挡住了人格屈辱，但封建时代女性的唯一出路仍然是觅得良人，依附男性。尤二姐与贾琏商议为尤三姐觅婿，以确定后者的归宿，不要再这样作践自我，蹉跎青春。孰知尤三姐早已心有所属。她深知，欲改善命运，依靠自身力量难以消除明显的"障碍"，因此企望借助帮手，来实现对敌手的打击。尤三姐选中的对象是柳湘莲，此人若十年不来，她甚至发愿等十年；此人若死，她甘心剃度出家。恰逢贾琏因公外出，途遇柳湘莲。柳湘莲打算月中进京再商讨订婚事宜，贾琏索要柳湘莲"亲身自有之物"为定礼，柳湘莲遂以传家之宝鸳鸯剑为缔结婚约的聘物。

小说本可以直接安排尤三姐愿望的落空，然而作者采取了一个从希望到绝望的过程，来昭示现实的残酷。柳湘莲一向行踪不定，贾琏却偏偏在路途中与之偶遇，恰巧柳湘莲同样有着娶妻的想法，两人一拍即合。倘使贾琏不得路遇柳湘莲，抑或柳湘莲无意婚姻，事情又会有另外一种发展可能。尤三姐自从认定柳湘莲后，每日"只安分守己，随分过活"，心心念念的是与柳湘莲早日完婚；在收到鸳鸯剑后，她更是喜出望外，"自笑终身有靠"。故事的发展看似平稳顺利，尤三姐好像抓住了逃出贾府魔窟的藤蔓，处境开始得到改善。然而事实上潜藏恶化的危险，即尤三姐的过往可能会影响到柳湘莲的态度。柳湘莲进京，会见宝玉，自诉疑虑，交谈后意识到尤三姐两性关系混乱，在传统婚姻道德观的驱使下，心生悔婚之意。

柳湘莲是尤三姐改善行动中可能的助手，是尤三姐消除障碍的潜在同盟者。尤三姐需要得到可靠的配偶，柳湘莲也需要合适的婚姻，两人的结合是一个双向受惠的过程：施助者（柳湘莲）做出帮助的行动，即以鸳鸯剑为聘礼订下婚约；受助者（尤三姐）接受帮助，即收下鸳鸯剑，接受婚约。两人一旦完婚，实现施助与受助的互动流程，即可令尤三姐达成改善的愿望。柳、尤故事的叙事逻辑如图 2[①] 所示。

```
受助者（尤三姐）        施助者（柳湘莲）
将要接受的帮助    VS    可能提供的帮助
     ↓                      ↓
  接受的帮助      VS       帮助的行动
     ↓                      ↓
  受到帮助        VS       完成帮助
```

图 2　柳、尤故事的叙事逻辑

然而，尤三姐理想中的这样一个助手，存在着退出改善行动的可能，这也预示着尤三姐的改善行为有失败的可能。柳湘莲与宝三会面，透露

---

① ［法］克洛德·布雷蒙：《叙述可能之逻辑》，张寅德译，载张寅德编选《叙述学研究》，中国社会科学出版社 1989 年版，第 162 页。

了自己对贾琏异常举动的怀疑：一则两人平日相交甚少，此等美事何及于他；二则两人路上偶遇，匆忙订约，有着"女家反赶着男家"的意味。这些疑虑在潜移默化中影响着柳湘莲的思想。因此，他在得知尤三姐的过往经历后，反应首先是跺脚，显露了他悔恨的情绪，随即直呼此桩姻缘断然做不得："你们东府里除了那两个石头狮子干净，只怕连猫儿狗儿都不干净。"这种态度源于柳湘莲对封建贵族淫乱黑暗生活的深刻了解。他对贾府子弟的所作所为有着清醒的认知，尤三姐也被他归入淫奔无耻的行列，因此他不愿做"剩忘八"。柳、尤二人的婚姻悲剧至此拉开序幕。

第三个环节：尤三姐爱情婚姻理想破灭，"恶化"完成。尤三姐自刎、柳湘莲出家是尤三姐悲剧故事的结束阶段。出于对女性贞洁的世俗成见和对尤三姐的了解不深，柳湘莲最终做出了退婚的决定。见到贾琏后，柳湘莲先是在尤老娘面前自称晚生，以老伯母呼之；随后在与贾琏的交谈中，他谎称姑母四月间为其已订下婚约，从而提出索还定礼的请求。面对贾琏的执意相劝，他坚决不从："弟愿领责领罚，然此事断不敢从命。"柳湘莲的强硬言行令尤三姐绝望，她主动以雄剑相还，又以雌剑自刎以示真心。

我们可以清楚地看到，在尤三姐故事"恶化"的过程中，尤三姐是如何采取一系列方法来消除"障碍"以改变恶化趋势的。她需要消除的障碍，一是贾珍、贾琏的肆意玩弄和侮辱践踏，二是封建婚姻观念对人性的残害。前者是浅层次的表象性障碍，后者是深层次的制度性障碍。这一消除障碍的故事逻辑[①]主要包括：

消除障碍过程（＝改善过程）

---

① ［法］克洛德·布雷蒙：《叙述可能之逻辑》，张寅德译，载张寅德编选《叙述学研究》，中国社会科学出版社1989年版，第160页。

可能的方法→方法的采用→方法的成功

障碍得到消除（=得到改善）

在消除障碍的过程中，尤三姐可采取的方法主要有两种：一是协商的形式，即选择顺从屈服，接受被欺侮的现实，与对敌（贾珍、贾琏等人）达成某种屈辱性合约；二是打击的形式，即选择反抗斗争，主动出击解决问题。她采用的方法是后者，虽然这一方法最终失败，未能消除所有障碍，但她努力改善的行动仍然取得了初步成效。

针对第一重障碍，尤三姐采取反客为主的方法，主动出击，挥霍洒落，常拿贾珍、贾琏嘲笑取乐，撩拨得弟兄二人酥麻如醉，"一时他的酒足兴尽，也不容他弟兄多坐，撵了出去，自己关门睡去了"。自此之后尤三姐更是动辄痛骂贾珍、贾琏、贾蓉，令三人不敢轻易招惹于她，在一定程度上避免了再次受到欺侮和玷污，这一方法的成功也意味着这一层障碍的暂时消除，三姐争取自主的爱情婚姻出现了可能。

针对第二重障碍，尤三姐大胆提出爱情宣言，要求爱情自由与婚姻自主。她所看中的可意人是柳湘莲，与之结合是她唯一而确定的目标，其他人"虽是富比石崇，才过子建，貌比潘安"，她也不稀罕。这种决心，一方面避免了贾珍等人恶意的婚姻安排，另一方面也能借助外嫁逃出贾珍、贾琏的淫爪。很显然，尤三姐的方法开始奏效，柳湘莲情赠鸳鸯剑作为定礼，二人暂订婚约，这意味着又一层障碍的消除，尤三姐可能由此获得新生。然而情况急转直下，柳湘莲在得知尤三姐的过往后，不愿以淫奔女为妻，要求退婚，最终造成三姐自刎、自己出家的结局。尤三姐企图逃避封建时代失贞女性的悲惨命运，但她消除障碍的努力终归失败，未能实现改善的可能。

应该说，本该成为尤三姐抗争命运的帮手的柳湘莲，此时却因其落后的性道德观念成了尤三姐摆脱困境的障碍。这是第三重障碍，即观念性障碍。尤三姐绝望之余，采取了一种最激烈的抗争方式，表达对爱情婚姻的渴望和对现实的愤慨。她的死亡昭示着恶化的最终完成，但她的死最大责任并不在于柳湘莲，而在于以贾珍为代表的贾府男性，在于封建礼法和传统的性道德对女子的束缚。柳湘莲最后震撼于尤三姐的刚烈血性，悔恨不已，大哭后而去。作者并没有就此打住，他又描绘了一幅《梦中诀别图》：尤三姐自叙肺腑，洒泪泣别，唯留"与君两无干涉"之语。柳湘莲如梦似梦，万念皆空，终"以空门宣泄绝望之心态"[①]，离世出家。

综上所述可见，尤三姐故事进程也呈现了叙事序列的三阶段：一是尤三姐改善命运及其"变化的可能"，二是抗争被欺辱命运、寻求称心婚姻的"改善"进程，三是抗争未果、拔剑自刎的"恶化"结局。与尤二姐故事的叙事进程有异，尤三姐面对命运的摆布，做出了积极主动的改善行动，既是"欺骗"行为的受动者，也是"改善"行为的施动者。她试图对抗封建的尊卑制度和不合理、不对等的婚姻观念，采取了多种方法来消除障碍，最终还是与尤二姐殊途同归，难以避免被牺牲的命运。

三、"二尤"故事对比叙事的逻辑力量

尤氏姐妹的婚恋生活，始终同贾府中几个贵族男性的日常生活纠缠在一起，"二尤"的命运总是在无形中被男性操控。尽管"二尤"死亡的路径不尽相同，但最后都指向因绝望而自杀的宿命。"二尤"悲剧的成因，源于封建礼法制度与传统性道德对女性的戕害。

首先，从叙事起点看，"二尤"一开始进入贾府本身的动机并不纯粹。尤其是尤二姐企图依靠贾琏及贾家的实力，以实现人生逆袭与阶层跨越，但"二尤"的出身阶层注定了她们无法实现理想婚恋的结局。"二

[①] 关四平、陈默：《柳湘莲人生悲剧索解》，《东北师大学报（哲学社会科学版）》1996 年第 6 期。

尤"作为未出嫁的女子，与贾珍父子有聚麀之行，确实有违封建社会的传统道德观与女性贞洁观，很多人以"淫奔"目之不无道理。"二尤"是尤氏继母带来的两个女儿，与贾氏缺乏直接或间接的血缘联系，她们投奔贾珍父子，本来就是一种寄食行为。她们不仅经济上依附贾府，精神上也同样依附贾府，因此她们与贾珍父子的淫乐似乎成了不可避免的现实。而且"二尤"的"淫行"并非此次寄居才发生。小说第六十三回，宁府贾敬暴亡，贾珍、贾蓉父子并无悲痛之色，在听到尤氏姐妹入府的消息后，二人心照不宣，相视一笑。贾珍留下的几声"妥当"明指丧事，又暗指"二尤"入府，暧昧无尽。可知"二尤"与贾珍父子间的"不妥"此前已发生。

所谓"造衅开端实在宁"，宁府之"淫"乃作者重点批判之所在。有学者认为，正是由于"缺乏家庭和礼法制约力量，更易出现男性的放纵、子孙不肖"[①]的情况。贾珍作为贾氏一族的族长，先是与儿媳秦可卿存在奸情，后又与尤氏姐妹私通，丝毫不以礼法为意。小说先写"淫丧"，后写"淫奔"，有力地鞭挞了以贾珍为代表的封建男性权贵的恶行。像"二尤"这样出身低下的女性，只能成为男性淫乐的对象，她们被迫背负上了"淫"的恶名。因此，在叙事进程的开始阶段，"二尤"的悲剧命运已然伏下祸根。

其次，从叙事过程看，"二尤"的人生路径并不相同。当她们进入贾府的那一刻起，贵族男性实际上为她们提供了一条进阶的渠道，即成为权贵豪富的玩物。尤二姐与生活妥协，选择接受贾琏的欺骗与盘算，成了等而下之的偷娶之妾；尤三姐与命运抗争，选择反抗贾珍贾琏的欺侮，成了冲决世俗的刚烈女子。但她们试图消除的障碍都是强大的封建宗法制度与男权社会秩序，尤二姐甚至还有一个劲敌王熙凤。"二尤"都在实

---

① 刘上生：《试论曹雪芹的尤三姐形象构思——兼解"误被情感""耻情而觉"》，《曹雪芹研究》2019年第3期。

践层面做出了自我改变。

　　尤二姐婚后一改之前滥淫的生活，努力以一种贤惠、温良的形象示人。在贾琏奉命外出办事时，她"操持家务十分谨肃，每日关门闭户，一点外事不闻"，俨然一副传统贤淑女性的模样。这种变化代表了男性利益的封建道德与礼教对女性的人身规范。在以男性意志为主流的封建社会，男权主义随心所欲地塑造女性形象，"当男人贪恋性爱时，他们所艳羡的渴望的是妖艳、妩媚、放浪形骸的女子；而当男人需要安稳的家庭时，他们所寻找的又往往是忠贞不渝、痴情专一的贤妻良母"[①]。尤二姐与贾琏的结合，有着一种回归家庭的意味，正是顺应男性的需要，她从"淫奔女"似乎转变成了"贤妻良母"。尤二姐进入大观园后之所以忍气吞声，正是因为偷娶之妾的身份十分不光彩。对伦理规范的屈从，可以说是尤二姐后期遵循的重要行事准则，也是她走向死亡的根本原因。

　　尤三姐并没有像尤二姐那样选择妥协，而是充满着强烈的反抗精神，试图争取女性的个性自由。在封建时代，"整个社会文化乃至运作机制依然是以男权专制和偏见为中轴"[②]，传统要求女性以男人为其人生中轴，尤三姐也不例外。她需要通过依附男性来获得存在价值，但尤三姐又不同于一般的传统女性。她有着强烈的人格尊严和主观能动性，她要求自主选择所要依附的对象，这在一定程度上赢得了某些"自由"。更重要的是，尤三姐最后能够"耻情而觉"，否定所谓依附男性而获得的"情"，实现了在精神上的自我觉醒与对"情"本身的超越。

　　最后，从叙事结局看，"二尤"的悲剧殊途同归。面对来自贾府贵族男性的迫害，"二尤"无论是选择顺从，还是选择拒绝，都避免不了悲剧的结局。虽然尤三姐对"情"的认知远远超过尤二姐，但不可否认的是，

---

① 刘慧英：《走出男权传统的藩篱：文学中男权意识的批判》，生活·读书·新知三联书店1995年版，第154页。
② 刘慧英：《走出男权传统的藩篱：文学中男权意识的批判》，生活·读书·新知三联书店1995年版，第189页。

两人的生命皆因情而亡，婚恋悲剧内核同出一源，即封建男权社会残害女性的现实。"二尤"力图实现自我道德的发展与完善，但强大的男权意识形态话语牢牢操控着二人的命运。她们采取了完全不同的方法，却均未能消除障碍，未能实现改善过程的完成，都以失败告终。她们所面临的是无法逃避的毁灭结局。

愚弱天真的尤二姐寄希望于与贾琏婚后的幸福生活，她看不到自己所献身对象与自己关系的本质，"处于命运的顺境时想入非非，而处于逆境时则毫无反抗的勇气和力量"[①]。她婚前听信谎言而期待成为贾琏正妻，婚后幻想凭借腹中之子争取富贵，面对敌手接连而来的打击，毫无主观意识去进行防卫。她所依附的对象贾琏是一个滥淫之人，有着封建男性喜新厌旧的丑恶面目，不能给她提供一点可能的庇护，最终她只能通过死亡以求自身的解脱。这无疑深刻反映了封建时代妻妾制度下女性的悲剧命运，以及封建传统赋予女性的羞辱和卑贱意义。

尤三姐同样摆脱不了对男性的依附，她要通过与柳湘莲的婚姻来实现自我价值，可就是她"素日可心如意"的柳湘莲也难免世俗的成见，视失贞的尤三姐为淫奔之徒，这促使心灰意冷的尤三姐选择以死亡来证明心志，表现她那对爱情理想的忠诚。但尤三姐不惜以身殉情，也只能给柳湘莲当头棒喝，而贾珍、贾琏等一干酒色男子依然逍遥快活，腐朽奢靡，在封建礼教对女性不公正的压迫面前，三姐追求幸福的斗争终究是一阵泡影。

总而言之，"二尤"所做的一切努力，是要实现由"淫"到"情"的转向，从恶化过程进入改善过程，不过代价却是两人生命的消亡。因为封建道德钳制女子贞洁，传统礼教桎梏真情至性，尤氏姐妹之前的"淫"已经深深烙印在她们身上，"二尤"永远突破不了封建思想的藩篱，女

---

① 刘慧英：《走出男权传统的藩篱：文学中男权意识的批判》，生活·读书·新知三联书店1995年版，第28页。

性被残害的悲剧命运始终笼罩着封建男权主流意识的阴影。清代读者诸联对两人的死有着不同的评价："尤三姐之死也使人愤，二姐之死也使人恨。"[①]愤的是尤三姐至死抗争而不得，是柳湘莲因片面强调女性贞洁观而失信，是封建淫恶势力的步步紧逼；恨的是尤二姐的哀而不争，是贾琏的欺骗和王熙凤的算计，是封建妻妾制对女性的摧残。有人认为，"二尤"悲剧命运的区别，尤二姐是"得了好处安身"而不堪折磨，尤三姐是欲求"好处安身"而不得，归根结底，二人之死的"深层原因是男女两性在性道德上的不平等"。[②]的为确论。

《红楼梦》对"二尤"故事的发生、发展及其结局作了精心设计，对"二尤"的性情、个性、道路选择、观念态度、悲剧性质等，做出全方位的对比叙事。这种俯瞰尘世悲哀、剪裁生命差异的叙事格局，无疑增添了叙事的逻辑力量。

结　语

从整个叙事逻辑来看，面对贾珍、贾琏、贾蓉等男性所施加的屈辱，"二尤"采取了迥异的方式：尤二姐与生活达成妥协，可她想要回归传统伦理秩序之中而不得，显得卑微又软弱，在贾府"虎"逼"狼"逐的境地中，二姐没有做出实质性的防卫行动，最终成为男权体制衍生的妻妾争斗的牺牲品；尤三姐则选择主动出击，勇于反抗封建礼制，并采取多种方法以消除障碍，虽然取得暂时的胜利，但因深层次的障碍实在过于强大，使她最后仍以失败收场。

在"二尤之死"的叙事进程中，诸多相关的人物性格得到了凸显，尤其是王熙凤阴险毒辣、两面三刀的特点异常鲜明。她一面虚情假意地

---

① 一粟编：《红楼梦资料汇编》，中华书局1964年版，第119页。
② 参见段江丽《红楼人物家庭角色论》，辽宁人民出版社2019年版，第224—226页。

以姐妹相称，使尤二姐放松警惕，将其骗入府中；一面暗中唆使善姐、秋桐等人欺辱尤二姐，将后者一步步逼入绝境。胡庸医乱开虎狼药致使二姐堕胎，进一步促发了悲剧的生成。此外，贾琏的滥淫无能、平儿的纯朴善良、秋桐的骄恣刻薄等特点，在叙事进程中也都一一得到了展现。

"二尤之死"在叙事逻辑上呈现出完整的故事序列，包括可能（"二尤"寻求人生归宿及其"变化"的可能）、过程（采取行动由"淫"转"情"）和结果（自杀身亡，未达到目的）。"二尤之死"体现了小说在布局上的精巧构思，它作为一个相对完整的故事，既紧密镶嵌在整本书的框架之中，也能够抽出来单独成篇。这反映了《红楼梦》文本整体性与片段性相统一的辩证关系。"二尤之死"故事揭示了封建男权观念下普通女性的悲剧命运，控诉了古代男权社会的残酷真相，凸显了相关人物的性格特征，堪称《红楼梦》的经典篇章之一。以此为案例深入小说阅读，有助于透视《红楼梦》全书的叙事逻辑，进而把握《红楼梦》整本书阅读的要旨。

[原文发表于《苏州科技大学学报（社会科学版）》2022年第5期，发表时略有删节，现以原稿付排，作者单位：安徽师范大学文学院]

"凤姐泼醋"情节的叙事逻辑、叙事艺术及深层意蕴

束 强

在《红楼梦》第四十四回"变生不测凤姐泼醋 喜出望外平儿理妆"中,贾琏、王熙凤(以下简称琏、凤)二人产生了第一次正面冲突,这是二人矛盾长期积累后的一次大爆发,它集中展现了二人潜在的情感裂痕,是对小说文本内琏、凤关系恶化的一种警示。同时,"凤姐泼醋"情节上涉贾琏、多姑娘的淫秽事件,下及后文贾琏、尤二姐的故事,情节接续相连,人物前后照应,这一回情节的产生、发展、高潮与结局也较为完整。它充分表现了小说家高超的叙事艺术,其反映的深层意蕴又关涉古代封建女子的命运和大家族间的姻亲关系,更重要的是,琏、凤关系的发展与贾府的兴衰也息息相关。

按照法国叙事学家布雷蒙的《叙述可能之逻辑》[①]一文,叙事的基本单位是叙事序列,它的三个功能包括:可能(情况形成)、过程(采取行动)和结果(达到目的)。在这三个功能项下,又都存在着改善或恶化两种可能。目前,学界运用布雷蒙叙事逻辑理论分析《红楼梦》故事情节的成果不多,主要涉及"鸳鸯抗婚"[②]和"二尤之死"[③]。笔者试结合这一叙事理论,力图探讨"凤姐泼醋"情节的叙事逻辑,并借此探究小说的叙事艺术和这一情节背后的深层意蕴。

---

① [法]克洛德·布雷蒙:《叙述可能之逻辑》,张寅德译,载张寅德编选《叙述学研究》,中国社会科学出版社1989年版,第153—176页。
② 俞晓红:《从"鸳鸯抗婚"看〈红楼梦〉的叙事逻辑》,《学语文》2022年第5期。
③ 束强:《〈红楼梦〉"二尤之死"叙事逻辑谈略》,《苏州科技大学学报(社会科学版)》2022年第5期。

一、"凤姐泼醋"情节的叙事逻辑

叙事文本中,一个故事情节的产生、发展、结束对应着相应的功能项,以"凤姐泼醋"这一情节来说,即包括三个环节:可能(夫妻感情破裂以至于更严重情况的发生及其"变化"的可能)、过程(贾母等人的调和)和结果(琏、凤和解,但可能是暂时和解的结果)。但在具体的叙述过程中,每个功能项又存在着变化的可能,叙事过程会出现两种类型:改善(成功)或恶化(失败),而这两种类型在叙事作品中的结合不是线性的单一的,往往存在着复杂的情况,"一个改善的过程,中间可能镶嵌着某种恶化,一个恶化的过程,中间包孕着某一阶段的改善"①,这就构成了一种"叙事循环",如图 1 所示:

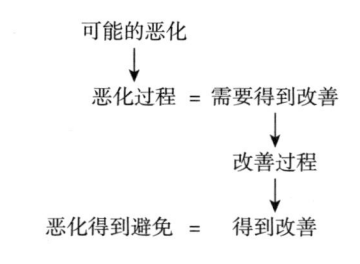

```
           可能的恶化
              ↓
    恶化过程 = 需要得到改善
              ↓
            改善过程
              ↓
    恶化得到避免 = 得到改善
```

图 1

(一)可能的恶化(两个丫头的可疑行径、鲍二家的与贾琏的私情)

在小说第四十四回中,贾府众人为王熙凤过生日,凤姐因此醉酒而偷溜出来,欲回房歇息,与平儿走至穿廊下,"只见他房里的一个小丫头正在那里站着,见他两个来了,回身就跑"②。这就引出两种可能,王熙凤可能会叫住她,也可能不叫住她,叫住她就引出后面的一个恶化过程,

---

① 罗钢:《叙事学导论》,云南人民出版社 1994 年版,第 99 页。
② 凡引《红楼梦》原文均出自(清)曹雪芹著,(清)无名氏续《红楼梦》,人民文学出版社 2008 年版。后不另注。

不叫住她故事将向另外一个方向发展。小说安排王熙凤叫住她,而小丫头装作听不见,直到平儿再叫她方停下,事态就有着进一步恶化的可能。王熙凤与平儿在穿堂审问小丫头,通过威胁和武力逼问,小丫头交代了贾琏约会鲍二家的以及让自己把风的事实,恶化的可能性于是进一步加强。到了院门口,又有一个小丫头在把风,"一见了凤姐,也缩头就跑"。此刻王熙凤可能会叫住了她,也可能叫不住她,如果叫不住,故事也许会有另一种叙述。小说安排王熙凤叫住了她,而且这个丫头主动向王熙凤叙述了事情的来龙去脉,这就引出下文王熙凤蹑手蹑脚地走至窗前听到鲍二家的和贾琏的对话,事件得不到改善,而走向恶化阶段。

(二)恶化过程=需要得到改善(平儿被打、凤姐大闹、贾琏借醉逞凶)

王熙凤听到对话后气愤不已,又疑心平儿,"回身把平儿先打了两下",然后踢开门,"抓着鲍二家的撕打一顿",骂完贾琏和鲍二家的后,"又把平儿打几下",此时平儿也被卷入这场冲突之中,这也引出两种可能,平儿可能选择隐忍不发作,也可能选择加入这场闹剧,结果是平儿受不了冤屈,也同鲍二家的撕打起来,这加速了恶化的进程。贾琏正是看到凤姐和平儿都闹起来后,借着酒劲发起火,以至于平儿急得欲寻死,凤姐见状也撞进贾琏怀里寻死,"贾琏气的墙上拔出剑来",见尤氏等人进来,更是借酒逞凶,"故意要杀凤姐儿"。情节至此发展到高潮,事件完全陷入恶化状态,并且恶化到了极致,甚至对小说中人物的生命产生威胁,亟须得到缓解和改善。

(三)改善过程(王熙凤哭诉、贾母调和与安抚)

面对贾琏的威胁恐吓和众人的围观,王熙凤"丢下众人,便哭着往贾母那边跑",此时贾母是她潜在的倚靠或阻碍,贾母有可能替王熙凤出头,也可能维护贾琏,这影响着事件的发展方向。王熙凤为了消除来自贾琏的可能的危险，采取一种伪装弱小的方式，向贾母、邢夫人等哭诉事件的经过，并且加以夸大化，结果在听完凤姐的诉说后，贾母等人信以为真，气愤异常。贾琏赶来时，邢夫人先夺下他手中的剑，这初步消解了事态朝不可逆方向转化的可能，贾母则怒斥其不尊亲长，并声称要喊来贾琏之父贾赦，此时的贾琏有两种可能的选择，一是坚持逞凶，直至实现个人目的；二是放弃闹事，选择离开。小说安排贾琏选择了第二种可能，他听完贾母之言后"方趔趄着脚儿出去了"，于是琏、凤冲突初步化解，整个事件出现了良性发展的转机。随后事态继续得到改善，贾母先是安抚凤姐，又令琥珀传话以劝慰平儿，二人的委屈情绪获得暂时纾解，这都在一定程度上弥合了事件所造成的分裂。

（四）得到改善＝恶化得到避免（琏、凤、平和解）

经过贾母等人的调和，事态的发展得到了控制，进入了改善阶段。贾琏在贾母面前跪下承认错误，在被要求向凤姐赔礼时，他第一时间是思考要不要赔礼，这存在两种结果：如果赔礼道歉，二人有着重新修复感情的可能，而且更能讨贾母的喜欢；否则，夫妻关系得不到缓和的同时，也可能得罪贾母。贾琏"便与凤姐儿作了一个揖"，乞求凤姐的原谅，在贾母的调和下，琏、凤二人达成和解。然后二人又都被要求去安慰平儿，平儿也选择接受和解，并且自认不是，最后"三个人从新给贾母、邢王二位夫人磕了头"，回房去了。这使问题得到了最终解决，恶化得到了避免。不过，从结果来看，三人虽然实现了暂时的和解，但依然存在着潜在的恶化因子，琏、凤二人的嫌隙由此已初步生成。随后，在房中凤姐继续质问贾琏，贾琏选择驳斥，使得凤姐哑口无言。而鲍二媳妇上吊自杀后，其娘家亲戚索要治丧银，按照一般故事逻辑，凤姐可能会选择息事宁人，但小说却安排她以强硬态度拒绝出钱，这使得贾琏不得不挪用贾府公款解决问题，凤姐拒绝帮助贾琏摆平难题的行为，也无形中强化了二人之间内在的矛盾，事件隐含着恶化的萌芽。

总的来说,"凤姐泼醋"情节不是简单的线性事件,它是一个包含"可能恶化—改善过程—恶化避免"三个阶段的过程。其中,贾琏滥淫和凤姐善妒之间的矛盾是事件的核心问题,成为影响两人关系的巨大障碍,而似乎"这一障碍随着改善过程的发展逐渐得到消除"[①]。根据布雷蒙叙事逻辑理论,改善过程即消除障碍的过程,针对所面对的障碍,所采取的方法以及方法的最终运用效果都影响着改善目标的实现与否。简单图示表述如图2:

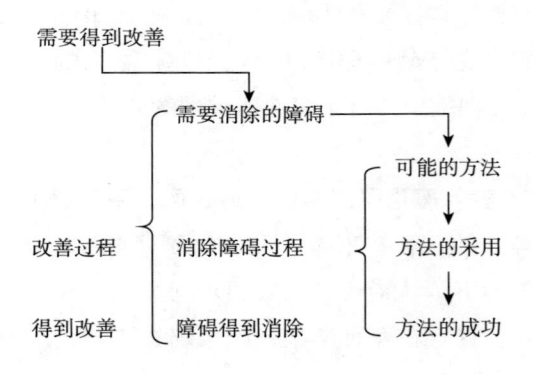

```
             需要得到改善
                  │
             需要消除的障碍
                        ├─ 可能的方法
                        │      ↓
改善过程 ┤ 消除障碍过程 ┤ 方法的采用
                        │      ↓
得到改善   障碍得到消除 ├─ 方法的成功
```

图 2

在改善过程即消除障碍的过程中,可能的方法主要是其中一方向另一方的妥协,或是贾琏对王熙凤服软,或是王熙凤向贾琏示弱;当然,第三方的干预与调和,也是可能的方法之一。很显然,琏、凤冲突事件的和平解决,主要来自贾府最高权力掌握者——贾母的干涉。小说安排贾母敲打双方,命令贾琏赔礼道歉,要求王熙凤接受赔礼,又遣人安慰平儿,完成冲突双方的和解,这样使得琏、凤至少在表面上达成一致,暂时成功消除了障碍,整个事件也实现了得到改善的目的。不过,这次消除障碍的过程,引发了新一轮恶化的可能,贾琏、王熙凤之间的根本

---

① [法]克洛德·布雷蒙:《叙述可能之逻辑》,张寅德译,载张寅德编选《叙述学研究》,中国社会科学出版社1989年版,第159页。

矛盾并未得到真正解决，二人在贾母的直接干预下选择了妥协退让，形成一种初步和解的状态，实际上此次冲突所造成的情感裂痕已悄然扩张，直至小说故事发展到二人关系彻底破裂为止。

二、琏、凤矛盾发展的叙事艺术

小说第四十四回贾琏、王熙凤二人的矛盾冲突，并不是简单的一次偶然性事件，它前后勾连相关情节和人物，在此之前已埋下伏笔，在此之后又观照类似情节。可以说，在叙事文本中贯穿着一条暗线，即琏、凤关系发展变化的脉络，这也就是常说的"草蛇灰线，伏脉千里"。

在写贾琏与鲍二家的偷情之前，小说早在第二十一回中就安排了贾琏勾搭多姑娘的情节。因凤姐之女大姐病了，凤姐、平儿日日供奉痘疹娘娘，以祈疾消，贾琏遂被要求搬出外书房来斋戒，他却按捺不住欲火，和厨子多官的媳妇纠缠在了一起。可见贾琏与贾府仆人之妻有染，已经不是个别事件，这无疑暴露了贾琏好色滥淫的本质。更重要的是，该回第一次明显地提及了贾琏对王熙凤的不满。贾琏搬回卧室后，在枕套里遗留了多姑娘的一绺青丝，平儿为其向凤姐掩盖真相，贾琏于是向平儿求欢，平儿表示拒绝："难道图你受用一回，叫他知道了，又不待见我。"此时贾琏的回答是：

> 你不用怕他，等我性子上来，把这醋罐打个稀烂，他才认得我呢！他防我像防贼似的，只许他同男人说话，不许我和女人说话；我和女人略近些，他就疑惑，他不论小叔子侄儿，大的小的，说说笑笑，就不怕我吃醋了。以后我也不许他见人！

不同于第四十四回琏、凤冲突中贾琏的醉酒状态，此时的贾琏既清醒又直接，他在言语中毫不讳谈自己心中积攒的怨气，针对王熙凤辖制他欲望的行径充斥着不满，他感到自己时刻处在一种被监管、被怀疑的不安处境，"等我性子上来，把这醋罐打个稀烂"之言，又何尝不是后来二人矛盾爆发、贾琏拔剑威胁的预示性台词。

具体来看"凤姐泼醋"的整个故事，它从发展到结束反映了一个层层递进、逐渐消解的过程，这充分展现了作者曹雪芹高超的叙事艺术。小说并不是按照叙事逻辑平铺直叙地描写冲突，而是从凤姐过生日写起，正是这一天，贾府众人都在给凤姐庆生，王熙凤本人更是作为宴会的主角，接受众人的敬酒。凤、平二人的不在场，给贾琏和鲍二媳妇偷情创造了条件。其中不可忽视的因素，是王熙凤和贾琏二人的醉酒，两人因醉酒而逞性，这也导致了此次事件严重程度的升级。

首先，小说描写王熙凤发现贾琏偷腥是一个层层递进的过程。作者没有安排凤姐第一时间回到卧室，并撞破贾琏、鲍二媳妇之间的奸情，而是曲折翻腾、步步逼近，先写两个丫头的可疑行径，通过两个丫头交代的事实完成对贾琏偷腥一事的初步建构，来逐渐强化王熙凤内心的情感激荡。

第一个小丫头报告了贾琏勾搭鲍二媳妇的基本情况后，此时王熙凤的愤怒情绪已开始逐步挣脱理性的束缚。小说接着又通过第二个小丫头对贾琏偷腥之事的重复叙述，再次刺激王熙凤内心的妒忌之火。此时捉奸的情节似乎要呼之欲出，小说至此却又一顿笔，不写王熙凤直接冲进房中，而写她到窗前窃听。在听到"阎王""夜叉星""他死了""把平儿扶了正"诸类言语时，王熙凤再也压抑不住内心的情感，以至于冲破了理性桎梏。这时小说也不是安排凤姐立即采取行动，而是在打了平儿后她才冲进卧室撕打鲍二家的。可见，《红楼梦》作者很善于使用这种缓急交替、曲折翻腾的小说叙事技巧，令整个故事情节的发展极具跌宕顿挫之感。

其次，小说描写的琏、凤冲突亦是一个逐步升级的过程。凤姐在进屋之前，不加忖度，先打了平儿，这是琏、凤正面冲突前的预演，因为平儿同样是王熙凤提防的对象之一。在踢门进去后，王熙凤不由分说地抓着鲍二家的撕打一顿，随即又将平儿推到了自己的对立面，在她看来，贾琏、平儿、鲍二家的三人是"一条藤儿"，企图谋取她的正妻之位，并且再次动手打了平儿，这促使平儿也加入了撕打鲍二家的混战中。贾琏也随之踢骂平儿，凤姐也赶上来打着平儿，平儿被逼急了甚至要寻死，事态进一步升级，但此时琏、凤二人还未发生直接肢体冲突。直到平儿要寻死时，王熙凤选择撞进贾琏怀里撒泼吵闹，贾琏气得拔出墙上的剑欲杀凤姐，两人形成了正面对抗，场面显得十分激烈，事件的发展遂达到高潮。很显然，从凤、平到琏、平，再到琏、凤，随着矛盾双方的不断转换，冲突也逐步升级，如同波浪般一层高过一层，接踵而至。

最后，小说描写琏、凤冲突事件的解决是一个渐渐消解的过程。由于此次贾琏、王熙凤冲突之激烈，难以实现问题的内部化解，凤姐必须要依靠外部力量即贾母的介入，以得到理想的结果，因此这一阶段故事主要分为王熙凤哭诉和贾母调和两个部分。

自尤氏等一群人来了后，王熙凤见状不妙，便放弃撒泼策略，而采取回避战术，"丢下众人，便哭着往贾母那边跑"。到了贾母跟前，王熙凤开始装软示弱，以一种可怜委屈的姿态向贾母哭诉，将自己包装成唯一受害者，控诉贾琏、鲍二家的商议用毒药企图害她从而将平儿扶正的阴谋，一番添油加醋的言论致使贾母、邢夫人等气愤异常。贾琏被教训怒斥后选择回房，一场闹剧就此告一段落，问题也开始迎来最终解决的环节。贾母虽替凤姐出头，但在安抚凤姐的同时，却又不忘维护贾琏，贾母一转之前的生气面目，认为贾琏偷腥之事无伤大雅，以"从小儿世人都打这么过的"之语，无形间降低贾琏与鲍二家的偷情厮混的严重性，然后又以要求贾琏赔礼的许诺来稳定凤姐；在了解事情真相后，贾母又命琥珀传话，劝慰平儿，矛盾开始逐渐消解，这展现了贾母多年统治贾府手段之老到。

面对贾琏的下跪认错，贾母更是出言精警，有条不紊地分层展开批评：先是讲事理，痛斥其打老婆、险害人命的行为；次是讲情理，指责其色欲泛滥，有凤姐和平儿犹嫌不足；再是讲义理，呵斥其勾搭仆妇、殴打妻妾之劣行，有失世家之仪；最后是讲礼教，以封建长幼尊卑秩序胁迫贾琏向凤姐认错赔礼。贾母句句紧逼，致使贾琏毫无招架之力，随后贾母又许诺日后凤姐得罪他，亦为之做主，这一保证又进一步安定了贾琏的心。于是在贾母的调和下，贾琏选择向凤姐作揖赔礼，凤姐也在贾母的要求下接受道歉，二人又奉命安慰平儿，最终实现了三人暂时的大和解。

不过，故事并未至此结束，整个冲突事件的影响依然余波荡漾。三人回到房中，王熙凤再次质询贾琏：何以称她为阎王为夜叉？何以伙同鲍二家的咒她死？何以自己辛勤持家反倒不如鲍二家的？面对凤姐的一再追问，贾琏始终没有予以正面回答，而是认为自己赔礼道歉已经让她挣足了脸面，"太要足了强也不是好事"之语更像是对王熙凤的警示，这种警示来自封建男权的权威。随后小说插入了一个出人意料的消息：鲍二家的上吊死了。在处理这件事情上，凤姐态度坚硬，不肯出钱解决，这逼得贾琏暗中动用公款，来请人置办丧仪。这无疑与后文情节之间形成了呼应和关照，在小说第六十九回中尤二姐吞金身亡，凤姐同样拒绝提供治丧费用。两个与贾琏有染的女人，鲍二家的与尤二姐皆是自杀身亡，死后又同样被王熙凤拒发治丧银，前者的结局似乎是后者的提前写照。可以说小说在第四十四回描写的琏、凤冲突，亦是尤二姐死后贾琏、王熙凤关系恶化的先行叙述，琏、凤关系已经在叙事过程中暗自变化。

三、琏、凤关系变化的深层意蕴

在《红楼梦》第四十四回中，贾母在促成琏、凤、平三人和解后，文本还描述了一处小细节，贾母特意谕示众人："有一个再提此事，即刻来回我，我不管是谁，拿拐棍子给他一顿。"因为贾琏、王熙凤的激烈冲突无疑是一场有违封建大家族礼节的闹剧，贾母之言不过是在杜人口舌，防止家丑的外泄和张扬，说到底，贾琏、王熙凤关系的恶化也影响到贾府的声誉。琏、凤二人婚姻生活走向恶化的根源则是多方面的，其背后的深层意蕴植根于封建社会宗法制度和家族姻亲关系下的女性生存困境。

以贾琏、王熙凤二人关系为线索来细究小说文本，二人关系呈现出"和谐—恶化—破裂"的动态过程。二人夫妻生活起初十分和谐，如第七回中二人白日行云雨之事；第十六回中贾琏自姑苏返京，二人久别胜新婚；第二十二回中薛宝钗过生日，王熙凤特意询问贾琏意见；等等。尤其是在协理宁国府一事上，王熙凤自我贬低、谦虚示弱，与贾琏有着夫妻间的打趣之言。但随着贾琏色欲的无限扩张，他越来越难以忍受凤姐的管辖和约束。小说第四十四回写正值凤姐生日，贾琏偷情鲍二家的，并且与之咒凤姐死，最后虽然在贾母的调和下，贾琏当面赔礼，实现夫妻和解，但凤姐终究赢了体面，输了感情，二人关系的恶化已经在所难免。后来贾琏偷娶尤二姐，王熙凤妒火中烧，最终尤二姐也被逼自杀，这促使贾琏对王熙凤的不满与厌恶达到极点，他抱着尤二姐尸身所说的"我替你报仇"，无形中宣告了琏、凤二人关系破裂的可能。

通过整个叙事文本来看，琏、凤二人关系恶化的根源似乎正在于贾琏好色滥淫的本质和王熙凤善妒强势的性格之间的矛盾。一方面，贾琏的欲望并不满足于婚姻所提供的性补偿，他对淫色的追求无限制对外扩张；另一方面，王熙凤的欲望尚未延展到婚姻之外，同时她妒忌的性情要求她始终约束贾琏性的向外泛滥。长此以往，这种对抗性矛盾日益叠加，而逐渐销蚀二人原先和谐的婚姻关系。第四十四回爆发的琏、凤冲突，只是借着二人醉酒这一特殊契机而产生的一次矛盾外露，潜藏在故事文本之下的一条暗流早已澎湃汹涌，"一从二令三人木"所预示的被休结局或许是王熙凤的最终归宿。

叶楚炎曾在文中指出，凤姐"整个'妒忌'性情的揭示经历了一个从隐到显、由浅至深的过程,在这一过程中,凤姐的妒忌通过情节的集聚逐渐呈现在读者眼中"[①]。换言之,王熙凤这种善妒强势的性情,并不是小说一开始所赋予的直接人设,它在文本的叙事进程中才逐渐显豁起来。其实,小说中在贾府其他人的对话间,也有意或无意反映了凤姐妒忌的性格特征。第三十九回中,平儿自述四个陪嫁丫鬟"死的死,去的去",只剩她一人;第六十五回中,兴儿向尤二姐再次提到除了平儿外的其他陪嫁丫鬟"嫁人的嫁人,死的死了"。这些丫鬟或被嫁或被撵甚至被逼死,唯一的可能原因是来自凤姐的手段,而剩下的平儿,也只是王熙凤用以显她贤良之名和拴住贾琏之心的工具,这些话语无不暗含了对王熙凤的委婉批评。第四十四回中,贾琏在与鲍二家的偷情私语时,也曾直言不讳地表示不满:"如今连平儿他也不叫我沾一沾了。"由此可知,平儿即使作为房里人也依然受到王熙凤的猜忌和管控,这在某种程度上钳制了贾琏性欲望得到满足的可能。

  在前期与贾琏的婚姻中,王熙凤能够占据强势的主导地位,除了个人极强的理家能力与强硬手段,还与她娘家的政治地位有着一定的关联。《红楼梦》中贾、史、王、薛四大家族并不是各自孤立地发展,而是通过交互联姻形成一种错综复杂的姻亲网络,像贾母是由史家嫁到贾家,薛姨妈是王家人而与薛家联姻,王夫人和王熙凤同为王家人而都嫁入贾家,等等。这些名门望族世代联姻,形成一种血缘交错、利益捆绑的关系,所谓一荣俱荣、一损俱损。贾琏、王熙凤的结合很难说没有政治因素上的考量,因此夫妻二人婚姻关系的维持天然带有一种功利性。而贾府的长期持续运行,主要依仗贾元春和王子腾二人,其中王子腾正是王熙凤的叔父,他是王家的掌权者和四大家族的核心人物,从京营节度使做到内阁大学士,他的权势是保证四大家族维持表面繁荣的支撑力量,王熙

[①] 叶楚炎:《七出:婚姻视域中王熙凤的形象塑造及其叙事意义》,《红楼梦学刊》2020年第5辑。

凤能够在与贾琏的婚姻生活中掌握主动权，或多或少离不开王家政治权力的影响。

然而，随着贾府不可避免地走向没落和衰败，贾琏、王熙凤正处于这种大崩盘的中心地带，二人夫妻关系的暗中恶化亦是必然趋势，王熙凤一旦压制不住贾琏性需求的释放，则会对她产生一种强烈反噬，判词中王熙凤被休的结局指向已经表明了这一点。按照《大戴礼记·本命》中的"妇有七去"之说，王熙凤明显违背的两条，即"无子，为其绝世也"和"妒，为其乱家也"，这足以成为贾琏休妻的理由。[①]

在古代封建男权社会中，女子只能作为男子的依附而存在，任凭王熙凤多有能力和手段，即使身为荣国府的掌权者，也同样摆脱不了女性身上的枷锁。王熙凤无子是事实，她仅养育了巧姐一女，无法承担起为贾家繁衍子嗣的任务，开枝散叶却又是封建家族的头等大事，这也意味着贾琏纳妾并与妾室生子的可能。因此，王熙凤一直处心积虑地提防其他女性向贾琏靠近，始终限制贾琏对色欲的追求，而尤二姐的出现直接威胁到她的实际地位，她为此残害尤二姐腹中胎儿，并且逼得尤二姐吞金身亡，显然这种妒忌之心和狠毒之行有违封建妇德的要求。所谓"五刑之属三千，而罪莫大于妒忌，故七出之状标其首焉"[②]，女性的妒忌对夫权的遏制、对礼法的破坏，向来为封建礼制所不容，乃至被视为女子"七出"之首罪，这注定王熙凤人生命运走向悲剧的结果。

在第四十四回"凤姐泼醋"情节中，贾母看似在为凤姐出头，但从另一角度而言，她明显在袒护贾琏，并努力为之开脱，尤其是在贾母看来，贾琏与鲍二家的偷情之举并无不妥，只不过是年轻人性欲旺盛的表现，"从小儿世人都打这么过的"。可见，即使身处贾府权力最高峰的贾

---

① 参见方向东《大戴礼记汇校集解》卷十三《本命第八十》，中华书局2008年版，第1305页。
② （唐）陈郑氏撰，（明）黄治徵注：《新镌图像郑氏女孝经句解·五刑章第十一》，明万历十八年（1590）刊本。

母,也同样只是男性的附庸,她潜意识里表露出的女性观念,也完全是服从于男权社会的妇德思想。封建社会中的女性无权干涉男性攫取美色的行为,男性可以正常纳妾狎妓而不受礼法的批判,女性却连妒忌的权利都要被剥夺,"归根结底,以男子为中心的宗法社会结构,以及包办婚姻、纳妾、娼妓制度是中国古代制造出无数妒妇的渊薮"[1]。封建女性为整个时代和社会所裹挟,连王熙凤这般的脂粉英雄亦不能幸免,只能艰难挣扎于这种生存困境之中。

结 语

通过以上论述可知,《红楼梦》第四十四回"凤姐泼醋"是小说中一个不应被忽视的重要情节,它上涉贾琏勾搭多姑娘一节,下及贾琏偷娶尤二姐的故事,它侧面反映出叙事文本中一条由暗渐明的线索,即贾琏、王熙凤关系发展的脉络。

从叙事逻辑上看,"凤姐泼醋"情节是一个恶化中包含改善环节的过程,主要经历了"可能恶化—改善过程—恶化避免"三个阶段。故事一开始,小说家便着意将贾琏、王熙凤矛盾爆发的时间安排在凤姐生日当天,给原本喜庆热闹的氛围注入了一丝不和谐的因素,叙事节奏由缓到急,渐渐拉开"凤姐泼醋"故事的序幕。贾琏与鲍二家的偷情,偏偏选在王熙凤生日当天,王熙凤又偏偏不胜酒力而回房,事件顺势不可避免地走向恶化。在这个过程中,人物的行为会影响到事件的可能走向,贾琏、王熙凤按照各自角色的行动逻辑,做出相应的选择。最终贾琏好色滥淫本质与凤姐善妒强势性格之间的矛盾难以调和,而演化为一场大家族内部的闹剧,通过借助强有力的外部干涉(贾母的介入),这场闹剧得以草草收尾,但新的恶化可能已然孕育其中。

---

[1] 曹大为:《中国古代的妇妒》,《北京师范大学学报》1990年第4期。

从叙事艺术上看,"凤姐泼醋"情节是一个层层递进、逐渐消解的过程。在冲突爆发前,小说层层铺垫,不直接写凤姐回屋撞破奸情,而是以两个小丫头为先导,为描写琏、凤正面对抗进行"预热",接着写凤姐窗下偷听,回身打了平儿后才进屋内,如此曲折翻腾,造成一种情节上的跌宕顿挫之感;冲突爆发时,小说不断变换矛盾双方,从凤、平到琏、平,再到琏、凤,高潮迭起,事态不断恶化,叙事节奏逐步加紧;冲突爆发后,小说通过凤姐添油加醋的哭诉,与贾母老成的调和技巧,展现事件逐渐得到解决的过程。值得注意的是,琏、凤冲突情节不仅勾连前文多姑娘一节,而且引出后文尤二姐的故事,鲍二家的之死与尤二姐之死遥相呼应。两人死后王熙凤的表现如出一辙,经过这几次事件,贾琏与王熙凤婚姻生活的裂痕也日益加深,这体现了小说家在叙事结构和情节布局上的精思与远大。

从深层意蕴上看,贾琏、王熙凤夫妻关系从和谐到破裂,主要还是由于二人性格本质的不合,精明能干的凤姐过于强势和善妒,"天下奸雄、妒妇、恶妇,大都如是,只是恨无阿凤之才耳"[①],凤姐有才也难免被休的命运。贾琏则是一个滥淫之人,有着封建男性喜新厌旧的丑恶面目,他不断扩张自己的性欲望,这势必受到王熙凤的阻止与钳制,二人关系随之发生变化。进一步来说,一方面,二人的结合是世家大族间政治联姻的结果,以王子腾作为掌权者的王氏家族是重要的权势支柱,其他家族目前的荣耀离不开王家的庇护,一旦王家失势,必定牵连贾府的经济命脉和政治地位,贾琏、王熙凤处于这种大崩盘的中心地带,二人夫妻关系的解体存在很大的可能;另一方面,面对夫为妻纲的封建礼教要求,凤姐受制于男权社会的压迫,她未能育子以延嗣,又因妒忌而有意阻挠贾琏与其他女性的结合,甚至借刀杀人、毒害人命,有违妇德,这都决

---

① (清)曹雪芹著,(清)脂砚斋评:《脂砚斋评石头记》,上海三联书店2011年版,第466页。

定了她可能被休的悲惨结局。

综观《红楼梦》第四十四回"凤姐泼醋"情节的基本内容，它从侧面揭示了贾琏、王熙凤婚姻关系的深层变化，完整展现了一种叙事序列的完成过程，体现了小说在结构布局、情节叙事上的高超艺术；同时，这一情节深刻反映了在古代男权社会中的封建女性个体生命的困境。总之，这些对厘清故事线索和塑造人物形象具有重要意义的关键情节不容忽视，我们在阅读小说时需要借助它们去获取更多的整本书阅读体验。

（原文发表于《临沂大学学报》2023年第3期，作者单位：安徽师范大学文学院）

反思《红楼梦》重进中学40年
——以人教版《语文》必修教材及其他版选修教材为主要讨论对象

詹 丹

  1978 年起始的改革开放,影响及于中学语文界,所谓"教育战线拨乱反正",也引发了语文教材内容的大调整,经典名著《红楼梦》重新进入中学语文教材。关于语文教材选入《红楼梦》片段的情况,从具体的选段、编排体例、助读系统等,已经有张心科对此发表系列文章,做了民国以来近百年的详细梳理,改革开放四十年情况,已经大致囊括。[①] 所以,这里采用大中取小的办法,聚焦问题,仅以人民教育出版社的四十年中学语文教材为讨论中心,兼及其他出版社的相关教材,从选编模式、助读系统及教学设计等问题展开讨论,特别是就文学名著的普及问题,提出个人的一些不成熟意见,不当之处,还望方家指正。

一、必修教材的选篇斟酌

  《红楼梦》进中学,是以进教材为主要标志的。而对于浩繁的长篇巨著来说,在有限的学习时间内,只能从中选取片段。选《红楼梦》哪些片段进教材,有多方面的制约因素和考量,这里先讨论必修教材。
  1978 年,人民教育出版社修订出版了中学《语文》教材,是自1951 年以来的第 6 套通用教材(以下简称人教版),到 2018 年开始出

[①] 参见张心科《〈红楼梦〉在中学语文教育中的接受(1980—1996)》,《红楼梦学刊》2017 年第 6 辑;《〈红楼梦〉与语文教育(1997—2016)》,《红楼梦学刊》2018 年第 5 辑;等等。

版全国统编教材（先期推出初中教材），跨度整整40年。其间虽因各地实行一、二期课改，有过多套地方省市版的中学《语文》教材出版，并在部分地区使用，但人教版的《语文》教材一直还在同步广泛使用，并相继修订有第7套、第8套、第9套全国中学普通版教材和实验版教材问世。

1978年修订出版的《语文》教材，是与四年制初高中配套的，只有一篇《葫芦僧判断葫芦案》课文，安排在高中第四册，这是延续了"文革"前《语文》教材的节选传统。[①]在那套教材的初中部分，没有涉及《红楼梦》的课文。

1982年出版第7套《语文》教材以配合初高中六年制时，《葫芦僧判断葫芦案》的课文从高中移进初中教材，而高中《语文》教材，在第五册选入了《林黛玉进贾府》段落，与其他几篇现代小说组成小说单元（以后修订时，又把它与其他节选的古典白话小说组成单元）。[②]由此大致确定了初中《语文》教材和高中《语文》教材各节选一篇的格局。这一格局，前后持续20年，直到2001年"新课标"颁布，在初中教材仍保持一篇直至今天的情况下，高中节选情况才开始有所变动，从"一"篇增加到"多"篇。

当然，抽象地讨论初中教材和高中教材"一"和"多"的关系意义不大，还是要深入分析，这里的"一"是怎样的"一"，变而为"多"，又是怎样的一种"多"。

先看初中《语文》教材，虽一以贯之地只有《红楼梦》一篇节选，但具体篇目是有变动的。

自1982年选入《葫芦僧判断葫芦案》后，经过几轮教材修订，该

[①] 参见课程教材研究所编著《新中国中小学教材建设史（1949—2000）研究丛书·中学语文卷》，人民教育出版社2010年版，第191页。
[②] 参见课程教材研究所编著《新中国中小学教材建设史（1949—2000）研究丛书·中学语文卷》，人民教育出版社2010年版，第226页。

篇课文作为阅读材料也持续使用了 20 年左右。但在 21 世纪初，人教版实验教材改用《香菱学诗》[①]节选，一直延续到最近，也有 20 年时间。自 2018 年起，多套省市版的《语文》教材逐渐停用，全面推开使用全国统编教材。自此，统编教材的初中第六册以《刘姥姥进大观园》[②]替换了《香菱学诗》，由此形成《红楼梦》进初中《语文》教材 40 年间的三次"变脸"。

由此可见，虽然初中《语文》教材始终只有《红楼梦》节选的一篇课文，但这选文本身也是随着时代而变化的。可以说在共时的"一"篇中，又包含了历时的"多"篇。

再看高中教材，选篇的情况要更为复杂一些，这是从"一"篇向"多"篇的转化，也是不同版本教材的分化。1996 年颁布了"高中语文教学大纲"（试验版），2001 年颁布了新课程标准[③]，对高中语文的课程结构进行了调整，压缩了必修课程，增加了限定选修和任意选修课程。而延续传统的普通教材和依据"课标"分别修订的高中语文六册普通版必修教材和五册"实验版"教材，也相继推出，《红楼梦》的选篇问题由此产生了"同而不同"的分化。

一方面，无论是普通版教材还是实验版教材，都选用了《林黛玉进贾府》的片段，但是，在普通版中，除了第四册选该片段外，在第六册又选进了《诉肺腑》《宝玉挨打》和《抄检大观园》三个片段，组成一个小说单元。[④]而在"实验版"中，则仍保持《林黛玉进贾府》一篇的情形。

---

① 课程教材研究所中学语文课程教材研究开发中心编著：《义务教育课程标准实验教科书语文 九年级 上册》，人民教育出版社 2003 年版，第 166—175 页。
② 教育部组织编写，温儒敏总主编：《义务教育教科书 语文 九年级 上册》，人民教育出版社 2018 年版，第 131—135 页。
③ 参见教育部基础教育课程教材专家工作委员会组织编写，王宁、巢宗祺主编《普通高中语文课程标准（2017 年版）解读》，高等教育出版社 2018 年版，第 5 页。
④ 参见人民教育出版社中学语文室编著《全日制普通高级中学教科书（试验修订本·必修）语文 第六册》，人民教育出版社 2002 年版，第 58—83 页。

之所以如此，是使用"实验版"五册必修教材的，课时较少，有更多的时间用于选修课，其中就包括了《中国小说欣赏》这样的选修教材，选入《红楼梦》中的"金兰契互剖金兰语"一节，课文题作"情真意切释猜嫌"，跟必修教材的选篇形成呼应关系。值得注意的是，即使有两套教材的分化，但《林黛玉进贾府》却始终稳定在高中《语文》教材中，并且，正在组织编写的高中《语文》统编教材征求意见稿中，这篇课文仍赫然在目。随着统编教材逐渐取代全国各省市地方版教材，《林黛玉进贾府》这篇课文，也许会成为《红楼梦》进高中《语文》必修教材保留时间最长的篇目，呼应选修教材，从而构成高中教材中的另一种"一"篇和"多"篇的情形。

对于《红楼梦》作为课文的"一"与"多"或者变与不变的关系，我们究竟如何来看待？

针对初中教材中，《葫芦僧判断葫芦案》被《香菱学诗》替换，会让人得出一种结论，认为编者的意图是在用更具开阔视野的人文性来取代过于聚焦思想政治问题的作品片段，比如所谓"人们逐渐不再将《红楼梦》单纯地视为政治历史小说，而重新视为言情人道小说"[①]，而最近，统编教材又把《刘姥姥进大观园》替换为《香菱学诗》，似乎又把人文性进一步拓展为广阔的多元文化交融或者冲突问题。但这样的理解，也可能把问题简单化了。因为所选篇目的内容意义与对该节选篇目的阐释，是两个层面的问题。当我们曾经习惯用政治历史来解读《葫芦僧判断葫芦案》时，其实并不意味着这种解读就构成了该片段的全部意义。围绕着护官符的政治黑暗，还有贾雨村与其贫贱之交葫芦僧以及恩人之女英莲的相遇，其间的遭遇和分离所折射的深广人生内涵，并不是所谓"单纯的"政治历史小说所能涵盖的。所以，重要的不是急于要把节选篇目加

---

① 张心科：《〈红楼梦〉在中学语文教育中的接受（1980—1996）》，《红楼梦学刊》2017年第6辑。

以替换的问题，以体现所谓的与时俱进，而是如何在新时代、新视野下，对传统保留篇目加以再阐释。

但还有另一个隐含问题，常常被人无意中忽视了。

就是初中《语文》教材关于《红楼梦》的选篇虽有三次"变脸"，但共有的特点是，这三个片段构成的意义，虽然都可以理解为整部小说的有机组成部分，却又都具有相对独立的插曲性质，使得课文即便是小说的一个片段，也具有了一定的完整性。贾雨村在贾府外部世界审理案件，香菱和刘姥姥都是临时性进入大观园，使得各个片段中的主角，并没有获得更深介入人物错综关系的力量，这种相对而言的故事单纯性，正是三个片段被相继入选初中《语文》教材的理由，因为这种相对而言的完整性和单纯性，在一定程度上是符合初中生认知心理特点的，也是跟不要求初中生阅读《红楼梦》整本书的情形相契合的。

对高中生的要求则不然，从以往的课程学习和统编教材征求意见稿看，都有了对《红楼梦》整本书的阅读要求。而《林黛玉进贾府》之所以很少被替换，最多也就是在保留该篇的基础上补充另外几个片段，是因为该片段指向整本书的序幕性质，为高中生阅读全书确立了起点，同时，也是在错综的人物介绍中，凸显了主要人物在事件推进中的特殊意义。虽然《红楼梦》中其他的精彩片段也相当多，但无论是从相对完整的局部性还是向整体开放的丰富性，或者作为小说序幕的意义等多方面因素考虑，确实较难找到具备近似功能的其他片段。

当然，从指向整本书阅读考虑，把《红楼梦》作为专题选修课的教材是更为适合的。

二、选修教材的选篇和组合方式

《红楼梦》进选修教材，是跟高中语文课程结构分为必修和选修（选修又再分为限定选修和任意选修）相适应的。人教版的选修教材中，主要是"实验版"的《中国小说欣赏》，其中就有《红楼梦》选段。不过，因为该选修教材打通了古代与现当代，以9个单元选录了15部长篇小说片段和4篇短篇小说（篇幅长的只节录部分），所以具体到《红楼梦》，选出"金兰契互剖金兰语"一节，和"三言"的《玉堂春》节选，组成了"人情与世态"单元。总体来看，该教材等于中国小说通史缩微版，虽然这样的学习也有一定意义，体例近似于鲁迅的《中国小说史略》，用原文节选加简单介绍，串联起小说史的脉络。①但就《红楼梦》整部小说的深入学习来说，所选篇幅要比必修教材中节选的片段还要短小，显然缺乏立足《红楼梦》整本书阅读的延伸意义。而且，因为这些长短篇小说时间跨度非常大，从古代的《三国演义》《红楼梦》到现当代的《家》《子夜》《白鹿原》《长恨歌》等，都有涉及，让中学语文教师很难胜任辅导的任务。也因此，在实际选修课堂，其他出版社的《〈红楼梦〉选读》选修教材，在一定程度上弥补了人教版的缺憾，获得了语文界的欢迎。其中，较通行的有三种。一是蔡义江主编的《〈红楼梦〉选读》（或称语文版）②，二是单世联、徐林祥编写的《〈红楼梦〉选读》（或称苏教版）③，三是童庆炳主编的《〈红楼梦〉选读》（或称北师大版）④。

这三个版本，代表红楼梦选读组合的三种模式。

语文版最具创意，选出原著片段，彻底打乱前后顺序而重新构架。先以总览方式，选入三个片段，对环境由远到近，由大到小，由虚无到实在，从大荒山到四大家族势力范围的现实世界，从甄家的概括性叙述

---

① 参见人民教育出版社、课程教材研究所中学语文课程教材开发中心、北京大学中文系语文教育研究所编著《普通高中课程标准实验教科书 语文 选修中国小说欣赏》，人民教育出版社2007年版。
② 语文出版社教材研究中心编：《〈红楼梦〉选读》，语文出版社2005年版。
③ 丁帆、杨九俊主编：《〈红楼梦〉选读》，江苏教育出版社2008年版。
④ 北京师范大学文艺学研究中心编著：《〈红楼梦〉选读》，北京师范大学出版社2010年版。

到贾府的具体呈现，并落实到大观园，如镜头般步步推进，也步步聚焦，最后落到贾宝玉和众姐妹所在的日常世界。然后以人物为线索，串联起原作的选段，选入教材的人物分三个层次，即主要人物宝玉和黛玉，热门人物薛宝钗、王熙凤、刘姥姥以及配角性人物晴雯、湘云、妙玉和香菱。具体选入教材的情节片段，则依附于人物，成为呈现人物特点的具体故事。

北师大版最传统，就是在作品中选取 10 个片段，以"演说荣国府"开始，到"宝玉出家"结束，构成 10 篇课文，其形成的前后序列，大致保持了小说的发展趋势。

苏教版则是两种模式而外的变通，一方面，它有"红楼品鉴"部分，也是从"演说荣国府"开始，到"宝玉出家"结束，前后选取六个情节段落，相似于北师大版，只是篇幅有所压缩。另一方面，该版本增加"红楼研讨"部分，对小说的结构、人物、环境、主题、语言等分六个专题加以讨论。由此形成六个情节的纵向推进和六个研讨专题的并列对应，从而构成教材的主体，体现出编者对教材整体框架的思考。

对这三种模式，有一个基本共同点值得我们注意，这三种教材除开选出《红楼梦》原著片段外，都注意提供相关的研究文章。

在语文版中，是以"链接资料"方式呈现的，而苏教版中，在"红楼品鉴"的情节节选部分，是以"解读举隅"形式呈现的，基本是每段情节文字后附有两篇解读文章的节选，在"红楼研讨"部分，则以"资料链接"构成内容主体，比如"红楼结构"部分，就收入了五段论述，计有（1）俞平伯论《红楼梦》原本是一百一十回；（2）刘梦溪论《红楼梦》前五回在全书结构中的作用；（3）周汝昌论刘姥姥与《红楼梦》叙事方法；（4）周汝昌论《红楼梦》中暗线、伏脉、击应；（5）王蒙论《红楼梦》的结构特点。北师大版则是每课有一篇"相关解读"，附在节选的原著选段后。这一共同点非常重要，显示出选修教材对必修教材的重要拓展，就是把《红楼梦》原著和学者的相关解读结合起来阅读，这是开展研究性选修课程的基础。

但是，其各自形成的特色，也值得我们思考。

三套教材虽然选段篇幅有差异，具体篇目也并不一致，已经体现出编选者见仁见智的特色。但最令人惊讶的，还是语文版蔡义江主编的《〈红楼梦〉选读》，虽然选有22个片段，但没有一则出自第八十回后，显示出编者对程高本续作的坚决抵制。而苏教版和北师大版都以"宝玉出家"作为情节选段的收尾，体现出对小说完整性的自觉认同，在多个选段间，大致形成一个有机发展的序列。虽然我个人也认为相比脂抄本，程高本的思想艺术价值较为逊色，但后四十回也还有存在的合理性，毕竟其按照家族衰败的趋势一路写来，显示了小说整体构思的统一，其中也有个别描写出色的段落，值得品味。特别是，纳入中学语文教材的《〈红楼梦〉选读》并非学术著作，是否一定要把选文局限于前八十回，把后四十回一笔抹杀，还是可以再推敲的。

此外，虽然蔡义江先生通过课文以人物分层呈现的特殊组合，似乎规避了情节片段纵向序列没有收尾的问题，而当他以"香菱学诗"来给全书收尾时，似有意把全书以诗的意境来归结。就人物本身命运而言，教材只选出晴雯之死的片段，才算有个结束的交代，涉及的其他人物都是生活过程精彩片段的摘取，固然是吉光片羽，弥足珍贵，对所选出的这些片段，也加以了精心组织，但一种碎片化的感觉，并没有为编者精心营造的结构系统所掩盖。

平心而论，虽然蔡义江先生主编的有关《红楼梦》选修教材最具创意，心思花费也最多，但也许这种编撰，在《红楼梦》面前，可能有吃力不讨好的感觉。相形之下，苏教版那种既有纵向递进的情节选段系列品鉴，又有横向并列的专题研讨，是在有限时间内进入《红楼梦》更好的入门书，甚至是，编写者似乎是"随意"选出作品10个片段再加上10篇相关解读文章的北师大版，也未必不是一种较好的选择。

三、教材的助读设计和课堂教学引导

正如前文所述，选文本身所具的意义和学者阐释的意义可视为两个层面的问题。当《红楼梦》选篇组合进语文教材时，编者给出的阅读提示、设计的思考练习以及最终落实到教师组织的课堂教学活动，显示了《红楼梦》是在怎样的意义上进入了中学，又抵达了怎样的程度。

（一）关于《林黛玉进贾府》的练习

作为经典篇目《林黛玉进贾府》，普通高中版和后出的高中实验版课文后面各有 4 道练习，两个版本的练习设计有所延续，也略有变化，列表对照如下。

《林黛玉进贾府》普通版与实验版练习设计对照

普通高中版[1]	高中实验版[2]
1．课文以林黛玉进贾府这一事件为中心，在迎客声中让众多人物登场亮相，人物描写详略得当，虚实并用。试填写下表。（其给出的表格分为详写/略写、实写/虚写、单独介绍/群体介绍三个类别）	1．本文的中心事件是什么？透过林黛玉的眼睛，我们可以看出贾府是个怎样的大家庭？
	2．同为小说的主要人物，王熙凤和贾宝玉的出场有什么不同？作者介绍这两个人物各用了什么艺术表现手法？

---

[1] 人民教育出版社中学语文室编著《全日制普通高级中学教科书（必修） 语文 第四册》，人民教育出版社 2006 年版，第 50—51 页。
[2] 人民教育出版社、课程教材研究所中学语文课程教材研究开发中心、北京大学中文系语文教育研究所编著《普通高中课程标准实验教科书 语文 3 必修》，人民教育出版社 2004 年版，第 13 页。

续表

普通高中版	高中实验版
2. 联系人物身份、性格，品味下列人物语言。 王熙凤： 我来迟了，不曾迎接远客！ 天下真有这样标致的人物，我今儿才算见了！况且这通身的气派，竟不像老祖宗的外孙女儿，竟是个嫡亲的孙女，怨不得老祖宗天天口头心头一时不忘。 贾宝玉： 虽然未曾见过他，然我看着面善，心里就算是旧相识，今日只作远别重逢，亦未为不可。 除《四书》外，杜撰的太多，偏只我是杜撰不成？ 林黛玉： 只刚念了《四书》。 不曾读，只上了一年学，些须认得几个字	3. 品味下列人物的语言，分析他们的不同身份和性格。 王熙凤： 我来迟了，不曾迎接远客！ 天下真有这样标致的人物，我今儿才算见了！况且这通身的气派，竟不像老祖宗的外孙女儿，竟是个嫡亲的孙女，怨不得老祖宗天天口头心头一时不忘。 这倒是我先料着了，知道妹妹不过这两日到的，我已预备下了，等太太回去过了目好送来。 贾宝玉： 这个妹妹我曾见过的。 除《四书》外，杜撰的太多，偏只我是杜撰不成？ 林黛玉： 只刚念了《四书》。 不曾读，只上了一年学，些须认得几个字
3.（辨析三例古今词义变化，具体内容略）	
4. 话说"凤辣子"。写一篇三五百字的短文，说说王熙凤的"辣"。结合课文而不限于课文，可就你所知，联系《红楼梦》有关王熙凤的描写去谈，也可以发挥想象	4. 参考下面的资料（提供的是鲁迅和周汝昌的论述），以"话说贾宝玉"为题，谈谈你对这一人物形象的看法

从两个版本设计的练习看，虽然都引导学生在关注林黛玉进贾府的事件中，把贾府不同人物的出场和主要人物语言特点纳入分析视野，且都以一题综合性的人物论，来加以学习的总结，但其细微变化，也耐人寻味。

首先，是剔除了古今词义辨析题，并用林黛玉进贾府所见析出的两题，替换了原普通高中版关于人物出场各种描写的梳理。这样的替换是有意义的，因为情节段落里有两个宏观性的问题，需要凸显出来，一是林黛玉的视角问题，二是家族的总体特点，这在普通高中版的练习中，都有所忽视。此外，第2题聚焦于小说中两位主要人物的出场描写，这是从重点深入中，进一步与第1题的宏观概览构成互补关系。

其次，对人物语言的品味题继续保留，这是细细品味作品语言艺术和人物描写艺术的重要路径。但也有两个变化，值得提出来讨论。其一是题干的变化，把原来的联系人物身份、性格来品味人物语言的次序前后互换，这一改动，其实把从概念出发，改为从具体出发，这是文学鉴赏的正途，所以这一出发点的变动，还是相当合理的。其二是关于王熙凤和贾宝玉，各添加了一句话，更强化了两人语言与身份和性格的关联性。增加的两段语言描写，说明王熙凤正在管家，且思考问题比较周全，而贾宝玉对林黛玉有一见如故的好感，等等。

最后，把人物论的综合分析题由论贾宝玉替换掉原先的论王熙凤，也有一定道理，因为毕竟在这部分，王熙凤的出场尽管吸引人，但毕竟涉及的描写比例甚少。而且，其重要性，主要是作为家庭管理，而不是与林黛玉的关系中体现出来的。改为贾宝玉论或者林黛玉论，就更合理些。

应该说，这些课后练习题的设计，对于深入理解小说这一片段，是有很大积极引导作用的。不过总体看，缺憾还是比较明显。不论是普通高中版还是高中实验版，都把"林黛玉进贾府"视为一个事件，这没有问题。但如何来理解这一事件，其实还是有很大空间来需要我们深入分析的。就目前《语文》教材的课后练习看，都仅仅把事件作为介绍家族、引出主要人物的结构功能来看待，这一小说整体的序幕性，当然不可否认。但我认为，这一事件，作为林黛玉与贾宝玉"相遇"的事件，作为林黛玉和贾宝玉因相遇而对彼此产生心灵震荡的转折意义的事件，却无意间被忽视了。我甚至认为,林黛玉进贾府作为事件,介绍家族和出场人物,仅仅着眼结构功能性,尚不具备真正的"事件"的意义,而只有和宝玉的相遇,才真正构成一种"事件"。也是在这个意义上说,王熙凤出场尽管占尽风头,但仍然是无法和贾宝玉的出场相提并论的,而后来薛宝钗进贾府,小说根本就没有呈现两人第一次见面作为"事件"意义的起点。

据此,我认为有关课后练习的设计,就没有在不同层次的事件意义上聚焦起来,没有进一步深入人物的核心事件,没有把对人物的理解从人物自我言行的关系中发展出来,即便有个别的关系回应,或者有自我语言的审时度势的表达调控(如黛玉从读《四书》到刚认了几个字),但仍然缺乏整体性、系统性,呈现的仍然是所谓事件叙述、人物出场、语言描写等要素式解析的碎片化状态。而节选文本在整体事件上体现的意义,以及节选文本相对独立的事件逻辑进展,比如宝玉和黛玉的一见如故到后来的言行展开,都没有被关注,教材编者缺乏对事件的系统性、整体性把握的引导,或者对文本理解不很到位,这种情况,在刚出版的初中《语文》统编教材中也同样存在。

(二)关于《刘姥姥进大观园》

在最新出版的初中《语文》统编教材中,选入的《刘姥姥进大观园》是自读课文,所以没有练习设计,作为助读系统,提供了"阅读提示"和编者的批注。选取的片段主要是写刘姥姥在探春处用餐,根据王熙凤、鸳鸯两人事先安排,让刘姥姥先背诵自嘲的顺口溜,又对餐具和食物发表了许多令人发噱的议论,自觉地置自己于可笑的境地,让众人尽情娱乐了一番。该片段结尾处,交代众人用餐结束后去探春卧室聊天时,有一段这样的描写:

一时吃毕,贾母等都往探春卧室中去闲话,这里收拾残桌,又放了一桌。刘姥姥看着李纨与凤姐儿对坐着吃饭,叹道:"别的罢了,我只爱你们家这行事!怪道说'礼出大家'。"凤姐儿忙笑道:"你可别多心,才刚不过大家取乐儿。"一言未了,鸳鸯也进来笑道:"姥姥别恼,我给你老人家赔个不是儿罢。"刘姥姥忙笑道:"姑娘说哪里的话,咱们哄着老太太开个心儿,有什么恼的!你先嘱咐我,我就明白了,不过大家取笑儿。我要恼,也就不说了。"鸳鸯便骂人:"为什么不倒茶给姥姥吃!"刘姥姥忙道:"才刚那个嫂子倒了茶来,我吃过了,姑娘也该用饭了。"

这里,教材给出的批注是:"刘姥姥明知道是拿她'取笑儿',为什么还积极配合?"[①]在前文的批注中,编者也是从"取笑"的悬念,引导学生猜测鸳鸯对刘姥姥可能的吩咐,以及刘姥姥言语特点等,形成了这一笑闹的连贯性理解,并以分析刘姥姥的行为动机,来给这一情节片段加以总结。这当然也可以,但作为一种总结,比分析刘姥姥积极配合出演笑剧更重要的是,她看到王熙凤、李纨等媳妇与主人分批用餐而感叹的一句"礼出大家"。因为正是这句感叹,它可能具有的反讽意味,才引出了王熙凤和鸳鸯的敏感反应,并把此前笑闹中的非礼本质暗示了出来。可以说,对放纵快乐的享受,本质是与礼仪相抵触的,也是会让其中有些人无法得到尊重的。从这个意义上说,不是刘姥姥表示不会计较,而是她似乎在无意中对礼仪问题的感叹,才使这一情节片段具有了总结意味。而也正因为有刘姥姥的这一感叹以及王熙凤和鸳鸯的敏感反应,才使得刘姥姥说不会计较的表态变得暧昧起来。这样,批注者直接提出刘姥姥"积极配合"的论断,不但不具有总结意味,本身也成了一个有待讨论的问题。

[①] 教育部组织编写,温儒敏总主编:《义务教育教科书 语文 九年级 上册》,人民教育出版社 2018 年版,第 134 页。

把这里的批注与"阅读提示"中一句表述上的不精准联系起来看,问题就更清楚了。

其劈头就说:"社会底层的一个农家老妇,来到京城贵族之家,与上流社会的贾母、王熙凤等人一起进餐,闹出了很多笑话。"写下这段话的编者大概没有意识到,王熙凤是既不会跟贾母一起进餐,也不会跟刘姥姥一起进餐的。当这种用餐礼仪进入刘姥姥视野时,她的感叹,其实是相当复杂的。这个被编者无意忽略的似乎小细节的问题,其实才是理解这一情节片段的关键。

顺便一提的是,该片段底本采用1964年的程乙本点校本,而不是晚近的庚辰本点校本,不能把红学成果及时反映到中学语文界,也是令人感到奇怪的。

余 论

《红楼梦》进中学,以语文教材作为考察依据,是具有标志性的。从选段是否妥当、编排组合是否合理、助读系统的指向是否精准等考量,固然重要,但这毕竟还是静态的。这还有待于教师在课堂上通过组织教学活动,把静态的教科书转化为学生的生成性理解,并内化为学生的心灵体验,最终对学生整体人格的发展,起积极的作用。而恰恰在这方面,存在的问题更是多多,因涉及面更广,拟撰文另做讨论,这里仅举流传较广的一个教学设计,略作说明。

《语文建设》曾刊有语文版《〈红楼梦〉选读》选修教材的一份教学设计(后又被人大复印报刊资料转载),该教学设计包括了"学情分析""导读讲座"和"第一单元教学流程"三个部分。教材第一单元有《石头撰书》《护官符》《大观园》三个情节片段,教师在"教师讲析"环节以引导学生发现《红楼梦》语言的独特为重点,提出了如下方向性学习任务:1.寻找作品中人名与情节的对应关系。2.寻找叙述语言与作品情节的对应关系。3. 寻找描写语言与作品情节、主题的呼应。[①]

且不说这样的一一对应，未必符合《红楼梦》实际，即使从文学阅读该有的经验看，也是不现实、不合理的。当作品情节是整个地内在于叙述或者描写的语言中时，强调两者的对应关系，必然会把情节机械割裂，然后加上教条的、标签式理解。事实上，设计者自身依据这种学习任务给出的具体路径，就是机械解读的典型案例。比如，针对小说以作者名义题写的一绝，教学设计者发问道："你觉得第一单元的课文中哪些情节是'荒唐'的？他的'痴'在哪些情节中有所表现？"又如，要求学生根据《护官符》一文，"说说哪些'真事'被隐去，哪些'假语'被留存"。此类阅读路径的设计，其实都是诱导学生对情节做教条的、断章取义式的理解，是把《红楼梦》整体意义上的"荒唐""痴""真事""假语"丰富性理解得浅薄化和狭窄化了。再如，教学设计者在解读林黛玉的《唐多令》时，不是从抒情女主人哀怨的整体意境来理解，居然把词义坐实为："词中包含了对贾府家长的不满——林家将我交给你们，但你们对我的终身大事却没安排好。"[②] 解读诗歌如此"实打实"，把艺术的整体把握等同于简单化索隐，说明教学设计者不但不能正确理解《红楼梦》，甚至就一般意义上说，也不懂欣赏文学的正确路径，特别是类似的解读在中学课堂还比较普遍，这是不能不令人深感忧虑的。

就此而论，《红楼梦》进中学，让《红楼梦》给中学生带来真正的心灵滋养，或许还有很长的一段路要走。

（原文发表于《红楼梦学刊》2019年第3辑，
作者单位：上海师范大学人文学院）

[①] 参见吴欣歆《引领学生在文本中行走——〈《红楼梦》选读〉教学设计》，《语文建设》2010年第1期。

[②] 参见吴欣歆《引领学生在文本中行走——〈《红楼梦》选读〉教学设计》，《语文建设》2010年第1期。

不是最好也没更好的《红楼梦》程乙本

詹 丹

《红楼梦》脂抄本和程印本孰优孰劣,在红学界争论已久。具体到普及性阅读时,究竟是以庚辰本为底本的整理本(下文简称"庚辰本")为首选,还是以程乙本为底本的整理本(下文简称"程乙本")为取向,也有很大争议。此前白先勇在他的《白先勇细说红楼梦》中,竭力贬低庚辰本,抬高程乙本,特别是指出庚辰本有90处描写错误,我已在《文艺研究》发文做了详尽反驳,此不赘述。近来,又有学者在给青少年编著的一本普及读本中,特别推介程乙本,理由是程乙本最晚出,属于最终修订本,自然应以此为依据。对此观点,即使不考虑个别学者提出的"程前脂后"说,笼统以"后出转精"的类似理由来排除王佩璋、刘世德等学者提出的越改越坏的可能,也多少显得机械和教条。当然,我下此判断,如果不从具体看问题,也有机械和教条之嫌疑。那么,我们还是来讨论一个具体案例吧。

一些主张程乙本优于庚辰本的学者,往往会举《红楼梦》第七十四回"抄检大观园"有关晴雯的描写来说明,认为这一回围绕晴雯的描写,特别是用酣畅淋漓之笔写晴雯当面痛斥抄检活动时上蹿下跳的王善保家的,是更具思想艺术性的。如北师大的张俊、沈治钧老师评批以程乙本为底本的《新批校注红楼梦》就认为:

> 写王善保家的与晴雯口舌较量,甲本同,诸脂本均不存,当为后人增饰,艺术效果甚佳。

此外，首师大的侯会老师在相关编著中论及庚辰本的此处描写是：

晴雯的表现只有摔箱，没有对话，效果自然大为减色。

这样的判断，其实还有待再斟酌。

虽然读者对王善保家的痛恨具有普遍性，所以其被探春直接反击，继而居然在自家外甥女司棋那里查到了违禁的偷情之物，让其受到肉体兼心灵的"打脸"啪啪作响，在一定程度上让阅读"抄检大观园"这一段落而感受愤懑的读者心情有所缓释，并进而希望王善保家的在被打脸前，还有过被晴雯痛斥的狼狈。但如此痛斥得淋漓尽致，其艺术效果也许可以有另一种评价。

必须看到，晴雯的无声抗议、探春和待书动手又动口的反击以及抄检到司棋这里翻船，终于让王善保家的自己打自己的脸，这是一个渐次发展，在情节的高潮后走向翻转的逻辑递进。这倒不是说，"抄检大观园"的构思，必须让晴雯静默从而给后续的情节高潮留出发展空间，好像情节逻辑必定不能以一种高潮迭起的方式来展现。但这样写而不那样写，还是有具体的语境制约，有情节展开的自身规律。

我承认，也许从晴雯一贯的性格来说，以她的火暴脾气，是会跳起来跟王善保家的有一场当面锣对面鼓的口舌较量的。而她发泄般的痛斥，也可以让读者的内心跟晴雯一起，有浮一大白的畅快感。但是，恰恰在当天，在被王夫人一顿莫名其妙的训斥中，她知道自己遭人暗算，书中特意交代，她是个聪明绝顶的人，所以在回答王夫人的问话中，显示她有了小心谨慎躲避可能来临迫害的那种心态。如果说到晚上，她不再闹出太大的动静，就像许多脂本所处理的那样，其实具有前后照应的合理性（蔡义江老师就持有此看法）。但毕竟，她心里有极大的委屈和愤怒，所以在努力压抑自我的同时，先是不主动开箱以配合检查，而袭人要来帮她开箱时，她又自己抓住箱底朝天尽情倾倒物品，那种"豁啷"的声响,那种剧烈的动作,已经把她的不满发泄了出来。虽然此刻如果写晴雯暴怒痛斥,所产生的酣畅淋漓对作家有很大的诱惑力,但不写她的痛斥,在我看来恰是见出了艺术大手笔的克制力,以表现晴雯内心更深刻的复杂。那种压抑中的抗议,此时无声胜有声的心情复杂,也为后来探春的有力反击和待书的辛辣讽刺蓄足了气势。

这样,稍做机械式分层剖析,脂本不写晴雯与王善保家的口舌较量,起码可以达成三重艺术效果。其一,这是把重心落在无声抗议中,以显示跟有声抗议的不同艺术境界。其二,这是呼应了白天已经交代过的晴雯那种机敏躲祸心思,是跟她向来的火暴脾气、她感受的委屈心态互相平衡、互相制约的。其三,这也是为后续冲突的进一步发展至高潮充分蓄势。

当然,提出这些不同意见,也不等于说程乙本写了口舌较量就是败笔。毋宁说,写与不写,这是一个见仁见智的问题,而不一定就存在艺术高低的区分。反过来说,如果程乙本写了,就认为其比庚辰本高明,或者单就这一回来说也要比庚辰本高明许多,我觉得反而是缺乏说服力的,是把问题做了简单化处理。

因为在这一回中,不单单是写不写晴雯和王善保家的言语较量,其艺术效果难有定论。更关键的是,此前关于她被传唤到王夫人面前的描写,庚辰本和程乙本的细微文字差异,则明显体现出程乙本的拙劣。

比如小说写王善保家的在王夫人面前诋毁晴雯,庚辰本是"一句话不投机,他就立起两个骚眼睛来骂人"。程乙本没有形容眼睛的那个"骚"字,味道就寡淡了许多。再如王夫人吩咐小丫头把晴雯叫来让她"验明正身",庚辰本写:

> 吩咐他到园里去,"只说我说有话问他们,留下袭人麝月服侍宝玉不必来,有一个晴雯最伶俐,叫他即刻快来。你不许和他说什么。"

而程乙本的文字是：

吩咐他道："你去只说我有话问他，留下袭人、麝月伏侍宝玉不必来，有一个晴雯最伶俐，叫他即刻快来。你不许和他说什么。"

这里的关键是，庚辰本写王夫人让小丫头去怡红院是有话要问"他们"。这是王夫人故意使出的烟雾弹，继而从"他们"这一群体中，细分出两拨人，袭人麝月等一拨人留下伺候宝玉，只让"最伶俐"的晴雯来回话，并进一步关照小丫头，不得事先向她透露已被告发、准备拿她开刀等隐情。这样，从开始说的"到园里去"这样一个较为广阔的空间说到群体"他们"，再进到个体的区分，就有了逻辑的递进关系，也见得王夫人已经胸有成竹，并强化了"最伶俐"一词的反讽意味。

但程乙本删除似乎是多余的"到园里去"，又删除"们"，让小丫头从一开始既明确找了"他"（晴雯）来问话，又关照袭人麝月留下，再说把"有一个晴雯最伶俐"叫来，倒像王夫人心怀鬼胎似的，要对宝玉和丫鬟们解释自己传唤晴雯的合理性。可谓删一"们"字，说话的章法全乱了。

晴雯来后，王夫人除了尖刻地挖苦了晴雯，又问她宝玉近来的情况，晴雯不敢以实话对答。庚辰本的这段言语描写是：

"我不大到宝玉房里去，又不常和宝玉在一处，好歹我不能知道，只问袭人麝月两个。"王夫人道："这就该打嘴！你难道是死人，要你们作什么！"

同样是这段对话，程乙本就庚辰本的"只问袭人麝月两个"一句拆解出两句：

"那都是袭人合麝月两个人的事,太太问他们。"

这样的拆解就太莫名其妙了。因为如果晴雯已经解释了这是袭人和麝月两个人该关心宝玉的事,王夫人还呵责她"你难道是死人,要你们作什么",就太没有一点理性了。只是在晴雯如同庚辰本那样回话的状态下,才引发王夫人的呵责,也让晴雯做了进一步详细的解释,并搬出这是在听老太太指令看屋子的理由,来给自己做挡箭牌。也许,这样分层推进的解释,是晴雯通过设置说话的悬念来吸引人乃至是在对话中埋坑让人跳的"伶俐"?谁知道呢?庚辰本或者早期脂抄本的文字处理,除开一些技术的笔误外,常常有一些精湛的神来之笔是值得让人反复回味的。把相关的描写与程乙本对照起来看,总体的优劣还是比较清晰的。

不过,当我向一位朋友推荐庚辰本时,他笑说,能够读完《红楼梦》已经不错,即便读的是思想艺术相对较弱的程乙本,也没有读到《红楼梦》外面去,仍在阅读一本有相当高度的伟大小说,何苦对阅读所选版本这么较真?话似乎说得没错,但花费同样时间,我们总希望获得更多的精神滋养。不是这样吗?

顺便一说,这里对照时提及的程乙本几处文字,其实跟程甲本大致相似,包括有一二处文字也相似于脂本向程本的过渡本甲辰本,但只举程乙本为例分析,是因为以程乙本为底本的整理本在 20 世纪六七十年代曾普遍流行,而且正因为有所谓"最终修订本"之一说,所以正可以用来强调,相对于多种重要脂本来说,所谓"最终修订本"的程乙本,跟"最好"读本不是同一个概念,与"更好"当然也不沾边。如此而已。

(原文发表于"光明网·文艺评论频道"2022 年 11 月 14 日,作者单位:上海师范大学光启语文研究院)

中学语文《红楼梦》选文教学的现状、问题与建议

杨锦辉

中国古典小说名著进入中学语文教材,是从民国时期建立新学制开始的。自20世纪20年代亚东图书馆首次排印《红楼梦》标点本以来,《红楼梦》就开始进入中学生的阅读视野,继而入选《基本教科书国文》《开明国文读本》等语文教科书。[①] 此后,这部小说名著一直是中学语文教材选用的经典篇目之一。21世纪新课程改革以前,人教版中学语文教材选用了《葫芦僧判断葫芦案》《林黛玉进贾府》等经典篇目。1986年,全国中小学教材审定委员会成立,我国中小学教材建设步入多样化时期,至今已有30余年;中学语文教材也由"一纲一本"的单一局面演变为当前"一纲多本"乃至"多纲多本"的格局,呈现出多样化的特征。[②] 21世纪初,教育部颁发了义务教育及高中各学科课程标准,如《义务教育语文课程标准》和《普通高中语文课程标准(实验)》,启动新一轮课程改革,中小学教育进入"标准化"阶段。在中学语文各版本教材中,很多传统篇目有所调整,小说《红楼梦》始终是中学语文教材选文的重点,并且在传统基础上有所加强:一是选文篇目有所增加;二是"四大名著"之中,唯有《红楼梦》被选为语文选修课程教材;三是部分省市如北京市将其列入2017年高考必考篇目,江苏等省市虽然没有明确规定《红楼梦》为必考篇目,但在高考中也常有与其相关的命题。

---

① 参见张心科《〈红楼梦〉在清末民国语文教育中的接受》,《红楼梦学刊》2011年第5辑。
② 参见杜尚荣、李森《我国中小学教材多样化建设30年:历程、问题及对策》,《课程·教材·教法》2016年第6期。

毫无疑问，这一现状有利于促进《红楼梦》在国民中的接受和传播。然而，在教材编写过程中也存在一些问题，如《红楼梦》版本选择、作者介绍等方面与学术前沿成果相比显得有些滞后，需要在教材修订、教学实践过程中予以更新。本文以 21 世纪中小学课程改革以来使用范围较广的几种语文教材为例，梳理并分析《红楼梦》在中学阶段的选文教学现状及有关问题，并从教材、教学、测评等方面提出一些合理化的建议，供中学语文教学与教研工作者参考。

一、教材选文：篇目更新，篇幅增加，彰显经典

在新的语文课程标准之下，中学生的课外阅读量总体上有所提升，文学经典作品则是其中的重点。因此，在各个版本的中学语文教材中，《红楼梦》选文发生了一些新的变化，不仅在篇目上有所更新，篇幅（尤其是高中）上也有所增加。

初中阶段的《红楼梦》教学一般安排在九年级，选讲篇目也较少；这是符合青少年身心发展规律和知识结构基础的。当然，也有一部分初中《语文》教材没有选用《红楼梦》。人教版《语文》九年级上册选用篇目是《香菱学诗》，取代了此前的《葫芦僧判断葫芦案》，选文的角度从关注小说的社会背景转向关注小说人物的内心世界。北师大版《语文》九年级上册选用的篇目是《贾芸谋差》，将小说文本学习与口语交际能力贯通起来，并以鲁迅的短文《巴尔扎克作品、〈水浒〉〈红楼梦〉的对话艺术》（节选自《看书琐记》，题目为教材编写者所加）作为学习参照。这一选文角度、内容与人教版均不相同，呈现出教材选文的多样化特征。

高中生与初中生相比，求知欲望、接受能力相对更强，视野也相对开阔。因此，高中语文课程中《红楼梦》选文教学比初中阶段明显增多，且有多种呈现方式，必修、选修、名著导读等，学校、教师的自主性、能动性也更强，组织教学更加灵活多样，可发挥的空间也较大。高中语

文教学中《红楼梦》选文教学的这一现状，相较于课改之前而言，也有明显的增加和强化。

先看高中语文必修教材。人教普高版第四册、人教课标版高中《语文》必修三、苏教版高中《语文》必修二等均选用了《林黛玉进贾府》，语文版高中《语文》必修三也选用了这部分，课文篇名则为《宝黛初会》。北师大版高中《语文》必修四选用了《刘姥姥一进荣国府》。人教普高版第六册用一个单元的篇幅，选编了4篇课文，即《诉肺腑》《宝玉挨打》《香菱学诗》《抄检大观园》。"名著导读"是为了帮助学生课外阅读经典名著所作的介绍性导读，主要体现在人教版高中《语文》教材上。人教课标版高中《语文》必修三"《红楼梦》导读"部分，由教材编写组编写，无署名。① 人教普高版第六册《〈红楼梦〉导读》选用了白维国为《红楼梦鉴赏百解》所写的前言，略有删改。② 人教版《中国文化经典研读》节选了王国维《〈红楼梦〉评论》③，给《红楼梦》选文教学注入了理论性的内容，有助于提升学生的阅读鉴赏能力和文艺理论水平。人教版面向的是全国广大地区的高中学生，起到一个引领课程改革方向、落实课程标准有关要求的作用。北师大版、语文版、苏教版等由于设置了专题选修，包含的容量更大，因此没有在"必修"课程中设置"《红楼梦》导读"这样的栏目。

再看高中语文选修教材。北师大版、语文版、苏教版高中语文选修课程均有《〈红楼梦〉选读》单行本，由此可见语文教育界对这部文学

---

① 参见人民教育出版社、课程教材研究所中学语文课程教材研究开发中心、北京大学中文系语文教育研究所编著《普通高中课程标准实验教科书 语文3 必修》，人民教育出版社2007年版，第99—103页。

② 参见人民教育出版社中学语文室编著《全日制普通高级中学教科书（试验修订本·必修）语文 第六册》，人民教育出版社2002年版，第85—90页。

③ 人民教育出版社、课程教材研究所中学语文课程教材研究开发中心、北京大学中文系语文教育研究所编著：《普通高中课程标准实验教科书 语文 选修 中国文化经典研读》，人民教育出版社2006年版，第87—88页。

经典的重视。北师大版《〈红楼梦〉选读》[1]由童庆炳主编，共选了十篇课文，涉及16回的内容。选修部分以小说情节为主线，对《红楼梦》进行了浓缩式的阅读教学。这十篇课文分别是：《演说荣国府》《宝黛初逢》《元妃省亲》《黛玉葬花》《宝玉挨打》《探春理家》《群芳夜宴》《抄检大观园》《黛玉之死》《宝玉出家》。语文版《〈红楼梦〉选读》[2]由蔡义江主编，以小说人物为主线，设计了4个单元共12篇课文，分别是：第一单元"全书的总说"，有《石头撰书》《护官符》《大观园》；第二单元"宝玉与黛玉"，有《行为偏僻性乖张》《宝黛之恋（上）》《宝黛之恋（下）》；第三单元"几个热门人物"，有《薛宝钗》《王熙凤》《刘姥姥》；第四单元"精彩配角　缤纷诗苑"，有《晴雯》《湘云与妙玉》《香菱学诗》。苏教版《〈红楼梦〉选读》由丁帆、杨九俊主编，包括三大板块："红楼概观""红楼品鉴""红楼研讨"。其中"红楼品鉴"部分从小说原著中选编了《贾府概况》《黛玉葬花》《宝玉挨打》《探春理家》《怡红欢聚》《宝玉出家》，与北师大版《红楼梦选读》的选文较为相似，但与其配套的教辅用书《红楼梦选读读本》则选编了《宝黛来历》《刘姥姥进贾府》《凤姐管家》《香菱学诗》《寂寞联诗》《贾府被抄》。[3]苏教版《〈红楼梦〉选读》虽然有面向学生与面向教师的选择差异，但综合来看，三种选读教材在选文与体例等方面各有特色。

总体上看，《红楼梦》在中学语文（尤其是高中）教学中所占的比重在不断加大。这对于普及《红楼梦》这部小说经典具有重要意义。

---

[1] 北京师范大学文艺学研究中心编著：《普通高中课程标准实验教科书　语文　选修〈红楼梦〉选读》，北京师范大学出版社2010年版。
[2] 语文出版社教材研究中心编：《普通高中课程标准实验教科书（选修）·语文〈红楼梦〉选读》，语文出版社2005年版。
[3] 参见丁帆、杨九俊主编《普通高中课程标准实验教科书·语文选修〈红楼梦〉选读》，凤凰出版传媒集团江苏教育出版社2008年版；《普通高中课程标准实验教科书配套用书·语文选修〈《红楼梦》选读〉读本》，凤凰出版传媒股份有限公司江苏凤凰教育出版社2011年版。

二、教学理念：语文学习与心灵化育相统一

中小学课程自改革以来，中学语文《红楼梦》选文教学在坚守小说文体知识教学的基础上，教学理念有了新的突破，教学策略和方法出现了不少的亮点，实现了"知识与技能、过程与方法、情感态度与价值观"三维目标的统一，也即语文学习与心灵化育的统一。这是语文教育的本质要求与核心目标所在。对此，人教版《语文》教材具有一定的导向性和代表性。

人教版初中语文选编了《香菱学诗》一课。这篇课文的学习导语为："一个孤苦的女子，痴心学诗，是对艺术的崇拜，还是寻找精神上的寄托？你从中得到些什么样的启发呢？"[①]这就体现了语文学习与心灵化育的统一。人教普高版《语文》的选文直面高中生成长过程中的现实问题，将《红楼梦》阅读与高中生的"恋爱观"教育联系起来。高中时期的爱情萌动，是这个年龄段不可忽视的自然现象，有必要予以正面的引导和科学的教育。《红楼梦》之所以成为经典，原因之一就是小说中叙写了宝黛之间心心相印、凄美如诗的爱情故事，并以审美化、艺术化的方式呈现出来。以这部文学经典作为高中生"恋爱观"教育的材料，是比较合适的。高中语文《诉肺腑》一课的阅读提示语为："贾宝玉和林黛玉的恋爱经历了初恋、热恋和成熟三个阶段。初恋时的缠绵带着孩童的幼稚和单纯。自从林黛玉从扬州奔丧回来后，他们进入热恋时期。林黛玉从她孤苦无依的身世与处境和高洁的思想品格出发，执着而强烈地向贾宝玉要求彼此'知心''重人'和严肃专一的爱情。一旦得到宝玉的肺腑之言，她的感情便趋于平静，由对贾宝玉的不放心转向对恶劣环境深沉的

---

① 课程教材研究所中学语文课程教材研究开发中心编著：《义务教育课程标准实验教科书 语文 九年级 上册》，人民教育出版社2003年版，第166页。

忧虑。'诉肺腑'是他们恋爱转入成熟的标志。"①课后练习也专门设计了一个开放性的话题："用今天的观点对宝黛爱情作一点评析。"如此设计，可谓春风化雨、别开生面，称得上因"材"施教。这一提示语在2007年第2版中已不见存，课后练习却得以保留。②推其原因，或许是这一提示过于具体，反而"束缚了"语文教学的多元性与丰富性，或许是在教学实践中这一"恋爱"主题不好把握，但是有了这样的编写设计，亦是较大地突破传统小说观念及语文教学观念了。

高中语文选修课程给学生更多的时间来阅读这部小说名著，可以开掘的空间更为广阔，不仅扩充了小说作品阅读的篇幅，还补充了相关研究论文、论著等资料，以及探究式学习方法的引导和训练等。语文版《〈红楼梦〉选读》设计了体验与探究性活动"我为红楼人物'画像'"③。这部分篇幅虽然简短，但是在教学理念和方法上体现出对传统的突破与转变。在"红楼研讨"板块，苏教版《〈红楼梦〉选读》不仅从结构、人物、环境、主题、语言、文化等方面进行了综述，还提供了俞平伯、刘梦溪、周汝昌、王蒙、王昆仑、刘大杰、何其芳、鲁迅、余英时、夏志清、蔡元培、胡适、毛泽东、李希凡、蓝翎、叶嘉莹、蒋和森、王国维等众多名家的经典论断，以便扩展学生的阅读视界，加深学生对《红楼梦》的理解。

北师大版《〈红楼梦〉选读》在探究性学习方面设计比较科学、完备。该读本共十课，每课选文后有三个模块：一是"相关解读"，二是"漫卷诗书"，三是"阅读与探究"。"相关解读"部分，借用名家名师对所选内容的解读、论述，辅助学生阅读理解。例如：《演说荣国府》之后

---

① 参见人民教育出版社中学语文室编著《全日制普通高级中学教科书（试验修订本·必修）语文 第六册》，人民教育出版社2002年版，第56页。
② 参见人民教育出版社中学语文室编著《全日制普通高级中学教科书（必修）语文 第六册》，人民教育出版社2007年版，第62页。
③ 语文出版社教材研究中心编：《普通高中课程标准实验教科书（选修）·语文〈红楼梦〉选读》，语文出版社2005年版，第144页。

选用了王蒙的《〈红楼梦〉的两个命题》,《元妃省亲》之后选用了舒芜的《〈红楼梦〉故事环境的安排》。此外,还有徐乃为的《逝水漂落红　净土掩风流——〈红楼梦〉宝黛三次葬花情事赏析》,王昆仑的《政治风度的探春》,李希凡的《宝玉情不情》,蒋和森的《论黛玉》,邓云乡的《〈红楼梦〉的开头与结尾》,等等。"漫卷诗书"部分,给学生提供相关的红学研究论文、论著,作为学生深入学习的参考用书。例如:周汝昌的《红楼艺术》,俞平伯的《俞平伯论红楼梦》,冯其庸的《林黛玉、薛宝钗合论》,王昆仑的《林黛玉的恋爱悲剧》,巴金的《我读〈红楼梦〉》,张锦池的《论林黛玉性格及其爱情悲剧》,杜景华的《黛玉的伤春与悲秋》,等等。"阅读与探究"部分,在阅读选文的基础上,每篇课文之后设计了5个练习题,以此引导学生阅读《红楼梦》相关回目,并指导学生如何进行探究学习,有方法、有步骤,操作性很强。例如,第一课《演说荣国府》后面的"阅读探究"设计如下:1. 根据冷子兴的演说整理一幅贾府人物关系图表。2. 阅读《红楼梦》第一回、第二回。3. 贾宝玉所说的"女儿是水作的骨肉,男人是泥作的骨肉"是什么含义? 4. 结合你的阅读经验以及"相关解读"栏目里的文章,谈谈你对《红楼梦》的主题的初步看法。5. 请你和几个同学组成一个"红楼梦研讨小组",各自选择一个人物作为主要研究对象,并在以后的学习中予以重点关注,尝试写一篇关于该人物性格、命运的分析文章或评论。①这些设计,体现出编写者前后一贯性、探究开放性的编写原则,对于学生阅读和探究《红楼梦》起到了很好的引导作用。

此外,有些教材涉及《红楼梦》版本与评点的问题,有助于开阔学生阅读视野、提升学生的艺术鉴赏能力。例如苏教版《〈红楼梦〉选读》中选用的茅盾《〈红楼梦〉导言》以及《〈红楼梦〉选读》读本》中选用

---

① 参见北京师范大学文艺学研究中心编著《〈红楼梦〉选读》,北京师范大学出版社2010年版,第11页。

的刘广定《〈红楼梦〉的版本》,都或多或少地对小说版本进行了介绍。苏教版必修二《林黛玉进贾府》课后的"文本研习"涉及小说评点:"下面是清人脂砚斋对王熙凤、贾宝玉和林黛玉的出场作的评点,你同意他的见解吗?请说说你的理由。阅读《林黛玉进贾府》,用精练的语言把你的感悟批注在书上,并和同学交流。……"[1]这样的教学与训练设计,重在培养学生的语文核心素养,既有传统治学方法与功底的养成,也有现代学术思维与方法的科学训练,可为学生未来的学习打下较好的学术基础。

三、教材问题及建议:版本、作者等信息需及时更新

中学语文教材选用《红楼梦》作为必修、选修的内容,不仅有助于这部小说名著的传播与接受,也有助于提升学生的艺术鉴赏能力和人文素养;这一点毫无疑问。然而,综观各版本中学语文教材,其中存在的一些问题也不容忽视,尤其是《红楼梦》的版本、作者等复杂问题,需要教材编写者、教学研究者与"红学"界专家相互沟通交流,共同解决。

关于《红楼梦》版本的选择。《红楼梦》版本数量较多,极其复杂,无论是清代手抄本、木活字印本,还是后来的标点本,都有若干版本。语文教材具有基础性、普遍性和权威性等特征,在版本选择上尤为重要。值得肯定的是,中学语文各版本教材均选用了人民文学出版社红楼梦校注本。不过,人民文学出版社校注本也有多个版次:1957年、1959年、1964年这三个版次的底本是程乙本,由启功先生注释。[2] 1982年、1996年、2008年这三个版次为中国艺术院红楼梦研究所校注本,前

---

[1] 丁帆、杨九俊主编:《普通高中课程标准实验教科书 语文(必修二)》,江苏凤凰教育出版社2014年版,第124—125页。
[2] 参见(清)曹雪芹、(清)高鹗《红楼梦》,人民文学出版社1964年版,"关于本书的整理情况"第1页、版权页。

八十回底本为庚辰本、后四十回底本为程甲本。[①]中学语文各版本教材在编选《红楼梦》时，有的选用了较新的刊印本，有的则选了较早的本子。例如，北师大版《〈红楼梦〉选读》2010年版（2007年第1版）标明为："本书所引《红楼梦》均据中国艺术研究院红楼梦研究所校注、人民文学出版社1996年出版的版本。"[②]人教版初中、高中《语文》的选文均为"节选自《红楼梦》（人民文学出版社1992年版）"[③]，人教普高版第四册《林黛玉进贾府》一文注明是"选自《红楼梦》（人民文学出版社1992年版）第三回"[④]，人教普高版第六册选编了四篇课文，前三篇注明是1992年版，第四篇《黛玉之死》却注明"1990年版"[⑤]，不知是有意而为之还是排印失误，前后并不一致。这两种标注其实也不妥当，应分别为1982年第1版1990年、1992年印本。语文版高中《语文》必修第三册注明选自人民文学出版社1982年版。[⑥]苏教版高中《语文》必修二《林黛玉进贾府》一课的注释称"选自《红楼梦》第三回，人民文学出版社1987年版"[⑦]，实际上应为1982年版1987年印本。北师大版

---

① 参见（清）曹雪芹著，（清）无名氏续《红楼梦》，人民文学出版社2008年版，"校注凡例"第1、3页。
② 北京师范大学文艺学研究中心编著：《普通高中课程标准实验教科书 语文 选修〈红楼梦〉选读》，北京师范大学出版社2010年版，第1页。
③ 课程教材研究所中学语文课程教材研究开发中心编著：《义务教育课程标准实验教科书 语文 九年级 上册》，人民教育出版社2003年版，第166页；人民教育出版社、课程教材研究所中学语文课程教材研究开发中心、北京大学中文系语文教育研究所编著：《普通高中课程标准实验教科书 语文3 必修》，人民教育出版社2004年版，第56页。
④ 人民教育出版社中学语文室编著：《全日制普通高级中学教科书（必修） 语文 第四册》，人民教育出版社2004年版，第40页。
⑤ 人民教育出版社中学语文室编著：《全日制普通高级中学教科书（必修） 语文 第六册》，人民教育出版社2007年版，第81页。
⑥ 参见语文出版社教材研究中心编《普通高中课程标准实验教科书（必修） 语文 第三册（高中一年级使用）》，语文出版社2010年版，第63页。
⑦ 丁帆、杨九俊主编：《普通高中课程标准实验教科书 语文（必修二）》，江苏凤凰教育出版社2014年版，第140页。

初中《语文》、高中《语文》必修四的选文出自人民文学出版社1964年版。[①]这就是比较早的标点本，相对有些陈旧，因为不同时期的校点本，除了小说文本自身的差别之外，刊印本的"前言"或"出版说明"部分对小说作者、思想主旨等问题的看法，也反映了不同时期学界的成果和共识。作为中学《语文》教材的选文，应该选用编写时最新的校注本，这样便于让学生接受学术界的最新研究成果。

关于《红楼梦》作者的介绍。各版本语文教材对作者的介绍各不相同，总体而言，初中语文教材的介绍简略一点，高中语文教材介绍的信息量丰富一些。例如，人教版初中《语文》对作者的介绍为："曹雪芹（1715—1763），名霑，字梦阮，号雪芹，清代小说家。"[②]人教版高中《语文》必修三的"名著导读"部分的介绍稍为详细，除了作者的生卒年之外，还对其家世与创作过程做了介绍[③]，人教版普高第六册对作者的介绍选用了《中国大百科全书·中国文学》（1998年版）关于"曹雪芹"的资料。苏教版《〈红楼梦〉读本》对作者的介绍选用了刘梦溪《曹雪芹和他的创作》一文。[④]作者介绍中，又包括曹雪芹生卒年、祖籍家世及"高鹗续书说"等红学界争议较大的几个焦点问题。现简要梳理如下。

（1）关于曹雪芹生、卒年。对其生年，大多数语文教材采用了1715年这一说；而对其卒年，则有1763年、1764年两说，或者是折中存异

---

① 参见孙绍振主编《义务教育课程标准实验教科书 语文 九年级 上册》，北京师范大学出版社2009年版，第177页；北京师范大学文艺学研究中心编著《普通高中课程标准实验教科书 语文4 必修》，北京师范大学出版社2010年版，第71页。
② 教育部组织编写，温儒敏总主编：《义务教育教科书 语文 九年级 上册》，人民教育出版社2018年版，第166页。
③ 参见人民教育出版社、课程教材研究所中学语文课程教材研究开发中心、北京大学中文系语文教育研究所编著《普通高中课程标准实验教科书 语文3 必修》，人民教育出版社2007年版，第99页。
④ 参见《普通高中课程标准实验教科书·语文选修 〈红楼梦〉选读》，江苏凤凰教育出版社2011年版，第3页。

态度，如人教版（初中）采用了 1763 年说①，人教版高中《语文》"《红楼梦》导读"则又加了一句"但对他的生卒年还有不同说法"②。北师大初中《语文》教材采用了 1764 年说③，北师大版、苏教版、语文版高中语文教材均采用了 1763 年或 1764 年说。（2）关于曹雪芹祖籍、家世。人教版高中《语文》必修三没有介绍祖籍，但对其家族背景有交代："曹雪芹的先世原是汉族，后为满洲正白旗'包衣'人，即满洲贵族的家奴。……曹家遂移居北京，从此一蹶不振。"④语文版高中《语文》必修第三册也没有涉及曹雪芹祖籍问题，只介绍其家世"满洲正白旗包衣（奴仆）人"⑤。北师大版高中《语文》介绍为"祖籍辽阳，一说河北丰润"⑥，苏教版高中《语文》介绍为"先祖为辽阳（今属辽宁）汉人"⑦。（3）关于《红楼梦》后四十回。北师大版高中《语文》说"留下了大半部（八十回），但最终还是没有完全成书"⑧，但没有提到"高鹗续书"说，其他版本教材则均采用了"高鹗续书说"。例如，人教版"《红楼梦》导读"介绍说："一般认为，其中的后 40 回是一个叫高鹗的人续作的。他的续书虽然使故事有

---

① 参见教育部组织编写，温儒敏总主编《义务教育教科书 语文 九年级 上册》，人民教育出版社 2018 年版，第 166 页。
② 人民教育出版社、课程教材研究所中学语文课程教材研究开发中心、北京大学中文系语文教育研究所编著：《普通高中课程标准实验教科书 语文 3 必修》，人民教育出版社 2007 年版，第 99 页。
③ 参见孙绍振主编《义务教育课程标准实验教科书 语文 九年级 上册》，北京师范大学出版社 2009 年版，第 177 页。
④ 人民教育出版社、课程教材研究所中学语文课程教材研究开发中心、北京大学中文系语文教育研究所编著：《普通高中课程标准实验教科书 语文 3 必修》，人民教育出版社 2007 年版，第 99 页。
⑤ 语文出版社教材研究中心编：《普通高中课程标准实验教科书（必修） 语文 第三册（高中一年级使用）》，语文出版社 2010 年版，第 63 页。
⑥ 北京师范大学文艺学研究中心编著：《普通高中课程标准实验教科书 语文 4 必修》，北京师范大学出版社 2010 年版，第 71 页。
⑦ 丁帆、杨九俊主编：《普通高中课程标准实验教科书 语文（必修二）》，江苏凤凰教育出版社 2014 年版，第 140 页。
⑧ 北京师范大学文艺学研究中心编著：《普通高中课程标准实验教科书 语文 4 必修》，北京师范大学出版社 2010 年版，第 71 页。

了完整的规模，人物大体上也都有了一个结局，但续写的内容并不完全符合曹雪芹的原意。……现在人们说起《红楼梦》，往往指的就是曹雪芹的前80回和高鹗的后40回续书的总称。"[1]苏教版高中《语文》明确交代"高鹗补作了后四十回，合成一百二十回本，成为《红楼梦》的通行刊本"[2]，语文版高中《语文》说"后四十回一般认为是高鹗所续"[3]。人教普高版《语文》第六册前三篇课文署名曹雪芹，第四篇则署名为"曹雪芹 高鹗"[4]。这些关于作者、原作及续作的问题，至今仍是红学研究中的争议焦点，众说纷纭。

　　这些争议性较强的问题，在中学语文教学中似乎都不可回避（尤其是在高中阶段），自然是教学中的一大难题。从一线教学的角度来看，教材一旦编定，教师也不好"灵活处理"，因为在学生心目中，教材上的"白纸黑字"就是"权威"观点，轻易不可更改。语文教材编写者和语文教师该如何处理好这些难题呢？

　　首先，教材编写者要注重教材的学术性。比较稳妥的处理办法，就是以当前学术界的共识为依据。人民文学出版社1996年版《红楼梦》"前言"的结尾部分，冯其庸先生特意提到"一九九四年七月改定关于曹雪芹的祖籍、家世和卒年部分"，修改后的意见是：曹雪芹祖籍为辽阳，卒年为1763年。[5]这样的修订应当为中学语文教材编写者所重视。后

---

[1] 人民教育出版社、课程教材研究所中学语文课程教材研究开发中心、北京大学中文系语文教育研究所编著：《普通高中课程标准实验教科书 语文3 必修》，人民教育出版社2007年版，第100页。
[2] 丁帆、杨九俊主编：《普通高中课程标准实验教科书 语文（必修二）》，江苏凤凰教育出版社2014年版，第140页。
[3] 语文出版社教材研究中心编：《普通高中课程标准实验教科书（必修） 语文 第三册》，语文出版社2010年版，第63页。
[4] 人民教育出版社中学语文室编著：《全日制普通高级中学教科书（必修） 语文 第六册》，人民教育出版社2007年版，第81页。
[5] 参见（清）曹雪芹著，（清）无名氏续《红楼梦》，人民文学出版社2008年版，"前言"第8、2、1页。

四十回的作者问题，人民文学出版社 1982 年第 1 版《红楼梦》虽然题署"曹雪芹、高鹗著"，但是《前言》中明确提到"据专家们研究，认为基本上已经完成，只是由于某种原因未能传抄行世，后来终于迷失，这是不可弥补的损失"，现存的后四十回"旧说以为是高鹗的续作，据近年来的研究，高续之说尚有可疑"。[①]2008 年第 3 版《红楼梦》署名时将程伟元、高鹗作为整理者，放弃了"高鹗续书说"。有鉴于此，教材编写与语文教学中不宜继续采纳"高鹗续书说"。

其次，中学语文教师要发挥自己的能动性。由于教材编写和使用有一定的周期限制，教材中的有些观点可能滞后于学术界，这也是客观存在、不可避免的事实。这就需要中学语文教师在教学过程中灵活使用教材，依托教材但不必拘囿于教材，经常关注一下学术界的最新进展与成果，以便在教学中及时予以补充或更正。这一点虽然是老生常谈，但是在当前注重探究式学习、研究性学习的教育教学语境之中，显得尤为重要。

2017 年 7 月 6 日，国务院决定成立国家教材委员会，目的就在于进一步加强教材建设工作。严谨求实，精编细选，确保教材的学术性和前沿性，是教材编写的基本原则和要求。因此，希望教材编写者在《红楼梦》的选文教学中，着重注意并处理好以上几个方面的问题。

四、测评方向及建议：聚焦语文核心素养

2017 年 1 月 11 日，高考北京卷《考试说明》将《红楼梦》等 6 部文学经典作为"必考"篇目[②]，引发了社会各界人士的热议。高考考查学生对《红楼梦》阅读理解的状况，并非"忽如一夜春风来"，而是从"量变"到"质变"，从"渐变"到"突变"的结果。事实上，北京市 2016

---

① 参见（清）曹雪芹著，（清）无名氏续《红楼梦》，人民文学出版社 2008 年版，"前言"第 3—4、5 页。
② 参见王刚《〈红楼梦〉纳入高考必考范围》，《北京晨报》2017 年 1 月 11 日。

年高考《考试说明》中即已增加了《论语》《红楼梦》等12部文学和文化经典作为"经典阅读篇目"的建议。①再往上追溯，教育部2003年颁布的《普通高中语文课程标准（实验）》中"关于课外读物的建议"部分列举了一部分中外名著，其中就有《红楼梦》等作品。②

事实上，近几年高考语文卷涉及《红楼梦》的命题并不鲜见。例如，2014年北京卷题为：《红楼梦》中，两位才女中秋月下联诗，其中一位被称作"多情西施"。她所写的"冷月葬花魂"诗句，正是其诗意而悲剧的人生的写照。要求学生从史湘云、林黛玉、薛宝钗、妙玉四人中选出该诗句的"作者"来。2014年江苏卷题为：《红楼梦》不同的版本中，凹晶馆联诗一回，黛玉的名句，一为"冷月葬花魂"，一为"冷月葬诗魂"。请从小说情节和主题两个方面，分别说明"葬花魂"与"葬诗魂"的依据。2014年福建卷要求学生阅读《红楼梦》第十七回（大观园试才题对额）选段，回答：被小厮抱住的人是谁？引得"老爷喜欢"的有什么事？几个小厮讨赏的结果如何？请简述相关情节。2015年江苏卷题为："在《红楼梦》第四十回'史太君两宴大观园，金鸳鸯三宣牙牌令'中，鸳鸯说：'天天咱们说，外头老爷们吃酒吃饭，都有一个篾片相公，拿他取笑儿。咱们今儿也得了一个女篾片了。'鸳鸯她们要取笑的'女篾片'指谁？请结合本回情节，归纳她的性格特征。"这些考题的指向均有明确的聚焦，那就是对小说人物或情节的理解与把握。

在对中学生《红楼梦》阅读的考试测评中，聚焦点应是语文核心素养，重点则是基于对小说三要素如情节、人物、环境方面的理解把握和艺术鉴赏能力，而不是在学术界存在争议或曾经有过争议的问题。这样的测评方向与考查重点，是符合语文课程标准有关要求的，也是符合语

---

① 参见任敏《〈红楼梦〉等六篇名著今年高考必考》，2017年1月11日，人民网教育频道（http：//edu.people.com.cn/n1/2017/0111/c1006-29013726.html）。
② 参见《普通高中语文课程标准（实验）》，《语文建设》2003年第9期。

文教育的核心功能与本质要求的。综观以上试题，总体上均符合这一原则和要求。

2017年高考北京卷《考试说明》给出的参考样题也具有很好的示范意义。这是一道选择题："下列对大观园诗社的理解，你认为有错误的是哪一项，它错在哪里？"提供的参考选项是："黛玉是诗社中的佼佼者，'温柔敦厚'是姐妹们对其诗风的赞誉。"北京教育考试院提供的解读指出："这道样题着重考查考生对文学经典的整体把握和对主要内容、人物特点的了解。考生能结合整本书的阅读，对'诗社'这一重要内容及林黛玉、薛宝钗等主要人物特点的认识，指出有错误的一项是D，并结合林黛玉或薛宝钗的形象特点，分析错误即可。"[①]北京市2017年高考语文试卷以"微写作"三选一的命题形式，考查学生对《红楼梦》的阅读理解情况："请从《红楼梦》中的林黛玉、薛宝钗、史湘云、香菱之中选择一人，用一种花来比喻她，并简要陈述这样比喻的理由。要求：依据原著，自圆其说。"[②]这一命题，虽然题型与《考试说明》不同，但是测评方向、考查重点并未发生偏离。北京市将《红楼梦》列为必考书目，不是要将学生培养成"红迷"或"红学家"，而是以这部文学经典为媒介，提升中学生的小说阅读鉴赏能力和人文素养，化育学生的心灵，塑造学生的人格。因此，在教学实践中应把握好小说文本解读的角度与深度，不要钻学术研究中的"牛角尖"，也不要因为刻意求新、求深而对文本进行过度的或过偏的解读。

当前，中小学语文教育正在倡导和实践"整本书阅读"的教学理念，

---

① 马学玲：《北京将〈红楼梦〉纳入高考必考 看看样题你会做么？》，2017年1月11日，中国新闻网（http：//www.chinanews.com/sh/2017/01-11/8121005.shtml）。
② 《2017年普通高等学校招生全国统一考试语文（北京卷）》，2017年6月7日，中国教育在线（http：//gaokao.eol.cn/bei_jing/dongtai/201706/t20170607_1523465_9.shtml）。

北京、上海等教育发达地区尤为突出，并逐步向其他省市推广。2016年9月起使用的"部编本"《语文》教材将此前不被重视的"课外阅读"纳入语文教学体系[1]，体现出教材编写者重视学生阅读行为习惯、培养学生阅读理解能力的教育理念。在这一时代条件之下，《红楼梦》在中学语文教学中受到普遍的重视，自有其合理性的因素。从考试的角度来讲，将考查中外名著的范围规定为6部，测评时操作起来相对简便，在某种程度上也可减轻学生的负担——因为在某些省市，尽管没有明确规定高考"必考"篇目，《红楼梦》等中外名著事实上也成了中学生"必读"篇目。然而，从语文教育的本质和学生阅读所具有的个性化、多样性来说，把《红楼梦》等经典作品列为具有强制性的"必考"书目也未必妥当。鉴于各省市教育实际状况和学生阅读个性等方面存在的差异，没有必要在全国推行"必考篇目"，而应让学生的阅读行为回归阅读的本质和原点，让文学名著真正走进学生的内心世界，激发他们的审美体验和情感共鸣，从而陶冶情操、化育心灵。

2017年2月15日初稿
7月18日修订

（原文发表于《红楼梦学刊》2017年第5辑，
作者单位：洛阳师范学院文学院）

---

[1] 参见葛亮亮《新教材，新在哪儿》，《人民日报》2016年8月18日。

当代《红楼梦》文本传播的经典化路径与反思
——以"整本书阅读"活动为考察对象

马思聪

　　《红楼梦》在新文学史上的经典化历程肇始自"五四"时期,后经20世纪50年代的大批判运动走向高峰,而当下伴随多媒体时代的来临,其又作为国学经典日趋占据了大众传播的主流视域。《红楼梦》不仅在世代累积中具有了文学"经典"的典范意义,而且时至今日仍具有进一步经典化的潜能与前景。但在当代《红楼梦》的接受与红学讨论中,非文本化因素日益显盛,在媒介因素和阅读习惯的多方挑战下,以文本为核心的《红楼梦》阅读需进一步加强。近年来与《红楼梦》相关的"整本书阅读"活动,与碎片化、浅表性、快餐式的微阅读时代直面相抗,强调对于《红楼梦》这类经典的深度阅读和意义价值的当代阐释,以消解21世纪以降的解构主义思潮和某些泛媒介的负面干扰,重塑青少年的国民素养和阅读思维。在这一宏大背景下,"整本书阅读"活动使当代《红楼梦》的文本传播具有了某种"以器载道"的意义,也使《红楼梦》再度迈上了新的经典化历程。

　　教育部于2017年《普通高中语文课程标准》(即"新课标")中提出了"整本书阅读与研讨"这一课改重点,并通过教材编写将《红楼梦》置于"整本书阅读"学习任务群的核心,以《红楼梦》为器,达成对学生"读好书,读整本书,多媒介获取信息,提高文化品位,提高阅读与表达能力"等语文核心素养的引导与培育。这是对2003年《普通高中语文课程标准》要求学生"学会正确、自主地选择阅读材料,读好书,读整本书,丰富自己的精神世界,提高文化品位。课外自读文学名著（五部以上）及其他读物，总量不少于 150 万字"理念的进一步发展，更明确地将《红楼梦》的整本阅读任务建构进课内教学框架，使其从课外选读与名著导读的教育外围区域进入核心位置。这一方面肯定并强化了《红楼梦》的文学经典地位并以教育领域的特殊普及性将《红楼梦》推向了新一轮的经典化历程，另一方面也凸显了对《红楼梦》文本阅读和文学本体解读的侧重，对红学受众的培养具有奠基作用，为当代《红楼梦》的文本传播搭构了有效途径。

一、以教育为契机的经典化历程

以"整本书阅读"为中心研讨《红楼梦》的经典传播要立足于红学和教育学的交叉视角之上，通过红学与教育学的学术史合流来查考以教育为契机的《红楼梦》经典化历程是如何开启与发展的。因此这里先来考察教育学与新红学在新文化运动以后的百年间是如何缩合在一起，而形成红学与教育在经典传播场域下的双向互动的。这既能披露新红学是如何进入教育的视域之中并进一步提升其经典性地位，日趋展现出多元的、独具特性的经典教育价值；也能够解答以《红楼梦》这样的鸿篇巨制来推动篇章教学向整本阅读的递进何以成为必然与可行；这更是揭示当代《红楼梦》文本传播的经典化契机始于教育而又必然不止于教育的根源所系。

从明清小说的文体地位和新红学的经典性而言，《红楼梦》并非一开始就具备进入教育视野的契机与必然。相对而言，"整本书阅读"的教育理念倒是渊源有自。早在 1923 年，以叶圣陶为主起草的《新学制课程标准纲要·初级中学国语课程纲要》中即注重"略读整部的名著（由教师指定数种）"的教育理念，而后他在 20 世纪 40 年代的《论中学国文课程的改订》中再次历陈单篇短章的选文教学的不足，强调以整本书阅读为主的国文教改理念。民国以来的诸位文化大家及教育家如夏丏尊、朱自清、余冠英、顾黄初、郑宇等也都曾提到过与整本阅读有关的观念、方法并进入了语文教育界的视野。而《红楼梦》开始进入国民教材、正式走入官方教育场域是以1920年教育部推进全国白话文教材改革为起始的。在新学制实施前夕，胡适在提倡白话文的演讲中，直接点明要将各个时期优秀的白话文作品作为阅读的选择："白话文非少数人提倡来的，乃是千余年演化的结果……如宋人的白话小词，元人的白话小令，明清人的白话小说，都是绝好的文学读物。"[1]而《刘姥姥》这类选文也是从此时开始进入小学段的教育素材中。但这样的选文教育与今天的"整本书阅读"要求所距甚远，《红楼梦》的教育性和经典性在很长的历史时期内是通过课外阅读书单来体现的。

　　从早期的经典价值而言，即使在课外阅读的范围内，《红楼梦》文本也处在很边缘的位置。在20世纪20年代教材改革的热潮之下，为通过基础教育推进国民素养的提升，同时期的国学大家多曾月列举入门书目的方式来讲解青少年的阅读方法以促进国民素养的提升。胡适曾拟过《一个最低限度的国学书目》，在工具书、思想史和文学史的三分中，他将"《红楼梦》（曹霑）亚东图书馆三版本"列入"明清两朝小说"段的书目中，居于《水浒传》《西游记》《三国志》《儒林外史》之后，但考虑到文学类的书目列举大体是以朝代为经、文体为纬，因此《红楼梦》所处的位置与成书年代有关，而与纲目内在的重要性无关。后来梁启超因嫌胡适书单琐碎繁杂，不宜作为基础教育的参照而又拟定了《国学入门书要目及其读法》，分类次序一反胡适书单，不以朝代、文体为序，更重文体的典范性和著述的经典性。因此，即使是在游记、笔谈这些"随意涉览书类"中也不见《红楼梦》等近代小说的踪迹；但医戏剧教育在时人眼中的重要性，因此《西厢记》《牡丹亭》等戏曲名篇倒附入了韵文

---

[1] 胡适：《再论中学的国文教学》，载《胡适文存二集》卷四，外文出版社2013年版，第249—250页。

类书目的末尾。从这样的书单中可以看到，虽然新红学其时已发端，但《红楼梦》的经典性价值尚未得到教育的认可，其经典地位也尚未走到官方认定的层面。

归根结底，《红楼梦》被推入教育领域的早期契机实际源自"白话文运动"。早年的"小说界革命"虽然提高了小说文体的地位，也引发了小说创作的新朝向，使《红楼梦》这类古典通俗小说成为社会关注的热点，"梁启超等人的观点有其合理性，但他们将小说提得过高，反而容易沦为空谈，无法落到实处"①，即便是在推动小说界革命的梁启超这里，在其发表《论小说与群治之关系》的二十余年后，反而复归传统礼教，将小说之流悬置入门书目之外。时人对待小说与戏曲（戏剧）的文体观念和教育理念并不相同。虽然元明戏曲一直被作为必需的戏剧教育而在课内外都保有一席之地，但《红楼梦》这样的小说所具有的教育价值以及进入教育领域的必要性却极其边缘化。相较而言，新文化运动的改革者们则更为务实也更重策略，以语言为突破口推进运动由思潮转向实务，而实际上胡适开创新红学的渊源亦在于此。

在"白话文运动"对教育的影响下，《红楼梦》以其文体及语体特色成为教育范本、入编国文教材的选文历史以1924年《新学制国语教科书》的选编为始。②从此以后，语言语用方面的教育价值便作为《红楼梦》的基础教育功能贯穿始终，这也是本次"新课标"在提及"整本书阅读"教学目标时放在首位的。但《红楼梦》内在的教育功用，无论是从其适切性还是独特性而言又远不止于此。在20世纪二三十年代的民国多版

---

① 苗怀明：《从小说界革命到整理国故运动——中国近现代学术的转型与新红学的建立》，载《中国古代小说戏剧研究》（第十辑），甘肃人民出版社2014年版，第4页。
② 在"白话文运动"对教育的影响下，《红楼梦》以其文体及语体特色成为教育范本、入编国文教材的选文历史以1924年商务印书馆出版的《新学制国语教科书小学校高级用》[其第四册编入了《刘姥姥》（一）和《刘姥姥》（二）两段选文]的选编为始。

国语教材中①,《红楼梦》选文在小学到高中的各教育阶段始终占有一席。在四五十年代的政治环境下《红楼梦》选文虽暂退幕后,但在此后近半个世纪以来的统编教材和各地自编教材中,篇目日趋多元、选文比例不断加大。"近几年来,中国古典小说名著《红楼梦》逐渐成为中学语文教学的热点。2017年,北京市高考语文将《红楼梦》列为6部必考书目之一。《普通高中语文课程标准》(2017年版)将'整本书阅读与研讨'设为18个学习任务群之首。2019年开始在北京、上海、山东等6省(市)先行使用的统编本高中语文教材,将《红楼梦》列为'整本书阅读'必读书。此外,2016年起,全国小学、初中使用的统编本《语文》教科书中也有相关选文教学。这一系列举措标志着《红楼梦》阅读进入了一个新的经典化传播时代。"②可以说,《红楼梦》经典化的程度与其进入教育领域的历程相互印证、相互佐助,而基础教育领域的认可既标志着《红楼梦》经典地位的获得,也造就了其进一步经典化的传播契机。

  当贯通考察教育学与新红学相扣合、相生发的百年历程之后,《红楼梦》经典化地位的获取在教育的视域下呈现得更为显切,而《红楼梦》走入教育场域的必然性与必要性也更为鲜明。因此在"整本书阅读"理念的背后,是否应以《红楼梦》这样宏大容量的文本来提升中学生的阅读能力便不是一个可质疑的前提,而如何结构课程形式、整合课内外资源、加强跨界合作与指导等可行性问题才是落实"整本书阅读"活动,并以此为契机推进《红楼梦》经典阅读与文本传播的问题所在。

---

① 参见王鸿军《中学语文教材中〈红楼梦〉选文及其教学研究》(硕士学位论文,宁夏师范学院,2018年)第二章有关《红楼梦》选文篇目的历史统计。
② 杨锦辉整理:《中学语文〈红楼梦〉"整本书阅读"五人谈》,《曹雪芹研究》2020年第4期。

二、《红楼梦》的文本特性与教学价值

"整本书阅读"任务群强调了文本阅读的完整性和深度性,从文学本体层面上推进了《红楼梦》的经典传播。因此,在当代青少年浅阅读甚至反经典化阅读的习惯下,《红楼梦》的"整本书阅读"对防止红学受众土壤萎缩、深扎红学根脉有着深远意义,是当前辐射群体最广、实行效果最快也最切合时代价值的促进经典文本传播的有效途径。如何根据《红楼梦》的文本特征与教学特性,紧扣文本核心推进《红楼梦》的教学与传播是实践这一问题的本质所在。童庆炳先生在以《红楼梦》为例探讨文学经典化途径时指出,《红楼梦》以其杰出的艺术品质和多元的阐释空间联通了文学经典化的两极("一极是著作的艺术品质,另一极是文本的接受")[①],而《红楼梦》在教学视域下的文本特性及其教学价值也根植于这两方面:极高的艺术价值与多元开放的阐释空间。

首先,由于《红楼梦》文本具有极高的文学性,作为古典小说叙事艺术和语言表现的集大成者,能够为中学生的文本阅读和写作提供范本价值。叶圣陶等教育大师对《红楼梦》文本的多元艺术价值与教育功用早有认知并已写入课标。20世纪40年代,叶圣陶在修改课程标准时围绕"了解固有文化"、有效实施"语体"教学、"文言写作"训练这三大重点,从宏观上论述了初高中教材应有的安排、现行教学方法的弊端和阅读习惯的提升养成。核心是在于加强整部的文学名著的阅读教学,打破篇章教学的弊端和依赖教师逐句讲解的教学形式,通过预习指导、报告讨论和落实复习的方法培养学生自主阅读大容量、整本书籍的能力,养成真正的"阅读习惯",完成从语言到思维再到文化的全面培养。这与"新课标"提倡的培育"语文核心素养"的四个方面("语言建构与运

[①] 参见童庆炳《〈红楼梦〉、"红学"与文学经典化问题》,《中国比较文学》2005年第4期。

用""思维发展与提升""审美鉴赏与创造""文化传承与理解")及围绕其展开的九大课程目标异曲同工。

《红楼梦》的整本书教学无疑是系统实践以上教育理念与框架——即以整部文学名著达成语言、思维、审美、文化合力培养的上佳范本。第一，从回归语文学科范畴与教育特性上看，整本书阅读《红楼梦》是养成阅读习惯尤其是提升本国文字阅读能力的优化途径，其博大精深的艺术价值也为浸润式了解传统文化提供了依凭。第二，《红楼梦》是综合性的语言艺术，不仅涵盖了各类文学体式而且还原了语体、文体的应用语境，利于强化实践性的语体教育。从常规的文言阅读与训练上看，《红楼梦》易于究词达意、揣摩情趣，更近于叶圣陶所提倡的具有教育适切性的近代文言范本。他曾批评："现在学生学写文言，成绩比语体更差，我想，就坏在把唐宋以上的文学作为范本。他们读那些文学，没有受到好好的指导，没有经过好好的训练，只是生吞活剥，食而不化；他们不能说那种文言的语言，他们不能凭着那种文言的语言来思想，怎么能写成那种文言？"[1]在叶圣陶看来，近代文言的优秀范本比中古以上的名篇短章在教学实践中更易行之有效。于今日大众而言，文言写作的实践标准虽然降低；但从国民教育的普泛意义上讲，以文言训练提升语言思维与文化认知的要求与日俱增。在白话文普及的早期，胡适以《红楼梦》为近代白话启蒙的范本；在文化语境改易后，《红楼梦》又以其典范性占据了文言训练和思维培养的前端；在"整本书阅读"活动开展的今天，众多教师以读写共生的教学模式更深入地挖掘着《红楼梦》的范本价值。

其次，《红楼梦》饱满的意义空间和多元阐释性不仅仅使其在阅读中展现出与时俱进的经典价值，更能在教学实践中激发学生鲜活的生命体验而延展出丰富的讨论空间。如童庆炳先生所言："《红楼梦》由于它所

---

[1] 叶圣陶：《论中学国文课程的改订》，载叶圣陶著，中国教育科学研究院编《叶圣陶语文教育论集》，教育科学出版社2015年版，第58页。

描写生活的广度和深度达到极致，艺术表现的客观性与主观性所产生的巨大张力等，因而是一部具有辽阔阐释空间的超越性的作品。它经得起不同意识形态的冲刷和解释，也经得起研究视角的探索与挖掘。换句话说，由于作品本身的艺术品质，它以多元的召唤结构，可以向各种研究视野敞开，从而形成文学经典化两极的对接。"[1]《红楼梦》的这一文本特性于教育应用中体现为主题和人物品评的多义性带给教学开放的选择空间，使学生从自身的生命体悟与认知基础出发，摆脱固化思维和答案模板，更多维地体认语文教育和经典阅读的价值。相比诗文阅读，《红楼梦》的审美体验更是复杂的、多层次的，也更易召唤个体生命体验的复归，引发受众多元思考。相比其他现当代或西方小说的教学，《红楼梦》的语言艺术、叙事模式、文化深度和生命体验的相似度又处在"隔"与"不隔"之间，以带有间离效果的审美体验激发学生讨论热度的同时也保证了讨论的科学性：一方面不会因过于生疏的文化语境而产生大量误读，另一方面又因《红楼梦》文本呈现的相对完整的古典文化场域而不能做过度自由、散漫、私我的解读。

这样的多义性解读和讨论又必须也必然要建立在完整阅读的基础之上，而在篇章教学里却无法充分展开。从以往的"文章大单元组合或者群文阅读方式来看，建立起的单元结构，大多是以编者基于某些概念或者范畴而构拟的框架式理解（尽管这是无可避免的），从文章自身发展出的个性化问题的联系还较少。这样，文章之间可能存在的一种有机联系没有得到充分体现，而借助于他人的理解所构拟的框架，在实际教学中也可能带来泛化甚至贴标签式的、削足适履的后果"[2]。而"整本书阅读"以任务群模式加强了课内选文教学的有机性，形成对课外阅读的有效示范和有力支撑，又以完整性的阅读体验提升课内研讨的品质。可以说，整本书

---

[1] 童庆炳：《〈红楼梦〉、"红学"与文学经典化问题》，《中国比较文学》2005年第4期。
[2] 詹丹：《〈红楼梦〉整本书阅读的选择性问题》，《语文建设》2020年第1期。

阅读一方面是对《红楼梦》的经典价值的充分挖掘，另一方面《红楼梦》自身的复杂性、多义性及在教学实践上的文本特性也唯以如此才能实现。

在文本之外，《红楼梦》具有多媒体的传播特性，像利用"87版"电视剧、连环画、戏曲电影等也都是教学中的有效拓展手段，可以帮助学生进入多元的文化、主题、人物、价值及传播改编的思考。其中，"87版"电视剧以其广泛的认知度和通俗性多被应用于课堂导入环节，这固然能为师生素养偏低的地区提供教学辅助，但要警惕过度依赖影视解读反而会弱化学生文本阅读的用力，甚至产生误读。在教学环节的设置上也要防止标新求奇的拓展活动干扰到有效的文本阅读。比如，基于《红楼梦》自身语境的人物解读和诗词仿写等读写训练活动，或可有助于语文核心素养的养成和对文本的整体理解；但像分析不同版本影视剧特色、根据某一西方理论或民科观点解析人物、设计台历书签等红楼文化衍生品的课后作业，却可能因脱离文本而挤占、解构、误导文本的深入阅读。"整本书阅读"活动因处于教育与受众培养的实践一线，尤其要注重阅读与传播中的文本主体地位，可适度采用却也要防止一些非文本化的资源、活动对于真实教学活动及完整阅读体验的干扰。总之，在紧扣文本特性的教学实践之中，《红楼梦》既以写实性提供了完整的文化场域，又以艺术性展现了多元的文学审美价值，成为弘扬中华传统文化的优秀载体，其典范价值与地位始于教育之园而其当代经典价值的传承与转化又远超教育之外。

三、多方合力建构的经典传播途径

虽然"整本书阅读"活动为《红楼梦》文本的经典化传播和当代红学受众的培养奠定了基础，但以"新课标"为导向的文本阅读是否能带来文学经典的有力传承，还应从各方合力中探讨其经典化传播的有效建构途径。面对大众多元需求且涉及教育链条各环节的《红楼梦》"整本书阅读"活动不能缺少教学界、教研界、红学界、出版界、传媒界甚至各网络平台的多方合力。承担"整本书阅读"活动的核心群体首先是教师、学生和家长，这一群体基数大、覆盖面广，而地域、素养的分层性和学科、行业的差异化也尤为凸显，更需要在专业的指导下凝心聚力，在多方关注中稳步推进教育实践。在这多方共建的传播场域中，考察各方视角的交叉、呼应和打通，从而扣合文本传播的本质需求、生成经典传播的当代价值并形成合力是本部分的研讨核心。

"整本书阅读"活动首先是以教育界为本位，在教育教学行业中关注"新课标"改革内容的研究者主体分为三类：一线教师、教学研究者和教育硕士/学历硕士。一线教师丰富的实践经验提供了多元的视角和较大的发言权，但主体倾向微观层面，以教学流程、实践环节、课例教案、赏析札记的讨论为主，少量涉及教学策略、理念分析等宏观视角，理论统摄力较弱。占比偏低的地区教育学院或教研中心的专职教研人员虽有更强的理论建构意识，但多借用西方文论观照活动的价值与意义，对中国本土教学的实际指导意义还有待考察。个别专职研究者既对一线教学的动态关注较为及时，也侧重学术理路的整合，因此能在教学的琐细层面外又较好地深入某些宏观研讨无法涉及的实践问题，具有独特的教研价值。相对而言，教育硕士/学历硕士的学位论文对"整本书阅读"的关注更为立体和完整，他们多以课标为本，溯源"整本书阅读"的观念前身与理论先导者，以不同的层次结构阐述对活动理念的整体认知和实践方式，并多因自身的教育从业经验（一般也有重返教育行业的职业规划需求）会重点关注一到两所学校的"《红楼梦》整本书阅读"课程及活动的开展，以此作实践层面的观察研讨。其中，宏观层面的阅读策略的研讨和微观层面的阅读内容的选择是引发教育界与红学界共同关注的主体领域，而在如何读或如何教的层面上，二者的切入视角则差异显著。红学家的关注热点虽高、研讨虽盛、观点虽繁，于教育界的接纳与落实情况尚需稳步徐行。像冯渊教研员分层梳理的教师应读的阅读理论和红学著作①是最直接地将学界成果向教学实践转化的尝试。

可以说，站在承担"整本书阅读"任务一线的教师们企盼红学家的发声，从任务目标的优化整合、课内外教学任务的布置到教学实践中的答疑解惑等多方面寻求学术的支持与依据；红学界也期待将学术成果尽早转化成大众的普泛认知和基础教育的质量保证，但确实存在如俞晓红所言的部分现状——"多数红学家很少关注基础教育的现状，无暇顾及新课标的内涵有什么新的变化，或者讶异于'整本书阅读'概念的提出，因为名著的阅读本来就应该是'整本'的"，或"带有指导意向的诸多文章，本身是否具有'整本书阅读'意识，或曰意见本身是否有过整体的构建"等问题。②因此，红学家的专业性建议进入教学一线的热度与效度有时反而并不如刘吉朋《最美丫环 至悲人生——〈红楼梦〉整本书阅读任务设计》这类经典课例的示范。红学家的研讨虽不乏以"新课标"为切入，但多秉守红学本位，对课标内容的沿革考察触及较少，对教育语境的还原较为粗略，在具体指导中多以自身的学养见解做阅读选择上的指导与教学内容上的纠正。从教育界与红学界的合力来看，"新课标"及其后的"整本"阅读理念赋予《红楼梦》"整本书阅读"活动的指导意义及其导向性可做进一步沟通挖掘，不应悬置或被一方偏废。正如单世联指出的："特别是面对当前中小学生们阅读厌倦、知识过度的问题，我们究竟应该怎样阅读《红楼梦》，不仅是教育工作者，也是红学研究者需要考虑的问题。当然，《红楼梦》是中国文化的代表，我们依然可以充满信心。"③

红学虽为专门之学，却门径开放。牵涉社会需求甚广的《红楼梦》"整本书阅读"活动及其研讨更具开放性。许多高校科研人员虽非专研红

---

① 参见冯渊《〈红楼梦〉整本书阅读教师读什么》，《福建基础教育研究》2020年第4期。
② 参见俞晓红《〈红楼梦〉"整本书阅读"的理念与实施》，《学语文》2020年第1辑。
③ 李虹：《红学再出发——"2020年中国红楼梦研究·上海论坛"》，《红楼梦学刊》2020年第6辑。

学之家，但因专业基础课程或是通识课程的讲授也从教育的视角关注到此；传媒界或各类网络信息平台的建设者与参与者也从传播的角度关注到当代红学的经典传播问题，这些都是可以进一步整合的力量，并能够以专业的指导达成对文本阅读的深度推进。近两年，围绕"整本书阅读"主题开展的研讨会有所增多，尤其以将《红楼梦》的"整本书阅读"要求直接纳入考纲的北京地区为热点。借助相关热度和相对集中的红学资源，"整本书阅读"的议题已渗透到各类红学研讨与座谈活动中，像"红学再出发——2020年中国红楼梦研究·上海论坛"以及中国艺术研究院红楼梦研究所与《红楼梦学刊》编辑部2020年主办的中国艺术研究院红学论坛第三期等都对此展开了或广泛或专项的研讨。"《红楼梦》教学实践专题研讨会"这类大型学术活动更以线上线下相结合方式使京内外、海内外各界专家都参与其间。通过着眼"互联网+教学"的新视域，从高校课程导读、《红楼梦》"整本书阅读"、大众阅读与传播等多维角度促进"学术研究与教学传播之间的有机融合"。[1]

在互联网时代，教学空间已经不可避免地向多元的媒体渠道敞开，学生的阅读空间也被各种信息包围，建构学术研究和教学实践的联结，从专业领域的交流中加强教学与阅读内容的选择性与策略性势在必行，因此这样的研讨和活动有效促进了各界人士的合力，应多做尝试与建设。但会上的研讨意见和会后成果所包含的大量可补益于教学的专业信息和资源渠道——如各类云平台的慕课课程（经典导读类的有北京大学的《伟大的〈红楼梦〉》、九江学院的《走近〈红楼梦〉》；文学赏读类如曹立波的《〈红楼梦〉经典章回评讲》与杨佳娴的《大观与微观：红楼梦1—40回》；专题解读类的有欧丽娟开设的分阶段课程《红楼梦》《红楼梦——母神崇拜》《又见大观——〈红楼梦〉中的乌托邦》，以及张世君的《〈红楼梦〉的空间艺术》、薛海燕的《〈红楼梦〉叙事趣谈》、西安文理

---

[1] 参见"《红楼梦》阅读与教学专题"编者按语，《曹雪芹研究》2020年第4期。

学院的《〈红楼梦〉"三书"浅说》）等。如何能从静态数据库转化为教学环节，从教学的边缘地带走入课程设计的链条之中，还有待各界进一步探索实践与合力共建。而通过云课程的引入，可以强化教学内容的专业度，提升学生的文本整体把控力和深度研读能力。这也要求云课程内容应切合基础教育受众进行针对性开发，这样才能使其从被动的课外资源转化为直面教学需求的实操性环节。从课程形态上打通象牙塔之学与基础教育之间的壁垒，从能力培养上将基础教育向专业领域引申，将有利于红学受众的培养根系扎实、扎深，最大化地拓展教育的边界效应，深化《红楼梦》文本大众传播的热度，增强以红学为媒介的优秀传统文化的传播力度。

总之，在经典化的命题前，红学与教育学的相遇一方面根植于《红楼梦》自身多维的教育价值和杰出的文本特性——以极高的艺术品质和多元的意义价值赋予教学开放而鲜活的研讨空间；另一方面，《红楼梦》的文本传播又依靠教育的普及与认可不断走在经典化的前端，以层累的典范性和与时俱进的阐释性不断实现着经典阅读的当代价值。在未来的教学实践和研讨中，应扣合文本阅读的本质要求，排除干扰文本深度阅读的教学因子，针对互联网时代的传播特质以多方合力共建的方式打通基础教育到大众阅读的经典传播途径，推进《红楼梦》的文本阅读与经典价值的当代建构。

（原文发表于《红楼梦学刊》2021年第6辑，
作者单位：中国艺术研究院红楼梦研究所）

历年高考语文卷《红楼梦》试题评析

俞晓红

教育部《普通高中语文课程标准》(2017年版，2020年修订)以"语言建构与运用""思维发展与提升""审美鉴赏与创造""文化传承与理解"等核心素养为纲，设置了18个学习任务群，并置"整本书阅读与研讨"于任务群之首。作为中国古代章回小说的经典代表，《红楼梦》嵌入了部编版高中语文教材必修下册第七单元"整本书阅读与研讨"，并显然有进入高考语文测试范围的趋向。因此《红楼梦》的整本书阅读，是新时代基础教育赋予高中语文教育的责任，也是高校文学教育与文学研究应重点关注的内容。双方携手共进，在推动《红楼梦》整本书阅读与研讨在高中阶段的全面展开之际，也当思考、探索一个问题：作为文学阅读素养与水平测试的《红楼梦》，该从哪些方面去研究，又如何设计测试题？

日常生活中，小说类文学阅读是一件比较快乐的事；但在语文测试中，小说这一文体则因其内容较为丰富、篇制相对较长等，不太容易进入制题的范围，尤其是长篇小说，在长期应试教育氛围的浸染下，是考生较少有阅读时间和兴趣的作品，也是令测试专家不轻易选择的对象。但《红楼梦》似乎是一个例外。从笔者目前收集到的高考材料看，《红楼梦》最晚在2004年就开始进入高考语文试卷，在2004年至2021年的18年中，以《红楼梦》为高考语文测试内容的省市至少有8个，题数有40个之多。除了2005年未见试题之外，题数最少的年份是2006年和2015年，各1题；题数最多的是2013年、2014年、2015年和2020年，各有4题。"考红"试题最多的是江苏卷，在2008年到2020年的

13年内，每年均有1题出自《红楼梦》；其次是北京卷，7年8题；福建卷也有8题，间歇性地分布在2004年到2015年之间。福建卷最早启动"考红"题，天津卷最晚加入"考红"行列。在总数不多的小说文体的高考测试题命制中，"考红"题有这样的数量，可以见出命题者的胆识与能力。

从"考红"题型看，主要有单项选择题、多项选择题、默写题、简答题、微写作和大写作。唯一的一次大写作题，出自2004年的福建卷，分值为60分。以60分之重涉红，是有一定风险的，但命题者做出了积极的平衡：其一是分为"人物"和"文学形象"两个系列，前者有孔子、苏轼、曾国藩、鲁迅、史蒂芬·霍金，后者包含曹操、宋江、薛宝钗、冬妮娅、桑提亚哥；其二是任选其中一个人物或文学形象作为"话题"来写作。这就从对象和写法两个维度为考生提供了空间较大的行文自由。另外，"文学形象"系列所给出的写作选项，大多是性格比较丰富复杂、有一定争议的小说人物，考生未必没有读过这些作品，但要准确把握好形象特点并展开话题写作，洵非易事。这也许是后来几乎所有的命题人都不再采用大写作来"考红"的一个重要原因。静默了一年后，湖南卷率先开始尝试"微写作"形式，列出钗、黛二人的咏白海棠诗，并给出宝钗诗作两句颔联的赏析文字，要求根据提示，完成对黛玉诗作颔联的赏析。示范段落不到200字，也给出了材料，范围限制得也比较小，分值仅6分，但小说人物诗作的赏析毕竟异于现实人物诗作的赏析，它需要联系特定人物的气质性格甚至故事来品赏诗句内涵，在没有启动"整本书阅读"的历史阶段，这显然也是有难度因而也是有一定风险的。或许出于对这种命题形式之得失的理性认知，湖南卷"快闪"过后不再涉红。福建卷2007年重启"考红"行动，更换思路，另辟蹊径，改以简答题为主，多选题次之，并坚持到2015年。

江苏卷作为第三家涉红的省卷，从2008年起，开始了长达13年的坚持，它除了2010年是1道多选题之外，其余12年都是简答题，分值在4—6分之间。这一态度体现出明确的名著阅读理念和审慎的高考测试行为之间的制约与平衡。湖北卷从2010年开始，先后四次谨慎地选用3分的单选题与4分的微写作。江西卷于次年也开始探水，但它前后三次全部采用3分的单选题。2014年起，北京卷也态度明朗地向《红楼梦》致敬，到2021年为止，它共出过5道微写作题、2道单选题、1道简答题。唯一的一次默写题来自沪上，而善领时代风尚的上海卷也仅此一次涉红。姗姗而来的天津卷"考红"题均为微写作。从分值看，单选题多为3分，多选题多为5分；十七次简答题有八次是6分，六次5分，二次4分，一次10分；微写作五次10分，三次6分，二次4分。分值的规律化反映了命题思维的逐渐成熟。

从考点看，涉及《红楼梦》诗词曲赋的试题最多，有12道，其次是故事情节和人物性格，各11道。测试内容涉及林黛玉的最多，为9次；贾宝玉5次，薛宝钗2次；"凹晶馆联诗"3次，"大观园试才"2次；关涉后四十回情节的2次。这种分布比较符合高中生阅读实际。"新课标"所言四大核心素养，指向文学阅读的高阶目标，但中学生阅读小说尤其是《红楼梦》这样的长篇巨制时，关注的首先是和他们年龄相近的人物、引起他们阅读兴趣的故事，这种阅读体验较多是局部的而较少是整体的，较多感性而较少理性，语言建构、审美鉴赏和思维发展往往需要在沉浸阅读的过程中逐渐提升为理性认知。因此在"考红"的较早阶段，命制需要理性鉴赏、综合性思考和归纳能力的试题，的确存在某种风险。在这一阶段，主要人物的性格、关键情节的要素、判词及《红楼梦曲》的指向等，适合成为阅读测试的内容选择，而单选题、多选题、简答题和开放式的微写作可能是比较稳妥的题型选择。而当《红楼梦》"整本书阅读"理念逐渐被社会认同，甚至已成为高中生的必修课时，对原著文本的审美鉴赏与综合性评价，对社会人生的多元体验与自我反思，宜当进入测试专家的研究视野，渗透并焕新试题命制思路。

从这样的视野出发来审视历年高考涉红题，可以发现，各卷单选题、多选题的命制水平整体较高；简答题有70%都合理、适度，如简述宝黛共读《西厢》故事、简述王熙凤协理宁国府的原因和过程、说说"金玉良缘""木石前盟"的含义、袭人判词中"优伶""公子"指的是谁、"女箴片"是谁及归纳其性格特征等，其中2013年江苏卷和2020年北京卷的两道题尤佳[1]；微写作题有50%出手不凡，乃因其设置了引导性阅读情境，或是要求考生结合自我体验和认知来谈阅读原著的看法，或具备对象选择的自由空间，故而显示出试题命制的水平和价值。

2013年江苏卷的简答题，先概述了"抄检大观园"的戍果，再提出问题："入画和司棋分别是谁的丫鬟？在处置入画和赶走司棋时，她们的主子各是什么态度？"表面上看，该题测试的是考生对小说中两个普通丫鬟归属和结局的印象，知识点偏狭偏小，但它实际上考查的是读者对《红楼梦》重要情节的理解和迎春、惜春的性格。毫无疑问，抄检大观园是《红楼梦》"大关键"情节之一，涉及多个主题层面。[2] 考查对这个情节的阅读与理解，势必延及抄检的导火线和抄检的结果，而这两者都关涉司棋，入画是拔萝卜时带出的那块泥，用来陪衬司棋这个"棋子"的；迎、惜二春是金陵十二钗中不可或缺的人物，没有她们的存在，钗、黛雅集时的风流婉转，探春理家时的明灿亮丽便得不到突出的展现。

2020年北京卷的简答题，先列出晴雯判词，并在"心比天高""灵巧""毁谤生""多情公子空牵念"词句下加了下划线，要求"从判词的画线部分选择三处，各举出原著中的一个具体情节加以印证"。晴雯是《红楼梦》丫鬟群像中最光彩夺目的一个，也是高中生非常喜欢的人物

---

[1] 参见《历年高考语文卷〈红楼梦〉题辑》，载俞晓红主编《悦读红楼》，安徽教育出版社2021年版，第199、202—203页。

[2] 参见俞晓红《从"抄检大观园"说〈红楼梦〉整体阅读观——〈红楼梦〉整本书阅读之五》，《学语文》2020年第5期。

形象之一①，此题又要求结合具体情节来印证判词相关词句的意旨，概括了晴雯的主要个性和一生遭际，从情节发展的纵的向度上显示出一定的"整体阅读"的意味，因此命题思路不俗。

相比之下，有的"考红"题则在适度与合理上存在瑕疵。如要求根据第四十五回中林黛玉自我认错的话，来说明黛玉对宝钗的认识发生变化的原因，这个就有点难。还有的试题先说明版本不同而有异文，再要求"从小说情节和主题两个方面，分别说明'葬花魂'与'葬诗魂'的依据"，这就不太合适了。众所周知，"花魂"和"诗魂"孰正孰误是红学界一个比较古老的话题，存在版本层面的是字形讹变还是字音讹变的争执，也就是究竟是由"花"字误抄为"死"再误抄为"诗"，还是由"诗"字误抄为"死"再误抄为花的问题。中学生阅读小说名著，本不必涉及文学以外的层面，而版本学的话题竟然用于高考测试题，这是令人惊讶的。再看一下参考答案，就更令人哑然了："'葬花魂'的依据：小说中有黛玉葬花的重要情节；表达女性精神在一个时代的毁灭。'葬诗魂'的依据：小说中多有黛玉吟诗的情节；表达对诗意消亡的哀悼。"这里的"依据"一词，究竟是指谁的依据呢？是小说作者的，还是命题指向的，抑或是答卷人可以主观认为的呢？相较于这道6分的简答题，要求在史湘云、林黛玉、薛宝钗、妙玉4人中选出"冷月葬花魂"诗句作者的一道2分的单选题，就显得过于简单了。

这种远离原著文本的"失度"现象，也表现在解读人物性格的命题思路上。如一道6分的简答题，要求根据"一夜北风紧"一句，简析王熙凤形象，题干本身没什么问题，但参考答案却表现出制题者的主观刻意，剑走偏锋："诗句浅白，表明其学识浅薄；诗句能领起全篇，表明其聪明颖悟，有一定领导才能；诗句意境肃杀，表明其心怀忧惧。"一看即

---

① 参见李娜、谢燕芳、束强《2021年全国"〈红楼梦〉整本书阅读"主题征文分析报告》，载俞晓红主编《悦读红楼》，安徽教育出版社2021年版，第160—167页。

知,这是三个得分点,每点2分。第一句尤可;第二句分开看也不错,"诗句能领起全篇"和"聪明颖悟,有一定领导才能"都是客观存在的事实,但这两者之间并不存在必然的因果逻辑关系,王熙凤担心遭致"笑话"、众人听后"相视笑道"、称赞正是"会作诗的起法"等描写,可谓是作者洞悉人性、深入骨髓之笔,如果认了真,还与王熙凤的领导才能挂钩,就不仅降低了原著文学描写的品格,也误导了受众;第三句就更离谱,如果王熙凤真的"心怀忧惧",而且还能出于个人意志、借助吟诗表达给众人听,那她就不是这样一个不识字、以中饱私囊为务的王熙凤,而是一个才富志高、贾探春式的形象了。

另一道6分的简答题,要求根据"散余资贾母明大义"一回中贾母的行为,分析贾母的形象特点。命题涉及《红楼梦》的后四十回,也没什么太大问题,问题在于参考答案:"处变不惊,性格坚强;处置果断,能力出众;分配得当,处事公平;轻财重义,顾全大局。"分号隔开有4点,那么应该是只要写出3点就能得满分,这也为考生留出了余地。处于贾府权力与地位的宝塔尖的贾母,说她处变不惊、处事公平都是不错的,但用"性格坚强""能力出众"等词语来形容史老太君,对这样一个经历了人生和家族多少风雨,年少管家能力就出众、年老以享乐为主要生活内容的人物而言,显得过于幼稚。

谈到微写作,也存在一个适度与规范的问题。并不是所有的开放性试题都是合度而且有价值的,在将《红楼梦》这样一部古典名著与《呐喊》《边城》《红岩》《平凡的世界》等20世纪小说名著以及《老人与海》等外国名著并置的时候,如果用同一种标准来测试考生的阅读能力,有时会产生与原著不相贴合甚至彼此疏离的情形。如在测试小说人物形象理解时,将不同名著的人物的选择标准统一设置为"既可悲又可叹"或是"心清如水"等,就会产生一种"微错位"的现象。但将"为何令你感到遗憾""又带给你怎样的启发"作为人物评赏的选择标准,却完全没有违和之感。这说明在为标准斟酌"定性"词语时,还要考量它们与原著人物的契合程度。

基于以上分析可知，2004年以来的高考语文卷《红楼梦》试题，既反映出命题人频频致敬古典名著的诚意和勇气，有意引导高中生阅读思维的眼光和胆识，积极探究测试题型与维度的努力与成果；也呈现出不同省市的测试在能力类型和能力层级方面的不均衡状态，原著阅读理解测试答案的主观性与客观性的悖谬现象，基于理解和反思层面的写作题的开放性与贴近原著本意的适度性问题，以及语言建构、审美鉴赏、思维提升等层面尚未显示应有的测试度等倾向。关于《红楼梦》阅读理解的测试，本文只是做了一个初步的梳理和辨析，难免存在材料不全、思考不深、语意不周等种种问题。然温故而欲知新，推陈实为出新，在"《红楼梦》整本书阅读"进入高中语文教材必修范围之后，《红楼梦》阅读测试研究势必成为高等教育和基础教育携手共进的目标范畴。希望笔者的努力，能够促进这一进程的顺利推进。

高考语文卷《红楼梦》命题信息列表

序号	题型	分值	内容	考点	命题地	年份
1	单选题	3	贾宝玉出家原因	故事情节	江西	2011
2	单选题	3	王熙凤判词	诗词曲赋	江西	2013
3	单选题	3	贾宝玉人生观	诗词曲赋	湖北	2013
4	单选题	2	冷月葬花魂	诗词曲赋	北京	2014
5	单选题	3	妙玉奉茶	故事情节	江西	2014
6	单选题	3	凹晶馆联诗	诗词曲赋	湖北	2015
7	单选题	3	大观园	环境作用	北京	2017
8	多选题	5	贾迎春判词	诗词曲赋	江苏	2010
9	多选题	5	钗玉认通灵识金锁	故事情节	福建	2010
10	多选题	5	林黛玉拒受鹡鸰串	人物性格	福建	2011
11	多选题	6	林黛玉焚稿断痴情	人物性格	福建	2015

续表

序号	题型	分值	内容	考点	命题地	年份
12	默写题	1	作者自题绝句	诗词曲赋	上海	2015
13	简答题	10	宝黛共读《西厢》	故事情节	福建	2007
14	简答题	5	终身误曲词	诗词曲赋	江苏	2008
15	简答题	5	王熙凤协理宁国府	故事情节	福建	2009
16	简答题	6	冷子兴演说荣国府	故事情节	江苏	2009
17	简答题	4	袭人判词	诗词曲赋	江苏	2011
18	简答题	4	清人题咏黛死钗嫁	故事情节	江苏	2012
19	简答题	5	焦大醉骂	故事情节	福建	2013
20	简答题	6	入画司棋被抄检	故事情节	江苏	2013
21	简答题	5	大观园试才题对额	故事情节	福建	2014
22	简答题	6	凹晶馆联诗	诗词曲赋	江苏	2014
23	简答题	5	刘姥姥二进大观园	人物性格	江苏	2015
24	简答题	6	大观园试才题对额	人物性格	江苏	2016
25	简答题	6	金兰契互剖金兰语	人物性格	江苏	2017
26	简答题	6	散余资贾母明大义	人物性格	江苏	2018
27	简答题	6	寿怡红群芳开夜宴	人物性格	江苏	2019
28	简答题	5	晴雯判词	诗词曲赋	北京	2020
29	简答题	6	王熙凤吟诗	人物性格	江苏	2020
30	微写作	6	黛玉白海棠诗赏析	诗词曲赋	湖南	2006
31	微写作	4	《红楼梦》诗词鉴赏	诗词曲赋	湖北	2010
32	微写作	4	对偶句概括宝黛初会	故事情节	湖北	2012
33	微写作	10	以花喻人并陈述理由	人物性格	北京	2017
34	微写作	10	简述可悲可叹之人	人物性格	北京	2018
35	微写作	10	赞美心清如水之人	人物性格	北京	2019
36	微写作	10	阐述经典阅读的观点	阅读思考	北京	2020

续表

序号	题型	分值	内容	考点	命题地	年份
37	微写作	6	阐述经典阅读的观点	阅读思考	天津	2020
38	微写作	10	谈遗憾而有启发之人	人物评价	北京	2021
39	微写作	6	选择经典场景拍剧	场景评析	天津	2021
40	写作	60	以薛宝钗为话题写作	人物评价	福建	2004

（原文发表于《悦读红楼》，安徽教育出版社2021年版，作者单位：安徽师范大学文学院）

2022年高考写作题与《红楼梦》

詹 丹

2022年全国高考语文甲卷写作题，一公布，就引起不少人关注和议论。

因为继2017年高中"新课标"颁布，这是全国多个省市的高中推行教育部统编教科书遭遇高考的第一年。语文必修教材下册收入《红楼梦》整本书阅读，让许多教师、学生为高考是否会考《红楼梦》而纠结。此次甲卷写作题选入《红楼梦》第十七回中一段文字，作为考生写作的依据。试卷是这样的：

《红楼梦》写到"大观园试才题对额"时有一个情节，为元妃（贾元春）省亲修建的大观园竣工后，众人给园中桥上亭子的匾额题名。有人主张从欧阳修《醉翁亭记》"有亭翼然"一句中，取"翼然"二字；贾政认为"此亭压水而成"，题名"还须偏于水"，主张从"泻出于两峰之间"中拈出一个"泻"字，有人即附和题为"泻玉"；贾宝玉则觉得用"沁芳"更为新雅，贾政点头默许。"沁芳"二字，点出了花木映水的佳境，不落俗套；也契合元妃省亲之事，蕴藉含蓄，思虑周全。

以上材料中，众人给匾额题名，或直接移用，或借鉴化用，或根据情境独创，产生了不同的艺术效果。这个现象也能在更广泛的领域给人以启示，引发深入思考。请你结合自己的学习和生活经验，写一篇文章。

对此命题，算不算是考《红楼梦》了？

我的回答是，写作材料虽从《红楼梦》中选出，但从具体要求看，跟考《红楼梦》的阅读，没太大关系。

对于考不考《红楼梦》问题，其实要先澄清考阅读还是考写作的问题。虽然有教师把写作的要求，视为阅读测试最高层次的创造运用，但落实到某一材料，还是要具体问题具体分析。就上述试卷的写作题来说，确实还不能算是在考《红楼梦》的阅读，特别是已经进入教材的《红楼梦》整本书的阅读。

从材料看，话题本身具有相对独立性，试卷概述出的原文材料已经交代得比较清楚，足够考生利用。命题者暗示出更广泛的领域，并要求考生结合自身的学习和生活经验谈，其实重心已经从《红楼梦》转移出来，抽象出来，不同的题名方式产生的不同艺术效果，这才是考生写作时需要关注的，《红楼梦》仅仅是展开思路的一个起点或者说引子。

当然，不去深究命题者提供的有关《红楼梦》材料，而更多从命题要求着眼，其实也有实际的操作便利。即便我们通常要求对材料有整体的把握，但细细推敲命题者概述的《红楼梦》内容以及随后的提示，整合两者，是有可能给人带来困惑的。因为，淘汰题名"翼然""泻玉"而取用"沁芳"，至少在小说中已经明确，这是一个艺术优劣的问题，但命题者希望得到更广泛的启示，把其间的褒贬做了弱化处理，以"直接移用""借鉴化用""根据情境独创"来说明"产生了不同的艺术效果"，这就带来两个问题。

第一，三种题名都是根据情境而来，命题者只在"独创"这一点前加以"根据情境"修饰，并与前两种并列，这就带来误导，似乎前两种题名是架空瞎说一气的。这当然不对。这里的关键是，情境本身的复杂性，其对题名多重制约的考虑是否周全，才让题名有了高下之分。

第二，原文三种题名的艺术优劣之分，在命题者"不同的艺术效果"措辞中，似乎变成了一个艺术的差异性、多元性问题。这就导致前后叙述的逻辑无法自洽。所以，从实际操作看，不去深究其中的可能断裂，把关注的重心放在命题者的要求方面，以"根据情境"作为展开自身经验的思考场域，不失为一种应对考场操作的明智。所以，我在接受采访时说，学生事先有没有读过《红楼梦》，或者从《红楼梦》整本书进高中统编教科书的阅读要求看，学生是否熟悉《红楼梦》，对于此篇文章的写作构思的直接影响并不大。事先读过的，最多对材料不陌生，多少获得了心理安慰。当然也不排除读得不仔细，这样的段落偏偏跳过没有读，反而给自己写作带来了后悔和懊恼。也正是从这个意义上说，我觉得2022年的高考，等于没考进入教材的《红楼梦》整本书阅读。当然，最真切的感受，应该让考生自己来回答，而这样的命题是否合理，只有经过大量阅卷的教师才最有发言权。

这里想进一步探讨的是，如果不考写作而是考阅读理解，特别是考《红楼梦》整本书阅读理解，这里的思考空间有多大？

先看试卷的材料，命题者提供的第二段提示就是一种理解，这种理解有多大合理性，正可以结合进来作为案例分析。

比如，从题名一般原则来说，为何园林景观需要有题名？情境对于题名究竟有怎样的制约性？艺术的优劣是否也可算不同的艺术效果？贾政认可宝玉的题名，是否就是一种定论？还有，人物的立场是否就代表着叙述者立场而得到概括？诸如此类，都是作为阅读理解可以讨论的。再从具体题名来分析，为何"沁芳"得体而又亮眼，"翼然"立即被淘汰，"泻玉"还让贾政有些斟酌？其间的细微差别，究竟意味着什么？此外，很重要的是，题名的过程，也写出了人，写出了贾政、宝玉父子的另一面（还有周边的清客等）。毕竟，贾宝玉曾给人以"潦倒不通世务，愚顽怕读文章"的印象，而此番给桥上亭子匾额题名，宝玉似乎展露出了他的歪才，他善写应制体文字的另一面。难得的是，他因此获得贾政赞许，也丰富了读者对贾政、宝玉父子关系的理解。

如果从整本书阅读的更大视野来分析，越出卷面材料的边界，那么，最为直接的，与宝玉题名"沁芳"得到贾政默许相呼应，在游园接近尾声时，又写了一段父子对话：

（贾政）"此闸何名？"宝玉道："此乃沁芳泉之正源，就名'沁芳闸'。"贾政道："胡说！偏不用'沁芳'二字。

那样的口风大变，究竟是说明他在默许中不想太骄纵了宝玉，还是作者想表明他对待宝玉一贯的严峻与不近情理，前后联系起来看，既让人觉得贾政可笑，也觉得宝玉可怜。

不过，深入一步看，展露宝玉的才情也好，表现贾政、宝玉的父子关系也好，或者给《红楼梦》主要人物活动营造一个大观园的基本环境也好，都有其小说相应的功能和价值，但更令我关注的是，在这一章回中有两处似乎并不怎么和谐但却自身关联的段落，显示出深远的意义来。

一处是对稻香村（又称"浣葛山庄"）的描写，此处遭到了宝玉的严厉批评。其实写到这一处所就让人有些意外，因为小说描写贾政等带着宝玉去游走题名时，主要写他们去了潇湘馆、蘅芜苑、怡红院、大观楼和稻香村五处。前三处涉及以后入住大观园最重要的三位人物黛玉、宝钗和宝玉，而大观园是元妃省亲的场所，交代正殿大观楼，也合理。但为何要写稻香村？这院落后来入住的是李纨，似乎不能与探春的重要性相比。但又写了，这是为什么？在我看来，恰恰是这处所跟李纨相连，才有可能暗示了作者的一种写作意图。因为贾宝玉对这场所的批评，是从违背自然入手的，他对于贾政赞赏这场所，加以反驳说：

此处置一田庄，分明见得人力穿凿扭捏而成。远无邻村，近不负郭，背山山无脉，临水水无源，高无隐寺之塔，下无通市之桥，峭然孤出，似非大观。争似先处有自然之理，得自然之气，虽种竹引泉，亦不伤于穿凿。古人云"天然图画"四字，正畏非其地而强为地，非其山而强为山，虽百般精而终不相宜……

一番话，把贾政气得够呛。

由于在小说的整体写作意图中，大观园的居所特点对入住人物的趣味、个性或者命运有所暗示，那么，从情种宝玉的立场强调稻香村之违背自然，似乎也在暗示，李纨年轻守寡恪守礼仪的生活也许并不自然。尽管李纨自认外号稻香老农，而抽得的花签，是"竹篱茅舍自甘心"，折射了她的一种人生态度，但这种态度，却未必是宝玉也可能是作者所认同的。如果贾宝玉借着批评稻香村环境来批评了恪守礼仪人物的虚假，那种违背自然的"假"，那么，在第五回贾宝玉神游太虚幻境中，判词中有关李纨提示的"空"和曲词中明示的"虚名"，似乎提供了对诗礼之家的礼仪规范重新思考的可能（尽管作者没有全盘否定，宝玉自己也有遵守礼仪规范的举动而得到夸奖。也许，作者更想思考的是礼仪与真情的平衡问题）。而之后，有一段不经意的描写，也让我们得以重新审视。当贾政感慨大观园建筑得过于奢华时，众人却又拿礼仪来说事，所谓：

众人都道："要如此方是。虽然贵妃崇节尚俭，天性恶繁悦朴，然今日之尊，礼仪如此，不为过也。"

违背人的自然本性，又带来极大的物质浪费（也是造成贾府经济困扰的重要原因），这两段描写的插入，让大观园在刚刚呈现出美丽、风光、开阔的所谓理想世界的同时，又夹杂了不和谐的一面，这种不和谐的段落呈现得越轻描淡写，越显示了礼仪之家意识形态自欺欺人的遮蔽性。

从这个意义上说，从阅读理解角度来考《红楼梦》，即便这样的选材哪怕是在引导考生探讨艺术效果的优劣问题，但这种讨论，如果缺少了前后联系的整体视野，是很难指向作品的真正深刻之处的。而这种缺失，恰恰是倡导整本书阅读的意义。当然，整本书的整体也是相对而言的，就像笔者这篇短文讨论的整体视野，也只具有相对性。

（原文发表于"澎湃新闻"2022年6月9日，
作者单位：上海师范大学光启语文研究院）

《红楼梦》是一本让人读不下去的书?

詹 丹

一、死活读不下去?

据说,有家出版社调查当代青年死活读不下去的书,《红楼梦》名列榜首。

近年来,《红楼梦》作为传统经典被列入高中生语文必修的整本书阅读单元,死活读不下去,成了一个无法绕开的问题。

虽然意大利作家卡尔维诺不无幽默地说,经典就是那种人们经常在谈论却很少自己去读的书,但就《红楼梦》言,人们很少读或者读不下去,又有其特殊性。

不止一位年轻人对笔者抱怨说,翻开《红楼梦》,故事没开始,人物倒先看到了一大堆,实在有些头晕。当然,作者为了避免读者发晕,其实已经努力调动了一些策略,在第二回让冷子兴与贾雨村对谈,把主要人物关系作了基本梳理,但因为这样的梳理故事性不强,所以未必能提高青年读者的阅读兴趣。另外,小说中频繁出现的诗词曲赋,也常常对读者理解构成了障碍,最初接触《红楼梦》,不少人会感觉这些韵文插入,打断了情节的发展,这也是妨碍读者继续读下去的原因之一。

记得笔者从初中开始读《红楼梦》,当时对书中的诗词曲赋一概跳过不读,一方面是读不懂,另一方面也发现不了其对推动情节、刻画人物有什么作用。后来买到蔡义江的一本《红楼梦诗词曲赋评注》,结合了这本书的注释再来重读《红楼梦》,才算对其中的韵文特别是人物创作的诗词有了点兴趣,但现在来看,当时自己的理解并不到位。比如笔者一直把第七十回薛宝钗"咏絮词"中结尾的"好风频借力,送我上青云",视为是她的野心勃发,也把"上青云"这样的词语,作为理解这首词的关键。但后来重读全词,发现这首词主要是作为别出心裁的翻案创作来反驳黛玉等人的创作的。那么,黛玉把东风看作柳絮的对立面,所谓"嫁与东风春不管,凭尔去,忍淹留",到了宝钗词中,就成了互助式的和谐关系,所谓"白玉堂前春解舞,东风卷得均匀"。相比之下,那些似乎可以摆脱东风具有自主性的蜂蝶,反而显得一团糟,在宝钗笔下成了"蜂团蝶阵乱纷纷"。如果从这个角度再来看薛宝钗"咏絮词"结尾,应该说"好风频借力"才是作品的关键。换句话说,努力让主体与客体建立起和谐关系,让主体柳絮从东风中借力,这才是这首词的重点,薛宝钗日常的为人风格,又何尝不是体现了这一点?

不过,笔者强调自己对《红楼梦》中人物创作的诗词曲赋的兴趣是随着理解的深入而逐渐提高的,并不意味着,从文学鉴赏角度说,这些诗词曲在小说中是最重要的。笔者始终认为,《红楼梦》中语言描写最成功的部分,是关于人物的对话,这是小说的主要文本,而韵文只能算从属的、其次的副文本。鲁迅曾经提到中国少数几部小说是可以从说话中看出人来的,《红楼梦》就是其中之一。而诗词曲赋在《红楼梦》之所以不算写得出色,一方面曹雪芹可能确实不是这方面写作的高手,但另一方面,也是更重要的,其中大部分诗词曲赋是需要通过笔下人物创作出来的,曹雪芹即使想自己露一手,首先得考虑还是孩子的那些人物可能达到的水平以及如何来契合他们的个性趣味等。所以,像有些人认为的,鉴赏《红楼梦》的语言就是要鉴赏其中的诗词曲赋,其实,是带偏节奏的。虽然以前聂绀弩在《论探春》一文中,认为探春发起成立诗社,给小说平添了许多无聊诗词纯属没事找事,这样的话说得有些偏激,但何其芳在《论〈红楼梦〉》一文中,对这些诗词评价同样不高。所以读者如果一时对这些诗词不感兴趣,完全可以略过不读。

至于说到《红楼梦》人物太多,作者自己可能也觉得是一个麻烦

（尽管不回避这样的麻烦是构成其伟大的重要原因），也许他怕把自己给绕晕。所以，他在刻画人物时，有意识进行了一些结构化的设计，帮助读者来理解，其实也是方便他自己来把握。比如第二回冷子兴和贾雨村的对话只是大致厘清贾府家族间的各代人物关系，但还有众多的丫鬟小厮，就需要我们在阅读中去慢慢摸索。我也是在最近重读中，发现了其他一些结构关系，比如俗称的"琴棋书画"正好给贾府四位小姐的大丫鬟命名，但如果再深究一步，就能发现，除开进宫的元春丫鬟抱琴不提外，大丫鬟司棋所跟的迎春，正好是喜欢下棋的；待书所跟的探春，又是留在贾府中的三姐妹最有文化的，诗社就是她发起成立的；而入画跟从的惜春，正是擅长绘画的。这样，丫鬟和小姐间，就不是简单的名称对应，也有人物关系的兴趣联系，在阅读中梳理类似关系，无论对记忆还是理解，都是有帮助的。笔者在人物论部分，将对此展开讨论。

二、死活读下去的意义

就《红楼梦》来说，作为一部伟大的作品，正因为它人物众多，类型多样，所以其内部是大体平衡的，这正是整本书阅读带来的一种人物的全景式理解。

《红楼梦》人物中有多愁善感的林黛玉，也有理性能够控制情感的薛宝钗，而探春又是一个很刚强的人——即使在女性层面，《红楼梦》中人物性格也极为丰富，让人在阅读时更有可能取得整体的平衡。从笔者立场说，最早认同林黛玉，但后来，随着长大，随着以后重读，笔者发现如果只认同林黛玉，把其他人一概排除，最后自己的头脑就可能只剩下多愁善感了。因为只挑其中的一个人来欣赏或者去认同，这本身就有问题。其情形，一如面对一个广阔的生活世界，我们不能只取一点来认同，特别是无论生活还是小说，已经提供了读者足够宽广的世界时。尽管人人都有自己的倾向和立场，但也可以对其他人物，持有一种同情式的理解。当然，多愁善感也不能绝对说是负面，或许多愁善感能为进一步走向悲天悯人的大境界，建立起人格意义的真纯情怀提供一种契机。

但这种情怀的建立，不是让我们简单认同，这需要在作品提供的多样化人物的理解中，在一个更大的背景中来深一步思考。

其实任何一本伟大的书的诞生，都是要应对时代的问题。明末清初一个文化大问题就是传统的礼仪变得越来越虚伪，人们面临怎么建立起一个良好的人与人之间的关系问题。曹雪芹是站在"情"的立场，通过贾宝玉建立起他的价值观，希望重新用"情"使得本来已经变得客套虚伪的礼仪，能够充实起来。就是让外形和内核有一个重新的联系。这实际上是明代或者更早的时候一直在讨论的：当礼仪让人变得虚伪时，人该怎么做？有人很激烈地抨击礼仪，但他们不是对礼仪本身反感，是因为礼仪被抽空了，完全成了一种虚伪，一种外在的客套。《红楼梦》也呈现了这种复杂的思想，它一方面好像极力用贾宝玉来破坏这种虚伪的礼仪，但同时它又塑造了坚决执行礼仪的人，探春就堪称典范。王熙凤的自私就不必说了，薛宝钗做起事来，有时候也有私心，比如在协理大观园的时候，她建议承包给跟自己家的丫鬟莺儿有关系的人。她虽口中说你们自己去商量，跟我没关系，但最后读者会发现，受益者拐弯抹角下来和他们家还是有关系。而探春就不一样，探春绝对是一个大公无私的人，即使对她的亲生母亲赵姨娘也没有任何偏心。因为她是庶母，按照礼仪就不予认可。探春这个人可能在某种意义上就是曹雪芹要塑造的理想人物，尽管我们觉得她太不近人情。但她自己不会觉得不近人情，因为按照当时的礼仪规范，她就应该这么做。我们即使不认同她的行为处世方式，也能对据以产生的时代，有更深入的理解，对无法超越于时代的人物，有一种悲悯式的同情。

总之，读不读《红楼梦》，死活读不下去还是死活要读下去，这是在考验读者，挑战读者，把心灵世界投向一个怎样的世界，是把小说人物，把自己，把传统文化，把传统文化充分展开的内在矛盾，比如"情与礼"

的冲突，放在怎样的平台来思考。而这种深入思考，是需要靠自己完整的阅读，靠反复阅读，才能获得较为清晰认识的。

三、阅读《红楼梦》的建议

《红楼梦》作者曾自我调侃，称他的小说可以让人消愁解闷，但如果真有读者以此为读书的唯一目的，则笔者这里写下的建议，可以不用理睬。如果读者是抱着阅读经典名著的心态、要提高自身的文化修养的目的来阅读的，那么下面的两条建议，不妨看看。

其一，虽然笔者不反对直接阅读清代流行的各种脂砚斋抄本和程伟元印刷本的影印本，许多出版社都有出版，有人还以图文并茂的方式，做了介绍，如陈守志和邱华栋合编的《红楼梦版本图说》就是这样的介绍性的书，但为方便阅读，建议找一本经过当代学者点校整理的普及本最为可行。

自 1949 年中华人民共和国成立，七十余年来，国内有过两个最通行的整理本，构成前三十年和后四十年独领风骚的两个阶段。

1982 年以前，国内最流行的整理本是人民文学出版社以程伟元在乾隆五十七年壬子（1792）萃文书屋木活字的印刷本（简称程乙本，以区别于前一年印刷的程甲本）为底本出版的。1982 年 3 月后，出版了中国艺术研究院红楼梦研究所以脂砚斋庚辰本为底本的整理本，收入人民文学出版社的"中国古典文学读本丛书"，成为迄今最流行的本子。这两个通行的本子，相对来说，以脂砚斋早期抄本庚辰本为底本的整理本，更接近曹雪芹的原稿，点校整理时，又添加了相当详细的注释以便阅读，理应是我们阅读的首选。

当然也有一定的不足需要注意。这种不足倒还不是抄本有许多错误，难以在校对中全部改正，主要还是庚辰本虽然是脂砚斋早期抄本中保留下较多文字的，但也只有七十八回，不但没有后四十回，前面还缺失了

第六十四回、第六十七回两回。缺失的部分，都是由程甲本补上的。特别是后四十回用程甲本补上后，前后拼接难以弥补的断裂，也是明显存在的，这给阅读时前后衔接性理解，会带来一定麻烦。

其二，读《红楼梦》小说，手头最好准备一本工具书。读书查词典，这是一种好习惯，但这种好习惯，在读小说时，人们保持下来的不多。但《红楼梦》这本小说有它的特殊性。因为小说本身的百科全书性质，使得涉及的物品、器具、礼制乃至诗词曲赋、方言俗语等，都给理解带来了障碍，而繁多的出场人物，在词典中分条目介绍，也便于阅读过程中随时检索。上海古籍出版社的《红楼梦鉴赏辞典》以及文化艺术出版社的《红楼梦大辞典》，代表着南北地区《红楼梦》研究的较高水平，特别是《红楼梦大辞典》，已经出了修订版，目前第三次的修订版也即将面世。利用这一类工具书，有助于扫清阅读《红楼梦》的基本障碍。

（原文发表于《光明日报》2022年9月3日，
作者单位：上海师范大学人文学院）

大家一起读红楼

苗怀明

身处大数据时代的我们为什么要去读一部二百多年前的文学作品，读后能得到什么？到底该怎样来阅读《红楼梦》？看电视剧能替代阅读小说吗？《红楼梦》里到底写了什么，它究竟是一部什么样的小说，里面是不是隐含着宫廷政变或反清复明的密码？这是今天的读者在面对《红楼梦》时经常会产生的一些疑问。

一

首先来看第一个问题：为什么要阅读《红楼梦》，不读《红楼梦》可以不可以？

当然可以，读什么书是个人的一种选择，别人的强迫只会适得其反。不读《红楼梦》照样可以升官发财，读了《红楼梦》也许给自己带来痛苦。一部书就像一扇窗户，你打开不同的窗户，可以看到不同的风景。

对一般读者来讲，我认为主要有四个阅读《红楼梦》的理由。

第一个理由，就是为了欣赏一个故事——一个悲欢离合的，交织着爱情、家族、青春和生命的精彩故事。

人都有喜欢阅读故事的文化本能，我们每天通过手机、电视、网络、报刊看新闻，其实就是在看故事，只不过在看刚刚发生在我们身边的真实的故事。读小说不过是在阅读作者虚构的故事，读《红楼梦》如此，读《三国演义》《水浒传》《西游记》也是如此。比如《三国演义》写了一个改朝换代的故事，《水浒传》写了一个江湖的故事，《西游记》讲的是一个降妖除怪的故事，那么每一部优秀的小说必定会有一个打动读者的精彩故事，《红楼梦》这部小说也是如此，这也是它最吸引读者的地方，也是我们阅读这部小说最直接的理由。

因为很多人把《红楼梦》说得非常高大，所以读《红楼梦》好像有很多或沉重或崇高的使命。其实我觉得我们可以还原《红楼梦》，从阅读故事开始。

第二个理由，通过阅读《红楼梦》，我们可以了解古代人的生活和思想。

小说虽然是虚构的，但是它再现了古代人的生活状态，再现了他们的所思所想。这样，我们就可以将抽象的历史转化为生动可感的人物和故事。其实，一部中国小说史就是一部中国人的心灵史。

大家知道，"二十四史"——中国古代的正史，除了"前四史"之外，其实很少有故事。如果要了解中国古代人的衣食住行，要了解古代人的生活，那么小说是一个很好的阅读文本。除了这方面之外，它也是我们了解古代人的思想、智慧的一个很好的文本。

第三个理由，读《红楼梦》可以分享作者的人生经验和智慧，从中得到借鉴和启发。

尽管《红楼梦》所写的是中国古代人，两百多年过去了，时代已经发生了很大的变化，但是有很多东西是不会改变的。比如中国古代"富不过三代"的家族定律，比如刻骨铭心的爱情，比如对生命的考问，贾宝玉面对人生的迷茫、贾政面对家族破败的无奈、贾母对后代子孙的关切，这样的场景在今天依然可见，也就是说，林黛玉、贾宝玉、袭人等人他们当时遇到的难题其实我们今天依然存在。现代人和古代人之间相隔的仅仅是时间，他们在灵魂上则是彼此相通的。

所以在阅读《红楼梦》的过程中，除了故事之外，通过形形色色的人物描写，我们可以看到的其实是我们自己。别人悲欢离合的生活让我们联想到生活的酸甜苦辣，由此可以得到人生的感悟，受到启发。这也是我们阅读《红楼梦》很重要的一个理由。

第四个理由，我们通过阅读《红楼梦》，可以欣赏这部传世名著带来的语言之美、才情之美和文学之美。

中国古代堪称风华绝代的小说也有不少，比如四大名著中的另外三部——《三国演义》《水浒传》《西游记》，再如《聊斋志异》《儒林外史》，它们写得也都很精彩，但是和《红楼梦》相比，还没有达到这种艺术高度。

所以我们阅读《红楼梦》，实际上是在与一位伟大的天才作家进行跨越时空的心灵对话，将我们在课堂上所学到的抽象的理论化为刻骨铭心的情感、化为艺术享受，由此可以领略到《红楼梦》独特的文学之美、语言之美。

二

第二个问题，我们到底该怎样阅读《红楼梦》？

不少朋友说我也爱读《红楼梦》，但好像没有多大收获。这里要说明的是，对一般人来说，读《红楼梦》本来就是一种消遣，读过之后觉得不错，感慨一番，感动一番，也就可以了。如果不满足，可以从不同角度探究一番，不必抱着太功利的心态。

这里有几点是要提示大家的。

一是不能抱着看美国好莱坞大片、香港警匪片的心态来读《红楼梦》，也不能抱着读《三国演义》《水浒传》《西游记》的心态来读《红楼梦》。因为《红楼梦》与其他题材不同，写法也不同。这是一部写日常生活的小说，作品里没有惊天动地的传奇故事，多是家长里短，吃喝拉撒，像贾宝玉挨打、秦可卿病逝就算是很大的事情，但这在《三国演义》《水浒传》《西游记》里根本不算事。

因此要根据作品的题材和写法来欣赏《红楼梦》，就像我们审视我们自己的日常生活一样来审视《红楼梦》。注意作品对世态人情的描写，注意作品对人物内心世界的刻画，注意作品对生活情趣的开掘。这样就不能只看情节，而且要注意作者对环境、人物的描写，注意其中的诗词，总之，要耐心要细心，否则是读不进去的。细腻的小说需要细腻的心灵去感受。

二是不要受社会上那些乱七八糟东西的影响，要从文学的角度欣赏《红楼梦》。

市面上流传着种种说法，什么《红楼梦》写宫廷斗争，什么《红楼梦》写反清复明，或者作者不是曹雪芹，是某某人之类的。《红楼梦》之所以伟大，就因为它是一部小说，一部优秀的小说，它不是史书，也不是哲学著作，更不是什么百科全书，它可以从人物素材，从情节结构，从叙事方法，从诗词等各种角度欣赏。

三是可以采取代入式体验来揣摩作品中的世态人情的描写。《红楼梦》虽然写于二百多年前，但其中所写人物的感情和关系并不过时，红楼人物所遇到的问题我们今天也会遇到。如今进行代入式体验，可以身临其境，可以换位思考，这样对人物的理解就会深入很多。而不能像有些人一样，给人物打标签，苛求他们，或者老是用阴谋论的眼光来看《红楼梦》，好像红楼人物每一个行动，每一句话里面都带有不可告人的动机一样，求之过深，反而钻进牛角尖，走火入魔。

四是选择一个好的读本。市面上《红楼梦》的读本很多，到新华书店，买一百种都并不费劲。但这些读本良莠不齐，因此要挑选那些校对态度认真，有口碑的读本。比如人民文学出版社出版的两个版本，质量精良，影响较大。

至于是读脂本还是程本，如果只是一般阅读，随便哪个都可以。当然两种都看看则更好。如果想读得更深入，不妨找一些重要版本的影印本，电子版网上也容易找到。

五是不能用观看影视剧来代替阅读作品。《红楼梦》被多次改编为戏曲、影视剧，其中有的还相当不错，比如"87版"《红楼梦》。但再好的电视剧也不能替代《红楼梦》。因为这是两种性质不同的作品，小说的很多东西是电视剧表现不来的，再者电视剧肯定要改编，体现编剧、导演乃至演员的理解，这和小说作品本身是有差距的。因此，电视剧只是作为辅助，无法替代作品本身的阅读和欣赏。

三

第三个问题就是，《红楼梦》到底写了什么？

结合整部作品的描写及曹雪芹的家世生平，不难归纳出《红楼梦》一书的主题，是通过家族、爱情、青春、生命等全面深入的细致描写，抒发作者的哀悼、忏悔及纪念之情，表达其对社会、人生的独到思考。

解读《红楼梦》的主题，有如下四个关键词。

（一）家族

家族问题是这部小说的核心话题，在作品中表现得较为明显。曹氏家族的兴衰巨变不仅改变了曹雪芹这位伟大作家的命运，而且也在其心灵上留下了永不磨灭的烙印，深深地影响着其人生观与文学创作。家族及个人的经历同时又成为曹雪芹创作《红楼梦》的重要素材，成为作品的重要内容。在《红楼梦》中，作者将家族的兴衰巨变作为一条十分重要的线索，给予充分展示。

就南京与《红楼梦》的关系来说，可以说南京是曹雪芹的故乡，是孕育《红楼梦》的摇篮。为什么这样说？因为曹雪芹就出生在南京，他的家族是从南京发家的，在南京达到鼎盛，最后也是在南京走向破败。没有南京，就不可能有《红楼梦》。事实上，作品里也反复写到南京，南京是里面一个很重要的意象。

曹雪芹在作品中对家族问题主要表达了如下一些思想和情感。

首先，曹雪芹通过作品流露出对家族的深厚感情。从作品的描写来看，这种深厚感情主要体现在：作者对家族基业的开创者们如宁、荣二公充满敬意和景仰之情，透出一种自豪感。这在作品中时有表现，比如第五十三回"宁国府除夕祭宗祠"的祭祖场面的虔诚描写，他对家族破败流露出惋惜之情。比如第五回荣、宁二祖对警幻仙姑的嘱咐："使彼跳出迷人圈子，然后入于正路。"比如第十三回秦可卿给王熙凤的托梦："于荣时筹画下将来衰时的世业，亦可谓常保永全了。"对家族内部的种种弊端，他进行了批评和指责。歌颂是一种表达感情的方式，批评同样也能传达这种感情，正所谓爱之愈深，恨之愈切。不能因为这些尖锐、辛辣的批评就否定作者对家族的深厚感情。

其次，曹雪芹对家族的描写是带有反思色彩的，对造成家族悲剧的根源，曹雪芹有着很清醒的认识。他不是毫无原则地维护和赞美家族的一切，而是用挑剔的眼光审视着家族内部的种种弊端，思考着家族从盛到衰的深层根源所在。在作品中，家族成员父子、母子之间，夫妻、妻妾之间，兄弟、嫡庶之间，主仆之间、仆人之间，等等，几乎家族内外的所有人物关系及矛盾都得到了十分充分、详细的描写和展现，各种矛盾交织在一起，形成一股巨大的破坏力量，最终摧毁了这个百年旧族，造成了家族的悲剧。

除了上层主子的腐化堕落之外，作品还特别写到奴仆之间的争斗，这些厨房、园子里的风波看起来无关紧要，但不断累积，和各种矛盾交织在一起，也足以构成毁灭家族的破坏力量。家族的衰败，每个成员都是有责任的，不管是高高在上的主子还是身为低贱的奴仆。

（二）爱情

《红楼梦》如同一支深沉哀婉的悲剧交响曲，全书大大小小的人生悲剧组成各种不同音色的声符，这些悲剧触及社会人生的各个层面，使整部小说弥漫着一种凄清幽怨的感伤情调，其中受到最多关注的自然是那些刻骨铭心的爱情婚姻悲剧。

《红楼梦》一书描写了形形色色的爱情和婚姻，从主子到奴仆，从宫廷到民间，从成人到少年，不过大多是以悲剧而收场的。

在小说中，贾宝玉和林黛玉的爱情悲剧以及他与薛宝钗的婚姻悲剧构成整个悲剧的主声部。从相知相爱到生死两别，贾宝玉和林黛玉的爱情始终如清澈的山泉，纯洁无瑕，发自真心。两人不仅仅在形貌上相互吸引，更多的则是在彼此理解基础上的情投意合。他们也曾经猜忌过、误会过、争吵过，其中既有观念上的矛盾，又有性格上的冲突，有时候甚至相当激烈，但最终达到了灵魂深处的沟通和默契，这正是爱情的奇妙动人之处。

与以往才子佳人小说中一见钟情、诗书订盟的戏剧化爱情故事相比，《红楼梦》对爱情的描写更为真实，达到了一种前所未有的深度。由于贾宝玉思想观念与行为方式上的特立独行、卓然不群，林黛玉性格方面的孤芳自赏、不同俗流以及她对贾宝玉的理解和支持，他们的爱情本身就具有一种异端性和叛逆性，与当时正统的思想观念格格不入。在强大的社会重压之下，这种爱情显得格外脆弱，注定是只能开花而不能结果，以悲剧而告终也就在所难免。

对贾宝玉来说，在他与林黛玉的木石前盟之外，还有与薛宝钗的金玉良缘乃至更多的姻缘可以选择。薛宝钗也是才貌兼具的绝世佳人，更是许多男人心目中的贤妻良母。但与近乎不食人间烟火、生活在艺术中的林黛玉截然相反，她更向往滚滚红尘间的各种快乐，善于控制自己的感情，言行举止无不合乎礼节，思想合乎社会道德规范，有着良好的人际关系。

薛宝钗并不像有些红学家说的，一心想嫁给贾宝玉，为此没有原则地讨好别人，像个特务一样阴险狠毒。事实上，她是一个善良的女性，有着自己做人的原则和立场，否则就很难理解，她为什么多次规劝贾宝玉要读书仕进，尽管她明知道这会激起贾宝玉的反感，将自己推到贾宝玉的对立面，使其感情天平偏向林黛玉，是坚定的信仰和强烈的责任感促使她这么做，而且她这样也确实是为贾宝玉着想，并不见得是出于个人想做宝二奶奶的私心。过去人们对薛宝钗有着太深的偏见，这是不公平的。

在现在所看到的后四十回中，所有的恩怨都被戏剧性地完成了，一个并不高明但很有效力的掉包计使一切变得十分简单。在宝玉、宝钗成亲的鼓乐声中，林黛玉泪尽而逝，木石前盟伴着如雨的泪水化作永久的遗憾。但金玉良缘最终使薛宝钗也成为无辜的受害者，贾宝玉的撒手而去使其对生活的美好愿望变成遥遥无期的等待。

在这场爱情、婚姻的角逐中，没有最后的胜利者，宝、黛、钗三人都是失败者和悲剧人物。悲剧并非源自三人的性格缺陷，而是来自那个压抑个性和自由的社会氛围和礼法制度，特别是与之有关的婚姻制度。

对贾宝玉、林黛玉、薛宝钗之间这场有些三角恋爱色彩的爱情婚姻来说，它并不是三个青年男女之间的竞争和较量，因为谁都不是最后的胜利者。这场刻骨铭心的爱情凄惨夭折，它葬送了所有的主角，有人失去了性命，有人因此而彻底绝望。贾宝玉、林黛玉无疑是一对悲剧人物，对二百多年来一直饱受读者指责的薛宝钗来讲，她又何尝从这段感情纠葛和其后的婚姻中得到过快乐。

在贾宝玉、林黛玉、薛宝钗之外，作品也写到了其他一些人的爱情悲剧，其中也包括像司棋这样的奴仆的爱情悲剧。对贾府里众多的奴仆来说，没有人身自由的人生注定与爱情无缘，他们已完全失去恋爱的权利，唯一能做的就是等待，等待主子分配给他们的婚姻。悲剧在他们进入贾府的时候就已经开始，皮鞭之下萌生的爱情不过使悲剧来得更快，更为惨烈而已。

（三）青春

青春无疑是人生中最为美好的年华，它可以体现为花容月貌，可以体现为纯真浪漫，可以体现为善良无邪，可以体现为激情活力，但同时它也是最为短暂的。它的转瞬即逝、不可逆转让人深深感受到生命的残酷。对于每一位成年人来说，在回首自己的青春年华时，不管当时是顺利还是坎坷，很少有不感叹、留恋的，在感叹、留恋之余，不由得生出许多沧桑和凄凉来。

《红楼梦》捕捉到人生的这一深刻体验，并通过贾宝玉、林黛玉等主要人物的言行充分地表现出来。

作为一位衣食无忧、无拘无束的贵族少年，没有谋生的压力，贾宝玉显然比那些忙忙碌碌、迫于生计的同龄人要想得更深更远。这种处境使他能够摆脱俗世的干扰和利欲的考虑，站在一个常人无法达到的制高点上，直接面对生命的真义，思考人生的价值、意义这些形而上的问题。也正是因为他站得太高，所以周围的人才难以理解，将其视为另类。

与林黛玉一样，贾宝玉具有诗人气质，他对时光的飞速流逝同样怀有一种深深的恐惧感。他希望自己能够一直停留在青春时代，拒绝长大，希望周围的人也同样不老，永远陪伴着自己。

也正是为此，贾宝玉喜聚不喜散，"生怕一时散了添悲；那花只愿常开，生怕一时谢了没趣；及到筵散花谢，虽有万种悲伤，也就无可如何了"（第三十一回）。于是，他想尽一切努力，来享受和挽留人生中这段最美好的时光。

但是天下没有不散的筵席，人生的欢聚注定是短暂的，而离别则是永久的。贾宝玉要对抗的不仅是俗世的虚伪和冷酷，还包括男婚女嫁、生老病死这些人类生存的基本规律，而后者是无法抗拒的。因此，他必须面对这一无比残酷的现实，不断地在短暂的欢娱之后陷入难言的失落与悲伤。

即便真的挽留不住，他也不愿意看到，幻想着以自己的早逝来回避。

作品第十九回他和袭人的一段对话就生动地体现了这一点:"只求你们同看着我,守着我,等我有一日化成了飞灰,——飞灰还不好,灰还有形有迹,还有知识。——等我化成一股轻烟,风一吹便散了的时候,你们也管不得我,我也顾不得你们了。那时凭我去,我也凭你们爱那里去就去了。"言语间流露出一种无可奈何的孤寂感和恐惧感。

(四)生命

在作品中,贾宝玉和林黛玉曾多次谈及生死之事,两位身处花样年华的少男少女不去享受人生的盛宴和欢娱,却来讨论如此严肃、沉重的人生问题,这本身就很能说明问题。无论是宝玉的喜聚不喜散,还是黛玉的喜散不喜聚,都是一种独特的人生体验。两者的表现方式虽然各不相同,但其本质却是相同的,那就是都是出于对生命的无限留恋。

面对无法挽留的美好人生和青春岁月,他们感到伤感、无奈,更多的还是迷茫。因为在忙碌过、热闹过之后,剩下的只有冷清和离散,一切努力注定都是徒劳的。他们知道自己在反对和抗争什么,但无法知道自己想得到什么,能得到什么。他们只能凭个人的好恶和直觉,去做自己认为应该做或值得做的事情。

在对生命的感悟和体验上,贾宝玉和林黛玉是存在许多相通之处的,也只有他们能真正理解对方,在寒冷的人生中相互扶助,获得一丝暖意。这是他们爱情的精神基础,一种理想状态的知己之爱。

薛宝钗尽管善解人意,精通人情世故,但她毕竟是个现实主义者,活得过于理性和克制。在这一方面她是无法理解贾宝玉的。因此,贾宝玉对她虽有好感,有友谊,但没有爱情。

从这一点来说,贾宝玉和林黛玉又是幸运的,因为他们总算在世间还可以找到一个真正理解自己的人,否则很难想象他们该是如何痛苦和孤独。也正是因为这样的知音难找,他们都不愿意失去对方。尽管相互之间有误会,有猜忌,有冲突,那是因为太在乎对方,太在乎自己的这段感情。对一个与自己无关的人，谁会这样用心。

　　起初贾宝玉对死亡的想象还是充满天真和浪漫色彩的，他希望周围的人都用眼泪来埋葬他，自己可以以一种诗意的方式告别尘世。但不久他就发现这不过是一厢情愿的幻想，当他看到龄官、贾蔷两人之间的恋情之后，终于深刻地体悟到：人生比自己原来所想象的还要残酷，因为他并非这个世界的主角，连别人的眼泪都"不能全得"，"只是各人各得眼泪罢了"，"自此深悟人生情缘，各有分定"。这让他彻底回到真正冰冷的现实，同时也更为痛苦而无助，"每每暗伤'不知将来葬我洒泪者为谁'"（第三十六回）。唯其如此，他对别人的感情才特别珍惜。

　　人生苦短，年华似水，美好的青春不可永驻。时光的飞逝和不可逆转显示了生命的残酷无情，贾宝玉和林黛玉深切地感受到了这一点，他们为此而苦痛，而挣扎。而作品中的其他人物或沉湎于利欲的追逐，或因文化素养所限，要么回避，要么将其忽略，要么无法体验到。因此，他们也就无法理解两人一些独特的言行。

　　阅读《红楼梦》，可以领略作者对人生、生命的独特感悟和体验，这种领略注定是让人痛苦的，但这种痛苦是有价值的，因为它可以让我们珍惜眼前的一切，珍惜人生，珍惜生命，更可以启发我们认真思考，该如何度过自己的一生，什么样的人生才是有价值的、有意义的，尽管我们注定难留青春，注定要面对死亡。

　　　　　　（原文是 2023 年 4 月 14 日 "《红楼梦》的阅读与欣赏"讲座讲稿，
　　　　　　　　　　　　　　　　　　　　　　作者单位：南京大学文学院）

"死活读不下去"《红楼梦》，怪孩子还是怪成人？

王 慧

2013年是伟大作家曹雪芹逝世二百五十周年纪念年，在各类纪念活动如火如荼展开之际，也有一些令人尴尬的情形出现，比如前一阵子让许多人大跌眼镜，甚至发怒的"死活读不下去排行榜"，《红楼梦》竟然排名第一，而其他三大名著《西游记》《水浒传》《三国演义》也榜上有名。经典的阅读真的已经无法传承了吗？当我们质疑读者阅读能力的时候，是否也应该从其他环节，比如《红楼梦》的节编、出版等方面思考一下社会外部环境对读者，尤其是对青少年阅读能力的影响。在大力提倡重拾文化经典，甚至北京教育考试院颁布2016年高考语文提高到180分的今天，有关经典的阅读如何有成效地持续下去？

一

2013年6月20日上午11点多，"广西师大出版社理想国"微博发布了"死活读不下去前十名作品"，据近3000条读者微博微信留言统计得出的结果，四大名著赫然在列，《红楼梦》更是位居榜首。此榜一出，舆论大哗，尤其以关于《红楼梦》的讨论最多，赞同、质疑者甚至展开了激烈的争论，《红楼梦》确实在国人心目中占有相当重要的地位。

或许应该庆幸这只是近3000位读者的意见，毕竟我们这个有着十几亿人口的泱泱大国，3000人实在不可能掀起什么大的风浪。笔者自己也试着做了一个更小范围的简单调查。在北京某校文法学院三年级某班（50人）接受调查的有效问卷中，完全没读过《红楼梦》的有13人，完整读过的有 24 人（可惜只有一人认为"《红楼梦》很有味道"），只读过部分章节的有 7 人。读不下去与完整读过的比例基本持平。全文阅读过《红楼梦》的时间大部分是在初中、高中，尤其是高中时期，只有个别是在小学时期。至于没有阅读过《红楼梦》的人，其原因也不外是认为《红楼梦》晦涩难懂，主要集中在语言、诗词、复杂的人物关系以及一些古代的风俗习惯、官制礼制等。这个小调查当然太过随意，没有太大的说服力，但至少见微知著，可以给我们以警醒。

不由得想起近二十年前关于《红楼梦》的一场调查，那是山西大学赵景瑜先生在 1994—1999 年所做的十次《红楼梦》专题问卷调查，其中第三次调查题目是："你喜不喜欢阅读《红楼梦》？为什么？"调查结果发表在《名作欣赏》1998 年第 1 期上，有兴趣的读者不妨找来看一看。这是在蒋和森先生的建议下所设计的题目，在 146 份收回的有效答卷中，非常喜欢的有 68 人，一般喜欢的有 67 人，不喜欢的有 9 人，先喜欢而后不喜欢的有 1 人，先不喜欢而后喜欢的也有 1 人。喜欢《红楼梦》的比例远远大于不喜欢。当然此次的调查对象大都是大学本科生及研究生，不同调查对象当然会影响调查结果，就像这次广西师大出版社调查的 3000 人的背景也会影响排行榜的权威性一样，大可不必对此深究不放。二十年前我们还敢于去问一句"你喜不喜欢阅读《红楼梦》"，如今却只能说"你读没读过《红楼梦》"了。时代的变化、科技的进步、电子产品的普及，让如今似乎个个压力山大的人们有谁有闲暇去细细品味长篇古典名著的滋味呢？更何况那些难懂的生僻字，那些关系复杂的姐姐妹妹、姑姑婶婶，那些搞不清楚的祭祀、省亲、官职、礼仪，哪有当下那些短平快的小段子更能释放我们的情绪、纾解我们的压力？就像笔者请教在《红楼梦》翻译研究方面颇有成绩的一位先生，问及他周围的学生是否喜欢读《红楼梦》时，结果他只玩笑似的回了一句："香港大学生很少读这不赚钱的书。比较喜爱看手机。"看来，在阅读包括《红楼梦》在内的经典名著方面，人同此心。

王蒙先生可以很生气地说："《红楼梦》都读不下去，是读书人的耻辱。"我们也可以为现在的青年人没有几个认真阅读过《红楼梦》而忧虑中国传统文化的传承，但是否想过我们的社会大环境、我们的改编者、我们的出版界为大家，尤其是青少年提供了什么样的阅读条件呢？

二

《红楼梦》"死活读不下去"的榜首地位，很容易让人以为它的市场、销路都不会好。然而事实并非如此，走进书店，文学名著架上一排排各个出版社出版的各种版本的《红楼梦》，简体的、繁体的、精装的、平装的、横排的、竖排的、节本的、改编的，价格从十几元至上千元不等，可谓五花八门，应有尽有。笔者简单梳理了一下，仅今年上半年，就有三十多家出版社出版了各类不同版本、校本的《红楼梦》，上海人民美术出版社、化学工业出版社、崇文书局、内蒙古人民出版社、南京大学出版社、京华出版社、浙江大学出版社、辽宁少年儿童出版社、江苏少年儿童出版社、浙江少年儿童出版社、新疆青少年出版社等都推出了自己的《红楼梦》，各种经典赏读本、彩色图文本、名师解读本、珍藏版、连环画收藏本、注音彩图本、青少版等令人眼花缭乱，无所适从。这样大范围地出版同一种著作，一方面确实满足了《红楼梦》历来是家置一编的要求，丰富了人们的文化阅读，但另一方面，也要求我们必须对这些林林总总的《红楼梦》做出客观公正的评价，引导人们正确阅读。尤其是许多专门给青少年看的、打着"新课标"旗号的版本，更是令人堪忧，许多本子或许本意是好的，但实际效果却往往相反。

这些不同出版社的《红楼梦》，根据内容大体分为两类，一类是全本《红楼梦》，我们暂且不管底本是用的哪一种，都是一百二十回，有的有注释，有的则有脂批，其实这类本子还算是好一些的，因为就算注释有误，但毕竟还算是给我们呈现了《红楼梦》的全貌，读者可以自己采取

"拿来主义"，去粗取精，汲取传统文化的精髓。另一类则主要是一些节编本，大都三十至五十回不等，改编者按照自己的理解，随意阉割《红楼梦》，篡改曹雪芹的本意，让《红楼梦》中本来存在的美消失殆尽。而且一些关于《红楼梦》的常识介绍，也非常值得商榷。

比如内蒙古人民出版社"根据教育部最新版《全日制义务教育语文课程标准》编写"，号称"名师点评"，2013年5月出版的青少版、全译美绘本《红楼梦》，前言中有"《红楼梦》……曾用名有《石头记》、《情僧录》、《风月宝鉴》、《金陵十二钗》等"，我们知道，《情僧录》《风月宝鉴》《金陵十二钗》等不过是曹雪芹的创作手法，用鲁迅先生的话来说，不过是"多立异名，摇曳见态"，并不是真有几个这样的版本。如此向青少年普及，难免会让人产生理解歧义。

此本《红楼梦》共二十六回，第一回回目为"贾宝玉衔玉而生 林黛玉寻亲贾府"，一上来竟然是从盘古开天辟地、女娲抟土造人、共工怒触不周山讲起，不知道的还以为是中国古代神话故事书，怎么也不会想到这竟是《红楼梦》的开篇。第四回"刘姥姥一进贾府 宝玉奇缘识金锁"写刘姥姥一进贾府，以及宝玉闻听宝钗有病前来探望的事情。宝钗要看宝玉的玉，宝玉也顺便看了看宝钗的金锁，不知回目中的"奇缘"二字所为何来？此书的回目颇让人无奈，不仅不对仗，缺乏美感，而且与内容也无法对应。这也是绝大部分出版社出版的节编本《红楼梦》存在的问题。如第二十三回为"凤姐巧施'调包计' 宝钗做成二奶奶"，第二十四回为"黛玉焚稿断痴情 贾府遭大劫查抄"，等等。实在是不明白改编者为何要舍弃《红楼梦》原文中的回目，非要用自己出力不讨好的题目。存在这种相同情况的还有很多本子，如二十一世纪出版社2009年3月出版的绘画注音版《红楼梦》，第一回回目"石头与绛珠仙子"、第六回"题大观园宝玉显才"、第七回"元妃探亲 黛玉展才"、第八回"宝玉贪玩 袭人规劝"等。再如译林出版社2009年8月出版的译林世界名著（学生版）《红楼梦》中，回目也是非常热闹，什么风格的句子都有，第十三回"倾诉肺腑"、第十六回"梦语言真情"、第十七回"大观园诗社"，最后一回竟然是"宝玉，你好……"，多么直白简洁。此等平淡无味的回目，实在是有愧于曹雪芹的文字功夫。这样的例子还有不少，此处不赘。

接着说内蒙古人民出版社2013年5月出的那个本子，其中所谓的"名师点评"也令人摸不着头脑，比如第七回下面有一段"名师点评"：作者善于运用细节描写来刻画人物性格特征，例如，当湘云等人说一个扮小旦的伶人模样很像林黛玉时，林黛玉很气恼。"黛玉冷笑说：'我原是给你们取笑儿的，拿着我比戏子，给众人取笑！'不仅把她敏感多疑的性格特征刻画出来了，而更重要的是在于：她在自己和社会地位低贱的人们之间划下了一道深深的鸿沟从而认为把自己与这类人相比，是对自己的一种侮辱。这里，她的阶级优越感表现得很突出。"

我们暂且不评价这段点评是否恰当，单说在这里放这样一段文字有何价值？此本是缩写本，文中并没有涉及点评者所说的内容，编者也许是想让读者了解更多的《红楼梦》的内容，但实际上却是让读者更为困惑。此本的本意是为了"更符合青少年阅读，力求达到青少年的无障碍阅读"，这也是其他许多《红楼梦》青少版本的初衷，但实际效果却往往让人大失所望。

在这些《红楼梦》改写本中，有一处地方的改写最令人失望。我们知道，"黛玉葬花"几乎是《红楼梦》中最能打动人的地方，也是值得大家反复回味的情节。黛玉感花伤己、边葬花边哭诉的悲情以及宝玉听完《葬花辞》之后"杳无所知，逃大造，出尘网"的感悟带给我们的审美愉悦是曹雪芹不可替代的创造，也给后人带来了巨大的创作契机。早在程乙本《红楼梦》问世的1792年，仲振奎就写出了《葬花》一折，孔昭虔也在1796年改编了杂剧《葬花》一折。可在许多节编本中，为了文字的省俭，不仅原著中优美的文字变得枯燥乏味，那本应让青少年们吟咏、欣赏的《葬花辞》也不见了，即使有也仅剩下所谓有代表性的几句。

比如二十一世纪出版社 2009 年 3 月出版的绘画注音版《红楼梦》中第十回对宝玉的反应只有两句："宝玉想到黛玉的花容月貌终有一天也会老去，而自己那时又在哪里呢？于是伤心起来，也失声痛哭。"《葬花辞》只剩两句："花谢花飞花满天，红消香断有谁怜"以及"侬今葬花人笑痴，他年葬侬知是谁"。内蒙古人民出版社 2013 年 5 月出约青少版、全译美绘本《红楼梦》中对宝玉听到黛玉《葬花辞》的反应，也用"招惹得宝玉也边听边呜咽起来"一句带过。华夏出版社 2012 年 6 月出版的号称"新课标"指定必读、名校班主任推荐、根据教育部最新版《义务教育语文课程标准》编写的《红楼梦》中更只有一句宝玉"不禁伤心地痛哭起来"。凡此种种，不必多举。有兴趣者不妨进一步深究。

  值得注意的是，很多青少版本都和国家的《义务教育语文课程标准》联系起来，阅读《红楼梦》，不仅仅是为了欣赏、品味传统经典，更是和广大青少年的切身利益——考试联系起来。那么教育部的语文课程标准究竟是怎样的呢？怎样才算是真正符合这个标准呢？

  笔者查阅了教育部制定的《义务教育语文课程标准（2011 年版）》，在其《附录 2 关于课外读物的建议》中："要求学生 9 年课外阅读总量达到 400 万字以上，阅读材料包括适合学生阅读的各类图书和报刊。"而其中提到的需要阅读的中国古典长篇文学名著有吴承恩《西游记》、施耐庵《水浒传》，没有《红楼梦》。只是在高中语文"新课标"中，曹雪芹的《红楼梦》被列为必读书目。

  那么，课外阅读的必读书目应该怎样读才能达到既扩大了阅读量，又提高了自身的审美修养呢？《义务教育语文课程标准（2011 年版）》对阅读提出了很高的要求，认为"阅读是学生的个性化行为。阅读教学应引导学生钻研文本，在主动积极的思维和情感活动中，加深理解和体验，有所感悟和思考，受到情感熏陶，获得思想启迪，享受审美乐趣。……不应以教师的分析来代替学生的阅读实践，不应以模式化的解读来代替学生的体验和思考；要善于通过合作学习解决阅读中的问题，但也要防止用集体讨论来代替个人阅读"。阅读从来都是一种个人行为,我们不能用整齐划一的标准去考量阅读,也无法让每个人获得同样的阅读体验与审美期待。因此,这种大规模地打着"新课标"旗号对《红楼梦》的改写真的有必要吗?那些所谓因为"现在的孩子们学业过量,阅读时间稀少",担心孩子们"万一实在没有机会阅读全本的名著,也总算看见过里面的几片云朵,看见过霞光"而力图"去除一些艰深的内容,却把精华仍留下"的心愿是好的,但一来这种从编者出发的阅读心理,看似照顾得面面俱到,实则却忽略了读者的阅读要求;再者这种改写是否真的能保持原著的精华实在是个问题。用现代的语汇,现代的流行语言甚至网络上流行的词汇来改写《红楼梦》,就是照顾到现代孩子的阅读感受了?更何况《红楼梦》本身并非以故事性、趣味性见长,那些家长里短的流水账式的生活再怎么缩写恐怕也无法满足那些只愿阅读短平快段子的人的节奏。而且我们认为,"新课标"的本意绝不是只让孩子们见"几片云朵"而已。

阅读将在青少年的未来生活中占有越来越重要的地位,无论是因为自身素养的要求,还是不得不面对当前的高考。2013 年 10 月 21 日,北京市教育考试院发布中高考改革征求意见稿并向社会征求意见。其中一个显著的变化是,从 2016 年起,高考中语文学科分值将由 150 分提高到 180 分,英语由 150 分减为 100 分。正如北京市教委委员李奕所说,语文学科将突出语文作为母语学科的基础性重要地位,注重语文试题同其他课程、同生活实践的联系,注重对中华民族优秀文化传统的考查。由此看来,无论考查的重点在哪里,语文学科的学习,注定平常的阅读将是重中之重,日积月累的素养的提高是语文学习的不二法门。因此,在教育部的语文"新课标"中才会强化阅读。可惜的是,许多打着"新课标"牌子的所谓课外阅读书籍,实际上并没有真正领会"新课标"的精髓,反而对学生的阅读造成伤害,这才是我们最大的悲哀,我们的本意也许是为了减轻孩子的负担,但实际上,是伤害了孩子的阅读能力与素养培养。

鉴于出版界《红楼梦》的乱象，笔者采访了人民文学出版社副总编辑、古典文学部主任周绚隆先生。我们知道，人民文学出版社出版的由中国艺术研究院红楼梦研究所校注的《红楼梦》一直可谓是权威版本，也是人文社每年的常销书、畅销书。据周先生介绍，这套《红楼梦》自80年代初版以来，至今已售出四百多万套，每年六七万套。经典的版本很受大家欢迎，人民文学出版社不会走粗制滥造的路子，以后可能还会出更加高端、大字的精装本。谈到《红楼梦》改编、出版的混乱，周先生说，现在的社会人们很容易浮躁，大家普遍工作压力大，喜欢阅读小而轻、不需要动脑子的东西，而且阅读越来越有一种娱乐化倾向。尽管这些年我们都在倡导重读经典、国学热，并且热衷于从娃娃抓起，但实际上，我们并没有真正认识传统文化对我们的重要性，好在就算这种做法带有一些功利性，但至少我们已经意识到这种需要的存在。在提到很多出版社出版各种《红楼梦》改写本时，周先生说，《红楼梦》的文字已经很浅近了，中学生看《红楼梦》没有任何问题，许多改写本损坏了读者阅读《红楼梦》中最关键的阅读期待与审美享受，一个是情节，一个是语言，是对名著的践踏。本来国家制定"新课标"，就是为了让学生读这些名著，而我们不仅剥夺了学生读原著的机会，拒绝为他们提供优良的阅读环境，还破坏了他们的阅读能力，危害了他们的将来。周先生建议要积极、健康地阅读《红楼梦》。不同出版社对底本的选择会有差异，从而能让读者有更多选择。但同时要注意的是，这些出版社有的是从专业角度请了《红楼梦》的专家对本子进行认真的校勘的，也有一些，是拿别人的本子粗制滥造的。我们要公平、公正、合理、严肃地竞争，而不是投机取巧，以降低质量、扰乱市场秩序来渔利。尤其是挂着教育的牌子出书，一定要慎重，为了青少年的未来，教育行政部门应该对此进行干涉，清理我们的青少年教育图书市场。这不仅是图书出版工作者的责任，也是社会应负起的责任。

三

我们知道，自《红楼梦》诞生以来，就几乎是家置一编，"开谈不说红楼梦，读尽诗书也枉然"，更形成了一专门的学问——红学。从此，有关《红楼梦》的本事、版本、成书，有关曹雪芹的家世、生平、祖籍……都成了人们津津乐道的研究话题。红学世界越来越拥挤不堪，而人们却越来越陷入《红楼梦》编织的迷梦之中，甚至现在连曹雪芹的著作权都颇受怀疑。

我们的阅读能否在层层迷雾中找到自己的方向呢？曹雪芹在《红楼梦》开篇即言："满纸荒唐言，一把辛酸泪！都云作者痴，谁解其中味。"或许我们过度重视了很多与《红楼梦》相关联之外在，而忽略了本应引起我们绝对重视的《红楼梦》文本本身，那些大观园里少男少女的纯真情怀，那些曾经打动无数人心的青春与美好被毁灭的故事，在我们日益浮躁的心态下似乎已经没有存在的环境，我们看腹黑、我们看穿越、我们要搞笑，清代的曹雪芹不是我们的偶像，我们在拥挤的红学世界里找不到正确的方向。

赵景瑜先生曾在他第三次关于《红楼梦》的调查中摘抄了一位男大学生写的自己为什么喜欢读《红楼梦》的发展变化过程，很值得我们思考，故不惮烦琐，摘抄于下：

> 很小的时候，我愿意收藏连环画册，其中有关《红楼梦》的不少，比如《宝黛初会》《宝玉受笞》《抄检大观园》《金桂之死》等等。翻阅以后，得到的概念，只是凤姐真狠、夏金桂该死、探春挺好，而惜春为什么那么无情？难以理解。这时还谈不上喜欢……上了初中，借来小说看，有些地方还是看不太懂，只知道作者开头神奇，讲贾家世系倒也独特，忽然出现了许多不认识的人物。到了高中，特别是第一年高考失败后的暑假里，

我专心地看了几遍《红楼梦》，可惜都是读到抄检大观园心就很灰了，努力看到黛玉之死，就再也不愿看下去了。想着高考的失败，女友的背叛，我的屈辱结合着主人公的悲惨遭遇，一些虚无主义的东西，完全统治了多愁善感年龄幼小的我。当时想，不管怎样，这是作家的成功。如果让我选择一种最喜爱的小说，我选择《红楼梦》，如果让我选择一位最崇拜的作者，我选择曹雪芹。上大学以来，我确实没有什么更大的长进，我总是很恼火多事的红学家，非得七嘴八舌地来指导别人，把好端端的作品弄得支离破碎，胡猜乱想，反而自以为是。大家聒聒一番，谁也不能彼此说服，也不可能得出众口一辞的答案。假如这些问题都能用 A、B、C、D 来选择回答，那真是时代和民族的悲哀。这种怪现象影响我很长的一段时间，不过我既未愚蠢地因此对《红楼梦》有所冷漠，也没有让红学家瞎指挥我一通，我有我的主见。如今，我更喜欢阅读《红楼梦》了。

尽管这位作者的曲折阅读经历未必人人都会有，但相信许多人心有戚戚焉。我想，那近 3000 名微博主人如果读读这一段感想，或许会对阅读《红楼梦》有不同的认识。

那么，究竟该怎样阅读《红楼梦》呢？借用《瓦尔登湖》的译者徐迟先生在其译本序中开篇第一句话："你也许最好是先把你的心安静下来，然后你再打开这本书，否则你也许会读不下去。"这不管是对于《红楼梦》，还是其他名著都适用。我们只能静下心来，一个字一个字地认真去阅读。

（原文发表于《中华读书报》2013 年 12 月 4 日，
作者单位：中国艺术研究院）

2018—2021年度《红楼梦》整本书阅读教学与研究发展报告

叶素华　詹　丹

教育部颁布的《普通高中语文课程标准》（2017年版，2020年修订）（以下简称"新课标"）在课程内容部分安排了18个学习任务群，其中位列第一的就是"整本书阅读与研讨"任务群，该任务群规定高中生在指定范围内选择阅读一部长篇小说和学术著作。2019年新出版的高中语文统编版教材必修下册的第七单元，选入中国古典长篇章回体小说《红楼梦》，作为整本书的阅读对象。在"新课标"和新教材的推动下，《红楼梦》对于高中生的学习不再是节选的单篇课文，而是更具整体观念的整本书阅读的形式。这也促进了更多学者专家以及一线教师从阅读教学角度探索《红楼梦》这部文学巨著，怎样更好地走进高中生的语文课堂，让高中生能最大限度地汲取《红楼梦》所蕴含的丰富思想艺术养料。经历了从2018年至2021年四年时间的积淀，《红楼梦》整本书阅读教学与研究已获得了较为丰硕的理论研究成果和教学实践经验。

一、有关《红楼梦》整本书阅读教材、"新课标"、教辅研究

（一）《红楼梦》整本书阅读教材

2017年以前，《红楼梦》进中学语文教材大致经历了两个阶段，开始很长一段时间，是以选段的方式编入语文教材中，出现频率较高的片段有"葫芦僧判断葫芦案""林黛玉进贾府""香菱学诗"等，后来实行课程改革，中学在必修课外又尝试开设选修课，《〈红楼梦〉选读》作为选修课教材供师生使用。这是《红楼梦》个别段落进入必修教材的同时，

又有《〈红楼梦〉选读》教材使用的并行阶段。而现行统编版高中语文教材（2019年），是以整本书的形式，将《红楼梦》纳入高中语文必修课程下册的第七单元之中。在这一单元里，教材给出的阅读指导是建议从把握前五回的纲领作用、抓住情节主线、关注人物形象的塑造、品味日常生活细节的刻画、了解社会关系与生活习俗以及鉴赏语言六个方面来把握《红楼梦》。根据阅读指导的内容又具体给出相对应的六个专题作为学习任务供师生参考，即把握《红楼梦》中的人物关系、体会人物性格的多样性和复杂性、品味日常生活描写所表现的丰富内涵、欣赏小说人物创作的诗词、设想主要人物的命运或结局以及写一篇《红楼梦》主题研究的综述。尽管新教材是从整本书阅读的角度来规定《红楼梦》教与学的，但这种学习任务的具体划分，从某种意义上说，也是对《红楼梦》从结构、情节、人物、语言、主题、诗词、文化等方面进行了纵向的、局部的切割。如果教学中只对专题做深入的探讨研究，而缺乏以全局观念、整体意识来观照小说的各要素，建构起各要素之间的联系，那也不能称之为真正意义上的整本书阅读教学。因此，有学者认为，在落实教材提供的学习任务的过程中，要注意任务、专题之间的关联，且最终要引导学生回到小说文本本身，进行反复通读，完成从局部理解到整体认识的转变过程［詹丹：《论〈红楼梦〉整本书阅读与教学的整体性问题》，《上海师范大学学报（哲学社会科学版）》2021年第4期］。

由于《红楼梦》卷帙浩繁，语文教科书只是把教学内容和任务列入单元中，没有提供原作或者原作的片段，所以有不少教师出版结合了学习任务或者分析的原作教材。比如李煜晖主编的《〈红楼梦〉整本书阅读任务书》，吴泓导读的《〈红楼梦〉整本书思辨阅读》，基本是在原文的基础上设置旁批以及章回后设计思辨读写问题或任务的形式编排，以思辨性问题启发学生思考，注重提高学生文化水平以及思维品质的双重语文素养。而詹丹编著的《〈红楼梦〉精读》，同样是侧重依附于原著的赏析，分为导言、原著选读以及评析三部分。导言部分对《红楼梦》的伟大价值做出了全面而独到的阐释;原著选读与评析部分共精选出全书的27回文字,加以深入文本肌理的分析,既能启发读者思考,又能增加阅读趣味。

(二)《红楼梦》整本书阅读"新课标"规定

"新课标"为《红楼梦》整本书阅读提供了课程层面的规定性要求,在教学目标与内容方面做了明确指示,并提供了具体的教学提示。其总体的学习目标与内容是在阅读过程中形成和积累阅读整本书的经验;整体把握小说的思想内容和艺术特点;学习检索作者信息、作品背景、相关评价资料;联系自身,形成对作品的独特理解、丰富精神世界;等等。在"新课标"的课程规划中,"整本书阅读与研讨"仅占1个学分,即共18个课时,需要完成两本书的阅读教学,分配到《红楼梦》整本书阅读的教学时间在10学时左右。那么,如何平衡课时分配的有效性与《红楼梦》整本书内容的丰富性,如何让《红楼梦》整本书阅读教学在有限的时间内获得较高的教学效益,是《红楼梦》整本书阅读教学需要处理的一个关键问题。对此,统编语文教材总主编、北京大学中文系教授温儒敏先生在《守正创新用好普通高中语文统编教材》一文中论述道:"('整本书阅读')应以课外阅读为主,课堂上可以安排一些交流分享活动。教师可以提供读'这一类书'的方法引导……重在'目标管理',不要太多'过程管理'。"(《人民教育》2020年第17期)这一建议,基本体现了"新课标"的课程规划意图,但实际执行起来却相当困难。因为留给高中生课外阅读的时间非常稀少,所谓学生课外阅读,大概率的情况就是不读。如果真需要把整本书纳入教材,也许更务实的做法,是对高一语文必修下册的其他单元加以缩减,把《红楼梦》要求的六个方面改为六个单元,在课内而不仅仅是课外留出较多的时间给整本书阅读,才比较现实。

(三)《红楼梦》整本书阅读教学用书

自《红楼梦》整本书阅读纳入高中语文必修课程以来,不少一线语文教师、专家学者投入《红楼梦》整本书阅读与教学的研究，相关的教辅书籍层出不穷。除2019年人民教育出版社出版的与教材配套的"教师教学用书"外，2018年至2021年，这四年期间还出版了不少其他的与《红楼梦》整本书阅读相关的供教师教学参考的教辅性书籍和供学生学习的辅助性书籍。这类书籍从2018年开始零星出现，到2020年以后在数量上有较大突破。

例如，2018年宋文柱编的《〈红楼梦〉导读与训练》，以《红楼梦》的导读预设、名家品读、章回精读、学习任务群、素养测评五大部分构建全书内容。

2019年主要有《〈红楼梦〉阅读课》（张悦著）、《如何阅读〈红楼梦〉》（权晔等编著）、《〈红楼梦〉整本书阅读：人物形象选析》（李海维、庞敬合编著）等相关书籍陆续出版。张悦以北京教师开设的《红楼梦》相关"阅读课"为内容进行编写，书中设计的阅读任务大多经过教学实践的检验。"阅读课"包括经典溯源、阅读门径、名家视点、延伸导航、研究旨要五个部分。权晔等从作品概观、整体梳理、深入探究三个方面回答"如何阅读《红楼梦》"这一问题。第一部分包括讨论版本、界定文学价值、介绍作者、跨界阅读；第二部分从《红楼梦》的内容、结构、技巧、思想、审美五个角度展开梳理；第三部分以《红楼梦》人物、叙事及其技巧、主题、审美价值、文化为专题进行深入研究，并做出具体的深入研究示范，最后提出精读拓展的建议。李海维、庞敬合所著之书与前两部不同，他们仅对《红楼梦》中的16位主要人物的性格和命运做出了较为详细的解析。此外，还有陈兴才主编的《新课标整本书思辨读写任务设计（高中卷）》涉及的《红楼梦》整本书阅读章节、张心科所著的《〈红楼梦〉与百年中国语文教育》等。

据不完全统计，2020年出版《红楼梦》整本书阅读与教学相关书籍13部左右。主要有《〈红楼梦〉整本书阅读》（邓彤编著）、《整本书阅读"学教评"·〈红楼梦〉学生用书》（浙江省教育厅教研室组织编写）、《高中生如何阅读一部长篇小说——以〈红楼梦〉为例》（冯渊著）。邓彤编著一书分为阅读指导、文本研读、任务驱动上、中、下三卷。分别提出了《红楼梦》的阅读方法和策略、对《红楼梦》的人物和情节进行解读以及设计《红楼梦》学习任务。《整本书阅读"学教评"·〈红楼梦〉学生用书》一书分为"助学"与"助评"两大板块。先梳理《红楼梦》的价值影响和具体内容，给出阅读建议以及学习任务单，再从语言运用、文学阅读、新型探索以及综合实践来设计《红楼梦》相关测试题，体现"教学评一致"的原则。《高中生如何阅读一部长篇小说——以〈红楼梦〉为例》一书则严格按照语文教科书列出的六大任务作为专题，收集名家相应的文章作为案例列在六个专题下加以综述，然后设计思考题来推动学生完成学习任务。另外，还有聚焦《红楼梦》专题学习的《红楼梦整本书阅读与研习手册》（钮小桦主编）、《〈红楼梦〉整本书阅读综合实践》（《统编教材整本书阅读综合实践》编写组编）、《青春红楼：〈红楼梦〉整本书阅读》（崔秀霞著）、《〈红楼梦〉整本阅读任务书》（张治华编著）、《〈红楼梦〉整本书阅读与训练》（整本书阅读与训练课题组编著）以及《整本书精准阅读 红楼梦》（刘瑞林主编）等。还有少数以《红楼梦》测评为主题的相关书籍，例如张西玖、孙其岳主编的《〈红楼梦〉整本书阅读与检测》一书以及王朝银主编的立足于阶段自测、专题专测、综合检测三阶段阅读检测模式的《〈红楼梦〉整本书阅读》。

2021年出版与《红楼梦》整本书阅读的相关书籍有谢澹主编的《〈红楼梦〉思辨读写一本通》，分为原生态阅读、批判性理解以及转化性运用三个主要部分。以"青春与毁灭"为母题，以爱情、梦想、才华、生命、悲剧等为议题设计读写任务和问题，搭建母题、议题、问题三位一体的教学模式。此外，还有以设计《红楼梦》专题学习的任务为主要内容的王宏根主编的《〈红楼梦〉整本书阅读》。以《红楼梦》经典情节为主要精读内容，以《红楼梦》思想、文化、语体特点为主要研读内容的徐林祥、单世联、于扬主编的《〈红楼梦〉整本书阅读》（精编版）。围绕"小人物""情与礼"等内容为《红楼梦》教学提供具体方案的唐洁、曹明、杨会敏主编的《〈红楼梦〉阅读多样化指导手册》。以及从阅读指导课、阅读研讨课以及阅读展示课三种课型来划分《红楼梦》整本书阅读教学过程的蒋雁鸣主编的《〈红楼梦〉整本书阅读教与学》等。

总体而言,2018年至2021年,《红楼梦》整本书阅读相关研究著作的出版数量保持着上升的趋势。这些论著的编排方式主要可以分为教学任务(专题)陈列式、单篇论文组合式、综合式等类型。《红楼梦》整本书阅读相关书籍的陆续出版,意味着语文教学界对《红楼梦》整本书阅读这一课题的重视,也为一线教师和学生对《红楼梦》的教学与阅读提供了宝贵的参考价值。但是,需要警惕的是,相关书籍良莠不齐的现象也比较严重,比如对《红楼梦》人物、情节等似是而非的分析,用以指导教学,可能会造成学生对《红楼梦》相关内容的误解;还有一些缺乏整体性、脱离文本、只重热闹、趣味的外在形式而相对忽略《红楼梦》本质的教学活动设计,如果被纳入正式的课堂教学实施,也可能不利于《红楼梦》整本书阅读教学的真正有效推进。

二、有关《红楼梦》整本书阅读研究的单篇文献

在"中国知网"以"《红楼梦》整本书阅读"为主题进行检索,2018年至2021年显示论文数量共335篇。其中期刊论文262篇,学位论文73篇。图1、图2分别是2018年至2021年《红楼梦》整本书阅读与教学研究相关论文发表数量的可视化图表以及期刊论文研究角度的分布情况图。从图中可清晰看出论文发表数量整体呈上升趋势,2019年以来涨幅较大。研究主要集中于教学策略、文本解读、教学测评、教学设计(实录)四个方面,其中对《红楼梦》整本书阅读教学策略的探索最多,而测评相对缺乏。

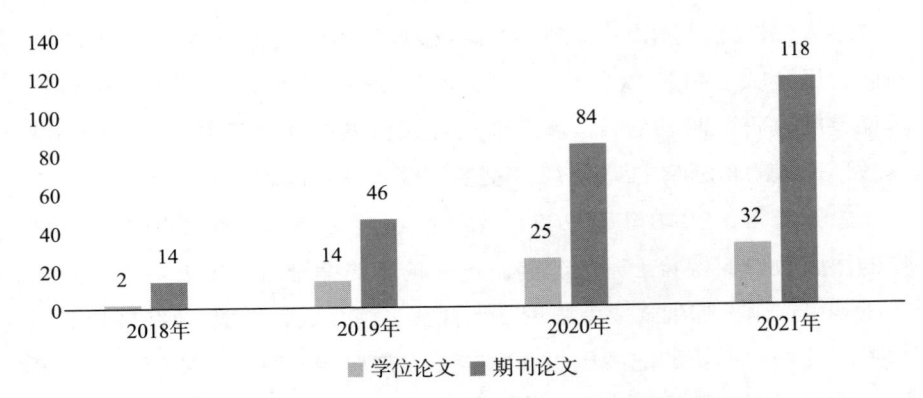

图 1　2018—2021 年度《红楼梦》整本书阅读相关论文发表数据表

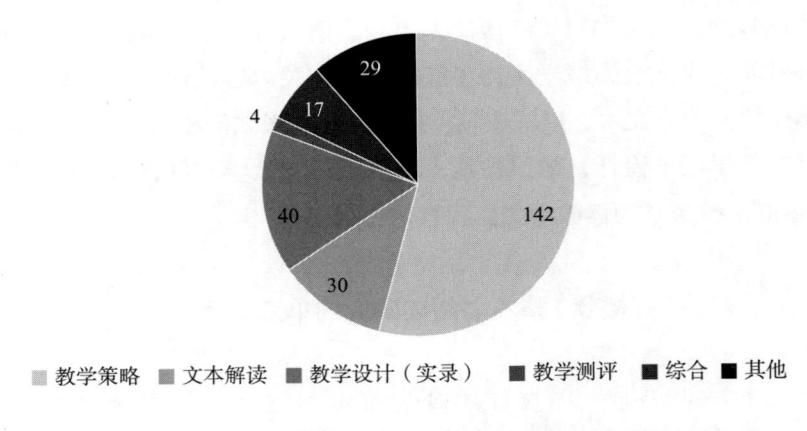

图 2　2018—2021 年度《红楼梦》整本书阅读期刊论文研究角度分布情况

(一)《红楼梦》整本书阅读的文本解读

时至今日，在中学开展整本书阅读，有不少师生对其价值存在怀疑，所以研究《红楼梦》整本书阅读的价值，这一似乎是不言而喻的问题，也变得十分必要。这类研究一部分是论述《红楼梦》本身的文化价值、文学价值、审美价值等，一部分是从学生、教师、课程等角度论述《红楼梦》整本书阅读的意义。例如，詹丹在《〈红楼梦〉何以伟大》(《语文学习》2021年第4期、第5期）中从《红楼梦》的人物最多样、情节最独特、思想最深刻、情感最饱满、文体最丰富这几大特点分别论述《红楼梦》整本书阅读的价值。晋广娟在《部编本高中语文小说整本书阅读研究——以〈红楼梦〉为例》中从阅读量、阅读方法、思维品质、完善人格、阅读习惯等角度论述《红楼梦》整本书阅读对于学生的意义，以及对提高教师文化素养、专业水平的作用（2020年河北师范大学硕士学位论文）。这方面的文章还有段江丽的《了解人性人情，体验精雅生活——阅读〈红楼梦〉的意义》（2021年）、温庆新的《日常生活式：〈红楼梦〉的现代阅读及当下启示》（2021年）、吕鑫鑫的《浅析〈红楼梦〉的语言要素与人文价值》（2020年）、秦莉莉的《〈红楼梦〉的审美价值解读》（2019年）等。

除以上讨论《红楼梦》整本书阅读价值之外，还有一些针对整本书的理念，对《红楼梦》的丰富内容展开多方面综合解读的文章。比如，詹丹的《论〈红楼梦〉整本书阅读与教学的整体性问题》[《上海师范大学学报（哲学社会科学版）》2021年第4期]一文从《红楼梦》的网状结构、章回之间的整体性、文本客观整体性、文化背景的整体性进行解读，并为《红楼梦》的整体性阅读提出建议。徐德琳的《审辩式思维视野下的〈红楼梦〉整本书阅读》（2020年）对《红楼梦》的人物形象、不同版本的语言、程甲本前八十回与后四十回人物的一致性以及主题多个方面进行了分析和解读。

特别需要提出的是，俞晓红从整本书阅读角度，对《红楼梦》文本做了深入研究，如她《〈红楼梦〉情节质点的连类观照》（《曹雪芹研究》2020年第2期）一文论述了《红楼梦》两两对举，左右对称；同类层叠，前后相属；以此衬彼，遥相呼应的叙述特点。以跨章回的连类思维模式，提升整本书阅读的理性认知。另外从2020年开始，她在《学语文》等杂志发表的《〈红楼梦〉"整本书阅读"的理念与实施》《〈红楼梦〉前五回之于全书的整体建构意义》《从"宝玉挨打"看〈红楼梦〉情节经营艺术》等系列文章,引起学界关注。

对《红楼梦》的文本研究,在红学界向来占有相当比例,虽然这样的研究未必都是以指导中学开展《红楼梦》整本书教学为目的,但这类注重文本分析的研究,恰恰是中学语文教师的软肋,适当梳理这方面成果,是沟通红学界与中学语文界的重要桥梁。通过专业研究者对《红楼梦》的价值、人物、情节、主题、艺术手法等解读,来为一线教师开展具体教学提供参考,或者纠正教学中涉及文本理解方面的一些偏颇之处,有一定意义。但总体而言,文本解读的文章虽有不少,但如李成文的《〈红楼梦〉酒令的叙事功能——解读高中语文〈红楼梦〉整本书阅读教学任务之三》(《红楼梦学刊》2021年第4辑)一文那样,直接对接《红楼梦》学习任务的还比较少见,所以这里就不再综述了。

(二)《红楼梦》整本书阅读的教学策略

在2018年至2021年之间,关于《红楼梦》整本书阅读的理论研究更多偏向于具体教学建议提出。大致可以分为任务驱动、专题研讨、课型划分、具体教学策略指导几大类。在任务驱动方面,主要是通过设计新颖的教学活动或者特定的学习情境,促进《红楼梦》整本书阅读教学活动的推进。比如张志强的《〈红楼梦〉思辨读写任务群学习设计》[《教育研究与评论(中学教育教学)》2018年第10期]将"整本书阅读"与"思辨性阅读与表达"这两个任务群相结合,并设计了《红楼梦》的思辨读写任务群,包括通读任务、关键任务、统整任务三级任务阶段,每阶段设计有层次的学习活动,涉及《红楼梦》的情节、人物、主线、艺术鉴赏以及阅读规划等要素。冯渊在《体会人物性格的多样性和复杂性——〈红楼梦〉整本书阅读"任务二"案例》(《语文建设》2020年第19期)一文主要就如何研究《红楼梦》人物性格的丰富性和复杂性提供思路,即关注人物的出场描写、抓住人物的经典动作和行为、抓住人物的个性化语言、注意研习方法和路径以及阅读方式和阅读成果的多样性。

并以王熙凤为例，分析其对金钱的态度和各种情形下的"笑"等相关细节来解读人物性格的不同侧面。

在专题研讨方面，大多数学者是以统编教材的六个学习方面为依据，分出人物、情节、诗词、细节、文化、主题这几方面为抓手，设计专题研讨活动。例如，张玉妹的《〈红楼梦〉整本书专题阅读教学探究》（2021年西南大学硕士学位论文）一文将《红楼梦》整本书阅读教学划分为兴趣和方法指引、人物形象对比赏析、日常描写以及诗歌分析四个专题。牛青森等在《"我"的红楼一梦——统编高中语文教材必修下册第七单元〈红楼梦〉专题学习设计》（《语文教学通讯》2021年第16期）一文中设计三项专题研讨活动，即人物（关系）梳理和情节梳理（以"家门败落""人物聚散"为主线）、品评诗词曲赋、以书中人物的角度创设人物的"红楼梦境"，以促进学生对《红楼梦》整本书的把握。类似论文还有金中的《基于"整本书阅读与研讨"的〈红楼梦〉专题阅读课程开发》（2019年）、张晓毓的《关于学生问题的整本书阅读专题教学——以〈红楼梦〉阅读为例》（2020年）、孙晋诺的《〈红楼梦〉专题式阅读的基本策略》（2021年）等。

关于《红楼梦》整本书阅读课程化的研究，大多数是以阅读阶段为依据进行课型的区分。比如，徐逸超在《〈红楼梦〉整本书阅读课程形态探索》（《语文建设》2019年第13期）一文中设置初读课、研读课、研讨课以及活动课分别完成在要点导读下通读全书、从单篇精读到多篇整读、集体赏读、综合读写四项基本读法和任务。马臻、蒋雁鸣在《立足青春诗意，发现经典之美——〈红楼梦〉整本书阅读教学策略》（《新课程评论》2021年第2期）中建构了"阅读指导课""阅读研讨课"以及"阅读展示课"三个课型，分别贯穿于学生阅读前、中、后的整个教学过程。这类文章还有黎珊珊的《高中语文整本书阅读教学课型探究——以〈红楼梦〉为例》（2020年）等。

关于《红楼梦》整本书阅读教学策略主要包括教师教的方法和学生

阅读方法。例如：姜佑文的《〈红楼梦〉整本书阅读指导教学探究》[《语文教学通讯·D刊（学术刊）》2019年第4期]从阅读准备和阅读方法两个方面探究《红楼梦》整本书阅读的指导方法。从激趣促读、厘清头绪、整体把握三个方面实现学生对《红楼梦》点、线、面较为全面的理解。郝敬宏的《接受美学与〈红楼梦〉整本书阅读设计策略》(《语文教学通讯》2020年第10期）从接受美学出发，将《红楼梦》整本书阅读教学分为"情节梳理引导课+目录浏览法""重点阅读反思课+比较阅读法""专题研究分享课+专题研究法"三个阶段。将课型与阅读方法相结合，重新设计《红楼梦》整本书阅读教学。詹丹在此方面论述较多，比如《〈红楼梦〉整本书阅读的选择性问题》(《语文建设》2020年第1期）一文中就如何选择《红楼梦》的教学内容提出建议。即《红楼梦》教学要以庚辰本为底本的整理本为首选；以小说散文化的叙事文本为阅读和教学的重点，韵文式的副文本应与散文化的叙事相结合来理解；以前八十回为阅读重点，可以重点选择精彩的段落式材料和构成叙事线索的肌理式材料阅读。在《〈红楼梦〉整本书的阅读策略》(《语文学习》2020年第4期）中首先概述了长篇小说阅读的一般策略，再针对《红楼梦》文本的特殊性，提出了版本的校对式阅读、文献的参照式阅读、文本的对比或类比阅读的具体策略，旨在引导读者对文本进行深入的、细致的分析。这类文章还有戴健的《从建构角度看整本书阅读教学的独特性——以〈红楼梦〉教学为例》(2019年）、胡根林的《整本书阅读：读法及其教学路径》(2019年）等。

在《红楼梦》整本书阅读的原则和指导策略方面，一直从事思辨性阅读研究的余党绪提出了较为全面的看法，在《抓好五环节 教好整本书——以〈红楼梦〉整本书阅读教学为例》(《中学语文教学》2021年第10期）一文中，他从阅读指导、总体梳理、专题研讨、主旨整合与转化运用这五个环节，为《红楼梦》整本书阅读提出了宏观而又不失操作性的建议，其中提出的一些指导原则，比如"把《红楼梦》当小说读，而不要当传统文化的百科全书来读；把《红楼梦》当作人物生命史、命运史来读，而不要陷入猜谜的迷魂阵……《红楼梦》中多数诗词并无专门的鉴赏价值，其理解应服务于人物性格与命运的把握"；等等。实际上是针对中学语文界出现的教学误区提出的经验与教训之谈，值得我们重视。

（三）《红楼梦》整本书阅读的测试和评价

这类研究相对缺乏，研究还不够系统、深入。主要有蒋霞的《整本书阅读视域下的高考名著阅读考查——以〈红楼梦〉为例》（《语文建设》2018年第16期）、陈鲁峰与孟骧建的《整本书阅读：目标、策略与检测——以〈红楼梦〉为例》（《新课程评论》2018年第3期）等。蒋霞以《红楼梦》为例研究江苏高考卷名著阅读的考试评价。首先，通过将历年试题和考试使命与课程标准要求的对照，分析出江苏关于《红楼梦》高考试题存在考查重复以及命题和答案的设置脱离学生阅读实际的问题，并建议考试命题要以提高学生语文核心素养、尊重学生阅读体验为导向。其次，提出整本书的考查要从原著出发、注重整体意识，以点切面、能反映读者的积淀等建议。最后，归纳了整本书阅读评测由宏观到细节、由主要人物到次要人物、由识记到理解、难度和区分度加大、题型多样化的发展趋势。陈鲁峰、孟骧建以《红楼梦》为例，研究整本书阅读的教学目标、教学策略以及检测评价，将目标定位于语言认知、思维优化、审美体悟以及文化探究四个层面；从提纲挈领抓住主线、比较阅读辨析鉴赏、多视角文化研习三个角度提出教学策略；并提出"两特一适"的检测原则，即整本书特别有价值的内容要检测，特别需要学的内容要检测，适合语言文字学习的内容要检测。这类文章还有陈茗与王雷的《高考整本书阅读考查趋向分析——以〈红楼梦〉为例》（2020年）、周晟的《〈红楼梦〉整本书阅读素养测评》（2020年）等。

综观2018—2021年有关《红楼梦》整本书阅读的理论研究，其数量呈现快速增长的趋势，相关理论成果逐渐向丰富化、多元化、可实践化方向发展，在一定程度上，为一线教学提供了理论指导。但是在关注论文发表数量的同时，也要重视论文的质量以及创新性。尤其是在《红楼梦》整本书阅读教学的策略研究方面，通过对这一部分的文献研究可以发现，在《红楼梦》整本书阅读教学策略的研究之中，大多数研究者重视激趣导读，即通过设置各种各样的活动、情境，激发学生的阅读兴趣。总体来看，大多数专题活动的设计都是以教材中所规定的六项基本学习内容为依托，在一定程度上落实了"新课标"对《红楼梦》整本书阅读的要求。但这也更多地表现出一种原地踏步式的重复，而相对缺乏进步与创新。另外，仍然存在一些教学活动设计、学习互动浮于表面，对理解文本没有起到实质性推进作用，专题的划分忽略了对小说的整体性把握，阅读教学中相对忽视学生思维品质提升，学习任务设计未充分考虑学情等问题，需要引起学界的重视。

三、《红楼梦》整本书阅读征文、线上读书会、课程辅导等

2018年以来，除学校一线教师在课堂上落实《红楼梦》整本书阅读活动外，还有期刊、红学专家等社会各方通过征文、讲座、在线辅导等形式为《红楼梦》整本书阅读教学在中学的推进助力。校内教学与校外科普传播相结合，传统教学方式与线上新媒体教学形成互补模式，既促进了红学界学术研究成果与中学语文教学的接轨，也在一定程度上提高了《红楼梦》整本书阅读的实施成效。这对于突破一线教师在《红楼梦》整本书阅读教学中所遇到的困境，提高学生对《红楼梦》的阅读兴趣，加深师生对《红楼梦》相关问题的理解，具有重要意义。

（一）《红楼梦》整本书阅读主题征文活动

2021年，由上海教育出版社《语文学习》编辑部、中国红楼梦学会、上海市古典文学学会、上海师范大学人文学院联合主办的"《红楼

梦》整本书阅读"主题征文活动顺利举行。活动一经发布，全国中学语文教师、教学研究人员以及初、高中学生纷纷投稿。经统计，共有教师组论文369篇，学生组论文1902篇。

教师组投稿论文主要集中于教学设计（包括教学案例、教学实录）、文本解读、教学策略（包括阅读方法）以及少量的阅读测评四个方面。（1）经过分类分析可以看出，在教学案例部分，教师首先更关注于怎样通过导读课带领学生入门，激发学生的阅读兴趣。其次，更多教师往往以主要人物、主要情节，或者文中一以贯之的线索，比如以元宵节、中秋节、生日为主题设置专题活动，以此为抓手进行《红楼梦》整本书阅读教学。（2）在文本解读方面，教师关注最多的是对人物的解读，在主角人物中，以对林黛玉、贾宝玉、薛宝钗、王熙凤等研究最多，次要人物中，以对刘姥姥、尤氏姐妹等人物的研究较多。还有少数对一些边缘化人物的解读，如王一贴、茗烟、小红、贾芸、司棋等。在人物研究中，有从人物性格、结局等大处入手进行分析的，也有少数教师从林黛玉的冷笑、书中出现的"忙"字等微观处为切入点着手分析。除对人物的分析外，还有一些对刘姥姥进大观园、林黛玉进贾府、黛玉葬花、宝玉挨打、宝钗扑蝶等精彩情节的评析，对书中诗词的鉴赏以及作用的分析，对《红楼梦》呈现出的服饰、建筑、戏曲、节日习俗等多样的文化加以论述以及对作者的艺术构思、写作手法的赏析。（3）在教学策略方面，教师提出的建议更多地集中在读什么、怎么读、怎样有步骤地进行教学等问题上，也就是说涉及教学内容、阅读方法以及教学流程三个方面。（4）最后还有少数几篇涉及《红楼梦》整本书阅读测评的研究，主要关注于过程性评价和试题考查两个维度。

学生组投稿论文主题除受学生个人兴趣影响外，还受到教材规定的学习要求以及教师布置的学习任务的限制。主要集中在对人物、《红楼梦》综合评价解读、主题、文化、思想、韵文、写作艺术手法、社会关系、生活习俗、与其他名著进行对比阅读，以及结合个人经验谈感想等诸多方面。(1)其中占比最多的是对人物的解读,有九百余篇。学生关注最多的人物有林黛玉、贾宝玉、薛宝钗、王熙凤、刘姥姥等,也有不少学生喜欢通过划分人物群体来做群像分析,如对"四春"、贾府的底层人物、陪嫁丫鬟、《红楼梦》中的出家人、中年女性等人物的解读。还有部分学生将人物进行两两组合来对比研究,如对林黛玉与薛宝钗、林黛玉与晴雯、林黛玉与小红、林黛玉与史湘云、王熙凤与秦可卿、晴雯与袭人等的研究。(2)有部分学生从整体出发,对《红楼梦》整本书的成书背景、价值、人物、情节、思想、主题等各个方面进行综论。(3)对于《红楼梦》主题的理解,学生主要从宝、黛、钗三人的爱情,家族的盛衰,对封建制度的批判,悲剧呈现四个角度进行分析,其中学生最感兴趣的是主角之间的爱情发展。(4)关于《红楼梦》文化的研究数量由多到少可以依次排列为饮食文化、建筑文化、服饰文化、戏曲文化、宗教文化、茶文化,还有少数涉及音乐、绘画、医药等方面。(5)在对《红楼梦》韵文的研究上,集中于前五回的判词以及人物所作诗词。在赏析过程中更多的是与人物的命运、结局、性格相结合来进行分析。(6)可能由于在人物研究中,大多以情节的分析来推断人物性格,所以关于专门研究情节的论文较少,主要有对黛玉葬花、宝钗扑蝶、元妃省亲、宝玉挨打、刘姥姥进大观园、晴雯撕扇、香菱学诗等经典情节的解读。(7)在艺术手法研究方面,较多地表现在对草蛇灰线、暗示伏笔、情节构思、铺垫等写作技巧的分析,还有对比喻、象征等修辞手法的赏析。(8)在《红楼梦》蕴含的哲理和思想的研究上,主要聚焦于对真与假、有与无、礼与利、情与欲的辩证理解,以及对悲悯情怀、经世哲学、命运观、宿命观等思想的分析。(9)还有部分学生利用其他名著的理论或精神来诠释《红楼梦》的部分内容,如《乡土中国》《庄子》《百年孤独》《源氏物语》《白鹿原》《史记》《西厢记》《牡丹亭》等。(10)此外,还有一些学生结合自身经历谈自己在阅读《红楼梦》时的感受以及获得的启示;研究《红楼梦》中所体现的社会关系和生活习俗,如鬼神论、政治经济背景、经济现象等；研究《红楼梦》中的子女教育问题，以及对当代教育的启示；等等。

图3、图4分别是教师组和学生组投稿论文主题分布情况：

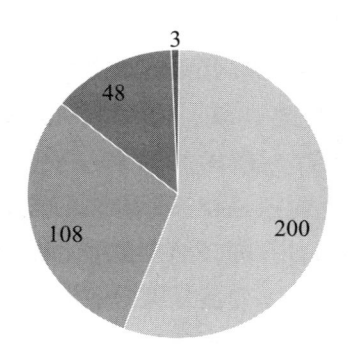

文本解读 教学设计 教学策略 教学测评

（数据：200、108、48、3）

图3　教师组论文探讨角度分布图

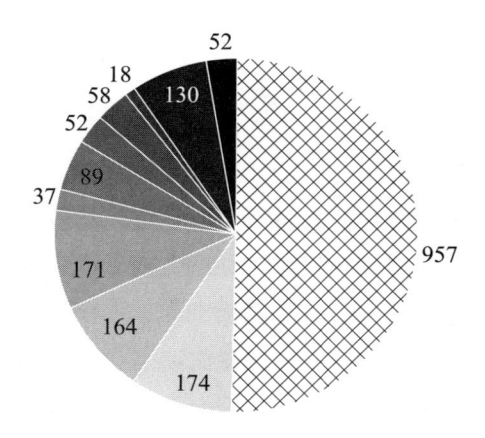

×人物解读　综合评述　主题探讨　传统文化
思想内涵　个人感想　艺术手法　诗词韵文
拓展阅读　其他　　情节解读

（数据：957、174、164、171、37、89、52、58、18、130、52）

图4　学生组论文探讨角度分布图

与之相似的，还有 2021 年 4 月至 8 月，由中国红楼梦学会、安徽师范大学文学院、安徽教育出版社、《安徽教育科研》杂志社、《学语文》杂志社联合举办的全国性"《红楼梦》整本书阅读"主题征文活动。该活动共收到中学生征文 2976 篇，分别来自 9 个省市、34 所中学，遴选后作品共计 963 篇。其中人物赏析类 522 篇，主题探讨类 158 篇，综合评论类 134 篇，艺术鉴赏类 97 篇，文化探究类 29 篇，二度创作类 23 篇。尽管中学生对《红楼梦》的相关解读，存在重人物、主题分析，轻语言、文化探究等问题，但还是有不少中学生的作品呈现出立意新、标题新、语言新的优良特点。有的同学在文中讨论《红楼梦》为什么不能碎片化阅读的问题，还有一些作品从纵向命运进程来分析人物形象，体现出"整本书阅读"的意识，这正透射出"整本书阅读"的理念初见成效。此次征文活动的情况综述以及部分获奖论文，还结集为《悦读红楼》一书，由安徽教育出版社正式出版。

（二）《红楼梦》整本书阅读读书会活动

　　2021 年在寒假和春季学期，《语文学习》编辑部联合中国红楼梦学会所承担的"国家社科基金社科学术社团主题学术活动资助课题'《红楼梦》整本书阅读系列研究'"课题组，推出《红楼梦》整本书领读计划，成立《红楼梦》读书会，由上海师范大学詹丹教授带领教师和中学生一起阅读《红楼梦》。此次读书会共 10 期，前十回每周读五回，每周导读一次；第十一回至第八十回，两周读十回，每两周导读一次；后四十回略读，阅读三周时间，导读一次。每次读书会根据切割出的段落往前推进，基本在每一段落中筛选一到两个专题来精读细讲，并力图建立起整体性的联系。讲读还设置互动答疑环节，解答教师在《红楼梦》整本书教学中遇到的问题以及师生在阅读《红楼梦》时存在的困惑，平均每期回答近 20 个问题。此次活动吸引全国各地一线语文教师和中学生的积极参与，累计点击阅读量达 17 万，对促进《红楼梦》整本书阅读教学实施起到重要的推动作用。

(三)《红楼梦》整本书阅读线上课程辅导

2020年至2021年,"中国大学MOOC"软件上发布了系列与《红楼梦》整本书阅读相关的国家精品课程。主要有中央民族大学曹立波老师开设的"《红楼梦》经典章回评讲"课程、西北大学柯岚老师开设的"法解《红楼梦》"课程、暨南大学张世君老师开设的"《红楼梦》的空间艺术课程"、安徽师范大学俞晓红老师开设的"《红楼梦》十二讲"课程以及九江学院郑连聪老师开设的"走进《红楼梦》"课程。曹立波老师从一百二十回中提炼出十五个与小说主旨、主要人物关系密切的经典情节进行讲评,以"诗说""网说""图说"三个方面聚焦于《红楼梦》的语言、结构和情节方面的艺术成就;柯岚老师的课程旨在透过《红楼梦》中的法律文化帮助学生更好地理解《红楼梦》人物的命运和主旨;张世君老师重点讲授了视觉文化的建筑空间与嗅觉文化的香气空间在小说中的艺术表达和思想文化价值;俞晓红老师的"《红楼梦》十二讲",从曹雪芹的身世入手,进而分析《红楼梦》文本的重点章节,最后总结整本书阅读的理念,体现了学术研究和教学的融合;郑连聪老师从阅读方法与阅读版本的选择、细说"护官符"、《红楼梦》后四十回、主要人物(关系)、女性观、诗词曲赋、《红楼梦》与中国传统文化、《红楼梦》小说与电视剧、《红楼梦》译本等方面进行了比较全面系统的讲解。此外,还有2017年3月正式启动并延续至今的"伟大的《红楼梦》"课程,该课程由北京大学艺术学院联合智慧树网开设。该课程每学期安排四次直播见面课或讲座,以跨校直播互动的方式,打破地域限制和校园围墙。这些课程从不同的角度讲解《红楼梦》,并以线上授课的方式进行,受众面较广,且极大地方便了师生的学习,为《红楼梦》整本书阅读提供了网络课程资源。这些课程虽主要面向高校学生开设,但因为在线开放,也吸引了相当一部分中学生积极参与,形成了《红楼梦》整本书阅读大中学生一体化的趋势，在一定程度上，对之前网络走红的台湾地区蒋勋、欧丽娟的《红楼梦》在线系列讲座，起到了纠偏纠错的作用。但蒋勋、欧丽娟讲座的通俗性和生动性也值得大陆的《红楼梦》开课者借鉴。

四、《红楼梦》整本书阅读教学与研究的反思

《红楼梦》整本书阅读被纳入高中语文必修课程，意味着《红楼梦》与高中语文教学有了更紧密结合，这为"红学"向基础教育普及开拓了一条重要路径，也为"红学"的发展提供了新的研究角度。2018—2021年对《红楼梦》整本书阅读理论与实践的探索是对"红学"与语文教学的丰富与深化，取得了不少收获，但也留有一些普遍性问题值得我们反思，这里稍做阐述。

（一）学生的没兴趣和教师的偏见

《红楼梦》曾被相当一部分中学生视为"死活读不下去的书"，为此开展教学活动，不得不把大量心思花在激发学生的学习兴趣方面，甚至有些教师绞尽脑汁设计了蹭热点的教学活动，其教学设计的良苦用心可以理解，但这种混搭导致对文学阅读常理和生活常识的无视，争议四起，甚至成为社会热点，一些教师也对此做出了积极回应（王林：《"整本书阅读"该怎样读》，《语文学习》2020年第4期）。而教师对《红楼梦》存有偏见，把贾宝玉简单等同于"娘炮"，把黛玉称为"林怼怼"，把宝钗视为"心机女"，认为《红楼梦》里的人物对中学生起着负面示范作用的也大有人在。这确实说明了，要通过《红楼梦》本身的魅力来激发学生的阅读兴趣，要让整本书回归正道，要能从客观、理性的态度来评价《红楼梦》作为整本书阅读的教学价值，还有很艰难的路要走，更需要有更多的红学家介入其中。

（二）《红楼梦》阅读教学的开放性

《红楼梦》被纳入高中语文教材，曾经引发不少学者的质疑，其原因之一，就是时下流行的阅读教学，比较机械化和碎片化，对这部颇多留白、自觉运用反讽手法的作品，会读出惨不忍睹的结果。虽然这样的担忧有些夸张，但也不是没有一定道理。解读的机械之病，时有可见，比如有关刘姥姥进大观园扮小丑而逗笑众人，认为作者没有直接写到迎春、李纨、宝钗三人就是说明她们没笑，即为一例（人民教育出版社《教师教学用书》）。或者先预设了描写的精彩然后让学生说明何以精彩，就没有给学生留下多少自己发挥的余地。比如有教师设计的思考题题干是："第82回'病潇湘痴魂惊恶梦'，黛玉这场梦是《红楼梦》后40回中写得最惊心动魄的场景之一，请从语言表现力的角度分析此场景的妙处。"殊不知，这里描写的惊心动魄未必构成一种"妙处"，有不少学者认为这恰恰是后四十回的典型败笔，是与前八十回的基调根本背离的。这当然不是说不可以认为后四十回写得妙，关键是，"妙"与"不妙"，都是应该让学生来讨论的。所以把题干表述修改为从整体角度考虑描写的作用，让学生自己通过分析得出结论，给出开放性的结论，就更为合理。类似教学中的问题，其实还是比较普遍的。

（三）学术转化与学术规范问题

由《红楼梦》引发的现代"红学"，已经走过百年历史。其间取得的巨大成果，给中学开展《红楼梦》整本书阅读提供了厚实基础，但遗憾的是，总体看，中学语文教师并不太留意红学界的成果和学术进展，也较少把已经成为定评的结论吸纳到自己的教学中，最典型的例子是，义务教育阶段的语文教材选用的原作片段都是选用程乙本整理本而不是脂抄本整理本为底本，而高中必修教材的相关学习内容和任务设计，也是以程乙本的情节为依据，其中不少学者指出的描写不合理处，却没有引起相应重视而做出文字的改进。与不理会学术研究成果相对照的是，有些教师在撰写《红楼梦》的一些教辅材料时，又随意引用学者的观点，把别人的观点当作其个人的见解，既不在文中说明或者出注解，也不列参考书目，显得很不规范。所以，如何遵守学术规范地把一些优秀红学成果转化进中学课堂，这也是一个值得深入讨论的问题。

（四）教学中不同学段的衔接

《红楼梦》整本书阅读是对中学生高中阶段的要求，但在统编语文教科书中，无论是小学阶段还是初中阶段，都已经有了《红楼梦》教材的片段，如小学五年级教材选入的是贾宝玉、林黛玉等放风筝片段，初中三年级教材选入的是刘姥姥进大观园吃早餐逗趣的片段。那么，义务教育阶段语文课堂这样的片段教学怎么和高中的整本书教学有机衔接起来，特别是教育部新颁布《义务教育语文课程标准》强调各学段的衔接问题后，这一以往被许多教师忽视的问题，应该引起学界的关注。而此前实行的《〈红楼梦〉选读》选修课，也有对整本书阅读的要求以及实施策略，其经验教训对当前实施的整本书阅读有怎样的启发，也值得学界加以总结。

当然，不管怎么说，对于《红楼梦》整本书阅读这样一个相对较新的课型，还需要学界各方在实践中不断总结经验，将"红学"的理论成果适宜地运用于一线教学，实现理论研究与实践的接轨，为《红楼梦》整本书阅读教学的发展培育更为深厚的理论土壤，让《红楼梦》这部古代文学巨著在新时代语文教育下更加熠熠生辉。

（原文发表于《红楼梦学刊》2022年第6辑，作者单位：上海第二工业大学附属龚路中学、上海师范大学人文学院）

云间对话：共构经典阅读与传承的当代场域
——"2022全国《红楼梦》整本书阅读专题研讨会"综述

束 强

自"《红楼梦》整本书阅读"进入统编版高中《语文》教材以来，各种版本的《红楼梦》整本书阅读任务书俯拾即是，遍布国内多地中学。由于缺乏统一标准和深度共识，各类任务书质量良莠不齐。很多中学一线语文教师尚未找到适合自身的方法，来更好地指导中学生《红楼梦》整本书阅读活动的开展。最近，教育部下发最新版《义务教育课程方案和课程标准（2022年版）》，进一步明确了"整本书阅读"的具体目标、内容及要求。在这样的大背景下，2022年5月22日，安徽师范大学举办了"2022全国《红楼梦》整本书阅读专题研讨会"，采取线上和线下相结合的方式，专门探讨《红楼梦》整本书阅读的问题。来自北京、上海、江苏、浙江、安徽五地的红学专家、语文名师、相关学科的教师代表及学生代表20余人参加了会议。会议开幕式由安徽师范大学科研处处长、博士生导师徐彬教授主持，安徽师范大学副校长彭凤莲教授、安徽师范大学文学院院长项念东教授、中国红楼梦学会会长张庆善研究员、安徽教育出版社总编辑武常春编审、安徽师范大学《学语文》总编张勇教授先后致辞。会议重点关注了"《红楼梦》整本书阅读"的基本问题：专家学者如何引领促进，中学教师如何有效实施，中学生怎样阅读原著，等等。与会代表展开了深入而热烈的讨论，提出了诸多关键问题，并表达了各自的观点，对《红楼梦》整本书阅读的理念、标准、方向、关键点、实践经验进行了探讨与分享。

一

　　中学实施《红楼梦》整本书阅读的关键问题在哪里？中学生对阅读名著有没有个体差异？教师指导阅读时存在哪些困难？安徽省马鞍山市第二中学正高级教师盛庆丰率先提出阅读者的"个体性差异"问题，认为性别、性格、秉性、生活环境等因素的差异，可能会对不同学生的文本阅读有不同程度的影响。他指出，"没时间"和"不感兴趣"是中学生难以完成阅读的主要原因，而在教学内容上的"跳读"与在教学课时上的匮乏，是导致教师难以完成教学目标的重要因素；因而真实的教学状态，与中学教师的理想预期还有着很大的距离。这就引出了一个值得深思的问题：《红楼梦》整本书阅读在中学的完成度非常不理想，阅读没有真正发生，那整本书阅读的意义和价值从何体现？安徽师范大学附属中学正高级教师严景东，也同样指出了在指导学生阅读《红楼梦》过程中的一些困惑：一是《红楼梦》整本书如何实现理论层面与实践层面的精准"接榫"？他认为，近些年学理性探讨的相关文章层出不穷，但从实践操作来说，可供选择的路径并没有明确具体的指向。二是课程理想与实施现状之间存在差距，语文核心素养难以得到真正落实，并且课程评价的落脚点也没有统一的规定。严景东认为，这些问题都根植于《红楼梦》整本书阅读的"教"与"学"中，是目前中学教学所面临的现实困难，有待得到进一步的深究与解决。可见中学实施《红楼梦》整本书阅读的关键，仍在于教师的指导和学生的阅读。

　　那么，如何解决中学生阅读难、语文教师推动难的问题？又如何才能实现学理研究与阅读实践的有效融合难题？一线名师也以其实践经验给出了很好的解答。安徽省芜湖市教科所教研员、正高级教师辛卫华指出，各地各级教科所要尽快建构新型的教师研训体系，促进理论研究与教学实践的整合，探索一条高校、传媒和教研机构一体化协同发展的路径。就整本书阅读《红楼梦》问题，辛卫华介绍了自己的做法和经验。

他在芜湖市带头实施《红楼梦》项目化课程，采用工作坊研训方式培训种子教师，打造《红楼梦》专题教学阳光云课，联动安徽师范大学红学专家，充分借助区域学术优势，促成全市区中学整本书阅读理论层面与实践层面的有效对接。可见，教科所作为帮助教师提升语文素养和提高教学能力的机构，只要正确发挥应有作用，以研促教，以教促学，就能推动学生完成课程学习的主要任务与核心目标。安徽省铜陵市第一中学校长、正高级教师王屹宇和安徽省太湖中学原校长、语文高级教师潘德安，也从两所示范高中近年来的实施过程，对前述问题给予了回应。他们既是名师又是名校长，连年来组织本校全体语文教师在每年的高一年级开展《红楼梦》整本书阅读活动，以确保"整本书阅读"理念落地生根。王屹宇表示，铜陵一中语文组教师主要依托课题，利用赛课，努力打造精品阅读课程，认真打磨《红楼梦》整本书阅读教学方案，在课堂教学实践方面注重发挥学生主体作用，在课程评价上从以"关注结果"为导向转变为以"关注过程"为导向，这就充分考虑到了学生的"个体差异性"，激发了学生的兴趣，在全校形成了一种"整本书阅读"的氛围。面对教师和学生主观能动性不强、教学层面操作难等问题，潘德安带领太湖中学教师积极探索，以安徽师大汉语言文学专业师范生教育实习为抓手，建立教务处、教研室、年级部、语文组协同组织、分工负责的工作机制，抓住重点，全面推进，将"《红楼梦》整本书阅读"纳入学校教学安排的整体规划，力求整本书阅读教学目标的达成。两所学校《红楼梦》整本书阅读实践的成功案例，为其他中学开展整本书阅读教学提供了基本范式，同时也证明：在区域内或学校中，推动中学《红楼梦》整本书阅读的进程总是需要统筹协调各种资源优势，共商共建教研教学机制，实现跨领域、跨地区深度融合；而一个优秀的决策者和接地气的领导者总是会在《红楼梦》整本书阅读活动中起到至关重要的作用。

  为了进一步解决《红楼梦》整本书阅读中存在的具体问题，诸多语文名师围绕"怎么教"和"怎么学"两大核心问题贡献了各自的智慧。

在教学理论上，上海师范大学附属中学正高级教师、上海市"双名工程"高峰计划主持人余党绪明确提出一个基本方略和指导思路："按照'整本书'的规律教，教出'这本书'的个性来。"他强调《红楼梦》本身具有非一次性和独特性价值，是研究整本书阅读教学的典型标本，中学教师在开展《红楼梦》整本书阅读教学时，必须要把握好文本开放性和教学确定性之间的平衡点，在《红楼梦》阅读教学时做到删繁就简、要而不烦，而且教学的切入口要"小""正""巧"。余党绪还倡导以背景、人物、思辨空间的"三个聚焦"来透视和理解《红楼梦》，这无疑对一线教师的教学实际具有重要启发意义。在教学设计上，安徽省芜湖市第十二中学正高级教师张晋、北京市八一学校语文高级教师徐德琳，分别从"任务驱动法"和"高阶思维"两个角度对《红楼梦》整本书阅读做了深度的教学思考。张晋就语文教师必须关注的焦点问题旗帜鲜明地表达了自己的观点，一是关注教学视域下人物驱动的价值功能，二是遵循学生本身的认知规律，三是培养学生形成自主阅读的方法。她强调了教学设计中学生自主、教师点拨的不同定位问题。徐德琳立足于语文学科素养中"思维"层面的要求，针对学生的自我效能感、批判性思维和创造性思维等，设计了多种教学活动与教学路径，为一线教师的教学实践提供了先行而有效的经验。在教学方法上，安徽省合肥市第十中学高级教师王国文认为，"通读"是完成《红楼梦》整本书阅读的基本功能，只有引导学生通读全书，进行"整本"的读，才能帮助学生积累整本书阅读经验。他还指出，有效的"通读"须包含自主阅读、教师参与、通读规划、学术倾向和分享交流五个方面的内容。在实施路径上，安徽师范大学附属中学教师赵瑜提出，要以学生体验为中心进行"沉浸式阅读"。她根据"新课标"深度学习的要求，结合实际学情特征与《红楼梦》内蕴丰富特点，尝试引导学生"沉浸式阅读"，在阅读过程中精读与略读指导相结合，强调学生的自我代入与自我参与，变单向阅读为多维探究，以利于使学生在主动体验中生发兴趣、积累新知。一线语文教师对《红楼梦》

整本书阅读的积极探索和实践，为国内高中语文教师的阅读指导行动提供了可资借鉴的经验。

二

红学已经是一门方法成熟、积淀深厚的学问，从某种程度上说，《红楼梦》整本书阅读进中学，对于早已习惯了原有语文教材及其教学程式的一线教师而言，是有较大困难的。整本书阅读怎么读？哪些内容是重点？哪些可以略读或不读？怎样读出《红楼梦》的价值？读《红楼梦》的意义何在？对此，红学家们纷纷给出了自己的见解。

中国红楼梦学会会长、中国艺术研究院研究员张庆善做了题为《关于中学生如何整本书阅读〈红楼梦〉》的主题报告，认为《红楼梦》整本书阅读要从曹雪芹开始，要选择好的版本，重视前五回的作用，不能忽略前八十回与后四十回的关系，要抓住主要情节线索与重要人物的性格命运；小说中的众多诗词，他认为可以分为重点阅读、一般性阅读、可读可不读三类来进行处理；至于"毒设相思局"等不适宜中学生读的内容，就不必让学生读。张庆善还明确表示，当下一些比较有热度的"细说"类著述，如白先勇、蒋勋、欧丽娟等人的书，并不适合作为中学生整本书阅读《红楼梦》的辅导参考资料。这些确实都是需要引起中学教师重点关注的问题，因为先入为主会直接影响到学生对《红楼梦》的正确理解。张庆善还特别强调了《红楼梦》本身的文学性，认为要把精读、细读与整本书阅读结合起来，重在欣赏、审美、感悟。中国红楼梦学会副会长、上海师范大学教授詹丹做了题为《从人物分析谈〈红楼梦〉整本书阅读的整体性》的报告。他从局部与整体的辩证关系出发，以"刘姥姥进大观园"这一视角为切入点，来谈《红楼梦》整本书阅读，强调了人物整体性分析的重要性，认为对刘姥姥形象的简单理解只会限制文本的意义空间。他对初中教材"刘姥姥进大观园"选文批注做了批评后指出，把握情节发展中人物言行呈现出的异质性、差异性，是全面理解人物及小说艺术的核心要领。此外，他还分析了巧姐的人生走向跟刘姥姥的关系，前八十回和后四十回的关系。这些都对一线教师富有启发，为中学的教学实践提供了可选择的路径。

所谓"知人论世"，关注作者与经典作品的整体阅读密切相关。中国艺术研究院《红楼梦学刊》编审张云从曹学与红学的关系入手，强调了二者的不可分割性，指出作为作者问题研究的曹学是《红楼梦》研究的一个分支。她认为如果不能正确地理解曹学成果，确立曹雪芹在红学中的地位，就不能对青少年阅读起到很好的引导作用。就文本而言，红学专家认为，把握原著的结构有利于对原著整体性的了解。中央民族大学教授曹立波则从《红楼梦》的网状之美切入，提出了把握《红楼梦》网状结构对《红楼梦》整本书阅读的重要性。她分别论述了网状结构中的典型人物如贾政、典型事件如婚恋悲剧、典型物件如通灵宝玉，强调了人物线索、事件线索和物件线索在全书中的关键作用。中学教师在指导学生整本书阅读《红楼梦》时，完全可以通过对这些线索的有效梳理，带领学生了解全书的基本结构与大致脉络。

与中学语文名师注重学生在阅读中的个体性差异相类，红学家也相当重视学生视角的《红楼梦》阅读研究。温州大学教授饶道庆以义乌市第六中学和赣州市第一中学的高一年级学生为对象，对近1500名中学生开展了问卷调查。这项以学生为视角的研究发现，《红楼梦》中的人物、情节仍然是中学生最感兴趣的内容，《红楼梦》中的诗词、饮食、服饰、植物等文化信息也是学生关注的重点。他认为，中学教学要根据学生的个人兴趣、阅读程度、阅读水平，展开分层式阅读教学，积极寻找小而有趣的切入点，建立包括教师、学生、家长、研究者在内的中学学习共同体，共同促进整本书教学。中国艺术研究院红楼梦研究所副研究员何卫国先从媒体报道的角度肯定了《红楼梦》的社会影响力，随即转向对语文教师能力的要求：既要熟读原著，又要从整体上了解红学发展的现状。同时，他为教师、学生提供了参考书目和版本选择，并强调在媒体、影视的影响下教师对学生的引导作用。他还调研了10名学生阅读《红楼梦》的基本情况，指出激发学生阅读兴趣与制订阅读计划的重要性。红学专家与语文教师在这里达成了共识：整本书阅读理应重视学生主体的差异性，按照学生的认知规律和阅读水平，合理地开展学习活动，以任务驱动学生主动完成《红楼梦》整本书的阅读。

选本研究也是红学专家颇为重视的内容。中国艺术研究院红楼梦研究所副所长、副研究员石中琪通过对当代上百种《红楼梦》少儿读本的考察后发现，《红楼梦》少儿读本的编写者对红学研究成果基本不了解，也不重视，因此这些读本的质量难免泥沙俱下，红学研究者对《红楼梦》的青少年阅读也普遍关注不够。这些问题的存在，影响和阻碍了青少年对《红楼梦》的初步接触与了解，因此亟须编写一本经典的《红楼梦》少儿读物，来保障青少年的正确阅读，而这有赖红学专家、语文名师的通力合作才能完成。与此相呼应，中国艺术研究院红楼梦研究所副研究员李虹探讨了百年前的《白话小说文范》对《红楼梦》章节的选择与删改情况，强调了《红楼梦》在白话文书写方面的典范意义，以及选本阅读的意义。《红楼梦》是白话文学的范本毋庸置疑，同时它还具有一种文学教育的功能，这是当下提倡《红楼梦》整本书阅读所追求的文化意义之所在。对读本的学术考察与《红楼梦》整本书阅读的价值指向有其内在的逻辑联系，一种良好的名著阅读的确需要在懂得版本意义的语文教师引导下进行。

针对民国至今中学语文教材均以原著选文出现的状况，南京大学教授苗怀明指出，这是由于《红楼梦》等长篇小说篇幅庞大，不能全部纳入教材，所以只能以短篇选目形式进入中学课本。这种选文式阅读往往使中学生无法进到名著深层和整体，从而导致原著阅读量严重不足，而"整本书阅读"要求的提出，正是为了纠正这种弊端。从实际效果而言，由于语文教材的引导性特质，片段式阅读其实是一种对原著的肢解和变相伤害,它会导致中学生形成对名著的片面接受的眼光,既不利于经典文化的传承,也不利于中学生民族自信心的培养。倡导"整本书阅读"理念,避免割裂原著,正是一种正本清源之举。安徽师范大学教授俞晓红更为明确地提出,经典作品阅读是一种文学教育。她强调经典文学有其特定的育人功能,《红楼梦》正兼具文学与教育的双重价值,提倡《红楼梦》整本书阅读也是在推进对学生的人文教育,引领学生树立正确的"三观"。她希望中学语文教师要立足经典文本,主动在文学教育中渗透正确的价值引领,担负起新时代所赋予的文学教育使命。

三

围绕与会代表的发言内容,大会主持人和评议人分别做了富有见地的评述。安徽省马鞍山市第二中学正高级教师、安徽师范大学特聘教授郭惠宇强调《红楼梦》整本书阅读的重要性,认为这一学习任务已成为语文教育发展中的一个热点、重点、难点和痛点。他表示,中学语文教育需要红学专家从学理到学术给出高屋建瓴式的引领和指导,并认为这是推动《红楼梦》整本书阅读的理论保证。张云进一步阐释了新时代的中学生阅读《红楼梦》的要点,强调了读者的阅读优势,即在阅读中生成的意义机制是与日俱新的,因此《红楼梦》的阅读可以永远进行下去。这些内容是课程理想转化为课程实际的着力点,是指导中学生阅读《红楼梦》不容忽视的关键点,它值得中学教师在具体实践中去关注和思考。何卫国强调结构艺术是《红楼梦》艺术的一个重要特点,认为纲举才能目张,才能对《红楼梦》全书有整体的把握,肯定了这种分析方法,也肯定了"沉浸式阅读"这一变被动为主动、变接受为探索的教学尝试。他还高度赞扬了芜湖市教科所、铜陵市第一中学与太湖中学诸位名师、名校长身为带头人所组织推动的"《红楼梦》整本书阅读"教研教学的成功实践。他点明了《红楼梦》作为中华优秀传统文化的代表入选整本书阅读体系的意义，认为对《红楼梦》整本书阅读进行研究，既是对小说艺术价值的一种挖掘，也是弘扬和复兴传统文化的一种途径。针对内容丰富、角度多元的发言，张晋强调凸显教研创新的意义，认为它是中学一线有效地开展《红楼梦》整本书阅读教学的重要保障。她也高度赞扬了铜陵市第一中学的整体规划和太湖中学的国家课程校本化建设的有效经验，认为大会发言进一步明晰了一线教师的相关认知，厘清了接下来的教学教研工作的思路，有利于整本书阅读和教学的深入推进。显然，从区域教研机制的创新到学校教学方式的变革，都需要有领头人发挥主持带动作用，才更可能实现预定目标和取得预期效益。

苗怀明表示，来自红学界和语文教学一线的发言人一方重学术，一方重教学，正好形成了一种互动对话，因为整本书的阅读既是一个学术的问题，同时又是一个教学的问题，而所有人发言的核心关键词是"学生"。他结合自身去全国各地中学讲学的经历，认为目前中学最大的实际问题正是在于学生没有阅读兴趣，教师没有读过《红楼梦》，全国中小学并未做好准备来迎接"整本书阅读"学习任务的落地。因此，整本书的阅读和教学尚处在一种摸索阶段。怎样让中学生感兴趣？要给中学生输入什么样的观念？中学生应该读什么样的书？怎么样根据中学生的特点来更好地进行整本书的教学？这些无不是本次研讨会重点讨论与回答的问题，而发言人的报告使这些问题得到了较好的解决。

石中琪总结了整本书阅读中的一个核心要领，即无论是教师还是学生，必须要阅读《红楼梦》原著。这条要领确实切中肯綮，因为一些戏说的书所讲的《红楼梦》内容大都落实不到文本上，而根据原著改编的一些影视作品也往往与原著有较大出入，这就要求我们中学教师必须指导学生直接去阅读原著，才能形成适合自己的阅读方法，养成适合自己的阅读习惯，从而构建起整本书阅读的经验。他肯定"书不读终是空谈"之语，强调真正阅读的非凡意义，也认同"经典阅读是对精神和心灵最好的激励和抚慰"之言，强调阅读经典对塑造人格与精神的重要作用。

此外，他还点明了本次研讨会发言内容的重要特点，即红学专家或语文名师都是从问题到方法，从观念到价值，宏观思考与微观探究相结合，这无疑是对大会发言的精准归纳。

　　余党绪在评议时强调，红学专家与语文教师的发言各有其自身的特点，教师发言从不同角度形成互补而且构成一种递进关系，专家发言大多是从微观到宏观、从具体到抽象。他充分认同作为原生态阅读的"通读"方式，也肯定任务驱动下教学设计与高阶思维培养方案的适用性。实际上，这已经回答了学生如何读、教师如何指导、教师指导的重心在哪这三个问题，为一线教学做了预演。余党绪指出，何卫国提出的包括培养学生兴趣在内的具体建议，正是从细微处入手；苗怀明把整本书阅读放到中小学的语文教育长期以来的体制上来看，无疑是一种中观考察；俞晓红站在文学教育的高度来看待《红楼梦》阅读，发挥了宏观思考的功能。余党绪认为，只有红学专家的理论指导与语文教师的实践操作两者完美衔接，才能发挥《红楼梦》阅读的综合效益，在思维教育、审美教育、文化教育以至于人生教育方面，实现学生语文核心素养的全面提升。就此而言，中学《红楼梦》整本书阅读的教学指导，需要汲取融合红学学者的建议与一线教师的经验，方可顺利推进。

　　综合与会代表的发言和评议可知，《红楼梦》整本书阅读作为一门课程进入中学语文教学，不能离开红学专家的理论指导和学术层面的智力支持，一线语文教师需要专家学者提供整体性综合性的建议；红学界也需要对当下中学一线的名著阅读与教学情况有更多更深入的了解，避免闭门造车，自说自话。本次研讨会正是为满足一线语文教师的迫切要求，加强对基础教育的学术支持，促进红学界与中语界的衔接而举行的。

四

　　参加本次研讨会的红学界代表，多为国家社科基金社科学术社团主题学术活动资助课题"《红楼梦》整本书阅读系列研究"的学术骨干，或是对会议主题有深入思考和研究的教授、学者；基础教育界代表多为省市级特级语文教师、名师工作室或名校长工作室主持人。其中有数十位代表参加了"2021年全国《红楼梦》整本书阅读主题征文活动"的评审工作，这个由红学专家和语文名师组成的评委会分别评阅了三组参赛稿件，对中学生阅读与思考现状颇为了解；中国红楼梦学会会长张庆善作为"《红楼梦》整本书阅读系列研究"的首席专家，审阅了征文活动的全部获奖作品，并撰写了优秀征文集《悦读红楼》的序言。《学语文》杂志社连年刊发了《红楼梦》整本书阅读的系列研究论文，安徽教育出版社全力支持出版了《悦读红楼》，先后表现出对教育部倡导的名著"整本书阅读"方略的响应和教育教学实践的支持。

征文一等奖获得者、北京市八一学校高二（1）班的张雅轩同学，征文特等奖获得者、上海市建平中学高三（9）班的刘梦申同学，作为特邀嘉宾参加了研讨会。她们在闭幕式上先后讲述了《红楼梦》阅读的个人感悟，介绍了所在中学《红楼梦》整本书阅读与研究的推进过程。她们先后提到，北京市八一学校曾邀请俞晓红教授开设《红楼梦》整本书阅读的专题讲座，而上海市建平中学也曾请詹丹教授到校讲授《红楼梦》专题讲座，对她们各自的阅读和写作给予了诸多启发。安徽师范大学2018级汉语言文学专业师范生王千惠同学作为获奖大学生代表参加了会议，她重点阐述了师范生肩负的传承使命，并表示，大学三年级的《红楼梦》研究专业课铺垫了坚实的理论基础，在太湖中学实习时，又因为得到潘德安校长的鼎力支持，整个实习小组顺利完成高一年级19个班《红楼梦》整本书阅读的教学指导活动。这为高校师范生理论学习和专业实践的有效结合提供了成功案例。

詹丹教授最后做大会总结。他表示，基础教育与高等教育的衔接并不是一个否定的过程，而是一个不断扩展的过程，从初中到大学，学生从片段阅读到整本书阅读，从单一的解读到多元的解读，其理解也随之越来越立体化。从这个意义上来说，会议并没有结束，它只是开启了我们《红楼梦》的人生之旅，我们会在阅读中不断丰富我们的人生经验。换言之，《红楼梦》整本书阅读永远在进行中，仍然需要我们不懈探索。

本次会议首次采取"线上线下混合研讨"方式进行，红学专家与语文名师云端对话，联袂研讨，互动评述，共构了经典名著阅读与传统文化传承的当代场域，实现了红学理论研究与《红楼梦》教学实践的无缝对接。这是一次跨界的学术研讨，也是一次高等教育为基础教育提供智力支持、基础教育为学术研究提供一线数据的有效实践。会议拓展了《红楼梦》整本书研究的新视野，为全国中学如何实施《红楼梦》整本书阅读教学提供了高屋建瓴的理论指导与丰富多样的实践经验。当然，此次专题研讨会仅仅是一个开端，更多有关《红楼梦》整本书阅读的问题有待进一步发现并解决。

据悉，智慧树、大皖新闻等线上平台面向社会大众进行全天候现场直播，当天线上收看用户逾4万。中国教育新闻网、中国青年网、安徽新闻网、《安徽日报》客户端对会议分别做了报道；芜湖市电视台对部分与会代表进行了现场采访，并在5月25日的《芜湖新闻联播》上播出。

（原文发表于《红楼梦学刊》2022年第4辑，
作者单位：安徽师范大学文学院）

深化整本书阅读教学理念，助推中学生综合素养提升
——2021年全国《红楼梦》整本书阅读主题征文活动作品概况及启示

李 娜

一、作品基本类型

本次征文活动要求组织投稿的中学根据本校稿件数初步遴选后，按排名前 5% 推荐，并附征文作品列表；再加上中学生个人投稿数，中学生组征文共计 2976 篇，遴选后作品共计 963 篇。内容及篇数如下：人物赏析类 522 篇，主题探讨类 158 篇，综合评论类 134 篇，艺术鉴赏类 97 篇，文化探究类 29 篇，二度创作类 23 篇。

人物形象赏析的作品体量最大，占遴选后总数的 54.2%。它们或是评析某个（类）人物的性格表现，或是推测人物的命运结局，或是比较不同类人物之间的个性，或是综合论述几个人物的性格特点。其中林黛玉形象高居榜首，其他依次是宝钗、宝玉、凤姐、晴雯、探春、湘云、刘姥姥、袭人、平儿、元春、鸳鸯、香菱、妙玉、尤三姐、惜春、龄官、贾政、贾瑞、迎春、邢岫烟、秦可卿、秦钟、紫鹃、林红玉、贾芸、贾环、贾母、甄士隐等。

主题探讨类作品占遴选后总数的 16.4%。中学生作者比较热衷从宝、黛爱情悲剧的角度阐述《红楼梦》主题，有的同学从四个角度论述宝、黛爱情悲剧的深层缘由，分析得较为全面而富有深度。这说明中学生已能从较宽的思维层面上来探究《红楼梦》的主题。

综合评论的作品多半会从主题、人物、语言等多个方面评析《红楼梦》，内容比较丰富，但多半缺乏深度，陷入泛泛而谈之境。另有部分感

悟式评点文章，多为中学生的内心感想，主观性较强。有的同学指出，《红楼梦》无法变成"省时"的干货，只有细嚼慢咽才能体会《红楼梦》的回味悠长，可谓鞭辟入里。这体现出整本书阅读的学习理念。

艺术鉴赏类作品中，文本情节的解读集中于湘云醉眠、宝钗扑蝶等经典回目；表现手法则涉及《红楼梦》的伏笔、谐音、冷热交织等；谈语言艺术多从《红楼梦》中诗词曲赋、人物语言等层面展开，审美欣赏则多从意象、色彩等角度进行评析。

文化探究类作品以谈饮食文化类居多，或评述贾府精美奢侈的饮食文化，或探究其深层内涵，一些作者能够从精美佳肴与奢侈生活的描写中，看到底层百姓被压榨的辛酸，发现其中暗含的贾府衰败征兆，可谓洞隐烛微。

二度创作类作品贵在其新、其巧，量虽不大，却难能可贵，不落窠臼，文字细腻，富有趣味，它们带有中学生的独立思考，呈现出中学生的想象能力和创新思维。题咏作品较少，文笔也较稚嫩。

二、创新特点和"整本书阅读"理念

总体上看，中学生作品有"三新"。

其一，立意新。诸多获奖的作品往往能打破陈规，立意新奇。例如《涸辙鲋小，莫嘲禹门浪高》一文，别出心裁，将《红楼梦》中宝、黛、钗等人在封建社会中不同的人生选择与"涸辙之鲋"不惧禹门浪高联系起来，富于哲思，立意新而深。《高贵而又遗憾的〈红楼梦〉》一文标新立异，从心理、外貌、形象塑造诸多方面入手，将《红楼梦》与其他三大名著做比较，一方面承认《红楼梦》艺术上的价值略高一筹，另一方面又认为《红楼梦》曲高和寡，其受欢迎程度远逊于其他三大名著，并挖掘其中缘由，颇有见地，文笔也比较老练。

其二，标题新。优秀的作品不仅胜在其内容，也胜在其形式。

《红楼一曲最殇情》一文设置了四个小标题,即"红楼""一曲""最(醉)""殇情",巧妙地将文章的四个部分结合在一起,且与主标题相呼应,使得全篇紧密连贯,别致精巧。《说说探春的"大"与"小"》一文,每将"大"和"小"对举并出,体现出一定的辩证思维,也透露出作者的匠心。又如《聚"蕉"红楼——〈红楼梦〉中的芭蕉意象》一文,运用谐音艺术,聚焦于《红楼梦》中的芭蕉意象,标题与思路均新颖而巧妙。

其三,语言新。征文中的佳作语言也是笔下生花,超凡脱俗。《问西风》一文以"西风"贯穿全篇,借助"西风"和"熙凤"的谐音,文字不俗,悲情满溢。《携"脂批",登"红楼"》一文,从场景、人物、情节、真真假假四个角度来谈脂批的作用,最后以联结篇,颇具新意。《芳情只自遣,雅趣向谁言》一文,对妙玉的理解独抒己见,不同凡响,文笔亦属优等。

此外,中学生在小说人物、主题、情节等层面的分析文字确实可圈可点。一方面,不管是对人物形象的解读,还是对文本主题的阐述,抑或是对艺术表现的发掘,中学生作品对《红楼梦》中经典场景提及次数超出了我们的预期。相关解读与分析,有助于中学生更好地把握书中人物的性格特点,更深刻地感受书中精彩的场面描写,从而提升阅读经典文本的能力。另一方面,中学生作品每每体现出"整本书阅读"的意识。有的同学在文中讨论《红楼梦》为什么不能碎片化阅读的问题。这正透射出"整本书阅读"的理念初见成效;另外一些作品从纵向命运进程分析人物形象,表明这部分同学已经初具"整本书阅读与研讨"的理念,甚至勇于对"碎片化阅读"表达自己的否定性意见。

三、存在问题、原因及改进建议

通览中学生组全部稿件可知,目前中学生对《红楼梦》原著的阅读与解析，既表现出清新、浓情、别致的一面，也存在一些偏狭、浅显或过于成人化的现象。概而言之，主要体现为重人物分析、主题探究、情节评鉴，其中也渗透对情节主线、生活细节的理解和评析，但语言鉴赏、生活习俗偏关注较少。究其原因，主要有以下几个方面。

一是与中学生读者的阅读兴趣有关。《红楼梦》关涉清初社会的方方面面，中学生的阅读乐趣在于小说的故事性，所以对处于故事中心的人物产生了浓厚的兴趣。获奖的中学生群体年龄多在15—17岁，出生于2005年的占71.88%，正是二八芳华。《红楼梦》中，宝黛爱情故事最能触动和撞击这个年龄段的中学生的心灵世界，林黛玉的直率感性与中学生青春期的情感特征极为契合，所以林黛玉形象和宝黛爱情悲剧主题成为中学生的兴趣所在。

二是与中学生读者的鉴赏能力有关。最吸引中学生的是处于主体位置的小说人物形象。这是因为中学生的文学鉴赏能力尚处于成长阶段，人物鉴赏可从多角度进行阐释，且较多主观性；小说人物塑造因其立体化、多元化，手法含蓄自然，留给中学生思考的空白较多。相对而言，语言分析需要读者具备更高的鉴赏能力，这种能力需要读者在阅读了大量经典文学作品之后才能习得，故而中学生组征文对此关注得较少，语言鉴赏类作品佳作也少。

三是与小说文本自身的特点有关。《红楼梦》是一部长篇小说，中学生阅读次数大多较少，因而征文作品首先表达的是相对直接的个人观点，尚未有更多的时间对更深层次的语言艺术做理性思考与表达。另外，《红楼梦》以封建贵族家族的生活为描写对象，涉及大量的服饰、饮食、礼仪等社会生活内容，现代读者的生活与之有较大距离，中学生对此缺少体会。

四是与相关学校的组织指导力度有关。获奖作品排名靠前的四所中学，在今年春季高一年级每个班都组织开展"《红楼梦》整本书阅读与研讨"教学，极大地促进了学生对《红楼梦》的阅读兴趣。另外，有的学校投稿数较多、获奖率偏低，可能是因为教师指导过度，导致部分中学生作品偏向成人化、概念化，征文作品出现较多理论化的阐述。但由红学家和中语名师构成的评委，却更为青睐具有中学生独到见地、风格清新别致的个性化作品。

针对存在的问题，中学语文教学可采取相应的改进措施，以更好地推动"《红楼梦》整本书阅读"的全面深入展开。

首先，调整中学生的阅读兴趣，完善其阅读结构。教师可以适当地组织学生喜爱的红楼人物的研讨会，以进一步激发学生对《红楼梦》阅读的兴趣；同时有意识地引导中学生关注部编版教材给出的"阅读指导"意见，在阅读教学研讨中指导学生理性认知前五回的纲领作用、鉴赏原著语言、了解社会关系和生活细节等，以求对《红楼梦》原著有充分的了解。

其次，提高中学生"整本书阅读"意识，明确其阅读任务。对中学语文教师来说，提升学生语言鉴赏能力的任务迫在眉睫。教师可以选择一些关键情节进行深度解析，如分析抄检大观园过程中相关人物的语言特点，也可以对《红楼梦》中的经典诗词进行文字鉴赏，等等，让中学生充分感受经典文本的语言魅力。当然，这对教师的语言素养与鉴赏能力提出了更高的要求。

最后，锤炼中学生独立思考品格，提升其写作能力。从相关中学的推广力度和学生作品成人化可知，基础教育需要更多地尊重学生的思维活动，既要给出正面引导，又要尊重并锤炼其思考能力，激发其个性化创作的兴趣与能力，以更强的力度将整本书阅读活动推广开去，要开放而非束缚学生的思维。

（原文发表于《安徽教育科研》2021年第32期，
作者单位：安徽师范大学文学院）

后　记

　　《红楼梦》是中国古代小说的经典范本，代表了古代小说史的巅峰标准，在其两百余年的传播过程中诞生了无数与之相关的话题。通过阅读《红楼梦》不仅可以对封建社会贵族阶层的日常情感与生活内容产生具象感受，还可以学习如何使用汉字表达与描摹人物的复杂性和多样性，体会中文的独特魅力。《红楼梦》自诞生以来，对不同时代的读者而言都是常读常新的。因此，对《红楼梦》提出"整本书阅读"的要求，不论是对了解中国传统社会结构与文化生活，还是在现实世界建构更具现代意义的主体，都具有重要意义。

　　国家社科基金社科学术社团主题学术活动资助课题"《红楼梦》整本书阅读系列研究"于 2020 年立项，2023 年完成结项，有三部著作和教材出版。本书共收录了 15 位作者 33 篇文章，既有长期从事学术研究的专家学者对《红楼梦》"整本书阅读"重要性、必要性和现实性的论述，也有重点中学一线名师和师范院校优秀硕博研究生从实践出发，对小说文本和语文教学的思辨与阐释。课题组在此对所有作者表示感谢，也希望能从总体纲领和教学实践两方面，为大众读者尤其是中小学教师队伍提供一份可以持续观察与不断思考的样本。

"《红楼梦》整本书阅读系列研究"课题组
2023 年 12 月